Elke Lexis

Über dieses Buch Dieser Bestseller machte seinen Autor zum mehrfachen Tantieme-Millionär. Der ehemalige Tresorknakker und spätere Bagno-Sträfling, Ausbrecher und Totschläger schildert hier die Geschichte seines wüsten, abenteuerlichen Heldenlebens. Mag man auch in der Zwischenzeit versucht haben, ihm den Ruhm, dieses Leben selber geführt zu haben, streitig zu machen, ihn einen erfindungsreichen Aufschneider genannt haben, »Papillon« bleibt ein faszinierender Erzähler.

Henri Charrière

Papillon

Ins Deutsche übertragen von
Erika Ziha und
Ruth von Mayenburg

Fischer
Taschenbuch
Verlag

Ungekürzte Ausgabe
Veröffentlicht im Fischer Taschenbuch Verlag GmbH,
Frankfurt am Main, Mai 1990

Lizenzausgabe mit freundlicher Genehmigung
der Bertelsmann Verlag GmbH, München
Die Originalausgabe erschien unter dem Titel ›Papillon‹
bei Editions Robert Laffont, Paris
© 1969 by Robert Laffont
Deutsche Erstausgabe 1970
Alle deutschen Rechte bei C. Bertelsmann Verlag GmbH, München 1981
Mit einem Vorwort von Jean-Pierre Castelnau
und einem Nachwort von Jean-François Revel
Umschlaggestaltung: Friederike Simmel
Umschlagfoto: Paris Match
Druck und Bindung: Clausen & Bosse, Leck
Printed in Germany
ISBN 3-596-210353-3

Inhalt

Wie dieses Buch zustande kam . . . 11
Erstes Heft: Der Weg in die Hölle . . . 14
Zweites Heft: Unterwegs ins Bagno . . . 39
Drittes Heft: Erster Fluchtversuch . . . 65
Viertes Heft: Erste Flucht . . . 103
Fünftes Heft: Zurück in die Zivilisation . . . 164
Sechstes Heft: »Inseln des Heils« . . . 226
Siebentes Heft: »Inseln des Heils« . . . 284
Achtes Heft: Rückkehr nach Royale . . . 322
Neuntes Heft: Saint-Joseph . . . 354
Zehntes Heft: Auf der Teufelsinsel . . . 381
Elftes Heft: Bagno, ade! . . . 432
Zwölftes Heft: Georgetown . . . 437
Dreizehntes Heft: Venezuela . . . 476
Papillon oder Die gesprochene Literatur . . . 502

Dem Volk von Venezuela:
den Fischern im Golf von Paria,
den Soldaten, den Zivilisten,
kurz allen, Einfachen und Gebildeten,
die mir geholfen haben,
wieder von vorne anzufangen,
und Rita, meiner Frau und besten Freundin,
gewidmet.

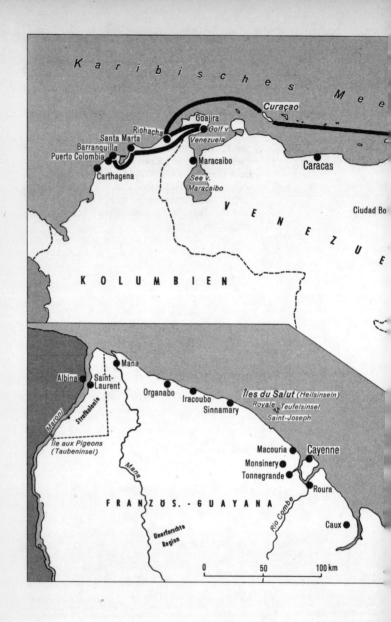

Wie dieses Buch zustande kam
Jean-Pierre Castelnau

Das »Papillon«-Manuskript besteht aus dreizehn Schulheften, jede Seite eng beschrieben. Ihr Herausgeber, der französische Schriftsteller und Historiker Jean-Pierre Castelnau, in Sachen Sträflingsmemoiren beinahe Experte, hat den Blättern auf ihrem Weg in die Welt einen Geleitbrief mitgegeben. Hier ist er.

»Dieses Buch wäre ohne Zweifel nie entstanden, hätte nicht im Juli 1967, ein Jahr nach dem Erdbeben, das die Stadt Caracas zerstörte, ein junger Mann von sechzig Jahren in den dortigen Zeitungen von Albertine Sarrazin gelesen. Sie war soeben gestorben, dieses von Witz, Fröhlichkeit und Mut trunkene Juwel. Sie war weltberühmt geworden mit drei Büchern, die sie in etwas weniger als einem Jahr veröffentlichte und von denen zwei ihre Gefängnisse und ihre Ausbrüche von dort schildern.
Der junge Mann hieß Henri Charrière und kam von weit, aus dem Bagno, genau: aus Cayenne, wohin man ihn 1933 verschickt hatte; ein Vagabund, gewiß, aber zu Lebenslänglich verurteilt, also bis zum Tod, für einen Mord, der ihm nicht anzulasten war. Henri Charrière, im ›Milieu‹ von einst Papillon genannt, Jahrgang 1906, gebürtiger Franzose aus einer Lehrerfamilie aus dem Departement Ardèche, ist venezolanischer Staatsbürger. Und zwar weil dieses Volk seinen Blick und sein Wort höhergestellt hat als den Auszug aus seinem Strafregister; dreizehn Jahre voll hartnäckig wiederholter Ausbrüche und Kämpfe, um der Hölle des Straflagers zu entrinnen, stellten ihn mehr in das Licht der Zukunft als in den Schatten der Vergangenheit.
Im Juli 1967 also ging Charrière in die französische Buchhandlung von Caracas und kaufte dort ein Exemplar von Albertine Sarrazins Roman ›Der Astragal‹. Auf der Buchschleife stand: ›123. Tausend.‹ Charrière las das Buch und sagte schlicht: ›Sehr schön. Aber wenn die gehetzte Göre da, die mit ihrer zerbrochenen Ferse von einem Mauseloch ins andere geschlüpft ist, hundertdreiundzwanzigtausend Bücher verkauft hat, dann werd ich mit dem, was ich alles in dreißig Jahren erlebt habe, dreimal mehr an den Mann bringen.‹
Eine durchaus logische Überlegung. Aber auch gefährlich, weil seit dem Erfolg der Sarrazin die Schreibtische der Verleger mit Dutzenden hoffnungslosen Manuskripten dieses Genres überschwemmt sind. Denn spannende Abenteuer, ergreifendes Mißgeschick und schreiendes Unrecht machen noch lange kein gutes Buch aus. Man

muß das alles ja erst zu Papier bringen, also jene höchst willkürlich zugeteilte Begabung entwickeln, der das Kunststück gelingt, daß der Leser alles, was der Schreiber gesehen, empfunden und erlebt hat, in seinem Inneren genauso sieht, empfindet und erlebt, als wäre er selbst dabeigewesen.

Und hier hat Charrière eine große Chance. Kein einziges Mal hat er daran gedacht, auch nur eine Zeile über seine Abenteuer niederzuschreiben: er ist der typische Mann der Tat, des Lebens, des Gefühls, ein Naturereignis mit einem pfiffigen Augenzwinkern und einer warmen, kehligen Südländerstimme, der man stundenlang zuhört, weil er zu erzählen versteht wie kein anderer, das heißt wie alle großen Erzähler eben. Und das Wunder geschieht. Ohne den leisesten Kontakt mit der Literatur und ohne jeden schriftstellerischen Ehrgeiz (›Ich sende Ihnen hier meine Erlebnisse, lassen Sie sie durch einen Fachmann schreiben‹) erzählt er so, wie ihm der Schnabel gewachsen ist. Und sofort sieht man alles, hört und erlebt es.

Drei Tage nachdem er den ›Astragal‹ gelesen hatte, schrieb er die ersten beiden Hefte voll, in einem Zug, gewöhnliche Schulhefte, am Rücken mit Spiralfedern zusammengehalten. Zu der Zeit, da die ersten zwei, drei Meinungen über dieses neue Abenteuer des Schreibens einlangen, das für ihn vielleicht überraschender war als alle vorhergegangenen, macht er sich Anfang 1968 an die Fortsetzung. Zwei Monate später hat er dreizehn Hefte ausgeschrieben.

Und wie bei der Sarrazin schneit mir auch diesmal das Manuskript per Post ins Haus, im September. Drei Wochen später war Charrière in Paris. Ich hatte mit Jean-Jacques Pauvert, dem Verleger, die Sarrazin lanciert – Charrière vertraute mir sein Buch an.

Ich habe dieses Buch, durch das sich der rote Faden noch ganz unmittelbarer Erinnerung hindurchzieht und dessen Abschrift von begeisterten, häufig wechselnden und nicht immer sehr französischen Stenotypistinnen getippt worden ist, so gut wie nicht angerührt. Ich habe nur die Interpunktion etwas in Ordnung gebracht, einige allzu unverständliche Hispanismen ausgewechselt und ein paar etwas konfuse Stellen wie auch die eine oder andere Inversion, die dem Schreiber, in Caracas, durch den täglichen Umgang mit drei oder vier nur mündlich erlernten Sprachen unterlaufen ist, korrigiert.

Für die Authentizität des Manuskriptes bürge ich, voll und ganz. Zweimal ist Charrière nach Paris gekommen, und wir haben uns lang miteinander unterhalten, viele Tage, und noch ein paar Nächte dazu. Es liegt auf der Hand, daß sich nach dreißig Jahren gewisse Details verwischen können, sich in der Erinnerung verändern. Aber das ist ohne Belang. Wer sich vergewissern will, daß Charrière an keiner Stelle übertrieben hat, weder über die Zustände im Bagno noch über dessen Schrecken, der braucht nur in dem Werk ›Cayenne‹ (1965) von Professor Michel Devèze nachzulesen und wird bald merken, daß Papillon die Dinge eher noch zu sanft geschildert hat.

Wir haben grundsätzlich alle Namen von Sträflingen, Aufsehern und Straflagerkommandanten verändert. Es ist nicht die Absicht dieses Buches, Personen anzugreifen, wohl aber, bestimmte Typen festzuhalten und eine besondere Welt zu zeigen. Mit der Datierung verhält es sich ähnlich: manche Zeitangaben sind genau, andere wieder weisen gerade nur auf den jeweiligen Zeitabschnitt hin. Das genügt. Charrière will beileibe kein Historiker sein, aber er will seine Odyssee so lebendig erzählen, wie er sie erlebt hat, mit aller Hartnäckigkeit und allem Vertrauen in sich selbst. Seine ungewöhnliche Geschichte ist die eines Mannes, der nicht zur Kenntnis nehmen mag, daß es, bei aller verständlichen Abwehr einer Gesellschaft gegen ihre Außenseiter, zu derartigen Exzessen von Strafe kommen muß, die – offen gesagt – einer Kulturnation unwürdig sind.

Zum Schluß möchte ich noch dem Essayisten und Romancier Jean-François Revel, einem der allerersten Leser der Hefte, für sein Nachwort zu diesem Buch danken, in welchem er die Beziehungen des ›Papillon‹ zur Literatur der Vergangenheit und Gegenwart darstellt.«

Erstes Heft: Der Weg in die Hölle

Die Geschworenen

Die Ohrfeige war so ausgiebig, daß ich volle dreizehn Jahre brauchte, um sie zu verwinden. Es war kein gewöhnlicher Schlag, und um ihn mir zu versetzen, hatte man viel aufgeboten.
Es ist der 26. Oktober 1932. Man hat mich um acht Uhr früh aus der Zelle in der Conciergerie geholt, die ich seit einem Jahr bewohne. Ich bin frisch rasiert, trage einen erstklassig geschneiderten Anzug, was mir ein elegantes Auftreten verleiht, und das weiße Hemd mit der hellblauen Fliege gibt meiner Erscheinung den letzten Schliff.
Ich bin fünfundzwanzig, sehe aber wie zwanzig aus. Da ich mich wie ein Gentleman benehme, sind die Wachbeamten etwas gehemmt und behandeln mich höflich. Sogar die Handschellen hat man mir abgenommen. Wir sechs – fünf Wachbeamte und ich – sitzen in einem kahlen Raum auf zwei Bänken. Der Himmel vor den Fenstern ist grau. Die Tür uns gegenüber führt sicher in den Schwurgerichtssaal, denn wir befinden uns im Palais de Justice de la Seine in Paris.
In wenigen Augenblicken wird man mich des Mordes anklagen. Mein Anwalt, Dr. Raymond Hubert, kommt mich begrüßen. »Es liegt kein schwerwiegender Beweis gegen Sie vor, ich bin voller Zuversicht, wir werden freigesprochen!« Das »wir« reizt mich zum Lachen, es sieht fast so aus, als stünde Dr. Hubert gleichfalls als Angeklagter vor den Geschworenen, und ein Schuldspruch träfe auch ihn. Ein Saalwärter öffnet die Tür und gibt uns das Zeichen einzutreten. Flankiert von vier Wachbeamten und meinem ganz persönlichen Leibwächter an der Seite, trete ich durch die große, weit geöffnete Flügeltür in einen riesigen Saal. Um mir meine Ohrfeige würdig zu versetzen, hat man alles in blutiges Rot getaucht: rot die Vorhänge an den mächtigen Fenstern, rot die Teppiche, rot die Roben der Richter, die das Urteil über mich sprechen werden.
»Das hohe Gericht!«
Aus einer der rechts gelegenen Türen treten hintereinander sechs Männer: der Vorsitzende und fünf Richter, alle mit dem Barett auf dem Kopf. Der Vorsitzende macht vor dem Mittelsitz halt, die Beisitzer verteilen sich links und rechts von ihm.
Eindrucksvolle Stille. Alle stehen, auch ich. Als die Richter Platz nehmen, setzen auch wir uns.

Der Vorsitzende, pausbäckig und rotwangig, blickt mir ernst und ungerührt in die Augen. Er heißt Bevin. Später wird er die Verhandlung unparteiisch leiten und durch seine Haltung zu verstehen geben, daß ihn als Berufsrichter die Aufrichtigkeit der Zeugen und der einvernommenen Polizisten nicht sonderlich überzeugt. Nein, er ist nicht verantwortlich für die Ohrfeige, er gibt sie nur an mich weiter.
Der Staatsanwalt heißt Pradel. Die Verteidiger fürchten ihn, er genießt den traurigen Ruf eines erstklassigen Belieferers der Zuchthäuser von Frankreich und Übersee.
Pradel vertritt das Gesetz. Er ist öffentlicher Ankläger und hat nichts Menschliches. Er wird alles dazu tun, daß die Waage der Gerechtigkeit nach seiner Seite ausschlägt. Er hat Habichtaugen. Unter halb gesenkten Lidern trifft mich aus voller Höhe sein intensiver Blick. Nicht nur daß er auf einem hohen Sessel sitzt, trägt er auch sein Körpermaß von mindestens ein Meter achtzig mit Arroganz. Er zieht seine rote Robe nicht aus, legt nur das Barett vor sich hin. Dann stützt er sich auf seine Hände, groß wie Wäscheklopfer. Ein Goldreif an seiner Linken verrät, daß er verheiratet ist. Am kleinen Finger trägt er einen zu einem Ring geformten blankpolierten Hufnagel.
Er beugt sich etwas zu mir herunter, um mich besser in die Klauen zu bekommen, als wollte er sagen: »Mein Junge, wenn du glaubst, mir entwischen zu können, so irrst du dich. Ich werde dich in Stücke reißen. Denn wenn ich bei allen Anwälten gefürchtet und bei Gericht als gefährlicher Staatsanwalt bekannt bin, so deshalb, weil ich mir meine Beute niemals entschlüpfen lasse. Ich will gar nicht wissen, ob du schuldig oder unschuldig bist, ich brauche nur alles, was gegen dich spricht, auszunützen: dein Zigeunerleben am Montmartre, die von der Polizei provozierten Zeugenaussagen und die Erklärungen der Polizisten selbst, kurz, den ganzen widerlichen Unrat, den der Untersuchungsrichter zusammengetragen hat, bis du schließlich so abstoßend dastehst, daß die Geschworenen dich aus der menschlichen Gesellschaft ausstoßen müssen!«
Mir ist, als hörte ich ihn ganz deutlich zu mir reden.
»Laß mich nur machen«, höre ich ihn sagen, »versuche nur nicht, dich zu verteidigen, ich sorge schon dafür, daß du zur Hölle fährst.
Oder willst du am Ende auf die Geschworenen bauen? – Gib dich da nur ja keinen Illusionen hin. Diese zwölf Männer wissen nichts vom Leben, schau sie dir nur an! Diese zwölf Käsegesichter, die man aus irgendwelchen gottverlassenen Provinznestern nach Paris verfrachtet hat, sie sind Kleinbürger, Rentner, Krämer! Unnötig, ein Wort über sie zu verlieren. Du glaubst doch nicht, daß die Verständnis für deine Jugend, dein Leben am Montmartre haben? Für die sind Pigalle und Place Blanche nichts weiter als Sumpf und alle Typen, die ein Nachtleben führen, Feinde der Gesellschaft.

Und jetzt kommst du daher, jung und gut aussehend. Ich werde dir diese Leute da von Anfang an zu Feinden machen. Du bist zu elegant gekleidet, du hättest dich bescheidener anziehen müssen, ein grober taktischer Fehler – siehst du nicht, mit welchem Neid dein Anzug sie erfüllt? Sie kaufen ihre Anzüge von der Stange und haben nie, nicht einmal im Traum, einen Maßanzug besessen.«
Es ist zehn Uhr, die Verhandlung wird eröffnet. Ich habe sechs Justizbeamte vor mir, darunter den aggressiven Staatsanwalt, der sein ganzes machiavellisches Können, seine ganze Intelligenz aufbieten wird, die zwölf braven Männer davon zu überzeugen, daß ich schuldig bin und daß für mich nur das Bagno oder die Guillotine als Rechtsspruch in Betracht kommt.
Es wird Gericht über mich gehalten, wegen Mordes an einem Zuhälter, einem gefährlichen Burschen aus dem Montmartremilieu. Es gibt dafür keine Beweise, aber die Polizisten, die für jedes Vergehen, das sie aufdecken, befördert werden, bestehen darauf, daß ich der Schuldige bin. Sie behaupten, vertrauliche Mitteilungen erhalten zu haben, die keinen Zweifel offenlassen. Ein von ihnen beeinflußter Zeuge namens Polein, am Quai des Orfèvres 36 gut bekannt, soll das Paradestück der Anklage abgeben. Als ich im gegebenen Moment versichere, ihn nicht zu kennen, fragt mich der Vorsitzende: »Sie behaupten, daß er lügt? Schön. Aber warum sollte er lügen?«
»Herr Vorsitzender, seit meiner Verhaftung habe ich keine Nacht schlafen können. Nicht aus Gewissensbissen, Roland le Petit ermordet zu haben, sondern weil ich es *nicht* getan habe. Ich forsche ununterbrochen nach dem Motiv, das diesen Zeugen dazu treibt, gegen mich auszusagen, und ich bin zu dem Schluß gekommen, Herr Vorsitzender, daß die Polizei den Zeugen erwischt hat, als er gerade ein Verbrechen begehen wollte, und mit ihm einen Pakt geschlossen hat: Wir lassen dich frei unter der Bedingung, daß du Papillon belastest.«
Ich hätte nicht gedacht, den Nagel so auf den Kopf getroffen zu haben. Polein, der den Geschworenen als anständiger, nicht vorbestrafter Mann präsentiert wurde, ist ein Jahr darauf wegen Rauschgifthandels verhaftet und abgeurteilt worden.
Dr. Hubert versucht mich zu verteidigen, aber er hat nicht das Format des Staatsanwaltes. Nur Dr. Bouffay, der zweite Verteidiger, bereitet Pradel für ein paar Augenblicke Schwierigkeiten. Aber das währt nicht lange, Pradel macht ihn in diesem Duell sehr rasch fertig. Überdies schmeichelt er den Geschworenen, die von Stolz geschwellt sind, von einer so eindrucksvollen Persönlichkeit als Gleichwertige behandelt zu werden.
Um elf Uhr abends ist die Partie verloren. Meine Verteidiger sind schachmatt, und ich, ein Unschuldiger, bin verurteilt.
Ein junger Mann von fünfundzwanzig Jahren wird von der französischen Gesellschaft, verkörpert durch den Staatsanwalt Pradel, für

immer ausgestoßen. Und nur ja keine Herabsetzung der Strafe für ihn, bitte sehr! Der volle Kelch wird mir mit trockenen Worten vom Vorsitzenden Bevin überreicht.
»Angeklagter, erheben Sie sich.«
Ich erhebe mich. Lähmende Stille herrscht im Saal, alles hält den Atem an. Mein Herz beginnt zu klopfen. Die Geschworenen sehen mich an oder senken den Kopf, sie scheinen sich zu schämen.
»Angeklagter, die Geschworenen haben alle Fragen mit ›Ja‹ beantwortet, ausgenommen die der Vorsätzlichkeit. Sie werden zu lebenslänglicher Zwangsarbeit verurteilt. Haben Sie noch etwas zu sagen?«
Ich bleibe unbeweglich, klammere mich nur etwas fester ans Geländer der Zeugenbarre.
»Herr Vorsitzender, ich bin unschuldig und das Opfer einer Machenschaft der Polizei.«
Aus der Ecke, in der die Damen der Gesellschaft auf numerierten Plätzen sitzen, höre ich Gemurmel.
»Ruhe«, sage ich, ohne meine Stimme zu erheben. »Die perlengeschmückten Weiber, die hier ihre Komplexe abreagieren, sollen den Mund halten. Die Farce ist zu Ende. Ein Mord ist von eurer Polizei und eurer Justiz glücklich aufgeklärt worden, wie befriedigt müßt ihr euch fühlen!«
»Wache!« ruft der Vorsitzende. »Führen Sie den Verurteilten ab!«
Bevor ich hinausgehe, höre ich einen Aufschrei. »Mach dir nichts draus, ich komm dir nach!« Das war meine tapfere, brave Nenette, die ihre Liebe herausschreit. Einige Leute applaudieren. Sie wissen, was sie von diesem Mord zu halten haben, und sind stolz darauf, daß ich nichts aufgedeckt und niemanden verraten habe.
In dem kleinen Saal, in dem wir uns vor der Verhandlung befanden, legen mir die Wachbeamten die Fesseln an, und einer von ihnen bindet mit einer kurzen Kette mein rechtes Handgelenk an sein linkes. Kein Wort fällt. Ich bitte um eine Zigarette. Der Adjutant reicht mir eine und zündet sie an. Wenn ich sie an den Mund führe, muß der Beamte jede meiner Bewegungen mitmachen.
Ich rauche sie fast zu Ende. Niemand spricht ein Wort. Bis ich selber mit einem Blick auf den Adjutanten sage: »Gehen wir!«
Begleitet von einem Dutzend Wachbeamten, betrete ich den Innenhof des Justizpalastes. Der Gefangenenwagen erwartet uns. Wir steigen ein. Wir sind ungefähr zehn. Setzen uns auf die Bänke.
»Conciergerie«, sagt der Adjutant.

Die Conciergerie

Nach der Ankunft in dem ehemaligen Schloß Marie-Antoinettes übergeben mich die Beamten dem Chef der Wache, der ein Papier unterzeichnet, den Übernahmeschein. Dann verlassen sie uns wort-

los. Der Adjutant drückt mir, bevor er geht, überraschend die gefesselten Hände.
»Was haben sie dir aufgebrummt?« fragt mich der Chef der Wache.
»Lebenslänglich.«
»Nicht möglich!« Er wirft den Wachbeamten einen Blick zu und sieht, daß es stimmt. Der Gefangenenwärter, der mit seinen fünfzig Jahren sehr viel gesehen hat und meinen Fall genau kennt, hat ein gutes Wort für mich.
»Die sind ja verrückt, diese Schweine!«
Sanft nimmt er mir die Fesseln ab. Und begleitet mich persönlich in eine der gepolsterten Zellen, die für Irrsinnige, Gemeingefährliche, zum Tode oder zu Zwangsarbeit Verurteilte eingerichtet sind.
»Mut, Papillon«, sagt er, während er die Tür schließt. »Man wird dir die Kleider und die Eßsachen aus deiner alten Zelle hierherbringen. Nur Mut!«
»Danke«, sage ich.
Wenige Minuten später macht sich jemand an der Tür zu schaffen.
»Was gibt's?«
»Nichts«, lautet die Antwort, »ich hänge nur ein Pappschild an.«
»Was steht drauf?«
»Lebenslänglich. Streng überwachen.«
Die sind doch wirklich beklopft. Glauben die am Ende, daß ich Selbstmord begehen will? Ich habe keine Angst. Denen werd ich's zeigen. Ich werde gegen sie kämpfen, gegen sie alle! Schon morgen fang ich damit an.
Soll ich Nichtigkeitsbeschwerde erheben? frage ich mich am anderen Morgen, während ich meinen Kaffee trinke. Hätte ich denn vor einem anderen Gericht mehr Chancen? Wieviel Zeit würde ich damit verlieren? Ein Jahr, achtzehn Monate ... Wozu? Um zwanzig Jahre zu kriegen statt lebenslänglich?
Da ich entschlossen bin zu fliehen, zählen solche Sachen nicht mehr. Mir fällt die Frage ein, die einmal ein Verurteilter vor dem Geschworenengericht stellte: »Wie lange dauert lebenslängliche Zwangsarbeit in Frankreich, Herr Vorsitzender?«
Ich sehe mich in meiner Zelle um. An meine Frau habe ich einen Rohrpostbrief geschickt, um sie zu trösten, einen zweiten an meine Schwester, die Gute, die versucht hat, ihren Bruder zu verteidigen. Sie allein gegen alle.
Es ist aus, der Vorhang ist gefallen. Die Meinen müssen mehr leiden als ich, und meinem armen Vater wird es da unten in seinem Provinznest genug Mühe kosten, ein so schweres Kreuz zu tragen.
Aber ich bin doch unschuldig! fahre ich auf. Und sage mir schon im nächsten Moment: Hat keinen Zweck, darauf zu pochen, daß du unschuldig bist, man würde sich nur über dich lustig machen. »Lebenslänglich« für nichts und dann noch behaupten, daß ein

anderer die Sache geschaukelt hat. Jämmerlich. Am besten, du hältst den Mund.
Da ich während der Untersuchungshaft weder in der Santé noch in der Conciergerie an die Möglichkeit einer derartigen Verurteilung dachte, hatte ich mich nie damit befaßt, was das eigentlich ist, »der Weg in die Hölle«.
Na schön. Als erstes muß ich einmal trachten, mit solchen Verurteilten Kontakt zu bekommen, die sich als Fluchtkumpane eignen.
Ich suche mir einen Mann aus Marseille aus, Dega heißt er. Beim Friseur werde ich ihn bestimmt treffen, er läßt sich täglich rasieren. Ich bitte also, zum Friseur gehen zu dürfen. Tatsächlich, Dega steht da und starrt zur Wand, als ich hinkomme. Ich bemerke auch, daß er einen anderen vorläßt, um länger warten zu können. Ich schiebe meinen Nachbarn zur Seite und stelle mich direkt neben ihn.
»Wie geht's, Dega?« flüstere ich ihm rasch zu.
»Es geht, Papillon. Ich habe fünfzehn Jahre, und du? Ich höre, man hat dich kräftig eingesalzen?«
»Ja, lebenslänglich.«
»Legst du Nichtigkeitsbeschwerde ein?«
»Nein, Dega. Jetzt heißt es tüchtig essen und im Training bleiben. Wir werden feste Muskeln brauchen. Hast du Zaster?«
»Ja. Zwei Tausender in Pfunden. Und du?«
»Nichts.«
»Verschaff dir schnell was. Ist dieser Hubert dein Verteidiger? Dieses Arschloch! Er würde dir niemals den Stöpsel übergeben. Schick deine Frau mit dem vollen Stöpsel zu Dante. Man soll es dem reichen Dominique geben, und ich garantiere dir, daß du es kriegst.«
»Sscht, der Posten beobachtet uns.«
»Also ihr nützt das aus, um zu tratschen?«
»Oh, nicht so wichtig«, versetzte Dega. »Er sagt, daß er krank ist.«
»Was fehlt ihm denn? Wachsen ihm die Geschworenen zum Hals heraus?« Das Bierfaß birst vor Lachen.
So ist es, das Leben, und das ist der Weg in die Hölle, und ich bin schon unterwegs. Man witzelt und lacht sich tot über einen Mann von fünfundzwanzig, der für sein Leben versorgt ist.
Ich habe den »Stöpsel« bekommen. Ein fabelhaft poliertes Aluminiumrohr, das sich in der Mitte aufschrauben läßt. Es enthält fünftausendsechshundert Franc in nagelneuen Scheinen. Ich küsse das daumendicke, sechs Zentimeter lange Ding, ja, ich küsse es, ehe ich es mir in den After schiebe. Dann mache ich einen tiefen Atemzug, damit es in den Darm hinaufsteigt. Das ist jetzt meine Geldkassette. Man kann mich bis auf die Haut nackt ausziehen, mir befehlen, die Beine zu spreizen, zu husten und mich zu bücken – nichts. Niemand merkt, daß ich es habe. Es steigt hoch in den Dickdarm hinauf, wird ein Teil meiner selbst. Es ist mein Leben, meine Freiheit ... der Weg zu meiner Rache. Ich denke nur noch an sie.
Draußen wird es Nacht. Ich bin allein in meiner Zelle. Das starke

Licht an der Decke ermöglicht es dem Wärter, mich durch ein kleines Loch in der Tür zu beobachten. Dieses Licht blendet mich, tut weh. Ich lege mir das Taschentuch zusammengefaltet über die schmerzenden Augen. Ich liege ausgestreckt auf der Matratze des Eisenbettes, ohne Kopfkissen, und sehe jede Einzelheit meines schauerlichen Prozesses noch einmal vor mir ...
Damit man diesen Bericht versteht und begreift, was mich in meinem Kampf aufrecht hielt, muß ich wohl etwas ausführlicher werden und erzählen, was mir in diesen ersten Tagen meines Lebendigbegrabenseins alles durch den Kopf ging.
Was werde ich anfangen, wenn ich einmal geflohen bin? frage ich mich. Denn jetzt, da ich das Rohr habe, zweifle ich keinen Augenblick daran, daß ich fliehen werde.
Zunächst werde ich so schnell wie möglich nach Paris zurückkehren. Der erste, der von mir umgebracht wird, ist dieser falsche Zeuge Polein. Dann die beiden Polizeispitzel. Aber zwei Polizeispitzel genügen nicht, ich werde alle umbringen. In einem Koffer nehme ich soviel Sprengstoff wie nur möglich mit, zehn, fünfzehn, zwanzig Kilo, was weiß ich. Ich werde mir genau auszurechnen versuchen, wieviel Sprengstoff ich brauche, um die größte Wirkung zu erzielen.
Dynamit? Nein. TNT ist besser. Und warum nicht Nitroglyzerin? Schön, darüber werde ich mich mit denen da unten beraten, die verstehen das besser als ich. Jedenfalls können sich die Polypen auf mich verlassen, mit denen rechne ich ab, die bediene ich.
Ich habe die Augen immer zu, ein Taschentuch liegt auf den geschlossenen Lidern. Ganz deutlich sehe ich den Koffer mit dem Sprengstoff vor mir, er sieht harmlos aus. Und der Wecker, der den Auslöser betätigen wird, ist genau eingestellt. Achtgeben! Um punkt zehn Uhr vormittags muß die Ladung im ersten Stock, Quai des Orfèvres 36, hochgehen. Um diese Zeit sind dort mindestens hundertfünfzig Polizisten zum Frühsport und zur Befehlsausgabe versammelt. Wie viele Stufen sind es dort hinauf? Ich darf mich nicht irren.
Ich muß genau die Zeit berechnen, die ich brauche, um den Koffer im richtigen Moment an der Stelle zu deponieren, wo er explodieren soll. Und wer soll den Koffer tragen? Na gut, ich werde frech sein. Ich werde mit einem Taxi direkt am Tor der Kriminalpolizei vorfahren und im Befehlston zu den beiden Wachtposten sagen: »Schicken Sie das nach oben zu Kommissar Dupont, und sagen Sie ihm, Chefinspektor Dubois kommt gleich persönlich nach.«
Aber werden sie es auch tun? Und wenn ich zufällig unter den vielen Idioten auf die beiden einzigen Intelligenten dieses Vereins stoße? Das wäre Pech. Nein, ich muß mir etwas anderes ausdenken. Und ich grüble und will mir nicht eingestehen, daß es mir nicht gelingt, die hundertprozentig sichere Methode zu finden.
Ich stehe auf, um ein wenig Wasser zu trinken. Der Kopf schmerzt

mich vom vielen Nachdenken. Ich lege mich ohne die Augenbinde nieder. Die Minuten schleichen dahin. Und das Licht, das Licht! Herrgott im Himmel! Ich feuchte das Taschentuch an und lege es mir wieder auf. Das kalte Wasser tut gut, und das Taschentuch haftet so auch besser. Von jetzt an werde ich es immer so machen.
Ich durchlebe die Stunden, in denen ich an meiner Rache arbeite, so intensiv, daß ich mich agieren sehe, so als wäre ich bereits mitten in der Ausführung meines Vorhabens. Nacht für Nacht und teilweise sogar tagsüber fahre ich in Paris umher, als hätte ich meine Flucht längst hinter mir. Ich bin fest überzeugt, daß ich entkommen werde. Und selbstverständlich werde ich zuerst Polein meine Rechnung präsentieren und dann den Spitzeln. Und die Geschworenen? Nein, diese Armleuchter sollen ruhig weiterleben? Gewiß sind sie tief befriedigt nach Hause gefahren, diese Schwachköpfe. Sie haben ihre Pflicht getan und sind aufgeblasen vor Wichtigkeit und Stolz zu ihren Nachbarn zurückgekehrt und zu ihren Weibern, die unfrisiert auf sie gewartet haben, um mit ihnen die Suppe zu löffeln. Arme Hunde, gar nicht in der Lage zu richten. Ein pensionierter Gendarm oder Zollbeamter wird wie ein Gendarm oder ein Zollbeamter reagieren. Ist er ein Milchmann, reagiert er wie ein Milchmann. Sie haben sich den Behauptungen des Staatsanwaltes angeschlossen, dem es nicht schwerfiel, sie in die Tasche zu stecken. Sie sind gar nicht wirklich verantwortlich. Also: ich werde ihnen nichts tun.
Während ich hier niederschreibe, was mir damals, vor so vielen Jahren, durch den Kopf ging, steht mir mit grausiger Klarheit vor Augen, wie weit absolute Stille und Abgeschiedenheit einen jungen, in einer Einzelzelle eingeschlossenen und bis dahin ganz vernünftigen Menschen bringen können. So weit nämlich, daß er an seine Phantastereien glaubt und in den Luftschlössern, die sein fruchtbarer Geist mit unglaublich lebhafter Phantasie baut, beinahe leibhaftig zu leben, zu wohnen beginnt.
Seitdem sind sechsunddreißig Jahre vergangen, und dennoch gelingt es mir, ohne mein Gedächtnis besonders anzustrengen, fließend niederzuschreiben, was ich in jenen Tagen dachte.
Den Geschworenen werde ich also nichts tun. Aber dem Staatsanwalt? Ihn darf ich nicht übergehen. Für ihn habe ich ein fertiges Rezept bereit, das ich von Alexander Dumas übernehme. Ich werde genau wie im »Grafen von Monte Christo« verfahren, wo man den Kerl im Gefängnis vor Hunger krepieren läßt. Denn Pradel ist schuldig. Dieser in Rot gehüllte Habicht verdient es, aufs schrecklichste hingerichtet zu werden, ja und nochmals ja – nach Polein und den Polypen werde ich mich ausschließlich mit diesem Raubtier beschäftigen. Ich werde eine Villa mieten, sie muß einen sehr tiefen Keller haben mit dicken Mauern und einer schweren Tür, und wenn die Tür nicht dick genug ist, werde ich sie selbst mit einer Matratze und Werg verstopfen. Sobald ich die Villa habe, werde ich

Pradel stellen und entführen. Ich werde in die Kellermauer Ringe einlassen und ihn dort sofort anketten. Und dann – Mahlzeit!
Ich stehe ihm gegenüber und sehe ihn genauso an, wie er mich vor Gericht angesehen hat. Ich fühle beinahe seinen warmen Atem, wir stehen ganz nahe voreinander, Nase an Nase, wir berühren uns fast.
Seine Habichtsaugen sind vom Licht der starken Scheinwerfer, die ich auf ihn richte, geblendet, irritiert. Dicke Schweißtropfen rinnen ihm über das blutunterlaufene Gesicht. Ich höre meine Fragen – lausche seinen Antworten. Ich durchlebe diese Minuten sehr intensiv.
»Erkennst du mich, du Schweinehund? Ich bin es, Papillon, den du so flott auf lebenslängliche Zwangsarbeit geschickt hast! Du meinst wohl, es war der Mühe wert, so viele Jahre zu büffeln, die Nächte über römischen und anderen Gesetzbüchern zu verbringen, Latein und Griechisch zu lernen und die Jahre der Jugend zu opfern, um ein hochgebildeter Mann und ein großer Redner zu werden? Um das Arschloch zu werden, das du bist? Hast du es etwa getan, um ein neues, gutes Sozialgesetz zu schaffen? Um die Narren davon zu überzeugen, daß Frieden das Beste auf Erden ist? Um die Gedankengänge einer großen, wunderbaren Religion zu verkünden? Oder wenigstens, um mit deiner auf der Universität erbüffelten Überlegenheit die Menschen dazu zu bringen, daß sie sich bessern und nichts Böses mehr tun? Hast du dir dein Wissen erworben, um irgendeinen armen Teufel zu retten?
Nichts von alledem. Du warst nur von dem einen, einzigen Wunsch besessen: emporzusteigen, nach oben zu gelangen, die Sprossen deiner widerlichen Karriere hinaufzuklettern, dir den Ruhm zu erwerben, der beste Lieferant des Bagnos zu sein und ein zügelloser Zutreiber für den Henker, für die Guillotine.
Wenn der Scharfrichter etwas dankbarer wäre, müßte er dir zu jedem Jahresende eine Kiste feinsten Champagners schicken. Hat er es denn nicht dir zu verdanken, daß er dieses Jahr fünf bis sechs Köpfe mehr abschlagen konnte? Jetzt aber bin ich es, der dich an diese Mauer gekettet hält. Ich sehe dein Lächeln wieder, ja ich sehe die Siegermiene deutlich vor mir, die du aufsetztest, als man nach deinem Strafantrag das Urteil verlas. Es kommt mir vor, als sei das alles erst gestern gewesen – und doch liegt es schon Jahre zurück. Wie viele? Zehn? Zwanzig?«
Aber – was ist los mit mir? Warum denn zehn Jahre? Warum gar zwanzig? Rühr dich, Papillon! Du bist stark, du bist jung, und du hast fünftausendsechshundert Franc im Bauch. Zwei Jahre werde ich von meinem Lebenslänglich absitzen, und keines mehr – das schwöre ich.
Wahrhaftig, du fängst an, närrisch zu werden, Papillon. Die Zelle, die Stille, das Alleinsein treiben dich zum Wahnsinn. Ich habe keine Zigaretten. Die letzte habe ich gestern geraucht ... Ich werde um-

hergehen. Schließlich ist es nicht nötig, die Augen geschlossen zu halten und das Taschentuch draufzudrücken, um vorauszusehen, was kommen wird ... Ich stehe auf. Die Zelle ist vier Meter lang, das sind fünf kleine Schritte von der Tür bis zur Mauer. Die Hände auf dem Rücken, fange ich zu gehen an und rede dabei weiter.
»Wie gesagt, ich sehe dein Siegerlächeln deutlich vor mir. Ich werde es in ein Grinsen verwandeln. Du hast mir etwas voraus: Ich durfte nicht schreien, du darfst es. Schrei, schrei, soviel du willst und so laut du kannst. Was soll ich mit dir tun? Dich verhungern lassen nach dem Rezept von Dumas? Nein, das genügt nicht. Ich werde dir zuerst einmal die Augen ausstechen. Ach – du triumphierst noch immer? Du denkst, wenn ich dir die Augen aussteche, brauchst du mich wenigstens nicht mehr anzusehen, und außerdem beraube ich mich selbst des Vergnügens, deine Reaktionen in deinen Pupillen zu lesen. Ja, du hast recht, ich darf sie dir nicht ausstechen, zumindest nicht gleich. Ich werde es mir für später aufheben.
Ich werde dir die Zunge herausschneiden, diese schreckliche Zunge, die scharf ist wie ein Messer – nein, schärfer als ein Rasiermesser. Die Zunge, die sich für deine ruhmreiche Karriere prostituiert hat. Dieselbe Zunge, mit der du deiner Frau Zärtlichkeiten sagst, deinen Kindern, deiner Geliebten. Du – und eine Geliebte? Nein, wohl eher einen Geliebten. Denn du bist als Mann nichts. Ein träger, genießerischer Schlappschwanz. Der geborene Päderast. Ja, ja, ich muß damit anfangen, dir die Zunge herauszuschneiden, die Vollstreckerin deines Gehirns. Sie, die du so gut zu gebrauchen verstehst, hat die Geschworenen dahin gebracht, alle an sie gestellten Fragen mit ›Ja‹ zu beantworten. Dank deiner Zunge stehen die Polizisten jetzt wie Heilige da, als Opfer ihrer Pflicht. Ihr verdankt es der Zeuge, daß sein Lügennetz gehalten hat. Ihr allein verdanke ich, daß ich den zwölf Arschgesichtern als der gefährlichste Kerl von ganz Paris erscheinen mußte. Wenn du diese Zunge nicht hättest, die so trügerisch, so geschickt, so überzeugend ist und so geübt darin, Menschen, Tatsachen und Dinge zu entstellen, säße ich heute noch auf der Terrasse des Grand Café auf der Place Blanche, von wo ich mich nie weggerührt hätte. Ich werde sie dir also herausschneiden, diese Zunge. Aber mit welchem Instrument?«
Ich gehe und gehe, der Kopf dreht sich mir. Aber ich bin noch immer Gesicht an Gesicht mit ihm ... als plötzlich das Licht erlischt und schwaches Tageslicht durch die Ritze der Fensterplanke in meine Zelle sickert. Was, schon Morgen? Ich habe die ganze Nacht mit meinen Rachegedanken zugebracht? Was für schöne Stunden werde ich hier noch verbringen. Diese lange Nacht, wie kurz ist sie gewesen!
Ich sitze auf meinem Bett und lausche. Nichts. Völlige Stille. Von Zeit zu Zeit ein »Klick« an meiner Tür. Das ist der Wärter. Er kommt in Pantoffeln an meine Tür, um keinen Lärm zu machen. Er schiebt das winzige Eisentürchen zurück und legt sein Auge an

das winzige Loch, das ihm erlaubt, mich zu sehen, ohne daß ich ihn bemerke.
Die von der französischen Republik erdachte Maschinerie arbeitet in mehreren Etappen. Mich hat sie in der zweiten. Sie funktioniert bewundernswert. In der ersten Etappe hat sie einen Mann in ihr Räderwerk gezogen, der Unannehmlichkeiten hätte bereiten können. Aber das ist nicht genug. Der Mann darf nicht zu rasch sterben, er darf nicht durch einen Selbstmord entwischen. Man braucht ihn noch. Was würde die Verwaltung der Strafanstalt tun, wenn es keine Gefangenen gäbe? Das wäre ja noch schöner! Also überwachen wir ihn. Ins Bagno mit ihm, wo er wieder für andere Funktionäre lebensnotwendig ist. Das Klicken wiederholt sich. Und reizt mich zum Lachen.
Nur keine Angst, Herr Überflüssig, ich entwische schon nicht. Zumindest nicht auf die Art, die du befürchtest: durch Selbstmord. Ich möchte nur eines: mir das Leben so erträglich wie möglich gestalten und sehr rasch nach Französisch-Guayana kommen. Gott sei Dank seid ihr so dumm, mich dorthin zu schicken. Du alter Gefängniswärter, der du jeden Augenblick das »Klick« des Eisentürchens erzeugst, ich weiß, daß deine Kollegen keine Chorknaben sind. Du bist ein guter Papa unter den Wärtern hier unten, das ist mir längst klar. Denn als man Napoleon bei der Gründung des Bagnos fragte: »Und wer soll die Banditen bewachen?«, antwortete er: »Größere Banditen als sie selbst.« Ich bekam noch genügend Gelegenheit, festzustellen, daß er nicht gelogen hat.
»Klick.« Ein kleines Quadrat von zwanzig mal zwanzig Zentimeter öffnet sich in der Mitte der Tür. Man reicht mir Kaffee und ein dreiviertel Kilo schweres Stück Brot. Ich habe als Verurteilter nicht mehr das Recht, ein Restaurant zu besuchen, aber ich darf, wenn ich bezahle, Zigaretten und Lebensmittel in einer bescheidenen Kantine kaufen. Noch wenige Tage, dann gibt es auch das nicht mehr. Die Conciergerie ist das Vorzimmer zur Einzelhaft. Ich rauche mit Genuß eine Lucky Strike, das Paket zu sechs Franc sechzig. Ich habe mir zwei Pakete gekauft. Ich gebe meine Barschaft aus, weil man sie mir sonst wegnimmt, um damit die Gerichtskosten zu bezahlen.
Dega läßt mir durch einen kleinen Zettel, den ich im Brot finde, Nachricht zukommen, ich möge zum Desinfizieren gehen. »In der Zündholzschachtel sind drei Läuse.« Ich nehme die Streichhölzer heraus und finde drei fette Läuse. Was das bedeutet, weiß ich. Ich muß sie dem Aufseher zeigen, und morgen schickt er mich mit meinen Sachen und der Matratze in die Dampfkammer, um das Ungeziefer zu töten – uns ausgenommen natürlich. Und wirklich, am nächsten Tag treffe ich dort Dega. Kein Wächter in der Kammer. Wir sind allein.
»Danke«, sage ich. »Ich habe den Stöpsel.«
»Stört er dich nicht?«

»Nein.«
»Wasch ihn immer gut, bevor du ihn auf dem WC wieder hineinsteckst.«
»Er ist gut verschlossen, glaube ich; den Geldscheinen ist nichts passiert, obwohl ich ihn schon sieben Tage trage.«
»Dann ist er in Ordnung.«
»Was gedenkst du zu tun, Dega?«
»Ich werde den Verrückten spielen. Ich will nicht ins Bagno. Hier in Frankreich brauche ich vielleicht nur acht bis zehn Jahre zu sitzen. Ich habe Beziehungen und kann mindestens fünf Jahre geschenkt kriegen.«
»Wie alt bist du?«
»Zweiundvierzig.«
»Verrückt! Wenn du zehn von den fünfzehn abbrummst, bist du ein alter Mann, wenn du herauskommst. Hast du Angst vor der Zwangsarbeit?«
»Ja, ich habe Angst vor dem Bagno. Ich schäme mich nicht, es einzugestehen, Papillon. Es ist grauenhaft in Guayana. Jedes Jahr krepieren achtzig Prozent. Ein Konvoi löst den andern ab, und in jedem sind achtzehnhundert bis zweitausend Mann. Wenn du nicht Lepra erwischst, kriegst du das gelbe Fieber oder die Ruhr, die sind auch nicht ohne, oder Tuberkulose oder infektiöse Malaria. Und wenn man von alldem verschont bleibt, hat man gerade die besten Chancen, umgebracht zu werden, weil einem irgendeiner den Stöpsel stehlen will, oder auf der Flucht zu verrecken. Glaub mir, Papillon. Ich möchte dich nicht entmutigen, aber ich habe welche gekannt, die nach fünf, sechs Jahren Bagno zurückgekommen sind, und ich weiß, was ich sage. Sie sind alle Wracks und verbringen im Jahr neun Monate im Spital. Und was das Ausbrechen anlangt, das ist nicht so einfach, wie sich die meisten das vorstellen.«
»Ich glaube dir, Dega. Aber ich vertraue mir selber. Ich werde nicht lange da unten bleiben, verlaß dich darauf. Ich bin Seemann und kenne mich auf See aus. Ich werde sehr schnell wieder draußen sein. Und du, du willst zehn Jahre sitzen? Selbst wenn man dir fünf davon erläßt, was nicht so sicher ist – glaubst du denn, daß du die andern zehn ertragen kannst, ohne in der Einzelhaft verrückt zu werden? Jede Stunde, die ich allein in meiner Zelle verbringe, ohne Bücher, ohne Ausgang, ohne Ansprache, ist nicht sechzig, sondern sechshundert Minuten lang! Und auch das ist noch weit von der Wahrheit entfernt.«
»Möglich. Aber du bist jung. Und ich, ich bin zweiundvierzig.«
»Höre, Dega, sei ehrlich: Was fürchtest du am meisten? Doch nicht die anderen Sträflinge?«
»Ehrlich gesagt, ja, Papillon. Jeder einzelne weiß, daß ich Millionär bin, und glaubt, daß ich fünfzig- bis hunderttausend bei mir trage. Da dauert es nicht lange, und sie bringen mich um.«
»Wollen wir einen Pakt schließen? Du versprichst mir, nicht ver-

rückt zu werden, und ich verspreche dir, immer bei dir zu bleiben. Einer greift dem andern unter die Arme. Ich bin ziemlich stark und schnell und habe früh genug gelernt, mich zu schlagen, und ich verstehe es prima, mit einem Messer umzugehen. Was die Häftlinge angeht, kannst du also ganz ruhig sein: Man wird uns mehr als respektieren, man wird uns fürchten. Und zum Ausbrechen brauchen wir keine Helfer. Du hast Flachs, ich hab Flachs, ich kann einen Kompaß lesen und ein Schiff steuern. Was willst du mehr?«
Er blickt mir tief in die Augen ... Wir umarmen uns. Der Pakt ist geschlossen.
Wenige Augenblicke danach öffnet sich die Tür. Er geht mit seinem Zeug seines Weges, ich mit dem meinen. Wir leben nicht weit entfernt voneinander, und von Zeit zu Zeit kann man sich beim Friseur treffen, beim Arzt oder sonntags in der Kapelle.
Dega ist bei der Fälscheraffäre der Défense Nationale verhaftet worden. Ein Fälscher hatte auf originelle Art Banknoten hergestellt. Er bleichte Fünfhundertfrancscheine und druckte mit vollendeter Technik »Zehntausend« darüber. Das Papier war echt, die Banken und Kaufleute nahmen es ohne weiteres an. Das ging so mehrere Jahre, und das Falschgelddezernat der Staatsanwaltschaft wußte schon nicht mehr, wo ihm der Kopf stand. Bis eines Tages ein Mann namens Brioulet auf frischer Tat ertappt und festgenommen wurde. José Dega stand seelenruhig in seiner Bar in Marseille, in der sich Nacht für Nacht die Crème der südlichen Verbrecherwelt traf und wo sich die internationale Halbwelt ein Stelldichein gab.
José Dega war 1929 Millionär. Eines Nachts erscheint eine gutangezogene, junge, hübsche Frau in der Bar und fragt nach ihm.
»Das bin ich, Madame, was wünschen Sie? Kommen Sie, bitte, ins Nebenzimmer.«
»Ich bin Brioulets Frau. Er steckt in Paris im Gefängnis, weil er Falschgeld in Umlauf gesetzt hat. Ich habe mit ihm in der Santé gesprochen. Er hat mir die Adresse Ihrer Bar gegeben und mich beauftragt, Sie um zwanzigtausend Franc zu bitten, damit er seinen Anwalt bezahlen kann.«
Und so kam es, daß einer der gewiegtesten Gauner Frankreichs, weil er sich nicht der Gefahr aussetzen wollte, einer Frau gegenüber seine Rolle in der Fälscheraffäre zuzugeben, die einzige Antwort gab, die er Brioulets Frau nie hätte geben dürfen.
»Ich kenne Ihren Mann nicht, Madame«, hatte Dega gesagt. »Wenn Sie Geld brauchen, gehen Sie auf den Strich. Hübsch, wie Sie sind, werden Sie damit mehr verdienen, als Sie brauchen.«
Die arme Frau lief empört und weinend davon. Und berichtete alles ihrem Mann. Und Brioulet, voll Unmut, verriet am nächsten Morgen dem Untersuchungsrichter alles, was er über Dega wußte. Er klagte ihn in aller Form als den Mann an, der die falschen Scheine geliefert hatte. Einige der gerissensten Polizisten Frankreichs lauerten Dega auf, und einen Monat später wurden er, der Fälscher,

der Graveur und elf Komplizen an mehreren Orten gleichzeitig verhaftet und hinter Schloß und Riegel gesetzt. Der Prozeß dauerte vierzehn Tage. Jeder Angeklagte wurde von einem angesehenen Anwalt verteidigt. Brioulet nahm nichts zurück, und so wurde dieser gewiegteste Gauner Frankreichs, ruiniert und um zehn Jahre gealtert, wegen läppischer zwanzigtausend Franc und einer unüberlegten Antwort zu fünfzehn Jahren Zwangsarbeit verdonnert.
Und mit diesem Mann hatte ich soeben einen Pakt auf Leben und Tod geschlossen ...
Dr. Raymond Hubert hat mir einen Besuch abgestattet. Er war nicht gerade sehr aufgekratzt, was ich ihm nicht verdenken kann.
... Eins, zwei, drei, vier, fünf, kehrt ... Eins, zwei, drei, vier, fünf, kehrt ... Mehrere Stunden schon wandere ich so hin und her, vom Fenster zur Tür meiner Zelle, von der Tür zum Fenster. Ich rauche, bin bei klarem Kopf, bin ausgeglichen und fähig, alles mögliche zu ertragen. Ich verspreche mir selbst, zur Zeit nicht an Rache zu denken.
Lassen wir den Staatsanwalt dort, wo er war: angekettet an die Mauerringe, das Gesicht mir zugekehrt. Ich habe mich noch nicht entschieden, auf welche Art ich ihn krepieren lassen werde.
Da dringt plötzlich ein Schrei durch die Tür meiner Zelle. Ein Schrei der Verzweiflung, gellend, grausig, Angst einflößend. Was bedeutet das? Es klingt wie das Geschrei eines Gefolterten. Aber wir sind hier doch nicht auf der Kriminalpolizei? – Keine Möglichkeit, zu erfahren, was los ist. Es stört mich, dieses Geschrei in der Nacht. Und wie stark muß es sein, daß es durch die gepolsterte Tür dringt. Ist es vielleicht ein Verrückter? In diesen Zellen da, wo man von allem isoliert ist, kann einer bald wahnsinnig werden. Ich rede laut zu mir selbst: »Was geht das dich an?« frage ich mich. »Denk an dich, an nichts als an dich und deinen neuen Verbündeten Dega.« Ich bücke mich, richte mich wieder auf und versetze mir einen Fausthieb gegen die Brust ... Es hat mir sehr weh getan, also ist alles gut. Meine Armmuskeln funktionieren ausgezeichnet. Und meine Beine? Ich gratuliere, du bist mehr als sechzehn Stunden auf und ab marschiert und nicht einmal müde, mein Freund.
Die Chinesen haben den Wassertropfen erfunden, der einem auf den Kopf fällt. Die Franzosen die Stille. Sie verbieten jede Zerstreuung. Es gibt weder Bücher noch Papier und Bleistift. Das Fenster mit den dicken Gitterstäben ist zusätzlich mit Brettern vernagelt, nur ein paar kleine Löcher lassen kümmerliche Lichtstrahlen durch.
Tief bestürzt über das herzzerreißende Geschrei, gehe ich wie ein gefangenes Tier im Kreis herum. Ich habe das Gefühl, von allen verlassen zu sein, und komme mir buchstäblich lebendig begraben vor. Ja, ich bin sehr allein. Ein Schrei, das ist alles, was mich erreicht.
Da geht auf einmal die Tür auf. Ein alter Pfarrer kommt herein.

Du bist jetzt absolut nicht allein – da, vor dir, steht ein leibhaftiger Pfarrer.
»Guten Abend, mein Sohn. Entschuldige, daß ich nicht schon früher gekommen bin, aber ich war auf Urlaub. Wie geht's?« Und der gute alte Priester tritt ohne Umstände ein und setzt sich artig auf meine Pritsche.
»Woher bist du?«
»Aus der Ardèche.«
»Was ist mit den Eltern?«
»Mama ist gestorben, ich war elf Jahre alt. Mein Vater hat mich sehr geliebt.«
»Was ist er?«
»Lehrer.«
»Lebt er noch?«
»Ja.«
»Warum sagst du dann: Er *hat* mich geliebt, wenn er doch noch lebt?«
»Ja, *er* lebt. Aber ich bin tot.«
»Sag so was nicht. Was hast du denn getan?«
»Es kommt mir lächerlich vor, ihm zu sagen, daß ich unschuldig bin.
»Die Polizei behauptet, ich hätte einen Menschen getötet«, antworte ich schnell. »Und wenn sie es sagt, muß es ja wohl stimmen.«
»War es ein Geschäftsmann?«
»Nein, ein Zuhälter.«
»Und wegen einer solchen Halbweltaffäre hat man dich zu lebenslänglicher Zwangsarbeit verurteilt? Das verstehe ich nicht. War es Mord?«
»Nein, Totschlag.«
»Das ist unglaublich, mein armes Kind. Was kann ich für dich tun? Willst du mit mir beten?«
»Entschuldigen Sie, Herr Pfarrer, ich habe nie Religionsunterricht erhalten, ich kann gar nicht beten.«
»Das macht nichts, ich werde für dich beten. Gott liebt alle seine Kinder, ob sie getauft sind oder nicht. Du wirst jedes Wort wiederholen, was ich dir vorsage, willst du?«
Seine Augen sind so sanft, sein rundes Gesicht strahlt so viel Güte aus, daß ich mich schäme abzulehnen, und als er sich niederkniet, knie auch mich hin. »Vater unser, der du bist in dem Himmel...«
Die Tränen treten mir in die Augen, und der gute Pater nimmt, wie er das sieht, mit seinem rundlichen Finger eine dicke Träne von meiner Backe und tut sie sich auf die Lippen.
»Deine Tränen, mein Sohn, sind für mich die schönste Belohnung, die Gott mir heute durch dich zukommen läßt. Ich danke dir.«
Er steht auf und küßt mich auf die Stirn.
Und wieder sitzen wir Seite an Seite auf der Pritsche.

»Wie lange ist es her, seit du das letztemal geweint hast?«
»Vierzehn Jahre.«
»Wieso vierzehn Jahre?«
»Seit dem Tod meiner Mutter.«
Er nimmt meine Hand in die seine und sagt: »Verzeihe denen, die dir so viel Leid auferlegen.«
Ich entziehe ihm die Hand und bin, ohne es recht zu wollen, mit einem Schritt mitten in der Zelle.
»Nein, das kann ich nicht. Ich werde ihnen nie verzeihen! Soll ich Ihnen etwas anvertrauen, mein Vater? Ich denke Tag für Tag, Nacht für Nacht, Stunde um Stunde darüber nach, wie, wann und womit ich alle diese Leute töten könnte, die mich hierher gebracht haben.«
»Du glaubst, was du sagst, mein Sohn. Du bist jung, sehr jung. Aber es wird die Zeit kommen, da wirst du auf Strafe und Rache von selber verzichten.«
Heute, vierunddreißig Jahre später, denke ich wie er.
»Was kann ich für dich tun?« fragt er wieder.
»Etwas Verbotenes, mein Vater.«
»Was denn?«
»In Zelle siebenunddreißig gehen und Dega sagen, er soll durch seinen Anwalt ein Gesuch machen, daß man ihn in die Zentrale von Caen schickt. Ich habe das heute auch gemacht. Es geht darum, so schnell wie möglich aus der Conciergerie in eine der Zentralen zu kommen, in denen die Konvois nach Guayana zusammengestellt werden. Wenn man nämlich nicht gleich mit dem ersten Schiff mitkommt, muß man hier zwei Jahre bleiben und auf das nächste warten. Und wenn Sie mit ihm gesprochen haben, Herr Pfarrer, kommen Sie bitte wieder zu mir zurück.«
»Unter welchem Vorwand, mein Sohn?«
»Zum Beispiel, daß Sie ihr Gebetbuch bei mir vergessen haben. Ich warte auf Antwort.«
»Und warum hast du es so eilig, in dieses grauenhafte Bagno zu kommen?«
Ich sehe in dem Pfarrer einen echten Commis Voyageurs des lieben Gottes und bin überzeugt, daß er mich nicht hintergehen wird.
»Damit ich schneller ausbrechen kann, mein Vater.«
»Gott wird dir beistehen, mein Kind, ich bin ganz sicher, und du wirst dein Leben neu beginnen, ich fühle es. Deine Augen sind die eines guten Jungen, du hast ein edles Gemüt. Ich werde auf Zelle siebenunddreißig gehen und dir die gewünschte Antwort bringen.«
Er war sehr bald wieder da. Dega war einverstanden. Der Pfarrer ließ sein Gebetbuch bis zum nächsten Tag in meiner Zelle liegen.
Das war ein Sonnenstrahl heute! Die Zelle ist ganz hell davon.
Wenn es einen Gott gibt, warum läßt er dann zu, daß es auf Erden so verschiedene Menschen gibt? Den Staatsanwalt, die Polypen,

Polein, und dann diesen Pfarrer, den Geistlichen der Conciergerie?
Der Besuch des frommen Mannes hat mir gutgetan und war gleichzeitig ein Vorteil für mich.
Die Antwort auf die Gesuche hat nicht lange auf sich warten lassen. Eine Woche später stehen wir, sieben Mann hoch, um vier Uhr früh in einer Reihe im Gang der Conciergerie. Auch die Posten sind da. Alles ist vollzählig.
»Ausziehen!« Alle entkleiden sich langsam. Es ist kalt, ich bekomme eine Gänsehaut.
»Laßt die Anzüge vor euch liegen. Kehrt! Einen Schritt zurück!«
Jeder steht vor seinem Bündel.
Abschätzige, neugierige, auch fachmännische Blicke treffen meinen reich tätowierten Körper. Unterhalb des Adamsapfels trage ich einen Schmetterling, die Illustration meines Spitznamens. Dieser Spitzname, auf dem Montmartre bekannt wie das falsche Geld, bleibt mir, und bald bin ich auch hier für alle – »Papillon«.
»Anziehen!« Das leichte Hemd, das ich noch kurz zuvor anhatte, wird durch ein grobes, naturfarbenes Leinenhemd ersetzt, mein schöner Anzug durch Kittel und Wollhose. Meine Füße stecken in Holzpantinen. Bis dahin hatte man noch den Anblick eines normalen Menschen geboten. Ich sehe mir die übrigen sechs an – schauderhaft! Binnen zwei Minuten hat sich jeder aus einer Persönlichkeit in einen Bagnosträfling verwandelt.
»Rechts um, in eine Reihe! Vorwärts marsch!« Von zwanzig Posten eskortiert, gelangen wir in den Hof, wo einer nach dem andern in den schmalen Kasten eines Zellenwagens geschoben wird.
Es geht fort, in die Zentrale, nach Caen.

Die Zentrale in Caen

Kaum angekommen, verfrachtet man uns in das Büro des Direktors. Er thront auf einem meterhohen Podium hinter einem mächtigen Empiretisch.
»Habt acht! Der Herr Direktor will mit euch sprechen!«
»Verurteilte! Ihr befindet euch hier in Gewahrsam, um die Weiterfahrt ins Bagno abzuwarten. Wir sind hier in einem Zuchthaus. Es ist absolute Ruhe zu bewahren, es gibt keine Besuche, keine Post, für niemanden. Wer sich nicht beugt, wird gebrochen. Es stehen zwei Ausgänge zur Verfügung. Der eine führt ins Bagno, wenn man sich gut aufführt, der andere auf den Friedhof. Das geringste Vergehen wird mit sechzig Tagen schweren Kerkers bei Wasser und Brot bestraft. Noch keiner hat zwei aufeinanderfolgende Kerkerstrafen überstanden. Verstanden?«
Er wendet sich an Pierrot, den Narren, der von Spanien ausgeliefert wurde.

»Was waren Sie von Beruf?«
»Torero, Herr Direktor.«
»Abführen!« brüllt der Direktor außer sich. In weniger als zwei Sekunden ist der Torero zu Boden geschlagen, wird von vier oder fünf Posten mit Riemen gepeitscht und rasch fortgeschafft. »Verdammte Sch...«, hören wir ihn schreien. »Fünf gegen einen, und dazu noch mit Riemen, ihr Schweinehunde!« Der Aufschrei eines zu Tode verwundeten Tieres. Dann nichts mehr. Nur noch das schleifende Geräusch auf dem Zementboden.
Wer nach dieser Szene nicht begreift, wird nie begreifen. Dega steht neben mir. Er rührt nur mit einem Finger an meine Hose. Ich weiß, was er mir sagen will: »Halte dich gut, wenn du lebend ins Bagno kommen willst.« Zehn Minuten später befindet sich jeder (bis auf Pierrot, den Narren, der in einem schändlichen unterirdischen Loch gelandet ist) in einer Zelle des Zuchthauses der Zentrale.
Das Glück wollte es, daß sich Dega in der Zelle neben mir befindet. Zuvor wurden wir einem Rotschädel von etwa ein Meter neunzig vorgestellt, der in der rechten Hand einen Ochsenziemer hielt. Das ist der Profos, ein Häftling, der auf Befehl der Wärter als Folterknecht dient. Er ist der Schrecken aller Gefangenen. Das hat den Vorteil, daß die Wärter die Sträflinge prügeln und auspeitschen können, ohne selbst einen Finger rühren zu müssen, und die Verwaltung ist nicht verantwortlich, falls einer totgeschlagen wird.
Im Verlauf eines kurzen Aufenthaltes im Krankensaal habe ich die Geschichte dieses Monsters in Menschengestalt erfahren. Wir können den Direktor der Zentrale nur dazu beglückwünschen, sich seinen Henker so geschickt gewählt zu haben. Der fragliche Herr war von Beruf Steinbrucharbeiter. Eines schönen Tages beschloß er, in der kleinen nördlichen Stadt, in der er lebte, Selbstmord zu begehen und gleichzeitig seine Ehegattin zu beseitigen. Er benützte dazu eine starke Dynamitpatrone. Er legte sich neben seiner schlafenden Frau nieder und zündete sich eine Zigarette an, um die Dynamitpatrone, die er zwischen sich und der Frau in der linken Hand hielt, in Brand zu setzen. Die Explosion soll furchtbar gewesen sein. Man mußte die Frau mit dem Löffel zusammenscharren, sie war buchstäblich zerkrümelt. Das Haus stürzte teilweise ein, drei Kinder wurden unter den Trümmern begraben, ebenso eine siebzigjährige Frau. Die übrigen Bewohner wurden mehr oder weniger schwer verletzt. Er selbst, Tribouillard, hatte sein linkes Auge, sein linkes Ohr und einen Teil der linken Hand eingebüßt – nur noch der kleine Finger und die Hälfte des Daumens waren übriggeblieben. Oben auf dem Kopf hatte er eine tiefe Wunde, die eine Schädeloperation nötig machte.
Seit seiner Verurteilung ist Tribouillard Profos der Strafzellen in der Zentrale. Und dieser Halbirre darf mit den Unglücklichen, die in seinem Bereich landen, nach Belieben verfahren.

Eins, zwei, drei, vier, fünf, kehrt ... Eins, zwei, drei, vier, fünf, kehrt ... Das endlose Hin und Her zwischen Zellenwand und Zellentür beginnt wieder.
Tagsüber darf man sich nicht hinlegen. Um fünf Uhr morgens weckt uns ein schriller Pfiff. Man muß aufstehen, sein Bett machen, sich waschen, herumgehen oder sich auf den angemauerten Klappstuhl setzen. Man darf sich nicht niederlegen. Eine raffinierte Draufgabe des Strafsystems. Das Bett wird an die Mauer geklappt und bleibt oben. Der Gefangene kann sich nicht ausstrecken und ist leichter zu überwachen.
... Eins, zwei, drei, vier, fünf ... Vierzehn Stunden Marsch. Um den Bewegungsmechanismus besser aufrechtzuerhalten, muß man den Kopf senken, die Hände auf dem Rücken verschränken, nicht zu rasch und nicht zu langsam gehen, möglichst gleiche Schritte machen und automatisch umkehren, einmal auf dem linken Fuß, einmal auf dem rechten.
Eins, zwei, drei, vier, fünf ... Die Zellen hier sind heller als die in der Conciergerie. Man hört draußen den Lärm im Zuchthaus und Geräusche, die vom Land hereindringen. Nachts hört man das Pfeifen oder die Lieder der Landarbeiter, die nach Hause zurückkehren und sich mit einem Schluck Apfelwein stärken.
Ich habe ein Weihnachtsgeschenk bekommen: durch einen Spalt zwischen den Brettern, die das Fenster verschließen, sehe ich die Felder unter der weißen Schneedecke liegen und ein paar dicke schwarze, von einem großen Mond beleuchtete Bäume. Es sieht genauso aus wie auf Weihnachtskarten. Der Wind hat die Bäume geschüttelt und von ihrer Schneelast befreit, sie heben sich gut ab. Weihnachten für jedermann, sogar für einen Teil der Gefangenen. Die Verwaltung bemüht sich um die durchziehenden Sträflinge. Man ist berechtigt, sich zwei Rippen Schokolade zu kaufen. Ich sage Rippen, nicht Tafeln. Diese zwei Rippen Schokolade waren 1931 mein Weihnachtsessen.
Eins, zwei, drei, vier, fünf ... Unter dem Druck der Justiz werde ich zum Seiltänzer. Das Hin und Her in meiner Zelle ist meine ganze Welt. Nichts, absolut nichts darf man in der Zelle behalten. Der Gefangene darf sich vor allem nicht zerstreuen. Würde man mich dabei überraschen, wie ich durch den Spalt am Fenster gucke, zöge das eine schwere Strafe nach sich. Und handeln sie nicht völlig richtig, da ich für sie doch nichts anderes bin als ein lebendig Begrabener? Mit welchem Recht nehme ich mir heraus, den Anblick der Natur zu genießen?
Ein Schmetterling fliegt vorbei. Er ist hellblau mit einem kleinen schwarzen Streifen, eine Biene summt nicht weit von ihm vor dem Fenster. Was suchen die Tiere an diesem Ort? Sind sie toll von der Wintersonne, oder ist ihnen kalt und sie wollen ins Gefängnis? Ein Schmetterling im Winter ist ein zum Leben Wiedererstandener. Wieso ist er nicht tot? Und warum hat diese Biene ihren Stock verlassen?

Welcher Übermut, sich hierher zu wagen! Ein Glück, daß der Profos keine Flügel hat, sonst würde sie nicht mehr lange leben. Dieser Tribouillard ist ein abscheulicher Sadist, und ich ahne bereits, daß es zwischen mir und ihm zu etwas kommen wird. Leider habe ich mich nicht getäuscht. Einen Tag nach dem Besuch der beiden bezaubernden Insekten melde ich mich krank. Ich kann nicht mehr, ich ersticke vor Einsamkeit, ich muß ein Gesicht vor mir sehen, eine Stimme hören, und sei's eine unangenehme. Aber endlich etwas hören, irgend etwas.
Nackt auf dem eiskalten Gang, die Nase zur Wand, vier Finger breit von ihr entfernt, warte ich als vorletzter in einer Reihe von acht Mann darauf, an dem Arzt vorbeidefilieren zu dürfen. Ich wollte jemanden sehen ... schön, es ist mir gelungen. Der Profos überrascht uns in dem Moment, da ich Julot, genannt »der Mann mit dem Hammer«, ein paar Worte zuflüstere. Die Reaktion dieses wilden Rotschädels ist fürchterlich. Ein Fausthieb auf den Hinterkopf erschlägt mich fast, und da ich den Schlag nicht hatte kommen sehen, knalle ich mit der Nase gegen die Wand. Das Blut spritzt, und nachdem ich mich wieder aufgerichtet habe, schüttle ich mich und versuche mir bewußt zu werden, was eigentlich geschehen ist. Ich mache eine abwehrende Bewegung. Der Koloß, der nichts anderes erwartete, gibt mir einen Tritt in den Bauch, der mich erneut zu Boden wirft, und fängt an, mich mit seinem Ochsenziemer zu bearbeiten. Julot kann das nicht mit ansehen. Er fällt über ihn her, es kommt zu einem furchtbaren Tumult, und da Julot ihn unter sich hat, sehen die Wärter unbeteiligt der Rauferei zu. Niemand beachtet mich. Ich stehe wieder auf und sehe mich nach einer Waffe um. Da bemerke ich, daß der Arzt sich in seinem Sessel im Ordinationszimmer vorbeugt, um nachzusehen, was auf dem Gang los sei. In diesem Moment hebt sich unter dem Druck des Dampfes der Deckel des dicken Emaillekessels auf dem Ofen, der das Zimmer des Arztes heizt.
Mit einer raschen Reflexbewegung ergreife ich den Kessel bei den Henkeln, verbrenne mich zwar, lasse ihn aber nicht los und schütte dem Profos das kochende Wasser ins Gesicht. Er hat mich nicht gesehen, so sehr war er mit Julot beschäftigt. Ein gewaltiger Schrei dringt aus seiner Kehle, es hat ihn ganz schön erwischt. Er wälzt sich auf dem Boden und reißt sich die drei Trikots, die er übereinander trägt, eins nach dem andern herunter. Beim dritten geht die Haut mit. In dem Bemühen, durch seinen engen Halsausschnitt zu kommen, geht ein Stück der Brusthaut, der Haut am Hals und die ganze Haut der Wange ab und bleibt am Trikot kleben. Auch das einzige Auge ist verbrannt und erblindet. Endlich erhebt Tribouillard sich. Blutverschmiert, mit bloßliegendem Fleisch, grauenhaft anzusehen. Julot benützt die Gelegenheit, um ihm einen Tritt in die Hoden zu versetzen. Der Riese bricht zusammen, beginnt zu erbrechen, zu speien. Unsere Rechnung ist beglichen.

Die beiden Aufseher, die die Szene mit angesehen haben, fühlen sich nicht stark genug, um uns anzugreifen. Sie pfeifen Verstärkung herbei. Von allen Seiten kommen die Wärter, und nun prasseln die Peitschenhiebe auf uns nieder wie Hagelschauer. Ich habe das Glück, sehr rasch umzufallen, und spüre die Schläge nicht mehr ...
Ich befinde mich zwei Stockwerke tiefer, vollkommen nackt in einer mit Wasser überschwemmten Zelle. Langsam komme ich wieder zu Bewußtsein und gleite mit der Hand über meinen schmerzenden Körper. Auf dem Kopf habe ich mindestens zwölf bis fünfzehn Beulen. Wie spät es wohl ist. Ich weiß es nicht. Hier gibt es weder Nacht noch Tag, kein Licht dringt herein. Ich höre Schläge gegen die Wand, sie kommen von weither ... Tock, tock, tock, tock, tock, tock. Das ist ein Signal. Das Häftlingstelephon. Ich muß selbst zweimal klopfen, wenn ich Verbindung bekommen will, das weiß ich – aber womit soll ich klopfen? In dieser Finsternis ist nichts zu finden, womit ich es tun könnte. Mit der Faust ist es sinnlos, das hallt nicht genug. Ich nähere mich der Seite, wo ich die Tür vermute, denn dort ist es etwas weniger dunkel – und verletze mich an Eisenstangen, die ich nicht sehen konnte. Ich taste umher und stelle fest, daß die Tür der Zelle mehr als einen Meter weit von mir entfernt ist. Das Eisengitter, an das ich stoße, hindert mich daran, zu ihr hinzugelangen. Wenn hier also ein gefährlicher Gefangener sitzt, kann er niemandem etwas tun, denn er ist in einem Käfig. Man kann mit ihm sprechen, ihn unter Wasser setzen, ihm etwas zu essen hinwerfen und ihn ohne Gefahr beschimpfen. Aber – man kann ihn nicht schlagen, ohne sich in Gefahr zu bringen, denn um ihn zu schlagen, muß man das Gitter öffnen. Ein Vorteil.
Das Klopfen wiederholt sich von Zeit zu Zeit. Wer kann das sein? Er verdient, daß ich ihm antworte, denn er riskiert viel, wenn er erwischt wird. Ich zerschlage mir fast die Schnauze beim Gehen. Mein Fuß stößt an etwas Hartes, Rundes. Ich betaste es – ein Holzlöffel. Schnell hebe ich ihn auf und mache mich an die Antwort. Das Ohr an die Wand gepreßt, warte ich. Tock, tock, tock, tock, tock – stop, tock, tock.
Tock, tock, antworte ich. Die beiden Schläge sollen dem Anrufenden sagen: Komm, ich nehme die Verbindung auf. Es geht los. Tock, tock, tock ... Die Buchstaben des Alphabets, rasch nacheinander ... a b c d e f g h i j k l m n o p – stop. Bei Buchstabe p hält er ein. Ein starker Schlag von mir: tock. Er weiß, daß ich das p zur Kenntnis genommen habe. Dann kommt ein a, ein p, ein i ... er fragt: »Papi, wie geht's? Dich hat es ja schön erwischt, ich hab einen gebrochenen Arm.« Es ist Julot.
Über zwei Stunden telephonieren wir, ohne zu bedenken, daß wir überrascht werden könnten. Wir sind buchstäblich versessen darauf, Sätze auszutauschen. Ich sage ihm, daß ich mir nichts gebrochen

habe, daß mein Kopf voller Beulen ist, daß ich aber keine Wunden habe.
Er hat gesehen, wie man mich an einem Fuß heruntergeschleppt hat und daß mein Kopf auf jeder Stufe aufschlug. Er ist bei Bewußtsein geblieben. Er glaubt, daß Tribouillard sehr schwer verbrannt ist. Die Wunden sind tief – der hat für eine Weile genug.
Drei Schläge rasch hintereinander, die Julot wiederholt, warnen mich: Gefahr im Verzug. Wenige Augenblicke später öffnet sich die Tür: »Nach hinten, du Schwein! Geh nach hinten und strammgestanden!« Das ist der neue Profos. »Ich heiße Batton, und das ist mein wirklicher Name. Du siehst, er paßt zu mir.« Mit einer großen Schiffslaterne beleuchtet er die Zelle und meinen nackten Körper. »Halt! Zieh dich an. Rühr dich nicht weg von dort. Da ist Wasser und Brot. Iß nicht alles auf einmal, du bekommst die nächsten vierundzwanzig Stunden nichts mehr!«
Er brüllt wie ein Wilder. Dann hebt er die Laterne in Augenhöhe. Ich sehe, daß er lächelt, nicht böse. Er legt einen Finger auf den Mund und deutet wortlos auf die Kleidungsstücke, die er mitgebracht hat – auf dem Gang muß noch ein anderer Wärter sein. Batton wollte mir zu verstehen geben, daß er mir freundlich gesinnt ist. Und wirklich finde ich in dem Stück Brot ein großes Stück Fleisch und in der Hosentasche, welches Glück, ein Paket Zigaretten und ein Feuerzeug mit einem kleinen Zündschwamm. Solche Geschenke sind hier eine Million wert. Anstatt eines Hemdes sind es deren zwei, und eine wollene Unterhose, die mir bis an die Knöchel reicht, habe ich auch. An diesen Batton werde ich ewig denken. Er will mich dafür belohnen, daß ich Tribouillard beseitigt habe. Bisher war Batton nur der Unterprofos, dank meiner Tat ist er jetzt der große Chef. Ich habe ihn befördert.
Da es der Geduld eines Sioux bedarf, um festzustellen, woher die Telephonsignale kommen, und da nur der Profos es kann – die Wärter sind viel zu faul dazu –, unterhalte ich mich mit Julot nach Herzenslust. Batton läßt uns in Ruhe. Den ganzen Tag schicken wir uns Telegramme. Ich erfahre von Julot, daß wir bis zur Abfahrt ins Bagno noch drei bis vier Monate haben.
Zwei Tage später holt man uns aus der Zelle und führt uns, jeder von zwei Wärtern bewacht, ins Büro des Direktors. Dort sitzen drei Männer. Sie bilden eine Art Tribunal: der Direktor als Vorsitzender, der Unterdirektor und der Chef der Aufseher als Beisitzende.
»Ach ja, Jungens, da seid ihr ja! Was gibt es?«
Julot ist sehr blaß, seine Augen sind verschwollen, er hat sichtlich Fieber. Mit seinem gebrochenen Arm muß er die drei Tage furchtbar gelitten haben.
»Ich habe einen gebrochenen Arm«, sagt er sanft.
»Nun – Sie wollten ihn sich ja brechen, den Arm. Das wird Sie lehren, andere Leute in Ruhe zu lassen. Wenn der Doktor kommt,

wird er sich die Sache ansehen. Ich hoffe, er kommt in einer Woche. Eine heilsame Wartezeit, der Schmerz wird Ihnen nützlich sein. Oder erwarten Sie am Ende, daß ich für ein Individuum wie Sie extra einen Arzt rufen lasse? Sie müssen schon Geduld haben, bis der Arzt der Zentrale Zeit findet, Sie zu behandeln. Das hindert mich aber nicht, Sie beide dazu zu verurteilen, bis zu einer neuen Verfügung in den Zellen zu bleiben.«
Julot blickt mir in die Augen. »Dieser gutgekleidete Herr geht sehr leichtfertig mit dem Leben menschlicher Wesen um«, scheint er sagen zu wollen.
Ich wende den Kopf dem Direktor zu und sehe ihn an. Er glaubt, daß ich etwas sagen will. »Und Sie? Gefällt Ihnen diese Entscheidung nicht?« fragt er. »Haben Sie etwas daran auszusetzen?«
»Absolut nicht, Herr Direktor«, antworte ich. »Ich habe nur das unwiderstehliche Bedürfnis, Sie anzuspucken. Aber ich will meine Spucke nicht besudeln.«
Er ist so verblüfft, daß er errötet und nicht gleich begreift.
Der Oberaufseher aber hat sofort begriffen. »Hinaus mit ihm«, ruft er den Aufsehern zu. »Und gebt es ihm! Ich erwarte, daß er in einer Stunde hier ist und auf dem Bauch um Entschuldigung bittet. Wir werden ihn schon dressieren! Dann darf er mir mit der Zunge die Schuhe putzen, oben und unten! Ich überlasse ihn euch. Und nicht zu lax, wenn ich bitten darf!«
Zwei Wärter drehen mir den rechten Arm um, zwei den linken. Ich liege flach auf dem Boden, die Hände in Höhe der Schulterblätter. Man legt mir Fesseln mit Daumenschrauben an, die meinen linken Zeigefinger mit dem rechten Daumen verbinden. Dann zieht mich der Oberaufseher wie ein Tier an den Haaren hoch.
Nicht nötig, zu erzählen, was sie weiter mit mir angestellt haben. Es genügt, zu erwähnen, daß ich elf Tage mit auf dem Rücken gefesselten Händen verbringen mußte. Ich verdanke mein Leben einzig Batton. Tagtäglich warf er mir das vorschriftsmäßige Stück Brot in die Zelle, doch da ich meiner Hände beraubt war, konnte ich es nicht essen. Ich erreichte es nicht einmal dann, wenn ich den Kopf durch das Gitter steckte, um hineinzubeißen. Doch Batton warf mir auch in genügender Menge zurechtgeschnittene Brotbissen zu. Ich scharte sie mit dem Fuß zu kleinen Häufchen zusammen, dann legte ich mich flach auf den Bauch und aß sie auf wie ein Hund. Ich kaute sie gründlich Stück für Stück.
Am zwölften Tag nahm man mir die Fesseln ab. Der Stahl hatte sich derart in mein Fleisch gebohrt, daß das Eisen stellenweise von geschwollenem Gewebe überwuchert war. Der Oberaufseher bekam es mit der Angst zu tun, um so mehr, als ich vor Schmerzen ohnmächtig wurde. Als ich wieder zu mir kam, brachte man mich ins Krankenzimmer und reinigte mich mit Wasserstoff. Man bestand sogar darauf, mir eine Injektion gegen Tetanus zu geben.

Meine Arme waren steif und verkrümmt und ließen sich nicht in ihre normale Stellung bringen; erst nach einer mehr als halbstündigen Einreibung mit Kampferöl konnte ich sie an meinem Körper heruntersenken.
Ich kehrte wieder in die Zelle zurück. Als der Oberaufseher die elf Brote bemerkte, sagte er: »Du wirst hier wohl einen Festschmaus halten? Merkwürdig, du bist gar nicht einmal so mager nach diesen elf Fasttagen ...«
»Ich habe genug Wasser getrunken, Chef.«
»Ach, das ist es, ich verstehe. Jetzt iß aber tüchtig, um aufzuholen.«
Und damit ging er.
Der Idiot! Er ist überzeugt, daß ich seit elf Tagen nichts gegessen habe und daß ich, wenn ich zuviel auf einmal in mich hineinstopfe, an verdorbenem Magen krepieren werde. Er wird sich täuschen.
Gegen Abend läßt mir Batton Tabak und Zigarettenpapier zukommen.
Ich rauche, rauche und blase den Rauch in das Ofenloch, damit es wenigstens irgendeinen Zweck erfüllt.
Später rufe ich Julot an. Er glaubt, daß ich seit elf Tagen nichts gegessen habe, und rät mir, nur ganz allmählich wieder zu futtern. Ich möchte ihm nicht die Wahrheit sagen, aus Angst, einer der Schweinehunde könnte mein Klopftelegramm im Vorübergehen entziffern. Julot hat den Arm in Gips, er ist guten Mutes und beglückwünscht mich, daß ich durchgehalten habe.
Nach Julots Meinung werden wir bald reisen; der Krankenwärter hat ihm gesagt, daß die Impfampullen bereits gekommen sind, für gewöhnlich kommen sie einen Monat vor der Abfahrt der Sträflinge. Er ist unvorsichtig, denn er fragt mich, ob ich den Stöpsel gerettet habe.
Ja, ich habe ihn gerettet. Aber was ich getan habe, um mir dieses Vermögen zu erhalten, kann ich hier nicht schildern. Ich habe grausame Wunden im After.
Drei Wochen später entläßt man uns aus den Zellen. Was ist passiert? Man erlaubt uns zu duschen. Eine sensationelle Sache! Ich fühle mich wie neugeboren. Julot lacht wie ein kleiner Junge, und Pierrot, der Narr, strahlt vor Lebensfreude.
Wir haben keine Ahnung, was sich tut. Der Friseur wollte mir auf mein leises »Was ist los?« keine Antwort geben.
Ein Unbekannter mit dreckiger Schnauze meint: »Amnestie. Keine Dunkelhaft mehr. Vielleicht haben sie Angst vor einem durchreisenden Inspektor. Hauptsache, man ist am Leben.«
Wir werden in normale Zellen überführt. In meiner ersten warmen Suppe seit dreiundvierzig Tagen finde ich ein Stück Holz. »Abfahrt in acht Tagen«, steht darauf. »Morgen wird geimpft.«
Wer schickt mir das?
Ich habe es nie erfahren. Sicher ein Zuchthäusler, der so freundlich war, uns zu verständigen. Er weiß ja, daß es alle erfahren, wenn

einer von uns es weiß. Daß die Nachricht gerade an mich kam, war gewiß reiner Zufall.
Rasch benachrichtige ich Julot. »Gib's weiter!«
Nachdem ich meine Nachricht durchgegeben habe, habe ich Sendeschluß gemacht. Die anderen höre ich die ganze Nacht lang telephonieren. Ich schweige. Ich fühle mich viel zu wohl in meinem Bett, ich will keinen Verdruß mehr, ich mag nicht wieder in die Dunkelhaft zurück. Heute weniger denn je.

Zweites Heft: Unterwegs ins Bagno

Saint-Martin-de-Rè

Am Abend läßt mir Batton drei Gauloises und einen Zettel zukommen. »Papillon! Ich weiß, daß Du mir ein gutes Andenken bewahren wirst«, lese ich. »Ich bin Profos, aber ich bemühe mich, den Sträflingen so wenig wie möglich anzutun. Ich habe den Posten angenommen, weil ich neun Kinder habe und schnell begnadigt werden möchte. Adieu und viel Glück! Übermorgen geht's los.«
Und wirklich, einen Tag später versammelt man uns in Gruppen zu dreißig im Flur des Zuchthauses. Krankenpfleger aus Caen impfen uns gegen Tropenkrankheiten. Jeder von uns erhält drei Spritzen und zwei Liter Milch. Dega steht neben mir. Er ist nachdenklich. Um das Redeverbot kümmern wir uns nicht mehr; wir wissen, daß man uns nach dem Impfen nicht gleich in die Dunkelzelle bringen kann. Unter den Augen der Posten, die vor den städtischen Krankenpflegern nichts sagen möchten, wird leise getratscht.
»Ob sie genug Gefangenenwagen haben, um uns alle auf einmal zu transportieren?« fragt Dega.
»Ich glaube nicht.«
»Saint-Martin-de-Rè ist weit. Wenn man sechzig Mann pro Tag hinbringt, dauert der Zirkus zehn Tage. Wir sind sechshundert!«
»Hauptsache, wir sind geimpft. Also stehen wir auf der Liste und werden bald im Bagno sein. Nur Mut, Dega! Können wir uns aufeinander verlassen?«
Seine Augen strahlen vor Genugtuung. Er ergreift meinen Arm.
»Auf Leben und Tod, Papi.«
Über den Konvoi gibt es nicht viel zu erzählen, außer daß wir in den winzigen Zellen des Gefangenenwagens fast umkamen. Die Wärter weigerten sich, uns einen Atemzug Luft zu lassen; nicht einmal die Türen durfte man ein wenig aufmachen. Bei der Ankunft in La Rochelle waren zwei von unseren Kameraden tot. Erstickt.
Die Gaffer auf dem Quai konnten miterleben, wie man die beiden armen Teufel heraushob. Saint-Martin-de-Rè ist eine Insel, und wir mußten den Meeresarm zu Schiff durchqueren. Da die Wärter die Sträflinge tot oder lebendig in die Zitadelle bringen müssen, luden sie die Leichen mit uns auf den Kahn.
Die Überfahrt dauerte nicht lang, aber man konnte wenigstens einen tiefen Zug Meeresluft einatmen.

»Das riecht nach Flucht«, sage ich zu Dega. Er lächelt. Und Julot, der an unserer Seite ist, bestätigt es. »Ja, das riecht nach Flucht«, sagt er. »Ich kehre dahin zurück, von wo ich vor fünf Jahren ausgebrochen bin. Ich Idiot habe mich in dem Augenblick verhaften lassen, als ich den Mann, der mich damals vor zehn Jahren hochgehen ließ, umlegen wollte. Versuchen wir, beisammen zu bleiben; auf Saint-Martin werden wir zu zehnt in eine Zelle gelegt.«
Es kam anders. Als wir landeten, rief man ihn und noch zwei und führte sie woanders hin. Alle drei waren entsprungene Bagnosträflinge, die in Frankreich gefaßt worden waren und nun zum zweitenmal ins Bagno zurückkehrten.
In Gruppen zu zehn Mann pro Zelle beginnt für uns eine Zeit des Wartens. Wir dürfen uns unterhalten, dürfen rauchen, bekommen vorzügliches Essen. Nur der Stöpsel macht uns Sorgen. Ohne besonderen Grund werden wir plötzlich hingerufen, entkleidet und gründlich durchsucht. Zuerst alle Schlupfwinkel des Leibes bis zu den Zehen, dann die Kleider. »Anziehen!« Wir kehren in unsere Höhlen zurück.
Die Zelle. Der Speisesaal. Der Hof, durch den wir stundenlang marschieren. Eins, zwei! Eins, zwei! Eins, zwei! Wir marschieren in Gruppen zu hundertfünfzig, ein endloser Menschenwurm mit klappernden Holzsohlen. Reden ist verboten. Bei dem Ruf: »Die Reihen auflösen!« setzen wir uns auf den Boden. Es bilden sich Gruppen in sozialer Abstufung. Zunächst die Schwerverbrecher. Woher sie stammen, zählt wenig: aus Korsika, aus Marseille, aus Toulouse, aus der Bretagne, aus Paris und so weiter. Sogar ein Mann aus Ardeèche ist darunter – ich. Und zur Ehre der Leute aus Ardeèche muß ich sagen, daß es in dem ganzen Konvoi von tausendneunhundert Mann außer mir nur noch einen gibt, der aus meiner Heimat ist; ein Feldhüter, der seine Frau getötet hat. Daraus geht hervor, daß die Einwohner des Ardeèchetales brave Leute sind. Die übrigen Gruppen bilden sich irgendwie.
Diese Tage des Wartens nennt man die Beobachtungszeit. Und man beobachtet uns wirklich aus allen Winkeln.
Eines Nachmittags kommt, während ich in der Sonne sitze, ein Mann auf mich zu. Er trägt eine Brille, ist klein und mager. Ich versuche herauszufinden, woher er sein mag, doch bei unserer Sträflingsuniform ist das nicht so leicht.
»Bist du Papillon?« fragt er mit stark korsischem Akzent.
»Ja, das bin ich. Was willst du von mir?«
»Komm auf die Toilette«, sagt er und geht.
»Das ist ein korsischer Unterweltler«, sagt Dega. »Sicher ein Bandit aus den Bergen. Was kann er von dir wollen?«
Ich werde es bald erfahren. Die Toilette ist in der Mitte des Hofes. Ich gehe hin und tue, als urinierte ich. Der Mann steht neben mir in der gleichen Stellung.
»Ich bin der Schwager von Pascal Matra. Er hat mir im Sprech-

zimmer gesagt, wenn ich Hilfe brauche, soll ich mich in seinem Namen an dich wenden.«
»Ja, Pascal ist mein Freund. Was willst du?«
»Ich kann den Stöpsel nicht mehr halten, ich habe Abführen. Ich weiß nicht, wem ich mich anvertrauen soll; ich habe Angst, daß man ihn mir stiehlt oder daß die Posten ihn finden. Ich bitte dich, Papillon, trag ihn ein paar Tage für mich.« Und er zeigt mir einen Stöpsel, viel größer als der meine.
Ich fürchte, daß er mir eine Falle stellt, um zu erfahren, ob ich einen trage. Wenn ich antworte, ich wüßte nicht, ob ich zwei tragen kann, weiß er es. Also frage ich kalt: »Wieviel ist drin?«
»Fünfundzwanzigtausend.«
Ohne ein Wort zu verlieren, nehme ich das Ding, das übrigens sehr sauber ist, und stecke es mir vor seinen Augen in den After. Dabei frage ich mich, ob ein Mensch zwei Stöpsel überhaupt tragen kann. Ich weiß es nicht. Ich richte mich auf und knöpfe mir die Hose zu ... Es geht. Ich spüre nichts.
»Ich heiße Ignace Galgani«, sagt er, bevor er geht. »Danke, Papillon.«
Ich kehre zu Dega zurück und erzähle ihm die Geschichte.
»Ist es dir nicht zu schwer?«
»Nein.«
»Dann reden wir nicht mehr darüber.«
Wir suchen mit den Burschen, die auf der Flucht erwischt wurden, in Kontakt zu kommen, möglichst mit Julot oder Guittou. Wir möchten wissen, wie es da unten ist, wie man behandelt wird und wie man es anstellt, um mit einem Kumpel zusammenbleiben zu können. Der Zufall will, daß wir auf eine sonderbare Type stoßen, einen Ausnahmefall. Es ist ein Korse, der im Bagno geboren ist. Sein Vater war Aufseher und lebte mit der Mutter auf den Îles du Salut. Er kam auf der Île Royale, einer der drei Inseln, zur Welt, die beiden anderen heißen Saint-Joseph und Le Diable, die Teufelsinsel, und – was für ein Schicksal! – er kam nicht als Sohn des Aufsehers dahin zurück, sondern als Bagnosträfling.
Er wurde wegen Einbruchsdiebstahls zu zwölf Jahren Zwangsarbeit verurteilt. Neunzehn Jahre, ein offenes Gesicht, helle, reine Augen. Dega und ich sehen gleich, daß es sich um einen Unglücksfall handelt. Er erzählt uns von dem Leben auf den Inseln, wo er vierzehn Jahre lang gelebt hat. Er gibt uns wertvolle Ratschläge. Zum Beispiel, daß es besser ist, vom Festland aus zu fliehen, denn von den Inseln aus sei es unmöglich. Man darf auch nicht als »Gefährlicher« abgestempelt sein, sonst wird man im Ankunftshafen Saint-Laurent-du-Maroni auf Zeit oder lebenslänglich, je nach dem Grad der »Gefährlichkeit«, interniert. Im allgemeinen sind weniger als fünf Prozent der Deportierten auf den Inseln interniert, die übrigen bleiben auf dem Festland. Die Inseln sind gesund, aber das Festland sei eine Sauerei, wie Dega mir sagte; es frißt den Bagno-

sträfling nach und nach durch allerhand Krankheiten, Meuchelmorde und so weiter auf.

Dega und ich hoffen, daß man uns nicht auf den Inseln interniert. Der bloße Gedanke daran würgt mir die Kehle ab. Aber wenn ich als »Gefährlicher« gelte, mit meinem Lebenslänglich, der Sache mit Tribouillard und dem Direktor – nun ja, dann bin ich fein dran...

Eines Tages geht das Gerücht um, man soll sich unter keinen Umständen krank melden, weil die, die für die Reise zu krank oder zu schwach sind, im Krankentrakt vergiftet werden. Das muß eine Ente sein. Und richtig, ein Pariser, Francis la Passe, bestätigt uns, daß das alles Geschwätz ist. Es gab zwar einen Vergifteten, aber Francis' Bruder, der im Spital arbeitet, hat ihm erklärt, daß es Selbstmord gewesen ist. Der Selbstmörder, ein berühmter Safeknacker, soll, wie es heißt, während des Krieges in französischen Diensten in der deutschen Gesandtschaft von Genf oder Lausanne eingebrochen haben, sehr wichtige Dokumente entwendet und sie an französische Agenten weitergegeben haben. Die französische Polizei hatte ihn eigens dazu aus dem Gefängnis geholt, wo er eine Strafe von fünf Jahren verbüßte. Und seit 1920 hatte er auf Grund von jährlich ein bis zwei Fischzügen ein ruhiges Leben. Jedesmal, sooft er verhaftet werden sollte, ging er zwecks einer kleinen Erpressung ins Deuxième Bureau, das schnell für ihn intervenierte. Dieses Mal aber klappte es nicht, er bekam zwanzig Jahre und mußte mit uns fort. Um dem Konvoi zu entgehen, hatte er sich krank gestellt und war ins Spital gekommen. Eine Pille Zyankali hatte – nach Aussage des Bruders von Francis la Passe – der Sache ein Ende gemacht. Die Safes und das Deuxième Bureau können ruhig schlafen.

Im Hof hört man eine Menge Geschichten, wahre und unwahre, und man lauscht ihnen, um sich die Zeit zu vertreiben.

Wegen der Stöpsel muß Dega mich begleiten, sooft ich auf die Toilette gehe. Er stellt sich vor mich und schützt mich vor allzu neugierigen Blicken. Ich trage immer noch zwei Röhrchen, denn Galgani wird immer kränker. Und merkwürdig: der Stöpsel, den ich als letzten einführe, kommt immer als zweiter heraus, der erste immer als erster. Wieso sie sich in meinem Bauch anders reihen, verstehe ich nicht, aber es ist so.

Gestern, beim Friseur, versuchte man Clousiot beim Rasieren zu ermorden. Zwei Messerstiche in die Herzgegend. Ein pures Wunder, daß er nicht tot ist. Ich erfuhr seine Geschichte von einem seiner Freunde. Sie ist eigenartig, ich werde sie eines Tages erzählen. Es sollte eine Abrechnung sein. Der Mann, dem der Mord mißlang, starb sechs Jahre später in Cayenne an doppeltchromsaurem Kaliumoxyd, das man ihm ins Essen tat. Er litt entsetzliche Qualen. Der Krankenwärter, der dem Arzt bei der Öffnung des Leichnams assistierte, brachte uns ein zehn Zentimeter langes Stück seines Darmes, in dem sich siebzehn Löcher befanden. Zwei Monate danach wurde sein Mörder tot im Krankenbett aufgefunden. Erwürgt. Man hat nie erfahren, von wem.

Nun sind es zwölf Tage, daß wir uns in Saint-Martin-de-Rè befinden. Die Festung ist zum Bersten voll. Tag und Nacht machen die Posten auf dem Schutzwall die Runde. Zwischen zwei Brüdern ist im Duschraum ein Streit ausgebrochen; sie haben sich gerauft wie Hunde, und einer von ihnen wurde in unsere Zelle verlegt. Er heißt André Baillard. Er kann nicht bestraft werden, heißt es, denn die Schuld trifft die Verwaltung: Die Wärter haben Befehl, die beiden Brüder unter keinen Umständen einander nahekommen zu lassen. Wenn man ihre Geschichte kennt, versteht man, warum.

André hatte eine Rentnerin ermordet, sein Bruder Emile versteckte das Geld. Emile wurde wegen Diebstahls verhaftet und bekam drei Jahre. Weil sein Bruder ihm kein Geld für Zigaretten schickt, verpfeift er ihn und packt aus, daß André die Alte ermordet hat und er, Emile, das Geld versteckt hält. Er will ihm daher auch nichts geben, sobald er wieder in Freiheit ist. Ein Mithäftling hat nichts Eiligeres zu tun, als das Gehörte dem Gefängnisdirektor zu hinterbringen. Es dauert nicht lange, da wird André verhaftet, und beide Brüder werden zum Tode verurteilt. In der Abteilung der zum Tode Verurteilten der Santé werden sie in zwei benachbarte Zellen gelegt. Beide machen ein Gesuch um Begnadigung. Emiles Gesuch wird angenommen, das von André wird abgelehnt. Aus Gründen der Menschlichkeit läßt man jedoch Emile in der Abteilung der zum Tode Verurteilten, und die beiden Brüder machen tagtäglich, mit den Ketten am Fuß, hintereinander ihren Spaziergang. Am sechsundvierzigsten Tag um halb fünf Uhr früh öffnet sich Andrés Tür. Alles ist da: der Direktor, der Schriftführer, der Staatsanwalt, der seinen Kopf verlangte. Es ist der Tag der Hinrichtung. Doch in dem Augenblick, da der Direktor das Wort ergreifen will, kommt Andrés Verteidiger angelaufen, gefolgt von einem zweiten Mann, der dem Staatsanwalt ein Schreiben überreicht. Alle ziehen sich auf den Gang zurück. Andrés Kehle ist so gepreßt, daß er seinen Speichel nicht mehr hinunterbringt. Er kann es nicht glauben, noch nie wurde eine Hinrichtung in diesem Moment abgebrochen. Und doch war es so. Erst am nächsten Tag, nach Stunden der Angst, erfährt André von seinem Verteidiger, daß am Vorabend der Hinrichtung Präsident Doumer von Gorguloff ermordet wurde. Aber Doumer war nicht sofort tot. Der Verteidiger stand die ganze Nacht vor der Klinik Wache, nachdem er den Justizminister informiert hatte, daß er, wenn der Präsident vor der Zeit der Hinrichtung – halb fünf Uhr morgens – stürbe, den Aufschub der Hinrichtung verlangen würde. Doumer starb um vier Uhr zwei. Die Staatskanzlei zu verständigen und, gefolgt vom Überbringer des Aufschubbefehls, in ein Taxi zu springen nahm so viel Zeit in Anspruch, daß der Verteidiger drei Minuten zu spät kam, um zu verhindern, daß man die Tür zu Andrés Zelle öffnete. Die Strafe

wurde für beide Brüder in lebenslängliche Zwangsarbeit umgewandelt: Am Tag der Wahl des neuen Präsidenten hatte sich der Verteidiger nach Versailles begeben, um dem neu gewählten Albert Lebrun sein Gesuch um Begnadigung zu überreichen. Und noch nie hat ein Präsident die erste Begnadigung, um die er gebeten wurde, verweigert.
»Lebrun unterschrieb«, erzählte André, »und so seht ihr mich hier, gesund und am Leben, unterwegs nach Guayana.« – Ich schaue ihn mir an, den der Guillotine Entrissenen, und sage mir, daß alles, was ich erdulden mußte, mit seinem Leidensweg nicht zu vergleichen ist.
Dennoch verkehre ich nicht mit ihm. Das Bewußtsein, daß er eine arme alte Frau umgebracht hat, um sie zu berauben, bereitet mir Übelkeit. Übrigens war das Glück auf seiner Seite. Er tötete später, auf der Insel Saint-Joseph, seinen Bruder. Mehrere Sträflinge haben es gesehen. Emile fischte auf einem Felsen und dachte an nichts als an seine Fische. Der Lärm der Brandung übertönte jedes andere Geräusch. André ging von hinten mit einem drei Meter langen Bambusstock auf den Bruder zu, ein einziger kräftiger Stoß, und Emile verlor das Gleichgewicht. An dieser Stelle wimmelte das Meer von Haifischen ... Beim abendlichen Appell, als man Emiles Abwesenheit bemerkte, trug man ihn als »auf der Flucht verschollen« ein. Man redete nicht mehr darüber. Nur vier oder fünf Sträflinge, die auf der Höhe Kokosnüsse sammelten, hatten den Vorfall mit angesehen. Selbstverständlich wußten es alle – bis auf die Aufseher. André Baillard wurde niemals damit belästigt.
Wegen guter Führung wurde ihm eine Hafterleichterung gewährt, und er erfreute sich auf Saint-Laurent-du-Maroni eines angenehmen Lebens. Er hatte eine kleine Zelle für sich allein. Eines Tages geriet er mit einem anderen Sträfling in Streit. André lud ihn hinterhältig in seine Zelle und tötete ihn mit einem Messerstich genau ins Herz. Die Tat wurde als Notwehr qualifiziert und André freigesprochen. Nach der Entlassung aus dem Bagno wurde er wegen »guter Führung« begnadigt.
Saint-Martin-de-Rè ist von Gefangenen überfüllt. Es gibt zwei Kategorien: achthundert bis tausend Bagnosträflinge und neunhundert Verbannte. Um Bagnosträfling zu sein, muß man ein schweres Verbrechen begangen haben oder zumindest eines solchen angeklagt sein. Die Mindeststrafe beträgt sieben Jahre Zwangsarbeit, die übrigen Strafen sind bis zu »Lebenslänglich« gestaffelt. Ein von der Todesstrafe Begnadigter wird automatisch zu »Lebenslänglich« verurteilt. Bei den Relegierten ist das anders. Ein Mann, der drei- bis siebenmal verurteilt worden ist, kann »relegiert«, das heißt für immer verbannt werden. Diese Leute sind zwar alle unverbesserliche Diebe, und man versteht, daß sich die Gesellschaft vor ihnen schützen muß, aber man schämt sich doch, daß ein zivilisiertes Volk eine solche zusätzliche Strafe nötig hat. Es gibt da kleine, unge-

schickte Diebe, die mehrmals erwischt wurden und in ihrem ganzen Leben oft keine zehntausend Franc gestohlen haben. Sie zu verbannen, was zu meiner Zeit einer lebenslänglichen Verurteilung gleichkam, ist der größte Nonsens, den die französische Zivilisation hervorgebracht hat. Eine Nation hat weder das Recht, sich zu rächen, noch Leute, die der Gesellschaft zum Ärger gereichen, einfach auszustoßen. Es sind Menschen, denen man eher mehr Fürsorge angedeihen lassen müßte, als sie so unmenschlich zu bestrafen.
Wir sind schon siebzehn Tage in Saint-Martin-de-Rè und wissen den Namen des Schiffes, das uns ins Bagno bringen wird. Die acht- oder neunhundert Bagnosträflinge stehen morgens im Hof der Festung versammelt. Seit ungefähr einer Stunde füllen wir in Zehnerreihen das Rechteck des Hofes. Da öffnet sich eine Tür, und Männer in gut aussehenden hellblauen Uniformen, die anders sind als die der Gendarmen oder der Soldaten, strömen in den Hof. Sie tragen jeder einen breiten Gürtel mit einer Revolvertasche, aus der der Griff der Waffe hervorschaut. Es sind ungefähr achtzig Mann zwischen fünfunddreißig und fünfzig Jahren. Ein paar von ihnen haben Goldborten. Alle sind braungebrannt. Die älteren wirken sympathischer als die jungen, die sich wichtigtuerisch in die Brust werfen. Der Stab dieser Uniformierten wird begleitet vom Gefängnisdirektor, von einem Gendarmerieobersten, von drei bis vier Ärzten in der Paradeuniform der Kolonien und zwei Geistlichen in weißer Soutane. Der Gendarmerieoberst führt ein Sprachrohr an den Mund. Man erwartet ein »Habt acht!« Aber nichts dergleichen geschieht.
»Alle herhören!« ruft er nur. »Von jetzt an stehen Sie unter der Oberaufsicht des Justizministers als Repräsentanten der Strafverwaltung von Französisch-Guayana. Verwaltungszentrum ist die Stadt Cayenne. Herr Kommandant Barrot, ich übergebe Ihnen hiermit die achthundertsechzehn Verurteilten, die sich hier auf dieser Liste befinden. Wollen Sie bitte feststellen, ob alle anwesend sind.«
Man beginnt mit dem Aufrufen der Namen. Jeder Aufgerufene brüllt sein »Hier!« Das dauert zwei Stunden. Alles geht ordnungsgemäß. Dann werden auf einem kleinen Tisch die Unterschriften zwischen den beiden Verwaltungsbehörden ausgetauscht.
Kommandant Barrot, ebenso betreßt wie der Oberst, nur in Gold, nicht in Silber wie die Gendarmerie, ergreift nun das Sprachrohr.
»Deportierte! Das ist das Wort, mit dem man Sie künftig ansprechen wird. Der Deportierte Soundso oder Deportierter Nummer soundso. Von jetzt an unterstehen Sie dem Spezialgesetz des Bagnos, seinen Verordnungen und seiner internen Gerichtsbarkeit, die im Bedarfsfall die nötigen Entscheidungen treffen wird. Dieses autonome Gericht kann Sie für alle im Bagno begangenen Delikte von einfachem Gefängnis bis zur Todesstrafe verurteilen. Selbstverständlich werden Disziplinarstrafen, Gefängnis oder Zuchthaus, in den hierfür bestimmten verwaltungseigenen Gebäuden verbüßt.

Die Beamten, die Sie hier vor sich sehen, sind Aufseher. Wer das Wort an sie richten will, sagt ›Herr Aufseher‹. Nach der Suppe wird jeder von Ihnen einen Seesack mit der Uniform des Bagnos erhalten. Es ist für alles gesorgt, andere Kleidungsstücke als diese hier werden Sie nicht brauchen. Morgen werden Sie auf die ›Martinière‹ eingeschifft. Wir reisen zusammen. Verzweifeln Sie nicht, Sie werden es im Bagno besser haben als im Zuchthaus in Frankreich. Sie dürfen miteinander reden, spielen, singen, rauchen und brauchen keine Angst zu haben, schlecht behandelt zu werden, wenn Sie sich gut aufführen. Ich bitte Sie, mit der Schlichtung persönlicher Differenzen zu warten, bis Sie im Bagno sind. Während der Reise muß strengste Disziplin gewahrt werden. Ich hoffe, Sie werden das verstehen. Diejenigen unter Ihnen, die sich der Seefahrt körperlich nicht gewachsen fühlen, mögen sich im Spital melden, wo sie von den Schiffsärzten, die den Konvoi begleiten, untersucht werden. Ich wünsche Ihnen eine gute Reise!«
Die Zeremonie ist beendet.
»Hallo, Dega, woran denkst du?«
»Papillon, Alter, ich sehe, daß ich recht hatte: die größte Gefahr für uns sind die anderen Sträflinge. ›Warten Sie mit der Schlichtung Ihrer Differenzen, bis Sie im Bagno sind‹ – spricht das nicht Bände? Es muß dort Mord und Totschlag geben.«
»Mach dir nichts draus, halte dich an mich.«
Ich suche Francis la Passe. »Ist dein Bruder noch immer Krankenwärter?« frage ich ihn.
»Ja. Er ist kein Sträfling, er ist verbannt.«
»Schau, daß du so schnell wie möglich mit ihm Kontakt bekommst. Bitte ihn um ein Skalpell. Wenn er es bezahlt haben will, sag mir, was es kostet, ich werde es berappen.«
Zwei Stunden später war ich im Besitz eines Skalpells mit sehr starkem Stahlgriff. Sein einziger Fehler war seine Größe, aber es stellte eine gefährliche Waffe dar.
Ich setzte mich in den Hof, nahe zu den Klosetten, und ließ Galgani suchen, ich wollte ihm seinen Stöpsel zurückgeben. Aber unter den achthundert hin- und herlaufenden Menschen war er genauso schwer zu finden wie Julot oder Guittou oder Suzini, die seit unserer Ankunft auch niemand entdeckt hatte.
Es tut wohl, endlich wieder mit anderen Menschen zusammenzuleben, sie zu sehen, mit ihnen zu reden. Es gibt so viel zu erzählen, zu hören, zu tun, daß man gar keine Zeit mehr hat zum Nachdenken. Das Vergangene verwischt sich, wird nach und nach zweitrangig, und einmal im Zwangslager angekommen, vergißt man beinahe, was man einmal war und wieso man hierhergekommen ist. Wie soll man es da anstellen, nur noch an Flucht zu denken, wie man sich doch vorgenommen hat? Aber ich täuschte mich. Denn was einen am meisten in Anspruch nimmt und worauf es am meisten ankommt, ist dies: Am Leben zu bleiben!

Wo sind sie jetzt alle, die Polizeispitzel, die Geschworenen, die Gerichtsbeamten, meine Frau, mein Vater, meine Freunde? Jeder von ihnen hat seinen Platz in meinem Herzen – nur: über dem Fieber der Abreise, dem großen Sprung ins Unbekannte, den vielen neuen Freundschaften und Bekanntschaften haben sie ihre einstige Bedeutung verloren, sind sie verblaßt ... Doch auch das ist Täuschung, geht vorbei, und bald, sooft ich die Schubfächer, in die mein Geist jeden von ihnen gesteckt hat, herausziehe, sind sie alle wieder da, frisch und gegenwärtig.

Endlich haben sie Galgani gefunden und zu mir geführt, er sieht ja trotz seiner dicken Brille kaum ein paar Schritte weit. Er scheint bei bester Gesundheit und drückt mir wortlos die Hand.

Ich möchte dir deinen Stöpsel zurückgeben«, sage ich. »Da es dir wieder gut geht, kannst du ihn selber tragen. Während der Reise wäre die Verantwortung für mich zu groß, und wer weiß, ob wir uns auf dem Schiff und nachher im Bagno wiedersehen. Es ist besser, du nimmst ihn an dich.«

Galgani blickt mich unglücklich an.

»Komm, gehn wir auf die Toilette, ich geb ihn dir.«

»Nein, ich will ihn nicht. Behalt ihn, ich schenk ihn dir, er gehört dir.«

»Was soll das?«

»Ich will nicht wegen meinem Stöpsel umgebracht werden. Lieber ohne Geld leben, als wegen dem Geld krepieren. Ich schenk ihn dir. Nach allem, was sich da tut, hat es auch gar keinen Sinn mehr, daß du dein Leben riskierst, nur um mir meinen Flachs zu erhalten. Und wenn du es schon aufs Spiel setzen willst, dann sollst du wenigstens etwas davon haben.«

»Du hast Angst, Galgani. Haben sie dich bedroht? Vermuten sie, daß du Geld hast?«

»Ja, ich werde ständig von drei Arabern verfolgt. Darum bin ich auch nicht zu dir gekommen. Sie brauchen nicht zu wissen, daß wir in Kontakt stehen. Jedesmal wenn ich aufs Klo gehe, ob bei Tag, ob bei Nacht, immer taucht einer von diesen drei Springböcken neben mir auf. Dabei habe ich ihnen, wie unabsichtlich, bereits demonstriert, daß ich nichts bei mir trage. Zwecklos. Sie hören nicht auf, mich zu überwachen. Wahrscheinlich nehmen sie an, daß ein anderer meinen Stöpsel hat, und sind hinter mir her, um zu sehen, wann er wieder in meinem Besitz ist.«

Ich blicke Galgani an. Sein Gesicht sagt deutlicher als Worte, daß er sich terrorisiert fühlt, verfolgt.

»Wo ungefähr halten sie sich im Hof auf?« frage ich ihn.

»So um die Küche und um die Wäscherei herum.«

»Gut. Dann bleib dort, ich komm hin. Oder nein, komm mit mir.«

Ich gehe mit Galgani auf die Araber zu. Ich habe das Skalpell unter meinem Käppi hervorgeholt und trage es in der Hand, die Klinge

im Ärmel versteckt ... Es sind ihrer vier: drei Araber und ein Korse namens Girando. Ich merke sofort, daß der Korse den Arabern die Sache gesteckt haben muß. Er ist von seinen Leuten im Stich gelassen worden und weiß höchstwahrscheinlich, daß Galgani den Stöpsel nicht halten kann.
»He, Mokrane, wie geht's?«
»Danke, Papillon? Und dir?«
»Gar nicht, verdammt! Ich komme, um dir zu sagen, daß Galgani mein Freund ist. Wenn ihm irgendwas passiert, bist du der erste, Girando, den ich mir vorknöpfe. Die andern kommen nach dir dran. Mach daraus, was du willst.«
Mokrane steht auf. Er ist genauso groß wie ich, so um einsvierundsiebzig, und ebenso gedrungen. Die Herausforderung sitzt. Er stellt sich zum Kampf. Blitzschnell ziehe ich das nagelneue Messer heraus und halte es griffbereit.
»Wenn du dich rührst, stech ich dich nieder wie einen Köter.«
Verwirrt, mich hier, wo man ständig durchsucht wird, mit einer Waffe zu sehen, und beeindruckt von meiner Haltung und der Länge des Messers, sagt er: »Ich bin nur aufgestanden, um mit dir zu reden, nicht um mit dir zu raufen.«
Ich weiß, daß das gelogen ist, aber es liegt mir daran, daß er vor seinen Freunden das Gesicht wahren kann. Also sage ich: »Nett von dir, daß du aufgestanden bist, um mit mir zu reden ...«
»Ich wußte nicht, daß Galgani dein Freund ist. Ich glaubte, er sei am Abkratzen. Du verstehst, Papillon – wenn man abgelaust ist, muß man sich den nötigen Kies verschaffen, um ausbrechen zu können.«
»Ja, das ist ganz normal. Du hast das Recht, um dein Leben zu kämpfen, Mokrane. Aber das hier ist geweihter Boden, verstehst du?«
Er streckt mir die Hand hin. Ich drücke sie.
Puh! Da bin ich ja noch gut davongekommen, denn wenn ich den Kerl getötet hätte, hätte ich morgen nicht mitfahren dürfen. Erst später erkannte ich, daß ich einen Fehler begangen hatte.
Galgani kommt mit mir. »Erzähl niemandem von dem Vorfall«, sage ich. »Ich habe keine Lust, mich von Papa Dega beschimpfen zu lassen.« Dann versuche ich ihn zu überreden, den Stöpsel zurückzunehmen.
»Morgen, vor der Abfahrt«, sagt er. Aber den nächsten Tag hält er sich so gut versteckt, daß ich mich mit zwei Stöpseln einschiffen muß.
In dieser Nacht redet keiner von uns elf in der Zelle ein Wort. Jeder ist so oder so mit dem Gedanken beschäftigt, daß es die letzten Stunden sind, die er auf französischem Boden verbringt. Jeder von uns leidet darunter, Frankreich für immer verlassen und gegen ein unbekanntes Land, ein unbekanntes Schicksal vertauschen zu müssen. Auch Dega ist stumm. Er sitzt an meiner Seite neben der Gittertür, die auf den Gang geht und heute ein bißchen mehr Luft

hereinläßt als sonst. Ich bin richtiggehend verstört. Die Berichte über das, was uns erwartet, sind so widerspruchsvoll, daß ich nicht weiß, ob ich froh, traurig oder verzweifelt sein soll.
Die Männer um mich herum stammen alle aus dem Verbrechermilieu. Nur der kleine Korse, der im Bagno geboren wurde, gehört eigentlich nicht dazu. Sie befinden sich alle in einem gleichsam amorphen Zustand. Der schwere, gewichtige Augenblick verschließt ihnen den Mund. Der Rauch unserer Zigaretten zieht sich wie eine Wolke auf den Gang hinaus, und will man verhindern, daß einem die Augen brennen, muß man sich unterhalb dieser Rauchwolke hinkauern. Keiner kann schlafen außer André Baillard, der schon einmal dem Tod ins Auge gesehen hat. Für ihn kann es nur noch ein unerwartetes Paradies geben.
Vor meinen Augen rollt der Film meines Lebens ab: meine Kindheit im Kreise einer liebenden, edelgesinnten Familie, mit angemessener Erziehung und guten Manieren; die Wiesen voller Blumen ... die rieselnden Bäche ... der Geschmack der Nüsse, Pfirsiche und Pflaumen, die in unserem Garten reichlich reiften ... der Duft der Mimosen, die im Frühjahr vor unserer Tür blühten ... unser Haus von außen und innen, mit den Meinen darin ... alles das zieht in rascher Folge an meinem Geist vorüber. Die liebevolle Stimme meiner Mutter, dann die meines Vaters, die immer sanft, immer zärtlich klang, das Gebell unserer Jagdhündin Clara, das mich zum Spiel in den Garten rief, und die kleinen Mädchen und Buben, Gefährten der schönsten Augenblicke meines Lebens. Diese farbigen Laterna-magica-Bilder, die mir meine Erinnerung unwiderstehlich vorgaukelt, erfüllen meine Nacht vor dem Sprung ins große Unbekannte mit wohlig besänftigenden Empfindungen.
Es wird Zeit, Bilanz zu machen. Also: Ich bin sechsundzwanzig, fühle mich ausgezeichnet, trage fünftausendsechshundert Franc an eigenem Geld in meinem Bauch, dazu fünfundzwanzigtausend von Galgani. Dega, neben mir, hat zehntausend. Ich werde somit über vierzigtausend Franc verfügen können, denn wenn Galgani *hier* nicht fähig ist, sein Geld selbst zu schützen, wird er es an Bord des Schiffes und drüben in Guayana noch weniger sein. Er weiß das, und darum ist er ja auch nicht zu mir gekommen, seinen Stöpsel zu holen. Ich kann also über diese Summe verfügen und Galgani mitnehmen. Er soll etwas davon haben, schließlich ist es sein Geld, nicht meines. Ich sorge damit für sein Wohl, profitiere aber selbst auch dabei. Vierzigtausend Franc sind viel Geld, damit kann ich mir leicht Komplizen kaufen, Sträflinge, Freigelassene, Aufseher.
Die Rechnung scheint aufzugehen. Sobald ich angekommen bin, muß ich in Gesellschaft von Dega und Galgani fliehen. Das ist das einzige Ziel, das es anzustreben gilt. Ich berühre das Skalpell, freue mich, die Kälte seines Stahlgriffs zu spüren. Eine so gefürchtete Waffe bei mir zu führen gibt mir Sicherheit. Wie nützlich sie sein kann, hat sich bereits bei dem Vorfall mit den Arabern erwiesen.

Gegen drei Uhr morgens reihen die Zuchthäusler vor dem Zellengitter elf bis zum Bersten gefüllte Seesäcke aus grobem Leinen auf. Jeder ist mit einem Schild versehen. Eines, das durch das Gitter hereinbaumelt, kann ich lesen. C... Pierre, dreißig Jahre, ein Meter dreiundsiebzig, Größe zweiundvierzig, Schuhnummer einundvierzig, Matrikel X... Dieser C... Pierre ist Pierrot, der Narr. Er stammt aus Bordeaux und wurde in Paris wegen Mordes zu zwanzig Jahren Zwangsarbeit verurteilt.
Pierrot ist ein braver Junge, ehrlich und korrekt, ich kenne ihn gut. Die Aufschrift beweist, wie genau und gut organisiert hier alles ist, jeder erhält die Kleider nach seinem Körpermaß. Durch das netzartige Gewebe sehe ich, daß der Anzug weiß ist, mit roten Längsstreifen. In einem solchen Kostüm kommt man nirgends durch.
Ich bemühe mich, die Bilder der Richter, der Geschworenen und des Staatsanwaltes heraufzubeschwören. Mein Gehirn weigert sich jedoch kategorisch, mir den Gefallen zu tun, und ich begreife, daß man allein, völlig allein und verlassen sein muß, um die Szenen so intensiv zu durchleben wie damals in der Conciergerie. Diese Feststellung erleichtert mich etwas. Ich erkenne, daß das Gemeinschaftsleben, das mich erwartet, andere Bedürfnisse in mir hervorrufen wird, und andere Reaktionen.
Pierrot, der Narr, kommt ans Gitter. »Wie geht's, Papi?« fragt er.
»Und dir?«
»Ach, gut. Ich habe schon immer davon geträumt, einmal nach Amerika zu fahren, aber da ich Spieler bin, konnte ich nie das Reisegeld zusammenbekommen. Jetzt bietet mir die Polente die Überfahrt umsonst an, und den Aufenthalt auch. Da ist doch nichts dagegen zu sagen, wie?«
Er sagt das ganz beiläufig, man merkt, daß es ihm absolut ernst ist.
»So eine Reise auf Gerichtskosten hat ihre Vorteile. Ich gehe lieber ins Bagno, als mich fünfzehn Jahre lang in Frankreich im Zuchthaus herumzudrücken«, meint er.
»Kommt auf das Resultat an, Pierrot. In einer Zelle blödsinnig werden oder in der Dunkelhaft eines Zuchthauses in Frankreich draufgehen ist ärger, als an Lepra krepieren oder an gelbem Fieber. Das ist meine Ansicht.«
»Meine auch«, sagt er.
»Schau, da hängt ein Schild, Pierrot!«
Er bückt sich, studiert aufmerksam die Aufschrift, buchstabiert sie.
»Ich hätte gute Lust, den Sack aufzumachen und das Zeug gleich anzuziehen. Die Sachen sind doch für mich.«
»Warte lieber ab, es ist nicht der rechte Augenblick für solche Geschichten, Pierre. Ich brauche Ruhe.«
Er versteht sofort und verschwindet.
Louis Dega sieht mich an: »Das ist die letzte Nacht, Kleiner. Morgen geht's fort aus unserm schönen Land.«

»Unser schönes Land hat keine schöne Justiz, Dega. Vielleicht lernen wir andere Länder kennen, die nicht so schön sind wie unseres, aber in denen Menschen, die gefehlt haben, menschlicher behandelt werden.«
Ich hätte nicht gedacht, so ins Schwarze zu treffen. Die Zukunft lehrte mich, wie recht ich gehabt hatte.

Abfahrt ins Bagno

Um sechs Uhr geht es los. Zuchthäusler kommen und bringen uns den Kaffee. Dann erscheinen vier Aufseher, mit dem Revolver an der Seite. Sie sind heute alle in Weiß, die Knöpfe ihrer makellosen Uniformen sind vergoldet. Einer von ihnen hat ein V aus drei goldenen Borten am linken Ärmel. Auf den Schultern hat er nichts.
»Deportierte, alle gehen in Zweierreihen auf den Gang hinaus! Jeder nimmt seinen Sack, die Namen stehen auf den Schildern, und tritt mit dem Gesicht zum Flur an die Wand zurück. Den Sack stellt er vor sich hin.«
Wir brauchen ungefähr zwanzig Minuten, um uns, jeder mit dem Sack vor sich, aufzustellen.
»Alles entkleiden, die Sachen zu einem Bündel zusammenrollen und dieses mit den Ärmeln der Bluse zubinden ... Sehr gut. Du dort, sammel die Bündel ab und leg sie in die Zellen. Und jetzt ankleiden! Die Unterhose anlegen, das Leibchen, darüber die gestreifte Drillichhose, den Drillichkittel, Schuhe, Strümpfe ... Sind alle fertig?«
»Jawohl, Herr Aufseher!«
»Gut. Die Wolljacken draußen lassen, für den Fall, daß es regnet oder kalt ist. Den Sack auf die linke Schulter! ... Und jetzt in Zweierreihen mir nach!«
Der mit den goldenen Borten, flankiert von je einem Aufseher links und rechts, geht voraus, der vierte Aufseher geht hinter uns. So marschiert unsere kleine Kolonne auf den Hof zu. In knappen zwei Stunden stehen die achthundertzehn Sträflinge in Reih und Glied. Vierzig Mann werden aufgerufen, darunter wir, Dega und die drei auf der Flucht Verhafteten: Julot, Galgani und Santini. Die vierzig Mann werden in Zehnerreihen aufgestellt. Vorne und an der Seite jeder Reihe je ein Aufseher. Keine Fesseln, keine Ketten. Drei Meter vor uns marschieren zehn Gendarmen im Rückwärtsgang, das Gesicht uns zugewendet, den Karabiner in der Hand, jeder von einem anderen am Gürtel gehalten.
Das große Tor der Festung öffnet sich, langsam setzt die Kolonne sich in Marsch. Gendarmen mit Gewehr oder Maschinenpistole schließen sich nach und nach, in zwei Meter Abstand, dem Konvoi an. Ein Haufen Neugieriger, die der Abfahrt ins Bagno beiwohnen wollen, wird von den Gendarmen zurückgedrängt. Wir marschie-

ren. Auf einmal höre ich, wie jemand aus den Fenstern eines Hauses leise pfeift. Ich blicke auf und entdecke an dem einen Fenster meine Frau Nenette und Antoine D., einen Freund. An dem andern steht Paula, die Frau von Dega, und dessen Freund Antoine Giletti. Auch Dega hat sie entdeckt, und wir halten, solang es nur geht, den Blick auf jene Fenster gerichtet. Damals sah ich meine Frau zum letztenmal. Und auch meinen Freund Antoine, der später beim Bombardement Marseilles ums Leben kam.

Niemand redet, es herrscht absolutes Schweigen. Weder die Gefangenen noch die Aufseher und Gendarmen stören diesen wahrhaft ergreifenden Moment, da hundertachtzehn Menschen für immer aus dem normalen Leben scheiden.

Wir gehen an Bord. Wir vierzig Mann kommen zuerst dran und werden tief hinunter in den Schiffsraum, in einen von dicken Eisenstäben umgebenen Käfig geführt. »Saal Nr. 1. Vierzig Mann besonderer Kategorie. Dauernde, strenge Bewachung«, steht auf einem Schild. Jeder von uns erhält eine zusammengerollte Hängematte. Es gibt in dem Käfig eine Menge Ringe, an denen die Hängematten befestigt werden.

Ein Mann umarmt mich, es ist Julot. Er kennt das alles, er hat die Reise schon einmal gemacht, vor zehn Jahren. »Schnell, komm her!« sagt er. »Häng deinen Sack hier an den Ring, damit er gleich dir gehört, und dann mach deine Hängematte an ihm fest. Da herüben werden nämlich während der Fahrt die beiden Luken geöffnet, da ist die Luft besser.«

Ich mache ihn mit Dega bekannt. Wir haben uns kaum zu unterhalten begonnen, als ein Mann auf uns zukommt. Julot versperrt ihm den Weg: »Betritt nie diese Seite, wenn du das Bagno lebend erreichen willst, verstanden?«

»Ja«, sagt der andere.

»Weißt du warum?«

»Ja.«

»Also dann scher dich fort!«

Der Bursche geht. Diese Machtdemonstration Julots beglückt Dega, und er verbirgt es nicht. »Bei euch beiden werde ich ruhig schlafen«, sagt er.

»Bei uns bist du besser aufgehoben als in einer Villa an der Küste mit offenen Fenstern!« erwidert Julot.

Die Reise dauerte achtzehn Tage. Es gab einen einzigen Zwischenfall: Eines Nachts wurden wir von einem gellenden Schrei geweckt – ein Bursche wurde mit einem riesigen Messer zwischen den Schultern tot aufgefunden. Das Messer hat ihn durch und durch aufgespießt und vorher die Hängematte durchbohrt. Es war mehr als zwanzig Zentimeter lang.

Fünfundzwanzig bis dreißig Aufseher richteten ihre Revolver und Karabiner auf uns.

»Alles ausziehen, und zwar rasch!«

Wir entkleiden uns, stehen splitternackt da. Man will uns durchsuchen. Ich stecke mein Skalpell unter meinen rechten Fuß und verlege mein Gewicht mehr auf das linke Bein, um mich nicht zu verletzen. Der Fuß bedeckt das Messer. Vier Aufseher kommen herein und beginnen unsere Kleider und Schuhe zu durchwühlen. Sie haben ihre Waffen abgelegt und die Tür zugemacht, aber wir werden von draußen her mit angelegtem Karabiner bewacht. »Wer sich rührt, wird niedergeknallt«, ruft die Stimme des Oberaufsehers. Ergebnis der Durchsuchung: drei Messer, zwei spitz zugefeilte Zimmermannsnägel, ein Korkenzieher und – ein Stöpsel aus Gold. Sechs Mann müssen nackt hinaus auf die Plattform. Kommandant Barrot erscheint in Begleitung der beiden Kolonialärzte und des Schiffskommandanten. Sowie die Posten unseren Käfig verlassen haben, ziehen sich alle wieder an. Ich bin wieder im Besitz meines Messers.
Die Aufseher haben sich auf die Plattform zurückgezogen. Barrot steht in der Mitte, die übrigen an der Treppe. Ihnen gegenüber stehen die sechs Mann, unbekleidet und die Hände angelegt.
»Das gehört dem da«, sagt der Posten, der die Durchsuchung durchgeführt hat, und deutet mit einem Messer auf dessen Besitzer.
»Stimmt, das gehört mir.«
»Gut«, sagt Barrot. »Er wird in der Zelle über den Maschinen reisen.«
Fünf Männer bekennen sich zum Besitz der beiden Nägel, des Korkenziehers und zweier Messer. Zwei Posten eskortieren sie die Treppe hinauf. Ein Messer und der goldene Stöpsel bleiben übrig. Ein dreiundzwanzig- bis fünfundzwanzigjähriger Mann, mindestens ein Meter achtzig lang, ein Athlet mit blauen Augen, ist der Besitzer von beiden.
»Der gehört dir, nicht wahr?« fragt der Aufseher und streckt ihm den Stöpsel hin.
»Ja, der gehört mir.«
»Was enthält er?« fragt Kommandant Barrot, der das Rohr in die Hand genommen hat.
Dreihundert englische Pfund, zweihundert Dollar und zwei Diamanten von fünf Karat.«
»Laß sehen!« Er öffnet den Stöpsel. Doch da der Kommandant von den Aufsehern umgeben ist, können wir nichts sehen. »Stimmt«, hört man nur. »Wie heißt du?«
»Salvidia Roméo.«
»Italiener?«
»Ja, Herr.«
»Für den Stöpsel wirst du nicht bestraft, wohl aber für das Messer.«
»Verzeihung, das Messer gehört mir nicht.«
»Wie kannst du das sagen? Ich habe das Messer in deinem Schuh gefunden«, versetzt der Aufseher.
»Ich wiederhole, das Messer gehört mir nicht.«

»Dann bin ich also ein Lügner?«
»Nein, aber Sie täuschen sich.«
»Wem gehört das Messer denn?« fragt Kommandant Barrot. »Wenn es nicht deines ist, dann gehört es wohl einem andern?«
»Es gehört nicht *mir*, das ist alles.«
»Wenn du nicht in der Dunkelzelle rösten willst, sie liegt über den Heizkesseln, dann sag sofort, wem das Messer gehört!«
»Ich weiß es nicht.«
»Willst du mich zum besten halten? Man findet ein Messer in deinem Schuh, und du weißt nicht, wem es gehört? Hältst du mich für schwachsinnig? Entweder es ist dein Messer, oder du weißt, wer es in deinem Schuh versteckt hat. Antworte!«
»Es gehört nicht mir, und ich bin nicht verpflichtet, zu sagen, wem es gehört. Ich bin kein Spitzel. Oder sehe ich etwa wie ein Gefangenenwärter aus?«
»Aufseher, legen Sie ihm Fesseln an. Diese undisziplinierte Antwort wirst du mir teuer bezahlen, Freundchen!«
Die beiden Kommandanten reden miteinander. Der Schiffskommandant gibt einem Offizier, der heraufkommt, einen Befehl. Wenige Augenblicke später kommt ein bretonischer Seemann, ein wahrer Koloß von einem Matrosen, mit einem Holzbottich voll Meerwasser und einer faustdicken Schnur. Der Italiener wird kniend auf der untersten Stufe der Treppe angebunden. Dann taucht der Matrose die Schnur in den Bottich und schlägt langsam und mit aller Kraft dem armen Kerl auf Rücken, Hintern und Hüften. Kein Schrei kommt über die Lippen des Bestraften. Das Blut läuft ihm hinten und an den Seiten herunter.
Da erhebt sich mitten in der Grabesstille unseres Käfigs ein Protestschrei: »Schweinebande!« Ein Ausruf, der von allen Seiten sofort Beschimpfungen auslöst: »Mörder! Saukerle! Verrottete!« Man droht, auf uns zu schießen, wenn wir nicht sofort still sind, doch das Gebrüll verstärkt sich nur noch.
»Dampfventile auf!« ertönt plötzlich ein Kommando.
Die Matrosen drehen auf, und zischender Dampf ergießt sich mit solcher Gewalt über uns, daß sich alle im Nu zu Boden werfen. Die Strahlen dringen in Brusthöhe auf uns ein, kollektive Angst bemächtigt sich unser, die Verbrühten wagen nicht, einen Laut von sich zu geben. Das Ganze dauert kaum eine halbe Minute, aber es macht uns total mürbe.
»Ich hoffe, ihr habt verstanden, ihr Dickköpfe! Beim geringsten Anlaß lasse ich euch nochmals unter Dampf setzen, kapiert? Aufstehen!«
Nur drei von uns sind ernstlich verbrüht, sie werden in die Krankenkajüte abgeführt. Den Ausgepeitschten läßt man bei uns. Sechs Jahre später ist er bei einem gemeinsam mit mir unternommenen Fluchtversuch umgekommen.
Während dieser achtzehn Tage haben wir reichlich Zeit, uns über

das Bagno zu informieren. Aber nichts wird so sein, wie man es sich vorstellt, obwohl Julot sich redlich Mühe gibt, uns alles genau zu schildern. Wir wissen zum Beispiel, daß Saint-Laurent-du-Maroni ein Dorf ist, das an einem Fluß namens Maroni hundertzwanzig Kilometer vom Meer entfernt liegt. »In diesem Dorf ist die Strafanstalt«, erläutert Julot, »das Zentrum des Bagnos. Dort geht's an die Verteilung. Die ›Relegierten‹ kommen hundertfünfzig Kilometer weit weg in eine Strafanstalt, Saint-Jean. Die Bagnosträflinge werden in drei Gruppen eingeteilt: in die besonders Gefährlichen, in die Gefährlichen zweiten Grades und in die Normalen. Die besonders Gefährlichen kommen in die Zellen des Strafquartiers, wo sie den Transport auf die Îles du Salut abwarten. Dort werden sie lebenslänglich interniert. Diese Inseln liegen fünfhundert Kilometer von Saint-Laurent und hundert Kilometer von Cayenne entfernt und heißen: Île Royale, die Königsinsel, Saint-Joseph, das ist die größte, auf der sich das Zuchthaus des Bagnos befindet, und Diable, die Teufelsinsel, die kleinste von allen. Die Bagnosträflinge kommen, bis auf wenige Ausnahmen, nicht auf die Teufelsinsel. Die Männer dort sind politische Sträflinge. Die Gefährlichen zweiten Grades bleiben auf dem Festland in Saint-Laurent und werden zu Garten- und Landarbeiten herangezogen. Wenn nötig, werden sie in härtere Arbeitslager geschickt: Forestier, Charvin, Cascade, Rote Grube und Kilometer 42, das sogenannte Todeslager. Die normalen Sträflinge verteilt man auf die Verwaltung. Sie kommen in die Küchen, zur Straßenreinigung, in die Tischlerei, in die Maler- und Schmiedewerkstätten, zu Elektroinstallateuren, Tapezierern, Schneidern, in die Wäschereien und so weiter.
Angenommen, wir kommen an«, erklärt uns Julot, »man wird aufgerufen und in eine Zelle gelegt. Das heißt dann, daß man auf den Inseln interniert wird, wo es keine Hoffnung auf Flucht gibt. Die einzige Chance wäre, sich schnell zu verwunden, sich in die Knie oder in den Bauch zu schneiden, um ins Spital zu kommen und dann von dort aus zu fliehen. Man muß also um jeden Preis vermeiden, auf den Inseln zu landen. Noch eine Hoffnung gibt's: Wenn das Schiff, das die Internierten auf die Inseln bringen soll, noch nicht da ist, muß man dem Krankenwärter Geld anbieten, damit er einem eine Terpentininjektion ins Gelenk macht. Oder er verpaßt dir eine Infektion, indem er dir ein in Urin getauchtes Haar ins Fleisch steckt. Oder er läßt dich Schwefeldampf inhalieren, und du kannst dem Arzt sagen, du hast vierzig Grad Fieber. Während der Wartezeit muß man um jeden Preis ins Spital ... Wird man aber nicht aufgerufen und bleibt mit den anderen zusammen in den Lagerbaracken, dann kann man sich Zeit lassen. In dem Fall muß man den Quartiermeister bestechen, um im Dorf eine Stelle als Abortreiniger zu bekommen oder als Straßenkehrer, oder man kommt in die Sägemühle eines privaten Unternehmers. Wenn man nämlich außerhalb der Strafanstalt arbeitet und abends ins Lager

zurückkommt, hat man Zeit, im Dorf mit Freigelassenen in Kontakt zu kommen oder mit Chinesen, die einem zur Flucht verhelfen. Die Lager, die um das Dorf herum sind, muß man meiden, dort krepiert man schnell. Da gibt es welche, in denen man keine drei Monate durchhält. Im Busch müssen sich die Männer verpflichten, täglich einen Kubikmeter Holz zu schneiden.«
Diese wertvollen Aufschlüsse hat Julot uns während der Reise immer wieder vorgekaut. Er selber ist gewappnet. Er weiß, daß er als gefaßter Flüchtling direkt in Einzelhaft kommt, und hat in seinem Stöpsel ein winziges Federmesser, mit dem er sich bei der Ankunft die Knie aufschneiden will. Wenn er von Bord geht, wird er sich vor aller Augen den Landungssteg hinunterfallen lassen, um vom Pier weg direkt ins Spital zu kommen.
Und genauso hat sich das dann auch abgespielt.

Saint-Laurent-du-Maroni

Die Aufseher werden abgelöst, um sich umkleiden zu können. Sie kehren in weißer Uniform mit einem Tropenhelm statt des Käppis zurück. »Wir kommen an!« sagt Julot. Die Luken sind geschlossen. Die Hitze ist fürchterlich. Draußen zieht der Busch vorüber. Also müssen wir auf dem Maroni sein. Das Wasser ist schlammig. Vögel fliegen aus den jungfräulichen grünen Wäldern auf, von der Sirene des Dampfers aufgescheucht. Wir fahren sehr langsam, was uns erlaubt, die üppig wuchernde geheimnisvolle Vegetation mit Muße zu studieren. Die ersten Holzhäuser mit ihren Wellblechdächern tauchen auf. Schwarze stehen mit ihren Frauen vor den Türen und schauen. Sie sind an den Anblick der Schiffe mit ihren Menschenladungen gewöhnt und geben uns kein Willkommenszeichen. Drei Sirenenstöße und der Lärm der Schiffsschraube verkünden den Beginn des Anlegemanövers. Auf einmal wird alles totstill, man könnte eine Stecknadel fallen hören.
Julot hat sein Messer hervorgeangelt, hat es geöffnet, und schlitzt sich jetzt damit in der Kniegegend die Hosennähte auf. Das Knie darf er sich erst an Deck aufschneiden, um ja keine Blutspur zu hinterlassen. Die Aufseher öffnen die Tür unseres Käfigs, und wir nehmen in Dreierreihen Aufstellung. Wir – links Julot, rechts ich, zwischen uns Dega – stehen in der vierten Reihe. So gehen wir auf Deck. Es ist zwei Uhr nachmittags. Glühende Sonnenhitze senkt sich auf meine Augen und meinen kahlen Schädel. Während einer Verzögerung, die dadurch entsteht, daß die ersten bereits den Landungssteg betreten, halte ich den Sack auf Julots Schultern fest, er zieht mit beiden Händen die Haut an seinem Knie hoch und fügt sich mit einem einzigen Schnitt eine sieben bis acht Zentimeter lange Fleischwunde zu. Dann reicht er mir das Messer und rückt seinen Sack zurecht. Sowie wir den Landungssteg betreten, läßt er sich

fallen und rollt die ganze lange Reihe der Stufen hinunter. Er wird aufgehoben, man sieht, daß er verwundet ist, man läßt eine Bahre holen, zwei Mann tragen ihn weg.
Eine bunte Menge erwartet uns neugierig. Schwarze, Mulatten, Indianer, Chinesen und weiße Wracks (es müssen freigelassene Sträflinge sein) studieren eingehend jeden Mann, der an Land geht und sich hinter seinen Vordermännern anreiht. Daneben Aufseher, gut gekleidete Zivilisten, Damen in Sommerkleidern und Kinder, alle mit Tropenhelmen auf dem Kopf. Und auch sie betrachten uns neugierig. Der Konvoi setzt sich in Bewegung. Nach einem Marsch von fast zehn Minuten kommen wir an ein hohes Eichentor mit folgender Aufschrift: »Strafanstalt Saint-Laurent-du-Maroni. Fassungsraum: 3000 Mann.« Das Tor öffnet sich, und wir treten in Zehnerreihen ein. »Eins, zwei, eins, zwei, marsch!« Eine Unmenge Sträflinge wohnen unserem Einzug bei. Sie sitzen auf Fensterbrettern und großen Steinen, um besser zu sehen.
In der Mitte des Hofes heißt es: »Halt! Die Säcke auf den Boden stellen! Es werden die Hüte ausgeteilt!« Jeder von uns bekommt einen Strohhut, den man mehr als nötig hat. Zwei bis drei Mann haben bereits ihren Sonnenstich weg. Ein Aufseher mit Goldborten nimmt eine Liste zur Hand. Dega und ich blicken uns an. Wir denken an das, was Julot uns gesagt hat. Guittou wird aufgerufen. »Hierher!« Er wird von zwei Aufsehern ergriffen und abgeführt. Suzini desgleichen. Ebenso Girasol.
»Jules Pignard!«
»Jules Pignard (das ist Julot) ist verwundet. Er ist ins Spital gebracht worden.«
»In Ordnung ... Sie werden auf den Inseln interniert.«
»Aufmerksam herhören!« fährt der Aufseher fort. »Jeder, der aufgerufen wird, tritt mit dem Sack auf der Schulter vor und stellt sich dort drüben vor der gelben Baracke Nr. 1 auf!«
Dega, Carrier und ich reihen uns vor der Baracke an. Man öffnet uns, und wir betreten einen etwa zwanzig Meter langen Saal mit einem zwei Meter breiten Durchgang in der Mitte, rechts und links durch eine Eisenstange abgegrenzt. Zwischen Stange und Mauer sind Leintücher gespannt, die als Hängematten dienen. Auf jedem Leintuch liegt eine Decke. Man richtet sich ein, wo man will. Es bilden sich sofort Klüngel. Dega, Pierrot, Santori, Grandet und ich legen uns nebeneinander. Ich erkunde den Saalhintergrund: rechts die Duschen, links die Toiletten, kein Fließwasser. An die Gitterstäbe der Fenster gepreßt, sehen wir der Verteilung der übrigen Ankömmlinge zu. Louis, Dega, Pierrot und ich strahlen – wir sind nicht interniert, wir befinden uns gemeinsam in einer Baracke! Sonst müßten wir uns ja, nach Julots Informationen, bereits in einer Zelle befinden.
»Merkwürdig«, sagt Grandet gegen fünf Uhr abends, als alles beendet ist, »in diesem Konvoi wurde kein einziger Internierter auf-

gerufen. Das ist sonderbar, aber auch sehr gut!« Grandet ist der Mann, der in einem Staatsgefängnis den Geldschrank gestohlen hat, eine Affäre, über die ganz Frankreich gelacht hat.
In den Tropen wird es ohne Übergang Tag und ohne Übergang Nacht, es gibt keine Dämmerung. Das ganze Jahr wird es schlagartig um dieselbe Zeit finster. Um sechs Uhr dreißig wird es plötzlich Nacht. Zwei alte Sträflinge bringen zwei Petroleumlaternen, hängen sie an einen Haken an der Decke. Sie geben sehr wenig Licht, drei Viertel des Saales liegen im Dunkel.
Die Aufregung der Ankunft ist vorüber, und obwohl man vor Hitze beinahe krepiert, schläft um neun Uhr schon fast alles. Ich liege zwischen Dega und Pierrot, und wir flüstern miteinander. Bis auch wir einschlafen.
Beim Schrillen des Wecksignals ist es noch Nacht. Man erhebt sich, wäscht sich, kleidet sich an. Man bringt uns Kaffee und eine Ration Brot. An der Wand ist ein Brett angebracht, auf das man sein Brot, seine Menageschale und alles übrige legen kann. Um neun kommen zwei Aufseher und ein junger Sträfling in weißem Anzug ohne Streifen herein. Die beiden Wärter sind Korsen und unterhalten sich auf korsisch mit ihren Landsleuten. Währenddessen spaziert der Krankenwärter durch den Saal.
»Wie geht's, Papi?« fragt er, als er vor mir steht. »Erkennst du mich nicht?«
»Nein.«
»Ich bin Sierra, der Algerier. Ich kenne dich von Dante in Paris.«
»Ach ja, jetzt weiß ich. Aber du bist neunundzwanzig hierhergekommen, jetzt schreiben wir dreiunddreißig, und du bist noch immer da?«
»Ja, man kommt hier nicht so schnell weg. Ich werde dich krankschreiben. Und wer ist das?«
»Dega. Mein Freund.«
»Ich merke dich auch gleich für die Visite vor, du hast Dysenterie, Papi, und du, Alter, leidest an Asthmaanfällen. Ich sehe euch um elf Uhr wieder, bei der Visite, wir haben miteinander zu reden.«
Er setzt seinen Weg fort. »Wer ist hier krank?« ruft er aus. Dann geht er zu denen, die den Finger heben und trägt sie ein. In Gesellschaft eines sehr alten, sonnenverbrannten Aufsehers kommt er nochmals an uns vorbei und sagt: »Ich stell dich hier meinem Chef, dem Krankenaufseher Bartiloni vor, Papillon ... Der hier und der dort sind seine beiden Freunde, von denen ich Ihnen erzählte, Herr Bartiloni.«
»Schön, Sierra, wir werden das schon arrangieren, Sie können sich auf mich verlassen.«
Um elf kommt man uns holen. Wir durchqueren zu Fuß das Lager und kommen in eine ganz neue Baracke mit weißem Anstrich und einem roten Kreuz darauf. Im Wartesaal befinden sich ungefähr

sechzig Männer. In jeder Ecke stehen zwei Posten. Sierra kommt in einer fleckenlos weißen Arztjacke daher.
»Ihr, ihr und ihr, kommt herein«, sagt er. Wir betreten einen Raum, den wir sofort als das Zimmer des Arztes erkennen. Sierra unterhält sich auf spanisch mit drei alten Männern. Einen von ihnen erkenne ich auf den ersten Blick, es ist Fernandez, der die drei Argentinier im Café Madrid in Paris tötete. Sierra wechselt mit ihm ein paar Worte und schiebt ihn dann in eine Kammer, die zum Saal führt. Dann kommt er zu uns.
»Laß dich umarmen, Papi. Ich bin froh, dir und deinem Freund einen Gefallen erweisen zu können. Ihr seid interniert, alle beide... Laß mich ausreden! Du auf Lebenszeit, Papillon, und du, Dega, auf fünf Jahre. Habt ihr – Flachs?«
»Ja.«
»Dann gebt mir jeder fünfhundert Franc, und morgen früh seid ihr in Spitalspflege. Du wegen Dysenterie. Und du, Dega, klopfst nachts an die Tür ... oder laß lieber einen anderen Wärter bitten, er möge doch den Krankenaufseher rufen lassen, Dega erstickt. Das übrige besorge ich. Noch eins, Papillon: bevor du jetzt gehst, laß mich rechtzeitig verständigen, damit ich dabei sein kann. Für hundert Franc pro Person und Woche wird man euch einen Monat lang behalten können. Entscheidet euch.«
Fernandez kommt aus der Kammer und reicht Sierra vor unseren Augen fünfhundert Franc. Ich ziehe mich auf die Toilette zurück und bringe ihm nicht tausend, sondern tausendfünfhundert Franc. Er weigert sich, die fünfhundert mehr anzunehmen. »Das Geld, das du mir da gibst, ist für den Wärter«, sagt er. »Ich will nichts für mich. Wir sind doch Freunde, nicht?«
Am nächsten Tag liegen Dega, ich und Fernandez in einer riesigen Spitalszelle. Dega wurde mitten in der Nacht aufgenommen. Der Saalwärter ist ein Mann von fünfunddreißig Jahren, er heißt Chatal. Er erhält alle Instruktionen, die uns drei betreffen, von Sierra. Wenn der Arzt kommt, präsentiert er ihm einen Stuhl, in dem es vom Amöben wimmelt. Für Dega läßt er zehn Minuten vor der Visite etwas Schwefel erhitzen, den er ihn mit einem Handtuch über dem Kopf einatmen läßt. Fernandez hat eine stark geschwollene Backe: er hat sich innen in die Haut gestochen und sie eine Stunde lang so stark wie möglich aufgeblasen. Er hat das so gründlich besorgt, daß sich die Geschwulst bis über ein Auge hinaufzieht.
Die Zelle liegt im ersten Stock und beherbergt ungefähr siebzig Kranke, von denen die meisten an Dysenterie leiden.
Ich frage den Krankenwärter, wo Julot liegt.
»In dem Gebäude genau gegenüber«, sagt er. »Soll ich ihm etwas ausrichten?«
»Ja, sag ihm bitte, daß Papillon und Dega hier sind. Er soll ans Fenster kommen.«

Der Krankenwärter kommt und geht, wann er will. Er braucht nur anzuklopfen, dann öffnet ihm ein Araber. Der Araber ist Gefangenenwärter, ein Bagnosträfling, der den Aufsehern als Aushilfe dient. Links und rechts von der Tür sitzen drei Posten mit dem Karabiner auf den Knien. Die Fenstergitter sind aus Eisenbahnschienen, und ich frage mich, wie wir es anstellen werden, die zu durchschneiden. Ich setze mich ans Fenster.
Zwischen unserem und Julots Trakt liegt ein Garten voll hübscher Blumen. Julot erscheint am Fenster mit einem Schieferstück in der Hand, auf das er mit Kreide »Bravo!« geschrieben hat.
Eine Stunde später bringt mir der Krankenwärter einen Brief von Julot. »Ich werde versuchen, in deinen Saal zu kommen«, schreibt er. »Wenn es mir nicht gelingt, dann versucht, in den meinen zu kommen, ihr habt Feinde in eurem Saal. Also ihr seid interniert? Verliert den Mut nicht, wir werden sie schon drankriegen.«
Der Vorfall in der Zentrale Caen, in der wir gemeinsam gelitten haben, hat uns sehr miteinander verbunden. Julot war Spezialist für Holzhämmer, daher sein Spitzname »der Mann mit dem Hammer«. Er fuhr bei hellichtem Tag, wenn der schönste Schmuck in den Schaufenstern lag, im Wagen bei einem Juwelenhändler vor. Der Wagen, der von einem anderen chauffiert wurde, hielt mit laufendem Motor. Julot, der mit einem schweren Holzhammer ausgerüstet war, stieg rasch aus, zertrümmerte mit einem Schlag die Auslagenscheibe, ergriff soviel Schmuck wie möglich und stieg wieder in den Wagen, der mit Vollgas davonraste. Nachdem ihm das in Lyon, Angers, Tours und Le Havre gelungen war, wagte er sich an ein ganz großes Schmuckgeschäft in Paris, wo er um drei Uhr nachmittags Schmuck für fast eine Million ergatterte. Er hat mir nie erzählt, wieso und wie man ihn identifiziert hatte. Er wurde zu zwanzig Jahren verurteilt und brach gegen Ende des vierten aus. Er begab sich nach Paris und suchte seinen Hehler auf, um ihn zu ermorden, weil er seiner Schwester nie das viele Geld gab, das er ihm schuldete. Der Hehler sah ihn durch die Straße gehen, in der er wohnte, und verständigte die Polizei. Julot wurde zum zweitenmal gefaßt und mit uns ins Bagno zurückgeschickt.

Wir liegen bereits eine Woche im Spital. Gestern habe ich Chatal zweihundert Franc gegeben, das ist der Wochenpreis für Dega und mich. Um uns beliebt zu machen, verschenken wir Tabak an solche, die keinen haben. Ein Sträfling von sechzig Jahren, ein Mann aus Marseille namens Carora, hat mit Dega Freundschaft geschlossen. Er ist sein Berater. Mehrmals am Tage schärft er ihm ein, daß man es im Dorf genau weiß, wenn einer viel Geld hat, weil man ja aus den französischen Zeitungen alle großen Affären kennt, und daß es für Dega besser wäre, nicht zu fliehen, weil die Freigelassenen ihn töten würden um seinen Stöpsel zu stehlen. Dega berichtete mir von seinen Gesprächen mit dem alten Carora, und wenn ich ihm

auch sage, daß der Alte gewiß zu nichts taugt, weil er schon zwanzig Jahre hier ist, er hört nicht auf mich. Dega ist sehr beeindruckt von dem Geschwätz des Alten, und es kostet mich Mühe, ihn eines Besseren zu belehren.
Ich lasse Sierra einen Zettel zustecken, er möchte mir Galgani schicken. Am nächsten Tag ist Galgani im Spitalstrakt, in einem Saal ohne Gitter. Wie soll ich es nur anstellen, daß er seinen Stöpsel endlich zu sich nimmt? Ich teile Chatal, unter dem Vorwand, daß es sich um die Vorbereitung zur Flucht handle, mit, ich müsse dringend mit Galgani sprechen. Chatal sagt, daß er ihn genau fünf Minuten vor zwölf zu mir schicken kann. Er wird ihn um die Zeit der Wachablöse auf die Veranda hinausschicken, von dort aus kann er am Fenster mit mir reden. Es kostet nichts.
Richtig kommt Galgani zu Mittag ans Fenster, und ich drücke ihm wortlos den Stöpsel in die Hand. Er schaut zu mir auf und weint. Zwei Tage danach erhalte ich von ihm eine Zeitschrift, in der fünf Tausendfrancscheine stecken. An den Rand der Seite ist ein einziges Wort gekritzelt: »Danke.«
Chatal, der mir das Magazin überbrachte, hat das Geld gesehen. Er spricht nicht darüber, aber ich möchte ihm etwas anbieten. Er lehnt ab.
»Wir wollen fort von hier. Möchtest du mithalten?«
»Nein, Papillon. Ich möchte die Flucht erst in fünf Monaten versuchen, wenn mein Kamerad freigelassen wird. Ich hab's ihm versprochen. Meine Flucht wird besser vorbereitet und sicherer sein. Ich verstehe, daß du es eilig hast, weil du interniert bist ... aber hier, bei den Eisengittern, wird das sehr schwer sein. Rechne nicht mit meiner Hilfe, ich will meine Stelle nicht riskieren. Hier kann ich ruhig abwarten, bis mein Freund herauskommt.«
»In Ordnung, Chatal. Man muß aufrichtig sein. Ich werde nicht mehr mit dir darüber reden.«
»Trotzdem werde ich dir weiter Nachrichten überbringen«, sagt er, »und Bestellungen ausrichten.«
»Danke, Chatal.«
In dieser Nacht war Maschinengewehrfeuer zu hören. Der Mann mit dem Hammer ist ausgebrochen, heißt es am anderen Tag. Gott helfe ihm, er war ein guter Freund. Es muß sich ihm eine günstige Gelegenheit geboten haben, die hat er ausgenützt. Hoffentlich geht's gut.
Fünfzehn Jahre später, im Jahre 1948, halte ich mich in Haiti auf, wo ich zusammen mit einem venezolanischen Millionär mit dem Präsidenten des dortigen Kasinos wegen einer Spielkonzession verhandle. Eines Nachts verlassen wir in Begleitung einiger Mädchen ein Kabarett, in dem wir Champagner getrunken haben. Da sagt eines der Mädchen, das rabenschwarz war, aber erzogen wie die Tochter einer feinen Familie aus der französischen Provinz: »Meine Großmutter, sie ist Wudupriesterin, lebt mit einem alten Franzo-

sen, einem geflohenen Strafgefangenen aus Cayenne. Seit zwanzig Jahren oder so was lebt er schon mit ihr. Er trinkt. Jules Marteau heißt er.«
Ich bin mit einem Schlag nüchtern. Marteau! – Der Mann mit dem Hammer. »Bring mich sofort zu deiner Großmutter, Kleine!«
Sie spricht in haitischem Dialekt mit dem Chauffeur des Taxis, das mit hundert Sachen losbraust. »Halt!« sage ich, als wir an einer hellerleuchteten Bar vorbeikommen. Ich gehe hinein und erstehe eine Flasche Pernod, zwei Flaschen Champagner und zwei Flaschen einheimischen Rum. »Weiter!« Wir fahren ans Meer und halten vor einem koketten weißen Häuschen mit roten Dachziegeln. Das Meer rollt fast bis an die Treppe heran. Das Mädchen klopft. Eine große schwarze Frau mit schneeweißem Haar öffnet. Sie ist im Nachthemd, das ihr bis zu den Knöcheln reicht. Die beiden Frauen unterhalten sich in ihrer Mundart. »Treten Sie ein, mein Herr«, sagt die Frau dann, »das Haus steht Ihnen zur Verfügung.« Eine Karbidlampe beleuchtet das saubere Zimmer, in dem es von Vögeln und Fischen schwirrt und wimmelt.
»Sie wollen Julot besuchen? Warten Sie, er kommt gleich. Jules! Jules! Es ist jemand da, der dich besuchen will!«
In einem blaugestreiften Pyjama, der mich lebhaft ans Bagno erinnert, kommt barfuß ein alter Mann herein.
»Wer kommt denn um diese Zeit, Schneeball? – Papillon! Nein, das ist nicht wahr!« Er schließt mich in seine Arme.
»Bring die Lampe, Schneeball, ich möchte mir die Schnauze meines Kumpels ansehen! Ja, du bist es! Du bist es! Willkommen in meinem Haus! Alles Blech, das bißchen Flachs, das ich habe, die Enkelin meiner Frau, was du willst, alles ist dein, du brauchst nur ein Wort zu sagen!«
Wir saufen den Pernod aus, den Champagner, den Rum, und von Zeit zu Zeit singt Julot.
»Also haben wir sie doch drangekriegt, was, mein Alter? Es geht doch nichts über ein waschechtes Abenteuer! Ich bin durch Kolumbien, Panama, Costa Rica und Jamaika gekommen, und jetzt ist es schon fünfzehn Jahre her, daß ich hier bin, und ich bin glücklich mit Schneeball. Sie ist die beste Frau, der ein Mann begegnen kann. Wann fährst du? Bleibst du lange?«
»Nur eine Woche.«
»Was machst du hier?«
»Ich möchte die Spielkonzession des Kasinos übernehmen, gemeinsam mit dem Präsidenten.«
»Mein guter Kumpel, ich wollte, du bliebest dein ganzes Leben lang hier bei uns ... Aber natürlich, wenn du Kontakt mit dem Präsidenten hast ... Unternimm nichts mit diesem Burschen, er wird dich umlegen lassen, sobald er sieht, daß dein Geschäft floriert!«
»Danke für den Rat.«
»Und du, Schneebällchen, bereite deinen Wuduzauber vor, ›Nicht

für Touristen‹, das Echteste vom Echten, mein Freund! Ich werde dir ein andermal von diesem berühmten Ballfest erzählen.«
Julot war also entkommen, und ich, Dega und Fernandez warten noch immer. Von Zeit zu Zeit sehe ich mir, ganz unauffällig, die Stangen in den Fenstern an. Es sind wirklich Eisenbahnschienen, nichts zu machen. Bleibt nur die Tür, vor der Tag und Nacht drei bewaffnete Posten hocken. Seit Julots Flucht ist der Wachdienst verschärft. Die Runden folgen rascher aufeinander, und der Doktor ist weniger liebenswürdig. Chatal kommt nur noch zweimal täglich herein, um Injektionen zu geben und die Temperatur zu messen. Eine zweite Woche vergeht, ich zahle noch einmal zweihundert Franc. Dega redet von allem möglichen, nur nicht von Flucht.
»Du hast es noch immer?« fragt er. Er hat gestern mein Skalpell gesehen.
»Um mich meiner Haut zu wehren. Und wenn es nötig ist, auch deiner«, antworte ich übel gelaunt.
Fernandez ist gar kein Spanier, er ist Argentinier. Und er ist ein richtiger Abenteurer. Aber auch er läßt sich vom Geschwätz des alten Carora beeinflussen. Eines Tages höre ich ihn zu Dega sagen: »Die Inseln scheinen sehr gesund zu sein. Es ist dort nicht wie hier, und es ist auch nicht heiß. Hier kannst du dir die Ruhr holen, sooft du austreten gehst.«
Tatsächlich sterben von den siebzig Männern im Saal jeden Tag ein bis zwei an Ruhr. Und merkwürdig, alle sterben während der Ebbe am Nachmittag oder am Abend, nie stirbt ein Kranker vormittags. Warum? Ein Mysterium der Natur.
Vergangene Nacht hatte ich eine Debatte mit Dega. Ich habe ihm gesagt, daß der arabische Gefangenenwärter nachts manchmal die Unvorsichtigkeit begeht, in den Saal zu kommen und die Decken der Schwerkranken aufzuheben, die diese sich über das Gesicht ziehen. Man könnte ihn überfallen und ihm die Kleider wegnehmen. (Wir haben nicht mehr an als Hemd und Sandalen.) In seinem Anzug könnte ich hinausgehen, einem der Posten den Karabiner entreißen, auf ihn anlegen und ihn zwingen, den Saal zu betreten, dessen Tür ich von außen abschließe. Dann könnte man auf der Seite des Maroni über die Spitalmauer klettern, ins Wasser springen und sich von der Strömung forttreiben lassen. Alles übrige würde sich ergeben. Man könnte zum Beispiel ein Schiff und Lebensmittel kaufen, um übers Meer zu entkommen. Alle beide lehnen diesen Plan kategorisch ab, sie verurteilen ihn sogar. Ich spüre, daß sie entmutigt sind. Die Tage vergehen, ich bin schwer enttäuscht.
Noch zwei Tage, dann sind es drei Wochen, daß wir hier sind. Bleiben also nicht mehr als höchstens zehn bis fünfzehn Tage, um sein Glück zu versuchen. Heute, 21. November 1933, ist ein denkwürdiger Tag: Joanes Clousiot betritt den Saal, der Mann, den man in Saint-Martin-de-Ré beim Friseur zu ermorden versucht hat. Er

hält die Lider geschlossen, er ist fast blind, seine Augen sind voller Eiter.
Als Chatal einmal weggeht, gehe ich zu Clousiot hin. Er sagt mir rasch, daß die anderen Internierten vor vierzehn Tagen auf die Inseln gebracht wurden, ihn hat man vergessen. Vor drei Tagen hat ihn ein Verwaltungsbeamter davon benachrichtigt. Er hat sich sofort ein Rizinuskorn ins Auge gesteckt, und so ist er hierhergekommen. Er ist bis oben voll mit Fluchtgedanken und ist zu allem bereit, auch dazu, sich umzubringen, wenn es sein muß. Er hat dreitausend Franc. Wenn er sich die Augen mit warmem Wasser spült, sieht er prima. Ich setze ihm meinen Fluchtplan auseinander. Er findet ihn gut, meint aber, um die Aufseher zu überrumpeln, müßten zwei Mann, besser noch drei hinausgehen. Man könnte die Bettfüße abmontieren und die Wächter mit dem Eisenfuß in der Hand überfallen und niederschlagen. »Denn die«, meint er, »glauben nicht einmal, wenn du den Karabiner in der Hand hast und auf sie anlegst, daß du tatsächlich schießen willst, und rufen womöglich die anderen Wachtposten zu Hilfe, die aus dem Pavillon, aus dem Julot entkommen ist.«

Drittes Heft: Erster Fluchtversuch

Ausbruch aus dem Spital

Heute abend habe ich mir Dega vorgeknöpft, anschließend Fernandez. Dega sagt, er habe kein Vertrauen zu der Sache, aber er würde eine große Summe dafür geben, von der Internierung befreit zu werden. Er bittet mich, das Sierra zu schreiben. Und Sierra möge uns sagen, ob das möglich ist. Chatal bringt uns noch am selben Tag die Antwort. »Bezahlt nichts, um von der Internierung befreit zu werden, das ist eine Sache, die nur in Frankreich entschieden werden kann, sonst nirgends. Nicht einmal der Direktor der Strafanstalt kann es. Wenn ihr im Spital verzweifelt seid, könntet ihr versuchen, genau einen Tag nachdem das Schiff ›Mana‹ abgegangen ist, das zu den Inseln fährt, herauszukommen.«
Ehe man auf die Inseln kommt, bleibt man acht Tage in Einzelhaft, von wo aus man möglicherweise leichter fliehen kann, meint Sierra. Auf demselben Blatt teilt er mir noch mit, daß er mir einen freigelassenen Sträfling schicken könnte, der mir, wenn ich es möchte, ein Boot hinter dem Spital vorbereiten würde. Es ist ein Toulouser namens Jésus, der vor zwei Jahren die Flucht eines Arztes vorbereitet hat. Um ihn zu treffen, muß ich mich röntgen lassen. Der Röntgenpavillon gehört zum Spitalsbereich, aber die Freigelassenen können sich an einem bestimmten Tag mit einer gefälschten Zuweisung durchleuchten lassen. Sierra rät mir, vorher den Stöpsel herauszunehmen, da ihn der Arzt, wenn er mich unterhalb des Zwerchfells durchleuchtet, entdecken könnte. Ich bitte Sierra, Jésus zum Röntgen zu schicken und mit Chatal auch meinetwegen einen Termin zu vereinbaren. Noch am selben Abend teilt er ihn mir mit: übermorgen um neun.
Am nächsten Tag will Dega aus dem Spital entlassen werden, ebenso Fernandez. Die »Mana« ist frühmorgens abgedampft. Sie hoffen, aus den Zellen entfliehen zu können. Ich wünsche ihnen viel Glück, ändere aber meine eigenen Pläne nicht.
Ich habe Jésus gesprochen. Er ist ein alter Freigelassener, hager wie eine Sardine, mit einem tiefgebräunten, von zwei häßlichen Narben entstellten Gesicht. Eines seiner Augen tränt. Dreckige Schnauze, dreckiger Blick. Er flößt mir wenig Vertrauen ein, und die Zukunft sollte mir recht geben.
Wir verhandeln rasch. »Ich kann dir ein Boot für vier, höchstens fünf Mann vorbereiten. Ein Faß Wasser, Lebensmittel, Kaffee und

Tabak. Drei indianische Ruder, leere Mehlsäcke, Nadel und Faden, damit du dir selbst das Segel und den Klüver machen kannst. Einen Kompaß, eine Axt, ein Messer und fünf Liter Tafia (so heißt der einheimische Rum), alles für zweitausendfünfhundert Franc. In drei Tagen ist Neumond. Von heute an in vier Tagen werde ich acht Tage lang jede Nacht von elf Uhr bis drei auf dich warten, falls dir mein Angebot paßt. Wenn das erste Viertel voll ist, warte ich nicht mehr. Das Boot wird genau gegenüber der Ecke der Spitalsmauer liegen. Halte an die Mauer, denn solange du nicht an der Ecke bist, kannst du das Boot nicht sehen, nicht einmal aus zwei Meter Entfernung.«
Ich habe kein rechtes Vertrauen zu der Geschichte, trotzdem sage ich ja.
»Und das Geld?« fragt Jésus.
»Schick ich dir durch Sierra.« Wir gehen ohne Händedruck auseinander. Hervorragend ist das alles nicht.
Um drei Uhr geht Chatal ins Lager, Sierra die zweitausendfünfhundert Franc zu bringen. Ich setze das Geld, das ich Galgani verdanke, aufs Spiel, denn es ist riskant. Wenn er die zweitausendfünfhundert Eier nur nicht in Rum umsetzt!
Clousiot strahlt. Er hat Vertrauen zu sich, zu mir und zu dem Vorhaben. Nur eines macht ihm zu schaffen: der arabische Gefangenenwärter, der zwar nicht jede Nacht, aber doch sehr oft abends in den Saal zurückkommt. Ein zweites Problem: Wen könnte man als dritten Kumpanen wählen? Da ist ein Korse aus der Unterwelt von Nizza, Biaggi heißt er. Biaggi ist seit 1929 im Bagno und liegt in diesem streng überwachten Saal, weil er einen Mord begangen hat. Clousiot und ich beraten, ob wir mit ihm reden sollen und wann. Während wir uns so pianissimo miteinander unterhalten, kommt ein Ephebe von achtzehn Jahren auf uns zu, hübsch wie eine Frau. Er heißt Maturette, wurde mit siebzehn zum Tode verurteilt und wegen seines jugendlichen Alters begnadigt. Er hatte einen Taxichauffeur erschossen. Sie waren zu zweit, sechzehn und siebzehn Jahre, und diese Kinder hatten bei Gericht, anstatt sich gegenseitig anzuklagen, beide erklärt, den Chauffeur getötet zu haben. Aber der Chauffeur hatte nur *eine* Kugel im Leib. Diese Haltung hatte den beiden Jungen die Sympathie aller Sträflinge eingetragen.
Maturette kommt auf uns zu und bittet uns mit der Stimme eines Mädchens um Feuer. Wir geben es ihm, und ich mache ihm obendrein vier Zigaretten und eine Schachtel Streichhölzer zum Geschenk. Er dankt mit reizendem Lächeln und geht wieder.
Plötzlich sagt Clousiot: »Wir sind gerettet, Papi. Der Kerl wird in den Saal zurückkommen, sooft und wann wir wollen!«
»Wieso?«
»Ganz einfach: wir werden den kleinen Maturette überreden, den Kerl in sich verliebt zu machen. Araber lieben junge Bürschchen,

warum sollte der eine Ausnahme bilden. Ihn dazu zu bringen, nachts hereinzukommen, um mit dem Jungen zu schmusen, wird nicht sehr schwierig sein. Dann muß er sich zieren und sagen, er hat Angst, gesehen zu werden, und dann kommt der Araber, wann es uns paßt.«
»Laß mich machen!«
Ich gehe zu Maturette. Er empfängt mich mit gewinnendem Lächeln. Er glaubt, daß er mich vorhin mit ebendiesem Lächeln gewonnen hat. »Du irrst«, sage ich sofort, »komm mit aufs Klo.« Er gehorcht.
»Wenn du ein einziges Wort von dem, was ich dir jetzt sagen werde, verrätst, bist du ein toter Mann«, beginne ich. »Würdest du dies und das und jenes für Geld tun? Für wieviel? Und wenn ja, würdest du es tun, um uns einen Dienst zu erweisen, oder möchtest du selber mit uns fort?«
»Ich möchte mit euch fort, geht das?« – Gemacht, gemacht! Wir drücken einander die Hand.
Abends um acht sitzt Maturette am Fenster. Er braucht den Araber nicht zu rufen, er kommt ganz von selbst. Sie fangen an, sich leise miteinander zu unterhalten. Um zehn Uhr legt sich Maturette schlafen. Wir liegen bereits seit neun in der Falle – jeder mit einem blinzelnden Auge. Der Araber kommt herein, macht zweimal die Runde und findet einen Toten. Er schlägt an die Tür, kurz darauf kommen zwei mit einer Bahre und tragen den Toten hinaus. Der Tote kommt uns wie gerufen, er rechtfertigt die Runden des Arabers zu jeder Nachtzeit. Auf unseren Rat hin verabredet sich Maturette mit ihm für elf Uhr. Der Gefangenenwärter kommt um die verabredete Zeit, geht am Bett des Kleinen vorbei, zupft ihn am Fuß, um ihn zu wecken, und geht zur Toilette. Maturette folgt ihm. Eine Viertelstunde später kommt der Araber zurück, geht direkt auf die Tür zu und verläßt den Saal. Maturette legt sich nieder, ohne uns etwas zu sagen. Am nächsten Tag spielt sich dasselbe ab, aber um Mitternacht. Alles läuft wie am Schnürchen, der Araber kommt, wann immer der Kleine es will.
Am 27. November 1933 warte ich um vier Uhr nachmittags auf ein Wort Sierras. Zwei Bettfüße, als Waffen, sind bereits gelockert. Der Krankenwärter Chatal kommt ohne Zettel. »François Sierra läßt dir ausrichten, daß Jésus dich an der ausgemachten Stelle erwartet«, sagt er. »Viel Glück!« Um acht Uhr abends sagt Maturette zu seinem Araber: »Komm heute erst nach Mitternacht, man kann um diese Zeit länger beisammenbleiben.«
Der Araber ist einverstanden. Genau um Mitternacht sind wir bereit. Der Araber kommt gegen ein Viertel nach zwölf, geht direkt zu Maturettes Bett, zieht ihn am Fuß und geht aufs Klo. Maturette hinterdrein. Ich schraube meinen Bettfuß ab, dabei entsteht etwas Lärm. Bei Clousiot ist nichts zu hören. Ich muß mich hinter die Tür der Toilette stellen, und Clousiot muß auf den Araber zugehen,

67

um dessen Aufmerksamkeit auf sich zu ziehen. Wir warten zwanzig Minuten, dann geht alles ganz schnell. Der Araber kommt aus dem Klosett heraus und fragt Clousiot überrascht: »Was machst denn du da, mitten im Saal, um diese Zeit? Leg dich nieder!«
Im selben Moment erhält er einen Schlag auf den Hinterkopf und sackt lautlos zusammen. Schnell ziehe ich seine Sachen an, seine Schuhe, dann schieben wir ihn unter ein Bett. Vorher gebe ich ihm noch einen zweiten Schlag ins Genick. Er hat genug. Keiner von den achtzig Männern im Saal regt sich. Ich gehe rasch zur Tür, gefolgt von Clousiot und Maturette, die beide im Hemd sind, und klopfe. Der Aufseher öffnet. Ich schwinge den Eisenfuß – tak! – auf seinen Kopf. Dem andern, ihm gegenüber, fällt der Karabiner herunter, er ist wahrscheinlich eingeschlafen. Ich schlage ihn nieder, ehe er reagieren kann. Beide haben keinen Laut von sich gegeben, nur der von Clousiot hat ein kurzes »Ah!« ausgestoßen, bevor er zusammenbrach. Meine beiden sind auf ihrem Sessel sitzen geblieben, der dritte liegt der Länge nach auf dem Boden. Wir halten den Atem an: das »Ah!« hat für uns geklungen, als ob jeder es hätte hören müssen – es war laut genug. Aber nichts rührt sich. Wir kehren nicht in den Saal zurück, sondern gehen mit den Karabinern gleich weiter. Clousiot voraus, unser Benjamin in der Mitte, ich hinterher. Wir steigen über die von einer Laterne schlecht beleuchtete Treppe hinunter, Clousiot hat seinen Bettfuß zurückgelassen, ich halte den meinen in der linken Hand, in der rechten den Karabiner. Unten – nichts. Die Nacht um uns ist tintenschwarz. Wir müssen sehr genau schauen, um die Mauer in Richtung Fluß zu finden. Dort angekommen, mache ich die Leiter. Clousiot klettert auf meinen Rücken, setzt sich rittlings auf die Mauer, zieht Maturette hinauf, dann mich. Auf der anderen Seite lassen wir uns ins Dunkel hinabgleiten. Clousiot fällt in ein Loch und verletzt sich am Fuß. Maturette und ich kommen gut unten an. Die beiden Karabiner haben wir innerhalb der Mauer liegengelassen. Wenigstens glaube ich das.
Clousiot kann sich nicht erheben, er glaubt, er hat sich den Fuß gebrochen. Ich lasse Maturette bei Clousiot zurück und tappe mich mit der Hand an der Mauer entlang auf die Ecke zu. Es ist so finster, daß ich das Ende der Mauer nicht sehe und auf einmal ins Leere greife.
Da höre ich vom Fluß eine Stimme: »Bist du es?«
»Ja. Ist dort Jésus?«
»Ja.«
Er zündet für eine Sekunde ein Streichholz an. Ich sehe, wo er ist, werfe mich ins Wasser und komme bei ihm an. Es sind zwei Mann.
»Komm herauf. Wer ist es?«
»Papillon.«
»Gut.«

»Wir müssen ein Stück zurück, mein Freund hat sich beim Sprung über die Mauer den Fuß gebrochen.«
»Da, nimm das Ruder und reiß an!«
Die drei Indianerruder tauchen ins Wasser, und das leichte Boot hat rasch die hundert Meter zurückgelegt, die uns von der Stelle trennen, wo die beiden sein müssen. Da man nichts sieht, rufe ich:
»Clousiot!«
»Still, um Himmels willen!« sagt Jésus. »Dicker, mach dein Feuerzeug an!« Funken sprühen – sie haben uns entdeckt. Clousiot pfeift nach Lyoner Art zwischen den Zähnen, ein Pfeifen, das nicht laut, aber gut zu hören ist, wie das Zischen einer Schlange. Das Pfeifen lenkt uns. Der Dicke steigt aus, hebt Clousiot auf und legt ihn ins Boot. Maturette steigt ein, dann der Dicke. Wir sind jetzt fünf, und das Boot taucht bis zum Rand ins Wasser.
»Bewegt euch nicht, ohne es mir vorher zu sagen«, flüsterte Jésus. »Papillon, hör zu rudern auf, leg die Schaufel über die Knie. Tauch an, Dicker!« Und mit Hilfe der Strömung gleitet das Boot rasch in die nächtliche Finsternis hinein.
Als wir nach einem Kilometer an der von einem schlechten Dynamo kläglich beleuchteten Strafanstalt vorüberfahren, sind wir in der Mitte des Flusses und flitzen mit unglaublicher Geschwindigkeit stromab. Der Dicke hat sein Ruder zurückgelegt. Jésus, das Ruder an den Schenkel gepreßt, bemüht sich nur noch darum, das Boot im Gleichgewicht zu halten und es zu steuern.
»Jetzt können wir reden und rauchen«, sagt er. »Ich glaube, es ist gutgegangen. Bist du sicher, daß ihr keinen getötet habt?«
»Ich glaube nicht.«
»Du lieber Himmel, hast du mich reingelegt, Jésus!« sagt der Dicke. »Du hast mir gesagt, daß es ein Fluchtversuch ohne Komplikationen ist, dabei ist es ein Fluchtversuch von Internierten, wie ich jetzt höre!«
»Ja, es sind Internierte, Dicker. Ich wollte es dir nicht sagen, weil du mir sonst nicht geholfen hättest, und ich habe einen Mann gebraucht. Aber reg dich nicht auf, wenn wir erwischt werden, nehme ich alles auf mich.«
»In Ordnung, Jésus. Für die hundert Eier, die du mir gibst, mag ich meinen Kopf nicht riskieren, wenn einer tot ist. Oder ›Lebenslänglich‹, wenn einer verwundet ist.«
»Ich schenke jedem von euch tausend Franc«, erkläre ich.
»Gemacht, Mensch. Das ist in Ordnung, danke. Man krepiert im Dorf vor Hunger, freigelassen sein ist ärger als gefangen. Als Gefangener hat man wenigstens alle Tage sein Fressen und hat seinen Anzug.«
»Hast du nicht starke Schmerzen?« wendet sich Jésus zu Clousiot.
»Es geht«, sagt Clousiot. »Was machen wir mit meinem gebrochenem Bein, Papillon?«
»Wird sich zeigen. Wohin fahren wir, Jésus?«

»Ich bring euch in eine Bucht, dreißig Kilometer oberhalb der Flußmündung. Dort könnt ihr euch acht Tage versteckt halten, bis die ärgste Hetze durch die Posten und Menschenjäger vorüber ist. Sie sollen den Eindruck bekommen, daß ihr noch in der ersten Nacht den Maroni hinunter und in See gestochen seid. Die Menschenjäger haben nämlich Boote ohne Motor, das ist das gefährlichste. Feuermachen, Reden, Husten kann alles verhängnisvoll für euch werden, wenn sie in Hörweite sind. Die Motorboote der Aufseher sind zu groß, um in die Bucht zu fahren, sie würden dort auflaufen.«
Die Nacht hellt sich auf. Als wir nach langer Suche endlich an das Versteck gelangen, das nur Jésus kennt, ist es gegen vier Uhr morgens. Wir sind buchstäblich mitten im Busch. Unser Fahrzeug drückt das kleine Gebüsch nieder, das sich hinter uns wieder aufrichtet und einen sehr dichten schützenden Vorhang bildet. Wir müssen darauf achten, ob das Boot nicht zuviel Tiefgang hat ... Wir dringen ein, wir dringen vor. Aber um bis ans letzte Ziel zu gelangen, brauchen wir mehr als eine Stunde, weil wir ununterbrochen die Zweige abhauen oder wegdrücken müssen, die uns den Weg versperren.
Auf einmal befinden wir uns in einer Art Kanal und halten an. Die Böschung ist grün überwuchert, riesenhafte Bäume neigen sich über sie zum Wasserspiegel herab, und obwohl es schon nach sechs Uhr ist, dringt kein Strahl Tageslicht durch das Laub. Unter diesem imposanten Schwibbogen dringen die Stimmen Tausender uns unbekannter Tiere an unser Ohr.
»Hier müßt ihr acht Tage lang warten«, sagt Jésus. »Am siebenten werde ich euch Lebensmittel bringen.« Er zieht aus dem dichten Gebüsch ein aus einem Baumstamm verfertigtes, etwa zwei Meter langes Eingeborenenboot hervor, das mit zwei Rudern versehen ist, damit will er bei Flut nach Saint-Laurent zurück.
Wir sind mit Clousiot beschäftigt. Wir haben ihn auf die Böschung gelegt, er ist noch immer im Hemd, seine Beine sind nackt. Wir holen uns mit der Axt trockene Zweige und machen schlecht und recht ein Paar Beinschienen daraus. Der Dicke zieht an dem verletzten Fuß. Schwere Schweißtropfen treten auf Clousiots Stirn. »Halt!« ruft er einen Augenblick später. »In dieser Lage jetzt habe ich weniger Schmerzen, der Knochen muß wieder eingerenkt sein.« Wir legen ihm die Schienen an das Bein und umwickeln sie mit der neuen Hanfschnur, die wir im Boot finden. Clousiot fühlt sich sichtlich erleichtert. Jésus hat von »Relegierten« vier Hosen, vier Hemden und vier wollene Matrosenblusen für uns gekauft. Maturette und Clousiot ziehen sich an, ich bleibe in den Sachen des Arabers. Dann trinken wir Rum, schon die zweite Flasche seit der Abfahrt, das belebt. Da die Moskitos unerträglich werden, müssen wir ein Paket Tabak opfern. Wir weichen es in einem Kessel ein und schmieren uns den Nikotinsaft ins Gesicht, auf Hände und Füße. Die wollenen Matrosenblusen sind prächtig, sie halten warm in dieser konstanten, alles durchdringenden Feuchtigkeit.

»Wir gehen jetzt«, sagt der Dicke. »Und was ist's mit den versprochenen tausend Eiern?« – Ich schlage mich in die Büsche und komme mit einem fabrikneuen Tausendfrancschein wieder.

»Auf Wiedersehen. Und rührt euch in den acht Tagen keinen Meter hier weg«, sagt Jésus. »Am siebenten komme ich dann her, und am achten stecht ihr in See. Bis dahin habt ihr das Segel und den Klüver fertig. Und macht Ordnung im Boot. Bringt die Angeln für das Steuerruder an. Falls ich zehn Tage lang nicht kommen sollte, sind wir verhaftet worden. Da ihr die Aufseher angreifen mußtest, wird es zu einer blutigen Schießerei kommen.«

Clousiot hat uns gestanden, daß er *seinen* Karabiner nicht an der Mauer liegengelassen hat. Er hat ihn darüber geworfen, und da der Fluß so nah ist, was er nicht wußte, ist er bestimmt ins Wasser gefallen. Jésus meint, das sei gut, denn wenn man ihn nicht findet, werden die Menschenjäger glauben, daß wir bewaffnet sind, und sich nicht in Gefahr bringen wollen. Und da es Gefährlichere als sie nicht mehr gibt, wird in dieser Hinsicht nicht viel zu befürchten sein. Also – hoffentlich auf Wiedersehen! Sollten wir entdeckt werden und das Boot zurücklassen müssen, dann, rät Jésus, sollen wir es tiefer in den Busch verfrachten, wo kein Wasser mehr ist, und uns mit dem Kompaß nach Norden durchschlagen. Es sei möglich, daß wir dann in zwei bis drei Tagen auf das Todeslager »Charvin« stoßen. Dort sollen wir jemanden bestechen, der ihm, Jésus, Nachricht gibt, wo wir sind.

Und damit gingen sie, die beiden ehemaligen Sträflinge. Ihr Eingeborenenboot verschwand, man hörte und sah nichts mehr.

Im Busch kommt der Tag auf ganz besondere Weise. Es ist, als ob man sich unter Arkaden befände, die von oben beschienen werden, aber keinen einzigen Sonnenstrahl durchlassen. Es fängt an, warm zu werden. Nun sind wir allein, Maturette, Clousiot und ich. Unsere erste Reaktion ist, daß wir zu lachen beginnen. Das ist ja wie geschmiert gegangen! Das einzig Unangenehme ist das Bein von Clousiot. Er behauptet, jetzt, wo das Bein mit den Schienen aus Zweigen umwickelt ist, gehe es einigermaßen. Wir machen schnell Feuer, und jeder bekommt einen großen Becher schwarzen, mit Melasse gesüßten Kaffee. Es ist köstlich! Wir haben seit gestern abend viel Energie verbraucht, so viel, daß wir noch gar keine Lust haben, uns um unsere Sachen zu kümmern oder das Boot zu inspizieren. Das hat Zeit. Wir sind frei, frei, frei! Nach genau siebenunddreißig Tagen. Wenn uns die ganze Flucht gelingt, dann wird mein Lebenslänglich nicht lang gewesen sein. »Herr Vorsitzender«, frage ich, »wie lange dauert lebenslängliche Zwangsarbeit in Frankreich?« Und breche in Lachen aus. Maturette, der auch Lebenslänglich hat, lacht mit. »Laßt das Siegesgeheul«, knurrt Clousiot trocken, »Kolumbien ist weit, und das Boot da mit dem versengten Mast scheint für eine Meerfahrt kaum geeignet.«

Ich erwidere nichts. Denn offengestanden hatte ich bis zu diesem

Moment geglaubt, daß die Piroge von Jésus nur dazu bestimmt sei, uns zu einem wirklichen Schiff zu bringen, einem seetüchtigen. Und jetzt, wo ich merke, daß ich mich getäuscht habe, will ich das nicht eingestehen, um die Freunde nicht schon von vornherein zu entmutigen. Und außerdem habe ich, der das Ganze für völlig in der Ordnung zu halten schien, nicht plötzlich den Eindruck erwecken wollen, daß ich die Boote, die für gewöhnlich zur Flucht verwendet werden, gar nicht kenne.

Wir haben diesen ersten Tag damit zugebracht, zu reden und mit dem unbekannten Partner, Busch genannt, Bekanntschaft zu schließen. Die Affenhorden und eine winzige Eichhörnchenart flitzen über unseren Köpfen in gewaltigen Sprüngen hin und her durch die Luft. Eine Herde kleiner Wildschweine kommt, um zu trinken und zu baden. Es sind mindestens zweitausend. Sie schwimmen in die Bucht herein und reißen die herabhängenden Luftwurzeln ab. Ein Krokodil taucht wie aus dem Nichts auf und schnappt nach dem Bein eines Schweinchens, das zu quieken beginnt, als ob es schon verloren wäre, aber die Schweine greifen das Krokodil an, klettern darüber und versuchen, es in die riesigen Lefzen zu beißen. Jedesmal wenn das Krokodil mit dem Schwanz ausschlägt, nimmt rechts und links eines der Schweine Reißaus. Eines wird getroffen und saust mit dem Bauch nach oben durch die Luft. Unverzüglich fressen andere Krokodile es auf. Die Vorstellung dauert zwanzig Minuten, die Bucht ist voller Blut. Das Krokodil hat sich ins Wasser gerettet, wir haben es nicht mehr wiedergesehen.

Gut ausgeschlafen und dann Kaffee gemacht. Mit einem dicken Stück Marseiller Seife, das wir im Boot gefunden haben, wasche ich mich. Maturette rasiert mich großzügig mit meinem Skalpell, dann schabt er Clousiot die Stoppeln herunter. Er selbst hat noch keinen Bart. Als ich nach meiner Wolljacke greife, um sie anzuziehen, hängt eine mächtige blauschwarze, haarige Spinne daran. Die Haare ihres Pelzes sind sehr lang, und jedes endet mit einer kleinen silbrigen Kugel. Das Biest muß mindestens fünfhundert Gramm wiegen, ich zertrete es angewidert.

Wir haben alles aus unserer Piroge herausgeholt, natürlich auch das Fäßchen mit Wasser. Das Wasser ist lila, ich glaube, Jésus hat zuviel Hypermangan hineingetan, um nur ja zu verhindern, daß es zu faulen beginnt. In fest verschlossenen Flaschen finden wir Streichhölzer und Reibpapier. Der Kompaß ist ein Schulkompaß, er kennt nur Norden, Süden, Osten und Westen, Zwischengrade hat er keine. Der Mast des Bootes mißt nur zwei Meter fünfzig. Wir binden in Trapezform die Mehlsäcke daran, um das Segel zu verstärken. Ich fabriziere einen kleinen Klüver in Form eines gleichschenkeligen Dreiecks, er soll dazu beitragen, daß das Boot mit der Nase über die Wellen hinaufsteigt.

Beim Setzen des Mastes bemerke ich, daß der Boden des Bootes nicht ganz dicht ist. Reichlich Bilgenwasser. Die Öffnung, in die der Mast eingesetzt wird, ist zerfressen und ausgeleiert, die Bolzen, mit denen ich die Angeln befestige, die das Steuerruder tragen sollen, versinken wie in Butter, der ganze Kahn ist morsch. Dieser Dreckfink Jésus schickt uns in den Tod! Ich zeige das alles nur ungern den beiden andern, aber ich kann es nicht verantworten, es vor ihnen geheimzuhalten. Was sollen wir tun? Wenn Jésus wiederkommt, muß er uns ein besseres Boot verschaffen. Ich werde ihn zu diesem Zweck, mit Messer und Axt bewaffnet, ins Dorf begleiten müssen, um ein vernünftiges Vehikel auszusuchen. Ein enormes Risiko. Aber es ist weniger groß, als mit so einem Sarg in See zu stechen! Die Lebensmittel sind in Ordnung. Eine große Flasche Öl dabei und mehrere Dosen Kassewamehl. Damit kommt man lange aus.

Am nächsten Morgen bietet sich uns ein seltenes Schauspiel: eine Affenbande mit grauen Gesichtern schlägt sich mit einer anderen mit samtigen schwarzen Gesichtern. Maturette bekommt in dem Tumult einen Zweig auf den Kopf und hat eine nußgroße Beule.

Wir sind jetzt schon fünf Tage und vier Nächte hier. Letzte Nacht hat es in Strömen geregnet. Wir schützen uns mit wilden Bananenblättern, das Wasser tropft an ihrem Firnis ab, und wir werden, bis auf die Füße, überhaupt nicht naß. Beim Kaffeetrinken denke ich darüber nach, wie kriminell sich Jésus verhalten hat. Er hat unsere Unerfahrenheit ausgenützt, um uns einen morschen Kahn anzudrehen. Um fünfhundert, höchstens tausend Franc zu ersparen, schickt er drei Menschen in den sicheren Tod. Ich frage mich, ob ich ihn nicht umbringen soll, nachdem ich ihn gezwungen haben werde, uns ein anderes Boot zu verschaffen.

Die Rufe eines Eichelhähers – wir glauben zumindest, daß es einer sei – wiegeln unsere ganze kleine Welt auf. Sie sind so scharf und aufreizend, daß ich Maturette befehle, das Messer zu nehmen und den Schreihals suchen zu gehen. Er kommt nach fünf Minuten zurück und winkt mir, ihm zu folgen. Wir gelangen, etwa hundertfünfzig Meter vom Boot entfernt, an eine Stelle, wo wir an einem Ast einen herrlichen Fasan oder Wasservogel, doppelt so groß wie ein kräftiger Hahn, in der Luft hängen sehen. Er hat sich in einem Lasso verfangen und baumelt flügelschlagend an einem Fuß. Ich schneide ihm mit einem Hieb den Hals durch, um seinem schauerlichen Geschrei ein Ende zu machen, und nehme ihn aus der Schlinge. Er wiegt mindestens fünf Kilo und hat Sporen wie ein Hahn. Wir beschließen ihn zu verspeisen, überlegen aber, daß die Schlinge doch jemand gelegt haben muß und daß vielleicht noch mehr Schlingen in der Nähe sind. Wir kehren um und machen eine seltsame Entdeckung: Ungefähr zehn Meter von der Bucht befindet sich eine richtige Barriere aus Blättern und Lianen. Sie verläuft parallel mit dem Wasser. An mehreren Stellen sind Öffnungen, und in jeder hängt, mit Reisig getarnt, an zwei zusammengenommenen Ästen ein Lasso aus Messingdraht. Ich verstehe: das Tier soll an die Barriere stoßen und an ihr entlanglaufen, bis es eine Öffnung findet.

Will es durch, so verfängt es sich in dem Messingdraht. Der Ast schnellt hoch, und das Tier bleibt in der Luft hängen, bis der Fallensteller kommt und es abnimmt.

Diese Entdeckung bereitet uns Sorgen. Die Barriere ist gut erhalten, sie ist keineswegs alt. Wir sind also in Gefahr, entdeckt zu werden. Wir dürfen bei Tag kein Feuer machen. Nachts dürfte der Jäger nicht kommen. Wir beschließen Wache zu stehen, um die Fallengegend dauernd im Auge zu behalten. Das Boot liegt unter Zweigen verborgen, alles übrige ist zur Gänze im Busch versteckt.

Am nächsten Vormittag um zehn Uhr halte ich Wache. Den Hahn, oder was es gewesen ist, haben wir abends zuvor verspeist. Die Suppe hat uns enorm gutgetan, und das Fleisch schmeckte, obwohl gekocht, köstlich würzig, jeder von uns hat zwei Schüsseln davon verdrückt. Ich halte also Wache. Über dem Anblick der großen schwarzen Mandiokaameisen, die gewaltige Blattstücke zu ihrem riesigen Ameisenhaufen schleppen, vergesse ich für eine Weile, wozu ich eigentlich hier bin. Die Ameisen sind fast eineinhalb Zentimeter lang, mit hohen Beinen. Ich verfolge sie bis zu der Pflanze, die sie entblättern, und bewundere ihre Arbeitsteilung. Da gibt es zuerst die Abschneiderinnen, die die Stücke nur vorbereiten; sie zwicken ein großes Bananenblatt ab, zerteilen es mit unglaublicher Geschicklichkeit in gleich große Stücke, die zur Erde fallen, unten steht eine Reihe Ameisen von der gleichen Art, sie unterscheiden sich nur durch einen grauen Streifen seitlich der Kiefer von denen, die oben auf den Blättern sitzen. Die Graugestreiften bilden einen Halbkreis und überwachen die Trägerinnen. Die Trägerinnen kommen in einer Reihe von rechts und laufen links zum Ameisenhaufen zurück. Jede nimmt ihre Last auf und reiht sich wieder ein. Doch im Eifer des Gefechtes kommt es dabei von Zeit zu Zeit zu einem Tohuwabohu. Dann laufen die Ameisenpolizisten herbei und vermitteln. Sie drängen die Arbeiterinnen an den Platz, den jede einnehmen muß. Welches todeswürdige Vergehen die Arbeiterin begangen hatte, die plötzlich von zwei Ameisengendarmen aus der Reihe herausgedrängt und in drei Teile zerbissen wurde, konnte ich freilich nicht erkennen. Einer der beiden Polizisten nahm dann den Kopf, der andere den Leib, und zugleich hielten sie zwei Arbeiterinnen an. Die legten sofort ihr Blattstück nieder, gruben mit den Beinen ein Loch, und bald waren Kopf, Brust und Unterleib der getöteten Ameise bestattet und mit Erde zugedeckt.

Die Taubeninsel

Ich war so damit beschäftigt, zu erforschen, ob die Überwachung durch die Polizisten sich bis zum Ameisenhaufen selbst erstreckte, daß ich völlig perplex war, als mir jemand zurief: »Nicht rühren, oder ich schieße. Dreh dich um!«

Vor mir steht ein Mann mit nacktem Oberkörper, in Khakishorts und roten Lederstiefeln. Er hat eine Doppelbüchse in der Hand, ist mittelgroß, gedrungen und sonnenverbrannt. Sein Kopf ist kahl, Augen und Nase sind mit einer tiefblauen Tätowierung bedeckt. Mitten auf der Stirn hat er einen Mond eintätowiert.
»Bist du bewaffnet?«
»Nein.«
»Bist du allein?«
»Nein.«
»Wie viele seid ihr?«
»Drei.«
»Führ mich zu deinen Freunden!«
»Das kann ich nicht, denn einer von uns hat einen Karabiner, und ich will nicht, daß du getötet wirst, ehe ich deine Absichten kenne.«
»Dann rühr dich nicht und sprich leise. Seid ihr die drei, die aus dem Spital entsprungen sind?«
»Ja.«
»Wer von euch ist Papillon?«
»Das bin ich selber.«
»So. Du darfst dich rühmen, daß du mit deiner Flucht das ganze Dorf in Aufruhr versetzt hast. Die Hälfte aller Freigelassenen ist von der Gendarmerie verhaftet worden.« Er kommt mit gesenktem Gewehr auf mich zu und reicht mir die Hand.
»Ich bin der Bretone mit der Maske. Hast du nie von mir gehört?«
»Nein, aber ich sehe, daß du kein Menschenjäger bist.«
»Nein, das bin ich nicht. Ich lege hier Fallen, um Hoccos zu fangen. Einer muß von einem Tiger geschnappt worden sein, wenn ihr es nicht wart.«
»Wir waren es.«
»Willst du Kaffee?« Er hat eine Thermosflasche im Rucksack, nimmt sie heraus und gibt mir zu trinken. Dann trinkt er selbst.
»Komm mit mir zu meinen Freunden«, sage ich. Er kommt mit und setzt sich zu uns. »Das glaube ich, daß von den Menschenjägern keiner nach euch suchen will«, sagt er lächelnd. »Die wissen natürlich, daß ihr mit einem Karabiner weg seid!«
Er erzählt uns, daß er seit zwanzig Jahren in Guayana und seit fünf Jahren frei ist. Er ist fünfundvierzig. Da er die Dummheit begangen hat, sich diese Maske ins Gesicht stechen zu lassen, interessiert ihn das Leben in Frankreich nicht mehr. Er liebt den Busch und lebt nur noch, um Schlangenhäute, Tigerfelle und Schmetterlinge zu sammeln, vor allem aber, um Hoccos zu jagen, den Vogel, den wir verspeist haben. Er verkauft die Tiere für zweihundert bis zweihundertfünfzig Franc. Ich biete ihm an, den Vogel zu bezahlen. Unwillig lehnt er ab. »Es ist ein Buschhahn«, erklärt er. »Selbstverständlich hat er weder jemals eine Henne noch einen Hahn oder einen Menschen gesehen. Ich fange ihn, nehme ihn ins Dorf mit und verkaufe ihn an Leute, die Hühner züchten. Er ist sehr gesucht.

Man braucht ihm nicht die Flügel zu stutzen, nichts, man setzt ihn einfach am Abend bei Einbruch der Dunkelheit in den Hühnerstall, und wenn man morgens die Tür aufmacht, pflanzt er sich davor auf, daß man meinen könnte, er zählt die Hühner und Hähne, die herausgelaufen kommen. Er frißt mit ihnen und bewacht sie alle überall, sogar im Gebüsch der Umgebung. Er ist ein unvergleichlicher Wachhund. Abends legt er sich vor die Tür und merkt genau, ob ein oder zwei Hühner fehlen. Wieso, weiß man nicht, aber er weiß es und geht auf die Suche nach ihnen. Ob Hahn oder Henne, er holt sie mit heftigen Schnabelhieben zurück und bringt ihnen bei, in Hinkunft pünktlich zu sein. Er tötet Ratten, Schlangen, Spitzmäuse, Spinnen, Tausendfüßler, und wenn ein Raubvogel am Himmel erscheint, schickt er sämtliche Hühner zum Verstecken ins Gras, während er der Gefahr furchtlos ins Auge blickt. Er geht nie mehr fort aus dem Hühnerstall.« Und diesen ungewöhnlichen Vogel haben wir drei aufgefressen wie einen ordinären Hahn!
Der Bretone mit der Maske berichtet, daß Jésus, der Dicke und gegen dreißig Freigelassene im Gendarmeriegefängnis von Saint-Laurent sitzen. Sie werden beobachtet, ob sie irgend jemanden kennen, der um das Gebäude, aus dem wir entkommen sind, herumstreicht. Der Araber ist in einer Zelle der Gendarmerie isoliert und als Mitschuldiger angeklagt. Er ist unverletzt, während die beiden Posten eine leichte Schwellung am Kopf davongetragen haben. »Mich hat man nicht behelligt, weil jeder weiß, daß ich mich nicht damit abgebe, Fluchtversuche vorzubereiten.« Jésus nennt der Bretone einen Verbrecher. Ich erzähle ihm von dem Boot, und er will es sehen.
»Der hätte euch glatt in den Tod geschickt, der Kerl!« ruft er aus, sowie er es erblickt. »Diese Piroge hält nicht länger als eine Stunde auf See aus, bei der ersten größeren Woge fällt sie auseinander. Damit dürft ihr nicht fahren, das wäre Selbstmord.«
»Aber was sollen wir tun?«
»Hast du Flachs?«
»Ja.«
»Dann werde ich dir sagen, was du tun sollst. Mehr als das, ich werde dir helfen, du verdienst es. Ich werde euch helfen, dir und deinen Freunden, nur damit es euch gelingt. Um keinen Preis dürft ihr euch in die Nähe des Dorfes wagen. Ihr müßt auf die Taubeninsel. Dort leben gegen zweihundert Leprakranke. Es gibt keinen Aufseher, und kein Gesunder läßt sich dort blicken, nicht einmal der Arzt. Täglich früh um acht schafft ein Boot die Lebensmittel für vierundzwanzig Stunden hinüber. Roh. Der Spitalaufseher gibt zwei Krankenschwestern, die selbst Lepra haben und für die Kranken sorgen, eine Kiste mit Medikamenten. Niemand, weder ein Aufseher noch ein Menschenjäger, noch ein Pfarrer, besucht je diese Insel. Die Kranken leben in kleinen Strohhütten, die sie selber herstellen. In einem Gemeinschaftssaal halten sie Versammlungen ab.

Sie züchten Hühner und Enten, um ihre Kost aufzubessern. Offiziell können sie außerhalb der Insel nichts verkaufen, also handeln sie heimlich mit Saint-Laurent, Saint-Jean und mit den Chinesen aus Albina in Holländisch-Guayana. Sie sind alle gefährliche Mörder. Gegenseitig tun sie sich selten etwas, aber sie verlassen oft heimlich die Insel und kehren nach vollbrachter Tat, um sich zu verstecken, dahin zurück. Für solche Exkursionen verwenden sie Boote, die sie in den benachbarten Dörfern stehlen. Ein Boot zu besitzen, gilt als ihr schwerstes Delikt. Die Posten schießen auf jeden Kahn, der die Taubeninsel verläßt oder dort landet. Was tun die Leprakranken? Sie füllen ihre gestohlenen Boote mit Steinen und versenken sie. Wenn sie eines brauchen, tauchen sie, räumen die Steine heraus, und das Boot schwimmt nach oben. Alle Rassen und Gegenden Frankreichs sind auf der Insel vertreten. Mit einem Wort: eure Piroge da kann dir nur auf dem Maroni nützlich sein, und das nur, wenn sie nicht zu sehr beladen ist. Um in See zu stechen, braucht ihr ein ganz anderes Schiff, am besten eben eines von der Taubeninsel.«

»Wie soll man das machen?«

»Paß auf. Ich werde dich den Fluß hinunterbegleiten, bis die Insel in Sicht ist, sonst findest du sie nicht, oder du verirrst dich elend. Sie liegt etwa hundertfünfzig Kilometer vor der Mündung, und man muß von hinten an sie heranfahren. Von Saint-Laurent sind es mehr als fünfzig Kilometer. Ich führe dich so nahe wie möglich an sie heran. Dann steige ich in meine Piroge um, die wir mitschleppen, und ihr geht auf die Insel.«

»Warum kommst du nicht mit auf die Insel?«

»Ja, von wegen!« sagt der Bretone. »Ich habe nur ein einziges Mal den Fuß auf den Landungssteg gesetzt, an dem das Schiff der Verwaltung anlegt. Mir hat genügt, was ich da gesehen habe. Nichts für ungut, Papi, aber ich würde nie mehr im Leben einen Schritt auf die Insel tun. Ich wäre auch nicht imstande, mein Grausen vor ihnen zu verbergen, geschweige denn mit ihnen zu reden oder zu verhandeln. Ich würde dir eher schaden als nützen.«

»Wann starten wir?«

»Sobald es finster wird.«

»Wie spät hast du's, Bretone?«

»Drei.«

»Gut. Ich leg mich etwas hin.«

»Nichts da, du mußt deine Piroge startbereit machen.«

»Aber nein – ich fahre mit der leeren Piroge hinüber und komm wieder zurück, um Clousiot zu holen. Er soll hier bei den Sachen bleiben.«

»Ausgeschlossen! Du wirst diesen Platz hier nie wiederfinden, nicht einmal bei Tag! Und bei Tag darf man dich auf keinen Fall auf dem Fluß entdecken. Der Fluß ist Gefahr Nummer eins. Die Jagd nach euch ist noch nicht eingestellt.«

Es wird Abend. Der Bretone hat seine Piroge geholt, wir hängen sie an die unsere. Clousiot sitzt neben dem Bretonen, der das Steuer betätigt, Maturette in der Mitte des Bootes, ich vorne. Es ist schwierig, aus der Bucht herauszukommen. Als wir den Fluß erreichen, fällt die Nacht herein. Der große, glutrote Sonnenball entzündet ein riesiges Feuerwerk am Horizont über dem Meer. Und die Feuer wetteifern miteinander, röter als rot, gelber als gelb, und sind am prächtigsten dort, wo die Farben sich mischen. Zwanzig Kilometer vor uns liegt die Mündung des majestätischen Flusses, der sich mit rosigem Silberschimmer ins Meer ergießt.

»Die Ebbe hört auf«, sagt der Bretone, »in einer Stunde haben wir die Flut unter uns, mit ihr werden wir den Maroni hinaufkommen und auf diese Art die Insel mühelos erreichen, und ziemlich schnell.«

Mit einem Schlag ist es Nacht.

»Vorwärts«, sagt der Bretone, »hol kräftig aus, wir müssen in die Mitte kommen. Nicht rauchen!«

Die Riemen tauchen ins Wasser, und wir drehen rasch quer zur Strömung. Der Bretone und ich rudern im gleichen Rhythmus, gut aufeinander abgestimmt. Maturette tut, was er kann. Je weiter wir zur Flußmitte kommen, desto deutlicher macht sich die Flut bemerkbar. Wir gleiten schnell dahin und spüren, wie die Strömung stärker wird und uns immer rascher vorantreibt. Sechs Stunden später sind wir ganz nahe an der Insel. Leicht rechts von der Mitte ist sie aufgetaucht, ein mächtiger grauer Fleck, und nun liegt sie vor uns, ein wuchtiger Landblock. »Da ist sie«, sagt der Bretone leise. Wir halten darauf zu. Die Nacht ist nicht sehr dunkel, trotzdem kann man uns wegen des Nebels, der bis knapp über dem Wasser schwebt, von etwas weiter weg nur schwer sehen. Allmählich heben sich die Felsen der Insel deutlicher ab, und der Bretone steigt in seine Piroge um, die sich rasch von der unseren entfernt.

»Viel Glück!« ruft er uns leise zu.

»Danke.«

»Keine Ursache.«

Unser Boot, jetzt nicht mehr von dem Bretonen gesteuert, treibt der Quere nach auf die Insel zu. Ich versuche es herumzudrehen, aber bei der Strömung gelingt mir das schlecht. Wir geraten seitlich in die über das Wasser hängende Vegetation und fahren, obwohl ich mit dem Ruder nach Kräften bremse, so hart auf, daß unsere Nußschale total zerschellt wäre, wenn wir anstatt in Laub und Zweigen auf den Felsen gelandet wären. Maturette springt ins Wasser, zieht das Boot hinter sich her, und wir gleiten unter ein dichtes Pflanzendach. Er reißt das Boot an Land, und wir binden es fest. Dann trinken wir einen tüchtigen Schluck Rum, und ich klettere allein die Böschung hinauf. Die beiden andern bleiben im Boot sitzen.

Mit dem Kompaß in der Hand marschiere ich, nachdem ich meh-

rere Zweige geknickt und an verschiedenen Stellen Zipfel von mitgenommenen Mehlsäcken befestigt habe, tiefer in das Eiland hinein. Plötzlich sehe ich ein Licht, unterscheide drei Strohhütten und höre Stimmen. Ich gehe weiter. Da ich nicht weiß, wie ich mich bekanntmachen soll, beschließe ich, irgendwie auf mich aufmerksam zu machen. Ich zünde eine Zigarette an. Die Flamme leuchtet auf, und sofort springt mir bellend ein kleiner Hund entgegen und geht auf meine Beine los. Wenn er nur nicht auch Lepra hat, denke ich. Idiot! Hunde können doch nicht Lepra kriegen ...
»Wer ist da? Du, Marcel?«
»Nein, ein Mann auf der Flucht.«
»Was willst du hier. Uns bestehlen? Glaubst du, wir haben so viel?«
»Nein. Ich brauche Hilfe!«
»Umsonst oder gegen Bezahlung?«
»Halt die Schnauze, Sumpfeule!« sagt ein anderer.
Vier Schatten treten aus den Strohhütten.
»Immer sachte, mein Freund ... Ich wette, du bist der Mann mit dem Karabiner. Wenn du ihn bei dir hast, leg ihn weg. Hier hast du nichts zu fürchten.«
»Ja, ich bin der. Aber ich habe den Karabiner nicht mit.«
Ich gehe auf die Leute zu. Es ist zu dunkel, ich kann die Gesichter nicht sehen. Ich strecke die Hand aus. Niemand ergreift sie. Zu spät kapiere ich, daß man diese Geste hier nicht kennt. Man will mich nicht anstecken.
»Gehen wir in die Hütte«, sagt Sumpfeule. Das Loch ist von einer Öllampe beleuchtet, die auf dem Tisch steht.
»Setz dich.«
Ich setze mich auf einen Strohstuhl ohne Rückenlehne. Sumpfeule zündet noch drei Öllampen an und stellt sie vor mich auf den Tisch. Der Schmauch dieser Koksöllampen stinkt atembeklemmend. Ich sitze, die andern fünf stehen, ich kann ihre Gesichter noch immer nicht sehen. Meines wird von den Lampen beleuchtet, die sie mir genau in Augenhöhe gestellt haben.
»Du gehst ins Gemeindehaus, Aal, und fragst, ob wir ihn hinbringen sollen«, sagt der Mann, der vorhin Sumpfeule gebot, die Schnauze zu halten. »Bring uns rasch Antwort, vor allem, wenn Allerheiligen damit einverstanden ist. Hier kann man dir nichts zu trinken anbieten, außer du möchtest Eier schlürfen.« Er stellt einen Korb mit Eiern vor mich hin.
»Nein, danke.«
Rechts, ganz in meiner Nähe, setzt sich einer von ihnen nieder, und ich sehe zum erstenmal im Leben das Gesicht eines Leprakranken. Es ist furchtbar, und ich muß mir Mühe geben, mich nicht abzuwenden oder zu zeigen, welchen Eindruck es auf mich macht. Die Nase ist ganz ausgehöhlt, ein schwarzes Loch mitten im Gesicht, wie ein Zweifrancstück so groß. Seine Unterlippe ist zur Hälfte

zerfressen, man sieht drei nackte lange gelbe Zähne aus dem Knochen des Oberkiefers hervortreten. Er hat nur ein Ohr. Die Hand, die er auf den Tisch legt, ist mit einem Verband umwickelt. Es ist die rechte. Mit den beiden Fingern, die ihm an der linken noch geblieben sind, hält er eine lange dicke Zigarre. Sicherlich hat er sie selbst verfertigt, aus einem unausgereiften Tabakblatt, denn die Zigarre ist grünlich. Nur das linke Auge hat noch ein Augenlid, dem rechten fehlt es, und eine Wunde verläuft von diesem Auge bis hoch hinauf in die Stirn. Dort verliert sie sich in den grauen Haarbüscheln.
»Wir helfen dir, Kamerad. Du sollst nicht werden wie ich, das lasse ich nicht zu«, sagt er mit rauher Stimme.
»Danke.«
»Ich bin aus der Vorstadt, ich heiße der Furchtlose Jean. Ich war viel schöner und viel gesünder und viel stärker als du, als ich ins Bagno kam. Und das ist jetzt in zehn Jahren aus mir geworden.«
»Bist du nicht in Behandlung?«
»Doch. Es geht mir besser, seit ich Injektionen mit Choumograöl bekomme. Schau her!« Er wendet den Kopf und zeigt mir die linke Seite. »Hier herüben ist alles trocken.«
Unendliches Mitleid befällt mich, und ich hebe die Hand, um zum Zeichen der Freundschaft seine linke Wange zu berühren. Er zuckt zurück. »Danke, daß du mich berühren willst, aber berühre nie einen Kranken! Iß und trink auch niemals aus seiner Tasse!« – Einen Leprakranken, der den Mut hat, einem sein Gesicht zu zeigen, trifft man nicht oft.
»Wo ist der Mann?« fragt jemand. Der Schatten eines Menschen, nicht viel größer als ein Zwerg, erscheint in der Tür.
»Allerheiligen und die andern wollen ihn sehen. Bringt ihn hinauf.«
Der Furchtlose Jean erhebt sich. »Komm mit«, sagt er.
Wir gehen in die Nacht hinaus. Ich an der Seite des Furchtlosen Jean, vier oder fünf vor uns, die übrigen hinter uns. Nach etwa drei Minuten gelangen wir an einen vom Mondlicht schwach erhellten Platz. Es ist der höchste Punkt der Insel. In der Mitte steht ein Haus, aus dessen beiden Fenstern Licht dringt. An der Tür erwarten uns ungefähr zwanzig Männer. Wir gehen auf sie zu. Sie treten zurück, um uns ins Haus zu lassen, und wir befinden uns in einem zehn Meter langen und etwa vier Meter breiten Saal. In einer Art Kamin brennt, umstellt von vier riesigen, gleich hohen Steinen, ein Holzfeuer. Der Raum ist von zwei dicken petroleumgefüllten Sturmlaternen erleuchtet. Auf einem Schemel hockt ein Mann unbestimmten Alters, mit weißem Gesicht und schwarzen Augen. Hinter ihm, auf einer Bank, sitzen fünf bis sechs Männer.
Der auf dem Schemel sagt: »Ich bin Allerheiligen, der Korse, und du bist wohl Papillon?«

»Ja.«
»Neuigkeiten verbreiten sich schnell im Bagno. So schnell, wie man handelt. Wo hast du den Karabiner?«
»Er liegt im Fluß.«
»An welcher Stelle?«
»Gegenüber der Spitalsmauer, genau dort, wo wir heruntergesprungen sind.«
»Dort muß er doch zu holen sein?«
»Ich nehme an. Das Wasser ist nicht sehr tief an der Stelle.«
»Woher weißt du das?«
»Ich war gezwungen, hineinzusteigen, um meinen verletzten Freund ins Boot zu tragen.«
»Was hat er denn?«
»Einen gebrochenen Fuß.«
»Was hast du mit ihm gemacht?«
»Wir haben aus Zweigen eine Art Gipsverband um das Bein gemacht.«
»Hat er Schmerzen?«
»Ja.«
»Wo ist er?«
»In der Piroge.«
»Du hast gesagt, du brauchst Hilfe. Was meinst du damit?«
»Ich brauche ein Boot.«
»Du willst ein Boot von uns haben?«
»Ja. Ich kann es bezahlen, ich habe Geld.«
»Gut. Ich werde dir meines verkaufen. Es ist sehr stark und ganz neu, ich habe es vorige Woche in Albina gestohlen. Es ist eigentlich kein Boot, es ist ein Schiff. Es fehlt ihm nur eines, ein Kiel. Aber wir können dir in zwei Stunden einen guten Kiel machen. Sonst hat es alles, was man braucht: ein Steuerruder mit Ruderpinne, einen vier Meter langen Mast, einen Anker und ein ganz neues Leinwandsegel. Was bietest du?«
»Sag mir, was es kostet. Ich weiß nicht, wie hoch hier die Sachen im Wert stehen.«
»Dreitausend Franc, wenn du das zahlen kannst. Wenn du es nicht zahlen kannst, geh nächste Woche den Karabiner suchen und bring ihn mir, ich geb dir dafür das Boot.«
»Nein, ich ziehe es vor, zu zahlen.«
»Schön. Abgemacht. Mach uns Kaffee, Floh!«
Floh ist der Kleine, der fast wie ein Zwerg aussieht. Er geht auf eine Stellage zu, die über dem Feuer an der Mauer angebracht ist, nimmt einen funkelnagelneuen Eßnapf herunter, gießt aus einer Flasche Kaffee hinein und stellt ihn aufs Feuer. Schon nach ein paar Augenblicken nimmt er ihn wieder vom Feuer, gießt etwas Kaffee in Viertelgläser, die neben den Steinen stehen, Allerheiligen bückt sich, reicht die Gläser den hinter ihm sitzenden Männern, und Floh reicht mir meinen Napf.

»Trink«, sagt er. »Brauchst keine Angst zu haben, dieses Geschirr ist nur für Gäste bestimmt, kein Kranker darf daraus trinken.«
Ich nehme das Gefäß und trinke. Dann stelle ich es auf mein Knie. In diesem Augenblick bemerke ich, daß an dem Napf ein Finger klebt.
»Halt«, ruft Floh im selben Moment, »mir ist ein Finger abgefallen, wo zum Teufel ist er hin?«
»Hier ist er«, sage ich und zeige auf den Eßnapf. Er nimmt den Finger herunter und wirft ihn ins Feuer. »Du kannst ruhig weitertrinken«, sagt er dann und reicht mir meinen Kaffee wieder, »ich habe nur trockene Lepra. Mir fällt nur ab und zu ein Glied ab, aber das ist nicht ansteckend, ich habe keine Geschwüre.« Ein Geruch von verbranntem Fleisch steigt mir in die Nase. Das muß der Finger sein, denke ich.
»Du wirst den ganzen Tag über bleiben müssen«, sagt Allerheiligen, »abends setzt die Ebbe ein, teil das deinen Freunden mit. Bringt den Verletzten in eine Strohhütte, nehmt alles, was ihr im Boot habt, heraus und versenkt es. Helfen kann euch dabei niemand, du verstehst, warum.«
Ich gehe schnell zu den beiden zurück, und wir bringen Clousiot in eine Strohhütte. Eine Stunde später haben wir alles aus der Piroge genommen und sorgfältig aufgereiht. Floh will, daß wir ihm die Piroge und ein Ruder zum Geschenk machen. Ich schenke ihm beides, und er versenkt es an einer ihm vertrauten Stelle. Die Nacht geht schnell herum. Wir liegen alle drei auf neuen Decken, die uns Allerheiligen in starkes Papier verpackt geschickt hat. Auf einer davon ausgestreckt, erzähle ich Clousiot und Maturette, was sich seit meiner Ankunft zugetragen hat. Auch die Sache von dem Boot, das ich eingehandelt habe.
»Die ganze Geschichte kostet uns bereits sechstausendfünfhundert Franc«, sagt Clousiot. »Ich werde die Hälfte dazuschießen, Papillon, das heißt die dreitausend Franc, die ich besitze.« Ein blödes Wort unter Freunden in unserer Situation.
»Wir brauchen nicht wie die Armenier zu handeln«, erwidere ich ihm. »Solang ich Geld habe, zahle ich. Dann werden wir weitersehen.«
Kein Leprakranker kommt in die Hütte. Bei Tagesanbruch meldet sich Allerheiligen. »Guten Morgen. Ihr dürft ruhig ausgehen. Hier wird euch niemand belästigen. Von einer Kokospalme, oben auf der Insel, hält einer von uns Ausschau, ob Aufseher auf den Fluß hinausfahren. Es sind keine zu sehen. Solange das weiße Tuch weht, ist niemand in Sicht. Ihr könnt Papayas pflücken, wenn ihr wollt.«
»Und der Kiel, Allerheiligen?«
»Den machen wir aus Planken von der Krankenhaustür, sie ist aus schwerem Schlangenholz, zwei Planken genügen. Das Schiff ist schon gehoben, wir haben es noch während der Nacht auf das Plateau geschafft. Komm, sieh dir's an!«

Wir gehen. Es ist ein prachtvolles, fünf Meter langes Boot, ganz neu, mit zwei Bänken. In einer davon ist das Loch für den Mast. Es ist ein schweres Fahrzeug, und Maturette und ich müssen uns sehr plagen, um es umzulegen. Segel und Taue, alles blitzneu. Die Ladung, bei der sich auch ein Faß Wasser befindet, ist an seitlich angebrachten Ringen befestigt. Wir machen uns an die Arbeit. Mittags haben wir den Kiel, der sich nach vorne und nach hinten zu verdünnt, mit langen Schrauben und Schraubenbolzen montiert. Ein solides Stück Arbeit.
Die Leprakranken stehen im Kreis um uns her und schauen uns stumm bei der Arbeit zu. Allerheiligen erklärt uns, wie man es macht, und wir tun, was er sagt. Allerheiligen hat kein Geschwür im Gesicht, das ganz normal wirkt, nur wenn er redet, merkt man, daß sich bloß die eine Gesichtshälfte, die linke bewegt. Auch er leidet an trockener Lepra. Sein Rumpf und sein rechter Arm sind gelähmt, und er nimmt an, daß auch sein rechtes Bein bald lahm sein wird. Sein rechtes Auge ist starr wie ein Glasauge, er sieht damit, kann es aber nicht bewegen. Ich nenne die echten Namen der Kranken nicht, obwohl ich sie weiß, denn warum sollen die, die sie einmal gekannt oder geliebt haben, erfahren, wie furchtbar sie zu Lebzeiten entstellt wurden?
Während der Arbeit unterhalte ich mich mit Allerheiligen. Die anderen schweigen. Nur einmal, als ich nach ein paar Scharnieren greifen will, die von einem Möbel des Krankenhauses abgenommen wurden, sagt einer: »Nimm sie noch nicht! Ich habe mich beim Herunternehmen geschnitten, es ist Blut daran.« Ein anderer kommt und schüttet Rum darüber, zündet ihn an. »So, jetzt kannst du sie verwenden«, sagt er.
»Du bist doch schon öfter ausgebrochen«, sagt Allerheiligen zu einem von den Leuten, während wir weiterarbeiten. »Sag Papillon, was er zu tun hat, von den dreien hat es ja noch keiner versucht.«
»Heute abend kommt die Ebbe sehr früh«, erklärt uns daraufhin der Mann. »Sie dauert drei Stunden. Bei Einbruch der Nacht, gegen sechs, kannst du mit einer starken Strömung rechnen, die dich in drei Stunden mindestens hundert Kilometer weit bringt, fast bis an die Mündung. Falls du anhalten mußt, tu es nicht vor neun. Dann mußt du unter einem Baum im Busch die sechs Stunden Flut abwarten, bis drei Uhr früh. Aber fahr nicht gleich weiter, die Flut geht nämlich nicht so schnell zurück. Fahr so um halb fünf in die Strommitte. Da hast du noch eineinhalb Stunden bis Tagesanbruch und kannst noch fünfzig Kilometer zurücklegen. Diese eineinhalb Stunden sind deine Chance. Um sechs Uhr früh, sobald es hell wird, stichst du in See. Selbst wenn dich die Wachtposten dann sehen sollten, können sie dich nicht mehr verfolgen, weil sie die Sandbank an der Mündung erst zu Beginn der Flut erreichen. Sie kommen nicht durch, und du bist längst darüber hinaus. Diesen Vorsprung mußt du haben, falls sie dich entdecken sollten, der

rettet dir das Leben. Das Boot hier hat nur ein Segel, was hattest du auf der Piroge?«
»Ein Segel und einen Klüver.«
»Das Boot ist schwer, es könnte gut noch zwei Segel vertragen, eines als Vorstagsegel am Fuß des Mastes, ein zweites zum Flottmachen des Schiffes. Stich mit vollen Segeln ins Meer und schneide die Wogen, sie sind an der Mündung immer sehr hoch. Befiehl deinen Freunden, sich auf den Boden zu legen, damit du mehr Stabilität bekommst, und halte die Pinne fest in der Hand. Fixiere die Schote, die Leine, mit der du das Segel hältst, nicht an deinem Bein, sondern laß es durch den Ring laufen, der eigens dazu im Boot ist. Leg es mit einer Schlinge um dein Handgelenk. Wenn du mit dem Wind eine hohe Woge ankommen siehst und du legst dich, auf die Gefahr hin, umzukippen, zur Seite, lockere alles, und du wirst sehen, daß dein Boot auch ohne dein Zutun wieder ins Gleichgewicht kommt. Ist das vorüber, dann zieh das Segel nicht an, sondern laß es flattern und trachte nur, mit dem Vorstagsegel und dem Focksegel vor dem Wind zu bleiben. Nur bei ruhiger See hast du Zeit, das Segel zu reffen und es rasch wieder einzurichten, ehe du es neu aufziehst. Dein Kleiner da soll das machen. Kennst du die Route?«
»Nein, ich weiß nur, daß Venezuela und Kolumbien im Nordwesten liegen.«
»Stimmt. Aber gib acht, daß du nicht an die Küste zurückgetragen wirst, Holländisch-Guayana liefert Entsprungene aus, Englisch-Guayana auch. Trinidad liefert sie nicht aus, aber es zwingt sie, nach vierzehn Tagen abzureisen. Venezuela liefert einen aus, nachdem man ein oder zwei Jahre als Straßenarbeiter abgedient hat.«
Ich lausche mit allen Poren. Er erzählt, daß er von Zeit zu Zeit zu entkommen sucht, aber als Leprakranker ebenso ungerührt zurückgeschickt wird. Er ist niemals weiter gekommen als bis Georgetown in Englisch-Guayana. Seine Lepra ist nur an den Füßen zu erkennen, deren Zehen sämtlich abgefallen sind. Er geht barfuß.
Allerheiligen fordert mich auf, alle Ratschläge des Mannes zu wiederholen, und ich tue es, ohne mich ein einziges Mal zu irren.
»Wie lange brauchst du, um ins offene Meer zu kommen?« fragt mich der Furchtlose Jean plötzlich.
»Ich muß drei Tage nach Nordnordost segeln. Die Abtrift eingerechnet, wird das beinahe Nordnord ergeben. Am vierten Tag werde ich nach Nordwest drehen, um direkt nach Westen zu halten.«
»Bravo«, sagt der Aussätzige. »Ich bin das letztemal nur zwei Tage Nordost gefahren und auf die Art nach Englisch-Guayana gekommen. Nach drei Tagen Norden kommst du nördlich an Trinidad oder Barbados vorbei, bist unversehens auf der Höhe von Venezuela und kannst Curaçao oder Kolumbien anpeilen.«
»Für wieviel hast du ihm dein Boot verkauft, Allerheiligen?« fragt der Furchtlose Jean.

»Dreitausend«, sagt Allerheiligen. »Ist das teuer?«
»Nein. Ich frage auch nicht deswegen, nur um es zu wissen. Kannst du das zahlen, Papillon?«
»Ja.«
»Bleibt dir dann noch etwas?«
»Nein, es ist alles, was wir haben. Genau die dreitausend, die mein Freund Clousiot bei sich trägt.«
»Ich gebe dir meinen Revolver, Allerheiligen«, sagt der Furchtlose Jean. »Ich möchte den Burschen da helfen. Was gibst du mir dafür?«
»Tausend Franc«, antwortet Allerheiligen. »Ich möchte ihnen auch helfen.«
»Danke für alles«, sagt Maturette mit einem Blick auf den Furchtlosen Jean.
»Danke«, sagt Clousiot zu mir, und jetzt schäme ich mich, daß ich gelogen habe. »Nein«, sage ich leise, »das kann ich nicht von dir annehmen, das wäre ganz unbegründet.«
»Es ist durchaus nicht unbegründet«, erwidert er. »Dreitausend Franc sind eine Menge Geld, und trotzdem hat Allerheiligen bei dem Geschäft mindestens zweitausend verloren, denn das Boot, das er euch gegeben hat, ist ausgezeichnet. Warum sollte ich nicht auch etwas beisteuern?«
Jetzt geschieht etwas Rührendes: Sumpfeule legt einen Hut auf die Erde, und alle Aussätzigen werfen Geldscheine und Münzen hinein. Sie kommen von allen Seiten. Ich fühle mich tief beschämt, aber ich kann ihnen doch nicht sagen, daß ich ohnehin noch Geld habe! Was soll ich machen, mein Gott! Es ist infam, was ich da tue gegenüber so viel Edelmut ... »Ich bitte euch, bringt nicht ein solches Opfer!« Ein völlig verstümmelter Tombuktuneger – er hat zwei Stümpfe als Hände und keinen einzigen Finger mehr – sagt: »Uns nützt das Geld nichts. Nimm es nur, schäm dich nicht! Wir verspielen es höchstens oder verhuren es mit leprösen Weibern, die ab und zu aus Albina herüberkommen.« Seine Antwort tröstet mich, sonst hätte ich ihnen doch noch eingestanden, daß ich Geld habe.
Ein paar Leprakranke kochen zweihundert Eier ab, die sie in einer Kiste mit einem roten Kreuz oben drauf verfrachten. Es ist die Kiste, die sie am Morgen mit der täglichen Medikamentenration bekommen haben. Sie schleppen auch zwei lebende Schildkröten daher, von denen jede mindestens dreißig Kilo wiegt, Tabakblätter und zwei Flaschen mit Streichhölzern und Reibpapier, einen Fünfzigkilosack Reis, zwei Säcke Holzkohlen, einen Spirituskocher Marke Primus aus dem Krankenhaus und einen Kanister Benzin. Die ganze traurige Gemeinschaft ist von unserem Schicksal ergriffen und möchte etwas zum Gelingen unseres Unternehmens beitragen. Als ob sie selbst mit auf die Flucht gingen.
Wir haben das Schiff an die Stelle gebracht, an der wir angekom-

men sind. Das Geld aus dem Hut macht zusammengerechnet achthundertzehn Franc aus. Ich brauche Allerheiligen also nur tausendzweihundert Franc zu geben. Clousiot gibt mir seinen Stöpsel, ich öffne ihn vor aller Augen. Er enthält einen Tausendfranc- und vier Fünfhundertfrancscheine. Ich gebe Allerheiligen tausendfünfhundert Franc, und er gibt mir dreihundert wieder.
»Halt, nimm den Revolver«, sagt er dann. »Ich schenk ihn dir. Du hast alles aufs Spiel gesetzt, die Sache soll nicht im letzten Moment zum Platzen kommen, nur weil du keine Waffe hast. Ich hoffe, du wirst ihn nicht brauchen.«
Ich weiß nicht, wie ich ihm danken soll, ihm vor allem, und dann allen übrigen. Der Krankenwärter hat eine kleine Schachtel mit Baumwollwatte, Alkohol, Aspirin, Verbandstoff, Jod, einer Schere und etwas Heftpflaster vorbereitet. Einer der Kranken bringt ein paar gehobelte Holzbretter und zwei eingepackte elastische Binden – wir sollen damit Clousiots Verband erneuern.
Gegen fünf Uhr beginnt es zu regnen. »Das ist eure Chance«, sagt der Furchtlose Jean. »Man wird es nicht für nötig halten, nach euch auszuspähen, ihr könnt sofort aufbrechen und habt eine gute halbe Stunde gewonnen. Dann seid ihr schon näher an der Mündung, wenn ihr um halb fünf in der Früh losfahrt.«
»Aber wie werde ich wissen, wie spät es ist?« frage ich.
»Flut und Ebbe werden es dir sagen.«
Wir setzen das Boot ins Wasser. Das ist freilich etwas ganz anderes als die Piroge von gestern! Es ragt mit seiner ganzen Ladung und uns dreien dazu nur noch vierzig Zentimeter aus dem Wasser. Der Mast liegt, in das Segel eingerollt, am Boden, er wird erst an der Mündung gesetzt werden. Wir bringen das Steuer samt Sicherungsstange und Pinne an, und für mich, den Steuermann, gibt es ein Kissen aus Lianen zum Draufsetzen. Aus den Decken richten wir auf dem Boden des Bootes ein Lager für Clousiot, der seinen Verband nicht wechseln wollte. Er liegt zwischen mir und dem Wasserfaß zu meinen Füßen. Maturette setzt sich vorne auf den Boden. Ich habe sofort ein Gefühl der Sicherheit, das ich in der Piroge von Jésus niemals hatte.
Es regnet noch immer. Ich muß in die Mitte des Flusses gelangen, halte mich aber etwas mehr links, an der Seite der holländischen Küste.
»Adieu, macht schnell!« sagt der Furchtlose Jean.
»Viel Glück!« sagt Allerheiligen und gibt dem Boot einen kräftigen Stoß mit dem Fuß.
»Danke, Allerheiligen! Danke, Jean – Dank euch allen tausendmal!« Und wir setzen uns rasch, von der Ebbe getragen, die schon seit eineinhalb Stunden anhält, ab. Sie verhilft uns zu einer unglaublichen Geschwindigkeit.
Es regnet unausgesetzt. Man sieht kaum zehn Meter weit. Da es stromabwärts noch zwei kleine Inseln gibt, sitzt Maturette über

dem Bug vornübergebeugt, die Augen starr ins Regengrau geheftet, damit wir nicht etwa auf eine von ihnen auffahren.
Es ist Nacht geworden. Ein großer Baum, der mit uns den Strom hinabschwimmt, glücklicherweise langsamer als wir, hemmt mit seinen Ästen unsere Fahrt. Wir befreien uns von ihm und machen mindestens dreißig Kilometer pro Stunde. Wir rauchen. Und trinken Rum. Die Aussätzigen haben uns sechs strohumhüllte Chiantiflaschen geschenkt, alle voll Rum. Seltsam, keiner von uns redet über die abschreckenden Geschwüre, die wir an den verschiedenen Kranken gesehen haben, es gibt nur ein einziges Thema: ihre Güte, ihre Großzügigkeit, ihre Aufrichtigkeit – und unser Glück, daß wir auf den Bretonen mit der Maske gestoßen sind, der uns auf die Taubeninsel gebracht hat.
Es regnet immer stärker und stärker, ich bin naß bis auf die Haut, aber unsere Wolljacken sind so gut, daß sie uns sogar im nassen Zustand warm halten. Wir frieren nicht, nur die Hand, die das Steuerruder hält, ist etwas klamm.
»Wir machen mehr als vierzig Kilometer die Stunde«, sagt Maturette. »Wann, glaubst du, sind wir abgefahren?«
»Das will ich dir genau sagen«, versetzt Clousiot. »Warte ... Vor drei Stunden und fünfzehn Minuten.«
»Bist du verrückt? Woher willst du das so genau wissen?«
»Ich habe seit unserer Abfahrt die Sekunden gezählt. Alle fünf Minuten habe ich ein Stück Pappe abgeschnitten. Ich habe hier neununddreißig Pappstücke, das macht drei Stunden und fünfzehn Minuten. Wenn ich mich nicht geirrt habe, werden wir in fünfzehn bis zwanzig Minuten nicht mehr stromabwärts, sondern stromauf fahren, zurück, woher wir gekommen sind.«
Ich lege die Pinne nach rechts, um eine schräge Richtung einzuhalten, und ich nähere mich der Uferböschung von Holländisch-Guayana. Noch ehe wir an den Busch stoßen, läßt die Strömung nach. Wir werden weder abwärts noch aufwärts getrieben. Es regnet noch immer. Wir rauchen nicht mehr, und wir reden auch nicht mehr, wir flüstern. »Nimm ein Ruder und zieh uns hinüber!« Ich selbst rudere und klemme die Pinne unter meinem rechten Schenkel fest. Sanft fahren wir im Busch auf, ziehen uns unter die Zweige zurück und verstecken uns darunter. Das Dunkel der Vegetation umgibt uns. Der Fluß ist grau und nebelbedeckt. Wenn Flut und Ebbe nicht wären, könnten wir unmöglich feststellen, wo das Meer beginnt und wo der Fluß.

Der Aufbruch

Die Flut hält sechs Stunden an. Eineinhalb Stunden muß man dann auf die Ebbe warten, ich kann also sieben Stunden schlafen. Ich bin sehr aufgeregt, aber ich muß schlafen, denn wer weiß, ob ich

so bald wieder dazu komme, wenn wir einmal auf See sind. Ich strecke mich zwischen dem Wasserfaß und dem Mast aus. Maturette zieht eine Decke über die Bank und das Faß, und unter diesem Dach schlafe ich ein. Ich schlafe! Nichts, absolut nichts stört meinen bleiernen Schlummer, weder der Regen noch meine schlechte Lage, noch meine Träume. Ich schlafe bis zu dem Augenblick, da Maturette mich weckt.
»Wir glauben, es ist Zeit, Papi! Die Ebbe hat schon vor längerer Zeit eingesetzt.«
Das Boot liegt in Richtung zur See, und die Strömung gleitet unter meinen Fingern schnell, schnell dahin. Es regnet nicht mehr, und im Licht der Mondsichel können wir den Fluß, der Baumstämme, Pflanzen und schwere Gegenstände mit sich führt, fast hundert Meter weit überblicken. Ich bemühe mich, die Grenze zwischen dem Fluß und dem Meer zu erkennen. Da, wo wir sind, ist kein Wind. Ob es in der Flußmitte welchen gibt? Ist er stark? Wir treten unter den Busch. Das Boot schleppt noch eine dicke Wurzel nach, die sich an ihm verhängt hat. Ich kann die Küste, das Ende des Flusses und den Anfang des Meeres erraten, indem ich den Himmel aufmerksam betrachte. Wir sind viel weiter, als wir dachten, und ich habe den Eindruck, daß wir nicht mehr als zehn Kilometer von der Mündung entfernt sind. Wir nehmen einen tüchtigen Schluck Rum. Sollen wir den Mast schon hier einsetzen? Ja. Wir heben ihn hoch, stecken ihn durch das Loch in der Bank, und bald sitzt er gut verkeilt auf dem Grund seines Fußes. Ich setze das Segel, entrolle es aber noch nicht. Klüver und Fock sind vorbereitet, Maturette wird sie setzen, sobald ich es für nötig halte. Um das Großsegel zum Stehen zu bringen, brauche ich nur die Leine zu lockern, mit der es an den Mast gebunden ist, ein Manöver, das ich ohne weiteres von meinem Platz aus bewerkstelligen kann. Maturette steht mit einem Ruder vorne, ich mit einem zweiten hinten. Wir müssen uns sehr stark und sehr rasch von der Böschung abstoßen, die Strömung drückt uns an sie an.
»Achtung, vorwärts, und Gott sei uns gnädig!«
»Gott sei uns gnädig!« wiederholen Clousiot und Maturette.
Wir holen aus. Gemeinsam durchschaufeln wir mit den Ruderblättern das Wasser, ich tauche tief ein und wieder heraus, Maturette auch. Wir lösen uns ganz leicht vom Ufer. Kaum zwanzig Meter von der Böschung entfernt, haben wir mit der Strömung schon hundert Meter zurückgelegt. Da spüren wir plötzlich den Wind und stoßen gegen die Mitte des Flusses vor.
»Setz den Klüver und das Focksegel, zurre beide fest!«
Der Wind verfängt sich im Tuch, das Boot bäumt sich wie ein Gaul und flitzt dahin wie der Blitz. Es muß später sein, als wir annahmen, denn der Fluß wird auf einmal hell wie bei Tag. In etwa zwei Kilometer Entfernung können wir rechts die französische Küste ausnehmen, links, einen Kilometer vor uns, die holländische.

Und vor uns tanzen, deutlich sichtbar, die weißen Schaumkronen der Wogenkämme.

»Um Gottes willen! Wir haben uns um eine Stunde geirrt«, sagt Clousiot plötzlich. »Glaubst du, daß wir noch Zeit genug haben, auf See zu kommen?«

»Ich weiß es nicht.«

»Schau, wie hoch die Wellen sind und wie weiß die Kämme! Hat die Flut schon eingesetzt?«

»Unmöglich, ich sehe nur Sachen, die abwärts fließen.«

»Wir werden nicht mehr hinaussegeln können, wir schaffen es nicht mehr«, sagt Maturette.

»Halt die Schnauze und rühr dich nicht von deinen Tauen weg! Und auch du halt den Mund, Clousiot!«

Tack-iih ... Tack-iih ... Karabiner schießen auf uns. Den zweiten Schuß kann ich sehen. Sie kommen gar nicht von unseren Posten, sie kommen aus Holländisch-Guayana. Ich spanne das Segel, es bläht sich so heftig, daß es mich fast mitreißt. Das Boot neigt sich um mehr als fünfundvierzig Grad. Ich segle mit möglichst vollem Wind, was nicht schwer ist, es weht mehr als genug. Tack-iih ... Tack-iih ... Tack-iih ... Dann wird es still. Wir werden näher an die französische Küste herangetragen als an die holländische, das ist sicherlich der Grund, warum sie das Feuer einstellen.

Wir werden mit schwindelerregender Schnelligkeit vorwärtsgetrieben, der Wind bläst halsbrecherisch. Er treibt uns so stark der Mündung zu, daß wir in wenigen Minuten an das französische Ufer stoßen müssen. Wir sehen bereits deutlich Männer auf die Böschung zulaufen. Ich wende leicht, so leicht wie möglich, und ziehe mit aller Kraft an der Schot. Das Segel steht direkt vor meiner Nase, Fock und Klüver stagen allein, das Boot macht eine Dreiviertelwendung, ich lockere das Großsegel, und wir brausen mit Achterwind aus der Mündung hinaus. Puh – geschafft! Zehn Minuten später will uns die erste Woge des offenen Meeres den Weg versperren. Wir erklettern sie mühelos, und das Hui-Hui des Bootes auf dem Fluß verwandelt sich in ein Tacktacktack. Wir durchschneiden die Wogen mit der Leichtigkeit eines hüpfenden Gassenjungen. Tacktacktack ... Das Boot steigt und sinkt in den Wellen, ohne zu vibrieren, ohne zu schlingern. Nichts als das Tacktacktack ist zu hören, mit dem der Rumpf die Wellen zurückschlägt.

»Hurra, hurra! Wir sind draußen!« brüllt Clousiot aus vollen Lungen. Und um diesen Sieg unserer Energie über die Elemente ins volle Licht zu setzen, schickt uns der liebe Gott auch noch einen blendenden Sonnenaufgang. Die Wogen folgen einander in ganz gleichem Rhythmus. Je tiefer wir in See stechen, desto niedriger werden sie. Das Wasser ist hier schmutzig und voll Schlamm. Im Norden vor uns ist es schwarz, erst später wird es blau. Ich brauche nicht auf meinen Kompaß zu sehen. Die Sonne auf meiner rechten Schulter, drehe ich ganz rechts in den Wind, aber das Boot neigt

sich jetzt weniger, weil ich die Schot fieren lasse. Das Segel bläht sich nur halb so stark. Das große Abenteuer beginnt.
Clousiot richtet sich auf. Er reckt den Kopf aus dem Boot, um besser zu sehen. Maturette hilft ihm, sich mir gegenüber bequem aufzusetzen. An das Wasserfaß gelehnt, rollt er mir eine Zigarette, zündet sie an, und wir rauchen alle drei.
»Gib mir den Rum, ich will die Abfahrt begießen«, sagt er.
Maturette gießt die drei Eisenbecher gut voll, und wir stoßen an. Die Gesichter der beiden strahlen vor Glück, meines gewiß kaum weniger. Wir schauen uns in die Augen.
»Wohin geht die Fahrt, bitte, Herr Kapitän?« fragt Clousiot.
»Nach Kolumbien, so Gott will.«
»Gott wird es wollen, Herrgott noch einmal!« sagt Clousiot.
Die Sonne steigt, unsere Klamotten dampfen und trocknen rasch. Das Spitalshemd wird in einen arabischen Burnus verwandelt und feucht gemacht; es hält den Kopf frisch, und wir brauchen keinen Sonnenstich zu befürchten. Das Meer ist opalblau, die Wogen sind drei Meter hoch und sehr lang, was zu einer komfortablen Reise beiträgt. Der Wind hält an, die Strecke zwischen uns und der Küste wächst, nach und nach entschwindet das Land unseren Blicken. Je weiter wir uns von dem undurchdringlichen Grün seiner Vegetation entfernen, desto mehr beeindrucken uns in der Erinnerung die Geheimnisse und die Üppigkeit des Buschs. Ich sehe mich ein letztes Mal nach dem Küstenstreifen um. Im selben Augenblick ruft mich eine schlecht genommene Woge zur Ordnung und mahnt mich durch ihren harten Stoß an die Verantwortung, die ich auf mir habe.
»Ich koche uns etwas Reis«, sagt Maturette.
»Ich werde den Ofen versorgen, du den Kessel«, stimmt Clousiot ein.
Der fette Reis duftet. Wir essen ihn heiß, mit zwei Schachteln Sardinen vermischt. Dazu gibt es Kaffee. »Einen Schluck Rum hinein?« Ich lehne ab. Clousiot rollt mir eine Zigarette nach der anderen und zündet sie mir an. Die erste Mahlzeit an Bord ist vorüber. Nach dem Stand der Sonne dürfte es zehn Uhr sein. Wir sind seit fünf Stunden auf See, man spürt, daß das Wasser unter uns sehr tief ist. Die Wogen sind kleiner und schlagen nicht mehr so hart an die Bordwand. Es ist ein herrlicher Tag. Von Zeit zu Zeit stelle ich an Hand der Kompaßnadel den Stand der Sonne fest und richte mich dann nach ihr, das ist ganz leicht. Der Reflex des Sonnenlichts ermüdet die Augen, leider habe ich nicht daran gedacht, mir eine Sonnenbrille zu beschaffen.
»Was für ein Glück, daß ich dir im Spital begegnet bin!« sagt Clousiot plötzlich.
»Nicht nur du, auch ich hatte Glück, daß du gekommen bist.« Ich muß an Dega denken, an Fernandez ... Hätten sie ja gesagt, wären sie jetzt mit von der Partie. Ich sage das.

»Das ist nicht so sicher«, meint Clousiot. »Es wäre dir viel schwerer gelungen, den Araber zur rechten Zeit in den Saal zu kriegen.«
»Stimmt. Maturette ist uns sehr nützlich gewesen, und ich bin froh, daß ich ihn mitgenommen habe, er ist verläßlich, mutig und obendrein geschickt.«
»Danke«, sagt Maturette. Er freut sich sichtlich, unser Vertrauen macht ihn stärker als er ist.
»Ich hätte auch gern François Sierra dabei gehabt«, sage ich, »und Galgani ...«
»Das war leider ausgeschlossen, Papillon. Wenn Jésus korrekt gewesen wäre und uns ein gutes Boot verschafft hätte, hätten wir sie in dem Schlupfwinkel erwarten können. Er hätte sie zur Flucht überreden und zu uns bringen können. Mach dir nichts daraus. Sie kennen dich und wissen, daß, wenn du sie nicht holen läßt, es eben nicht geht.«
»Wie ist das eigentlich zugegangen, Maturette, daß du ins Spital und in diesen streng überwachten Saal gekommen bist?«
»Ich wußte nicht, daß ich interniert werden sollte. Ich bin zur Visite gegangen, weil ich Halsweh hatte und um einen Spaziergang zu machen. Der Doktor fragt mich: ›Ich sehe aus der Liste, daß du auf den Inseln interniert werden sollst. Warum?‹ – ›Ich weiß es nicht, Doktor. Was ist das, interniert?‹ – ›Nichts. Ins Spital mit ihm.‹ Und so kam ich in eure Krankenzelle.«
»Er wollte dir einen Gefallen tun«, sagt Clousiot.
»Ich möchte nur wissen, warum? ... Er muß sich jetzt sagen: Mein Schützling mit dem Chorknabenmund war gar nicht so blöd. Jetzt ist er weg.«
Wir schwatzten über allerlei Zeug. »Wer weiß, ob wir nicht irgendwo Julot, den ›Mann mit dem Hammer‹, treffen«, sage ich. »Er muß schon sehr weit sein, oder er hält sich noch immer im Busch versteckt.« Clousiot meint: »Ich habe ein paar Worte unter meinem Kopfkissen zurückgelassen: ›Mich freut's nicht mehr, Kinder, ich geh.‹« Großes Gelächter.
Wir segeln fünf Tage lang ohne den geringsten Zwischenfall. Das Tageslicht und die Sonne auf ihrer Bahn von Osten nach Westen dienen mir als Wegweiser. Nachts verwende ich den Kompaß. Am Morgen des sechsten Tages begrüßt uns herrlicher Sonnenschein, das Meer liegt auf einmal ganz still, fliegende Fische schwirren nahe an uns vorbei. Ich bin so müde, daß ich fast zusammenbreche. In der Nacht darauf muß mir Maturette mit einem in Meerwasser getränkten Tuch über das Gesicht fahren, damit ich nicht einschlafe. Ich beginne trotzdem zu schlafen. Clousiot brennt mich mit seiner Zigarette. Umsonst. Da die See ruhig ist, beschließe ich, mich niederzulegen. Wir streichen Hauptsegel und Fock, behalten nur den Klüver, und ich schlafe, schlafe wie ein Sack auf dem Boden des Bootes. Erst als Maturette mich schüttelt, erwache ich.

»Es ist Mittag oder ein Uhr, aber ich wecke dich, weil der Wind auffrischt«, sagt er, »und auf der Seite, woher er kommt, ist es ganz schwarz.«

Ich erhebe mich und nehme meinen Platz wieder ein. Faltenlos gespannt tragen uns der Klüver und das Focksegel, das die beiden wieder gesetzt haben, dahin. Hinter mir, im Westen, ist der Himmel wie Blei und Tinte. Der Wind frischt immer mehr auf, Klüver und Fock genügen für volle Fahrt. Ich lasse das Hauptsegel um den Mast gerollt.

»Haltet die Ohren steif«, sage ich, »es kommt ein Unwetter.«

Große Tropfen beginnen zu fallen. Die Wolken kommen mit beängstigender Schnelligkeit näher, in einer knappen Viertelstunde stehen sie über uns, nachtschwarz. Es ist soweit. Ein Sturm von ungewöhnlicher Heftigkeit bricht los. Wie durch Zauberei geweckt, bilden sich Wogen. Die Sonne ist völlig verschwunden, es regnet in Strömen, man sieht kaum ein paar Meter weit. Die Wogen, alle schaumgekrönt, schlagen gegen die Bootswände und peitschen mir das beißende Salzwasser ins Gesicht. Der Sturm, es ist unser erster, kommt mit der ganzen Gewalt der entfesselten Natur über uns. Donner, Blitze, Regen. Tobende Wogen und ein durchdringendes Geheul hüllen uns ein.

Das Boot tanzt wie eine Nußschale auf dem Wasser, erklettert unfaßbare Höhen und fällt in Abgründe, aus denen man nie wieder herauszukommen glaubt. Aber es taucht doch immer wieder auf, erklettert den nächsten Kamm, steigt und fällt. Ich packe die Ruderpinne mit beiden Händen, weil ich meine, daß es besser sei, einer besonders hohen Woge, die ich daherkommen sehe, etwas Widerstand entgegenzusetzen – und schöpfe im selben Augenblick, wo ich sie, wahrscheinlich viel zu rasch, schneiden möchte, eine Menge Wasser. Das ganze Boot ist überschwemmt. Nervös, ganz gegen meine Art, stemme ich mich quer gegen eine äußerst gefährliche Woge – und unser Boot, das fast am Umkippen ist, schüttet von selber einen großen Teil des geschöpften Wassers wieder aus.

»Bravo!« brüllt Clousiot. »Du verstehst dein Handwerk!«

Wenn er geahnt hätte, daß ich in meiner Unerfahrenheit das Boot beinahe zum Kentern gebracht habe! Ich beschließe, nicht mehr gegen die Wogen anzukämpfen, nicht mehr auf die Richtung zu achten, sondern das Boot einfach, so gut es geht, im Gleichgewicht zu halten. Ich schneide die Wogen möglichst flach an, steige mit ihnen und lasse mich mit ihnen fallen. Ich habe eine wichtige Entdeckung gemacht. Lebenswichtig!

Der Regen läßt nach, der Sturm tobt noch immer, aber ich kann jetzt wenigstens weiter sehen. Hinter mir klart es bereits auf, vor mir bleibt es noch schwarz.

Gegen fünf Uhr ist alles vorüber. Die Sonne strahlt wieder vom Himmel, der Wind ist normal, die Wogen sind weniger hoch. Ich hisse das Hauptsegel, und sehr mit uns zufrieden, setzen wir die

Reise fort. Mit Kochgeschirren schöpfen die beiden das restliche Wasser heraus, hängen die Decken an den Mast, im Wind trocknen sie rasch, und dann essen wir Reis, trinken doppelt starken Kaffee und einen guten Schluck Rum. Die untergehende Sonne verschwendet ihr ganzes Feuer – ein unvergeßliches Bild: Der Himmel tief rotbraun, lange gelbe Flammenzungen durchschneiden ihn, ein paar weiße Wolken ziehen, und auch das Blau des Meeres ist überall von gelben Flammen durchzüngelt. Die steigenden Wogen sind unten blau, oben grün, und die Schaumkämme färben sich je nach dem Einfallswinkel der Sonne bald rot, bald rosa, bald wieder gelb.

Ein seltenes Gefühl von Frieden überkommt mich, und damit das Bewußtsein, daß ich Vertrauen zu mir haben darf. Ich habe mich gut gehalten, der kurze Sturm ist sehr lehrreich für mich gewesen. Ganz allein habe ich herausbekommen, wie man ein Schiff in einem solchen Fall manövrieren muß. Ich sehe der Nacht gelassen entgegen.

»Na, Clousiot, hast du gesehen, mit welchem Trick ich das Boot wieder ausleerte?«

»Mein Lieber, wenn du das nicht gemacht hättest und eine zweite Welle hätte sich uns entgegengestellt, wir wären elend abgesoffen. Du bist ein Champion!«

»Hast du das alles bei der Marine gelernt?« fragt Maturette.

»Ja. Da siehst du, daß der Unterricht bei der Kriegsmarine zu etwas taugt.«

Wir müssen stark an Richtung verloren haben. Mit wieviel Abtrift muß ich bei dem Sturm und den Wogen in den vier Stunden rechnen? Ich werde, um das auszugleichen, nordwestlich steuern müssen. Schlagartig fällt die Nacht herein. Die Sonne ist diesmal violett versunken.

Noch sechs Tage lang segeln wir ohne Zwischenfall, bis auf ein paar kurze Hagel- und Regenschauer, die nie länger als drei Stunden dauern und sich mit den ersten Gewittern nicht messen können. Es ist zehn Uhr morgens, kein Lüftchen regt sich, totale Windstille. Ich schlafe beinahe vier Stunden. Die Lippen brennen mir, als ich erwache sind sie wund, meine Nase auch. Die Haut an meiner rechten Hand ist ab, das Fleisch liegt bloß. Maturette geht es ähnlich, auch Clousiot. Zweimal am Tag ölen wir uns Gesicht und Hände ein, aber das ist viel zu wenig, die tropische Sonne trocknet sie sehr bald wieder aus.

Nach dem Stand dieser Sonne muß es zwei Uhr nachmittags sein. Ich esse, und da noch immer Flaute herrscht, stellen wir das Segel so, daß es Schatten wirft. Fische versammeln sich um die Stelle, wo Maturette das Geschirr gewaschen hat. Ich nehme das Schlachtmesser, sage Maturette, er soll ein paar Reiskörner ins Wasser werfen. Die Fische versammeln sich um den Reis, und als einer den Kopf aus dem Wasser streckt, stoße ich zu. Er ist getroffen und

schwimmt mit dem Bauch nach oben. Es ist ein Riesenfisch. Wir putzen ihn und kochen ihn in Salzwasser. Abends essen wir ihn mit Kassawamehl.
Wir sind jetzt elf Tage auf See. In der ganzen Zeit hatten wir nur ein einziges Mal am Horizont in der Ferne ein Schiff gesichtet, und ich beginne mich zu fragen, wo wir uns denn zum Teufel befinden? Auf offenem Meer, das ist sicher, aber ob auf der Höhe von Trinidad oder irgendwelchen englischen Inseln, weiß ich nicht. Wenn man vom Wolf redet ... Wirklich, rechts von uns taucht ein schwarzer Punkt auf, wird allmählich größer. Ein Schiff? Eine Schaluppe? Es ist ein Schiff, man kann es jetzt deutlich sehen, aber es hält nicht auf uns zu. Es liegt quer zu uns. Es kommt zwar näher, aber schräg, seine Route scheint in anderer Richtung zu liegen. Da kein Wind weht, hängen unsere Segel kläglich herunter, vom Schiff aus sieht man uns sicherlich nicht.
Da heult plötzlich dreimal eine Sirene auf, das Schiff wechselt den Kurs und kommt direkt auf uns zu.
Es ist ein Öltanker. Je näher er kommt, desto deutlicher sind die Menschen an Bord zu erkennen, die sich wahrscheinlich fragen, was denn die Leute in der Nußschale da auf hoher See tun? Langsam kommt das Schiff näher. Wir nehmen jetzt deutlich die Offiziere und andere Mitglieder der Besatzung aus, den Koch, dann Damen in bunten Kleidern und Männer in farbigen Hemden, offenbar Passagiere. Sonderbar. Was machen Passagiere auf einem Öltanker?
Der Tanker fährt sachte heran, und der Kapitän fragt uns auf englisch: »Where are you coming from?«
»French Guayane.«
»Sprechen Sie französisch?« fragt eine Dame.
»Ja, Madame.«
»Was machen Sie auf hoher See?«
»Wir fahren, wie Gott es will.«
Die Dame sagt etwas zu dem Kapitän, dann ruft sie uns zu: »Kommen Sie an Bord, der Kapitän wird Ihr Boot heraufhissen!«
»Sagen Sie ihm, wir lassen ihm danken, aber wir fühlen uns sehr wohl in unserem Waschtrog.«
»Warum wollen Sie die Hilfe nicht annehmen?«
»Weil wir Flüchtlinge sind und nicht in Ihre Richtung wollen.«
»Wohin fahren Sie denn?«
»Nach Martinique. Und noch weiter. Wo liegt die Route nach den Antillen?«
»Können Sie eine englische Karte lesen?«
»Ja.«
Einen Augenblick später läßt man uns an einem Seil eine englische Karte herunter, einen Karton mit Zigaretten, einem Päckchen Kakaobutter, Brot und eine gebratene Hammelkeule.
»Sehen Sie sich die Karte an!«

Ich sehe sie mir an. »Ich muß West zu Süd drehen, um die englischen Antillen anzusteuern, stimmt's?«
»Ja.«
»Wie weit ist es ungefähr?«
»In zwei Tagen werden Sie unten sein«, sagt der Kapitän.
»Auf Wiedersehen, und danke für alles!«
»Der Kommandant gratuliert Ihnen zu Ihrem Seemut!«
»Danke, adieu!«
Der Öltanker nimmt seine Fahrt wieder auf, er streift uns dabei fast. Ich weiche aus, aus Angst vor den Wirbeln der Schiffsschrauben, und im selben Moment wirft man mir eine Marinekappe zu. Sie fällt mitten ins Boot. Und diese Kappe, die mit einer goldenen Borte und einem Anker versehen ist, habe ich auf dem Kopf, als wir zwei Tage später in Trinidad ankommen.

Trinidad

Die Vögel haben uns, lange bevor wir es sahen, das Festland angekündigt. Es ist sieben Uhr dreißig früh, und sie umfliegen uns von allen Seiten. »Wir sind da, Mensch! Wir sind da! Der erste Teil der Flucht ist geschafft, der schwierigste. Es lebe die Freiheit!«
Wir äußern unsere Freude in kindischen Ausrufen. Unsere Gesichter sind mit Kakaobutter eingeschmiert, die uns die Öltankerleute geschenkt haben. Gegen neun Uhr sehen wir die Küste. Eine frische, nicht allzu kräftige Brise trägt uns mit guter Fahrt über die leicht bewegte See. Erst gegen vier Uhr nachmittags lassen sich auf einer langgestreckten Insel, deren Gipfel mit Kokospalmen bedeckt ist, kleine Ansammlungen von weißen Häusern erkennen. Wir können noch nicht feststellen, ob es nicht vielleicht eine Halbinsel ist, noch weniger, ob die Häuser bewohnt sind. Und es dauert noch über eine Stunde, bis wir Menschen sehen, die an die Küste gelaufen kommen, die wir anpeilen. In knappen zwanzig Minuten hat sich dort eine bunte Menschenmenge versammelt. Das ganze kleine Dorf – später erfahren wir, daß es San Fernando heißt – ist ans Meer gerannt, um uns zu begrüßen.
Dreihundert Meter vor der Küste werfe ich Anker. Ich mache das einerseits, um die Reaktion der Leute zu beobachten, anderseits, um unser Boot nicht zu gefährden, falls wir über Korallengrund sind. Wir streichen die Segel und warten. Ein kleiner Nachen kommt uns entgegen, mit zwei Schwarzen an Bord, die rudern, und einem Weißen mit einem Tropenhelm.
»Willkommen auf Trinidad«, sagt der Weiße in reinem Französisch. Die Schwarzen lachen mit blitzenden Zähnen.
»Danke für den freundlichen Empfang, mein Herr. Ist hier Korallengrund oder Sand?«
»Es ist Sandküste. Sie können ohne Gefahr an den Strand heran-

fahren.« Wir ziehen den Anker wieder herauf und lassen uns von den Wogen langsam an Land treiben. Kaum haben wir den Boden berührt, steigen zehn Männer ins Wasser und ziehen das Boot mit einem einzigen Schwung aufs Trockene. Die schwarzen Frauen, die Kulis und Indios schauen uns an, berühren uns zart und reden gestikulierend auf uns ein. Sie wollen uns alle bei sich aufnehmen, sagt der Weiße auf französisch. Maturette nimmt eine Handvoll Sand und führt ihn an den Mund, um ihn zu küssen. Allgemeiner Freudentaumel. Der Weiße, dem ich von Clousiots Zustand erzähle, läßt ihn sofort in sein ganz nahe an der Küste gelegenes Haus transportieren. Er sagt, daß wir bis zum nächsten Tag alles im Boot lassen können, niemand wird etwas anrühren. Alle nennen mich »Kapitän«, darüber muß ich lachen. »Good captain«, sagen sie, »long ride on small boat.« (Guter Kapitän, lange Fahrt in kleinem Boot.)
Es wird Nacht, und nachdem ich gebeten habe, unser Boot etwas weiter hinauszufahren und an einem größeren Schiff, das dort vor Anker liegt, festmachen zu dürfen, folge ich dem Engländer in sein Haus. Es ist ein Bungalow, wie man ihn auf englischem Boden überall trifft. Ein paar Holzstufen, eine metallene Gittertür. Ich trete nach dem Engländer ein. Maturette folgt mir. Beim Eintreten sehe ich Clousiot großartig in einem Fauteuil sitzen, das verletzte Bein auf einem Stuhl davor ausgestreckt. Eine Dame und ein junges Mädchen stehen bei ihm.
»Meine Frau und meine Tochter«, sagt der Herr. »Ich habe auch einen Sohn, er studiert in England.«
»Willkommen in unserem Haus«, sagt die Dame auf französisch.
»Setzen Sie sich, meine Herren«, sagt das junge Mädchen und schiebt uns zwei Korbstühle zurecht.
»Danke, meine Damen, bemühen Sie sich nicht zu sehr um uns.«
»Warum nicht? Wir wissen, woher Sie kommen, seien Sie beruhigt. Nochmals: willkommen in unserem Haus.«
Der Herr ist Advokat, Master Bowen. Er hat sein Büro in Port of Spain, der Hauptstadt von Trinidad, vierzig Kilometer von hier. Man servierte uns Tee mit Milch, Toast, Butter und Konfitüre. Es ist unser erster Abend als freie Menschen, ich werde ihn niemals vergessen. Kein Wort über die Vergangenheit, keine indiskrete Frage, nur: wie viele Tage wir auf See waren und wie die Reise verlief; ob Clousiot starke Schmerzen hat und ob wir wünschen, daß die Polizei morgen oder einen Tag später verständigt werde. Ob wir Eltern, Frauen oder Kinder haben; ob wir ihnen zu schreiben wünschen, man würde unsere Briefe zur Post bringen ... Was soll ich sagen? Ein außergewöhnlicher Empfang, sowohl von dem Volk an der Küste als auch von dieser Familie, die unbeschreiblich aufmerksam gegen uns drei Entsprungene ist.
Master Bowen ruft einen Arzt an, und der Arzt bittet ihn, den Verletzten am nächsten Nachmittag in die Klinik zu bringen, wo man eine Röntgenaufnahme machen will, um zu sehen, was zu tun

ist. Master Bowen telephoniert mit dem Kommandanten der Heilsarmee in Port of Spain, und der Kommandant verspricht, uns ein Zimmer in einem Hotel der Heilsarmee zu reservieren. Wir können kommen, wann wir wollen, und wir sollen auf unser Boot gut achtgeben, da wir es ja für die Weiterreise brauchen. Er erkundigt sich, ob wir Bagnosträflinge oder Verbannte seien. Bagnosträflinge, antwortet der Advokat. Es scheint ihm Spaß zu machen, daß wir Bagnosträflinge sind.
»Wollen Sie ein Bad nehmen und sich rasieren?« fragt mich das junge Mädchen. »Lehnen Sie nicht ab, es stört uns in keiner Weise. Im Bad finden Sie Kleidungsstücke, die Ihnen passen werden.«
Ich gehe ins Badezimmer, steige in die Wanne, rasiere mich und verlasse das Bad in grauer Hose, weißem Hemd, Tennisschuhen und weißen Socken.
Ein Indio klopft an die Tür. Er hat ein Paket unter dem Arm und überreicht es Maturette mit den Worten, der Doktor habe bemerkt, daß ich mehr oder weniger seine Figur habe, daß aber Maturette nichts finden würde, da niemand im Haus von so kleiner Statur sei wie er. Er verbeugt sich vor uns wie ein Muselmann und geht wieder. Was soll man zu so viel Güte sagen? Das Gefühl, das mein Herz erfüllt, ist nicht zu beschreiben.
Clousiot wird als erster schlafen gelegt. Wir fünf tauschen dann noch über verschiedenes eine Menge Gedanken aus. Was die liebenswürdige Dame am meisten beschäftigt, ist die Frage, was wir für unsere weitere Existenz zu tun gedächten. Kein Wort über Vergangenes, nur der Augenblick beschäftigt sie. Master Bowen bedauert, daß Trinidad Entsprungenen keine Genehmigung gebe, sich auf der Insel niederzulassen. Er habe, erklärt er mir, schon in mehreren Fällen Ansuchen gestellt, sie seien aber immer wieder abschlägig beschieden worden.
Die junge Tochter spricht dasselbe reine Französisch wie ihr Vater, akzentfrei und fehlerlos. Sie ist blond, voller Sommersprossen und etwa zwischen siebzehn und zwanzig. Sie nach ihrem genauen Alter zu fragen, wage ich nicht.
»Sie sind jung und haben das ganze Leben vor sich«, meint sie. »Ich weiß nicht, was Sie angestellt haben, und ich will es auch nicht wissen. Aber daß Sie den Mut haben, in einem so kleinen Boot auf See zu gehen und eine so lange, gefährliche Reise zu unternehmen, beweist, daß Sie bereit sind, für Ihre Freiheit einen hohen Preis zu zahlen, und das will etwas heißen.«
Wir haben bis acht Uhr früh geschlafen. Beim Aufstehen finden wir den Tisch gedeckt. Die beiden Damen teilen uns auf das natürlichste mit, daß Master Bowen nach Port of Spain gefahren ist und erst am Nachmittag mit den nötigen Ratschlägen, was am besten zu tun sei, zurückkommen wird.
Dieser Mann, der sein Haus, in welchem sich drei entsprungene Sträflinge befinden, seelenruhig verläßt, sagt uns damit etwas, was

er mit Worten niemals so eindringlich und so eindrucksvoll zu sagen vermöchte: Ihr seid normale Menschen. Ich habe Vertrauen zu euch, also lasse ich euch schon zwölf Stunden nach unserer Bekanntschaft ohne weiteres mit meiner Frau und meiner Tochter allein. Nachdem ich mich mit euch dreien unterhalten habe, weiß ich, daß ihr weder mit Worten noch mit Taten schlecht gegen mich handeln werdet. Ich lasse euch bei meiner Familie, als ob ihr alte Freunde wäret. – Wir sind alle drei bewegt.
Ich bin kein Intellektueller. Ich kann dem Leser – falls diese Hefte eines Tages Leser finden sollten – unsere Aufregung, das Gefühl von Selbstachtung, nein, von Rehabilitierung, von neugewonnenem Leben nicht so kunstgerecht und mit dem gehörigen literarischen Animo schildern, auch wenn ich das noch so gerne möchte. Aber diese imaginäre Taufe, dieses Bad der Reinheit, dieses Endlich-wieder-herausgehoben-Werden aus dem Sumpf, in den ich geraten war, die ganze Art und Weise, in der man uns hier hilft, damit wir gegenüber dem Heute und dem Morgen wieder Verantwortung übernehmen können, macht buchstäblich einen anderen Menschen aus mir. Es löst den ganzen Komplex des Sträflings, der auch in der Freiheit immer noch seine Ketten rasseln hört und jeden Moment glaubt, von irgendwem überwacht zu werden, es löst alles, was ich gesehen, durchgemacht und ertragen habe, was ich über mich ergehen ließ, was mich so weit brachte, ein anrüchiger, verderbter, gefährlicher Mensch zu werden – nach außen hin passiv gehorsam, aber gefährlich in seiner Revolte – wie durch Zauber in nichts auf. Danke, Master Bowen, Advokat Seiner Majestät, danke, daß Sie in so kurzer Zeit einen anderen Menschen aus mir gemacht haben.
Die hellblonde junge Tochter, deren Augen so blau sind wie die See, sitzt mit mir unter den Kokospalmen ihres väterlichen Hauses. Rote, gelbe, malvenfarbene Bougainvilleas, die in voller Blüte stehen, geben dem Garten genau den Hauch von Poesie, den er in diesem Augenblick braucht.
»Monsieur Henri« (Sie sagt Monsieur zu mir! Seit wie langer Zeit hat man mich nicht mehr so angeredet!), »wie Papa Ihnen gestern gesagt hat, ist eine unbegreifliche Ungerechtigkeit der englischen Behörden daran schuld, daß Sie nicht hierbleiben können. Nur zwei Wochen dürfen Sie sich bei uns ausruhen, dann müssen Sie fort. Ich habe mir heute früh Ihr Boot angesehen, es ist sehr leicht und ziemlich schwach für die lange Reise, die noch vor Ihnen liegt. Hoffentlich finden Sie bei Ihrer nächsten Landung eine gastliche Nation als die unsere, und eine verständnisvollere. Auf englischen Inseln wird es immer dasselbe sein; seien Sie, falls Sie auf Ihrer künftigen Reise viel zu leiden haben, ihren Bewohnern nicht böse, sie können nichts dafür, sie haben die Verordnungen nicht gemacht. Papas Adresse ist: 101 Queen Street, Port of Spain, Trinidad. Ich

bitte Sie, uns ein paar Worte zu schreiben, wenn Gott es Ihnen ermöglicht, damit wir Ihr weiteres Schicksal wissen.«
Ich bin so gerührt, daß ich nicht weiß, was ich antworten soll. Madame Bowen setzt sich zu uns. Sie ist eine sehr schöne Frau von ungefähr vierzig, mit kastanienbraunem Haar und grünen Augen. Sie hat ein sehr einfaches weißes Kleid an, mit einer weißen Schnur um die Mitte. Dazu trägt sie hellgrüne Sandalen.
»Mein Mann wird nicht vor fünf Uhr zurück sein, Monsieur. Er versucht die Erlaubnis zu erhalten, Sie ohne Polizeieskorte in seinem Wagen in die Hauptstadt bringen zu dürfen. Auch möchte er vermeiden, daß Sie die erste Nacht auf der Polizeistation von Port of Spain verbringen müssen. Ihr verwundeter Freund wird direkt in die Klinik eines befreundeten Arztes gebracht, und Sie beide werden im Hotel der Heilsarmee wohnen.«
Nun gesellt sich Maturette zu uns. Er erzählt, daß er nach dem Boot gesehen hat und daß viele Neugierige ihn umringt haben. Nichts im Boot ist angerührt worden. Bei der Kontrolle haben die Neugierigen unterhalb des Steuerruders eine steckengebliebene Kugel gefunden, und einer von ihnen hat gebeten, sie herauszuziehen und zum Andenken behalten zu dürfen. Maturette habe ihm geantwortet: »Captain, Captain.«
Der Indio fragt mich, warum wir die Schildkröten nicht in Freiheit gesetzt haben.
»Sie haben Schildkröten mit?« fragt die Tochter. »Ich möchte sie sehen!«
Wir gehen zum Boot hinunter. Unterwegs gibt mir eine bezaubernde Indiofrau ohne Umschweife die Hand. »Good afternoon!« rufen die Farbigen. Ich nehme die beiden Schildkröten aus dem Boot. »Was sollten wir mit ihnen machen? Sie ins Meer werfen? Oder wollen Sie sie in Ihren Garten mitnehmen?«
»Das Bassin hinten ist mit Meerwasser gefüllt, wir werden sie dort hineintun, dann haben wir ein Andenken an Sie.«
Ich bin einverstanden. Ich verteile unter den Leuten alles, was sich im Boot befindet, bis auf den Kompaß, das Schlachtmesser, die Axt, die Decken und den Revolver, den ich in den Decken verschwinden lasse. Niemand hat ihn gesehen.
Um fünf kommt Master Bowen. »Es ist alles arrangiert, meine Herren«, sagt er. »Ich werde Sie selbst in die Hauptstadt bringen. Den Verwundeten setzen wir vorher in der Klinik ab, dann fahren wir ins Hotel.«
Wir bringen Clousiot auf dem Rücksitz im Auto unter. Ich will mich gerade bei der Tochter bedanken, als ihre Mutter mit einem Koffer daherkommt. »Wenn Sie die paar Sachen von meinem Mann annehmen wollen«, sagt sie zu mir, »wir geben sie Ihnen von Herzen gern.« Was soll man da sagen? Wie danken? Ich stammle ein paar Worte heraus, und dann fahren wir mit dem Wagen, dessen Volant sich auf der rechten Seite befindet.

Um dreiviertel sechs fahren wir bei der Klinik vor, sie heißt Saint George. Krankenpfleger bringen Clousiot auf einer Bahre in einen Saal, in dem ein Indio auf seinem Bett sitzt. Der Arzt kommt herein und drückt Master Bowen die Hand, dann uns. Er spricht nicht französisch. Er läßt uns verdolmetschen, daß Clousiot gut versorgt sei und wir ihn besuchen könnten, wann wir wollten. In Bowens Wagen durchqueren wir die Stadt. Wir sind entzückt von den vielen Lichtern, den Autos, den Fahrrädern. Weiße, Schwarze, Gelbe, Indios und Kulis mischen sich auf den Gehsteigen der fast ganz aus Holz gebauten Stadt. Auch das Hotel der Heilsarmee ist nur im Parterre aus Stein, alles übrige ist aus Holz. Es liegt an einem hellerleuchteten Platz, dem Fish Market, wie ich lese. Der Hauptmann der Heilsarmee empfängt uns mit seinem ganzen Stab, Männern und Frauen. Er spricht etwas Französisch, die andern reden uns englisch an. Wir verstehen sie nicht, doch ihre Gesichter sind so freundlich, ihre Blicke so entgegenkommend, daß wir überzeugt sind, daß sie uns etwas Nettes sagen.

Man führt uns in ein Zimmer im zweiten Stock. Es hat drei Betten – das dritte ist für Clousiot vorgesehen –, dazu ein Bad mit Seife und Handtüchern, die uns zur Verfügung stehen. »Falls Sie speisen wollen, das gemeinsame Abendessen findet um sieben Uhr statt – in einer halben Stunde.«

»Nein, danke, wir haben keinen Hunger.«

»Wenn Sie in die Stadt gehen wollen, hier sind zwei Dollar für Kaffee, Tee oder Eis. Verirren Sie sich nicht! Wenn Sie den Rückweg nicht finden, dann fragen Sie nur: ›Salvation Army, please?‹«

Zehn Minuten später sind wir unten, bummeln den Gehsteig entlang, drängen uns unter die Leute. Niemand beachtet uns. Wir atmen tief auf, kosten das Gefühl der ersten freien Schritte in einer Stadt aus. Das Vertrauen, das man uns entgegenbringt – man läßt uns in einer so großen Stadt unbewacht umhergehen –, stärkt uns, gibt uns Selbstvertrauen, und dazu noch das Bewußtsein, daß es unmöglich ist, von diesen Menschen enttäuscht zu werden. Maturette und ich gehen langsam durch das Gedränge. Wir haben das tiefe Bedürfnis, dicht neben den Menschen herzugehen, gedrängt, gestoßen zu werden, uns ihnen anzupassen – dazu zu gehören! Wir betreten eine Bar und bestellen Bier. Es ist gar nichts dabei, »Two beers, please«, zu sagen. Trotzdem kommt es uns unwirklich vor, als das indische Mädchen mit dem Goldring in der Nase, nachdem es uns bedient hat, »Half a Dollar, Sir«, sagt. Ihre perlschimmernden Zähne, die großen schwarzvioletten Augen, die ein ganz klein wenig geschlitzt sind, das rabenschwarze Haar, das ihr bis auf die Schultern fällt, das halboffene Mieder, das den Ansatz ihrer Brüste zeigt und deren Schönheit ahnen läßt – Kleinigkeiten, die allen anderen Menschen selbstverständlich sind, kommen uns märchenhaft phantastisch vor. Das ist nicht wahr, Papi, das kann gar nicht wahr sein, daß du dich so schnell aus einem lebenden To-

ten, aus einem lebenslänglichen Bagnosträfling in einen freien Menschen verwandelt hast!
Maturette war es, der gezahlt hat. Es ist ihm nur noch ein halber Dollar geblieben. Das Bier ist köstlich frisch. »Trinken wir noch eins?« fragt er.
Diese zweite Runde scheint mir zuviel. »Es ist kaum eine Stunde her, daß du wirklich frei bist, und schon denkst du daran, dich zu besaufen?«
»Aber ich bitte dich, Papi, übertreibe nicht! Zwischen zwei Bieren und sich besaufen ist noch ein Unterschied.«
»Vielleicht hast du recht, aber ich finde, man soll sich nicht zu schnell und zu gierig in die Vergnügungen stürzen, die sich uns bieten. Man sollte lieber erst nach und nach wieder von ihnen kosten. Außerdem ist das nicht unser Geld.«
»Ja, das ist wahr. Wir werden erst tropfenweise lernen müssen, frei zu sein. Dann ist man der Sache besser gewachsen.«
Wir verlassen die Bar und gehen die große Watters Street hinunter, eine Hauptstraße, die quer durch die ganze Stadt läuft. Wir bestaunen die Straßenbahnen, die Esel mit ihren kleinen Wägelchen, die Autos, die funkelnden Lichtreklamen der Bars und Kinos, staunen über die Augen der jungen Schwarzen und der Indiofrauen, die uns lachend mustern, und befinden uns auf einmal, ohne daß wir es beabsichtigt hatten, am Hafen. Die Schiffe vor uns sind beleuchtet. Da liegen Passagierdampfer mit verlockenden Namen: »Panama«, »Los Angeles«, »Boston«, »Quebec«. Daneben die Frachter »Hamburg«, »Amsterdam«, »London«, und den ganzen Kai entlang, dicht aneinandergedrängt, gibt es Bars, Kabaretts, Restaurants, vollgestopft mit Menschen, die essen, trinken, sich laut miteinander unterhalten oder singen. Plötzlich verspüre ich einen unwiderstehlichen Drang, mich unter diese Menge zu mischen, unter die Leute, die vielleicht vulgär, aber voller Leben sind.
Die Terrasse einer Bar, vor der Eis, Austern, Seeigel, Krebse, Muscheln und allerlei Meerestiere ausgestellt sind, fordert den Vorübergehenden geradzu heraus. Die Tische mit den rot-weiß-karierten Tischtüchern, die meisten sind schon besetzt, laden zum Bleiben ein. Mädchen mit hellbrauner Haut und feinem Profil, Mulattinnen, die keine negroiden Züge mehr haben, in wohlgeformten bunten Miedern mit großem Ausschnitt, reizen einen noch mehr, von dem allen da Gebrauch zu machen.
Ich gehe auf eine von ihnen zu. »French money good?« frage ich und zeige ihr einen Tausendfrancschein.
»Yes, I change for you.«
»Okay.«
Sie nimmt den Schein, verschwindet in dem gesteckt vollen Saal und kommt wieder zurück. »Come here«, und sie führt mich an die Kasse, an der ein Chinese sitzt.
»Sie Franzose?«

»Ja.«
»Wechseln tausend Franc?«
»Ja.«
»In antillische Dollar?«
»Ja.«
»Reisepaß?«
»Habe keinen.«
»Marineausweis?«
»Auch nicht.«
»Einwandererlaubnis?«
»Auch nicht.«
»Gut.« Er sagt dem Mädchen zwei Worte, es schaut in den Saal, geht zu einem Mann mit einer Marinekappe wie der meinen, mit Goldborte und Anker und bringt ihn an die Kasse.
»Deine Identitätskarte?« sagt der Chinese.
»Hier.« Der Chinese stellt kaltblütig eine Wechselbestätigung über tausend Franc auf den Namen des Unbekannten aus, läßt diesen unterschreiben, und das Mädchen nimmt den Seemann beim Arm und führt ihn an den Tisch zurück. Der weiß gar nicht, wie ihm geschieht! Ich nehme die zweihundertfünfzig Dollar in Scheinen zu fünfzig, zu ein und zwei Dollar und gebe dem Mädchen einen Dollar. Dann gehen wir hinaus, Maturette und ich, setzen uns an einen Tisch und geben uns einer Freßorgie mit Meerestieren und köstlichem herbem Weißwein hin.

Viertes Heft: Erste Flucht

Trinidad

Ich sehe diese erste freie Nacht in jener englischen Stadt vor mir, als ob es gestern gewesen wäre. Berauscht von dem Licht, von der Wärme in unseren Herzen, angesteckt von der lachenden Menge, die vor Vergnügen überströmt, gingen wir überall hin. Eine Bar voller Matrosen und jenen Mädchen aus den Tropen, die nur darauf passen, sie zu rupfen. Aber diese Mädchen haben nichts Gemeines an sich, sind mit den Frauen der Unterwelt von Paris, Le Havre oder Marseille nicht zu vergleichen. Ihre Gesichter sind nicht so geschminkt und vom Laster gezeichnet, ihre Augen blicken nicht so gierig und tückisch. Es sind Mädchen aller Hautfarben: Chinesinnen, afrikanische Negerinnen, Mädchen aus Java, deren Eltern in den Kakao- oder Zuckerplantagen arbeiten, zart, schokoladebraun, mit glattem Haar, Mestizen, Indiomädchen mit der Goldmuschel in der Nase, Llapaninnen mit ihrem römischen Profil, ihren kupferfarbenen Gesichtern und den riesigen, funkelnden, schwarzen, langbewimperten Augen; sie strecken ihre tief dekolletierten Brüste vor, als wollten sie sagen: Seht sie euch nur an, wie vollendet sie sind!
Alle diese Mädchen, jedes mit einer andersfarbigen Blume im Haar, leben der Liebe, fordern die Lust am Geschlecht heraus, ohne schmutzig, ohne je geschäftsmäßig zu werden. Sie erwecken niemals den Eindruck zu arbeiten – sie unterhalten sich wirklich, und man spürt, daß das Geld für sie nicht der Hauptzweck des Lebens ist.
Wie zwei Motten, die ins Licht fliegen, taumeln wir beide, Maturette und ich, von einer Bar zur andern. Wir kommen an einen kleinen lichtüberstrahlten Platz, und ich sehe an der Turmuhr einer Kirche oder eines Tempels, wie spät es ist. Zwei Uhr! Es ist zwei Uhr früh! Schnell, schnell, wir müssen umkehren! Wir haben uns in der Zeit vertan! Der Hauptmann der Heilsarmee wird eine schöne Meinung von uns bekommen! Ich halte ein Taxi an, das uns für zwei Dollar ins Hotel fährt. Ich zahle, und tief beschämt betreten wir die Halle. Hier empfängt uns freundlich ein weiblicher Soldat der Heilsarmee, blond und sehr jung, zwischen fünfundzwanzig und dreißig. Sie scheint weder verwundert noch empört darüber, daß wir so spät nach Hause kommen. Nach ein paar englischen Worten, die uns freundlich entgegenkommend dünken,

reicht sie uns den Zimmerschlüssel und wünscht uns eine gute Nacht. Wir legen uns nieder. In dem Koffer habe ich auch einen Pyjama gefunden. Beim Lichtauslöschen sagt Maturette: »Immerhin könnten wir dem lieben Gott dafür danken, daß er uns in so kurzer Zeit so viel gegeben hat. Meinst du nicht, Papi?«
»Danke du ihm für mich, deinem lieben Gott, er ist ein großartiger Bursche. Und er hat sich wirklich enorm großzügig gegen uns benommen. Gute Nacht!« Dann machte ich das Licht aus.
Aber diese Auferstehung, diese Wiederkehr aus dem Grab, aus dem Friedhof, in dem ich begraben war, die vielen verwirrenden Empfindungen, das Bad dieser Nacht, das mich unter all den anderen Geschöpfen wieder ins Leben führte, haben mich so aufgeregt, daß ich nicht einschlafen kann. An meinen geschlossenen Lidern ziehen die Bilder, die Dinge, das ganze Gewoge der Empfindungen ohne geordnete Reihenfolge vorüber. Präzise, aber ohne jeden Zusammenhang. Die Geschworenen, die Conciergerie, die Leprakranken, Saint-Martin-de-Rè, Tribouillard, Jésus, der Gewittersturm ... ein gespenstischer Tanz. Fast möchte ich sagen, daß alles, was ich seit einem Jahr erlebt hatte, in der Galerie meiner Erinnerungen gleichzeitig auftauchte. Ich habe wohl versucht, die einzelnen Bilder festzuhalten, doch es gelang mir nicht, und das drolligste war, daß sie sich mit dem Quieken von Schweinen, dem Krähen des Hocco, dem Heulen des Windes und dem Brechen der Wogen vermischten, eingehüllt von der Musik der einsaitigen Baßgeigen, die uns, von Indios gespielt, immer wieder sekundenlang aus den verschiedenen Bars entgegenklangen, an denen wir vorüberkamen. Endlich, bei Tagesanbruch schlief ich ein.
Gegen zehn Uhr klopft es an unsere Tür. Es ist Master Bowen. »Guten Morgen, Freunde«, sagt er lächelnd. »Noch im Bett? Sie sind spät heimgekommen. Haben Sie sich gut unterhalten?«
»Guten Morgen. Ja, wir sind spät heimgekommen, verzeihen Sie.«
»Aber nein, das ist doch ganz natürlich nach allem, was Sie durchgemacht haben. Sie mußten doch etwas haben von dieser ersten Nacht als freie Menschen. Ich komme, um Sie auf die Polizei zu begleiten. Sie müssen dort eine offizielle Erklärung abgeben, daß Sie heimlich ins Land gekommen sind. Nach dieser Formalität werden wir gemeinsam Ihren Freund besuchen. Er wurde bereits durchleuchtet. Wir werden sehen, was dabei herauskam.«
Rasch ziehen wir uns an und gehen in die Halle hinunter, wo uns Master Bowen in Gesellschaft des Hauptmanns erwartet.
»Guten Morgen, Freunde«, begrüßt uns der Hauptmann in schlechtem Französisch.
»Guten Morgen. Wie geht's?«
»Haben Sie Port of Spain sympathisch gefunden?« fragt uns ein Unteroffizier der Heilsarmee.
»O ja, Madame! Es hat uns viel Vergnügen geboten!«
Wir nehmen eine kleine Tasse Kaffee zu uns, dann gehen wir auf

die Polizei. Wir gehen zu Fuß, es ist nicht weiter als zweihundert Meter. Die Polizisten grüßen uns und sehen uns ohne Neugierde an. Wir kommen an zwei schwarzen Wachbeamten in Khakiuniform vorüber und betreten einen strengen, imposanten Büroraum. Ein Offizier von ungefähr fünfzig Jahren, in Khakihemd mit Khakikrawatte, voller Abzeichen und Orden, erhebt sich. Er ist in Shorts.
»Guten Tag, setzen Sie sich«, sagt er. »Ehe ich Ihnen die offizielle Erklärung abnehme, möchte ich mich ein wenig mit Ihnen unterhalten. Wie alt sind Sie?«
»Sechsundzwanzig und neunzehn.«
»Weswegen wurden Sie verurteilt?«
»Wegen Totschlags.«
»Welche Strafe haben Sie erhalten?«
»Lebenslängliche Zwangsarbeit.«
»Das war aber nicht für Totschlag, sondern für Mord?«
»Nein, mein Herr, für Totschlag.«
»*Ich* bin für Mord bestraft«, sagt Maturette. »Ich war damals siebzehn.«
»Mit siebzehn Jahren weiß man bereits, was man tut«, sagt der Offizier. »In England wären Sie gehängt worden. Aber die englischen Behörden sind nicht dazu da, die französische Justiz zu kritisieren. Wir fühlen uns aber auch nicht verpflichtet, geflohene Sträflinge an Französisch-Guayana auszuliefern. Wir halten das für unmenschlich und einer zivilisierten Nation wie der französischen nicht würdig. Aber leider können Sie nicht auf Trinidad bleiben, auch nicht auf einer anderen englischen Insel. Ich muß Sie auch um *fair play* bitten, keine Ausflüchte, Krankheit oder so was vorzuschützen, um Ihre Abreise zu verzögern. Sie können sich gerne in Port of Spain fünfzehn bis achtzehn Tage ausruhen. Sie scheinen ein gutes Boot zu haben. Ich werde es hierher, in den Hafen bringen lassen, sollten Reparaturen nötig sein, so werden wir sie von den Zimmerleuten der königlichen Marine ausführen lassen. Außerdem erhalten Sie für die Weiterreise reichlich Lebensmittel sowie Kompaß und Seekarte. Ich hoffe, daß Sie in den südamerikanischen Staaten Aufnahme finden werden. Gehen Sie nicht nach Venezuela, dort würde man Sie verhaften und zu Straßenarbeiten zwingen, ehe man Sie den französischen Behörden ausliefert. Wegen einer groben Verfehlung sollte ein Mensch nicht gezwungen sein, sich für immer verloren zu geben. Sie sind jung, gesund, haben ein sympathisches Äußeres, und ich hoffe, daß Sie sich nach allem, was Sie durchmachen mußten, nicht für immer geschlagen geben. Die Tatsache, daß Sie hierher gekommen sind, beweist das Gegenteil. Ich schätze mich glücklich, dazu beitragen zu dürfen, daß Sie wieder gute, verantwortungsbewußte Menschen werden. Viel Glück! Falls sich irgendein Problem ergeben sollte, rufen Sie unsere Nummer an, man wird Ihnen französisch antworten.«
Er klingelt, und ein Mann in Zivil kommt uns holen. In einem

Saal, in dem mehrere Polizisten und Polizeibeamte auf der Maschine schreiben, nimmt ein Zivilbeamter unsere Erklärung auf.
»Warum sind Sie nach Trinidad gekommen?«
»Um uns auszuruhen.«
»Woher kommen Sie?«
»Aus Französisch-Guayana.«
»Ihre Flucht gilt als Delikt. Haben Sie bei Ihrer Flucht irgend jemanden verletzt oder getötet?«
»Wir haben niemanden ernstlich verletzt.«
»Woher wissen Sie das?«
»Wir haben es erfahren, noch ehe wir das Land verließen.«
»Alter, Strafausmaß ... Meine Herren, Sie haben fünfzehn bis achtzehn Tage Zeit, sich hier auszuruhen. Sie dürfen tun, was Sie wollen. Wenn Sie das Hotel wechseln, verständigen Sie uns bitte. Ich bin Sergeant Willy. Hier ist meine Karte mit meinen beiden Telephonnummern: die erste ist meine Amtsnummer, die zweite meine Privatnummer. Falls Sie meine Hilfe brauchen, rufen Sie mich an. Wir wissen, daß das Vertrauen, das wir Ihnen schenken, gut angewendet ist. Ich bin sicher, daß Sie sich tadellos halten werden.«
Wenige Augenblicke später begleitet uns Master Bowen in die Klinik. Clousiot ist glücklich, uns wiederzusehen. Von unserer Nacht in der Stadt erzählen wir ihm nichts, wir sagen ihm nur, daß wir hingehen dürfen, wohin wir wollen.
»Ohne Bewachung?« fragt Clousiot überrascht.
»Ja, ganz ohne.«
»Na, das sind ja sonderbare Typen, diese Roastbeefs!«
Bowen, der mit dem Arzt verabredet war, kommt mit diesem herein.
»Wer hat Ihnen die Fraktur eingerichtet, ehe das Bein mit den Zweigen verbunden wurde?« fragt der Arzt Clousiot.
»Ich und ein Mann, der nicht mit ist.«
»Gratuliere. Es ist so gut gemacht, daß das Bein nicht wieder gebrochen werden muß. Der Knochen ist in Ordnung, wir brauchen Ihnen nur einen Gipsverband anzulegen und eine Eisenstütze zu geben, damit Sie herumhumpeln können. Möchten Sie lieber hier bleiben oder zu den Kameraden übersiedeln?«
»Zu den Kameraden.«
»Schön. Morgen früh können Sie gehen.«
Wir überschütten den Arzt mit Dankesbezeigungen. Er geht mit Master Bowen hinaus, und wir verbringen den Vormittag und einen Teil des Nachmittags bei unserem Freund. Am folgenden Tag, als wir alle drei in unserem Hotelzimmer vereint sind, strahlen wir richtig. Das Fenster steht weit offen, die Ventilatoren laufen. Wir beglückwünschen uns gegenseitig zu unserem guten Aussehen und der guten Figur, die wir in den neuen Anzügen machen.
»Jetzt aber wollen wir das Vergangene möglichst vergessen und

nur noch an die Gegenwart und die Zukunft denken«, sage ich. »Wohin wollen wir fahren? Nach Kolumbien? Nach Panama? Nach Costa Rica? Wir müssen Bowen fragen, wo wir die besten Chancen haben.«

Ich rufe bei Bowen im Büro an, er ist nicht da. Ich rufe bei ihm zu Hause in San Fernando an und spreche mit seiner Tochter. Nachdem wir ein paar Nettigkeiten ausgetauscht haben, sagt sie zu mir: »Auf dem französischen Markt neben dem Hotel gibt es einen Autobus, der nach San Fernando fährt. Wollen Sie nicht den Nachmittag bei uns verbringen? Kommen Sie, ich erwarte Sie.«

Gleich darauf sind wir alle drei unterwegs nach San Fernando. Clousiot sieht in seinem halbmilitärischen Anzug prächtig aus.

Der Besuch in dem Haus, in dem man uns mit so viel Güte empfangen hat, bewegt uns alle drei. Es ist, als hätten die Frauen für unser Gefühl Verständnis, denn sie sagen beide gleichzeitig: »Da sind Sie wieder in Ihrem Haus, liebe Freunde. Machen Sie es sich bequem!« Und anstatt mit »Herr« reden sie uns mit unseren Vornamen an: »Henri, reichen Sie mir den Zucker! – André (Maturette heißt André), noch etwas Pudding?«

Madame und Mademoiselle Bowen, ich hoffe, daß Gott Ihnen die große Güte vergelten wird, die Sie uns zukommen ließen, und daß die Seelengröße, die Sie uns gegenüber in so reichem Maße bewiesen haben, Ihnen in Ihrem übrigen Leben uneingeschränktes Glück bringen möge.

Vor einer auf dem Tisch ausgebreiteten Landkarte diskutieren wir mit den Damen. Die Entfernungen sind groß: tausendzweihundert Kilometer bis zum ersten kolumbianischen Hafen, Santa Marta; zweitausendeinhundert Kilometer bis Panama, zweitausendfünfhundert bis Costa Rica.

Master Bowen kommt heim. »Ich habe sämtliche Konsulate angerufen und eine gute Neuigkeit für Sie«, sagt er. »Sie können ein paar Tage in Curaçao verbringen und sich dort erholen. In Kolumbien gibt es keine Bestimmungen bezüglich Entsprungener. Dem Konsul ist nicht bekannt, daß Entsprungene jemals in Kolumbien landeten. In Panama übrigens auch nicht.«

»Ich weiß ein Land, wo Sie sicher wären«, sagt Margaret, die Tochter Bowens. »Aber das ist sehr weit weg, mindestens dreitausend Kilometer.«

»Wo ist das?« fragt ihr Vater sie.

»Britisch-Honduras. Der Gouverneur dort ist mein Taufpate.«

Ich sehe meine Freunde an und sage: »Auf nach Britisch-Honduras!« Das ist eine englische Besitzung, die im Süden an die Republik Guatemala und im Norden an Mexiko grenzt.

Wir verbringen den Nachmittag damit, gemeinsam mit Margaret und ihrer Mutter die Route festzulegen. Erste Etappe: Trinidad–Curaçao, tausend Kilometer. Zweite Etappe: von Curaçao bis zu irgendeiner Insel unterwegs. Dritte Etappe: Britisch-Honduras.

Da man nie wissen kann, was einem auf See zustößt, wird entschieden, daß wir zu den Vorräten, die uns die Polizei geben will, in einer Extrakiste zusätzlich noch einige Konserven mitnehmen: Fleisch, Gemüse, Marmelade, Fisch. Margaret sagt, daß uns der Supermarkt Salvatori die Konserven mit Vergnügen zum Geschenk machen wird. »Und falls sie es nicht tun«, setzt sie hinzu, »werden Mama und ich sie Ihnen besorgen.«
»Nein, Mademoiselle ...«
»Still, Henri!«
»Nein, es ist ausgeschlossen, wir haben doch Geld. Wir werden Ihre Güte doch nicht mißbrauchen. Wir können uns die Lebensmittel sehr gut selber kaufen.«
Das Boot liegt unter dem Schutz der Kriegsmarine in Port of Spain. Beim Abschied versprechen wir, vor unserer Abreise noch einmal zu kommen. Jeden Abend gehen wir pünktlich um elf Uhr aus. Clousiot setzt sich auf eine Bank des belebtesten Platzes, und Maturette und ich leisten ihm abwechselnd Gesellschaft, während der andere durch die Stadt vagabundiert. Wir sind schon zehn Tage hier. Clousiot kann dank des Eisens an seinem Gipsfuß ohne Schwierigkeiten gehen. Wir fahren mit der Straßenbahn zum Hafen, in den wir oft auch nachmittags gehen. In verschiedenen Bars kennt man uns bereits. Die Gardepolizisten grüßen uns, und alle wissen, wer wir sind und woher wir kommen. Nie macht irgendwer eine Anspielung darauf. Wir haben entdeckt, daß die Bars, in denen wir bekannt sind, uns für Essen und Trinken weniger berechnen als den Seeleuten. Dasselbe ist bei den Mädchen der Fall. Gewöhnlich trinken sie, wenn sie sich zu Matrosen, Offizieren oder Touristen an den Tisch setzen, ununterbrochen und suchen sie zu möglichst großen Ausgaben zu verleiten. In den Tanzbars tanzen sie nicht, bevor man ihnen nicht mehrere Gläser angeboten hat. Uns gegenüber aber verhalten sie sich anders. Sie setzen sich lange zu uns, und man muß sie nötigen, etwas zu trinken. Und wenn sie annehmen, dann bestellen sie nicht etwa Cognac oder Whisky, sondern einfach ein Glas Bier. Das alles macht uns viel Freude, denn man gibt uns auf diese indirekte Art zu verstehen, daß man unsere Lage kennt und mit uns mitfühlt.
Das Boot ist frisch gestrichen und um eine zehn Zentimeter breite Planke erhöht worden. Der Kiel ist gesichert und überholt. Keine Rippe im Inneren hat gelitten, das Boot ist intakt. Der Mast ist durch einen längeren, aber leichteren ersetzt, Fock und Klüver sind nicht mehr aus Mehlsäcken, sondern aus festem ockerfarbenem Leinen. Ein Marinekapitän hat mir einen Kompaß mit einer Windrose gegeben und mir erklärt, wie ich mit Hilfe der Seekarte ungefähr feststellen kann, wo ich mich befinde. Der Kurs nach Curaçao liegt West zu Nord.
Der Marinekapitän hat mich dem Offizier vorgestellt, der das Schulschiff »Tarpon« kommandiert. Der Offizier fragte mich, ob

ich am nächsten Morgen gegen acht Uhr eine kurze Ausfahrt machen will. Ich verstehe nicht, wozu, aber ich habe zugesagt. Am nächsten Morgen finde ich mich mit Maturette um die verabredete Zeit bei der Marine ein. Ein Matrose kommt mit uns, und ich verlasse bei gutem Wind den Hafen. Zwei Stunden später, wir sind gerade dabei, im Hafen ein- und auszulavieren, langt ein Kriegsschiff bei uns an. Auf Deck stehen Mannschaft und Offiziere in Reih und Glied, alle in Weiß. Das Schiff fährt an uns vorüber, und sie brüllen: »Hurra!« Dann wenden sie und hissen zweimal die Fahne. Ein Gruß, dessen Bedeutung ich nicht verstehe. Wir kehren zum Marinegelände zurück, wo das Kriegsschiff bereits vor Anker liegt. Am Kai legen wir an. Der Matrose winkt uns, ihm zu folgen. Wir gehen zusammen an Bord. Auf dem Landungssteg empfängt uns der Kommandant. Wir werden mit einem Pfeifsignal begrüßt, und nachdem wir uns den Offizieren vorgestellt haben, läßt man uns an den Seekadetten und Unteroffizieren, die habtacht stehen, vorbeimarschieren. Der Kommandant sagt ein paar Worte auf englisch zu ihnen und läßt sie abtreten. Ein junger Offizier erklärt mir, der Kommandant habe den Kadetten gesagt, daß wir den vollen Respekt der Marine verdienen, weil wir auf unserem kleinen Zweimaster eine so lange Fahrt gemacht und eine noch längere und gefährlichere vor uns haben. Er macht uns drei Seemannsmäntel zum Geschenk, die uns in der Folge sehr nützlich wurden. Sie sind schwarz und wasserdicht, haben einen langen Reißverschluß und eine Kapuze.

Zwei Tage vor der Abfahrt erhalten wir den Besuch von Master Bowen. Er bittet uns im Namen der obersten Polizeibehörde, drei »Relegierte« mitzunehmen, die man vor einer Woche verhaftet hat. Die Verbannten seien auf einer Insel abgesetzt worden, ihre Kameraden, laut Aussage, nach Venezuela zurückgekehrt. Das gefällt mir gar nicht, aber wir sind mit so viel Noblesse behandelt worden, daß wir nicht ablehnen können. Ich bitte mir aus, die drei Männer kennenzulernen, ehe ich zusage. Ein Polizeiwagen holt mich. Ich spreche mit dem Offizier, der uns bei seiner Ankunft einvernommen hat. Sergeant Willy dolmetscht.

»Wie geht es Ihnen?«

»Danke. Sie müssen uns einen Dienst erweisen.«

»Wenn es uns möglich ist, mit Vergnügen.«

»Wir haben hier im Gefängnis drei französische Verbannte, die ein paar Wochen heimlich auf der Insel gelebt haben und behaupten, daß ihre Kameraden sie hier zurückgelassen haben und weggefahren sind. Wir nehmen an, daß sie ihr Boot versenkt haben, aber sie behaupten, daß keiner von ihnen ein Schiff steuern kann. Wir halten das für ein Manöver, mit dem sie erreichen wollen, von uns ein Boot zu erhalten. Wir müssen sie fortschicken. Es täte uns leid, sie nach unseren Gesetzen dem Kommissar des ersten französischen Schiffes übergeben zu müssen, das vorüberkommt.«

»Ich will das Unmögliche tun«, antworte ich, »aber ich möchte vorher mit den Männern reden. Sie werden begreifen, daß es gefährlich ist, mit drei völlig Unbekannten an Bord in See zu stechen.«
»Ich verstehe. Willy, veranlassen Sie, daß die drei Franzosen in den Hof gelassen werden.«
Ich möchte mit ihnen allein sein und bitte den Sergeanten, zu gehen.
»Ihr seid Verbannte?«
»Nein, wir sind Bagnosträflinge.«
»Warum habt ihr dann behauptet, ihr seid ›Relegierte‹?«
»Wir dachten, ein Mann, der ein kleines Delikt begangen hat, sei ihnen lieber. Aber wir sehen, daß wir uns geirrt haben. Und du? Was bist du?«
»Bagnosträfling.«
»Wir kennen dich nicht.«
»Ich bin mit dem letzten Konvoi gekommen. Und ihr?«
»Mit dem Konvoi 1929.«
»Ich mit dem von 1927«, sagt der dritte.
»Hm. Man hat mich rufen lassen und mich gebeten, euch an Bord zu nehmen. Wir sind schon zu dritt. Er sagt, wenn ich nicht darauf eingehe, ist er gezwungen, euch dem ersten französischen Schiff zu übergeben, das vorbeikommt, weil keiner von euch mit einem Boot umgehen kann. Was meint ihr?«
»Wir wollen aus bestimmten Gründen nicht mehr aufs Meer zurück. Wir könnten so tun, als ob wir mit euch abfahren, du setzt uns an der Spitze der Insel ab, und ihr fahrt weiter.«
»Das kann ich nicht machen.«
»Warum nicht?«
»Weil ich die vielen Aufmerksamkeiten, die man uns erwiesen hat, nicht mit einer Gaunerei bezahlen kann.«
»Ich glaube, daß dir die Zwangsarbeiter näherstehen sollten als die Roastbeefs.«
»Warum?«
»Weil du selber einer bist.«
»Ja, aber es gibt solche und solche. Vielleicht ist zwischen mir und euch ein größerer Unterschied als zwischen mir und den Roastbeefs. Es kommt darauf an, wie man die Sache sieht.«
»Also willst du uns den französischen Behörden ausliefern lassen?«
»Nein, aber ich werde euch nicht vor Curaçao absetzen.«
»Ich habe nicht den Mut, das alles noch einmal durchzustehen«, sagt der eine.
»Seht euch zuerst einmal das Boot an. Vielleicht war das, mit dem ihr gekommen seid, schlechter.«
»Gut, probieren wir es«, sagen die beiden andern.
»Gemacht. Ich werde bitten, daß man euch das Boot ansehen läßt.«

Begleitet von Sergeant Willy gehen wir in den Hafen. Die drei Burschen scheinen etwas mehr Vertrauen zu fassen, seit sie das Boot gesehen haben.

Neuerliche Abfahrt

Zwei Tage danach brechen wir auf, wir drei und die drei Unbekannten. Ich weiß nicht, woher sie es erfahren haben, aber ein Dutzend Barmädchen sind da, die Familie Bowen und der Hauptmann von der Heilsarmee. Als eines der Mädchen mir um den Hals fällt, fragt mich Margaret lachend: »So schnell haben Sie sich verlobt, Henri? Das ist nicht fein!«
»Auf Wiedersehen, ihr alle – oder vielmehr lebt wohl! Ihr habt in unseren Herzen einen ewigen Platz!«
Von einem Lotsen gezogen, fahren wir um vier Uhr nachmittags ab. Nicht ohne ein paar Tränen im Auge verlassen wir rasch den Hafen und sehen der Gruppe, die uns zum Abschied mit weißen Taschentüchern winkt, so lange wie möglich nach. Dann wird das Tau, das uns mit dem Schiff des Lotsen verbindet, gelöst, und wir stechen mit vollen Segeln in die ersten der Millionen Wogen, die wir bis zu unserem Bestimmungsort zu bewältigen haben werden.
Wir haben zwei Messer, ich eines, das andere Maturette. Die Axt ist neben Clousiot untergebracht, ebenso das große Schlachtmesser. Wir sind überzeugt, daß keiner von den drei anderen bewaffnet ist, trotzdem haben wir uns vorgenommen, daß nie mehr als einer von uns während der Reise schläft. Gegen Sonnenuntergang taucht das Schulschiff auf und begleitet uns eine halbe Stunde lang. Dann grüßt es und kehrt um.
»Wie heißt du?«
»Leblond.«
»Welcher Konvoi?«
»1927.«
»Deine Strafe?«
»Zwanzig Jahre.«
»Und du?«
»Kagneret. Konvoi 29, fünfzehn Jahre, ich bin Bretone.«
»Du bist Bretone und kannst kein Boot steuern?«
»Nein.«
»Ich heiße Dufils und bin aus Angers. Ich habe Lebenslänglich, wegen einer dummen Antwort, die ich den Geschworenen gab. Sonst hätte ich höchstens zehn Jahre bekommen. Konvoi 29.«
»Was war das für eine Antwort?«
»Ich habe meine Frau mit einem Bügeleisen erschlagen. Bei dem Prozeß hat mich ein Geschworener gefragt, warum ich dazu ein Bügeleisen genommen habe? Ich weiß es ja nicht, und ich habe ihm geantwortet, daß ich das Bügeleisen genommen habe, weil sie böse

Falten gemacht hat. Und für diese idiotische Antwort haben sie mich so eingedeckt, hat mir mein Anwalt gesagt.«
»Von wo seid ihr ausgerissen?«
»Aus einem Holzschlägerlager, Cascade heißt es, achtzig Kilometer von Saint-Laurent. Es war gar nicht so schwer, sich von dort abzuseilen, man hat dort viel Freiheit. Wir waren zu fünft, es ist ganz leicht gegangen.«
»Wieso zu fünft? Wo sind die beiden anderen?« Verlegenes Schweigen.
»Wir sind alle nur Menschen«, sagt Clousiot, »und da wir nun einmal beisammen sind, müssen wir es wissen. Los, rede!«
»Ich werde euch alles erzählen«, sagt der Bretone. »Wir sind zu fünft weg, aber die beiden aus Cannes, die nicht mehr da sind, haben gesagt, daß sie Küstenfischer sind. Sie haben nichts bezahlt für die Flucht. Sie haben gesagt, daß ihre Arbeit an Bord mehr wert ist als Geld. Aber unterwegs haben wir gemerkt, daß weder der eine noch der andere von Navigation auch nur einen Tau hat. Zwanzigmal sind wir beinahe ertrunken. Wir sind immer an der Küste entlanggefahren, zuerst an der von Holländisch-Guayana, dann an der englischen, dann kam Trinidad. Zwischen Georgetown und Trinidad habe ich den, der behauptet hat, er könnte der Kapitän der Flucht sein, umgelegt. Der Kerl hat den Tod verdient, er hat uns allen seine Seetüchtigkeit vorgeschwindelt, bloß damit wir ihn gratis mitnehmen. Und der andere hat geglaubt, daß wir auch ihn umbringen werden. Er hat eines Tages bei grober See das Steuerruder im Stich gelassen und sich ins Meer gestürzt. Dann haben wir getan, was wir konnten. Ein paarmal wären wir um ein Haar abgesoffen, dann sind wir auf einem Felsen aufgefahren. Wie durch ein Wunder ist nichts passiert. Das ist die reine Wahrheit – Ehrenwort.«
»Ja, das stimmt«, sagen die beiden andern. »Wir waren uns alle drei einig, daß man den Kerl umlegen muß. Was meinst du, Papillon?«
»Ich mag keinen Richter spielen.«
»Aber was hättest du in dem Fall getan?« fragt der Bretone hartnäckig.
»Das wäre zu überlegen. Um gerecht zu sein, müßte man es miterleben.«
»Ich hätte ihn umgebracht«, meint Clousiot. »Die Lüge hätte euch allen das Leben kosten können.«
»Schön. Reden wir nicht mehr davon. Ich jedenfalls habe den Eindruck, daß euch die Angst noch immer in den Gliedern steckt und daß ihr nur gezwungen mitgekommen seid. Stimmt's?«
»O ja!« antworten sie im Chor.
»Hier aber kann ich keine Panik brauchen, was auch geschieht! Verstanden? Wenn einer Angst hat, hält er die Schnauze. Das Boot ist gut, das hat sich erwiesen. Es wird zwar jetzt schwerer belastet

sein als vorher, dafür ist es um zehn Zentimeter höher gemacht worden. Das gleicht sich aus.«

Wir rauchen und trinken Kaffee. Vor der Abfahrt haben wir gut gegessen, und wir beschließen, vor morgen früh nichts mehr zu uns zu nehmen.

Es ist der 9. Dezember 1933. Vor zweiundvierzig Tagen hat unsere Flucht aus dem gut abgesicherten Saal des Spitals von Saint-Laurent angefangen. Es ist Clousiot, der Buchhalter und Chronist der Gesellschaft, der uns das zum Bewußtsein bringt. Ich bin im Besitz dreier für die Flucht überaus wertvoller Dinge: Ich habe eine Uhr mit wasserdichtem Stahlgehäuse, gekauft in Trinidad, einen richtigen Seekompaß mit Aufhängevorrichtung und sehr präziser Windrose und eine schwarze Sonnenbrille. Clousiot und Maturette tragen jeder eine Kappe.

Drei Tage vergehen ohne Zwischenfall. Zweimal stoßen wir auf eine Herde Delphine. Die allerdings hat uns den kalten Schweiß aus allen Poren getrieben, denn acht von den Tieren trieben ein arges Spiel mit dem Boot. Zuerst schwammen sie der Länge nach unten durch und tauchten genau vor der Spitze auf, manchmal berührten wir einen von ihnen. Aber das war noch harmlos. Brenzlig wurde die Sache erst, als drei Delphine, die in Dreiecksformation, einer vorn, zwei gleich lange dahinter, daherschwammen, mit rasender Schnelligkeit direkt auf uns zu, und in dem Moment, wo sie bei uns ankamen, tauchten sie unter und kamen rechts und links vom Boot wieder hoch. Trotz des kräftigen Windes, unter dem wir mit vollen Segeln dahinzischten, blieben sie die Schnelleren, ließen sich nicht abschütteln. Das Spiel dauerte stundenlang, es war schwindelerregend. Der geringste Irrtum in ihrer Berechnung, und wir waren geliefert. Die drei Neuen sagten nichts, aber man muß ihre verzerrten Gesichter gesehen haben!

Mitten in der Nacht des vierten Tages brach ein Sturm los, der auch mir Angst einflößte. Das schlimmste war, daß die Wogen nicht mehr in gleicher Richtung liefen, sondern sich gegenseitig immer wieder kreuzten. Manche waren hoch, manche ganz flach, unbegreiflich. Doch keiner an Bord ließ etwas verlauten. Nur Clousiot rief mir manchmal ermunternd zu: »Los, Kumpel! Du wirst sie drankriegen, die einen wie die andern!« Oder: »Paß auf die auf, die dahinter kommt!« Sonderbar, oft kamen sie tosend und schäumend von drei Seiten zugleich. Ich schätzte ihre Geschwindigkeit ab und sah mir genau an, von welcher Seite ich sie nehmen sollte, dann erst kreuzte ich sie. Aller Logik zum Hohn schoß plötzlich eine ganz steil gegen der Arsch des Bootes. Solche Wogen hatten sich öfters an meinen Schultern gebrochen, aber diesmal war die Portion zu groß, und ein guter Teil ist in das Boot gegangen. Die fünf Männer schöpften mit Töpfen und Konservenbüchsen unaufhörlich das Wasser aus. Nie war das Boot mehr als ein Viertel voll, nie kamen wir in Gefahr, abzusaufen. Dieses Geschaukel nahm mehr als die halbe Nacht in Anspruch, fast sieben Stunden. Dazu regnete und regnete es. Erst gegen acht bekamen wir die Sonne wieder zu sehen, und alle, ich inbegriffen, begrüßten sie voll Freude. Aber jetzt vor allem – Kaffee! Kochendheißen Kaffee mit Kondensmilch und Schiffszwieback, der zwar hart ist wie Eisen, aber, in den Kaffee getunkt, köstlich schmeckt. Der Kampf gegen den Sturm hat mich ausgelaugt, ich kann nicht mehr, und da der Wind noch ziemlich stark ist und die Wogen hoch und regelmäßig sind, bitte ich Maturette, mich ein wenig abzulösen, ich möchte schlafen. Knapp zehn Minuten, nachdem ich mich niedergelegt habe, nimmt Maturette eine Woge quer, und das Boot füllt sich zu drei Vierteln mit Wasser. Alles schwimmt: Kisten, Ofen, Decken ... Ich dringe, bis zum Bauch im Wasser, ans Steuerruder vor und komme gerade noch zurecht, um einem riesigen Brecher auszuweichen, der direkt auf uns zukommt. Ein Griff, und der Brecher liegt hinter mir. Er kann dem Boot nicht mehr gefährlich werden und hat uns zugleich mehr als zehn Meter weit über die gefährliche Stelle hinausgetragen.

Alle schöpfen Wasser. Der große Kochkessel, den Maturette gebraucht, faßt fünfzehn Liter auf einmal. Niemand denkt an seine eigenen Sachen, alle sind nur von dem einen Gedanken besessen, das Wasser, das das Boot so schwer und unbeweglich macht, so rasch wie möglich hinauszubekommen. Ich muß zugeben, daß die drei Neuen sich tapfer gehalten haben, und der Bretone hat, als er sah, daß seine Kiste davongetragen wurde, ohne zu zögern von selbst den Entschluß gefaßt, das Boot dadurch zu erleichtern, daß er es auch noch vom Wasserfaß befreite; er stieß es ohne große Anstrengung über Bord. Zwei Stunden später ist alles trocken, aber wir haben die Decken eingebüßt, den Spirituskocher, den Ofen, die Holzkohlensäcke, den Benzinkanister und das Wasserfaß, letzteres sogar noch freiwillig.

Mittags, als ich meine Hose wechseln will, bemerke ich, daß auch mein kleiner Koffer von dem Brecher davongetragen wurde, samt zwei von den drei Seemannsmänteln. Dagegen haben wir auf dem Grund des Bootes zwei Flaschen Rum gefunden. Unser Tabak ist weg oder aufgeweicht, die Blätter mitsamt der wasserdichten weißen Blechschachtel verschwunden.

»Kinder«, sage ich, »zuerst trinken wir einen ordentlichen Schluck Rum, dann macht ihr die Reservekiste auf und seht nach, womit wir noch rechnen können. Ist Fruchtsaft da? Gut, wir werden ihn rationieren. Dosen mit Butterkeks? Leert eine davon aus und macht einen Ofen daraus. Wir werden die Konserven auf den Grund des Bootes legen und mit den Kistenbrettern ein Feuer machen. Eben haben wir noch alle Angst gehabt, jetzt ist die Gefahr vorüber, wir müssen uns erholen und auf der Höhe der Ereignisse bleiben.« Ich lache sogar einen Moment. Dann sage ich: »Von diesem Augenblick an gibt es kein ›Ich habe Durst‹, ›Ich habe Hunger‹ oder ›Ich habe Lust zu rauchen‹ mehr. Einverstanden?«

»Ja, Papi, einverstanden.«
Alle halten sich gut, und die Vorsehung sorgt dafür, daß der Wind sich legt, was uns erlaubt, uns aus Corned beef eine Suppe zu kochen. Eine Menageschale dieser Suppe mit eingetunktem Zwieback bildet eine schöne warme Grundlage im Bauch, die bis zum nächsten Morgen ausreichen muß. Ein kleines bißchen grünen Tee für jeden, und in der intakten Kiste findet sich auch noch ein Karton Zigaretten. Die Pakete sind klein, sie enthalten nur acht Stück, das sind insgesamt achtzig. Die fünf Mann entscheiden, daß nur ich rauchen soll, um mich wach zu halten, und damit niemand neidisch wird, weigert sich Clousiot, mir die Zigaretten zwischen seinen Lippen anzuzünden, er gibt mir nur Feuer. Dank dieser Verständnisbereitschaft kommt es zu keiner unangenehmen Auseinandersetzung unter uns.
Wir sind schon sechs Tage unterwegs, und ich bin noch nicht zum Schlafen gekommen. Da die See heute abend glatt ist, schlafe ich. Ich schlafe fast fünf Stunden lang wie ein Murmeltier. Es ist zehn Uhr abends, als ich erwache. Noch immer Windstille. Die andern haben ohne mich gegessen, und ich finde eine prächtig zubereitete Polenta vor, aus einer Dose natürlich. Ich esse sie mit etwas geräucherter Wurst. Es schmeckt herrlich. Der Tee ist fast kalt, aber das macht nichts. Ich rauche und warte. Und hoffe, daß wieder Wind aufkommt.
Die Nacht ist sternklar. Der Polarstern funkelt. Nur das Kreuz des Südens übertrifft ihn an Leuchtkraft. Deutlich sind der Große und der Kleine Bär zu sehen. Nicht eine Wolke. Und der volle Mond steht bereits hoch im ausgestirnten Himmel. Der Bretone zittert vor Kälte. Er hat seine Jacke verloren und ist in Hemdsärmeln. Ich lege ihm den Seemannsmantel um.
Es geht auf den siebenten Tag.
»Kumpels«, sage ich, »wir können nicht mehr sehr weit von Curaçao sein. Ich habe den Eindruck, daß ich etwas zu sehr nach Norden abgekommen bin, ich werde von jetzt an voll nach Westen steuern, ich darf die holländischen Antillen nicht verfehlen. Das wäre schlimm, jetzt, wo wir kein Süßwasser haben und bis auf die Reservekiste alle Lebensmittel zum Teufel sind.«
»Wir haben Vertrauen zu dir, Papillon«, sagt der Bretone.
»Ja, wir haben Vertrauen zu dir«, wiederholen die andern im Chor.
»Mach, wie du glaubst.«
»Danke.«
Ich glaube, es war das beste, es ihnen zu sagen. Der Wind läßt die ganze Nacht zu wünschen übrig, erst gegen vier Uhr früh läßt uns eine gute Brise wieder vorankommen. Im Lauf des Vormittags verstärkt sich der Wind, hält mit genügender Kraft länger als sechsunddreißig Stunden an. Wir machen gute Fahrt, und die Wogen sind so niedrig, daß sie kaum an unseren Bootsrumpf schlagen.

Curaçao

Möwen. Zuerst hören wir sie nur schreien, denn es ist Nacht. Dann aber wirbeln sie wie graue Flocken rund um unser Boot. Eine von ihnen setzt sich auf den Mast, fliegt weg, kommt wieder. Dieses Spiel dauert mehr als drei Stunden, bis mit strahlender Sonne der Tag anbricht und die Flügel der Möwen schneeweiß werden. Nichts am Horizont, was auf Land deuten würde. Aber wo zum Teufel kommen die Möwen her? Und die Seeschwalben? Den ganzen Tag schauen wir uns vergeblich die Augen aus. Nicht das geringste Anzeichen dafür, daß Land in der Nähe ist. Die Sonne geht unter, Der Vollmond geht auf, und dieser tropische Mond ist so hell, daß sein Schein mich blendet. Ich habe meine schwarze Brille nicht mehr, sie ist mit der berühmten Woge davon. Unsere Kappen auch ... Gegen acht Uhr abends ist bei dem taghellen Mondlicht in der Ferne ein schwarzer Strich zu sehen.
»Das ist Land. Bestimmt«, sage ich.
»Ja, wirklich!«
Alle stimmen mit mir überein, daß der schwarze Strich, den wir sehen, Land sein muß. Die ganze Nacht halte ich meine Blicke auf diesen Schatten geheftet, der nach und nach Kontur bekommt. Wir sind da! Mit einer kräftigen Brise bei klarem Himmel und hohen, langgestreckten regelmäßigen Wellen fahren wir darauf zu. Die schwarze Masse ragt nicht sehr hoch über das Wasser, und an nichts läßt sich erkennen, ob uns Klippen, Felsen oder flacher Strand erwarten. Der Mond, im Begriff, auf der anderen Seite der Erde zu verschwinden, wirft allerlei Schatten, sie hindern mich, mehr zu sehen als eine Kette von Lichtern in gleicher Höhe mit dem Wasser; die Lichterkette wirkt zuerst geschlossen, dann durchbrochen. Ich komme ihr näher. Und näher. Einen Kilometer davon entfernt, werfe ich Anker. Der Wind ist stark, das Boot dreht sich um sich selbst und gerät dabei jedesmal vor eine Woge, die es mit der Nase nehmen muß. Das ist lästig. Die Segel sind natürlich herunter und eingerollt. Man hätte in dieser zwar unangenehmen, aber ungefährlichen Lage das Tageslicht abwarten können, nur lockert sich unvorhergesehen der Anker, und um das Boot lenken zu können, muß es in Fahrt sein. Wir setzen die Fock und den Klüver, aber komischerweise bleibt der erwartete und gewohnte Ruck aus. Die Kameraden ziehen das Ankerseil an Bord – der Anker hängt nicht mehr dran, wir haben ihn verloren. Trotz aller meiner Bemühungen treiben uns die Wogen so nahe an die Küste, die sich leider als felsig erweist, heran, daß ich beschließe, das Segel zu setzen und direkt darauf loszusteuern. Das gelingt mir so gut, daß wir prompt zwischen zwei Felsvorsprüngen steckenbleiben. Das Boot ist entzwei, niemand von uns bricht in den Ruf aus: »Rette sich, wer kann«, aber als der nächste Brecher herankommt, stürzen wir uns hinein, um lebendig, wenn auch umhergewirbelt und zerschlagen,

an Land zu kommen. Clousiot mit seinem Gipsbein ist arg mitgenommen. Gesicht, Arme und Hände sind bös aufgeschunden und blutig. Wir haben uns nur die Knie, die Knöchel und unsere Hände angeschlagen. Ich blute an einem Ohr, mit dem ich zu unsanft gegen einen Felsen geriet.

Doch wir landen immerhin alle im Schutz der Wellen auf trockenem Boden. Im Morgengrauen kommen wir sogar wieder zu unserem Seemannsmantel, und ich kehre zum Boot zurück, das langsam auseinanderfällt, und reiße den Kompaß ab, der hinten an der Steuerbank angeschraubt ist.

Weit und breit ist niemand zu sehen. Rechts von uns entdecken wir eine Reihe von Lampen, die, wie wir später erfahren, den Fischern ankünden, daß die Stelle gefährlich ist. Das waren also die Lichter ... Zu Fuß gehen wir ins Landinnere. Nichts als Kakteen, riesige Kakteen und Esel. Wir kommen an einen Brunnen. Wir sind sehr müde, denn zwei von uns müssen immer abwechselnd Clousiot tragen. Um den Brunnen herum liegen ausgebleichte Esel- und Ziegenskelette. Der Brunnen ist ausgetrocknet, die Mühlenflügel, die einmal seine Pumpe betrieben haben, drehen sich leer, schöpfen kein Wasser aus der Tiefe herauf. Und ringsum keine lebende Seele, nur Esel und Ziegen.

Wir gehen auf ein kleines Haus zu, dessen offene Türen zum Eintreten einladen. »Hallo! Hallo!« rufen wir. Niemand zu sehen. Auf dem Kamin liegt ein Leinenbeutel, mit einer Schnur zugebunden. Ich knote die Schnur auf, sie zerreißt. Der Beutel ist voll holländischer Gulden. Also sind wir auf holländischem Boden, in Bonaire, Curaçao oder Aruba. Wir legen den Beutel zurück, ohne das Geld anzurühren, finden Wasser und trinken der Reihe nach mit einer Kelle. Niemand ist im Haus, niemand in der Umgebung. Wir verlassen das Haus und gehen, wegen Clousiot, sehr langsam. Plötzlich versperrt uns ein alter Ford den Weg.

»Sind Sie Franzosen?«

»Ja, Monsieur.«

»Dann steigt in den Wagen.« Wir legen Clousiot den dreien, die hinten sitzen, über die Knie. Ich sitze neben dem Chauffeur, Maturette neben mir.

»Haben Sie Schiffbruch erlitten?«

»Ja.«

»Ist jemand ertrunken?«

»Nein.«

»Woher kommen Sie?«

»Aus Trinidad.«

»Und vorher?«

»Aus Französisch-Guayana.«

»Bagnosträflinge oder Verbannte?«

»Bagnosträflinge.«

»Ich bin Doktor Naal, der Besitzer dieser Landzunge. Sie grenzt

an Curaçao und heißt die Eselinsel. Hier leben nur Esel und Ziegen, die den Kaktus samt den Stacheln fressen. Die Stacheln heißen im Volksmund ›die Jungfern von Curaçao‹.«
»Nicht gerade schmeichelhaft für die wirklichen Jungfern hier«, sage ich.
Der große starke Mann lacht schallend. Der Ford keucht asthmatisch und bleibt von selbst stehen.
Ich deute auf eine Gruppe Esel und sage: »Wenn der Wagen nicht mehr will, könnten wir ihn abschleppen.«
»Jaja, ich habe sogar eine Art Zaumzeug im Kofferraum, aber zwei Esel einzufangen und ihnen das Ding anzulegen, will gekonnt sein.«
Der dicke Holländer hebt die Kühlerhaube hoch und entdeckt, daß sich ein wichtiges Kabel gelöst hat. Ehe er wieder einsteigt, sieht er sich beunruhigt um. Wir hoppeln weiter, und nachdem wir ein paar Hohlwege passiert haben, kommen wir an eine weiße Barriere, die den Weg absperrt. Hier steht ein kleines weißes Häuschen. Doktor Naal spricht auf holländisch mit einem sehr hellen, sauber gekleideten Neger, der immer mit »Ya, master, ya, master«, antwortet.
»Ich habe angeordnet, daß Ihnen der Mann Gesellschaft leistet und Ihnen etwas zu trinken gibt, bis ich wiederkomme«, sagt er dann zu uns. »Wollen Sie bitte aussteigen.«
Wir steigen aus und setzen uns im Schatten ins Gras. Der Ford fährt »töff töff« ab. Kaum ist er fort, sagt uns der Neger in der Mundart der niederländischen Antillen, die sich aus englischen, holländischen, französischen und spanischen Brocken zusammensetzt, daß sein Herr, der Doktor Naal, zur Polizei gefahren ist, weil er große Angst vor uns hat. Er habe ihm, dem Neger, gesagt, recht gut auf sich achtzugeben, wir seien entsprungene Diebe. Und der arme Teufel von einem Mulatten weiß nicht, was er tun soll, um sich uns angenehm zu machen. Er kocht uns einen sehr hellen Kaffee, der uns aber bei dieser Hitze guttut. Wir warten eine gute Stunde, als plötzlich ein Polizeiwagen nach Art eines »Grünen Heinrich«, mit sechs Polizisten in deutscher Uniform, und ein offenes Auto ankommen, mit einem Chauffeur in Polizeiuniform und drei Herren, deren letzter Doktor Naal ist.
Die Herren steigen aus, und einer von ihnen, der kleinste, mit einer frisch rasierten Tonsur wie ein Pfarrer, sagt zu uns: »Ich bin der Chef des Sicherheitsdienstes der Insel Curaçao und sehe mich als solcher gezwungen, Sie zu verhaften. Haben Sie seit Ihrer Ankunft auf der Insel ein Delikt begangen? Und wenn ja, wer von Ihnen?«
»Wir sind entsprungene Zwangsarbeiter, Monsieur, und kommen aus Trinidad. Vor wenigen Stunden ist unser Boot an Ihren Felsen zerschellt. Ich bin der Kapitän dieser kleinen Gruppe und versichere Ihnen, daß keiner von uns das geringste Delikt begangen hat.«
Der Kommissar wendet sich an den dicken Doktor Naal und spricht

mit ihm auf holländisch. Während beide noch diskutieren, kommt ein Mann auf einem Fahrrad daher, steigt ab und redet rasch und laut auf Doktor Naal und den Kommissar ein.
»Warum haben Sie diesem Mann gesagt, daß wir Diebe sind, Doktor Naal?«
»Weil dieser Mann, den Sie hier sehen, mir, bevor ich Ihnen begegnete, sagte, daß er, hinter einem Kaktus versteckt, gesehen hat, wie Sie in sein Haus gingen und wieder herauskamen. Der Mann ist ein Angestellter von mir, er betreut eine Herde Esel.«
»Und weil wir in das Haus hineingegangen sind, sind wir schon Diebe? Das ist Blödsinn, was Sie da sagen, mein Herr, wir haben nur Wasser getrunken, ist das Diebstahl?«
»Und der Beutel mit den Gulden?«
»Den Beutel habe ich aufgemacht, ja. Ich habe sogar beim Öffnen die Schnur zerrissen. Doch ich habe mir nur das Geld angesehen, um zu erfahren, in welchem Land wir uns befinden. Ich habe es gewissenhaft wieder hineingetan und den Beutel dort hingelegt, wo er lag, auf die Kaminplatte.«
Der Kommissar blickt mir in die Augen, dann wendet er sich zu dem Mann auf dem Fahrrad um und redet scharf mit ihm. Doktor Naal will etwas einwenden, doch der Kommissar hindert ihn in deutscher Sprache daran, zu intervenieren. Der Kommissar läßt den Mann neben dem Chauffeur in seinen Wagen steigen, steigt, von zwei Polizisten begleitet, selber ein und fährt ab. Doktor Naal und ein zweiter Herr, der mit ihm gekommen ist, wenden sich uns zu.
»Ich muß Ihnen das erklären«, sagt Doktor Naal, »der Mann hat mir nämlich gesagt, daß der Geldbeutel verschwunden ist. Bevor er Sie durchsuchen wollte, hat der Kommissar ihn, in der Annahme, daß er lügt, verhört. Ich bin untröstlich über diesen Vorfall, wenn Sie unschuldig sind, aber ich kann nichts dafür.«
Es vergeht keine Viertelstunde, da ist der Wagen wieder da. Leer.
»Sie haben die Wahrheit gesprochen«, wendet sich der Kommissar an mich. »Dieser Mann ist ein unverschämter Lügner. Man wird ihn bestrafen, weil er Sie schädigen wollte.«
Doktor Naal hat sich indessen in den »Grünen Heinrich« gesetzt, in den nun auch die fünf anderen einsteigen. Als ich dazusteigen will, hält mich der Kommissar zurück und sagt: »Nehmen Sie in meinem Wagen neben dem Chauffeur Platz.« Wir fahren vor dem Polizeiwagen ab und haben ihn sehr bald aus den Augen verloren. Über gut asphaltierte Straßen geht es in die Stadt, deren Häuser alle in holländischem Stil erbaut sind. Alles ist sehr sauber, und der größte Teil der Bevölkerung fährt Rad. Hunderte von Menschen rollen auf ihren Fahrrädern in die Stadt hinein und aus ihr wieder heraus.
Wir betreten die Polizeistation. Durch einen großen Büroraum, in welchem mehrere Polizisten in weißer Uniform an ihren Schreib-

tischen sitzen, gelangen wir in ein Zimmer mit Klimaanlage. Hier ist es angenehm kühl. Ein großer, kräftiger blonder Mann, so um die Vierzig, sitzt in einem Armsessel. Er erhebt sich und unterhält sich auf holländisch mit dem Kommissar.
»Ich stelle Sie hier dem Ersten Polizeikommandanten von Curaçao vor«, sagt der Kommissar dann auf französisch. »Herr Kommandant, dieser Mann hier ist Franzose, der Chef einer Gruppe von sechs Männern, die wir verhaftet haben.«
»Danke, Herr Kommissar. Seien Sie als Schiffbrüchige in Curaçao willkommen. Wie heißen Sie?«
»Henri.«
»Schön, Henri. Man hat Ihnen durch die Sache mit dem Geldbeutel ein paar unangenehme Augenblicke bereitet, aber es war auch ein Vorteil dabei, denn wir haben jetzt den Beweis, daß Sie ein ehrlicher Mensch sind. Ich werde Sie in einem großen, hellen Raum mit Bettstellen unterbringen, damit Sie sich ausruhen können. Wir werden Ihren Fall dem Gouverneur unterbreiten, der dann entscheiden wird, was weiter geschehen soll. Der Kommissar und ich werden für Sie sprechen.« Er reicht mir die Hand, und wir gehen. Im Hof entschuldigt sich Doktor Naal bei mir und verspricht mir, für uns zu intervenieren. Zwei Stunden später sind wir sechs in einem sehr großen Zimmer mit einem Dutzend Betten eingeschlossen. Ein langer Holztisch mit Bänken steht in der Mitte. Mit den Dollars aus Trinidad bitten wir durch das vergitterte Fenster einen farbigen Polizisten, uns Tabak, Zigarettenpapier und Zünder zu besorgen. Er nimmt unser Geld nicht; was er sagt, verstehen wir leider nicht.
»Dieser uniformierte Nigger buckelt wie ein Lakai«, sagt Clousiot, »aber Tabak bringt er uns keinen.« Ich gehe zur Tür und klopfe. Sie wird sofort geöffnet. Ein kleiner Mann, Typ Kuli, mit einem grauen Anzug, Typ Gefangener, und einer Nummer auf der Brust, damit man ihn nicht verwechselt, sagt zu uns: »Geld – Zigaretten?« – »Nein«, sage ich. »Tabak, Zünder und Papier.« Er kommt wenige Minuten später mit dem Gewünschten und einem großen, dampfenden Topf Schokolade oder Kakao wieder. Jeder von uns trinkt einen von den großen Bechern voll, die der Gefangene mitgebracht hat.
Am Nachmittag kommt man mich holen. Es geht wieder ins Büro des Kommandanten.
»Der Gouverneur hat mich beauftragt, Sie im Hof des Gefängnisses frei umhergehen zu lassen. Sagen Sie Ihren Kameraden, sie sollen nicht versuchen, auszubrechen, die Folgen wären sehr hart. Sie als Kapitän können jeden Vormittag zwei Stunden, von zehn bis zwölf, und jeden Nachmittag von drei bis fünf in die Stadt gehen. Haben Sie Geld?«
»Ja. Westindisches und französisches.«
»Ein Polizist in Zivil wird Sie begleiten, wohin Sie wollen.«
»Was wird man mit uns machen?«

»Wir werden Sie, jeden einzeln, auf Öltanker verschiedener Nationen einzuschiffen versuchen, glaube ich. In Curaçao ist eine der größten Erdölraffinerien der Welt, sie verarbeitet das Petroleum aus Venezuela. Zwanzig bis fünfundzwanzig Öltanker aus allen Ländern legen täglich hier an und laufen von hier wieder aus. Das wäre für Sie die günstigste Lösung, so könnten Sie ohne Schwierigkeiten ins Ausland gelangen.«
»Wohin, zum Beispiel? Nach Panama? Nach Costa Rica? Nach Guatemala? Nach Nicaragua, Mexiko, Kanada, Kuba? In die USA oder in die englischen Kolonien?«
»Das ist unmöglich. Auch Europa ist unmöglich. Aber beruhigen Sie sich und haben Sie Vertrauen zu uns. Wir werden Ihnen behilflich sein, den Weg in ein neues Leben zu finden.«
»Danke, Herr Kommandant.«
Ich berichte das alles wahrheitsgetreu meinen Kameraden. Clousiot, der Gerissenste von uns, fragt mich: »Was ist deine Meinung, Papillon?«
»Ich weiß noch nicht. Ich fürchte, es ist ein Bluff, um uns zu beruhigen, damit wir nicht ausbrechen.«
»Ich fürchte, du hast recht«, versetzt er. Der Bretone glaubt an dieses Wunder. Der Kerl mit dem Bügeleisen frohlockt. »Kein Boot mehr, kein Abenteuer! Jeder kommt mit einem großen Öltanker in irgendein Land und wird dort offiziell aufgenommen.«
Leblond ist der gleichen Ansicht. »Und du, Maturette?« frage ich. Und das Küken von neunzehn Jahren, dieses Nesthäkchen, das zufällig in einen Bagnosträfling verwandelt wurde, dieser Knirps mit dem Weibergesicht, sagt mit seiner seidenweichen Stimme:
»Und ihr glaubt, daß diese Quadratschädel von Polizisten für jeden von uns zweifelhafte oder gar falsche Papiere ausstellen werden? Das glaube ich nicht. Bestenfalls werden sie ein Auge zudrücken und uns einen nach dem andern heimlich an Bord eines Öltankers bringen, mehr nicht. Und das werden sie nur tun, um uns ohne viel Kopfzerbrechen loszuwerden. Das ist meine Ansicht. Ich glaube nicht an diesen Roman.«
Ich gehe sehr wenig aus. Höchstens am Vormittag, um ein paar Einkäufe zu machen. Eine Woche geht herum – nichts Neues. Wir fangen an, nervös zu werden. Eines Nachmittags sehen wir drei von Polizisten umgebene Pfarrer, unter ihnen ein Bischof, von Zelle zu Zelle gehen. Sie halten sich lange in der Nachbarzelle auf, in der sich ein Schwarzer befindet, der wegen Vergewaltigung angeklagt ist. In der Annahme, daß sie auch zu uns kommen werden, kehren wir alle in unser Zimmer zurück und setzen uns auf unsere Betten. Und tatsächlich, sie kommen alle drei herein, begleitet von Doktor Naal, dem Polizeikommandanten und einem weiß Uniformierten mit Goldborten, vermutlich einem Marineoffizier.
»Das sind die Franzosen, Exzellenz«, sagt der Polizeikommandant auf französisch. »Sie haben sich mustergültig aufgeführt.«

»Ich gratuliere euch, meine Kinder. Setzen wir uns da um den Tisch, da können wir besser plaudern.« Alle setzen sich auf die Bänke, die Begleiter des Bischofs inbegriffen. Für den Bischof wird ein Sessel, der vor der Tür im Hof steht, hereingetragen und an die Schmalseite des Tisches gestellt. Damit der Bischof alle gut überblicken kann.
»Die Franzosen sind fast alle Katholiken. Wer unter euch ist keiner?« Niemand hebt die Hand. Ich sage mir, daß mich der Gefängnisgeistliche in der Conciergerie beinahe getauft hat, also darf auch ich mich getrost als Katholik betrachten.
»Ich stamme aus Frankreich, meine Freunde, und heiße Irénée de Bruyne. Meine Urelern waren Hugenotten, die in Holland Schutz suchten, als Katharina von Medici sie mit dem Tod bedrohte. Ich bin also französischen Blutes, Bischof von Curaçao, einer Stadt, in der es mehr Protestanten als Katholiken gibt, aber in der die Katholiken echte, ich meine praktizierende Gläubige sind. Wie ist das nun mit euch?«
»Wir warten darauf, nacheinander auf einem Öltanker eingeschifft zu werden.«
»Und? Wie viele sind auf diese Art bereits fort?«
»Noch keiner.«
»Hm. Was sagen Sie, Herr Kommandant? Antworten Sie bitte auf französisch, wenn Sie es gut genug sprechen.«
»Der Gouverneur, Exzellenz, hat allen Ernstes die Idee gehabt, den Männern auf diese Art zu helfen, aber ich muß gestehen, daß bis zum heutigen Tag noch kein Kapitän einen von den Leuten nehmen wollte, vor allem, weil sie keine Pässe haben.«
»Damit muß man den Anfang machen. Könnte ihnen der Gouverneur nicht Sonderpässe ausstellen?«
»Das weiß ich nicht. Er hat mit mir nie darüber gesprochen.«
»Ich werde übermorgen eine Messe für euch lesen. Wollt ihr morgen nachmittag beichten kommen? Ich möchte euch persönlich die Beichte abnehmen, um etwas dazu beizutragen, daß Gott euch eure Sünden vergibt. Wäre es möglich, mir die Männer morgen um drei Uhr in die Kathedrale zu schicken?«
»Ja. Ohne weiteres.«
»Ich hätte gerne, daß man sie in einem Taxi oder in einem Privatwagen hinbrächte.«
»Ich werde sie selbst hinbringen, Exzellenz«, sagt Doktor Naal.
»Danke, mein Sohn. Ich will euch keine Versprechungen machen, meine Kinder, außer daß ich mich bemühen werde, euch so nützlich wie möglich zu sein.«
Da Doktor Naal ihm den Ring küßt und nach ihm der Bretone, berühren auch wir alle mit unseren Lippen seinen bischöflichen Ring und begleiten ihn bis zu seinem im Hof geparkten Wagen.
Am nächsten Tag beichten wir alle bei ihm.
Ich bin der letzte.

»Nun, mein Sohn, fang gleich mit deiner schwersten Sünde an.«
»Zuerst, mein Vater, muß ich sagen, daß ich nicht getauft bin, aber ein Pfarrer im Gefängnis in Frankreich hat mir gesagt, getauft oder nicht, wir sind alle Kinder des einen lieben Gottes.«
»Er hatte recht. Und nun sind wir zwei beisammen, um zu beichten, und du wirst mir alles sagen.«
Ich erzähle ihm mit allen Einzelheiten mein Leben. Sehr geduldig, sehr aufmerksam und ohne mich zu unterbrechen, hört mir der Kirchenfürst zu. Er hat meine Hände in die seinen genommen und blickt mir oft in die Augen. Nur manchmal, bei etwas schwer zu gestehenden Stellen, senkt er den Blick, um mir mein Geständnis zu erleichtern. Dieser sechzigjährige Priester hat ein so reines Gesicht und so reine Augen, daß er etwas Kindliches ausstrahlt. Seine durchsichtige, gewiß unendlich gütige Seele leuchtet aus allen seinen Zügen, und sein hellgrauer Blick ist wie Balsam auf meine Wunden. Er hat meine Hände noch immer in den seinen. »Gott gibt seinen Kindern manchmal so viel menschliche Bosheit zu tragen, damit der, den er sich zum Opfer erwählte, so stark und edel daraus hervorgehe wie nie. Siehst du, mein Sohn, wenn du nie diesen Kalvarienberg zu erklimmen gehabt hättest, hättest du dich nie so hoch erheben können, dich nie so intensiv der Wahrheit Gottes zu nähern vermocht. Besser gesagt: die Menschen, das System, das Triebwerk dieser schauerlichen Maschine, die dich zermürbt hat, diese grundschlechten Geschöpfe, die dich auf so verschiedene Weise gequält und geschädigt haben, haben dir einen großen Dienst erwiesen. Sie haben einen neuen Menschen in dir geweckt, der dem vorigen überlegen ist, und wenn du heute Sinn für Ehre, Güte, Barmherzigkeit hast und die nötige Energie, um alle Hindernisse zu überwinden und etwas Höheres, Besseres zu werden, dann dankst du es ihnen. Rachegedanken, dieses: Jedem nach dem Bösen, das er mir angetan, diese Sucht, zu vergelten, zu bestrafen, all das kann in einem Wesen, wie du es nun bist, nicht Wurzel schlagen. Du mußt ein Retter der Menschen sein, nicht leben, um deinerseits Böses zu tun, nicht einmal dann, wenn du es für gerechtfertigt hältst. Gott ist großmütig gegen dich gewesen, er hat dir gesagt: ›Hilf dir selbst, dann werde auch ich dir helfen‹. Er hat dir in allem geholfen. Ja, er hat dir sogar erlaubt, andere Menschen zu retten und sie in die Freiheit zu führen. Glaube vor allem nicht, daß die Sünden, die du begangen hast, allzu schwer sind. Es gibt viele Menschen in hohen sozialen Stellungen, die sich viel schlimmere Taten zuschulden kommen ließen als du. Nur hatten sie nicht wie du Gelegenheit, sich durch eine von der Justiz der Menschen auferlegte Strafe höherzuentwikkeln.«
»Danke, mein Vater«, sage ich. »Sie haben mir für mein ganzes weiteres Leben sehr viel Gutes erwiesen. Ich werde es nie vergessen.«
Und ich küsse ihm die Hände.

»Du wirst wegfahren, mein Sohn, und neuen Gefahren trotzen müssen. Ich würde dich gerne vor deiner Abreise taufen. Was meinst du?«
»Lassen Sie mich vorläufig, wie ich bin, Vater. Mein Papa hat mich ohne Religion aufgezogen. Er hat ein Herz aus Gold. Als meine Mutter starb, hat er, um mir noch mehr Liebe entgegenzubringen, alle Gesten, Worte und Aufmerksamkeiten einer Mutter zu finden und zu entfalten gewußt. Mir ist, als würde ich einen Verrat gegen ihn begehen, wenn ich mich jetzt taufen ließe. Lassen Sie mir Zeit, ein freier Mensch zu werden, in ein normales Leben zurückzukehren, dann werde ich ihm schreiben und ihn fragen, ob ich, ohne ihn zu kränken, mich von seiner Philosophie abwenden und mich taufen lassen kann.«
»Ich verstehe dich, mein Sohn, und ich bin überzeugt, daß Gott mit dir ist. Ich segne dich und bitte Gott, dich zu beschützen.«

»Wie Exzellenz Irénée de Bruyne sich das alles so ausmalt in seiner Predigt«, sagt Doktor Naal zu mir.
»Gewiß, Monsieur ... Und was gedenken *Sie* jetzt zu tun?«
»Ich werde den Gouverneur bitten, daß er beim Zoll anordnet, mir das Verfügungsrecht über das erste vom Sturm verschlagene Schmugglerschiff zu überlassen. Sie werden mit mir kommen, es zu begutachten. Alles übrige, Nahrungsmittel und Bekleidung, ist kein Problem.«
Am Tag der Predigt des Bischofs haben wir ständig Besuch, vor allem abends, gegen sechs. Die Leute wollen uns kennenlernen. Sie setzen sich auf die Bänke um den Tisch, und jeder bringt etwas mit, das er, ohne ein Wort zu sagen, auf einem der Betten liegenläßt. Gegen zwei Uhr nachmittags kommen noch die Barmherzigen Schwestern mit ihrer Oberin, die sehr gut Französisch spricht. Ihr Korb ist immer voll leckerer Sachen, die sie selbst gekocht haben. Die Oberin ist sehr jung, noch keine vierzig. Man sieht ihr Haar nicht, es ist unter der weißen Haube verborgen, aber sie hat blaue Augen und blonde Brauen. Sie stammt aus einer noblen holländischen Familie, wie Doktor Naal weiß, und hat in ihre Heimat geschrieben, ob sich nicht etwas anderes tun ließe, als uns wieder auf See zu schicken. Wir verbringen schöne Minuten miteinander, und nach einigen weiteren Besuchen läßt sie sich von mir die ganze Geschichte unserer Flucht erzählen. Manchmal bittet sie mich, sie auch den Französisch sprechenden Schwestern, die sie begleiten, zu erzählen, und wenn ich dann eine Kleinigkeit vergesse oder überspringe, mahnt sie mich leise: »Nicht so schnell, Henri, Sie haben die Geschichte vom Hocco übersprungen. Und warum lassen Sie heute die Ameisen aus? Die Ameisen sind sehr wichtig, denn sie haben dazu geführt, daß Sie von dem Bretonen mit der Maske überrascht wurden ...« Also erzähle ich alles, alles, denn diese Minuten sind zu schön, so ganz anders als unsere sonstigen Erlebnisse. Es ist,

als leuchte ein unwirkliches, himmlisches Licht über unserer Höllenfahrt und mache sie uns vergessen.
Ich habe das Schiff besichtigt. Es ist ein prächtiges Boot, acht Meter lang, mit einem soliden Kiel, einem sehr hohen Mast und riesigen Segeln. Es ist wirklich für eine Schmuggelfahrt gebaut, komplett ausgerüstet und obendrein übersät mit Zollsiegeln. Bei der Versteigerung beginnt ein Herr mit sechstausend Gulden, ungefähr tausend Dollar. Kurz nachdem Doktor Naal mit dem Mann ein paar Worte geredet hat, überläßt man es uns für sechstausendundeinen Gulden.
Fünf Tage später ist es startbereit: neu gestrichen und mit Lebensmitteln vollgestopft, die im Stauraum fein säuberlich gelagert sind. Dieses zur Hälfte ungedeckte Schiff ist ein königliches Geschenk. Sechs Koffer, für jeden einer, mit neuen Kleidern, Schuhen und allem, was sonst noch dazugehört, stehen in Reih und Glied wasserdicht verpackt unter dem Kajütendach.

Das Gefängnis von Rio Hacha

Bei Tagesanbruch laufen wir aus. Der Doktor und die Barmherzigen Schwestern sind da, um uns Lebewohl zu sagen. Wir lösen uns leicht von der Pier, der Wind fällt sofort in die Segel. Strahlend geht die Sonne auf, ein Tag ohne Zwischenfall erwartet uns. Ich merke bald, daß das Boot zuviel Segelfläche und nicht genug Ballast hat, ich muß also auf der Hut sein. Wir segeln mit großer Geschwindigkeit. Das Boot ist Klasse, was die Geschwindigkeit betrifft, aber leider empfindlich und labil. Ich halte mich strikt nach Westen.
Wir sind übereingekommen, an der kolumbianischen Küste heimlich die drei Männer abzusetzen, die in Trinidad zu uns gestoßen sind, sie wollen nichts mehr von einer langen Seefahrt wissen. Zu mir hätten sie wohl Vertrauen, aber nicht zum Wetter. Und da nach den Zeitungsberichten, die wir im Gefängnis gelesen haben, schlechtes Wetter, ja sogar Orkan zu erwarten ist ... Ich kann die Kerle verstehen und habe mit ihnen ausgemacht, sie auf einer unbewohnten, einsamen Halbinsel namens Goajira abzusetzen. Wir drei wollen dann weiter, nach Britisch-Honduras. Das Wetter ist herrlich, die Nacht, die dem strahlend schönen Tag folgt, sternklar. Mit einem riesigen Halbmond erleichtert sie unser Vorhaben. Wir peilen direkt die kolumbianische Küste an, ich werfe Anker und lote Meter für Meter aus, ob sie schon an Land gehen können. Leider ist das Wasser sehr tief, und wir müssen gefährlich nahe an eine felsige Küste heran, um in eine Tiefe von weniger als eineinhalb Meter zu gelangen. Wir drücken uns die Hand, die drei steigen aus, heben sich ihre Koffer auf den Kopf und gehen an Land. Interessiert und ein wenig betrübt verfolgen wir ihr Manöver. Sie waren ganz gute Kameraden und haben sich tapfer gehalten. Schade, daß sie das Boot verlassen.

Während sie sich der Küste nähern, tritt völlige Windstille ein. Scheiße! Wenn man uns nur nicht von dem Ort her, der auf der Karte verzeichnet ist und Rio Hacha heißt, gesehen hat! Es ist der erste Hafen, in dem es eine Polizeibehörde gibt. Hoffen wir also, daß sie uns nicht gesehen haben. Mir kommt vor, als wären wir längst an der Landspitze vorüber, auf der in der Karte ein kleiner Leuchtturm eingezeichnet ist.
Abwarten, abwarten ... Die drei sind verschwunden, nachdem sie uns mit dem Taschentuch noch einmal zugewinkt hatten. Wind! Du liebes bißchen! Wir brauchen ihn, um von der kolumbianischen Küste wegzukommen, die für uns ein großes Fragezeichen ist. Wir wissen doch nicht, ob sie dort Entsprungene ausliefern oder nicht, deshalb geben wir ja alle drei dem sicheren Britisch-Honduras den Vorzug. Erst gegen drei Uhr nachmittags kommt eine Brise auf, und wir können endlich weiter. Ich fahre mit Vollzeug, und mit etwas zuviel Lage segeln wir langsam mehr als zwei Stunden dahin, als auf einmal ein vollbesetztes Patrouillenschiff direkt auf uns zukommt und Schüsse in die Luft abfeuert: Stopp! heißt das. Ich schere mich nicht darum und versuche draufloszufahren, um aus den Küstengewässern herauszukommen. Unmöglich. Das starke Patrouillenschiff holt uns nach knapp eineinhalbstündiger Jagd ein. Bedroht von zehn mit Gewehren bewaffneten Leuten sind wir gezwungen, uns zu ergeben.
Die Soldaten oder Polizisten, die uns verhaften, sehen seltsam genug aus. Sie stecken in schmutzigen Hosen, die einmal weiß gewesen sind, in Wolltrikots mit Löchern, die bestimmt niemals gewaschen wurden, und sind barfuß, bis auf den Kommandanten, der etwas besser und sauberer angezogen ist. Dafür sind sie bewaffnet bis an die Zähne: mit vollen Patronengürteln, gut erhaltenen Kriegsgewehren und obendrein jeder mit einem großen Dolch. Der Mann, den sie »Kommandant« nennen, ist Mestize und hat die Visage eines Mörders. Er trägt einen dicken Revolver, der an einem ebenfalls wohlgefüllten Patronengürtel hängt. Da sie spanisch sprechen, verstehen wir nicht recht, was sie sagen, aber weder ihr Blick noch der Ton ihrer Stimmen ist sympathisch, alles an ihnen wirkt feindlich.
Wir marschieren zu Fuß vom Hafen ins Gefängnis und durchqueren dabei den Ort, der tatsächlich Rio Hacha ist. Sechs Schnapphähne eskortieren uns plus drei weiteren, die in zwei Meter Entfernung mit auf uns gerichtetem Gewehr hinterher gehen.
Die Ankunft ist in keiner Weise sympathischer. Wir kommen in einen von einer niedrigen Mauer umgebenen Gefängnishof. So um die zwanzig Gefangene, bärtig und schmutzig, sitzen oder stehen darin umher und messen uns ebenfalls mit feindlichen Blicken. »Vamos, vamos!« Wir verstehen, was sie sagen wollen: »Gehen wir, gehen wir!« Was für uns schwierig ist, weil Clousiot, der noch immer auf dem Eisen seines Gipsfußes einherhinkt, nicht rasch marschieren kann. Der »Kommandant«, der zurückgeblieben ist, holt

uns mit dem Kompaß in der Hand und einem Gummimantel über dem Arm ein. Er kaut auch unseren Zwieback und unsere Schokolade, und wir wissen sofort, daß man uns aller unserer Sachen berauben wird. Wir täuschen uns nicht. Man sperrt uns in einen widerlichen Raum mit dicken Gitterstäben vor dem einzigen Fenster. Bretter, die auf dem Boden liegen und an einer Schmalseite mit einem Keilkissen aus Holz versehen sind, dienen als Betten.
»Franzosen, Franzosen!« ruft ein Gefangener am Fenster, nachdem die Polizisten gegangen sind.
»Was willst du?«
»Franzose nicht gut, nicht gut!«
»Nicht gut – was?«
»Polizei.«
»Polizei?«
»Ja, Polizei nicht gut!« Und damit geht er.
Es ist Nacht geworden. Der Saal ist mit einer schwachen elektrischen Lampe erhellt, Moskitos summen uns um die Ohren, setzen sich uns in die Nase.
»Schön sind wir dran! Das kommt davon, daß wir diese Burschen mitgenommen haben!«
»Das konnte kein Mensch ahnen. Die Windstille war daran schuld.«
»Du bist zu nahe herangefahren«, sagt Clousiot.
»Halt's Maul. Es ist jetzt wirklich nicht der geeignete Augenblick für Beschuldigungen. Wir müssen zusammenhalten. Mehr denn je.«
»Entschuldige, du hast recht, Papi. Niemand ist schuld daran.«
Oh, es wäre zu ungerecht, wenn die Flucht hier so kläglich zu Ende ginge, wo wir so um einen guten Ausgang gekämpft haben! Wir sind nicht durchsucht worden. Ich habe meinen Stöpsel in der Tasche und beeile mich, ihn zweckentsprechend zu placieren. Clousiot tut dasselbe. Wie gut, daß wir die Dinger nicht weggeworfen haben! So ein Stöpsel ist übrigens eine sehr sichere wasserdichte Brieftasche, die man leicht bei sich tragen kann. Auf meiner Uhr ist es acht Uhr abends. Man bringt uns Rohzucker, für jeden einen faustgroßen Klumpen, und drei Päckchen in Salzwasser gekochte Reispastete. »Buenas noches!« – »Das heißt gute Nacht«, sagt Maturette. Um sieben Uhr früh erhalten wir im Hof ausgezeichneten Kaffee in Holzbechern. Gegen acht kommt der Kommandant durch. Ich bitte ihn, unsere Sachen aus dem Boot holen zu lassen. Aber er versteht nicht, oder tut wenigstens so. Je genauer ich ihn mir ansehe, desto mehr finde ich, daß er eine Mördervisage hat. Links am Gürtel hat er in einem Lederetui eine kleine Flasche hängen. Er nimmt sie heraus, öffnet sie, trinkt einen Schluck, spuckt aus und streckt mir die Flasche hin. Um dieser ersten freundlichen Geste willen nehme ich die Flasche und trinke einen Schluck. Zum Glück nur einen kleinen, denn das Zeug schmeckt wie Brennspiritus. Ich

würge es hinunter und fange zu husten an. Er lacht. Diese Kreuzung zwischen einem Indianer und einem Nigger lacht.
Um zehn Uhr kommen mehrere Zivilisten in weißen Anzügen mit Krawatte. Sie gehen in ein Gebäude, das die Direktion des Gefängnisses zu sein scheint. Wir werden gerufen. Die Zivilisten sitzen alle im Halbkreis in einem Saal, der von einem großen Gemälde beherrscht wir, das einen Offizier in weißer Uniform mit vielen Orden darstellt: »Presidente Alfonso Lopez von Kolumbien«, steht auf einer Messingtafel am Rahmen. Einer der Herren bietet Clousiot einen Stuhl an und unterhält sich auf französisch mit ihm. Wir anderen bleiben stehen. Das magere Individuum in der Mitte, mit einer Nase wie ein Geierschnabel und einer Brille mit halben Gläsern, beginnt mich zu verhören. Der Dolmetsch übersetzt noch nichts, sondern sagt zu mir:
»Der Herr, der Sie einvernimmt, ist der Richter der Stadt Rio Hacha. Die anderen sind Honoratioren, Freunde von ihm. Ich bin Übersetzer, stamme aus Haiti und bin Leiter der Elektrizitätswerke dieser Gegend. Ich glaube, daß sich unter den Herren ohnehin einige befinden, die Französisch sprechen, vielleicht sogar der Richter selbst.«
Der Richter wird über dieser Einleitung ungeduldig. Er beginnt sein Verhör auf spanisch, und der Haitianer übersetzt seine Fragen und meine Antworten.
»Sie sind Franzose?«
»Ja.«
»Woher kommen Sie?«
»Aus Curaçao.«
»Wo waren Sie vorher?«
»In Trinidad.«
»Und vorher?«
»In Martinique.«
»Sie lügen. Unser Konsul ist vor mehr als einer Woche aus Curaçao verständigt worden, die Küsten überwachen zu lassen, weil sechs entsprungene Sträflinge aus Frankreich bei uns zu landen versuchen.«
»Schön. Wir sind entsprungene Sträflinge.«
»Aus Cayenne also?«
»Ja.«
»Wenn ein so nobles Land wie Frankreich Sie so streng bestraft und so weit fortschickt, dann seid ihr doch sehr gefährliche Banditen?«
»Vielleicht.«
»Mord?«
»Nein, Totschlag.«
»Das ist dasselbe. Matadores seid ihr. Wo sind die andern?«
»Sie sind in Curaçao geblieben.«
»Sie lügen schon wieder. Sie haben sie sechzig Kilometer von hier

in einem Land abgesetzt, das Castillette heißt. Zum Glück wurden die Leute verhaftet, sie werden in wenigen Stunden hier sein. Haben Sie das Boot gestohlen?«
»Nein, der Bischof von Curaçao hat es uns zum Geschenk gemacht.«
»Gut. Sie werden hier als Gefangene bleiben, bis der Gouverneur entschieden hat, was mit euch geschehen soll. Dafür, daß ihr eure drei Komplizen auf kolumbischem Boden abgesetzt und dann versucht habt, wieder in See zu stechen, verurteile ich den Kapitän des Bootes zu drei Monaten, die beiden andern zu je einem Monat Gefängnis. Wenn ihr nicht von den Polizisten, die ziemlich harte Männer sind, gezüchtigt werden wollt, müßt ihr euch gut führen. Habt ihr etwas dagegen zu sagen?«
»Nein. Ich möchte nur meine Sachen und die Lebensmittel, die sich an Bord des Bootes befinden, holen.«
»Alles das ist, bis auf eine Hose, ein Hemd, eine Jacke und ein Paar Schuhe für jeden, von der Zollbehörde konfisziert. Widersetzt euch nicht, es ist gar nichts zu machen, das Gesetz verlangt es so.«
Wir kehren hinter den Zivilisten in den Hof zurück. Der Richter wird von den armen einheimischen Gefangenen bestürmt: »Herr Doktor! Herr Doktor!« Er geht im Gefühl seiner Wichtigkeit, ohne anzuhalten oder sonstwie zu reagieren, an ihnen vorbei. Die Herren verlassen das Gefängnis.
Um ein Uhr mittags kommen in einem Wagen mit sieben oder acht Bewaffneten die drei andern. Sie steigen ganz belämmert, mit ihren Koffern in der Hand, aus. Wir gehen mit ihnen in den Saal.
»Was für einen schauerlichen Irrtum haben wir begangen«, sagt der Bretone finster. »Was haben wir euch angetan! Es ist durch nichts zu entschuldigen, Papillon. Wenn du mich umlegen willst – bitte. Ich werde mich nicht wehren. Wir sind alle keine Männer mehr, wir sind Hasenfüße geworden. Aus Angst vor dem Meer haben wir das gemacht. Aber verglichen mit dem, was uns jetzt in Kolumbien blüht, ist die See das reine Kinderspiel. Wir wissen bereits einiges von den Burschen da ... War die Windstille daran schuld, daß man euch erwischt hat?«
»Ja, Bretone. Ich werde keinen von euch umlegen, es war unser aller Irrtum. Ich hätte ja nur abzulehnen brauchen, daß ihr von Bord geht, und gar nichts wäre passiert.«
»Du bist viel zu gut, Papi.«
»Nein, ich bin nur gerecht.« Und dann erzähle ich ihnen von dem Verhör. »Vielleicht läßt uns der Gouverneur in Freiheit setzen.«
»Was du nicht sagst! Hoffen wir! Hoffnung erhält am Leben.«
Meiner Meinung nach können die Behörden dieses halbzivilisierten Landes in unserem Fall gar keine Entscheidung treffen. Nur höheren Ortes kann entschieden werden, ob wir in Kolumbien bleiben dürfen, ob wir Frankreich ausgeliefert oder ob wir auf unser Boot zurückgeschickt werden und weiterfahren dürfen. Es müßte ja rein

mit dem Teufel zugehen, wenn dieses Volk, dem wir nicht das geringste getan haben, die härteste von allen drei Entscheidungen träfe!
Wir sind bereits eine Woche hier. Keine Veränderung. Man spricht nur davon, daß man uns unter guter Bewachung nach Santa Marta, einer größeren Stadt, zweihundert Kilometer von hier, schicken will. Die Polizisten, diese Seeräuberfiguren, ändern ihre miserable Haltung gegen uns in keiner Weise. Gestern hätte nicht viel gefehlt, und ich hätte von einem von ihnen einen Stoß mit dem Gewehr erhalten, nur weil ich im Waschraum meine Seife wieder an mich genommen hatte. Wir sind noch immer in dem widerlichen Saal voller Moskitos, dank Maturette und dem Bretonen, die täglich aufwaschen, ist der Raum etwas sauberer geworden. Ich fange an mutlos zu werden. Ich verliere jedes Vertrauen zu dieser kolumbischen Rasse, dieser Mischung aus Indianern und Negern und aus Indianern und den Spaniern, die in alten Zeiten das Land beherrschten. Von einem kolumbischen Gefangenen habe ich eine alte Zeitung aus Santa Marta bekommen. Auf der ersten Seite unsere sechs Photos, darunter das des Polizeikommandanten, mit einem riesigen Filzhut auf dem Schädel und einer Zigarre im Mund, und ein Photo von zehn mit Maschinengewehren bewaffneten Polizisten. Man hat unsere Gefangennahme ganz schön dramatisiert, so als wäre ganz Kolumbien durch unsere Verhaftung vor einer furchtbaren Gefahr bewahrt worden. Dabei sind die Photos der Banditen viel sympathischer als das der zehn Polizisten. Die Banditen sehen anständigen Leuten viel ähnlicher als sie, den Kommandanten nicht ausgenommen. Aber wir sitzen fest. Sind in ihrer Hand. Was tun?
Ich beginne ein paar Worte Spanisch zu lernen: fliehen – fugarse; Gefangener – preso; töten – matar; Fesseln – esposas; Mann – hombre; Frau – mujer.

Flucht aus Rio Hacha

Im Hof ist ein Bursche, der ständig Fesseln trägt. Mit dem freunde ich mich an. Wir rauchen gemeinsam eine Zigarre; eine lange, feine Zigarre, sehr stark, aber wir rauchen sie. Soviel ich verstehe, arbeitet er als Schmuggler zwischen Venezuela und der Insel Araba. Er ist wegen Mordes an Küstenwachen angeklagt und erwartet seinen Prozeß. An gewissen Tagen ist er ungewöhnlich ruhig, an anderen nervös und aufgeregt. Ich beobachte, daß er ruhig ist, wenn er Besuch gehabt hat. Er kaut dann gewisse Blätter, die ihm zugesteckt werden. Eines Tages gibt er mir ein halbes davon, und ich begreife sofort. Zunge, Gaumen und Lippen werden beim Kauen unempfindlich, es sind Kokablätter. Dieser fünfunddreißigjährige Mann mit den behaarten Armen und dem tiefschwarzen Pelz auf der Brust muß, wenn ich ihn mir so anschaue, über eine enorme Kraft

verfügen. An seinen Füßen hat er eine so dicke Hornhaut, daß die Glasscherben oder Nägel, die er sich eintritt, nicht ins Fleisch gehen.
»Fuga, du und ich«, sage ich eines Abends zu ihm. Ich hatte den Haitianer bei einer Visite um ein französisch-spanisches Wörterbuch gebeten. Er hat verstanden, und er gibt mir durch Zeichen zu verstehen, daß er sehr gerne fliehen würde – aber die Fesseln! Sie sind amerikanisches Fabrikat, schnappen von selbst ein. Sie haben ein schlitzförmiges Schlüsselloch, in das nur ein sehr flacher Schlüssel paßt. Aus einem abgeflachten Stück Draht macht mir der Bretone einen Dietrich, und nach mehreren Versuchen öffne ich die Fesseln meines neuen Freundes, wann immer ich dazu Lust habe. Er ist nachts allein in seinem Calabozo, einer Zelle mit sehr starkem Gitter. Unsere Gitterstangen sind so dünn, daß man sie bestimmt auseinanderbiegen kann. Er braucht also nur eine von seinen Stangen durchzusägen, dieser Antonio, so heißt er nämlich, und ...
»Wie Säge haben?«
»Plata«, sagt er, »Geld.«
»Wieviel?«
»Hundert Pesos.«
»Dollars?«
»Zehn.«
Also, für zehn Dollar, die ich ihm gebe, verschafft er sich zwei Metallsägen. Ich erkläre ihm, indem ich es ihm auf dem Hosenboden aufzeichne, daß er jedesmal, wenn er ein Stück gesägt hat, die Eisenspäne mit etwas von der Reispastete, die wir bekommen, mischen und den Spalt damit ausfüllen muß. Im letzten Moment, bevor er in die Zelle zurückgeht, werde ich ihm die Fesseln aufmachen. Sollte man ihn kontrollieren, braucht er nur dagegenzudrücken, und sie schließen sich von selbst. Er braucht drei Nächte, um die Stange durchzusägen. Er erklärt mir, daß er in einer knappen Minute das letzte Stückchen durch hat und sicher ist, sie mit den Händen umbiegen zu können. Er muß mich abholen kommen.
Es regnet oft, und er sagt, daß er in der »primera noche de lluvia«, in der ersten Regennacht, kommen wird. Diese Nacht regnet es in Strömen. Meine Kameraden sind mit meinen Plänen vertraut, keiner will mit mir kommen, weil sie glauben, daß die Gegend, in die ich will, zu weit weg ist. Ich möchte nämlich an die Spitze der kolumbischen Halbinsel, an die Grenze von Venezuela. Auf unserer Seekarte steht, daß dieses Territorium Goajira heißt und umstritten ist. Es gehört weder zu Kolumbien noch zu Venezuela. Der Kolumbier sagt, daß es »la tierra de los indios« sei, das Land der Indianer, und daß es dort weder kolumbische noch venezolanische Polizei gebe. Manche Schmuggler durchqueren es. Es ist gefährlich, weil die Indianer nicht dulden, daß ein Zivilisierter in ihr Land eindringt. Je tiefer man hineinkommt, desto gefährlicher sind sie. An der Küste gibt es Indianerfischer, die etwas zivilisierter sind und

mit dem Dorf Castillette und seiner benachbarten Siedlung La Vela Handel treiben. Er, Antonio, möchte nicht da hingehen. Seine Kameraden oder er selbst haben in einem Kampf einige Indianer getötet, als ihr mit Schmuggelware beladenes Boot eines Tages gezwungen war, an der Küste jenes Territoriums Zuflucht zu suchen. Aber Antonio will es übernehmen, mich ganz nahe an Goajira heranzuführen; dann müßte ich allein weitergehen. Unnötig, zu betonen, daß das alles sehr mühsam unter uns klargestellt und ausgehandelt werden mußte, weil Antonio Worte gebrauchte, die nicht im Diktionär stehen. In besagter Nacht also regnet es in Strömen. Ich stehe am Fenster, sprungbereit. Eine Planke ist lose, wir haben sie längst abgerissen. Wir wollen sie als Hebel benützen, um die Gitterstangen auseinanderzubiegen. Zwei Nächte zuvor haben wir es ausprobiert und gemerkt, daß es geht.
»Listo.« Das heißt: Ich bin bereit.
Antonios Schnauze erscheint am Gitter. Mit einem Hebeldruck, unter Mithilfe Maturettes und des Bretonen, biegt sich die Gitterstange nicht nur zur Seite, sondern bricht ganz heraus. Man hebt mich hinauf, gibt mir einen Schubs, und bevor ich ganz draußen bin, bekomme ich ein paar Kräftige auf den Hintern – der letzte Händedruck meiner Freunde.
Wir sind im Hof. Der strömende Regen erzeugt auf den Blechdächern einen infernalischen Lärm. Antonio streckt mir die Hand hin und zieht mich über die Mauer. Der Sprung ist ein Kinderspiel, sie ist nur zwei Meter hoch. Nichtsdestoweniger zerschneide ich mir an einem der Glasscherben oben die Hand. Macht nichts, weiter. Dieser verteufelte Antonio kennt sich sogar im Regen, in dem man keine drei Meter weit sieht, aus. Wir laufen quer durch die Ortschaft, schlagen einen Weg zwischen dem Busch und der Küste ein. Sehr spät in der Nacht stoßen wir auf ein Licht. Wir müssen einen langen Umweg durch den Busch machen. Der Busch ist zum Glück nicht sehr dicht. Wir gelangen wieder auf den Weg. Bis Tagesanbruch marschieren wir im Regen dahin. Antonio hat mir beim Aufbruch ein Kokablatt gegeben, ich kaue es, wie er es im Gefängnis getan hat. Es wird hell. Ich bin überhaupt nicht müde, sicherlich kommt das von dem Blatt. Trotz der Helle marschieren wir weiter. Von Zeit zu Zeit kniet Antonio nieder und legt das Ohr an die klitschnasse Erde. Dann springt er wieder auf, und wir marschieren weiter.
Antonio hat eine merkwürdige Gangart. Er läuft nicht, er marschiert auch nicht, sondern macht hintereinander lauter kleine Sprünge, alle gleich lang, wobei er mit den Armen ausholt, als rudere er durch die Luft. Er muß etwas gehört haben, denn er zieht mich in den Busch. Es regnet noch immer. Wirklich rollt bald drauf, gezogen von einem Traktor, eine Walze vorüber, vermutlich um den Straßenboden zu planieren.
Es ist zehn Uhr dreißig, der Regen hat aufgehört, die Sonne scheint.

Wir sind neuerdings in den Busch ausgewichen, nachdem wir mehr als einen Kilometer auf Gras, nicht auf dem Weg zurückgelegt haben. Unter einem sehr dichten Gebüsch, von stacheliger Vegetation eng umgeben, glaube ich, daß wir nichts zu fürchten haben. Doch Antonio erlaubt mir weder zu rauchen noch zu reden. Er hört nicht auf, den Saft der Blätter zu schlucken, und ich mache es wie er, nur etwas weniger gierig. Er hat einen Beutel mit mehr als zwanzig Blättern bei sich, er zeigt sie mir. Seine herrlichen Zähne blitzen im Schatten, wenn er, ohne den geringsten Laut, lacht. Weil hier alles voller Moskitos ist, hat er eine Zigarre zerkaut, und wir beschmieren uns mit dem nikotinhaltigen Speichel Gesicht und Hände.
Seither haben wir Ruhe. Sieben Uhr abends. Es ist finster geworden, aber der Weg wird vom Mond erhellt. Antonio zeigt mit dem Finger auf neun Uhr und sagt: »Iluvia.« Ich verstehe: um neun Uhr wird es zu regnen beginnen. Und wirklich, um neun Uhr zwanzig fallen die ersten Tropfen. Wir brechen auf. Ich lerne ebenso zu springen und mit den Armen zu rudern wie Antonio, damit ich nicht zurückfalle. Nachts mußten wir dreimal in den Busch, um ein Auto, einen Lastwagen und zuletzt einen Eselkarren vorbeizulassen. Dank der Kokablätter fühle ich bei Tagesanbruch noch immer keine Müdigkeit. Der Regen hat um acht Uhr aufgehört. Trotzdem marschieren wir mehr als einen Kilometer leise im Gras, dann treten wir wieder in den Busch, um uns zu verstecken. Der Nachteil der Blätter ist, daß man nicht schlafen kann. Wir haben seit unserem Aufbruch kein Auge geschlossen. Die Pupillen Antonios sind so erweitert, daß man die Iris nicht mehr sieht. Bei mir muß es ähnlich sein.
Neun Uhr abends. Es regnet. Als ob der Regen genau auf diese Stunde warten würde. Ich erfahre erst später, daß der Regen in den Tropen während eines ganzen Mondviertels regelmäßig um die gleiche Zeit einsetzt und um die gleiche Zeit wieder aufhört. In dieser Nacht hören wir zu Anfang unseres Marsches Stimmen, dann sehen wir Licht. »Castillette«, sagt Antonio. Dann nimmt mich dieser Teufelskerl bei der Hand, wir ziehen uns wieder in den Busch zurück, und erst nach einem mühsamen Marsch von mehr als zwei Stunden befinden wir uns wieder auf der Straße. Wir marschieren oder vielmehr hüpfen die ganze restliche Nacht und einen großen Teil des Vormittags hindurch. Die Sonne trocknet die Kleider am Leib. Seit drei Tagen sind wir durch und durch naß gewesen, haben wir nichts zu uns genommen als den Klumpen Rohzucker am ersten Tag. Antonio scheint jetzt sicher, daß wir niemandem Unrichtigen mehr begegnen werden. Er springt unbekümmert dahin und hat seit mehreren Stunden das Ohr nicht mehr an die Erde gelegt. Er schneidet sich einen Stock. Wir verlassen den Weg an der Küste und gehen durch den feuchten Sand. Plötzlich bleibt Antonio stehen und betrachtet eine große, flache Spur, die vom Meer her-

auf bis auf den trockenen Sand führt. Wir folgen ihr und gelangen an eine Stelle, an der sie sich kreisförmig erweitert. Hier steckt Antonio seinen Stock hinein. Beim Herausziehen klebt eine gelbe Flüssigkeit daran, wie Eigelb. Ich helfe ihm, ein Loch in den Sand zu graben, und bald stoßen wir tatsächlich auf Eier, auf die Eier einer Seeschildkröte, drei- bis vierhundert. Die Eier haben keine Schale, nur eine Haut. Wir geben vielleicht hundert davon in Antonios Hemd, das er ausgezogen hat, dann verlassen wir den Strand, überqueren den Weg und ziehen uns in den Busch zurück. Vor neugierigen Blicken geschützt, beginnen wir unsere Mahlzeit. »Nur das Gelbe«, sagt mir Antonio. Mit einem Biß seiner Wolfszähne trennt er die Haut durch, die das Ei umgibt, und läßt das Eiweiß herauslaufen und schlürft dann das Eigelb, eins er, eins ich. Er öffnet eine ganze Menge, schlürft eines aus und reicht mir das nächste. Bis zum Zerplatzen gesättigt, strecken wir uns auf unseren Jacken, die wir als Kopfkissen benutzen, behaglich aus.
»Mañana tu sigues solo dos dias más. De mañana en adelante no hay policias. – Morgen setzt du den Weg noch zwei Tage fort. Von morgen ab gibt es keine Polizisten mehr.«
Um zehn Uhr abends passieren wir den letzten Grenzposten. Wir erkennen ihn an dem Hundegebell und dem mit Lichtern gespickten Häuschen. Das alles wird von Antonio meisterhaft umgangen. Dann marschieren wir die ganze Nacht lang ohne jede Vorsichtsmaßnahme. Der Weg ist nicht breit, es ist mehr ein Pfad, doch muß er häufig benützt werden, da kein Gras darauf wächst. Er ist an die fünfzig Zentimeter breit und führt ungefähr zwei Meter hoch über dem Strand am Busch entlang. Stellenweise sind Abdrücke von Pferde- und Eselshufen zu sehen. Antonio läßt sich auf einer Baumwurzel nieder und deutet mir, mich ebenfalls zu setzen. Auf meiner Uhr ist es elf, aber der Sonne nach, die uns hart zusetzt, muß es Mittag sein. Der kleine Stock, den wir in die Erde stecken, wirft keinen Schatten, also *ist* es Mittag, und ich stelle meine Uhr auf zwölf. Antonio leert seine letzten Kokablätter aus, es sind noch sieben. Er gibt mir vier davon und behält sich drei. Ich gehe ein Stück in den Busch und komme mit hundertfünfzig westindischen Dollar und sechzig holländischen Gulden zurück, die ich ihm hinstrecke. Er sieht mich erstaunt an, berührt die Scheine, wundert sich, wieso sie so neu aussehen und kein bißchen feucht sind, da ich sie doch nie irgendwann habe trocknen lassen. Er bedankt sich, nimmt die Scheine, überlegt eine Weile, dann nimmt er sechs Scheine zu fünf Gulden, also dreißig Gulden, und gibt mir das übrige wieder. Obwohl ich darauf bestehe, daß er alles behält, weigert er sich. In diesem Moment geht eine Veränderung in ihm vor. Wir hatten beschlossen, uns hier zu trennen, aber es sieht so aus, als wollte er mich jetzt noch einen Tag begleiten. Schön. Nachdem wir noch ein paar Eigelb geschlürft und eine Zigarre geraucht haben, was recht mühsam war, denn wir mußten eine ganze Weile zwei Steine anein-

anderreiben, um ein Büschel trockenes Moos in Brand zu setzen, gehen wir weiter.
Wir sind so gegen drei Stunden unterwegs, als von rechts ein Mann zu Pferde auf uns zukommt. Er trägt einen riesigen Strohhut, Stiefel, statt der Hose eine Art Lederstrümpfe; er hat ein grünes Hemd und eine verwaschene grüne Militärjacke am Leib. Bewaffnet ist er mit einem sehr schönen Karabiner auf dem Rücken und einem riesigen Revolver im Gürtel.
»Caramba! Antonio, hijo mio! Mein Sohn!« Schon von weitem hatte Antonio den Reiter erkannt, ohne es mir zu verraten. Der große, kupfergesichtige, etwa vierzigjährige Mann springt vom Pferd, und die beiden schlagen sich gegenseitig auf die Schultern, eine Begrüßung, die ich bald überall antreffen sollte.
»Und der da?«
»Compañero du fuga – Fluchtkamerad, ein Franzose.«
»Wo willst du hin?«
»Wenn möglich, zu den Indianerfischern.«
Er selber möchte durch das Indianergebiet nach Venezuela oder irgendwie nach Aruba oder Curaçao zurückkehren.
»Indianer Goajira schlecht«, sagt der Mann zu mir. »Du bist nicht bewaffnet. Toma! Nimm!« Er gibt mir einen Dolch mit Lederscheide und einem Griff aus poliertem Horn. Wir setzen uns an den Wegrand. Ich ziehe meine Schuhe aus, meine Füße bluten. Antonio und der Ältere wechseln rasch ein paar Worte. Mein Plan, Goajira zu durchqueren, scheint ihnen nicht zu gefallen. Ich nehme meine Schuhe über die Schulter, um die Wunden an meinen Füßen trocknen zu lassen. Antonio gibt mir durch Gesten zu verstehen, daß ich das Pferd besteigen soll. Der Reiter steigt auf, Antonio hilft mir, und ehe ich mich's versehe, werde ich hinter Antonios Freund im Galopp davongetragen. Den ganzen Tag und die ganze Nacht galoppieren wir. Von Zeit zu Zeit halten wir an und trinken einen Schluck Anisschnaps. Bei Tagesanbruch sitzen wir ab. Die Sonne geht auf. Er gibt mir ein Stück steinharten Käse und zwei Stück Zwieback, sechs Kokablätter und schenkt mir auch noch einen wasserdichten Beutel, der am Gürtel befestigt wird. Dann drückt er mich an die Brust, schlägt mir auf die Schultern, wie er es Antonio machte, schwingt sich wieder auf sein Pferd und ist weg.

Die Indianer

Ich marschiere bis ein Uhr mittags. Kein Baum, kein Busch mehr am Horizont. Das Meer funkelt silbern unter der sengenden Glut. Ich gehe barfuß, ich trage die Schuhe noch immer über der linken Schulter. Gerade als ich beschließe, mich niederzulegen, kommt es mir so vor, als sähe ich, etwas vom Strand landeinwärts, ein paar Bäume oder Felsen. Ich versuche, ihre Entfernung abzuschätzen:

zehn Kilometer. Rasch stecke ich ein dickes halbes Kokablatt in den Mund und ziehe los. Eine Stunde darauf entdecke ich, daß es Hütten sind, mit Dächern aus Stroh oder Schilf oder einfach nur aus hellbraunen Blättern. Aus einer der Hütten steigt Rauch auf. Auch Menschen sehe ich, die mich gesehen haben müssen, denn sie rufen und zeigen auf etwas in Richtung des Meeres. Ich sehe vier Boote, die sich rasch dem Strand nähern. Etwa zehn Menschen steigen aus. Alle stehen vor den Häusern versammelt und schauen zu mir her. Ich sehe, daß sie nackt sind. Nur vorne haben sie etwas, das ihr Geschlecht verhüllt. Langsam gehe ich auf sie zu. Drei Männer stehen auf ihren Bogen gestützt und halten einen Pfeil in der Hand. Keine Geste, weder feindlich noch freundlich. Ein Hund bellt und stürzt mir wie rasend entgegen. Er beißt mich unten in die Wade und nimmt ein Stück Hose mit ... Als er neuerdings zum Angriff ansetzen will, kriegt er einen kleinen Pfeil ins Hinterteil. Ich sehe nicht, woher der Pfeil gekommen ist. (Später erfahre ich es: aus einem Blasrohr.) Der Hund kehrt heulend um und läuft in eines der Häuser. Ich gehe hinkend weiter und bin nur noch zehn Meter von der Gruppe entfernt. Niemand regt sich, niemand sagt etwas. Die Kinder verstecken sich hinter den Müttern. Die Leiber der Männer sind rothäutig und muskulös, einfach prachtvoll. Die Frauen haben feste hohe Brüste mit stark hervortretenden Spitzen. Eine einzige hat dicke Hängebrüste.

Einer der Männer ist so nobel in seiner Haltung und seinen Gesichtszügen, seine edle Rasse drückt sich so unverhüllt in seinem Äußeren aus, daß ich direkt auf ihn zugehe. Er trägt weder Pfeil noch Bogen, ist ebenso groß wie ich und hat kurzgeschnittenes Haar mit Stirnfransen bis zu den Augenbrauen. Die Augen liegen eng beieinander. Seine Ohren sind von den Haaren bedeckt, die pechschwarz, fast violett sind. Seine Augen sind eisengrau. An seinem Körper ist kein Härchen zu entdecken, weder an der Brust noch an Armen oder Beinen. Seine kupferfarbenen Schenkel sind ebenso muskulös wie seine fein gerundeten Waden. Drei Meter vor ihm mache ich halt. Er kommt mir zwei Schritte entgegen und blickt mir pfeilgerade in die Augen, eine Prüfung, die zwei volle Minuten in Anspruch nimmt. Sein Gesicht, in dem sich nichts regt, wirkt wie das einer Kupferstatue. Nach Ablauf der zwei Minuten lächelt er plötzlich und greift mir an die Schulter. Jetzt kommen auch alle anderen, berühren meine Schulter, und eine junge Indianerin nimmt mich bei der Hand und zieht mich in den Schatten eines Hauses. Dort sieht sie sich mein Bein an. Alle sitzen im Kreis um mich herum. Ein Mann reicht mir eine brennende Zigarre, die ich nehme und rauche. Darüber beginnen alle zu lachen, denn sie alle, Männer wie Frauen, rauchen mit der Glut im Mund. Die Bißwunde blutet nicht mehr, aber ein Stück Fleisch in der Größe eines halben Hundertsousstücks ist herausgerissen. Die Indianerin zupft rundherum die Haare aus und wäscht die Wunde mit Meerwasser, das ein kleines

Mädchen geholt hat. Sie drückt gegen die Wunde, um sie zum Bluten zu bringen. Und damit nicht genug, schabt sie sie mit einem geschärften Stück Eisen aus und vergrößert sie. Ich gebe mir Mühe, nicht zu zucken, da mich alle beobachten. Ein anderes Mädchen, das helfen will, stößt die junge Indianerin brüsk zurück. Wieder beginnen alle zu lachen. Ich verstehe, daß sie mit dieser Geste ausdrücken wollte, daß ich ausschließlich ihr gehöre, was alle belustigt. Dann schneidet sie mir meine beiden Hosenbeine ein Stück über den Knien ab, zerdrückt Meeralgen, die man ihr gebracht hat, auf einem Stein, legt sie auf die Wunde und umwickelt sie mit den Streifen, die sie aus meinen Hosenbeinen gerissen hat. Zufrieden mit ihrem Werk, deutet sie mir, daß ich aufstehen kann.
Ich stehe auf und ziehe mir den Rock aus. Da bemerkt sie im Ausschnitt meines Hemdes den tätowierten Schmetterling an meinem Halsansatz. Sie schaut nach, entdeckt noch mehr Tätowierungen und zieht mir das Hemd aus, um sie sich anzuschauen. Alle, Männer wie Frauen, betrachten neugierig die Tätowierungen auf meiner Brust: rechts eine Geißelung von Calvi, links der Kopf einer Frau, über dem Magen der eines Tigers mit weit aufgerissenem Rachen, über der Wirbelsäule ein großer gekreuzigter Matrose und um die Hüften eine Jagd mit Jägern, Palmen, Elefanten und den gejagten Tigern. Die Männer drängen die Frauen zur Seite, sehen sich jede Tätowierung genau an und betasten sie. Nach dem Häuptling gibt jeder seine Meinung darüber ab. Von diesem Augenblick an werde ich von den Männern endgültig anerkannt. Die Frauen habe ich mir bereits erobert, als der Häuptling zu lächeln begann und meine Schulter berührte.
Gemeinsam gehen wir in die größte Hütte, und hier gerate ich völlig aus der Fassung. Die Hütte ist aus gestampfter roter Ziegelerde gebaut. Sie hat acht Türen, ist rund, und an dem Gebälk hängen, auf einer Seite, bunte Hängematten aus reiner Wolle in lebhaften, leuchtenden Farben. In der Mitte befindet sich eine runde, polierte braune Steinplatte und um sie herum Steinplatten zum Sitzen. An der Wand hängen mehrere doppelläufige Gewehre, ein Militärsäbel und dazwischen Bogen in allen Größen. Auch der Rückenpanzer einer Riesenschildkröte fällt mir auf, so groß, daß ein Mensch darauf schlafen könnte, und ein Kamin aus schön übereinandergelegten, sehr regelmäßig verkitteten Steinen. Auf dem Tisch liegt ein hohler halber Kürbis, in dem ein Häuflein Perlen liegt. Man reicht mir in einem Holzgefäß ein süßsaures Gebräu aus gegorenen Früchten, es schmeckt hervorragend. Dann bringt man mir auf einem Bananenblatt einen mindestens zwei Kilo schweren, über Holzkohlen zubereiteten Fisch. Man lädt mich ein, davon zu essen. Als ich mit dem köstlichen Fisch fertig bin, nimmt mich die Indianerin an der Hand und führt mich an den Strand, wo ich mir die Hände wasche und den Mund mit Meerwasser ausspüle. Dann sitzen wir wieder im Kreis in der Hütte. Die junge Indianerin sitzt neben mir, ihre

Hand liegt auf meinem Schenkel, und wir versuchen uns mit Gesten und Worten übereinander Aufschluß zu geben.
Da erhebt sich der Häuptling, geht in den Hintergrund der Hütte und kommt mit einem kleinen weißen Stein wieder, mit dem er auf dem Tisch zu zeichnen beginnt. Zuerst nackte Indianer, das Dorf und das Meer. Rechts davon Häuser mit Fenstern und angezogenen Menschen. Die Männer tragen ein Gewehr oder einen Stock. Links zeichnet er ein zweites Dorf, Männer mit Gewehren und Hüten und angezogene Frauen. Nachdem ich mir die Zeichnung gut angesehen habe, merkt er, daß er etwas vergessen hat, und zeichnet einen Weg, der vom Indianerdorf in die Ansiedlung rechts, und einen zweiten, der in das Dorf zur Linken führt. Um mir die Lage der beiden anderen Dörfer zu seinem Dorf zu verdeutlichen, zeichnet er auf der venezolanischen Seite rechts eine runde Sonne, von der nach allen Seiten Strahlen ausgehen, und auf der Seite des kolumbischen Dorfes eine Sonne, die am Horizont mit einer Schlangenlinie abgeschnitten ist. Irrtum ausgeschlossen. Auf einer Seite geht die Sonne auf, auf der andern unter. Stolz betrachtet der junge Häuptling sein Werk, und alle sehen es der Reihe nach an. Als er merkt, daß ich verstanden habe, was er mir sagen will, nimmt er die Kreide und bedeckt die beiden Dörfer links und rechts von dem seinen mit Strichen. Damit will er offenbar sagen, daß die Menschen in den anderen Dörfern böse sind, daß er nichts mit ihnen zu tun haben will und daß nur sein eigenes Dorf gut ist.
Mit einem feuchten Wollappen wird der Tisch abgewischt, dann drückt er mir das Stück Kreide in die Hand, damit ich meine Geschichte erzähle. Das ist viel komplizierter. Ich zeichne einen Mann mit gebundenen Händen und zwei Bewaffnete, die ihn ansehen. Dann denselben Mann laufend, und die beiden Männer, die ihn mit angelegtem Gewehr verfolgen. Ich zeichne das Ganze dreimal, und mich jedesmal etwas weiter von meinen Verfolgern entfernt. Zuletzt stehen die Polizisten, und ich laufe auf das Indianerdorf zu, das ich mit den Einwohnern, Männern und Frauen, mit dem Hund und dem Häuptling aufzeichne, der mir die Arme entgegenstreckt.
Die Zeichnung muß mir nicht schlecht gelungen sein, denn nach einem längeren Palaver der Männer untereinander öffnet der Häuptling wie auf meiner Zeichnung die Arme. Sie haben verstanden.
Die Indianerin führt mich abends in ihre Hütte, in der sechs Indianerinnen und vier Indianer leben. Sie richtet eine prächtige, sehr breite bunte Wollhängematte her, in der zwei Menschen bequem der Quere nach liegen können. Ich lege mich aber der Länge nach hinein, während sie sich in eine andere der Quere nach legt. Ich tue das gleiche. Daraufhin kommt sie und legt sich an meine Seite. Sie berühren meinen Körper, die Ohren, die Augen und den Mund mit ihren langen, feinen, aber sehr rauhen Fingern, die voll kleiner geriffelter Narben sind, die von den Schnittwunden stammen, die sie

sich an den Korallen zuzieht, wenn sie nach Perlmuscheln taucht. Ich streichle ihr das Gesicht. Sie nimmt meine Hand und ist sehr erstaunt, daß sie so weich und ohne Hornhaut ist. Nach dieser in der Hängematte verbrachten Stunde stehen wir auf und kehren in die große Hütte des Häuptlings zurück. Man zeigt mir die Gewehre. Es sind Saint-Étienne-Flinten, Kaliber 12 und 16, mit einem Magazin für sechs Doppelnullpatronen.

Die Indianerin ist mittelgroß, hat eisengraue Augen wie der Häuptling, ein reines Profil und trägt das Haar, das ihr bis an die Hüften reicht, in der Mitte gescheitelt und zu Zöpfen geflochten. Ihre Brüste sind wunderschön, hoch und birnenförmig. Die Spitzen sind dunkler als die kupferfarbene Haut und sehr lang. Sie beißt, statt zu küssen. Küssen kennt sie nicht, aber ich habe ihr diese zivilisierte Sitte schnell beigebracht. Sie will nicht an meiner Seite gehen, dort hat sie nichts zu suchen, sie geht hinter mir. Eine der Hütten ist unbewohnt und in schlechtem Zustand. Mit Hilfe einiger anderer Frauen bessert sie das Dach mit Kokosblättern aus, die schadhafte Wand mit roter Tonerde. Die Indianer haben viele Sorten Eisengeräte: Messer, Dolche, Schlachtmesser, Äxte, Hacken und eine Gabel mit Eisenzähnen. Sie kennen Geräte aus Kupfer, aus Aluminium, haben Gießkannen, Pfannen, einen Schleifstein, einen Ofen, Eisen- und Holzfässer. Ihre großen Hängematten aus reiner Wolle sind mit geflochtenen Fransen und mit Mustern in starken Farben verziert.

Das Haus ist bald fertig, und sie beginnt damit, es einzurichten. Die Sachen dazu bekommt sie von anderen Indianern: ein Eselsgeschirr, einen eisernen Dreifuß zum Feuermachen, eine Hängematte, in der gleich vier Erwachsene der Quere nach liegen können, Gläser, Töpfe aus Weißblech, Pfannen und so weiter.

Wir streicheln uns gegenseitig fast vierzehn Tage lang, seit ich hier bin, aber sie weigert sich heftig, bis ans Ende zu gehen. Ich verstehe das nicht, denn *sie* war es doch, die mich herausgefordert hat, aber im gegebenen Moment will sie das Letzte nicht. Außer dem Stück Stoff, das ihre Scham verbirgt und das sie mit einer dünnen Schnur um die zarte Taille trägt, hat sie nie etwas an. Ihr Popo ist ganz nackt. Ohne jede Zeremonie richten wir uns in dem Häuschen ein, das drei Türen hat, eine in der Mitte, das ist der Haupteingang, und zwei weitere, die einander gegenüberliegen. Die Verbindungslinien zwischen diesen drei Türen in dem kreisförmigen Haus bilden ein gleichschenkeliges Dreieck. Sie haben jede ihren ganz bestimmten Zweck. Ich zum Beispiel muß stets durch die Tür im Norden ein- und ausgehen. Sie muß die Tür im Süden benützen. Ich darf nie durch ihre Tür gehen, sie niemals durch die meine. Durch die große Tür in der Mitte treten die Freunde ein, und ich oder sie dürfen nur in Begleitung von Besuchern durch die große Tür eintreten.

Erst als wir uns in dem Haus völlig eingerichtet hatten, wurde sie

die Meine. Ich will nicht auf Einzelheiten eingehen, aber sie war eine glühende Liebende, voll überwältigender Unmittelbarkeit. Sie umschlang mich wie eine Liane. Verborgen vor allen, ohne Ausnahme, kämme und flechte ich ihr das Haar. Sie ist sehr glücklich, wenn ich sie kämme, eine unaussprechliche Wonne malt sich in ihrem Gesicht und gleichzeitig die Angst, dabei überrascht zu werden, denn ein Mann darf seine Frau nicht kämmen. Er darf ihr auch die Hände nicht mit dem Bimsstein abreiben oder ihr auf eine bestimmte Art den Mund und die Brüste küssen.
Lali, das ist ihr Name, und ich leben also zusammen in dem Haus. Mich wundert nur eines, daß sie niemals von den Pfannen und Kesseln aus Eisen und Aluminium Gebrauch macht. Sie trinkt auch niemals aus einem Glas, sie macht alles mit den irdenen Pfannen und Töpfen, die sie selbst verfertigt.
Mit der Gießkanne wäscht man sich. Um sein Bedürfnis zu verrichten, geht man ins Meer.
Ich helfe ihr beim Öffnen der Perlmuscheln, einer Arbeit, die von den ältesten Frauen verrichtet wird. Die jungen fischen die Muscheln. Die gefundenen Perlen werden folgendermaßen verteilt: ein Teil für den Häuptling, der die Gemeinschaft repräsentiert, ein Teil für den Fischer, ein halber Teil für die Muschelöffnerin und eineinhalb Teile für die Taucherin. Wenn sie mit ihrer Familie lebt, gibt sie ihre Perlen dem Onkel, dem Bruder ihres Vaters. Ich habe nie verstanden, warum der Onkel auch der erste ist, der das Haus der künftigen Gatten betritt, den Arm der Frau nimmt, ihn um die Taille des Mannes schlingt und dann den rechten Arm des Mannes um die Taille der Frau, wobei der Zeigefinger auf deren Nabel zeigen muß. Wenn er das getan hat, geht er wieder.
Ich helfe also beim Öffnen der Muscheln, aber nicht beim Fischen, denn ich wurde nie dazu eingeladen, in ein Boot zu steigen. Sie fischen ziemlich weit draußen, ungefähr fünfhundert Meter vor der Küste. An gewissen Tagen kommt Lali von den Korallen an Schenkeln und Hüften ganz zerrissen zurück. Dann zerdrückt sie Algen und reibt sich die Wunden damit ein. Ich tue nichts, ohne von ihr dazu aufgefordert zu werden. Ich betrete nie die Hütte des Häuptlings, wenn er nicht selbst oder ein anderer mich an der Hand hineinführt. Lali hat den Verdacht, daß sich drei Indianerinnen ihres Alters möglichst nahe an der Tür unseres Hauses ins Gras legen, um zu erfahren, was wir tun, wenn wir allein sind.
Gestern habe ich den Indianer kennengelernt, der die Verbindung zwischen dem Indianerdorf und der ersten kolumbischen Ansiedlung, zwei Kilometer hinter der letzten Grenzwache, aufrechterhält. Das Dorf heißt La Vela. Der Indianer hat zwei Esel und einen Karabiner, Marke Winchester. Er ist bis auf ein Hüfttuch unbekleidet und spricht kein Wort Spanisch. Wie bringt er da nur seine Tauschgeschäfte zustande? Mit Hilfe des Diktionärs schreibe ich auf: Nähnadeln, blaue und rote chinesische Tusche, Zwirn zum

Nähen. Denn der Häuptling bittet mich öfter, ihn zu tätowieren. Der Verbindungsmann ist klein und mager. Er hat eine furchtbare Narbe, die links unterhalb der Brust beginnt und den ganzen Rumpf bis hinauf an die rechte Schulter durchzieht. Sie ist fingerdick gewölbt. Wir legen die Perlen in eine Zigarrenschachtel, die in Fächer eingeteilt ist, in denen sie nach Größe geordnet werden. Ich bin vom Häuptling dazu ermächtigt, den Indianer ein Stück weit zu begleiten. Um mich zu verpflichten, wieder zurückzukommen, hat mir der Häuptling einfach eine Doppelbüchse mit sechs Patronen mitgegeben. Denn er ist überzeugt, daß ich nie etwas mitnehmen würde, was mir nicht gehört. Da die zwei Esel nicht beladen sind, besteigen wir sie. Wir reiten einen vollen Tag lang, dieselbe Strecke, die ich gekommen bin, bis auf fast drei, vier Kilometer an den Grenzposten heran. Dann kehrt der Indianer dem Meer den Rücken und reitet ins Landesinnere.

Gegen siebzehn Uhr kommen wir an den Rand eines Baches, wo sich fünf Indianerhütten befinden. Die Indianer kommen heraus, um mich zu sehen. Der Indianer redet und redet, bis ein Mann auftaucht, der in allem – Gesichtszüge, Augen, Nase, Haar – einem Indianer gleicht, nur nicht in seiner Hautfarbe. Er ist weiß und hat die roten Augen eines Albinos. Auch ist er mit einer Khakihose bekleidet. Jetzt verstehe ich, warum der Indianer aus unserem Dorf nie weiter als bis hierher geht.

»Buenos dias – Guten Tag«, begrüßt mich der weiße Indianer. »Tú eres el matador que se fue con Antonio? – Bist du der Mörder, der mit Antonio geflohen ist? ... Antonio es compadre mio de sangre – Antonio ist mein Blutsbruder.« Um Blutsbrüder zu werden, legen zwei Männer die Arme aneinander, machen jeder mit dem Messer einen Schnitt in den Arm des andern und bestreichen dann einer den Arm des andern mit dem eigenen Blut und lecken sich gegenseitig die blutverschmierten Hände ab.

»Que quieres? – Was willst du?«

»Agujas, tinta china roja y azul – Nadeln und rote und blaue Tusche ... Nada más – Sonst nichts.«

»Tu lo tendrás de aquí a un cuarto de luna – Beim ersten Mondviertel wirst du alles haben.«

Er spricht besser Spanisch als ich, und man merkt, daß er in Kontakt mit den Zivilisierten steht, Tauschgeschäfte organisiert und leidenschaftlich die Interessen seiner Rasse vertritt. Beim Weggehen gibt er mir eine Halskette aus gehämmertem kolumbischem Silber, das sehr weiß ist. »Für Lali«, sagt er. Und dann: »Vuelva a verme – Besuche mich wieder«, und gibt mir, um ganz sicher zu sein, daß ich wiederkomme, einen Bogen.

Ich kehre allein zurück und habe noch nicht die Hälfte des Weges hinter mir, als ich Lali in Begleitung einer sehr jungen, ungefähr zwölf- bis dreizehnjährigen Schwester herankommen sehe. Lali dürfte sechzehn bis achtzehn sein. Bei mir angekommen, packt sie mich wie eine Tollgewordene an der Brust, und da ich den Kopf abwende, beißt sie mich grausam in den Hals. Ich brauche meine ganze Kraft, um sie zu bändigen. Plötzlich beruhigt sie sich. Ich setze das kleine Indianermädchen auf den Esel und gehe, mit Lali umschlungen, hinterher. Unterwegs erlege ich eine Eule. Ich habe auf sie geschossen, ohne zu wissen, was es war, nur ihre Augen habe ich im Dunkel leuchten gesehen. Lali will sie um jeden Preis mitnehmen und befestigt sie am Sattel des Esels. Im Morgengrauen kommen wir daheim an. Ich bin so müde, daß ich mich waschen will. Lali wäscht mich eigenhändig, entfernt dann vor meinen Augen das Schamtuch der Schwester, beginnt auch diese zu waschen und wäscht sich schließlich selbst.

Ich sitze bereits im Haus und warte darauf, daß das Wasser, das ich aufgestellt habe, um mir eine Limonade zu machen, zu kochen beginnt, als sie beide wiederkommen. Und nun geschieht etwas, was mir erst später verständlich wird. Lali drängt mir ihre Schwester zwischen die Beine und legt mir die Arme um deren Taille. Ich merke, daß die Schwester kein Hüfttuch hat und das Halsband trägt, das ich Lali geschenkt habe. Ich weiß nicht, wie ich mich dieser sonderbaren Lage entziehen soll. Sanft befreie ich die Kleine aus der Umklammerung meiner Beine, nehme sie auf den Arm und lege sie in die Hängematte. Ich nehme ihr das Halsband ab und lege es Lali um den Hals. Lali legt sich neben ihre Schwester, und ich lege mich neben Lali. Viel später erst komme ich darauf, daß Lali geglaubt hat, ich hätte mich bereits umgesehen, um meine weitere Flucht vorzubereiten, weil ich vielleicht mit ihr nicht glücklich sei, und daß ihre Schwester mich vielleicht durch ihre Liebe zurückhalten könnte.

Die Augen von Lalis Händen zugedeckt, erwache ich. Es ist schon hoher Morgen, elf Uhr. Die Kleine ist nicht mehr da. Lali sieht mich aus ihren großen grauen Augen verliebt an und beißt mich sanft in den Mundwinkel. Glücklich will sie mir zeigen, daß sie verstanden hat, daß ich sie liebe und nicht weggegangen bin, weil sie mich nicht zu halten verstehe.

Der Tag ist grau. Vor dem Haus sitzt der junge Indianer, der Lali aufs Meer hinausführt zum Muschelfischen. Mit sehr sprechendem Mienenspiel schließt er lächelnd die Augen, womit er andeuten will, daß er wohl weiß, daß Lali noch schläft. Ich setze mich zu ihm. Er sagt etwas, was ich nicht verstehe. Er ist ungewöhnlich muskulös und breit wie ein Athlet. Lange betrachtet er meine Tätowierungen, dann gibt er mir durch Zeichen zu verstehen, daß er sich gerne von mir tätowieren ließe. Ich nicke, aber er scheint das für »Ich weiß nicht« zu halten. Da kommt Lali. Sie hat sich den Körper eingeölt. Sie weiß, daß ich das nicht mag, gibt mir aber zu verstehen, daß das Wasser bei bedecktem Himmel sehr kalt sei. Ihr halb ernstes, halb lustiges Mienenspiel dabei ist so hübsch, daß ich sie ihre Erklärung – unter dem Vorwand, nicht zu kapieren – mehrmals wie-

derholen lasse. Als ich ihr deute, es doch noch einmal zu machen, verzieht sie das Gesicht, als wollte sie sagen: »Bist du dumm oder bin ich zu *torpe*, zu ungeschickt, um dir zu erklären, warum ich mich eingeölt habe?«
Der Häuptling kommt mit zwei Männern vorüber, die eine grüne Rieseneidechse von mindestens vier bis fünf Kilo tragen. Der Häuptling trägt Bogen und Pfeile. Er hat die Eidechse selbst erlegt und lädt mich ein, später zu ihm zu kommen, um sie gemeinsam aufzuessen. Lali sagt etwas zu ihm, und er ergreift mich bei der Schulter und zeigt auf das Meer. Ich verstehe, daß ich Lali begleiten darf, wenn ich will, und so gehen wir zu dritt, Lali, ihr Fischgefährte und ich, zum Boot. Das Boot ist klein und sehr leicht. Es ist aus einem Holzstamm gefertigt und ohne jede Mühe ins Wasser zu setzen. Die Abfahrt geht eigenartig vor sich: der Indianer steigt, mit dem großen Ruder in der Hand, als erster von hinten ein. Lali steht bis zur Brust im Wasser und hält das Boot fest, damit es nicht an den Strand zurückgetrieben wird. Dann steige ich ein und stelle mich in die Mitte des Bootes. Und in dem Augenblick, da der Indianer es mit einem Ruderstoß vorwärtsbewegt, befindet sich Lali plötzlich im Boot. Die Wogen sind heute walzenförmig und werden um so höher, je weiter wir hinausfahren. In fünf-, sechshundert Meter Entfernung ist eine Art Kanal, in dem sich bereits zwei Boote mit Muschelfischern befinden. Lali hat sich die Zöpfe mit fünf Bändern aus rotem Leder um den Kopf gebunden, drei der Quere, zwei der Länge nach, und sie dann um den Hals befestigt. Mit einem starken Messer in der Hand folgt sie der fünfzehn Kilo schweren Eisenstange, die als Anker dient und in die Tiefe versenkt wird. Das Boot liegt zwar fest, steigt und fällt aber mit jeder Woge.
Mehr als drei Stunden lang taucht Lali immer wieder auf den Meeresgrund hinab. Man sieht diesen Grund nicht, aber er muß in fünfzehn bis achtzehn Meter Tiefe liegen. Jedesmal wenn Lali heraufkommt, hat sie Muscheln im Sack, die der Indianer ins Boot leert. Sie steigt während dieser drei Stunden kein einziges Mal ins Boot. Um sich auszuruhen, hält sie sich fünf bis zehn Minuten am Bootsrand fest. Zweimal haben wir den Platz gewechselt, ohne daß Lali deswegen ins Boot gestiegen wäre. An der zweiten Stelle gab es mehr und größere Muscheln. Wir kehren ans Land zurück. Lali ist eingestiegen, und die Brandung trägt uns rasch an die Küste, wo wir von einer alten Indianerin erwartet werden. Lali und ich lassen sie mit dem Indianer die Muscheln auf den trockenen Sand hinauftragen. Als alle oben sind, hindert Lali die Alte daran, sie zu öffnen. Sie ist es, die damit beginnen will. Rasch öffnet sie mit dem Messer gegen dreißig Stück, ehe sie endlich eine Perle findet. Nicht nötig, zu sagen, daß ich mindestens zwei Dutzend von den appetitlichen Beutestücken genießerisch ausschlürfe. Ihr Fleisch ist kühl, das Wasser auf dem Meeresgrund muß sehr kalt sein. Sachte bricht Lali die

Perle heraus, die so groß ist wie eine Erbse. Sie muß eher zu den großen gerechnet werden als zu den mittleren. Und wie sie schimmert! Sie changiert in zahllosen Farbtönen, ohne deswegen grell zu leuchten. Lali nimmt sie, legt sie sich in den Mund, läßt sie einen Moment darin, dann steckt sie sie in den meinen. Durch ein paar Kieferbewegungen gibt sie mir zu verstehen, daß ich sie zerbeißen und schlucken soll. Sie bittet mich, als ich mich weigere, so reizend darum, daß ich tue, was sie verlangt. Dann öffnet sie ein paar Muscheln und läßt sie mich ausschlürfen, damit die Perle nur ja ganz und gar in mein Inneres gelangt. Wie ein Junge wirft sie mich in den Sand, macht mir den Mund auf, und sieht nach, ob nicht etwa ein kleiner Splitter zwischen meinen Zähnen irgendwo hängengeblieben ist. Dann gehen wir und überlassen die Arbeit den beiden andern.
Ich bin jetzt einen vollen Monat hier. Ich weiß es genau, denn ich schreibe täglich auf, welchen Wochentag und welches Datum wir haben. Die Nadeln und die farbigen Tuschen sind längst eingelangt. Ich habe bei Zato, dem Häuptling, drei englische Rasiermesser entdeckt. Er verwendet sie nicht, um sich damit den Bart abzuschaben, die Indianer haben ja keinen Bart, sondern er benützt sie, um seinem Haar einen gut abgestuften Fall zu verleihen. Ich habe ihn am Arm tätowiert, ihm einen Indianerkopfschmuck mit Federn darauf gemacht. Er ist entzückt und gibt mir zu verstehen, daß ich niemanden tätowieren darf, ehe ich ihm nicht noch eine große Tätowierung auf die Brust gemacht habe. Er möchte den gleichen Tigerrachen haben wie ich, mit großen Zähnen darin. Ich muß lachen, denn ich weiß nicht, ob ich gut genug zeichnen kann, um einen so schönen Rachen fertigzubringen. Lali hat mich am ganzen Körper enthaart. Kaum entdeckt sie ein Haar an mir, so reißt sie es auch schon aus und reibt mich mit Meeralgen ein, die sie zerdrückt und mit Asche gemischt hat. Die Haare wachsen davon weniger stark nach, kommt mir vor.
Der Indianerstamm heißt Goajira. Er bewohnt die Küste und die Ebene im Landinneren bis an den Fuß der Berge. In den Bergen lebt ein anderer Stamm, die Motilonen. Ein paar Jahre später bekam ich es mit ihnen zu tun. Die Goajiros haben, wie ich schon sagte, nur indirekt Kontakt mit der Zivilisation. Die an der Küste lebenden vertrauen ihre Perlen und ihre Schildkröten dem weißen Indianer an. Die Schildkröten, die oft bis zu hundertfünfzig Kilo schwer sind, werden lebend geliefert. Sie erreichen jedoch nie das Gewicht und die Größe der Schildkröten des Orinoko oder Maroni, die bis zu vierhundert Kilo wiegen können und deren Rückenpanzer oft zwei Meter lang und an der breitesten Stelle über einen Meter breit wird. Auf den Rücken gelegt, können sich diese Tiere nie wieder von selbst auf die Beine stellen. Doch habe ich welche gesehen, die drei Wochen, ohne zu essen und zu trinken, auf dem Rücken lagen und immer noch lebten. Auch die großen grünen Eidechsen sind

sehr gut zu essen. Ihr Fleisch schmeckt köstlich, ist weiß und zart, und auch ihre Eier, im Sand von der Sonne gekocht, schmecken sehr fein. Nur ihr Anblick verlockt wenig dazu, sie zu versuchen.

Jedesmal wenn Lali fischt, bringt sie die Perlen nach Hause, die sie bekommt, und gibt sie mir. Ich lege sie, große, mittlere und kleine durcheinander, in eine Holzschale. Nur zwei rosa Perlen, drei schwarze und sieben metallgraue von ungewöhnlicher Schönheit habe ich extra in eine leere Streichholzschachtel gelegt. Ich besitze auch eine große Barockperle in Form einer Bohne, so groß wie die weißen und roten Bohnen bei uns daheim. Die Perle hat drei Farbschichten übereinander, die je nach dem Wetter – bald diese, bald jene – besonders hervortreten: eine schwarze Schicht, eine stahlgraue, die ins Bräunliche geht, und eine silbrige mit einem rosa Schimmer. Den Perlen und den Schildkröten verdankt der Stamm, daß es ihm an nichts fehlt. Nur haben sie vieles, was sie gar nicht brauchen können, und manches Nützliche geht ihnen ab. So gibt es zum Beispiel im ganzen Stamm keinen einzigen Spiegel. Erst als ich auf ein kleines Boot stieß, das zweifellos von einem Schiffbruch herrührte, entdeckte ich darin eine viereckige Metallplatte, vierzig Zentimeter im Quadrat und auf der einen Seite vernickelt, und jetzt erst konnte ich mich endlich rasieren und mich einmal betrachten.

Die Politik, die ich gegenüber meinen Freunden übe, ist einfach. Ich tue nichts, was die Autorität und das Wissen des Häuptlings beeinträchtigen könnte, noch weniger das eines sehr alten Indianers, der nur vier Kilometer tiefer im Innern lebt, umgeben von Schlangen, zwei Ziegen und einem Dutzend Schafen. Er ist der Zauberer der verschiedenen Indianeransiedlungen. Und es ist auch niemand je eifersüchtig auf mich, niemand schaut mich mit scheelen Augen an. Nach zwei Monaten werde ich von allen ohne Ausnahme anerkannt. Der Zauberer hat auch rund zwanzig Hühner. Da niemand in den beiden Ansiedlungen, die ich kenne, Ziegen, Hühner und Schafe hat, muß es das Privileg des Zauberers sein, Haustiere halten zu dürfen. Jeden Morgen geht eine andere Indianerin mit einem Korb auf dem Kopf zu ihm, um ihm Fische und Muscheln zu bringen. Auch frische Maiskuchen, die morgens auf Steinen, von Feuer umlodert, geröstet werden. Manchmal, nicht immer, kommen sie mit Eiern und saurer Milch zurück. Wenn der Zauberer meinen Besuch wünscht, schickt er mir persönlich drei Eier und ein schön poliertes Holzmesser. Lali begleitet mich den halben Weg und wartet im Schatten eines hohen Kaktus' auf mich.

Der alte Indianer lebt in einem abstoßend schmutzigen Zelt aus Kuhhaut, deren Fellseite nach innen schaut. Auf drei Steinen in der Mitte brennt ständig ein Feuer. Der Mann schläft nicht in einer Hängematte, sondern in einem Bett aus Zweigen, mehr als einen Meter über dem Boden. Das Zelt ist ziemlich groß, hat zirka zwanzig Quadratmeter Bodenfläche und wird nur an der Windseite von ein paar Zweigen geschützt. Zwei von den Schlangen des Zauberers habe ich gesehen. Eine ist fast drei Meter lang und hat ein gelbes V auf dem Kopf. Die Schlangen müssen doch etwas wie Hühner und Eier fressen, überlege ich mir. Ich verstehe nicht, wie Ziegen, Hühner, Schafe und auch der Esel gemeinsam unter diesem Zelt Schutz finden.

Der alte Indianer sieht prüfend meine Kleider an, läßt mich die Hose ausziehen, die Lali in Shorts verwandelt hat, und nackt wie ein Wurm muß ich mich auf einen Stein am Feuer setzen. Er legt grüne Blätter ins Feuer, die stark qualmen und nach Minze duften. Ich bin von dichtem Rauch umgeben, muß aber kaum husten und warte, was in den nächsten Minuten geschehen wird. Der Alte verbrennt meine Hose und gibt mir zwei indianische Hüfttücher, eines aus Hammelfell und eines aus Schlangenhaut, das weich wie ein Handschuh ist. Er streift mir ein Armband aus geflochtenem Ziegen-, Hammel- und Schlangenleder über den Arm, es ist zehn Zentimeter breit und wird mit einem Schlangenlederriemen geschlossen, den man zusammenzieht oder lockert.

Der Zauberer hat nur noch fünf Zähne, drei im Unterkiefer, zwei oben in der Mitte. Gesicht und Hals sind eingeschrumpft und unsagbar runzelig. Genauso faltig ist die Haut seiner Lider; wenn er die Augen schließt, bilden sie zwei runde Hautbündel. Seine Augen sind geschlitzt und mandelförmig wie die aller Indianer, von Wimpern und Brauen ist kein Härchen mehr vorhanden, aber das sauber geschnittene Haar ist noch tiefschwarz und fällt ihm bis auf die Schultern herab. Die Stirn ist hinter Fransen verborgen. Am linken Fußknöchel hat der Zauberer ein Geschwür, so groß wie ein Zweifrancstück. Er ist ständig von Mücken bedeckt. Hin und wieder verjagt er sie und bestreut die Wunde, damit sie ihn etwas weniger belästigen, mit Asche.

Er hat mich also durch die Zeremonie in die Gemeinschaft des Dorfes aufgenommen. Ich will gehen. Aber da winkt er mir und überreicht mir zum Abschied ein Holzmesser, kleiner als jenes, das er mir bisher geschickt hat, sooft er mich sehen wollte. Lali erklärt mir später, daß ich ihm das kleine Messer schicken muß, wenn ich ihn meinerseits zu besuchen wünsche. Ist er einverstanden, wird er mir das große senden.

Ich gehe, und mein nackter Hintern bereitet mir Unbehagen. Ich komme mir komisch vor. Doch das gehört schließlich auch zur Flucht! Mit den Indianern ist nicht zu scherzen, und die Freiheit ist immerhin ein paar Unbequemlichkeiten wert. Lali sieht das Hüfttuch und lacht, daß man alle ihre Zähne sieht, die so schön sind wie die Perlen, die sie fischt. Sie mustert das Armband und das Hüfttuch aus Schlangenhaut. Und sie beschnuppert mich, ob ich gut im Rauch gesessen bin. Das scheint sehr wichtig zu sein.

Ich habe mich an das neue Leben gewöhnt und merke, daß ich nicht mehr lange so leben darf, sonst kommt es so weit, daß ich nicht mehr fortgehen will. Lali beobachtet mich. Sie hätte gerne,

daß ich aktiveren Anteil am Leben der Gemeinschaft nähme. Sie weiß, daß ich sehr gut rudere und mit dem kleinen leichten Boot recht geschickt umgehen kann. Von da bis zu dem Wunsch, daß ich das Boot lenke, wenn sie Perlen fischt, ist es nicht weit. Aber ich möchte das nicht. Lali ist die beste Taucherin unter den Mädchen des Dorfes, es ist immer ihr Boot, das die meisten und größten Muscheln heimbringt, denn sie fischt tiefer als die anderen. Ich weiß auch, daß der junge Fischer, der ihr Boot steuert, der Bruder des Häuptlings ist. Wenn ich allein mit Lali hinausfahre, würde ich ihm unrecht tun, und das darf ich nicht. Wenn Lali mich nachdenklich werden sieht, geht sie und holt ihre Schwester. Die kommt dann immer fröhlich angelaufen und betritt das Haus durch meine Tür. Das muß etwas Wichtiges zu bedeuten haben. Sie kommen zusammen an die große Tür, die dem Meer zugewendet liegt, trennen sich vor ihr, und Lali läuft schnell um das Haus, um durch ihre Tür einzutreten, während Zoraima, so heißt die Kleine, durch meine Tür geht. Zoraimas Brüste sind kaum größer als Mandarinen, und ihr Haar ist nicht lang. Es ist rechtwinkelig in Kinnhöhe abgeschnitten, die Stirnfransen reichen fast bis zu den Augenlidern. Jedesmal wenn sie so von ihrer Schwester gerufen kommt, baden sie beide. Vorher legen sie noch beide ihre Hüfttücher ab und hängen sie an die Hängematte. Die Kleine geht dann immer sehr traurig von uns weg, weil ich sie nicht genommen habe. Einmal, am Tag nach einem solchen traurigen Abschied, als wir uns alle drei niederlegten, steht Lali, die in der Mitte liegt, plötzlich auf und legt sich auf die andere Seite ihrer Schwester. Ich liege jetzt neben dem nackten Leib Zoraimas, ganz eng, sehr süß ...
Der Fischergefährte Lalis hat sich am Knie eine tiefe Schnittwunde zugezogen. Die Männer haben ihn zum Zauberer getragen, und er ist mit einem Pflaster aus weißer Tonerde zurückgekommen. An diesem Vormittag bin ich allein mit Lali fischen gefahren. Ich habe sie ein wenig weiter hinausgeführt als gewöhnlich. Lali strahlt vor Freude. Sie reibt sich vor dem Tauchen mit Öl ein. Das Wasser auf dem Grund, der tiefschwarz vor mir liegt, muß sehr kalt sein. Drei Haifischflossen gleiten in nächster Nähe an uns vorüber. Ich mache Lali darauf aufmerksam, doch sie mißt dem keine Bedeutung bei. Es ist zehn Uhr morgens, die Sonne scheint. Den Sack um ihren linken Arm gerollt, das Messer am Gürtel, springt sie, ohne mit den Füßen abzustoßen, wie es jeder andere machen würde, ins Wasser. Unerhört schnell verschwindet sie in der dunklen Tiefe. Das erste Tauchen dient immer erst der Orientierung, sie hat nur wenige Muscheln im Beutel. Da kommt mir eine Idee. An Bord des Bootes befindet sich ein dicker Knäuel aus Lederriemen. Ich binde den Riemen mit einem doppelten Knoten an den Sack, gebe ihn Lali und rolle den Knäuel ab, während sie taucht. Sie hat den Zweck des Manövers sofort verstanden, denn sie kommt nach einer längeren Weile ohne den Sack zurück, hält sich am Boot fest, um

zu verschnaufen, und deutet mir, den Sack heraufzuziehen. Ich beginne zu ziehen, aber er bleibt plötzlich hängen, wahrscheinlich an einem Korallenriff. Lali taucht und macht ihn los. Der Sack kommt fast bis oben mit Beute gefüllt herauf, und ich leere ihn in das Boot. An diesem Vormittag haben wir nach achtmaligem Tauchen in fünfzehn Meter Tiefe das Boot beinahe voll. Als Lali wieder einsteigt, steht der Rand des Bootes gerade noch zwei Fingerbreit über das Wasser heraus. Das Boot ist derart überfüllt, daß es beim Heraufziehen des Ankers fast untergeht. Wir binden die Ankerschnur los, befestigen ein Ruder daran, das wir an einer Leine hinter uns her ziehen, und landen ohne Unfall.
Die Alte und Lalis Gefährte erwarten uns an der Stelle, wo die Muscheln immer geöffnet werden. Der junge Fischer freut sich, daß wir so viele Muscheln gesammelt haben. Lali scheint ihm zu erklären, was ich gemacht habe. Daß ich den Sack angebunden habe, was ihr das Heraufkommen erleichtert und ihr ermöglicht, mehr Muscheln zu sammeln. Er schaut zu, wie der Sack angebunden wird, und sieht sich den doppelten Knoten genau an. Dann macht er ihn auf und versucht, den Knoten von neuem zu schlingen, und es gelingt ihm auf Anhieb. Stolz blickt er mich an.
Beim Öffnen der Muscheln findet die Alte dreizehn Perlen. Lali, die sonst nie so lange bleibt, wartet, bis die letzte Muschel geöffnet ist. Ich schlürfe mindestens drei Dutzend davon aus, Lali fünf oder sechs. Die Alte verteilt die Perlen. Sie alle sind mehr oder weniger gleich groß, wie schöne kleine runde Erbsen. Die Alte legt drei für den Häuptling zur Seite, drei für mich, zwei Perlen für sich selbst, und fünf für Lali. Lali nimmt meine drei Perlen und gibt sie mir. Ich gebe sie dem verwundeten Indianer. Er will sie nicht nehmen, doch ich öffne ihm die Hand und lege ihm die Perlen hinein. Seine Frau und seine Tochter, die uns aus einiger Entfernung schweigend beobachten, beginnen zu lachen und kommen zu uns her. Ich helfe ihnen, den hinkenden Fischer in seine Hütte zu bringen.
Das wiederholt sich fast zwei Wochen hindurch. Jedesmal gebe ich meine Perlen dem jungen Fischer. Gestern habe ich eine von den sechs Perlen, die auf mich entfallen, behalten. Zu Hause zwinge ich Lali, die Perle zu verspeisen. Sie war närrisch vor Freude und hat den ganzen Nachmittag gesungen.
Ab und zu besuche ich den weißen Indianer. Er fordert mich auf, ihn Zorillo zu nennen, was auf spanisch kleiner Fuchs heißt. Er sagt mir, daß der Häuptling mich fragen läßt, warum ich ihm nicht den Tigerkopf tätowiere, und ich erkläre ihm, daß ich nicht so gut zeichnen kann. Mit Hilfe des Diktionärs ersuche ich ihn, mir einen Spiegel in der Größe meiner Brust zu besorgen, außerdem durchsichtiges Papier, einen feinen Pinsel, ein Fläschchen Tinte, Karbonpapier oder, wenn es das nicht gibt, wenigstens einen dicken, sehr weichen Bleistift. Ich trage ihm auch auf, mir Kleidungsstücke in meiner Größe und drei Khakihemden zu besorgen und bei sich

für mich aufzuheben. Ich erfahre, daß ihn die Polizei über mich und Antonio ausgefragt hat. Er sagte den Polizisten, daß ich durch das Gebirge nach Venezuela gegangen sei und daß Antonio an einem Schlangenbiß gestorben sei. Er weiß auch, daß die Franzosen alle im Gefängnis von Santa Marta sind.
Das Haus Zorillos ist genauso eingerichtet wie das Haus Zatos. Es gibt eine Menge schön gemusterter Töpfe, kunstvolle Keramiken, sowohl nach der Form wie nach den Mustern und Farben; prachtvolle Hängematten aus reiner Wolle, manche weiß, manche bunt, mit Fransen; dann gegerbte Schlangenhaut, Eidechsenhaut und die Haut einer großen Krötenart; und Körbe aus weißen und gefärbten Lianen. Alle diese Gegenstände, sagt er, sind von Indianern der gleichen Rasse wie der meines Stammes gemacht, die aber fünfundzwanzig Tagesmärsche von hier in den Buschwäldern im Landinneren leben. Das ist die Gegend, aus der auch die Kokablätter stammen, von denen er mir mehr als zwanzig Stück gibt. Sooft ich niedergeschlagen bin, werde ich eines kauen. Beim Weggehen bitte ich Zorillo, mir möglichst alles, was ich ihm aufgeschrieben habe, zu bringen, und dazu spanische Zeitungen oder Illustrierte, denn ich habe an Hand des Diktionärs in den zwei Monaten viel gelernt und möchte mich üben. Er hat keine Nachricht von Antonio, sondern weiß nur, daß es zu einem neuerlichen Zusammenstoß zwischen Küstenwachen und Schmugglern gekommen ist. Daß dabei fünf Küstenwachen und ein Schmuggler getötet wurden, doch das Boot haben sie nicht erwischt. Nie habe ich im Dorf einen Tropfen Alkohol zu sehen bekommen, und da ich bei ihm eine Flasche Anisschnaps sehe, bitte ich ihn, sie mir zu geben. Er weigert sich. Wenn ich will, kann ich hier welchen trinken, aber mitnehmen darf ich ihn nicht. Dieser Albino ist ein Weiser.
Ich verlasse Zorillo und reite auf einem Esel, den er mir geliehen hat und der morgen allein zurücklaufen wird, nach Hause zurück. Ich nehme ein großes Paket Bonbons in allen Farben, von denen jedes in feines Papier gewickelt ist, mit und sechzig Pakete Zigaretten. Lali erwartet mich mit ihrer Schwester zirka drei Kilometer vor dem Dorf. Sie macht mir keine Szene, wir gehen umschlungen Seite an Seite. Hie und da bleibt sie stehen und küßt mich nach Art der Zivilisierten. Nach der Ankunft suche ich den Häuptling auf und biete ihm Bonbons und Zigaretten an. Wir sitzen vor der Tür, die aufs Meer geht, und trinken gegorenen Fruchtsaft, der in irdenen Krügen frischgehalten wird. Lali sitzt rechts von mir, die Arme um meine Schenkel geschlungen, und ihre Schwester in der gleichen Stellung links. Sie lutschen beide Bonbons. Das Paket liegt offen vor uns, und Frauen und Kinder bedienen sich bescheiden. Der Häuptling legt Zoraimas Kopf an den meinen und gibt mir so zu verstehen, daß sie wie Lali meine Frau sein will. Lali nimmt ihre Brüste in die Hände und zeigt mir mit Gesten, daß Zoraimas Brüste kleiner sind und ich sie, Zoraima, deshalb nicht mag. Ich zucke die

Achseln, und alle lachen. Zoraima scheint darüber sehr unglücklich zu sein. Ich nehme sie um den Hals und streichle ihre Brüste. Sie strahlt vor Glück. Ich rauche ein paar Zigaretten, die Indianer probieren sie, werfen sie aber schnell weg und greifen wieder zu ihren Zigarren, die Glut im Mund. Dann nehme ich Lali bei der Hand, wir grüßen und gehen. Lali geht hinter mir, Zoraima folgt ihr. Wir braten uns über der Holzkohlenglut große Fische, das ist immer ein Festschmaus. Auch eine Languste von mindestens zwei Kilo lege ich über die Glut, und wir essen das köstliche Fleisch mit Genuß.

Ich habe den Spiegel erhalten, das dünne Papier und das Pauspapier, dazu eine Tube Kleister, die ich zwar nicht verlangt habe, doch gut brauchen kann, mehrere weiche Bleistifte, Tinte und einen Pinsel. Ich hänge den Spiegel an einem Bindfaden in Brusthöhe auf und setze mich davor. In dem Spiegel ist deutlich, mit allen Einzelheiten und in der richtigen Größe, mein Tigerrachen zu sehen. Lali und Zoraima schauen mir interessiert und neugierig zu. Ich zeichne die Linien mit dem Pinsel nach, aber da die Tinte zerläuft, hole ich den Kleister und vermische ihn mit der Tinte. Von diesem Moment an geht alles gut. In drei Sitzungen zu je einer Stunde habe ich das genaue Abbild des Tigerrachens auf den Spiegel übertragen.

Lali ist den Häuptling holen gegangen, und Zoraima nimmt meine Hände und legt sie an ihre kleinen Brüste. Sie sieht so unglücklich und so verliebt aus, ihre Augen sind so voll Verlangen und Liebe, daß ich sie, ohne zu wissen, was ich tue, hier auf dem Boden, mitten in der Hütte nehme. Sie stöhnt ein wenig, aber ihr vor Wonne gespannter Leib umschlingt mich und will mich gar nicht mehr loslassen. Sanft löse ich mich von ihr und gehe ans Meer, um zu baden, denn ich bin voll Erde. Sie kommt mir nach, und wir baden gemeinsam. Ich reibe ihr den Rücken ab, sie mir die Arme und Beine, und dann kehren wir beide wieder ins Haus zurück. Lali sitzt an der Stelle, wo wir beide vorhin gelegen sind. Sie sieht uns kommen und versteht. Sie geht mir entgegen, legt mir die Arme um den Hals und küßt mich zart. Dann nimmt sie ihre Schwester bei der Hand und schickt sie durch meine Tür hinaus. Sie selbst geht durch die ihre. Draußen höre ich Gepoche. Ich gehe hinaus und sehe, wie Lali, Zoraima und zwei andere Frauen mit einem Eisen ein Loch in die Mauer unseres Hauses brechen. Ich verstehe. Sie machen eine vierte Tür. Um die Mauer nicht an einer anderen Stelle zu beschädigen, feuchten sie sie rundum mit der Gießkanne an, so kann sie keine Sprünge kriegen. In kurzer Zeit ist die Tür fertig. Zoraima fegt die Mauerbrocken hinaus. Von jetzt an wird sie nur mehr durch diese Tür aus- und eingehen, nie mehr wird sie sich der meinen bedienen.

Von drei Indianern und seinem Bruder begleitet, dessen Knie schon fast vernarbt ist, kommt der Häuptling. Er sieht sich die Zeichnung auf dem Spiegel an, dann sich selbst. Er ist erstaunt, daß der Tiger so gut ausgefallen ist, aber er versteht nicht, was das soll. Ich lege den Spiegel auf den Tisch, das Pauspapier darüber und beginne den Kopf zu kopieren. Das geht sehr rasch und fällt mir leicht. Mit dem weichen Bleistift verfolge ich getreu alle Linien. In weniger als einer halben Stunde entsteht vor aller Augen eine Zeichnung, die ebenso gut ist wie das Original. Einer nach dem andern ergreift das Blatt und vergleicht den Tiger auf meiner Brust mit dem abgezeichneten. Ich lege Lali auf den Tisch, befeuchte ihre Haut mit einem nassen Tuch, lege ihr ein Blatt Pauspapier auf den Bauch und darüber das Blatt, das ich kopiert habe. Ich zeichne ein paar Striche, und alle sind entzückt, auf Lalis Bauch plötzlich ein Stück der Zeichnung zu sehen. Jetzt versteht der Häuptling, daß all die Mühe, die ich mir gebe, ihm gilt.

Die Indianer kennen die Verstellungskünste unserer zivilisierten Erziehung nicht, sie reagieren ganz natürlich und spontan und zeigen einem, ob sie zufrieden oder unzufrieden sind, erfreut oder traurig, interessiert oder gleichgültig. Die Überlegenheit unverdorbener Stämme wie der Goajiros ist frappant. Sie übertreffen uns in allem. Wenn sie jemanden bei sich aufnehmen, überlassen sie ihm alles, was sie haben, und wenn ihnen diese Person nur die geringste Aufmerksamkeit entgegenbringt, sind sie in ihrer Überempfindsamkeit tief gerührt. Ich habe beschlossen, dem Häuptling mit dem Rasiermesser zu ziehen, damit die Konturen der Zeichnung bereits bei der ersten Sitzung als Tätowierung festgelegt sind. Später will ich mit drei an einem kleinen Stecken befestigten Nadeln darüberstechen. Am nächsten Tag mache ich mich an die Arbeit.

Zato liegt auf dem Tisch. Nachdem ich die Zeichnung von dem dünnen Pauspapier auf ein widerstandsfähigeres weißes Blatt übertragen habe, kopiere ich sie nun mit einem harten Bleistift auf seine Haut, die ich mit weißer Tonerde eingerieben und trocknen lassen habe. Die Zeichnung tritt schön hervor.

Der Häuptling liegt steif auf dem Tisch. Er zuckt nicht, noch bewegt er sich, aus Angst, er könnte die Zeichnung, die ich ihn im Spiegel sehen lasse, zerstören. Ich führe alle Linien mit dem Rasiermesser aus. Das Blut tropft leicht herunter, ich wische es jedesmal weg. Als es so weit ist, daß die feinen roten Linien die Zeichnung wiedergeben, bestreiche ich die ganze Brust mit chinesischer blauer Tinte. Die Tusche hält nicht immer, sie wird an den Stellen, wo ich etwas tiefer geschnitten habe, vom Blut weggespült, trotzdem kommt fast die ganze Zeichnung wunderbar heraus. Acht Tage darauf hat Zato seinen offenen Tigerrachen mit der langen roten Zunge, den Zähnen, der Schnauze, dem Schnurrbart und den wilden Augen auf der Brust. Ich bin zufrieden mit meinem Werk. Er auch. Die Zeichnung ist hübscher und die Farben sind lebhafter als bei mir. Nachdem die Krusten abgefallen sind, steche ich an gewissen Stellen mit den Nadeln nach.

Zato ist so zufrieden, daß er bei Zorillo sechs Spiegel bestellt, einen für jede Hütte, zwei für seine eigene.
Tage vergehen, Wochen, Monate. Im April sind es vier Monate, daß ich hier bin. Ich fühle mich gesundheitlich ausgezeichnet, bin kräftig, und meine Füße, die sich an das Barfußgehen gewöhnt haben, erlauben mir auf der Jagd nach großen Eidechsen lange Märsche, ohne daß ich ermüde. Ich habe zu erwähnen vergessen, daß ich nach meinem ersten Besuch beim Zauberer Zorillo gebeten habe, mir Jodtinktur, Wasserstoffsuperoxyd, Watte, Verbandzeug, Chinintabletten und Stovarsol zu besorgen. Ich hatte nämlich im Spital einen Sträfling gesehen, der ein ebenso großes Ulcus hatte wie der Zauberer. Der Krankenwärter Chatal hatte ihm eine zerdrückte Pille Stovarsol aufgelegt. Ich bekam das alles und hatte obendrein eine Salbe, die Zorillo von seinem eigenen Häuptling erhalten hat. Ich schickte dem Zauberer das kleine Holzmesser, er antwortete mit dem seinen. Es kostete viel Zeit und war sehr schwierig, ihn dazu zu überreden, sich von mir behandeln zu lassen. Als aber das Ulkus nach einigen Visiten um die Hälfte kleiner wurde, setzte er die Behandlung allein fort, und eines Tages schickte er mir sein großes Holzmesser, damit ich mir das Bein ansehen käme, das vollkommen geheilt war. Niemand wußte, daß ich es kuriert hatte.
Meine Frauen lassen mich nie allein. Wenn Lali beim Fischen ist, bleibt Zoraima bei mir. Wenn Zoraima taucht, leistet Lali mir Gesellschaft.
Zato wurde ein Sohn geboren. Seine Frau ist, als die Wehen kamen, an den Strand gegangen und hat sich dort hinter einen großen Felsen gelegt, um vor allen Blicken geschützt zu sein. Eine zweite Frau Zatos bringt ihr einen großen Korb mit Kuchen, Süßwasser und Rohzucker in Hüten zu zwei Kilo. Sie muß gegen vier Uhr nachmittags niedergekommen sein, denn bei Sonnenuntergang kommt sie auf das Dorf zu, hebt den Jungen hoch und ruft etwas. Zato wußte schon bevor sie ankam, daß es ein Junge ist. Ich glaube zu begreifen: wenn es ein Mädchen gewesen wäre, hätte sie nicht so fröhlich gerufen und das Kind nicht so hochgehoben. Lali bestätigt es mir durch Gesten. Nachdem die Indianerin das Kind hochgehoben hat, bleibt sie stehen. Zato streckt, ohne sich vom Platz zu rühren, rufend die Arme aus. Jetzt richtet sich die Frau auf, geht ein paar Meter, hebt den Jungen wieder hoch, ruft und bleibt von neuem stehen. Zato ruft wieder und streckt die Arme aus. Das wiederholt sich während der letzten dreißig bis vierzig Meter fünf- bis sechsmal. Zato steht auf der Schwelle der großen Tür seines Hauses und rührt sich nicht. Die übrigen Indianer haben sich links und rechts von ihm aufgestellt. Als die Mutter nur noch fünf Schritte bis zu ihm hin hat, hält sie nochmals an, hebt den Jungen hoch und ruft. Jetzt geht ihr Zato entgegen, ergreift das Kind unter den Achseln und hebt es seinerseits hoch. Er wendet sich nach Osten,

stößt dreimal einen Ruf aus und hebt den Jungen dreimal hoch. Dann setzt er sich mit dem Jungen auf seinem rechten Arm, hält ihn quer vor seine Brust, den Kopf des Babys unter die eigene Achsel und deckt ihn mit dem linken Arm zu. Dann geht er, ohne sich umzuwenden, durch die große Tür in die Hütte. Alle andern folgen ihm. Die Mutter tritt als letzte ein. Wir trinken alles aus, was an gegorenem Fruchtsaft zu finden ist.

Die ganze Woche besprengen wir morgens und abends den Platz vor Zatos Hütte, dann schütten Männer und Frauen Erde auf und treten sie nieder. So formen sie eine große Scheibe festgestampfter roter Tonerde. Am nächsten Tag wird darauf ein geräumiges Zelt aus Rindshaut errichtet. Ich vermute, daß es darin ein Fest geben soll. Riesige Krüge aus Terrakotta werden mit dem von ihnen bevorzugten Getränk gefüllt. Es sind mindestens zwanzig. Steine werden auf den Boden des Zeltes gelegt und um sie herum ein Haufen trockenen und grünen Holzes, der täglich höher wird. Viel von dem Holz ist vor langer Zeit über das Meer gekommen, es ist trocken, weiß und glatt. Darunter gibt es auch sehr dicke Stämme, die Gott weiß wann und woher geschwemmt worden sind. Auf die Steine werden zwei gleich große Holzgabeln als Lager für den riesigen Bratspieß montiert. Vier auf dem Rücken liegende Riesenschildkröten, dreißig große Eidechsen, alle lebend, mit ineinander verstrickten Krallen, damit sie nicht davonlaufen können, und zwei Hammel warten darauf, geopfert und verspeist zu werden, dazu gibt es mindestens zweitausend Schildkröteneier.

Eines Morgens kommen gegen fünfzehn Reiter, alles Indianer mit Halsketten, sehr großen Strohhüten und Hüfttüchern. Ihre Schenkel, Beine und Hinterbacken sind nackt, oben aber tragen sie alle ärmellose Jacken aus nach außen gewendeten Hammelfellen. Ein riesiger Dolch steckt in jedem Gürtel, zwei tragen eine Doppelbüchse, der Häuptling hat einen Karabiner mit einem vollen Patronengürtel und eine prachtvolle schwarze Lederjacke mit Ärmeln. Die Pferde sind herrlich, lauter Apfelschimmel, klein und nervös. Über der Kruppe tragen sie ein Bündel getrockneter Kräuter. Die Indianer haben ihre Ankunft von weitem mit Schüssen angekündigt, doch da sie sehr raschen Galopp reiten, sind sie schon kurz darauf bei uns. Der Häuptling sieht Zato und dessen Bruder auffallend ähnlich, nur ist er älter. Er springt von seinem Vollblut, geht auf Zato zu, und sie berühren sich gegenseitig an der Schulter. Dann geht er allein ins Haus und kommt mit dem Kind auf dem Arm wieder, von der Mutter gefolgt. Erst zeigt er es allen, dann Zato besonders. Danach hält er es nach Osten, wo die Sonne aufgeht, verbirgt es unter der Achsel und seinem linken Unterarm und kehrt ins Haus zurück. Jetzt sitzen alle Reiter ab und fesseln den Pferden etwas weiter weg mit Grasseilen, die ein jedes um den Hals hat, die Beine. Gegen Mittag kommen in einem großen, von vier Pferden gezogenen Wagen die Indianerinnen. Ihr Fahrer ist Zorillo. In dem

Wagen sind mindestens zwanzig blutjunge Indianerinnen und sieben oder acht Kinder, lauter Buben.
Bevor Zorillo kommt, wurde ich sämtlichen Reitern vorgestellt. Allen voran dem Häuptling. Zato macht mich darauf aufmerksam, daß seine linke kleine Zehe verkrümmt ist und über der zweiten liegt. Auch bei seinem Bruder ist das der Fall, ebenso beim angekommenen Häuptling. Dann zeigt er mir unter dem Arm aller drei den gleichen schwarzen Fleck in der Größe eines Schönheitspflästerchens. Ich habe begriffen, daß der Neuangekommene sein Vater ist. Die Tätowierungen Zatos werden von allen sehr bewundert, besonders der Tigerrachen. Die zu Besuch gekommenen Indianerinnen tragen Zeichnungen in allen Farben auf dem Körper und im Gesicht. Lali legt einige Halsketten aus Korallen um, anderen Ketten aus Muscheln. Ich entdecke eine wunderschöne Indianerin, die größer ist als die andern, die meistens mittelgroß sind. Sie hat das Profil einer Italienerin, wie auf einer Kamee. Ihre Haare sind schwarzviolett, die Augen jadegrün, riesengroß und mit sehr langen Wimpern gesäumt. Die Brauen sind fein gewölbt. Sie trägt die Haare nach Indianerart geschnitten, mit Stirnfransen, Mittelscheitel und rechts und links über die Ohren herab. In der Mitte des Nackens sind sie zehn Zentimeter lang. Ihre Brüste liegen eng aneinander, öffnen sich aber bei jedem Schritt sanft und harmonisch.
Lali stellt mich vor und nimmt sie, Zoraima und noch eine andere sehr junge Indianerin mit Bechern und Pinseln in unser Haus mit. Die Mädchen kommen tatsächlich, um die Frauen unseres Dorfes zu bemalen. Ich schaue bei dem Werk, das das schöne Mädchen an Lali und Zoraima vollbringt, zu. Ihre Pinsel bestehen aus einem Stück Holz mit einem Wollzipfel am Ende. Er wird in die verschiedenen Farben getaucht, und dann werden damit die Muster gezeichnet. Ich nehme meinen Pinsel und zeichne, vom Nabel Lalis ausgehend, eine Pflanze, deren zwei Stengel bis an den Ansatz ihrer Brüste reichen. Die Brüste versehe ich mit rosa Blütenblättern, und die Spitzen färbe ich gelb wie das Innere eines Kelches halb geöffneter Blumen. Die anderen drei wollen, daß ich ihnen etwas Ähnliches mache. Ich lasse Zorillo holen. Er sagt, ich darf sie bemalen, wie ich will, wenn sie selber damit einverstanden sind. Hätte ich nur das nicht getan! Mehr als zwei Stunden lang muß ich die Brüste sämtlicher junger zu Besuch gekommener Indianerinnen mit Kunstwerken versehen und die aller anderen auch. Zoraima besteht darauf, genau die gleiche Bemalung wie Lali zu bekommen. Währenddessen haben die Indianer die Hammel am Spieß gebraten und zwei Schildkröten zerteilt und über der Glut geröstet. Ihr rohes Fleisch ist rot wie Rindfleisch.
Ich sitze bei Zato und dessen Vater im Zelt. Die Männer nehmen die eine, die Frauen, bis auf die, die uns bedienen, die andere Seite ein. Das Fest endet spät in der Nacht mit einem Tanz. Dazu spielt

ein Indianer auf einer Holzflöte, deren Töne scharf und wenig variierbar sind, und bearbeitet zugleich zwei Trommeln aus Hammelhaut. Viele von den Indianern und Indianerinnen sind berauscht, aber es kommt zu keinem einzigen unangenehmen Zwischenfall. Der Zauberer ist auf einem Esel gekommen. Alle betrachteten überrascht die rote Narbe an seinem Fuß, wo einst das Geschwür war, das jeder kannte. Zorilla erklärt mir, daß Zatos Vater Justo heißt, der Gerechte. Er schlichtet die Streitigkeiten, die unter den Leuten seines Stammes und der anderen Goajirostämme ausbrechen. Er erzählt mir weiter, daß sie bei Zusammenstößen mit einem anderen Indianerstamm, den Japos, Versammlungen abhalten, um zu beraten, ob sie Krieg führen oder alles in Güte bereinigen sollen. Wird ein Indianer von einem Indianer eines anderen Stammes getötet, dann verfügen sie, um einen Krieg zu vermeiden, daß der Mörder für den Toten des anderen Stammes bezahlt. Manchmal beläuft sich das auf zweihundert Rinder, denn auf den Bergen und unten hin haben die Indianer viele Rinder. Leider impfen sie sie nicht gegen Maul- und Klauenseuche, an der immer eine beträchtliche Anzahl Vieh zugrunde geht. Einerseits sei das gut, meint Zorillo, denn ohne diese Krankheit gäbe es zu viele Rinder. Das Vieh könne in Kolumbien oder Venezuela nicht offiziell verkauft werden, weil man fürchte, die Seuche in diese beiden Länder einzuschleppen. Aber in den Bergen werde viel Schmuggel mit den Viehherden getrieben.
Häuptling Justo läßt mir durch Zorillo sagen, daß ich ihn in seinem Dorf, das angeblich aus fast hundert Hütten besteht, besuchen soll. Er lädt mich ein, mit Lali und Zoraima zu kommen. Er will uns dort eine Hütte geben, wir brauchen nichts mitzunehmen, ich würde dort alles Nötige finden. Nur das Material zum Tätowieren möge ich mitbringen, weil er sich auch einen Tiger machen lassen möchte. Er zieht seine mächtige schwarze Ledermanschette aus und reicht sie mir. Laut Zorillo bedeutet das, daß er mein Freund sei und außerstande, mir einen Wunsch abzulehnen. Er fragt mich, ob ich ein Pferd möchte. Ich sage ja, aber daß ich es nicht annehmen könne, weil es hier fast kein Gras gibt. Er meint, daß Lali oder Zoraima, wenn es nötig wäre, zu Pferd in einem halben Tag einen Ort erreichen könnten, wo es schönes hohes Gras gebe. Ich nehme das Pferd an, das er mir, wie er sagt, demnächst schicken wird.
Ich nehme die Gelegenheit wahr, Zorillo zu sagen, daß ich ihm vertraue und daß ich hoffe, er werde meinen Plan, nach Venezuela oder Kolumbien zu gehen, nicht verraten. Er schildert mir die Gefahren der ersten dreißig Kilometer in der Gegend der Grenze. Den Berichten der Schmuggler zufolge sei die venezolanische Seite noch gefährlicher als die kolumbische. Andererseits könnte er mich auf der kolumbischen Seite fast bis nach Santa Marta begleiten. Diesen Weg hätte ich ja schon einmal gemacht, fügt er hinzu, und Kolumbien sei für mich günstiger. Er findet es auch richtig, daß

ich ein anderes Wörterbuch kaufe oder vielmehr ein spanisches mit Alltagsphrasen. Er fände es auch vorteilhaft, wenn ich mich im Stottern übte, denn das mache die Leute nervös; sie vollenden dann die Sätze selbst und achten nicht auf meinen Akzent und meine Fehler. Er will mir die Bücher besorgen, dazu eine Karte von Kolumbien, und er wird sich bemühen, auch meine Perlen zu verkaufen, wenn möglich gegen kolumbisches Geld. Zorillo sagt, daß die Indianer, angefangen vom Häuptling, nichts gegen meine Entscheidung einwenden werden. Sie werden mein Weggehen bedauern, aber sie werden auch verstehen, daß ich zu den Meinen zurückkehren möchte. Schwieriger wird die Sache mit Zoraima und vor allem mit Lali sein. Die eine wie die andere, aber vor allem Lali, sei durchaus imstande, mich niederzuschießen. Außerdem erfahre ich von ihm etwas, wovon ich keine Ahnung hatte: Zoraima ist schwanger. Ich hatte gar nichts davon gemerkt und falle aus allen Wolken.
Das Fest ist vorüber, alle sind fort, das Zelt ist abgebrochen und alles wieder wie vorher. Zumindest nach außen hin. Ich habe das Pferd erhalten, einen prächtigen grauen Apfelschimmel mit einem Schweif, der fast die Erde berührt, und mit einer wunderschönen silbergrauen Mähne. Lali und Zoraima sind mehr als unzufrieden, und der Zauberer läßt mich rufen, um mir zu sagen, daß die beiden ihn gefragt haben, ob sie dem Pferd zerdrücktes Glas eingeben könnten, damit es eingeht. Er hat ihnen geraten, das nicht zu tun, weil ich unter dem Schutz irgendeines heiligen Indianers stünde und das Glas aus dem Bauch des Pferdes in ihren eigenen zurückkehren würde. Er glaubt zwar, daß er diese Gefahr bereits gebannt habe, doch könne er nicht garantieren. Soll ich ihnen versprechen, wiederzukommen, um sie zu überreden, mich gehen zu lassen? Nur das nicht, ich soll mir ja nicht anmerken lassen, daß ich im Sinn habe, wegzugehen.
Der Zauberer konnte mir das alles sagen, weil gerade Zorillo bei ihm war und als Dolmetscher fungierte. Ich kehre nach Hause zurück. Zorillo ist über einen anderen Weg als ich zu dem Zauberer gekommen, und niemand im Dorf weiß, daß der Zauberer mich zur selben Zeit hat rufen lassen wie ihn.
Es sind jetzt sechs Monate vergangen, und es drängt mich zum Aufbruch. Eines Tages komme ich ins Haus zurück und finde Lali und Zoraima über die Landkarte gebeugt. Sie versuchen dahinterzukommen, was die Linien, Punkte und Farbflecken darstellen. Am meisten beschäftigt sie die kleine Zeichnung mit den Pfeilen, die die vier Weltrichtungen andeuten. Sie können sich nicht einig werden, aber sie ahnen beide, daß die Karte etwas sehr Wichtiges ist, was mit unserem Leben zusammenhängt.
Der Bauch Zoraimas beginnt zu schwellen. Lali ist etwas eifersüchtig und zwingt mich zu Liebesstunden, ganz gleich um welche Zeit und an welchem Ort. Auch Zoraima erhebt Anspruch auf mich,

aber wenigstens nur nachts. Ich habe mit Lali und Zoraima den Vater Zatos, Justo, besucht. Glücklicherweise hatte ich mir die abgepauste Zeichnung aufgehoben; so konnte ich ihm den Tigerrachen in gleicher Güte auf die Brust tätowieren. In sechs Tagen war er fertig, denn die Kruste ist dank einer Waschung mit Wasser, in das er etwas ungelöschten Kalk mischte, rasch abgefallen. Justo ist so zufrieden, daß er sich mehrere Male am Tag im Spiegel betrachtet. Während meines Aufenthaltes bei ihm ist Zorillo gekommen. Ich erlaubte ihm, Justo von meinem Vorhaben zu erzählen; ich möchte nämlich, daß er mir das Pferd umtauscht. Die Grauschimmel der Guajiros gibt es nämlich in Kolumbien nicht, und Justo besitzt drei Rotfüchse kolumbischer Abstammung. Kaum hat Justo von meinem Plan gehört, läßt er auch schon die Pferde holen. Ich wähle das, welches mir am ruhigsten erscheint. Es läßt sich widerstandslos einen Sattel auflegen mit Steigbügeln und eine eiserne Trense ins Maul schieben; die Indianerpferde tragen nämlich keinen Sattel, und als Trense wird ein Knochen verwendet. Nachdem das Pferd so ausgestattet worden ist, drückt mir Justo ein Paar Zügel aus braunem Leder in die Hand. Dann gibt er Zorillo vor meinen Augen neununddreißig Goldstücke, das Stück zu hundert Pesos. Zorillo soll sie aufbewahren und mir am Tag des Aufbruchs aushändigen. Er will mir auch seinen Manchester-Repetierkarabiner schenken, aber den nehme ich nicht an. Überdies sagt Zorillo, daß ich Kolumbien nicht bewaffnet betreten darf. Darauf schenkt mir Justo zwei Pfeile, so lang wie ein Finger. Sie sind in Wolle gewickelt und liegen in einem kleinen Lederetui. Zorillo sagt mir, daß ihre Spitzen in ein sehr starkes, selten vorkommendes Gift getaucht sind und daß er selbst nie solche Pfeile besessen habe. Er muß sie bis zu meinem Aufbruch aufbewahren. Ich weiß nicht, wie ich Justo meine Dankbarkeit ausdrücken soll. Er sagt mir, daß er von Zorillo einiges über mein Leben weiß und daß das, was er nicht kennt, sehr ereignisreich gewesen sein muß, denn ich sei ein ganzer Mann; daß er zum erstenmal in seinem Leben einen Weißen kennengelernt habe und daß er die Weißen vorher für seine Feinde gehalten habe. Jetzt aber würde er sie lieben und gerne noch einen anderen Mann wie mich kennenlernen.
»Überlege es dir«, sagte er, »bevor du in ein Land gehst, wo du so viele Feinde hast. Hier bei uns bist du unter lauter Freunden.«
Er sagte mir, daß Zato und er über Lali und Zoraima wachen würden und daß das Kind Zoraimas im Stamm einen Ehrenplatz einnehmen werde. Nur wenn es ein Junge wird, selbstverständlich.
»Ich möchte nicht, daß du weggehst. Bleibe, und ich werde dir die schöne Indianerin geben, die du bei dem Fest kennengelernt hast. Sie ist noch Mädchen und liebt dich. Du könntest hier bei mir bleiben, in einem großen Haus wohnen und Kühe und Ochsen haben, so viele du willst.«
Ich verlasse diesen prachtvollen Menschen und kehre in mein Dorf

zurück. Auf dem ganzen Rückweg sagt Lali kein Wort. Sie sitzt hinter mir auf dem Rotfuchs. Der Sattel reibt ihr die Schenkel auf, aber sie beklagt sich nicht. Zoraima reitet mit einem Indianer zu zweien. Zorillo geht einen anderen Weg in sein Dorf zurück. Nachts kühlt es etwas ab. Ich reiche Lali eine Jacke aus Hammelfell, die mir Justo gegeben hat. Sie läßt sie sich umlegen, ohne eine Geste, ohne ein Wort. Das Pferd beginnt etwas schneller zu traben, sie denkt nicht daran, sich an mir festzuhalten. Während ich nach der Ankunft Zato begrüßen gehe, führt sie das Pferd ins Haus und wirft ihm ein Bündel Gras vor, ohne ihm das Zaumzeug oder den Sattel abzunehmen. Ich bleibe eine Stunde bei Zato, dann gehe ich heim.
Wenn die Indianer und vor allem die Indianerinnen traurig sind, ist ihr Gesicht verschlossen. Kein Muskel regt sich darin, ihr Blick ertrinkt in Traurigkeit, aber sie weinen nicht. Sie stöhnen manchmal, aber weinen werden sie nie. Nachts stoße ich im Schlaf an Zoraimas empfindlichen Bauch. Sie schreit vor Schmerz auf. Aus Sorge, es könnte sich wiederholen, erhebe ich mich und lege mich in eine andere Hängematte. Sie hängt sehr niedrig. Ich lege mich also hinein und fühle, daß jemand mich berührt. Ich tue, als ob ich schliefe. Lali setzt sich auf einen Holzklotz und sieht mich regungslos an. Einen Augenblick später spüre ich, daß Zoraima da ist. Sie hat die Gewohnheit, sich zu parfümieren, indem sie Apfelsinenblüten zerdrückt und sich damit die Haut einreibt. Sie hat diese Blüten in kleinen Säckchen im Tauschhandel von einer Indianerin gekauft, die ab und zu ins Dorf kommt. Als ich erwache, sitzen beide Frauen noch immer da, regungslos. Die Sonne ist aufgegangen, es ist kurz vor acht. Ich führe die Frauen ans Ufer und strecke mich in dem trockenen Sand aus. Lali und Zoraima sitzen. Ich streiche Zoraimas Brüste und Bauch. Sie bleibt marmorhart. Ich drücke Lali auf den Sand nieder und will sie küssen, sie preßt die Lippen zusammen. Der junge Fischer, der Lali abholen will, blickt nur einmal in ihr Gesicht und weiß Bescheid. Er zieht sich zurück. Ich bin betrübt und weiß nicht, was ich machen soll. Ich möchte Lali streicheln und umarmen, um ihr zu zeigen, daß ich sie liebe, aber kein Wort kommt über ihre Lippen. Der Gedanke daran, wie sie leben werden, wenn ich fort bin, bereitet mir echten Kummer. Jetzt will Lali sich dazu zwingen, sich mir hinzugeben. Sie tut es voll Verzweiflung. Was kann sie dazu treiben? Sie kann nur einen Grund dazu haben, sie möchte von mir geschwängert werden.
An diesem Morgen bemerke ich zum erstenmal eine Regung der Eifersucht gegen Zoraima an ihr. Ich streichle Zoraimas Bauch und Brüste, und sie liebkost mein Ohrläppchen mit den Zähnen. Wir liegen gut geschützt in einer Mulde aus feinem Sand. Lali kommt, legt den Arm um die Schwester, streicht mit der Hand über ihren angeschwollenen Bauch, dann über ihren eigenen glatten, flachen.

Zoraima erhebt sich, als wollte sie sagen: Du hast recht, und überläßt ihr den Platz neben mir.
Die Frauen machen mir täglich das Essen, selber essen sie nichts. Seit drei Tagen haben sie keinen Bissen im Magen. Ich habe das Pferd genommen und hätte beinahe einen schweren Fehler begangen, den ersten nach mehr als fünf Monaten: Ich wollte ohne Erlaubnis den Zauberer besuchen. Unterwegs ändere ich meine Absicht, und anstatt zu ihm hin reite ich ungefähr zweihundert Meter vor seinem Zelt hin und her. Er sieht mich und macht mir ein Zeichen, zu ihm zu kommen. Mehr schlecht als recht mache ich ihm verständlich, daß Lali und Zoraima nichts mehr zu sich nehmen. Er gibt mir eine Art Nuß, die ich daheim in Süßwasser legen soll. Ich kehre nach Hause zurück und lege die Nuß in den großen Wasserkrug. Die Frauen haben mehrmals getrunken, aber gegessen haben sie nichts. Lali fischt auch nicht mehr. Und heute, nach vier Tagen vollständigen Fastens, hat sie eine wahre Narretei begangen: Sie ist, ohne Boot, fast zweihundert Meter hinausgeschwommen und mit dreißig Muscheln zurückgekommen, für mich, ich soll sie essen. Ihre Verzweiflung macht mir solchen Kummer, daß auch ich kaum noch esse. Das hält jetzt seit sechs Tagen an. Lali hat Fieber und muß sich niederlegen. Sie hat in den sechs Tagen nur ein paar Zitronen gelutscht, das war alles. Zoraima ißt wenigstens schon einmal am Tag, zu Mittag. Ich weiß nicht mehr, was ich tun soll. Ich setze mich an Lalis Seite. Sie liegt ausgestreckt auf der Erde, auf einer Hängematte, die ich zusammengelegt habe, um so etwas wie eine Matratze daraus zu machen. Sie blickt starr zur Decke und regt sich nicht. Ich sehe sie an, sehe Zoraima an mit ihrem schon ganz spitzen Bauch, und ich weiß eigentlich nicht, warum, aber ich beginne zu weinen. Meinetwegen wohl, oder ihretwegen! Das soll einer wissen! Ich weine. Dicke Tränen rinnen mir über die Backen. Zoraima, die es sieht, beginnt zu wimmern, und jetzt wendet Lali den Kopf und sieht meine Tränen. Mit einer einzigen Bewegung erhebt sie sich, setzt sich zwischen meine Beine und wimmert ebenfalls leise. Sie umarmt und streichelt mich. Zoraima hat einen Arm um meine Schultern geschlungen, und Lali beginnt auf einmal zu reden. Sie redet und wimmert gleichzeitig, und Zoraima antwortet ihr. Es sieht aus, als mache sie Lali Vorwürfe. Lali nimmt ein faustgroßes Stück Rohrzucker, zeigt mir, daß sie es in Wasser aufweicht, und schlingt es mit zwei Bissen hinunter. Dann geht sie mit Zoraima hinaus. Ich höre, daß sie sich mit dem Pferd beschäftigen. Das Pferd ist gesattelt und gezäumt. Ich gehe nach, lege die Weste aus Hammelfell für Zoraima auf den Sattel, Lali wirft eine zusammengelegte Hängematte darüber. Zoraima klettert als erste ganz vorne hinauf, ich setze mich in die Mitte des Sattels, Lali sitzt ganz hinten. Ich bin so verwirrt, daß ich mit den Frauen fortreite, ohne den Häuptling zu benachrichtigen.
In der Meinung, daß wir zum Zauberer reiten, schlage ich seine

Richtung ein. Aber Lali greift mir in die Zügel und sagt: »Zorillo.«
Zu Zorillo also wollen sie. Unterwegs hält Lali sich an mir fest und küßt mich öfters auf den Nacken. Ich halte mit der linken Hand die Zügel, und mit der rechten streichle ich Zoraima. Wir reiten genau in dem Augenblick in Zorillos Dorf ein, als er mit drei vollbeladenen Eseln und einem Pferd aus Kolumbien ankommt. Wir treten in sein Haus, Lali beginnt sofort zu reden, und Zoraima quasselt mit.

Zorillo erklärt mir folgendes: Bis zu dem Moment, wo ich zu weinen begann, hat Lali geglaubt, daß ich als Weißer keinen Wert auf sie lege. Daß ich weggehen will, weiß sie, aber weil ich ihr nie etwas davon gesagt habe, hält sie mich für falsch. Sie sagt, daß sie tief enttäuscht sei, denn sie habe geglaubt, eine Indianerin wie sie könne einen Mann glücklich machen, und ein glücklicher Mann geht nicht fort. Sie glaubt, daß sie keinen Grund habe, ihr Leben nach einer so schweren Enttäuschung noch fortzusetzen. Zoraima sagt das gleiche und hat überdies Angst, daß ihr Kind wie sein Vater werden könne: ein ehrloser, falscher Mann, der seinen Frauen etwas so Schwieriges zumute wie ich. Sie, die beide ihr Leben für mich gegeben hätten, könnten das nicht verstehen. Warum ich denn vor ihnen davonlaufe wie vor dem Hund, der mich am Tag, an dem ich ankam, gebissen hat?

»Was würdest du tun, Lali, wenn dein Vater krank wäre?« antworte ich.

»Ich würde durch Dornen zu ihm gehen, um ihn zu pflegen.«

»Man hat dich gejagt wie ein Tier. Man hat dich töten wollen. Was würdest du an dem Tag tun, an dem du dich endlich verteidigen kannst?«

»Ich würde meinen Feind überall suchen und ihn so tief eingraben, daß er sich in seinem Loch nicht mehr umdrehen könnte.«

»Und wenn du das alles gemacht hast, was würdest du dann tun, wenn du zwei wunderbare Frauen hättest, die auf dich warten?«

»Ich würde ein Pferd nehmen und zu den beiden zurückkehren.«

»Und genau das werde ich tun, genau das.«

»Und wenn ich alt und häßlich geworden bin, wenn du zurückkommst?«

»Ich werde kommen, noch bevor du alt und häßlich bist.«

»Ja, das Wasser ist aus deinen Augen gelaufen, das hast du nicht absichtlich getan. Du kannst also weggehen, wann du willst, aber du mußt bei Tag, vor aller Augen weggehen, nicht verstohlen wie ein Dieb. Du mußt weggehen, wie du gekommen bist, um die gleiche Zeit, am Nachmittag, und gut und vollständig bekleidet. Und du mußt bestimmen, wer Tag und Nacht über uns, über mich und Zoraima, wachen soll. Zato ist der Häuptling, aber es muß ein anderer Mann sein, der über uns wacht. Du mußt sagen, daß das Haus dein Haus ist und daß kein Mann, außer deinem Sohn, wenn es einer wird, der da im Bauch Zoraimas wächst, bei dir eintreten

darf. Darum muß Zorillo an dem Tag, an dem du weggehst, ins Dorf kommen und sagen, was du zu sagen hast.«
Wir haben bei Zorillo übernachtet. Es war eine köstliche, zärtliche, süße Nacht. Im Gemurmel und Geflüster dieser beiden Naturkinder lagen so wissende Töne der Liebe, daß ich tief gerührt war. Langsam, um Zoraima zu schonen, sind wir zu Pferd wieder nach Hause zurückgekehrt, alle drei. Acht Tage nach dem ersten Mond darf ich aufbrechen, sagt Lali, denn sie will mir mit Sicherheit sagen, ob sie endlich auch schwanger geworden ist. Sie hat seit dem letzten Mond kein Blut mehr verloren, aber sie hat Angst, sich vielleicht doch zu täuschen. Aber wenn sie auch nach diesem Mond kein Blut mehr verliert, dann wächst ein Kind in ihrem Bauch. Zorillo muß alle meine Kleidungsstücke herbringen, sagt sie, ich darf mich erst ankleiden, nachdem ich auf Guajiroart gesprochen habe, das heißt nackt. Am Abend vorher müssen wir dann alle drei zum Zauberer gehen. Er muß uns sagen, ob wir meine Tür im Haus verschließen müssen oder offenstehen lassen sollen ...
Die langsame Rückkehr aus Rücksicht auf Zoraima war durchaus nicht traurig. Sie nehmen lieber bewußt ihr Schicksal auf sich, als vor den Männern und Frauen ihres Dorfes verlassen und lächerlich dazustehen. Wenn Zoraima ihr Kind hat, will sie auch einen Fischer aufnehmen, um viele Perlen zu bekommen, die sie mir alle aufheben will. Lali will jeden Tag viel länger fischen, schon um beschäftigt zu sein. Ich bedaure, nicht mehr als ein Dutzend Worte von ihrer Sprache erlernt zu haben, ich hätte ihnen so viel zu sagen, was man über einen Dolmetscher nicht mitteilen kann.
Wir kommen an. Als erstes müssen wir Zato aufsuchen, um ihm begreiflich zu machen, warum wir fortgeritten sind, ohne ihm ein Wort davon zu sagen. Zato ist ebenso großmütig wie sein Bruder. Noch ehe ich zu sprechen beginne, legt er mir die Hand um den Hals und sagt: »Uilu! – Schweige!« In zwölf Tagen ist Neumond. Wenn ich die acht Tage, die ich danach noch warten muß, dazurechne, werde ich in zwanzig Tagen wieder unterwegs sein.
Ich sehe mir zum hundertstenmal die Karte an, ändere Verschiedenes und überdenke, was Justo mir sagte. Wo werde ich glücklicher sein als hier, wo alle mich lieben? Werde ich mich nicht ins Unglück stürzen, wenn ich in die Zivilisation zurückkehre? Nur die Zukunft wird es mir zeigen ...
Die drei Wochen sind wie ein Zauber vergangen. Lali hat den Beweis, daß sie schwanger ist, und so werden zwei oder drei Kinder meine Rückkehr erwarten. »Wieso drei?« frage ich. Sie sagt, daß ihre Mutter zweimal Zwillinge gehabt hat. Wir sind zu dem Zauberer gegangen. Nein, die Tür darf nicht verschlossen werden. Wir dürfen nur einen Zweig quer darüber legen. Die Hängematte, auf der wir drei liegen, muß an die Decke der Hütte gespannt werden. Lali und Zoraima müssen immer zusammen schlafen, denn sie sind eins. Dann befiehlt er uns, uns ans Feuer zu setzen, legt grüne Blät-

ter auf und hüllt uns länger als zehn Minuten in Rauch. Dann sind wir nach Hause zurückgekehrt, um Zorillo zu erwarten, der tatsächlich noch am selben Abend kommt. Die ganze Nacht saßen wir um ein Feuer vor unserer Hütte. Ich habe jedem der Indianer durch Zorillo, der es übersetzte, ein freundliches Wort gesagt, und jeder antwortete etwas. Bei Sonnenaufgang habe ich mich mit Lali und Zoraima zurückgezogen. Den ganzen Tag liebten wir uns. Zoraima kletterte auf mich, um mich besser in sich zu fühlen, und Lali umfing mich wie fesselnder Efeu mit ihrem Schoß, in dem es klopfte wie ein Herz.
Am Nachmittag breche ich auf. Zorillo macht den Dolmetscher. »Zato, großer Häuptling dieses Stammes«, sage ich, »der mich aufgenommen und mir alles gegeben hat, ich muß dich bitten, zu erlauben, euch für viele Monde zu verlassen.«
»Warum willst du von deinen Freunden fort?«
»Weil ich die bestrafen muß, die mich verfolgt haben wie ein Tier. Dank deiner Aufnahme habe ich hier im Schutz deines Dorfes gelebt, bin glücklich gewesen, habe gut zu essen gehabt, noble Freunde gefunden und Frauen, die mir die Brust mit Sonne erfüllten. Doch das darf einen Mann wie mich nicht in ein Tier verwandeln, das, weil es eine warme Zuflucht gefunden hat, sein Leben lang darin bleibt, aus Angst, leiden zu müssen. Ich werde meinen Feinden kühn entgegengehen, werde zu meinem Vater gehen, der mich braucht. Ich lasse hier meine Frauen Lali und Zoraima und in den Kindern, der Frucht unserer Verbindung, meine Seele zurück. Meine Hütte gehört ihnen und meinen Kindern, die dort geboren werden. Ich hoffe, daß du, Zato, dich ihrer erinnern wirst, wenn man sie vernachlässigen sollte. Ich bitte dich, daß, abgesehen von deiner persönlichen Wachsamkeit, ein Mann namens Usli meine Familie Tag und Nacht beschützt. Ich habe euch alle sehr geliebt und werde euch immer lieben. Ich werde alles tun, um so schnell wie möglich zurückzukehren. Wenn ich bei der Erfüllung meiner Aufgabe sterben sollte, werden meine Gedanken im Augenblick des Todes bei Lali und Zoraima und bei meinen Kindern sein, und bei euch Goajiros, allen, die ihr meine Familie seid.«
Gefolgt von Lali und Zoraima kehre ich in meine Hütte zurück. Ich ziehe mich an, Hemd, Khakihose, Strümpfe, Halbstiefel.
Stundenlang noch habe ich den Kopf bald hierhin, bald dorthin gewendet, um Stück für Stück noch einmal das Dorf in mich aufzunehmen, in welchem ich sechs Monate zugebracht habe. Dieser von allen Weißen, aber auch von den Indianern anderer Gegenden so gefürchtete Stamm der Goajiros ist für mich ein Hafen gewesen, in dem ich aufatmen konnte, eine Zuflucht ohnegleichen vor der Bosheit der Menschen. Ich habe dort Liebe, Frieden, Ruhe und Großmut gefunden. Lebt wohl, Goajiros, wilde Indianer der kolumbisch-venezolanischen Halbinsel! Euer großes Territorium ist glücklicherweise umstritten und frei von jeder Einmischung der bei-

den Zivilisationen, die es umgeben. Eure unverdorbene Art, zu leben und euch zu verteidigen, hat mich etwas sehr Wichtiges für die Zukunft gelehrt: daß es besser ist, ein wilder Indianer zu sein als ein Rechtsverdreher.

Lebt wohl, Lali und Zoraima, ihr wunderbaren, unvergleichlichen Mädchen, ihr Naturwesen ohne Berechnung, die ihr im Augenblick des Abschieds mit selbstverständlicher Geste alle Perlen, die sich in der Hütte befanden, für mich in einen kleinen Leinenbeutel fülltet. Ich werde zurückkehren, das ist gewiß – aber wann? Und wie? Das weiß ich nicht. Aber ich verspreche euch, daß ich komme.

Gegen Ende des Nachmittags besteigt Zorillo sein Pferd, und wir brechen nach Kolumbien auf. Ich habe einen Strohhut auf und marschiere los, mein Pferd am Zügel. Alle Indianer des Stamms, ohne Ausnahme, verbergen das Gesicht unter dem linken Arm und strekken mir den rechten entgegen. Damit wollen sie mir zeigen, daß sie mich nicht weggehen sehen wollen, daß es ihnen Schmerz bereitet, und sie strecken den Arm aus, um mich zurückzuhalten. Lali und Zoraima begleiten mich fast hundert Meter weit. Ich dachte, sie wollen mir noch einen letzten Kuß geben. Aber sie laufen plötzlich schreiend in Richtung unseres Hauses davon und sehen sich nicht mehr um.

Fünftes Heft: Zurück in die Zivilisation

Das Gefängnis von Santa Marta

Aus dem Indianergebiet Goajira herauszukommen ist nicht schwierig. Wir passieren den Posten von La Vela ohne Zwischenfall. Zu Pferd können wir die Strecke, für die ich mit Antonio so lang brauchte, in zwei Tagen zurücklegen. Aber es sind nicht nur die äußerst gefährlichen Grenzposten, was mir zu schaffen macht, sondern auch die hundertzwanzig Kilometer bis nach Rio Hacha, dem Dorf, von wo ich entsprungen bin.
In Begleitung von Zorillo erlebe ich in einer Herberge, wo man zu essen und zu trinken bekommt, meine erste Unterhaltung mit einem Bürger Kolumbiens. Ich habe mich gar nicht schlecht aus der Affäre gezogen, wie mir Zorillo versicherte, und mein Gestotter trug viel dazu bei, meinen Akzent und meine schlechten Sprachkenntnisse zu verschleiern.
Auf der Straße nach Santa Marta muß mich Zorillo auf halbem Weg verlassen, er muß noch am selben Vormittag wieder im Landinneren sein, bei seinen Geschäften.
Wir haben beschlossen, daß er mein Pferd mitnimmt. Wirklich, ein Pferd haben hieß ein Domizil haben, heißt zu einer bestimmten Ortschaft gehören und riskieren, auf so lästige Fragen wie: »Kennen Sie Herrn Sowieso?«, »Wie heißt der Bürgermeister?«, »Was macht Madame X?«, »Wem gehört die Fonda dort?« antworten zu müssen. Nein, es wird schon besser sein, wenn ich zu Fuß weitergehe, mit einem Lastwagen oder Autobus fahre, und später, von Santa Marta weg, mit dem Zug. Ich muß für alle ein »Forastero« bleiben in dieser Region, ein Fremder, der irgendwo arbeitet.
Zorillo hat mir drei Goldstücke zu hundert Pesos gewechselt. Er hat mir tausend Pesos gegeben. Ein guter Handwerker verdient acht bis zehn Pesos im Tag. Ich habe also etwas, um mich eine Zeitlang über Wasser zu halten. Nur das. Ich erklettere einen Lastwagen, der in die Nähe von Santa Marta fährt, einen wichtigen Hafen, ungefähr hundertzwanzig Kilometer von der Stelle entfernt, wo mich Zorillo verlassen hat. Der Laster soll irgendwo Ziegen und anderes Viehzeug abholen.
Alle sechs bis zehn Kilometer stoßen wir auf eine Taverne, wo der Chauffeur hält und aussteigt. Er lädt mich ein. Er lädt mich ein, aber bezahlen muß ich. Und jedesmal trinkt er fünf bis sechs Gläser Schnaps. Ich tue so, als würde ich mitmachen. Nach einer Fahrt von

fünfzig Kilometern ist er vollkommen besoffen. Er ist so blau, daß er sich in der Straße irrt und auf einem kotigen Weg landet, wo der Wagen versinkt und nicht mehr heraus kann. Den Kolumbier regt das nicht weiter auf. Er legt sich hinten in den Wagen und bietet mir an, vorne in seiner Lenkerkabine zu schlafen. Ich weiß nicht, was ich machen soll. Es müssen noch ungefähr vierzig Kilometer bis Santa Marta sein. In Gesellschaft des Kolumbiers war ich dagegen gefeit, viel gefragt zu werden, und kam trotz der vielen Aufenthalte schneller vorwärts als zu Fuß.
Gegen Morgen beschließe ich, endlich zu schlafen. Es wird bereits hell, es ist fast sieben Uhr. Da kommt ein von Pferden gezogener Karren daher. Der Laster versperrt ihm den Weg. Man hält mich für den Chauffeur und weckt mich. Ich spiele stotternd den Verschlafenen, der nicht weiß, was los ist und wo er sich befindet.
Der Chauffeur, der aufgewacht ist, debattiert mit dem Kutscher. Nach mehreren Versuchen, den Laster aus dem Dreck zu ziehen, gibt man es auf. Er ist bis zur Achse eingesunken, nichts zu machen. In dem Karren sitzen zwei schwarzgekleidete Nonnen, mit Flügelhauben, und drei kleine Mädchen. Nach einigen Auseinandersetzungen machen sich die beiden Männer daran, einen Teil des Gebüsches zu roden, damit der Karren, der nur mit einem Rad auf der Straße steht, auf dem gerodeten Streifen die miserable, zwanzig Meter lange Stelle passieren kann.
Die Männer schneiden mit ihrer Machete, einem Werkzeug zum Schneiden des Zuckerrohrs, das hier jeder bei sich hat, alles ab, was sie stört, und ich verteile es über den Weg, damit es nicht so hoch ist und der Karren nicht auch im Kot versinkt. Nach ungefähr zwei Stunden sind wir soweit. Die beiden Nonnen bedanken sich bei mir und fragen, wohin ich fahre.
»Nach Santa Marta«, sage ich.
»Aber da sind Sie nicht auf dem richtigen Weg, Sie sollten mit uns fahren. Wir bringen Sie fast bis nach Santa Marta. Von dort haben Sie nur noch acht Kilometer.«
Ich kann unmöglich ablehnen. Freilich, ich hätte sagen können, daß ich bei dem Chauffeur bleiben will, um ihm zu helfen, aber angesichts der Schwierigkeiten einer so langen Erklärung ziehe ich es vor, einfach »Danke« zu sagen.
Und schon sitze ich hinten, bei den drei kleinen Mädchen im Karren. Die beiden Nonnen sitzen neben dem Kutscher.
Wir fahren ab und haben rasch den Umweg von fünf oder sechs Kilometern aufgeholt, den der Chauffeur irrtümlich gemacht hat. Auf der richtigen Straße angelangt, legen wir ein gutes Tempo vor und halten um die Mittagszeit an einer Herberge, um zu essen. Die drei kleinen Mädchen sitzen mit dem Kutscher zusammen an einem Tisch, die beiden Nonnen und ich an dem daneben. Die Nonnen sind jung, zwischen fünfundzwanzig und dreißig. Ihre Haut ist sehr weiß. Die eine ist Spanierin, die andere Irländerin.

»Sie sind nicht von hier, nicht wahr?« fragt die Irländerin leise.
»Doch, ich bin aus Baranquilla.«
»Nein, Sie sind kein Kolumbier. Ihr Haar ist viel zu hell und ihr Teint nur deshalb so dunkel, weil er von der Sonne gebräunt ist. Woher kommen Sie denn?«
»Aus Rio Hacha.«
»Was haben Sie da unten gemacht?«
»Elektriker.«
»Ach! Ich habe einen Freund in den Elektrizitätswerken. Er heißt Pérez und ist Spanier. Kennen Sie ihn?«
»Ja.«
»Das freut mich!«
Gegen Ende der Mahlzeit stehen sie alle auf, um sich die Hände waschen zu gehen. Die Irländerin kommt allein zurück. Sie schaut mich an und sagt auf französisch: »Ich werde Sie nicht verraten, aber meine Kollegin sagt, daß sie in einer Zeitung Ihr Bild gesehen hat. Sie sind der Franzose, der aus dem Gefängnis von Rio Hacha entsprungen ist, nicht wahr?«
Es zu leugnen wäre noch umständlicher gewesen.
»Ja, Schwester. Ich bitte Sie, zeigen Sie mich nicht an! Ich bin nicht so schlimm, wie man mich schildert. Ich liebe Gott und respektiere ihn.«
Die Spanierin kommt zurück, und die Irländerin deutet ihr: »Ja.« Die Spanierin antwortet schnell etwas, das ich nicht verstehe. Es sieht aus, als überlegten sie beide. Dann stehen sie auf und gehen noch einmal hinaus. Ich überlege: Soll ich fort, bevor sie wiederkommen, oder soll ich bleiben? Wenn sie die Absicht haben, mich anzuzeigen, läuft das auf dasselbe hinaus. Und wenn ich fortlaufe, wird man mich sehr bald finden. In dieser Gegend da gibt es keine dichte »Selva«, keinen Dschungel, keinen Busch, und die wenigen Straßen, die in die Stadt führen, sind schnell und leicht zu überwachen. Ich will also lieber alles dem Schicksal überlassen, das mir bis jetzt nicht gerade feindlich gesinnt war.
Die beiden Nonnen kommen lächelnd wieder, und die Irländerin fragt mich, wie ich heiße.
»Enrique.«
»Gut, Enrique, Sie kommen mit uns in das Kloster, in das wir fahren, es liegt acht Kilometer vor Santa Marta. Bei uns im Wagen haben Sie nichts zu befürchten. Sprechen Sie nicht, dann werden alle glauben, daß Sie ein Arbeiter aus dem Kloster sind.«
Die Nonnen bezahlen für alle, auch für mich. Ich kaufe mir eine Stange Zigaretten zu zwölf Paketen und ein Feuerzeug samt Zündschwamm. Während der ganzen Fahrt richten die Schwestern kein Wort an mich, und ich bin ihnen dankbar dafür. Auch dem Kutscher fällt es nicht auf, daß ich seine Sprache schlecht beherrsche. Gegen Abend halten wir vor einer großen Herberge. Dort steht ein Autobus mit dem Schild »Rio Hacha–Santa Marta«. Ich ver-

spüre Lust, mit ihm weiterzufahren, gehe zu der Irländerin und sage ihr, was ich vorhabe.
»Das ist sehr gefährlich für Sie«, meint sie ernst, »bis Santa Marta fahren wir an mindestens zwei Polizeiposten vorbei, die von den Fahrgästen eine ›Cedula‹, eine Identitätskarte verlangen. In unserem Karren kann Ihnen das nicht passieren.«
Ich bedanke mich herzlich. Die Angst, in der ich schwebte, seit sie mich entdeckt haben, ist verschwunden. Im Gegenteil, ich betrachte es als ein unerhörtes Glück, den frommen Frauen begegnet zu sein. Und tatsächlich, mit Einbruch der Nacht langen wir bei einem Polizeiposten an, auf spanisch heißt so was »Alcabale«. Ein Autobus von Santa Marta nach Rio Hacha wird eben inspiziert. Ich habe mich im Karren auf den Rücken gelegt, mir den Strohhut über das Gesicht geschoben und stelle mich schlafend. Eines der kleinen, ungefähr achtjährigen Mädchen lehnt seinen Kopf an meine Schulter und schläft wirklich. Der Kutscher hält genau zwischen dem Bus und dem Posten.
»Cómo están por aquí? – Wie geht es Ihnen?« fragt die spanische Nonne.
»Muy bien, Hermana – Sehr gut, Schwester.«
»Me alegro, vámonos, muchanos! – Das freut mich, fahren wir, Kinder!« Und wir traben seelenruhig weiter.
Um zehn Uhr abends kommen wir an den zweiten Posten. Die Straße ist hell beleuchtet. Zwei Reihen Wagen aller Sorten stehen hier und warten, die eine Reihe kommt von rechts, die unsere von links. In den Autos werden Koffer geöffnet, die Polizisten inspizieren den Inhalt. Eine Frau, die in ihrer Reisetasche wühlt, muß aussteigen. Sie wird auf die Polizeiwache geführt. Wahrscheinlich hat sie keine »Cedula«. In diesem Fall ist nichts zu machen. Die Fahrzeuge fahren eins nach dem andern ab. Da es zwei lange Reihen sind, können keine Ausnahmen gemacht werden, man muß sich dreinfügen und warten. Ich bin verloren. Vor uns steht ein ganz kleiner Autobus, gesteckt voller Menschen. Auf dem Dach hat er Koffer und große Pakete geladen. Auch hinten hat er ein dickes Netz voll mit Paketen. Vier Polizisten halten ihn an. Der Autobus hat nur vorn eine Tür. Alle müssen aussteigen, die Frauen mit ihren Kindern auf dem Arm.
»Cedula! Cedula!«
Alle weisen eine Karte mit ihrem Photo vor. Niemals hat mir Zorillo etwas davon gesagt. Wenn ich es gewußt hätte, hätte ich versuchen können, mir eine gefälschte »Cedula« zu verschaffen. Wenn ich glücklich an dem Posten vorüber bin, werde ich mir bestimmt eine verschaffen, koste es, was es wolle. Bevor ich von Santa Marta nach Baranquilla fahre, einem bedeutenden Ort an der atlantischen Küste mit zweihundertfünfzigtausend Einwohnern, wie es im Lexikon heißt, muß ich eine haben.
Mein Gott, dauert das lang mit dem Autobus! Die Irländerin wen-

det sich um: »Beunruhigen Sie sich nicht, Enrique.« Diese unvorsichtige Äußerung ärgert mich, der Kutscher hat sie bestimmt gehört.
Unser Karren fährt in das grelle Licht. Ich beschließe, mich aufzusetzen. Liegend könnte ich den Eindruck erwecken, mich verstecken zu wollen. Ich lehne mich an die Seitenplanke und blicke den Nonnen über die Schulter. Man sieht mich nur im Profil. Ich habe den Hut tief ins Gesicht gedrückt, aber nicht zu tief, man soll nichts übertreiben.
»Cómo están todos por aquí? – Wie geht es euch allen?« wiederholt die gute spanische Nonne.
»Muy bien, Hermanas. Y cómo viajan tan tarde? – Sehr gut, Schwestern. Warum reisen Sie so spät?«
»Por una urgenzia, por eso no me detengo. Somos muy apuradas. – Wegen einer dringenden Sache. Halten Sie uns, bitte, nicht auf, wir haben es sehr eilig.«
»Váyanse con Dios, Hermanas. – Fahren Sie mit Gott, Schwestern!«
»Gracias, hijos. Que Dios les protege. – Danke, Kinder. Gott schütze euch.«
»Amén«, sagen die Polizisten.
Und ohne eine weitere Frage fahren wir ruhig davon. Die Aufregungen der letzten Minuten mußten den guten Schwestern Bauchweh verursacht haben, denn hundert Meter weiter lassen sie den Wagen halten. Sie steigen beide aus und verschwinden kurz im Gebüsch. Dann geht es weiter. Ich bin so gerührt, daß ich mich, als die Irländerin wieder einsteigt, bei ihr bedanke.
»Nichts zu danken«, sagt sie. »Wir haben nur solche Angst gehabt, daß wir Bauchschmerzen davon bekamen.«
Gegen Mitternacht kommen wir im Kloster an. Eine hohe Mauer, ein hohes Tor. Der Kutscher versorgt Pferde und Wagen, und die drei kleinen Mädchen werden ins Kloster gebracht. Auf der Treppe im Hof entspinnt sich ein hitziges Wortgefecht zwischen der Schwester Pförtnerin und den beiden Nonnen. Die Irländerin erklärt mir, daß sie die Mutter Oberin nicht wecken will, um sie um die Genehmigung zu bitten, daß ich im Kloster schlafen darf. In diesem Moment mangelt es mir an Entschlußkraft, diesen Zwischenfall zu nützen, mich zu bedanken und zu Fuß nach Santa Marta zu gehen. Ich wußte doch, daß es nur noch acht Kilometer waren.
Schließlich wurde die Mutter Oberin doch geweckt. Ich erhalte ein Zimmer im zweiten Stock. Vom Fenster aus sind die Lichter der Stadt zu sehen. Ich kann den Leuchtturm und die Positionslichter erkennen. Im Hafen fährt eben ein großes Schiff aus.
Ich schlafe ein, und die Sonne steht schon am Himmel, als es an meine Tür klopft. Ich hatte einen scheußlichen Traum: Lali öffnete sich vor mir den Bauch, und unser Kind kam stückweise daraus hervor.
Ich rasiere mich und ziehe mich rasch an. Dann gehe ich hinunter.

Am Fuß der Treppe steht die irländische Schwester und begrüßt mich mit freundlichem Lächeln.
»Guten Morgen, Henri. Haben Sie gut geschlafen?«
»Ja, Schwester.«
»Bitte, kommen Sie in das Büro der Oberin, sie will Sie sehen.«
Wir treten ein. Eine Frau von ungefähr fünfzig Jahren oder mehr, mit überaus strengem Gesicht, sitzt hinter dem Schreibtisch. Sie sieht mich aus ihren schwarzen Augen ohne jedes Wohlwollen an.
»Señor, sabe usted hablar español? – Sprechen Sie Spanisch, mein Herr?«
»Muy poco. – Sehr wenig.«
»Bueno, la Hermana va servir de intérprete. – Gut, die Schwester wird den Dolmetsch machen ... Sie sind Franzose, wie man mir sagte?«
»Ja, ehrwürdige Mutter.«
»Sie sind aus dem Gefängnis von Rio Hacha entsprungen?«
»Ja, ehrwürdige Mutter.«
»Wie lange ist das her?«
»Ungefähr sieben Monate.«
»Was haben Sie während dieser Zeit getrieben?«
»Ich war bei den Indianern.«
»Was? Bei den Goajiros? Das gibt es nicht. Die Wilden lassen doch niemanden in ihr Gebiet hinein. Nicht einmal ein Missionar hat zu ihnen Zutritt. Diese Antwort akzeptiere ich nicht. Wo waren Sie? Sagen Sie die Wahrheit?«
»Ich war bei den Indianern, Mutter Oberin, ich habe Beweise.«
»Was für Beweise?«
»Von den Indianern gefischte Perlen.« Ich ziehe den Beutel heraus, der innen am Futter meiner Weste angenadelt ist, und reiche ihn der Oberin. Sie öffnet ihn und nimmt eine Handvoll Perlen heraus.
»Wieviel Perlen sind es?«
»Das weiß ich nicht. Fünf- bis sechshundert vielleicht. So ungefähr.«
»Das ist kein Beweis. Sie können sie woanders gestohlen haben.«
»Wenn Sie es wünschen, bleibe ich zur Beruhigung Ihres Gewissens so lange hier, bis Sie sich erkundigt haben, ehrwürdige Mutter, ob es irgendwo einen Perlendiebstahl gegeben hat. Ich habe Geld. Ich könnte für meinen Aufenthalt hier bezahlen. Ich verspreche Ihnen, mich so lange nicht aus meinem Zimmer zu rühren, bis Sie es mir gestatten.«
Sie sieht mich fest an. Mir kommt der Gedanke, daß sie sich fragen muß: Und wenn du entfliehst? Du bist aus dem Gefängnis entflohen, von hier aus ist es viel leichter.
»Ich überlasse Ihnen den Beutel mit den Perlen. Sie sind mein ganzes Vermögen. Ich weiß, daß er in guten Händen ist.«
»Einverstanden. Aber Sie brauchen sich nicht in Ihr Zimmer einzuschließen. Sie können morgens und nachmittags, während meine

Mädchen in der Kapelle sind, in den Garten hinuntergehen. Ihre Mahlzeiten nehmen sie mit dem Personal in der Küche ein.«
Etwas beruhigt verlasse ich die Mutter Oberin. In dem Augenblick, da ich in mein Zimmer zurückkehren will, holt mich die irländische Schwester in die Küche hinunter. Eine große Tasse Milchkaffee ist für mich vorbereitet, dazu schwarzes, ganz frisches Brot und Butter. Die Schwester leistet mir beim Frühstück Gesellschaft, ohne ein Wort zu reden und ohne sich zu setzen. Mit bekümmerter Miene steht sie bei mir.
»Danke für alles, was Sie für mich getan haben, Schwester«, sage ich.
»Ich würde gern mehr tun, aber ich kann nicht, Freund Henri.« Damit verläßt sie die Küche.
Ich sitze am Fenster und sehe mir die Stadt an, den Hafen, das Meer. Das Land rundherum ist gut bestellt. Ich kann mich des Gefühls nicht erwehren, in Gefahr zu sein, und in diesem Augenblick beschließe ich, in der nächsten Nacht zu fliehen. Schade um die Perlen, die die Mutter Oberin jetzt für sich selbst oder für das Kloster behalten wird. Sie hat kein Vertrauen zu mir, darüber darf ich mich nicht täuschen. Und wieso spricht sie nicht Französisch? Als Katalonierin und Oberin eines Klosters? Sie ist doch eine gebildete Frau. Da stimmt etwas nicht, und ich beschließe, noch am selben Abend zu verschwinden. Am Nachmittag werde ich in den Hof hinuntergehen und mir eine Stelle suchen, wo ich über die Mauer klettern kann.
Gegen ein Uhr klopft es an meine Tür.
»Wollen Sie zum Essen kommen, Henri?«
»Ja, danke, ich komme.«
Ich sitze am Küchentisch und habe mir eben etwas Fleisch auf den Teller genommen und gekochte Kartoffeln dazu, als sich die Tür öffnet und vier Polizisten in weißer Uniform, mit Gewehren bewaffnet, eintreten. Dazu ein Betreßter mit einem Revolver in der Hand.
»No te mueve, o te mato! – Rühr dich nicht, oder ich schieß dich nieder!«
Er legt mir Handschellen an. Die irländische Schwester stößt einen Schrei aus und fällt in Ohnmacht. Zwei Küchenschwestern helfen ihr wieder auf die Beine.
»Vamos«, sagt der Chef, »gehen wir.« Und geht mit mir auf mein Zimmer. Sie durchsuchen mein Bündel und finden augenblicklich die sechsunddreißig Goldstücke zu hundert Pesos, die mir verblieben sind. Das Etui mit den beiden Pfeilen, die sie wohl für Bleistifte halten, lassen sie unberührt. Mit unverhohlener Befriedigung steckt der Chef die Goldstücke in die Tasche. Wir gehen. Im Hof erwartet uns ein Wagen.
Die fünf Polizisten und ich pressen uns in den Kasten, und wir fahren, von einem kohlschwarzen Chauffeur in Polizeiuniform ge-

lenkt, mit großer Geschwindigkeit ab. Ich bin niedergeschmettert und wehre mich nicht. Ich versuche meine Würde zu wahren. Da gibt es weder Mitleid noch Pardon. Sei ein Mann und bedenke, daß man nie die Hoffnung aufgeben darf ... Alles das durchschwirrt mein Gehirn, und als ich aussteige, bin ich so fest entschlossen, wie ein Mann und nicht wie eine Memme auszusehen, daß der Beamte, der mich einvernimmt, als erstes sagt: »Der Franzose ist sehr gefaßt. Es scheint ihn nicht sonderlich aufzuregen, in unseren Händen zu sein.« Ich betrete das Amtszimmer und setze mich mit meinem Bündel nieder, ohne dazu aufgefordert worden zu sein.

»Kannst du Spanisch?«
»Nein.«
»Ruf den Schuster!« Ein paar Augenblicke später erscheint ein kleiner Mann in einer blauen Schürze und mit einem Schusterhammer in der Hand.
»Bist du der Franzose, der vor einem Jahr aus Rio Hacha entsprungen ist?«
»Nein.«
»Du lügst.«
»Ich lüge nicht. Ich bin nicht der Franzose, der vor einem Jahr aus Rio Hacha entsprungen ist.«
»Nehmt ihm die Fesseln ab. Zieh Jacke und Hemd aus.« Er nimmt eine Liste zur Hand, auf der alle meine Tätowierungen notiert sind, und kontrolliert jede einzelne nach.
»Auch der Daumen der linken Hand fehlt«, sagt er am Schluß. »Also bist du es.«
»Nein, ich bin es nicht, denn ich bin nicht vor einem Jahr, sondern vor sieben Monaten davon.«
»Das ist egal.«
»Für dich vielleicht, für mich nicht.«
»Du bist der typische Totschläger. Ob Franzose oder Kolumbier, alle Matadores sind gleich – nicht kleinzukriegen. Ich bin nur der zweite Kommandant dieses Gefängnisses und weiß nicht, was mit dir geschehen soll. Ich werde dich vorläufig zu deinen alten Kameraden bringen.«
»Zu welchen Kameraden?«
»Zu den Franzosen, die du nach Kolumbien gebracht hast.«
Ich werde in eine Zelle geführt, deren Gitter auf den Hof gehen. Dort finde ich alle meine fünf Freunde versammelt. Wir fallen uns in die Arme. »Wir dachten, du bist für immer gerettet, Kumpel«, sagt Clousiot. Maturette weint wie ein kleiner Junge, der er ja auch ist. Und auch die übrigen drei sind etwas durcheinander. Sie alle wiederzusehen gibt mir Kraft.
»Erzähle!« fordern sie mich auf.
»Später! Wie ist es euch ergangen?«
»Wir sind seit drei Monaten hier.«
»Werdet ihr hier gut behandelt?«

»Nicht gut, nicht schlecht. Wir warten darauf, nach Baranquilla überführt zu werden. Es sieht aus, als wollte man uns den französischen Behörden ausliefern.«
»Diese Schweine! Und wie sind die Fluchtaussichten?«
»Du bist kaum angekommen und denkst schon an Flucht?«
»Was sonst? Glaubst du, ich gebe auf? Wie ist die Überwachung?«
»Bei Tag nicht sehr streng. Aber nachts haben sie eine Spezialwache für uns.«
»Wie viele?«
»Drei Posten.«
»Was macht dein Bein, Clousiot?«
»Es geht. Ich hinke nicht mehr.«
»Seid ihr immer hier eingesperrt?«
»Nein, wir gehen im Hof in der Sonne spazieren. Zwei Stunden am Vormittag, am Nachmittag drei.«
»Wie sind die kolumbischen Gefangenen?«
»Scheinen gefährliche Burschen zu sein, Diebe wie Mörder.«
Am Nachmittag bin ich im Hof und plaudere abseits mit Clousiot. Da werde ich gerufen. Man bringt mich in dasselbe Amtszimmer wie am Vormittag. Der Gefängniskommandant ist da, in Gesellschaft des Beamten, der mich einvernommen hat. Auf dem Ehrensessel sitzt ein dunkelhäutiger, beinahe schwarzer Mann. Seine Farbe hat eher etwas von einem Neger als von einem Indianer. Sein kurzes gekräuseltes Niggerhaar verstärkt diesen Eindruck noch. Er muß gegen fünfzig sein. Er hat schwarze, böse Augen, ein sehr kurz geschnittener Schnurrbart bedeckt die starke Oberlippe seines grimmigen Mundes. Sein Hemd steht offen, er trägt keine Krawatte. Links am Hemd hat er ein grün-weißes Ordensband. Auch der Schuster ist da.
»Franzose, du bist nach sieben Monaten Flucht wieder verhaftet worden. Was hast du die ganze Zeit seither gemacht?«
»Ich war bei den Goajiros.«
»Mach dich nicht lustig über uns, sonst lasse ich dich prügeln.«
»Ich habe die Wahrheit gesagt.«
»Bei den Indianern hat noch keiner gelebt. Allein in diesem Jahr sind mehr als fünfundzwanzig Küstenwachen von ihnen getötet worden.«
»Nein – von den Schmugglern.«
»Woher weißt du das?«
»Ich habe sieben Monate da unten gelebt. Die Goajiros verlassen ihr Gebiet niemals.«
»Das mag wahr sein. Wo hast du die sechsunddreißig Goldstücke zu hundert Pesos gestohlen?«
»Sie gehören mir. Der Häuptling eines Bergstammes, ›der Gerechte‹ genannt, hat sie mir gegeben.«
»Wie kommt ein Indianer zu einem solchen Vermögen? Und wofür hat er es dir gegeben?«

»Ist irgendwo in der Gegend ein Diebstahl von Hundertpesostücken in Gold vorgekommen, Chef? Haben Sie etwas derartiges gehört?«
»Nein. In keinem Rapport war von so einem Diebstahl die Rede. Doch das soll mich nicht daran hindern, Nachforschungen in dieser Richtung anzustellen.«
»Tun Sie das. Es wird nur zu meinem Vorteil sein.«
»Franzose, du hast ein schweres Vergehen begangen, als du aus dem Gefängnis von Rio Hacha ausgebrochen bist, und ein noch schwereres dadurch, daß du einen Mann wie Antonio zur Flucht verleitet hast, der erschossen werden sollte, weil er mehrere Küstenwachen getötet hat. Es heißt, daß du sogar von Frankreich gesucht wirst, wo du zu einer lebenslänglichen Strafe verurteilt wurdest. Du bist ein gefährlicher Mörder. Ich möchte nicht riskieren, daß du uns hier entkommst. Ich kann dich nicht bei den anderen Franzosen lassen, du kommst bis zur Abfahrt nach Baranquilla in Einzelhaft. Die Goldstücke erhältst du zurück, sobald sich herausstellt, daß sie tatsächlich nicht gestohlen sind.«
Ich verlasse den Raum und werde an eine Treppe gebracht, die in den Keller führt. Wir steigen fünfundzwanzig Stufen hinunter und gelangen in einen sehr schlecht beleuchteten Gang mit Käfigen links und rechts. Einer davon wird aufgesperrt, und man schubst mich hinein. Von dem klebrigen Erdboden steigt Modergeruch auf. In jedem der vergitterten Löcher sitzen einer, zwei oder drei Gefangene. Ich werde von allen Seiten gerufen.
»Francés, Francés! Qué a hecho? Porqué está aquí? – Was hast du ausgefressen? Warum bist du hier? Weißt du, daß du hier in den Todeszellen bist?«
»Haltet das Maul! Laßt *ihn* reden!« schreit einer.
»Ja, ich bin Franzose«, sage ich laut. »Ich bin hier, weil ich aus dem Gefängnis von Rio Hacha ausgebrochen bin.« Mein spanisches Kauderwelsch wird von allen sehr gut verstanden.
»Hör zu, Franzose, hinten in deiner Zelle liegt ein Brett, das ist deine Schlafstelle. Rechts davon steht eine Dose Wasser. Verschütte es nicht, man bekommt nur sehr wenig jeden Morgen, und du kannst keines nachverlangen. Links davon ist ein Eimer, die Toilette. Deck ihn mit deiner Jacke zu, du brauchst die Jacke nicht, es ist viel zu heiß, deck lieber den Eimer zu, damit es weniger stinkt. Wir decken alle den Eimer mit unseren Sachen zu.«
Ich gehe ans Gitter, um ihre Gesichter zu sehen. Nur die zwei gegenüber, die sich ans Gitter pressen und ihre Beine durch die Stäbe schieben, kann ich genau ausnehmen. Der eine ist der Typ des spanisierten Indianers, wie die Polizisten, die mich in Rio Hacha verhaftet haben, der andere ist ein sehr heller Neger, ein hübscher junger Kerl. Der Neger gibt mir zu verstehen, daß bei jeder Flut das Wasser in den Zellen hochsteigt. Ich soll darüber nicht erschrecken, denn es steigt nie höher als bis zum Bauch. Die Ratten,

die über mich hinwegklettern werden, soll ich nicht packen, sondern ihnen nur einen Schlag versetzen. Niemals soll ich sie anfassen, wenn ich nicht von ihnen gebissen werden will.
»Seit wann bist du hier unten?« frage ich.
»Seit zwei Monaten.«
»Und die andern?«
»Keiner länger als drei Monate. Wer nach drei Monaten nicht hier 'rauskommt, muß sterben.«
»Und wer ist am längsten hier?«
»Einer ist schon acht Monate da, aber der ist schon am Ziel. Seit einem Monat kann er sich nur noch aufknien, aufstehen kann er nicht mehr. Wenn eine stärkere Flut kommt, muß er ertrinken.«
»Wo bist du her? Von den Wilden?«
»Ich hab noch nie behauptet, daß mein Land zivilisiert ist. Aber deines ist nicht viel zivilisierter, wenn du Lebenslänglich bekommen hast. Hier in Kolumbien gibt es nur zwanzig Jahre oder Todesstrafe: Lebenslänglich gibt es nicht.«
»Das kommt auf eins hinaus.«
»Hast du viele getötet?«
»Nein, nur einen.«
»Das ist nicht möglich. Man kriegt nicht so viel für einen.«
»Glaube mir, es ist so.«
»Da siehst du, daß dein Land genauso wild ist wie meines!«
»Gut, reden wir nicht mehr davon, du hast recht. Die Polizei ist überall Scheißdreck. Und du, was hast du getan?«
»Ich habe einen Mann getötet, seinen Sohn und seine Frau.«
»Warum?«
»Sie haben meinen kleinen Bruder einem Schwein zum Fressen gegeben.«
»Unmöglich! Das ist ja grauenhaft!«
»Mein kleiner fünfjähriger Bruder hat ihr Kind täglich mit Steinen beworfen, und das Kind ist mehrere Male am Kopf verwundet worden.«
»Das ist doch noch kein Grund ...«
»Das habe ich auch gesagt, als ich es erfahren habe.«
»Wie hast du es denn erfahren?«
»Mein kleiner Bruder war seit drei Tagen verschwunden, und als ich ihn suchte, habe ich eine Sandale von ihm im Dunghaufen gefunden. Der Dunghaufen war aus dem Stall, wo das Schwein war. Ich durchsuchte ihn und finde einen blutigen weißen Socken. Da wußte ich, was los war. Die Frau hat gestanden. Ich habe sie ihr Gebet sprechen lassen, bevor ich schoß. Beim ersten Schuß habe ich die Füße des Vaters zerfetzt.«
»Da hast du recht getan. Was wird man dir geben?«
»Zwanzig Jahre höchstens.«
»Und warum bist *du* hier unten?«
»Ich habe einen Polizisten geschlagen, der aus derselben Familie

stammt wie diese Leute. Er war hier im Gefängnis. Man hat ihn versetzt. Seit er nicht mehr da ist, habe ich Ruhe.«
Die Tür zum Gang wird geöffnet. Ein Wärter mit zwei Gefangenen kommt herein. Die Gefangenen tragen an zwei Holzstangen ein Holzfaß. Hinter ihnen im Dunkel stehen noch zwei Wärter, mit dem Gewehr in der Hand. Die Gefangenen holen aus allen Zellen die Eimer heraus, die als WC dienen, und leeren sie in das Faß. Die Luft ist bis zum Ersticken mit dem Gestank von Urin und Scheiße verpestet. Kein Wort fällt. Als sie bei mir ankommen, läßt der, der den Eimer nimmt, ein kleines Paket zur Erde fallen. Rasch stoße ich es mit dem Fuß ins Dunkle. Als sie draußen sind, finde ich in dem Paket zwei Päckchen Zigaretten, ein Feuerzeug mit Schwamm und einen französisch geschriebenen Zettel. Ich zünde sofort zwei Zigaretten an und werfe sie den beiden gegenüber zu. Dann rufe ich meinen Nachbarn, der den Arm ausstreckt und die Zigaretten an die übrigen Gefangenen weitergibt.
Nach der Verteilung zünde ich eine für mich an und versuche bei dem Licht, das vom Gang hereinfällt, den Zettel zu lesen. Es gelingt mir nicht. Da rolle ich das Papier, in das die Sachen verpackt waren, fein zusammen, und nach einigen Versuchen, es mit dem Zündschwamm in Brand zu stecken, gelingt mir das auch. Ich lese schnell: »Mut, Papillon, zähle auf uns! Gib acht, morgen wird man Dir Papier und Bleistift schicken, damit Du uns schreiben kannst. Wir halten zu Dir bis in den Tod.«
Mir wird warm ums Herz. Diese wenigen Worte, wie erquickend sind sie für mich! Ich bin nicht allein und kann auf meine Freunde zählen!
Niemand redet, alle rauchen. Seit der Verteilung weiß ich, daß wir neunzehn sind in den Todeszellen. Schön, ich bin also wieder auf dem Weg in die Hölle, und diesmal bis zum Hals! Die kleinen hilfreichen Bräute des lieben Gottes waren Teufelsbräute. Doch ist es bestimmt weder die Irländerin noch die Spanierin gewesen, die mich angezeigt hat. Welche Dummheit von mir, diesen Nonnen zu trauen! Aber sie waren es nicht. Nein. Der Kutscher vielleicht? Zwei- oder dreimal haben wir die Unvorsichtigkeit begangen, französisch zu reden. Sollte er es verstanden haben? Doch ob es die Nonnen waren, der Kutscher oder die Mutter Oberin, es kommt auf eins heraus. Diesmal sitzt du drin, Papi, und zwar gründlich.
Ich bin verloren. In dieser widerlichen Zelle, die anscheinend zweimal täglich überschwemmt wird, bin ich verloren. Es ist so stickig, daß ich mir zuerst das Hemd ausziehe, dann die Hose. Auch die Schuhe ziehe ich aus und hänge alles ans Gitter.
Und um hier zu landen, habe ich zweitausendfünfhundert Kilometer zurückgelegt! Wahrhaftig ein köstliches Ergebnis. Du lieber Gott! ... Du, der du so großmütig gegen mich warst, hast du mich eigentlich verlassen? Vielleicht bist du böse auf mich, weil du mir ja im Grunde die Freiheit geschenkt hattest, die allersicherste, aller-

schönste! Du hattest mir eine Gemeinschaft geschenkt, die mich restlos bei sich aufnahm! Du hast mir nicht eine, sondern zwei bewundernswerte Frauen geschenkt. Und die Sonne, das Meer! Und eine Hütte, deren unumstrittenes Oberhaupt ich war. Ein Leben in der Natur, eine primitive Existenz, aber wie süß, wie ruhevoll! Ein einmaliges Geschenk hattest du mir da gemacht! Freiheit, ohne Polizei, ohne Behörden, ohne Neid, ohne Bosheit! Und ich habe ihren Wert nicht zu schätzen gewußt. Das blaue Meer, das manchmal grün sein konnte oder beinahe schwarz. Die Sonnenauf- und -untergänge, die von einer so friedlichen Heiterkeit erfüllt waren. Und das Leben ohne Geld, bei dem einem nichts abging! Und alles das habe ich mit Füßen getreten, verachtet, verlassen. Verlassen für eine Rückkehr – wohin? In eine Gesellschaft, die nichts für mich übrig hat, zu Wesen, die sich nicht die geringste Mühe geben, das Gute in mir zu entdecken. In eine Welt, die mich von sich stößt, mich jeder Hoffnung beraubt. In Gemeinschaften, die nur an eines denken: mich mit jedem nur denkbaren Mittel zu vernichten. Wenn sie von meiner neuerlichen Gefangennahme hören werden, wie werden sie sich freuen, die zwölf Käsegesichter von Geschworenen, der verderbte Polein, die Polizeispitzel und der Staatsanwalt! Denn bestimmt wird sich ein Journalist finden, der die Nachricht nach Frankreich weitergeben wird.

Und die Meinen? Sie, die, seit sie von der Gendarmerie die Nachricht von meiner Flucht erhielten, wahrscheinlich glücklich waren, daß ihr Sohn, ihr Bruder seinen Henkern entronnen ist, nun werden sie ein zweites Mal leiden müssen, wenn sie erfahren, daß ich wieder verhaftet wurde.

Ich habe unrecht getan, meinen Stamm zu verleugnen. Ja, ich darf sagen: »meinen Stamm«. Denn die hatten mich alle wie einen der Ihren angenommen. Ich habe unrecht getan und verdiene, was mir jetzt geschieht. Und doch ... ich bin ja nicht entsprungen, um das Volk der Indianer von Südamerika zu vermehren. Guter Gott, du mußt verstehen, daß ich wieder in einer normalen Zivilisation leben muß, um zu beweisen, daß ich keine Gefahr für sie bin. Das ist meine wahre Bestimmung – mit deiner Hilfe oder ohne sie.

Es *muß* mir gelingen, zu beweisen, daß ich ein normales Geschöpf bin und sein werde, wenn nicht sogar besser als die übrigen Individuen irgendeiner Gemeinschaft oder irgendeines Landes.

Ich rauche. Das Wasser beginnt zu steigen. Es reicht mir fast an die Knöchel. »Schwarzer«, rufe ich, »wie lange steht das Wasser in der Zelle?«

»Das hängt von der Stärke der Flut ab. Eine Stunde, höchstens zwei.«

»Está llegando! – Sie kommt!« höre ich mehrere Gefangene rufen.

Langsam, ganz langsam steigt das Wasser. Der Indianermischling und der Schwarze haben sich oben auf das Gitter gesetzt. Sie lassen die Beine in den Gang hängen und halten sich an den Eisenstäben

fest. Ich höre es plätschern. Eine Kanalratte, groß wie eine Katze! Sie versucht, das Gitter hinaufzuklettern. Ich ergreife einen meiner Schuhe und gebe ihr, als sie in meine Nähe kommt, einen kräftigen Schlag auf den Kopf. Quiekend entflieht sie in den Gang.
»Du gehst auf die Jagd, Franzose?« sagt der Schwarze. »Mit denen wirst du nie fertig werden, wenn du sie töten willst. Klettere das Gitter hinauf und verhalte dich ruhig.«
Ich befolge seinen Rat, aber die Stäbe graben sich mir in die Schenkel, ich kann es nicht lange aushalten. Ich hole mir die Jacke von meinem Abtrittseimer, lege sie auf die Gitterstäbe und lasse mich darauf herunter. Das ergibt eine Art Sitz, der es mir ermöglicht, die Stellung besser zu ertragen.
Dieses Eindringen des Wassers, der Ratten, der Tausendfüßler und winzigen Krabben, die vom Wasser mitgeschwemmt werden, ist das Widerwärtigste, das Niederdrückendste, dem ein menschliches Wesen ausgesetzt werden kann. Wenn sich das Wasser nach einer Stunde zurückzieht, bleibt eine klebrige, einen Zentimeter dicke Schlammasse zurück. Ich ziehe mir die Schuhe aus, um nicht in den Morast zu treten. Der Schwarze wirft mir ein zehn Zentimeter langes Brettchen zu und rät mir, damit zuerst den Kot von meiner Schlafplanke herunter und auf den Gang zu schieben, dann den aus der übrigen Zelle. Ich brauche zu dieser Beschäftigung eine gute halbe Stunde und zwinge mich, dabei an nichts anderes zu denken. Das will etwas heißen! Vor der nächsten Flut werde ich kein Wasser im Käfig haben, das macht genau elf Stunden, die zwölfte ist dann die der Überschwemmung. Bis zum nächsten neuen Wasser muß man die sechs Stunden rechnen, in denen sich das Meer zurückzieht, und die fünf Stunden, in denen es wieder steigt.
Ja, Papillon, du hast es jetzt, scheint's, mit den Gezeiten des Meeres zu tun, verspotte ich mich selbst. Der Mond ist von großer Bedeutung für dich und dein Leben, ob du willst oder nicht. Dank Ebbe und Flut konntest du den Maroni herunterfahren, als du aus dem Bagno ausbrachst. Dank Ebbe und Flut konntest du aus Trinidad und Curaçao fort. Wenn man dich in Rio Hacha verhaftete, so nur, weil die Ebbe nicht stark genug war, dich schneller davonzutragen. Und jetzt bist du eben dauernd auf die Gnade der Gezeiten angewiesen!
Unter den Lesern dieser Blätter, falls sie, wie gesagt, eines Tages verlegt werden sollten, werden sich vielleicht welche befinden, die ein wenig Mitleid mit mir haben werden, wenn sie lesen, was ich in den Zellen von Kolumbien mitmachen mußte. Es sind gute Menschen. Die andern, die Vettern der zwölf Käsegesichter, die mich verurteilt haben, oder die Brüder des Staatsanwalts werden sagen: Geschieht ihm recht, wäre er im Bagno geblieben, dann wäre ihm das alles nicht passiert. – Auch gut. Soll ich Ihnen einmal etwas sagen? Den Guten wie den Käsegesichtern? Ich bin nicht verzweifelt, ganz und gar nicht, und ich möchte fast sagen: Ich bin lieber in den Zellen der alten, von der spanischen Inquisition erbauten kolumbi-

schen Festung als auf den »Inseln des Heils«, wo ich zur Zeit eigentlich sein müßte. Hier habe ich noch viele Möglichkeiten zu einem neuen Fluchtversuch, und selbst in diesem Moderloch hier bin ich immer noch zweitausendfünfhundert Kilometer vom Bagno entfernt. Und wenn man mich die wirklich noch einmal in Richtung Bagno zurücklegen lassen will, wird man verdammt vorsichtig und wachsam zu Werke gehen müssen. Ich bedaure nur eines: daß ich meinen Goajiras untreu geworden bin, die zwar die Bequemlichkeiten der Zivilisation nicht kennen, dafür aber auch keine Polizei, kein Gefängnis, und schon gar nicht Todeszellen. Ich muß daran denken, daß meinen Wilden niemals der Gedanke gekommen wäre, einem Feind eine solche Strafe aufzuerlegen, um wieviel weniger einem Menschen wie mir, der sich niemals gegen die Kolumbier vergangen hat.
Ich lege mich hinten in der Zelle auf die Planke, wo mich die andern nicht sehen können, und rauche zwei oder drei Zigaretten. Als ich dem Schwarzen sein Brettchen zurückgebe, werfe ich ihm eine brennende Zigarette zu, und er macht es aus Rücksicht auf die andern genau wie ich. Solche Kleinigkeiten, die wie gar nichts aussehen, bedeuten in meinen Augen ungeheuer viel. Denn sie beweisen mir, daß wir, die Parias der Gesellschaft, wenigstens noch einen Rest von Lebensart und Zartgefühl besitzen.
Hier ist es nicht wie in der Conciergerie. Ich kann träumen und umhergehen, ohne mir ein Taschentuch über die Augen legen zu müssen, um sie vor dem zu grellen Licht zu schützen.
Wer mag es wohl der Polizei gesteckt haben, daß ich im Kloster zu finden bin? Wenn ich es eines Tages erfahre, soll er mir dafür bezahlen! – Reg dich nicht auf, Papillon, sage ich mir gleich darauf. Du hast in Frankreich genug zu tun, um dich zu rächen, was willst du da in diesem fremden Land noch viel Böses aushecken? Der Denunziant wird gewiß durch das Leben selbst bestraft werden, und wenn du eines Tages hierher zurück mußt, dann nicht, um dich zu rächen, sondern um Lali und Zoraima Gutes zu tun und vielleicht deinen Kindern. Nur ihretwegen sollst du in deine Hütte zurückkommen, aller Goajiros wegen, die dir die Ehre erwiesen haben, dich bei sich und den Ihren aufzunehmen ... Ich befinde mich noch auf dem Weg in die Hölle. Aber selbst in der Zelle unter dem Meer befinde ich mich noch auf der Flucht, auf dem Weg in die Freiheit, ob ich will oder nicht. Das steht fest.
Ich habe Papier, einen Bleistift und zwei Pakete Zigaretten erhalten. Es ist jetzt drei Tage her, daß ich hier bin. Eigentlich müßte ich Nächte sagen, denn hier ist es immer Nacht. Während ich eine der Piel Roja rauche, muß ich die Hilfsbereitschaft der Gefangenen untereinander bewundern. Er riskiert viel, der Kolumbier, der mir das Paket bringt. Wenn er dabei erwischt wird, trägt das zweifellos auch ihm einen Aufenthalt in den Todeszellen ein. Er weiß das und übernimmt es trotzdem, mir auf meinem Leidensweg zu helfen.

Das ist mehr als Mut, das ist ungewöhnliche Seelengröße. Wieder lese ich beim Licht einer angezündeten Papierrolle: »Papillon, wir wissen, daß Du Dich gut hältst, bravo! Berichte uns. Bei uns ist alles beim alten. Eine Nonne, die Französisch spricht, wollte Dich besuchen, man hat sie nicht zu uns gelassen, aber ein Kolumbier hat uns erzählt, daß er Zeit hatte, ihr zu sagen, daß der Franzose in den Todeszellen ist. Ich komme wieder, hat sie gesagt. Das ist alles. Wir umarmen Dich. Deine Freunde.«

Die Antwort zu schreiben fiel mir nicht leicht, aber es gelang mir. »Danke für alles«, schrieb ich. »Es geht, ich halte durch. Schreibt dem französischen Konsul. Man kann nie wissen! Gebt Eure Aufträge immer demselben, damit im Falle des Falles nur einer bestraft wird. Berührt die Pfeilspitzen nicht. Es lebe die Flucht!«

Flucht aus Santa Marta

Achtundzwanzig Tage danach bin ich durch die Intervention eines belgischen Konsuls namens Klausen aus dem teuflischen Loch heraus. Der Schwarze, der Palacios hieß und drei Wochen nach meiner Ankunft herauskam, hatte den Einfall gehabt, seiner Mutter bei einem Besuch zu sagen, sie möchte den belgischen Konsul verständigen, daß ein Belgier in den Zellen sei. Der Einfall war ihm gekommen, als er sah, wie am Sonntag ein Belgier von dem Konsul besucht wurde.

Eines Tages also werde ich ins Zimmer des Kommandanten geführt.

»Sie sind Franzose. Warum beschweren Sie sich beim belgischen Konsul?«

Im Amtszimmer saß in einem Fauteuil ein weißgekleideter, ungefähr fünfzigjähriger Herr mit einer Serviette auf den Knien. Sein blondes Haar war fast weiß, sein Gesicht rundlich, rosig und frisch. Blitzartig erfasse ich die Situation.

»Das sagen *Sie*, daß ich Franzose bin. Ich gebe zu, daß ich der französischen Justiz entwischt bin, aber ich selber bin Belgier.«

»Sehen Sie?« sagt der Kleine mit dem Pfarrergesicht.

»Warum haben Sie das nicht gesagt?«

»Mir schien das in Ihren Augen nicht so wichtig, denn ich habe auf Ihrem Boden kein ernstes Delikt begangen, außer daß ich entsprungen bin. Und das ist bei jedem Gefangenen normal.«

»Bueno. Ich werde Sie mit Ihren Kameraden zusammenlegen. Aber ich mache Sie aufmerksam, Señor Konsul, beim ersten Fluchtversuch kommt er wieder dorthin zurück, wo er bis jetzt war. Führen Sie ihn zum Friseur, und dann bringen Sie ihn zu seinen Kameraden.«

»Danke, Herr Konsul«, sage ich auf französisch, »danke vielmals, daß Sie sich für mich eingesetzt haben.«

»Mein Gott, was müssen Sie in diesen grauenhaften Zellen mitgemacht haben! Schnell, gehen Sie! Ehe dieses Vieh seine Meinung ändert! Ich werde Sie besuchen. Auf Wiedersehen!«
Der Friseur ist nicht da, und man bringt mich wieder zu meinen Freunden. Ich muß gut ausgesehen haben, denn sie sagten immer wieder: »Du bist es! Nicht möglich! Was haben sie denn mit dir gemacht, diese Hundegesellen? Dich so herzurichten! Rede doch, Papillon, sag was! Bist du blind? Was ist denn mit deinen Augen los? Warum klappst du sie dauernd auf und zu?«
»Ich kann mich an das Licht nicht gewöhnen. Das Tageslicht tut mir weh, meine Augen sind nur an Finsternis gewöhnt.«
Ich setze mich mit dem Rücken gegen das Gitter und blicke ins Innere der Zelle. »So, das ist jetzt besser.«
»Du riechst unglaublich nach Kloake! Dein ganzer Körper stinkt!«
Ich ziehe mich nackt aus, und sie legen mein Zeug an die Tür. Meine Arme, mein Rücken, meine Schenkel sind von den winzigen Krabben, die mit jeder Flut in meinen Käfig geschwommen kamen, zerbissen wie von Wanzen. Entsetzlich. Ich brauche keinen Spiegel, um mich davon zu überzeugen. Die fünf Sträflinge verstummen bekümmert, als sie mich in diesem Zustand sehen. Clousiot ruft einen Polizisten und sagt, wenn schon kein Friseur da sei, so gebe es doch Wasser im Hof. Der aber meint, wir sollten die Ausgangszeit abwarten.
Ich gehe nackt hinaus. Clousiot trägt das saubere Zeug, das ich anziehen soll. Mit Maturettes Hilfe wasche ich mich mit der schwarzen einheimischen Seife. Je mehr ich wasche, desto mehr Schmutz geht herunter. Ich wasche mich wieder und wieder. Nach öfterem Einseifen und Spülen fühle ich mich endlich einigermaßen sauber. Fünf Minuten lasse ich mich an der Sonne trocknen, dann ziehe ich mich an. Der Friseur kommt. Er will mir den Kopf scheren. »Nein«, sage ich, »schneide mir die Haare kurz, aber normal. Und rasiere mich. Ich zahle.«
»Wieviel?«
»Einen Peso.«
»Mach es gut«, sagt Clousiot zu ihm, »ich gebe einen Peso dazu.«
Gewaschen, rasiert, in sauberen Sachen und mit geschnittenen Haaren fühle ich mich wie neugeboren. »Wie hoch war das Wasser?« fragen mich meine Freunde immer wieder. »Und die Ratten, die Tausendfüßler, der Schlamm und die Krabben? Und die Scheiße aus den Abtrittseimern? Und die Leichen, die herausgeschwemmt werden? Waren es natürliche Tote oder erhängte Selbstmörder? Oder ›Selbstmörder‹, die die Polizei gemacht hat?«
Die Fragen nahmen kein Ende, und das viele Reden machte mich durstig. Im Hof war ein Kaffeeausschank. In den drei Stunden, die wir uns im Hof aufhielten, habe ich mindestens zehn Schalen starken, mit Melasse gesüßten Kaffee getrunken. Er schien mir das beste Getränk der Welt.

Der Schwarze aus der Zelle gegenüber kommt mir guten Tag sagen. Er setzt mir halblaut die Sache von dem belgischen Konsul und seiner Mutter auseinander. Ich drücke ihm die Hand. Er ist sehr stolz darauf, meine Rückkehr an die Oberwelt in die Wege geleitet zu haben. »Genug für heute«, sagt er und geht glücklich. »Morgen reden wir weiter.«
Die Zelle meiner Freunde kommt mir wie ein Palast vor. Clousiot hat eine Hängematte, die ihm gehört, er hat sie von seinem Geld gekauft. Er nötigt mich, mich hineinzulegen. Ich strecke mich darauf der Quere nach aus. Er wundert sich darüber, und ich erkläre ihm, daß er mit seiner Hängematte noch lange nicht richtig umgehen kann, wenn er sie nur der Länge nach benützt.
Essen, trinken, schlafen, Dame spielen, mit spanischen Karten spielen, unter uns und mit den Polizisten spanisch reden, um die Sprache zu erlernen, das sind die Tätigkeiten, die unseren Tag und sogar einen Teil der Nacht ausfüllen. Es ist hart, sich um neun Uhr abends hinlegen zu müssen. Dann überfallen mich die Einzelheiten der Flucht aus dem Spital von Saint-Laurent bis nach Santa Marta und ziehen wie ein Film an meinem Geist vorüber. Der Film darf hier nicht abreißen, er muß weitergehen, Mensch, und er *wird* weitergehen. Laßt mich nur erst zu Kräften kommen! Ich habe meine kleinen Pfeile gefunden und zwei Kokablätter, ein getrocknetes und eines, das noch grün ist. Ich kaue das grüne. Alle schauen mir verblüfft zu. Ich erkläre meinen Freunden, daß es eines der Blätter ist, aus denen man Kokain gewinnt.
»Du machst dich über uns lustig!«
»Koste!«
»Ja, tatsächlich – es macht Zunge und Lippen unempfindlich.«
»Bekommt man die hier zu kaufen?«
»Ich weiß nicht. Wie stellst du es an, Clousiot, daß du von Zeit zu Zeit Geld zum Vorschein kommen läßt?«
»Ich habe in Rio Hacha gewechselt, und seither habe ich immer Geld gehabt.«
»Ich habe sechsunddreißig Goldstücke zu hundert Pesos beim Kommandanten, und jedes ist dreihundert Pesos wert«, sage ich. »An einem der nächsten Tage werde ich dieses Problem zur Sprache bringen.«
»Mach lieber ein Geschäft mit ihnen. Es sind hier alles arme Schlukker.«
»Gute Idee.«
Sonntags habe ich mit dem belgischen Konsul und dem belgischen Gefangenen gesprochen. Der Gefangene hat bei einer amerikanischen Bananenfirma eine Unterschlagung begangen. Der Konsul hat sich mir zur Verfügung gestellt. Er will uns beide beschützen. Er hat einen Schein ausgefüllt, auf dem ich erkläre, der Sohn belgischer Eltern in Brüssel zu sein. Ich habe ihm von den Nonnen und von den Perlen erzählt. Aber als Protestant kennt er weder Non-

nen noch katholische Geistliche. Er kennt nur sehr flüchtig den Bischof. Wegen der Goldstücke rät er mir, nicht zu reklamieren, das sei zu riskant. Er muß vierundzwanzig Stunden vor unserer Abfahrt nach Baranquilla davon benachrichtigt werden. »Dann könnten Sie in meiner Gegenwart reklamieren«, sagt er, »denn Sie haben doch Zeugen, wenn ich richtig verstanden habe?«
»Jawohl.«
»Augenblicklich aber reklamieren Sie nichts, er wäre imstande, Sie in diese grauenhaften Zellen zurückzuschicken oder Sie gar zu töten. Das ist ja ein richtiges kleines Vermögen, diese Goldstücke zu hundert Pesos. Sie sind nicht dreihundert wert, wie Sie glauben, sondern fünfhundert pro Stück. Das ist eine große Summe. Man soll den Teufel nicht reizen. Etwas anderes ist es mit den Perlen. Lassen Sie mir Zeit, die Sache zu überlegen.«
Ich frage den Schwarzen, ob er nicht mit mir ausbrechen will und was man seiner Ansicht nach dazu tun müsse. Seine helle Haut wird grau, als er mich von Flucht reden hört.
»Ich flehe dich an, Mann, denke nicht einmal daran. Wenn es schiefgeht, erwartet dich der entsetzlichste langsame Tod. Einen Vorgeschmack davon hast du schon gehabt. Warte bis Baranquilla. Hier wäre es Selbstmord. Willst du sterben? Nein? Dann verhalte dich ruhig. In ganz Kolumbien existiert kein zweites Gefängnis wie dieses hier. Wozu also so etwas riskieren?«
»Ja, aber hier, wo die Mauer nicht so besonders hoch ist, wäre es relativ leicht.«
»Leicht oder nicht leicht, *hombre*, auf mich kannst du nicht zählen. Weder um mitzukommen, noch um dir zu helfen. Nicht einmal um darüber zu reden!« Und außer sich verläßt er mich mit den Worten: »Du bist nicht normal, Franzose, du bist verrückt, hier in Santa Marta an so etwas zu denken!«
Im Hof sehe ich mir jedesmal die gefangenen Kolumbier an, die irgend etwas Großes ausgefressen haben. Sie haben ohne Ausnahme Mörderphysiognomien, aber man fühlt, daß sie alle gebändigt sind. Die Angst vor den Todeszellen lähmt sie. Vor vier oder fünf Tagen haben wir einen baumlangen Kerl, einen Kopf größer als ich, aus den Todeszellen herauskommen sehen. Er wird »das Krokodil« genannt und steht im Ruf, außergewöhnlich gefährlich zu sein. Ich unterhalte mich mit ihm, und nach drei, vier Spaziergängen frage ich ihn: »Quieres fugarte conmigo? – Willst du mit mir fliehen?«
Er sieht mich an, als ob ich vom Teufel besessen wäre.
»Um noch einmal in die Todeszellen zu kommen, wenn es danebengeht?« sagt er. »Nein, danke. Lieber bringe ich meine eigene Mutter um.«
Das war mein letzter Versuch. Nie werde ich hier wieder mit jemandem von Flucht reden.
Am Nachmittag sehe ich den Kommandanten durchkommen. Er bleibt stehen und sieht mich an.

»Wie geht's?« fragt er.
»Es geht, aber es würde mir besser gehen, wenn ich meine Goldstücke wieder hätte.«
»Warum?«
»Ich könnte mir einen Rechtsanwalt nehmen.«
»Komm mit.« Und er führt mich in sein Büro.
Wir sind allein. Er bietet mir eine Zigarre an – nicht schlecht, und gibt mir Feuer – noch besser.
»Kannst du genug Spanisch, um zu verstehen und eine klare Antwort zu geben, wenn man langsam spricht?«
»Ja.«
»Du sagst, daß du deine sechsundzwanzig Goldstücke gern verkaufen würdest?«
»Nein, meine sechsunddreißig Goldstücke.«
»Ach ja – ja! Um dir von dem Geld einen Rechtsanwalt zu nehmen? Aber nur wir beide wissen, daß du die Goldstücke hast.«
»Nein, auch der Unteroffizier und die fünf Männer wissen es, die mich verhaftet haben, und der zweite Kommandant, der sie mir abgenommen hat, bevor er sie Ihnen übergab. Und dann noch mein Konsul.«
»Ach so, ach so. Gut. Um so offener können wir darüber reden. Du weißt, daß ich dir einen großen Dienst erwiesen habe. Ich habe geschwiegen. Ich habe keine Fragebogen an die diversen Polizeistellen der Länder geschickt, durch die du gekommen bist, um herauszufinden, ob dort ein Diebstahl von Goldstücken vorgekommen ist.«
»Aber Sie hätten es tun sollen.«
»Nein, es ist in deinem Interesse, das nicht zu tun.«
»Ich danke Ihnen, Kommandant.«
»Willst du, daß ich sie dir abkaufe?«
»Für wieviel?«
»Für den Preis, den man dir für drei bezahlte, wie du mir gesagt hast: für dreihundert Pesos. Du gibst mir hundert Pesos pro Stück für den Dienst, den ich dir erwiesen habe. Was sagst du?«
»Nein. Du gibst mir die Goldstücke so, wie sie sind, und ich gebe dir nicht hundert, sondern zweihundert Pesos pro Stück. Was du für mich getan hast, ist mir das wert.«
»Du bist zu schlau, Franzose. Ich bin ein armer kolumbischer Offizier, vertrauensvoll und ein wenig dumm, aber du bist intelligent und, wie ich schon sagte, zu schlau.«
»Schön. Welches vernünftige Angebot willst du mir machen?«
»Morgen werde ich den Käufer hierher in mein Büro kommen lassen. Er wird sich die Stücke ansehen und sein Angebot machen. Und dann halb, halb. Das oder nichts. Ich schicke dich entweder mit den Goldstücken nach Baranquilla – oder ich hebe sie für die Vernehmung auf.«
»Nein. Und das ist jetzt mein letzter Vorschlag: der Mann kommt

hierher, schaut sich die Stücke an, und alles, was über dreihundertfünfzig Pesos pro Stück ist, gehört dir.«
»Gut. Du hast mein Wort. Aber wo wirst du eine so große Summe hintun?«
»Wenn das Geld da ist, läßt du den belgischen Konsul kommen. Ich werde es ihm geben, damit er mir den Rechtsanwalt bezahlt.«
»Nein, ich will keine Zeugen.«
»Du riskierst nichts, ich werde unterschreiben, daß du mir meine sechsunddreißig Goldstücke zurückgegeben hast. Nimm an, und wenn du dich korrekt gegen mich verhältst, werde ich dir ein anderes Geschäft vorschlagen.«
»Was für eines?«
»Verlaß dich auf mich. Das andere ist auch gut, und du sollst deine fünfzig Prozent dafür bekommen.«
»Was ist es? Sag es mir.«
»Warte bis morgen. Um fünf Uhr, wenn mein Geld bei meinem Konsul in Sicherheit ist, werde ich mit dir über das andere reden.«
Die Unterredung hat lange gedauert. Als ich zufrieden in den Hof zurückkehre, sind meine Freunde bereits in der Zelle.
»Was war los?«
Ich erzähle ihnen unser ganzes Gespräch. Trotz unserer Situation winden wir uns vor Lachen.
»Was für ein Schlaufuchs der Kerl ist! Aber du hast ihn überrundet! Glaubst du, daß es gehen wird?«
»Ich wette hundert Pesos zu zweihundert, daß die Sache geritzt ist. Will niemand wetten?«
»Nein. Ich glaube auch, daß es gehen wird.«
Die ganze Nacht überlege ich. Das erste Geschäft wäre also gemacht. Das zweite – er wird mehr als zufrieden sein und die Perlen herausrücken. Das wäre auch gemacht. Bleibt das dritte. Das dritte ... wird sein, daß ich ihm alles anbieten werde, was ich zurückbekommen habe, damit er mich im Hafen ein Schiff auftreiben läßt. Dieses Schiff werde ich mit dem Geld bezahlen, das ich im Stöpsel habe. Wir werden sehen, ob er der Versuchung widerstehen kann. Was riskiere ich schon? Nach den ersten beiden Geschäften kann er mich nicht einmal strafen. Wir werden sehen ... Daß ich nur nicht die Rechnung ohne den Wirt mache und so weiter. Du könntest warten, bis du in Baranquilla bist. Wozu? Es ist eine bedeutendere Stadt, ein bedeutenderes Gefängnis, also schärfer bewacht, mit höheren Mauern. Nein, ich muß zurück, um mit Lali und Zoraima zu leben! Ich muß rasch ausbrechen, da unten warte ich vielleicht jahrelang. Ich werde mit dem Stamm, der die Rinder hat, in die Berge gehen und dort mit Venezolanern in Kontakt treten. Dieser Fluchtversuch muß um jeden Preis gelingen.
Die ganze Nacht sinniere ich, wie ich es anstellen könnte, um das dritte Geschäft zu einem erfolgreichen Ende zu bringen.
Am nächsten Tag geht alles wie am Schnürchen. Um neun Uhr

morgens kommt man mich holen, ich soll mit einem Herrn sprechen, der mich beim Kommandanten erwartet. Der Polizist bleibt draußen, und ich stehe einem Mann in hellgrauem Anzug und mit grauer Krawatte gegenüber. Auf dem Tisch liegt ein großer grauer Filzhut nach Cowboyart. Eine dicke graublaue Perle tritt aus der Krawatte des Unbekannten hervor wie aus einem Schmuckkästchen. Der Mann ist mager und dürr, entbehrt aber nicht einer gewissen Eleganz. Der Kommandant sitzt beim Tisch.

»Guten Tag, Monsieur.«
»Sie sprechen Französisch?«
»Ja, Monsieur, ich bin Libanese von Geburt. Ich höre, daß Sie Goldstücke zu hundert Pesos haben, ich bin interessiert daran. Wollen Sie fünfhundert für jedes?«
»Nein, sechshundertfünfzig.«
»Da sind Sie aber schlecht unterrichtet, mein Herr. Der Maximalpreis ist fünfhundertfünfzig.«
»Ich gebe sie Ihnen für sechshundert, wenn Sie alle nehmen.«
»Nein, für fünfhundertfünfzig.«
Schließlich einigen wir uns bei fünfhundertachtzig. Die Sache ist perfekt.
»Und?« fragt der Kommandant.
»Alles perfekt«, sage ich. »Fünfhundertachtzig. Heute nachmittag.«
Der Mann geht. Der Kommandant steht auf.
»Sehr schön, und was bekomme ich?« fragt er.
»Zweihundertdreißig pro Goldstück. Sie sehen, ich gebe Ihnen um hundertdreißig mehr, als Sie verdienen wollten.«
»Und das zweite Geschäft?« fragt er lächelnd.
»Zuerst muß der Konsul hier sein, um das Geld in Empfang zu nehmen. Wenn er wieder weg ist, werde ich mit dir über das zweite reden.«
»Es soll also wirklich ein zweites geben?«
»Jetzt hast du mein Wort.«
Um zwei Uhr sind der Konsul und der Libanese da. Der Libanese gibt mir zwanzigtausendachthundertachtzig Pesos. Ich gebe davon zwölftausendsechshundert dem Konsul und achttausendzweihundertachtzig dem Kommandanten. Dann unterschreibe ich eine Quittung, daß der Kommandant mir meine sechsunddreißig Goldstücke zu hundert Pesos zurückgegeben hat. Der Kommandant und ich bleiben allein zurück. Ich erzähle ihm die Sache mit der Mutter Oberin.
»Wie viele Perlen sind es?«
»Fünf- bis sechshundert.«
»Diese Oberin ist eine Diebin. Sie hätte sie dir zurückgeben, sie dir schicken lassen oder der Polizei übergeben müssen. Ich werde sie anzeigen.«
»Nein, du wirst zu ihr hingehen und ihr einen Brief von mir brin-

gen, in französischer Sprache. Ehe du ihr etwas von dem Brief sagst, wirst du sie bitten, die Irländerin kommen zu lassen.«
»Ich verstehe: die Irländerin soll den französisch geschriebenen Brief lesen und ihn der Oberin übersetzen. Sehr gut, ich gehe hin.«
»Warte auf den Brief!«
»Ach richtig! – José, mach den Wagen mit zwei Polizisten bereit!« ruft er durch die halboffene Tür.
Ich setze mich an den Schreibtisch des Kommandanten und schreibe auf dem Papier mit der Aufschrift des Gefängnisses folgenden Brief:
»An die Frau Oberin des Klosters,
zu Händen der gütigen barmherzigen Schwester Irländerin.
Als Gott mich zu Ihnen führte, wo ich glaubte, Hilfe zu erhalten, auf die doch nach christlichem Gebot jeder Verfolgte Anspruch hat, habe ich Ihnen einen Beutel mit Perlen anvertraut, die mein Eigentum sind, als Pfand, damit Sie mir vertrauen, daß ich mich nicht heimlich aus Ihrem Haus, das unter dem Schutz Gottes steht, entfernen werde. Eine niedrige Seele glaubte Ihre Pflicht zu tun, indem sie mich der Polizei anzeigte, die mich denn auch sehr bald bei Ihnen verhaftete. Ich hoffe, daß dieses verwerfliche Geschöpf nicht eines der Kinder des Herrn in Ihrem Hause ist. Ich kann Ihnen nicht sagen, daß ich ihm oder ihr verzeihe, das wäre gelogen. Im Gegenteil, ich bitte inständig, daß Gott oder einer seiner Heiligen den oder die Schuldige für diese ungeheure Sünde unbarmherzig bestrafe. Ich bitte Sie, Frau Oberin, dem Kommandanten Cesario den Beutel mit den Perlen, den ich Ihnen anvertraut habe, zu übergeben. Er wird ihn mir gewissenhaft zurückbringen, ich bin dessen sicher. Dieser Brief möge Ihnen als Quittung dienen.
Hochachtungsvoll und so weiter.«
Das Kloster liegt acht Kilometer von Santa Marta entfernt, der Wagen kommt eineinhalb Stunden später zurück. Der Kommandant läßt mich holen.
»Da sind sie. Zähl nach, ob welche fehlen.«
Ich zähle. Nicht um zu wissen, ob Perlen fehlen, denn ich weiß gar nicht, wie viele es sind, sondern um festzustellen, wie viele sich jetzt in den Händen dieses Rohlings befinden. Es sind fünfhundertzweiundsiebzig.
»In Ordnung?«
»Ja.«
»Fehlt keine?«
»Nein. Und jetzt erzähle.«
»Wie ich im Kloster ankomme, ist die Oberin im Hof. Die beiden Polizisten stehen rechts und links von mir. ›Frau Oberin‹, sage ich, ›ich muß Sie in einer sehr wichtigen Sache, die Sie vielleicht erraten werden, sprechen. Es wird nötig sein, daß die Schwester Irländerin dabei zugegen ist.‹«
»Und dann?«

»Die Schwester zitterte, als sie den Brief vorlas. Die Oberin sagte kein Wort, sie senkte den Kopf, öffnete eine Lade ihres Schreibtisches und sagte: ›Hier ist der Beutel mit den Perlen. Er ist unberührt. Gott möge dem Schuldigen verzeihen, der ein solches Verbrechen gegen diesen Mann beging. Sagen Sie ihm, daß wir für ihn beten werden.‹ Das war es, *hombre*!« vollendete strahlend der Kommandant.
»Wann können wir die Perlen verkaufen?«
»Morgen. Ich frage dich nicht, woher sie stammen, ich weiß jetzt, daß du ein gefährlicher Matador bist, aber ich weiß auch, daß du ein Mann bist, der Wort hält, ein anständiger Mensch ... Halt, nimm diesen Schinken hier, die Flasche Wein und das französische Brot, feiere diesen denkwürdigen Tag mit deinen Freunden.«
»Gute Nacht.«
So komme ich also mit einer Zweiliterflasche Chianti, einem fast drei Kilo schweren Schinken und vier langen französischen Broten zurück. Das gibt einen Festschmaus! Der Schinken, das Brot und der Wein schmelzen rasch zusammen, alle essen und trinken mit großem Appetit.
»Du glaubst, ein Rechtsanwalt könnte was für uns tun?« Ich muß lachen. Die Armen, sogar sie glauben an den Trick mit dem Rechtsanwalt!
»Ich weiß nicht. Wir müssen überlegen und uns beraten, bevor wir zahlen.«
»Das beste wär«, meint Clousiot, »nur im Erfolgsfall zu zahlen.«
»Eben. Wir müssen einen Advokaten finden, der darauf eingeht.« Und ich rede nicht mehr darüber, ich schäme mich ein wenig.
Am andern Tag kommt der Libanese wieder. »Das ist sehr kompliziert«, sagt er. »Man muß die Perlen zuerst nach der Größe klassifizieren, dann nach der Schönheit, dann nach der Form. Man muß sehen, ob sie schön rund sind oder mehr barock.« Aber nicht nur das ist kompliziert, sondern auch der Verkauf, meint der Libanese. Er müsse möglicherweise einen anderen Käufer finden, einen kompetenteren als ihn. Er bringt ihn mit. In vier Tagen kommt es zum Abschluß. Sie zahlten dreißigtausend Pesos. Im letzten Moment nehme ich eine rosa Perle und zwei schwarze aus dem Beutel heraus, ich will sie der Frau des belgischen Konsuls zum Geschenk machen. Als gute Geschäftsmänner behaupten sie, daß gerade diese drei Perlen jede für sich allein ihre fünftausend Pesos wert sind. Ich behalte sie trotzdem.
Der belgische Konsul macht Schwierigkeiten, er will die Perlen nicht annehmen. Er will mir die fünfzehntausend Pesos aufheben. Ich bin also im Besitz von siebenundzwanzigtausend Pesos. Jetzt geht es darum, das dritte Geschäft unter Dach und Fach zu bringen.
Wie stelle ich das nur am besten an? Ich muß das Eisen schmieden,

solange es heiß ist. Der Kommandant hat dreiundzwanzigtausend Pesos bekommen. Mit meinen siebenundzwanzigtausend macht das fünfzigtausend.
»Was kostet ein Laden, Kommandant, der Ihnen zu einem ‚besseren Leben verhelfen würde?«
»Ein gutes Geschäft kostet fünfundvierzig- bis sechzigtausend Pesos.«
»Und was müßte es eintragen? Dreimal soviel, wie Sie verdienen? Viermal soviel?«
»Mehr. Fünf- bis sechsmal soviel.«
»Und warum werden Sie nicht Geschäftsmann?«
»Ich würde zweimal soviel brauchen, als ich habe.«
»Hör zu, Kommandant. Ich schlage dir ein drittes Geschäft vor.«
»Spiel nicht mit mir!«
»Nein, sei unbesorgt. Ich spiele nicht mit dir. Aber willst du die siebenundzwanzigtausend Pesos, die ich habe? Wenn du willst, sind sie dein.«
»Wieso?«
»Laß mich heraus.«
»Hör zu, Franzose, ich weiß, daß du kein Vertrauen zu mir hast. Vorher hattest du vielleicht recht. Aber jetzt bin ich dank deiner Hilfe aus der Misere heraus oder doch so gut wie heraus, ich kann mir ein Haus kaufen und meine Kinder in eine teure Schule schicken. Du sollst wissen, daß ich dein Freund bin. Ich will dich weder bestehlen noch dich töten lassen. Aber hier kann ich nichts für dich tun, nicht einmal für ein Vermögen. Ich kann dich nicht mit Erfolgsgarantie ausbüxen lassen ...«
»Und wenn ich dir das Gegenteil beweise? Du kannst!«
»Wir werden sehen. Aber alles muß vorher gut überlegt sein.«
»Hast du einen Freund, der Fischer ist, Kommandant?«
»Ja.«
»Wäre er imstande, mich auf See zu bringen und mir sein Boot zu verkaufen?«
»Das weiß ich nicht.«
»Was ist sein Boot ungefähr wert?«
»Zweitausend Pesos.«
»Wenn ich ihm siebentausend gebe und dir zwanzigtausend, würde das reichen?«
»Zehntausend sind genug für mich, Franzose, hebe etwas für dich auf.«
»Arrangiere das.«
»Wirst du allein gehen?«
»Nein.«
»Wie viele?«
»Drei im ganzen.«
»Laß mich erst mit meinem Freund, dem Fischer, reden.«
Ich bin verblüfft, wie sich diese Type mir gegenüber geändert hat.

Bei seiner Mördervisage hält er auf dem Grunde seines Herzens ganz hübsche Überraschungen bereit.

Im Hof spreche ich dann mit Clousiot und Maturette. Sie sagen mir, daß ich es machen soll, wie ich will, sie sind zu allem bereit. Daß sie sich so in meine Hände begeben, bereitet mir große Genugtuung. Ich werde sie nicht enttäuschen, ich werde vorsichtig sein bis zum äußersten, denn ich nehme eine große Verantwortung auf mich. Aber ich muß auch unsere übrigen Kameraden verständigen. Gegen neun Uhr abends beenden wir eine Partie Domino. Wir haben nur noch einen Augenblick Zeit für unseren Kaffee. »Cafetero!« rufe ich, und wir lassen uns sechs heiße Kaffees bringen.

»Ich muß mit euch reden. Hört, ich glaube, daß ich wieder auf Flucht gehen kann. Leider können wir nur zu dritt gehen. Und es ist selbstverständlich, daß ich Clousiot und Maturette mitnehme, die zwei, mit denen ich aus dem Bagno geflohen bin. Wenn einer von euch etwas daran auszusetzen hat, soll er es frei heraus sagen.«

»Nein«, sagt der Bretone, »es ist ganz richtig. Erstens weil ihr zusammen aus dem Bagno heraus seid, und außerdem sind wir daran schuld, daß ihr in dieser beschissenen Situation seid, weil wir in Kolumbien aussteigen wollten. Trotzdem danke ich dir, Papillon, daß du uns um unsere Meinung gefragt hast. Doch du bist absolut berechtigt, so zu handeln, wie du es tust. Gott steh euch bei, daß es gelingt. Denn wenn ihr gefaßt werdet, bedeutet das den sicheren Tod, und noch dazu unter so verrückten Umständen.«

»Das wissen wir«, sagen Clousiot und Maturette gleichzeitig.

Der Kommandant spricht am Nachmittag mit mir. Sein Freund ist einverstanden. Er fragt, was wir im Boot mitnehmen wollen.

»Ein Faß mit fünfzig Liter Süßwasser, fünfundzwanzig Kilo Maismehl und sechs Liter Öl, das ist alles.«

»Carajo!« ruft der Kommandant aus. »Mit so wenig willst du auf See gehen?«

»Ja.«

»Du hast aber Mut, Franzose.«

Es ist soweit. Er ist entschlossen, auch das dritte Geschäft zu machen.

»Ich tue es für meine Kinder«, setzt er kalt hinzu. »Ob du es glaubst oder nicht. Und dann für dich. Du verdienst es, schon für deinen Mut.«

Ich weiß, daß er die Wahrheit sagt, und danke ihm.

»Wie wirst du es anstellen, daß man es nicht so merkt, daß ich mit allem einverstanden war?«

»Du wirst überhaupt nichts zu verantworten haben. Ich breche nachts auf, wenn der zweite Kommandant Wache hat.«

»Wie willst du das anstellen?«

»Du schickst ab morgen einen Polizisten der Nachtwache weg. In drei Tagen schickst du einen zweiten weg. Wenn nur noch einer

da ist, läßt du gegenüber der Zellentür ein Wachthäuschen aufstellen. Wenn es nachts regnet, wird der Wachtposten in das Häuschen gehen, um sich zu schützen, und dann spring ich durch das hintere Fenster. Wegen der Mauerbeleuchtung müßtest du selbst ein Mittel finden, um einen Kurzschluß herbeizuführen. Das ist alles, was ich von dir verlange. Du kannst einen Kurzschluß herstellen, indem du einen Kupferdraht, einen Meter lang, mit zwei Steinen über den Drähten befestigst, die zu dem Lichtmast führen, an dem die Mauerbeleuchtung hängt. Ja, und der Fischer soll das Boot so anhängen, daß ich mit dem Vorhängeschloß nicht viel Zeit verliere. Die Segel müssen zum Setzen bereit sein, und drei starke Ruder im Boot, um rasch bis zum Brisenstrich gelangen zu können.«
»Es hat einen kleinen Motor!« sagt der Kommandant.
»Ach so, noch besser! Dann muß er den Motor so abbremsen, als ob er ins nächste Café fahren wollte, um einen Drink zu nehmen. Wenn er uns kommen sieht, soll er sich am Fuß des Bootes, im Schatten der Bootswand, aufstellen.«
»Und das Geld?«
»Ich werde deine zwanzigtausend Pesos in zwei Teile teilen, jeder Schein wird geteilt. Die siebentausend werde ich dem Fischer im voraus bezahlen. Dir gebe ich die Hälfte der Scheine im vorhinein, und die andere Hälfte wird dir ein Franzose übergeben, der hier bleibt, ich werde dir noch sagen, wer.«
»Du traust mir nicht? Das ist nicht gut.«
»Nein, nicht daß ich dir nicht trauen würde, aber du könntest bei dem Kurzschluß etwas falsch machen, und dann zahle ich nichts, denn ohne Kurzschluß kann ich nicht weg.«
»Na gut.«
Es ist alles vorbereitet. Durch Vermittlung des Kommandanten habe ich dem Fischer die siebentausend Pesos zukommen lassen. Und nach fünf Tagen gibt es nur noch einen Wachtposten. Das Wachthäuschen ist aufgestellt, und wir warten auf den Regen, der nicht kommen will. Das Gitter ist mit den Sägen, die uns der Kommandant zukommen ließ, durchgesägt, der Einschnitt gut hinter einem Käfig verborgen, in dem ein Papagei haust, der auf französisch »Scheiße« zu sagen beginnt. Wir sitzen wie auf glühenden Kohlen. Der Kommandant hat die halbierten Geldscheine. Wir warten Nacht für Nacht – es regnet nicht. Der Kommandant muß eine Stunde nach Beginn des Regens den Kurzschluß an der Außenseite der Mauer herstellen. Aber es will und will nicht regnen in dieser Jahreszeit, unglaublich! Jede kleinste Wolke, die wir hinter unserem Gitter entdecken, erfüllt uns mit Hoffnung, und jedesmal ist es wieder nichts. Zum Verrücktwerden! Seit sechzehn Tagen ist alles bereit, sechzehn Nächte wachen wir mit klopfendem Herzen. Eines Sonntagmorgens sucht mich der Kommandant persönlich im Hof auf und führt mich in sein Amtszimmer. Er überreicht

mir das Paket mit den halbierten Geldscheinen und dreitausend Pesos in ganzen Scheinen.
»Was ist passiert?«
»Franzose, mein Freund, du hast nur noch diese eine Nacht vor dir, denn morgen früh um sechs Uhr geht es nach Baranquilla. Ich gebe dir von dem Fischer nur dreitausend Pesos, den Rest hat er ausgegeben. Wenn Gott will, regnet es diese Nacht, der Fischer erwartet dich. Wenn du ins Boot steigst, kannst du ihm das Geld für mich geben. Ich habe Vertrauen zu dir, ich weiß, daß ich diesbezüglich nichts zu fürchten habe.«
Es hat nicht geregnet.

Fluchtversuche in Baranquilla

Um sechs Uhr früh legten uns acht Soldaten und zwei von einem Leutnant begleitete Küstenwachen die Fesseln an, und in einem Militärlaster bringt man uns nach Baranquilla. Wir brauchen für die hundertachtzig Kilometer dreieinhalb Stunden. Um zehn Uhr sind wir bereits in dem Gefängnis, das sich »80« nennt, Medellinstraße, Baranquilla. So viel Aufwand an Energie, um nicht hierher zu kommen, und nun doch da zu sein!
Baranquilla ist eine wichtige Stadt. Sie ist der erste kolumbische Hafen am Atlantik, der innerhalb des Mündungsgebietes des Rio Magdalena liegt. Auch das Gefängnis ist von Bedeutung. Es beherbergt vierhundert Gefangene mit fast hundert Aufsehern und ist wie ein beliebiges europäisches Gefängnis eingerichtet. Zwei doppelte, mehr als acht Meter hohe Mauern umgeben es.
Der Leitungsstab des Gefängnisses mit Direktor Don Gregorio an der Spitze empfängt uns. Innen sind vier Höfe, je zwei auf einer Seite, dazwischen eine lange Kapelle, in der die Messe gelesen wird. Sie dient auch als Sprechzimmer. Man bringt uns in den Hof der besonders Gefährlichen. Bei der Durchsuchung hat man die dreiundzwanzigtausend Pesos und die kleinen Pfeile gefunden. Ich halte es für meine Pflicht, den Direktor darauf aufmerksam zu machen, daß sie vergiftet sind, was uns in seinen Augen kaum zu netteren Jungen macht.
»Sie haben sogar vergiftete Pfeile, diese Franzosen!«
Mit dem Aufenthalt in diesem Gefängnis beginnt der gefährlichste Teil unseres Abenteuers. Denn hier sollen wir tatsächlich den französischen Behörden ausgeliefert werden. Ja, Baranquilla und sein enormes Gefängnis stellen uns vor die Entscheidung. Wir müssen um jeden Preis heraus, ganz gleich, welches Opfer es kostet. Ich muß mit vollem Einsatz spielen.
Unsere Zelle liegt in der Mitte des Hofes. Es ist übrigens keine Zelle, sondern ein Käfig, im wahrsten Sinne des Wortes. Ein Zementdach, das auf dicken Eisenstangen ruht. In den Ecken sind die Toiletten

und Waschräume. Die übrigen Gefangenen, etwa hundert, befinden sich in den Zellen, die in den vier Mauern liegen. Zum Hof hin, der ungefähr zwanzig mal vierzig Meter mißt, sind sie durch Gitter abgeschlossen. Über jedem Gitter läuft ein schmales Blechdach, damit es nicht in die Zellen hineinregnet. Nur wir sechs Franzosen sind in dem Käfig in der Mitte, wo man Tag und Nacht den Blicken der anderen Gefangenen ausgesetzt ist, aber vor allem denen der Wachtposten. Tagsüber halten wir uns im Hof auf, von sechs Uhr früh bis sechs Uhr abends. Man kann in der Zelle ein und aus gehen, wie man will, kann sich unterhalten, spazierengehen oder sogar im Hof essen.
Zwei Tage nach unserer Ankunft versammelt man uns alle sechs in Gegenwart des Direktors sowie einiger Polizisten und Photoreporter in der Kapelle.
»Sie sind aus dem Bagno von Französisch-Guayana entsprungen.«
»Wir haben es nie geleugnet.«
»Für welche Delikte ist jeder von Ihnen so schwer bestraft worden?«
»Das ist nicht so wichtig. Wichtig ist, daß wir auf kolumbischem Boden kein Delikt begangen haben und daß Ihre Nation uns nicht nur das Recht verweigert, wieder ins Leben zurückzukehren, sondern auch noch Menschenjäger und Gendarmen der französischen Regierung gegen uns einsetzt.«
»Kolumbien ist der Ansicht, Sie auf seinem Territorium nicht aufnehmen zu dürfen.«
»Aber ich persönlich und zwei meiner Kameraden wollen ja gar nicht in Ihrem Land leben. Man hat uns drei auf offenem Meer verhaftet und nicht bei dem Versuch, auf Ihrem Boden zu landen. Im Gegenteil, wir haben unser Äußerstes getan, um uns von hier zu entfernen.«
»Die Franzosen«, sagt der Journalist eines katholischen Blattes, »sind fast alle Katholiken, wie wir Kolumbier.«
»Möglich, daß Sie katholisch getauft sind, aber Ihre Handlungsweise ist wenig christlich.«
»Und was haben Sie uns vorzuwerfen?« fragt der Direktor.
»Daß Sie Kollaborateure der Gefangenenaufseher sind, die uns verfolgen«, antworte ich. »Ja sogar mehr, Sie machen ihre Arbeit. Man hat uns unseres Bootes und alles dessen beraubt, was uns die Katholiken der Insel Curaçao in der Person ihres edelmütigen Bischofs Irénée de Bruyne geschenkt haben. Wir können es nicht für richtig halten, daß Sie, weil Sie das Risiko nicht übernehmen wollen, daß wir uns eine problematische bürgerliche Existenz zusammenzimmern, uns darüber hinaus auch noch daran hindern, mit unseren eigenen Mitteln in ein Land zu gelangen, das dieses Risiko vielleicht auf sich nimmt.«
»Und was wollen Sie, das Kolumbien tut?«
»Nicht Kolumbien selbst, sondern sein Polizei- und Gerichtssystem.«

»Was wollen Sie damit sagen?«
»Daß das Ganze wiedergutgemacht werden könnte, wenn man nur will. Lassen Sie uns über das Meer in ein anderes Land fahren!«
»Wir werden versuchen, das für Sie zu erreichen.«
In den Hof zurückgekehrt, sagt Maturette zu mir: »Na, kapiert? Diesmal brauchen wir uns keine Illusionen zu machen. Wir sitzen drin, und diesmal wird es nicht leicht sein, da herauszukommen.«
»Meine lieben Freunde, ich weiß nicht, ob wir vereint nicht viel stärker wären, aber ich muß sagen: Jeder von euch soll tun, was er für gut hält. Was mich betrifft, so werde ich trachten, aus dieser famosen »80« herauszukommen.«
Am Donnerstag werde ich ins Sprechzimmer gerufen, wo mich ein gut gekleideter, ungefähr fünfundvierzigjähriger Mann erwartet. Er hat eine auffallende Ähnlichkeit mit Louis Dega.
»Du bist Papillon?«
»Ja.«
»Ich bin Joseph, der Bruder von Louis Dega. Ich habe die Zeitungen gelesen und komme dich besuchen.«
»Danke.«
»Hast du meinen Bruder da unten getroffen? Kennst du ihn?«
Ich erzähle ihm ausführlich Degas Odyssee bis zu dem Tag, an dem wir uns im Spital trennten. Er sagt mir, daß sich sein Bruder auf den Îles du Salut befinde, er selbst habe es eben erst aus Marseille erfahren. Die Besuche finden Donnerstag und Sonntag in der Kapelle statt. Herr Dega berichtet weiter, daß es in Baranquilla ein Dutzend Franzosen gebe, die hier mit ihren Frauen ihr Glück machen wollten. Sie seien alle Zuhälter. In einem besonderen Stadtviertel gebe es gegen zwanzig Prostituierte, die hier die hohe Tradition der eleganten raffinierten französischen Prostitution aufrechterhalten. Es sind immer die gleichen Männer- und Frauentypen, von Kairo bis in den Libanon, von England bis nach Australien, von Buenos Aires bis Caracas, von Saigon bis Brazzaville. Es sei ihre uralte Spezialität, die Prostitution und die damit verbundene besondere Lebensart über die Erde zu verbreiten.
Joseph Dega läßt mir auch noch eine andere Neuigkeit zukommen: Die französischen Zuhälter von Baranquilla seien besorgt, weil sie befürchten, daß unsere Ankunft im Gefängnis dieser Stadt ihrem blühenden Geschäft schaden und sie aus ihrer Ruhe reißen könnte. Denn wenn einer oder mehrere von uns ausbrächen, würde die Polizei sie in den französischen »Casetas« suchen, selbst wenn die Entsprungenen dort nie hinflüchteten. Das wäre nämlich für die Polizei eine willkommene Gelegenheit, hinter falsche Papiere, abgelaufene oder ungültige Arbeitsbewilligungen und Ähnliches zu kommen. Und es gebe viele unter ihnen, Frauen, ja sogar Männer, denen das sehr unangenehm werden könnte.
Das sind ja schöne Auskünfte. Er setzt hinzu, daß er mir zur Verfügung stehe, falls ich etwas brauche, und daß er mich donnerstags

und sonntags besuchen wolle. Ich danke dem tapferen Jungen, der mir in der Folge bewies, daß sein Versprechen aufrichtig war. Er sagt mir auch, daß nach den Zeitungsberichten unsere Auslieferung an Frankreich bereits beschlossene Sache sei ...
»Ich habe euch eine Menge zu erzählen, meine Herren!« sage ich.
»Was denn?« rufen alle fünf im Chor.
»Erstens, daß wir uns wirklich keine Illusionen machen dürfen: die Auslieferung ist eine beschlossene Sache. Ein Sonderschiff aus Französisch-Guayana wird uns hier abholen und dahin zurückbringen, von woher wir gekommen sind. Außerdem macht unsere Anwesenheit den lieben Zuhältern Sorgen, die sich hier in Baranquilla niedergelassen haben. Nicht dem, der mich besuchte, dem macht es nichts, aber seinen Kollegen. Die fürchten nämlich, daß wir ihnen, falls einer von uns flieht, Scherereien machen könnten.«
Schallendes Gelächter. Sie glauben alle, ich scherze.
»Herr Bordellbesitzer Sowieso, bitte schön, darf ich ausbrechen?«
»Genug gelacht. Wenn Huren zu uns kommen sollten, muß man ihnen sagen, sie sollen nicht wiederkommen, verstanden?«
»Verstanden.«
In unserem Hof befinden sich, wie ich schon sagte, etwa hundert kolumbische Gefangene. Sie sind durchaus nicht unfähig. Es gibt unter ihnen sehr gute Diebe, ausgezeichnete Fälscher, einfallsreiche Betrüger, Spezialisten für bewaffnete Angriffe, Rauschgifthändler und Mörder, für diese in Amerika ganz gewöhnlichen Profession speziell ausgebildet. Reiche Leute, Politiker oder arrivierte Abenteurer nehmen sie gegen Geld in Dienst.
Ihre Hautfarbe ist sehr verschieden. Sie reicht vom Schwarz des Senegalnegers bis zur Teerfarbe des Kreolen aus Martinique, vom Ziegelrot des mongolischen Indianers mit seinem glatten, schwarzvioletten Haar bis zum unvermischten Weiß. Ich trete mit ihnen in Kontakt, suche mich über die Eignung und Fluchtbereitschaft gewisser ausgewählter Typen zu informieren. Die meisten von ihnen sind wie ich: wenn sie eine lange Strafe befürchten oder bereits haben, leben sie in ständiger Fluchtbereitschaft.
Oben um die vier Mauern des rechteckigen Hofes läuft für die Wachtposten ein Weg, der nachts hell beleuchtet ist und an dessen vier Ecken sich je ein kleiner Turm mit einem Wachthäuschen befindet. Dort oben machen Tag und Nacht vier Posten die Runde, der fünfte steht im Hof an der Kapellentür. Dieser fünfte ist unbewaffnet. Unsere Ernährung ist ausreichend, und manche Gefangene kaufen sich Kaffee oder aus den Landesfrüchten hergestellte Säfte: Orangensaft, Ananassaft, Saft aus Papayas und so weiter. Sie werden von draußen hereingebracht. Ab und zu wird einer der kleinen Händler das Opfer eines bewaffneten Angriffs, der gewöhnlich mit verblüffender Raschheit vor sich geht. Einer drückt ihm ein Handtuch ins Gesicht, um ihn am Schreien zu hindern, und versetzt ihm einen Messerstich in die Rippen oder in den Hals; bei der ge-

ringsten Bewegung folgt der zweite Stich. Das Opfer ist seiner Einnahmen beraubt, ehe es einen Laut von sich geben kann. Ein Fausthieb in den Nacken begleitet das Abnehmen des Handtuchs. Doch was auch geschieht, niemand redet. Manchmal bringt der Händler seine Waren in Sicherheit – er schließt sozusagen seinen Laden – und sucht herauszubekommen, wer ihm den Stich versetzt hat. Entdeckt er den Mann, kommt es fast immer zu einer Messerschlacht.
Zwei kolumbische Diebe, einer von ihnen heißt Fernando, machen mir einen Vorschlag. Ich höre ihnen aufmerksam zu. Es scheint in der Stadt stehlende Polizisten zu geben. Wenn sie in irgendeinem Viertel Wache stehen, verständigen sie ihre Komplizen, damit diese dort stehlen können.
Meine beiden Besucher kennen sie alle und erklären mir, daß es bloß Pech sei, wenn einmal eine Woche lang keiner dieser Polizisten an der Tür der Kapelle Wache hält. Ich müßte mir nur von meinem Besuch einen Revolver bringen lassen. Der Polizeidieb würde es ohne weiteres übernehmen, sozusagen gezwungenermaßen an die Ausgangstür der Kapelle zu klopfen, die zu einem Wachtrupp von höchstens vier bis sechs Mann führt. Mit angelegtem Revolver von uns überrascht, könnten sie uns nicht daran hindern, die Straße zu erreichen. Und dann hätte man nichts mehr zu tun, als im Verkehr zu verschwinden, der dort überaus lebhaft sei.
Der Plan gefällt mir nicht sehr. Der Revolver müßte ziemlich klein sein, um ihn verstecken zu können, höchstens Kaliber 6,35. Damit riskiert man aber, die Wachtposten nicht genug einzuschüchtern. Und wenn einer der beiden falsch reagiert, wäre man gezwungen, ihn zu töten. Ich sage also nein.
Der Wunsch, etwas zu unternehmen, quält nicht nur mich, sondern auch meine Freunde. Nur mit dem einen Unterschied, daß sie in depressiven Zeiten davon überzeugt sind, daß uns das Schiff, das uns abholen soll, noch im Gefängnis antreffen wird. Von solchen Gedanken ist es dann nicht mehr weit bis dahin, wo man sich geschlagen gibt. Sie unterhalten sich sogar darüber, wie man uns dort unten bestrafen wird und welche Behandlung uns dort bevorsteht.
»Ich kann eure Dummheiten nicht mehr hören! Wenn ihr schon davon reden müßt, dann tut es, wenn ich nicht da bin, oder stellt euch irgendwohin, wo ich es nicht hören kann! Mit einem solchen Verhängnis wie dem unseren kann man sich nur abfinden, wenn man impotent ist. Seid ihr impotent? Hat einer von euch einen Schlag in die Hoden bekommen? Wenn es so ist, dann sagt es mir. Denn ich werde euch etwas sagen, Freunde: Wenn *ich* an einen Ausbruch denke, so denke ich an einen Ausbruch für uns alle. Wenn *ich* mir den Kopf darüber zerbreche, was wir tun könnten, um hier herauszukommen, dann zerbreche ich mir den Kopf, wie wir alle herauskommen könnten. Und bei sechs Männern ist das nicht leicht. Denn ich sage euch, wenn der Tag kommt, und wir

haben es nicht geschafft, dann töte ich einen kolumbischen Polizisten, um Zeit zu gewinnen. Die werden mich nicht an Frankreich ausliefern, wenn ich einen ihrer Polizisten umgelegt habe. Und dann habe ich Zeit. Und wenn ich ganz allein ausbreche, wird es leichter sein.«

Die beiden Kolumbier haben noch einen anderen Plan, der nicht schlecht ist. Sonntag früh ist die Kapelle immer voll. Von Gefangenen und Besuchern. Nach der Messe bleiben die Gefangenen, die Besuch haben, in der Kapelle. Die Kolumbier bitten mich, am Sonntag zur Messe zu gehen, damit ich sehe, wie das vor sich geht, und mich am folgenden Sonntag an dem Unternehmen beteiligen kann. Ja, sie schlagen mir sogar vor, ich solle die Führung der Revolte übernehmen. Ich lehne diese Ehre ab, ich kenne die Männer nicht gut genug.

Ich stehe nur für vier Franzosen ein. Der Bretone und der Mann mit dem Bügeleisen wollen nicht mitmachen. Kein Problem, sie brauchen nur nicht in die Kapelle zu kommen. Am Sonntag gehen wir vier, die mit von der Partie sein wollen, in die Messe. Die Kapelle ist rechteckig. Vorne in der Mitte ist der Hochaltar, an den beiden Seitenwänden je eine Tür, die in die Höfe führt. Das Hauptportal führt zu den Wachtposten. Es ist mit einem Gitter versperrt, hinter dem ungefähr zwanzig Mann stehen. Und hinter ihnen ist schließlich die Tür zur Straße. Da die Kapelle zum Brechen voll ist, lassen die Posten das Gitter offen. Während des Hochamts stehen sie dichtgedrängt stramm. Mit den Besuchern sollen noch zwei Männer kommen und Waffen. Die Waffen sollen von Frauen zwischen den Schenkeln in die Kapelle gebracht werden. Sowie alle versammelt sind, werden die Waffen weitergereicht. Sie sollen von großem Kaliber sein, .38 und .45. Der Anführer soll von einer Frau, die daraufhin weggehen wird, einen Revolver großen Kalibers zugesteckt bekommen. Das zweite Läuten der Ministranten soll das Signal zum Angriff sein. Ich muß dem Direktor, Don Gregorio, mit den Worten »Da la orden de nos dejar passar, si no, te mato – Gib den Befehl, uns durchzulassen, oder ich töte dich« ein Messer an den Hals setzen.

Ein zweiter muß dasselbe mit dem Pfarrer tun. Die übrigen drei sollen von drei verschiedenen Seiten die Waffen auf die Polizisten am Gitter des Haupteingangs der Kapelle richten. Sie haben jeden, der seine Waffe nicht sofort wegwirft, niederzuschießen. Die Unbewaffneten dürfen als erste hinaus, der Pfarrer und der Direktor sollen als Rückendeckung dienen. Wenn alles gutgeht, werden die Polizisten ihre Gewehre zu Boden werfen und von den Männern mit den Revolvern in die Kapelle zurückgedrängt werden. Wir gehen hinaus, sperren das Gitter zu, dann die Holztür. Wachtposten werden keine da sein, weil die Polizisten obligatorisch der Messe beiwohnen müssen. Etwa fünfzig Meter vor dem Portal wird ein Lastwagen mit einer kleinen Leiter stehen, damit wir rasch ein-

steigen können. Wenn der Anführer der Revolte, der als letzter drankommt, eingestiegen ist, wird der Lastwagen losfahren.
Nach dem Besuch der Messe erkläre ich mich einverstanden.
Joseph Dega kommt am Sonntag nicht mehr. Er weiß, warum. Er will uns ein falsches Taxi schicken, damit wir nicht in den Lastwagen einsteigen müssen, und uns in ein Versteck bringen, das er für uns vorbereiten will. Ich bin die ganze Woche über sehr aufgeregt und erwarte den Streich mit Ungeduld. Fernando hat sich auf eigene Weise einen Revolver verschafft. Es ist eine .45 der kolumbischen Zivilgarde, eine sehr gefürchtete Waffe. Am Donnerstag kommt mich eine von Josephs Damen besuchen. Sie ist sehr nett. Sie sagt mir, daß das Taxi gelb sein wird, damit wir uns nicht irren.
»Okay. Danke.«
»Viel Glück!« Sie küßt mich anmutig auf beide Wangen und scheint mir dabei ein wenig gerührt.

»Herein, alles herein! Möge diese Kapelle sich füllen, damit alle das Wort Gottes hören«, sagt der Pfarrer.
Clousiot steht bereit. Maturettes Augen glänzen, und der dritte weicht mir nicht von der Seite. Ruhig nehme ich meinen Platz ein. Don Gregorio, der Direktor, sitzt auf einem Stuhl neben einer beleibten Dame. Ich stehe an die Mauer gelehnt. Rechts von mir Clousiot, links die beiden andern. Wir sind alle gut gekleidet, um nicht die Aufmerksamkeit des Publikums auf uns zu lenken, wenn es uns gelingen sollte, bis auf die Straße zu kommen. Ich trage das geöffnete Messer an meinem rechten Unterarm, es wird von einem dicken Gummi gehalten und vom Ärmel meines Khakihemdes verdeckt, dessen Manschette zugeknöpft ist. Im Augenblick der Wandlung, sobald alle den Kopf senken, wie um etwas zu suchen, und der Ministrant nach einem raschen kurzen Klingeln drei klar zu unterscheidende Glockentöne durch die Kapelle schickt, deren zweiter unser Signal ist, weiß jeder, was er zu tun hat.
Der erste Ton, der zweite ... Ich stürze mich auf Don Gregorio und halte ihm das Messer an den dicken, runzeligen Hals. Der Pfarrer ruft: »Misericordia, no me mates! – Barmherzigkeit, töte mich nicht!« Und ohne sie zu sehen, höre ich, wie die übrigen drei die Aufseher auffordern, ihre Gewehre fortzuwerfen. Alles geht gut. Ich packe Don Gregorio beim Kragen seiner schönen Uniform.
»Sigue y no tengas miedo, no te haré daño – Folge mir und hab keine Angst, ich werde dir nichts Böses tun«, sage ich.
Der Pfarrer wird von einem Rasiermesser vor seiner Kehle ganz in unserer Nähe zurückgehalten.
»Vamos, Francés, vamos a la salida! – Gehen wir, Franzosen, gehen wir an den Ausgang!« sagt Fernando.
Mit dem triumphierenden Gefühl des Gelingens dränge ich alle auf das straßenseitige Portal zu, als plötzlich gleichzeitig zwei Schüsse

fallen. Fernando bricht zusammen, ein zweiter bewaffneter Kolumbier ebenfalls. Ich stoße trotzdem noch einen Meter weiter vor, die Aufseher haben sich jedoch bereits losgemacht und versperren uns mit ihren Gewehren den Ausgang. Glücklicherweise befinden sich zwischen ihnen und uns Frauen, die sie daran hindern zu schießen. Wieder zwei Schüsse, gefolgt von einem Revolverschuß. Unser dritter bewaffneter Kamerad wird niedergeworfen, nachdem er schnell noch einen Schuß auf gut Glück abgegeben hat, der ein junges Mädchen verletzte.
»Gib mir das Messer!« Don Gregorio ist bleich wie der Tod.
Ich gebe es ihm. Den Kampf weiterzuführen wäre sinnlos gewesen. In weniger als dreißig Sekunden hat sich die Situation in ihr Gegenteil verwandelt.
Eine Woche darauf erfahre ich, daß die Revolte von dem Gefangenen eines anderen Hofes zum Scheitern gebracht wurde, der von draußen neugierig der Messe lauschte. Er verständigte gleich in den ersten Sekunden des Unternehmens die Wachtposten auf der Mauer. Die sprangen über sechs Meter tief in den Hof herunter, einer auf der einen Seite der Kapelle, ein zweiter auf der andern, und legten durch das Gitter der Seitentüren zuerst auf die beiden bewaffneten Männer an, die, auf einer Bank stehend, die Polizisten bedrohten. Der dritte wurde kurz darauf umgelegt, als er in Schußweite kam. Die Folge davon war eine schöne »corrida«. Ich blieb an der Seite des Direktors, der Befehle erteilte. Sechzehn, darunter wir vier Franzosen, wurden bei Wasser und Brot in einen Käfig hinter Eisenstangen gesperrt.
Don Gregorio hat Besuch von Joseph Dega erhalten. Er läßt mich rufen und setzt mir auseinander, daß er mich, um Joseph einen Gefallen zu tun, mit meinen Kameraden wieder in den Hof läßt. Zehn Tage später befinden wir uns, dank Joseph, wieder in dem alten Käfig im Hof, mit den Kolumbiern selbstverständlich. Dort angekommen, fordere ich alle auf, Fernando und seinen beiden toten Freunden einige Gedenkminuten zu widmen. Bei seinem nächsten Besuch berichtet mir Joseph, daß er unter den Zuhältern eine Sammlung veranstaltet habe, bei der fünftausend Pesos zusammenkamen. Damit sei es ihm gelungen, Don Gregorio zu gewinnen. Die Zuhälter steigen in unserer Achtung.
Was jetzt? Etwas Neues erfinden? Ich gebe mich nicht geschlagen. Ich denke nicht daran, tatenlos die Ankunft des Schiffes abzuwarten.
Im allgemeinen Waschraum liegend, vor der bleiern lastenden Sonnenhitze geschützt, kann ich, ohne selbst bemerkt zu werden, durch das Fenster den Zirkus der Wachtposten oben auf der Mauer studieren. Nachts rufen sie sich abwechselnd alle zehn Minuten zu: »Wache, habt acht!« So kann der Chef der Wache am besten feststellen, ob keiner von den vieren schläft. Wenn einer keine Antwort gibt, wiederholt ein anderer den Ruf, bis der Schläfer sich meldet.

Ich glaub, ich hab's! Hängt da nicht von jedem Wachtturm an den vier Ecken an einer Schnur eine Dose herunter! Will der Posten Kaffee trinken, so ruft er den »Cafetero«, der ihm eine oder zwei Tassen in die Dose gießt. Er braucht sie dann nur an der Schnur hinaufzuziehen. Der Wachtturm ganz rechts springt etwas über den Hof vor. Wenn ich mir einen starken Haken fabriziere und daran eine geflochtene Schnur befestige, müßte er dort oben leicht hängenbleiben. In wenigen Sekunden müßte ich über der Mauer sein, an der die Straße vorbeiläuft. Das einzige Problem: Wie kriege ich die Wache weg?
Ich sehe, wie der Posten aufsteht und ein paar Schritte die Mauer entlanggeht. Er macht den Eindruck, als kämpfe er bei der Hitze verzweifelt gegen den Schlaf. Das ist es, du lieber Gott! Ich muß ihn einschläfern! Ich werde zuerst einmal die Schnur machen, und wenn ich einen sicheren Haken finde, werde ich den Kerl einschläfern und mein Glück versuchen.
In zwei Tagen habe ich eine fast sieben Meter lange Schnur aus den stärksten Leinenhemden geflochten, die ich finden konnte, vor allem aus Khakihemden. Der Haken war relativ leicht zu finden: er stützt eines der über den Zellentüren angebrachten Schutzbleche, die den Regen abhalten sollen. Joseph hat mir eine Flasche mit einem sehr starken Schlafmittel gebracht. Laut Etikett soll man immer nur zehn Tropfen nehmen. In der Flasche sind ungefähr sechs Suppenlöffel von dem Zeug. Ich gewöhne den Posten daran, sich von mir den Kaffee geben zu lassen. Er läßt mir die Dose herunter, und ich schicke ihm jedesmal drei Tassen hinauf. Da alle Kolumbier gern Alkohol trinken und das Schlafmittel leicht nach Anis schmeckt, lasse ich mir eine Flasche Anisschnaps bringen.
»Willst du den Kaffee auf französisch?« frage ich den Posten eines Tages.
»Was ist das?«
»Mit Anis.«
»Laß mich mal kosten.«
Mehrere Posten haben bereits meinen Kaffee mit Anis gekostet, und wenn ich ihnen jetzt Kaffee anbiete, sagen sie immer: »Auf französisch!«
»Wie du willst.« Und peng! gieße ich ihnen Anis hinein.
Der entscheidende Moment ist gekommen. Es ist Samstag mittag und entsetzlich heiß. Meine Freunde wissen, daß es unmöglich ist, es zu zweit zu versuchen, aber ein Kolumbier mit dem arabischen Namen Ali sagt, daß er hinter mir hinaufklettern will. Mir ist das recht. So vermeide ich, daß nachher vielleicht ein Franzose als mein Komplize bestraft wird.
Ich kann die Schnur und den Haken nicht gleich bei mir tragen, denn der Posten hat Zeit, mich zu beobachten, während ich ihm den Kaffee eingieße.

Nach unserer Meinung muß er in längstens fünf Minuten k. o. sein.
Es ist »fünf vor«. Ich rufe den Posten.
»Geht's gut?«
»Es geht.«
»Kaffee?«
»Ja. Auf französisch. Der ist besser.«
»Warte, ich bring ihn.«
Ich gehe zum »Cafetero«: »Zwei Kaffee.« Ich habe bereits das ganze Schlafmittel in die Dose geschüttet. Wenn er da nicht auf der Stelle umfällt ... Ich komme unten bei ihm an und gieße vor seinen Augen den Anis hinein.
»Willst du ihn stark?«
»Ja.«
Ich gieße noch etwas dazu, schütte das Ganze in die Büchse, und er zieht es hinauf.
Fünf Minuten vergehen, zehn, fünfzehn, zwanzig Minuten. Er schläft noch immer nicht. Ja schlimmer als das, anstatt sich zu setzen, geht er, mit dem Gewehr in der Hand, hin und her. Aber er hat alles getrunken. Und in einer Stunde ist Wachablöse.
Ich stehe wie auf glühenden Kohlen, beobachte jede seiner Bewegungen. Nichts läßt darauf schließen, daß er betäubt wäre. Endlich beginnt er zu schwanken. Er setzt sich, nimmt das Gewehr zwischen die Beine. Der Kopf sinkt ihm auf die Brust. Meine Freunde und ein paar Kolumbier, die eingeweiht sind, verfolgen seine Reaktionen ebenso aufgeregt wie ich.
»Geh, die Schnur!« sage ich zu Ali.
Er bereitet sich vor, sie zu werfen. Da steht der Posten auf, läßt das Gewehr fallen, reckt sich und stampft mit den Beinen, als trete er auf der Stelle. Es sind noch achtzehn Minuten bis zur Ablöse. Ich rufe im Geist Gott um Hilfe an: Ich bitte dich, hilf mir noch dieses eine Mal! Ich flehe dich an, verlaß mich nicht! – Aber es ist zwecklos, wenn ein Atheist den Gott der Christen anruft, den er ohnehin fast nie begreift.
»Da hast du's!« sagt Clousiot und kommt auf mich zu. »Nicht zu glauben, daß er nicht einschläft, der Idiot!«
Jetzt will der Posten sein Gewehr wieder aufheben. Aber in dem Augenblick, wo er sich bückt, schlägt er wie vom Blitz getroffen der Länge nach hin. Ali wirft den Haken, aber der Haken faßt nicht und fällt herunter. Er wirft ihn ein zweites Mal, jetzt bleibt er hängen. Er zieht daran, um sich zu überzeugen, daß er sitzt. Ich probiere ihn aus, und in dem Moment, wo ich den Fuß an die Mauer setze, um mich hochzuziehen und den Aufstieg zu beginnen, sagt Clousiot:
»Achtung, die Ablöse!«
Ich habe gerade noch Zeit, von der Mauer zurückzutreten, ohne gesehen zu werden. Von dem Instinkt getrieben, sich gegenseitig

zu helfen und zu beschützen, umringen mich rasch zehn Kolumbier, wir gehen gemeinsam an der Mauer weiter und lassen das Seil hängen. Der neu antretende Posten sieht auf den ersten Blick den Haken und den Mann auf dem Boden. Überzeugt, daß jemand ausgebrochen ist, drückt er auf den Alarmknopf.
Der Schlafende wird mit einer Tragbahre abgeholt. Mehr als zwanzig Polizisten tauchen oben auf der Mauerpromenade auf. Don Gregorio läßt die Schnur heraufziehen. Er hat den Haken in der Hand. Kurz darauf umzingeln Polizisten mit angelegten Gewehren den Hof. Wir werden aufgerufen. Jeder Aufgerufene muß in seine Zelle zurück. Überraschenderweise fehlt niemand. Wir werden alle in unseren Zellen eingesperrt.
Ein zweiter Appell. Zelle für Zelle wird durchgesiebt. Niemand ist verschwunden. Gegen drei Uhr läßt man uns wieder in den Hof. Wir hören, daß der Posten fest eingeschlafen und durch nichts zu wecken ist. Mein kolumbischer Komplize ist genauso niedergeschlagen wie ich. Er war so überzeugt, daß es gelingen würde! Er flucht über die amerikanischen Erzeugnisse, denn das Schlafmittel stammt aus den USA.
»Was tun?«
»Von vorn anfangen, *hombre*!«
»Du glaubst, daß die Posten so dumm sind, noch einmal ›Kaffee auf französisch‹ zu verlangen?«
Trotz unseres Mißgeschicks muß ich lachen. Ich meinte natürlich: etwas Neues erfinden.
»Bestimmt, Mann!« sage ich.
Der Posten hat drei Tage und vier Nächte geschlafen. Als er endlich erwacht, behauptet er natürlich, daß kein anderer als ich ihn mit dem »Kaffee auf französisch« eingeschläfert hätte. Don Gregorio läßt mich rufen und konfrontiert mich mit ihm. Der Chef der Wache will mir mit dem Säbel einen Hieb versetzen. Ich springe zur Seite und provoziere ihn auch noch absichtlich. Prompt hebt er den Säbel zum zweitenmal. Don Gregorio tritt dazwischen, der Säbelhieb trifft mit voller Wucht seine Schulter, und er bricht zusammen. Schlüsselbeinbruch. Er brüllt derart auf, daß sich der Offizier nur noch mit ihm beschäftigt. Er richtet den Direktor auf. Don Gregorio ruft um Hilfe. Aus dem Büro nebenan kommen die Zivilangestellten gelaufen. Der Offizier, zwei Polizisten und der Posten, den ich eingeschläfert habe, schlagen sich mit den zehn Zivilisten, die die Partei des Direktors ergreifen. In dieser »Tangana« werden mehrere leicht verwundet. Der einzige, der nichts abbekommt, bin ich. Es geht nicht mehr um mich, sondern um den Direktor und den Offizier. Der Direktor wird ins Spital gebracht. Sein Stellvertreter führt mich in den Hof zurück.
»Du kommst später dran, Franzose!«
Am nächsten Tag läßt mich der Direktor, der mit eingegipster Schulter dasitzt, eine gegen den Offizier gerichtete Erklärung unter-

schreiben. Mit Vergnügen erkläre ich alles, was man von mir will. Die Sache mit dem Schlafmittel ist vollkommen vergessen, sie interessiert niemanden mehr. Eine Chance für mich.
Nach einigen Tagen bietet mir Joseph Dega an, etwas von draußen zu organisieren. Da ich ihm sage, daß nachts eine Flucht wegen der Beleuchtung der Mauer ausgeschlossen ist, sucht er nach einer Möglichkeit, den Strom zu unterbrechen. Mit Hilfe eines Elektrikers, den er auftreibt, wird er den Schalthebel eines außerhalb des Gefängnisses liegenden Transformators herunterkippen.
Jetzt bleibt mir nichts mehr zu tun, als den Wachtposten auf der Straßenseite und den an der Kapellentür im Hof zu bestechen. Aber das ist schwieriger, als wir glauben. Vorher muß ich nämlich Don Gregorio dazu bringen, mir, der ich vorgebe, durch Josephs Vermittlung Geld an meine Familie zu schicken, zehntausend Pesos herauszugeben. Selbstverständlich mit der Verbindlichkeit, ihm zweitausend Pesos zu überlassen, damit er seiner Frau ein Geschenk machen kann. Und nachdem wir den Mann ausfindig gemacht haben, der für die Einteilung der Wachtposten zuständig ist, müssen wir auch den noch bestechen. Er soll dreitausend Pesos bekommen, aber er will nicht bei den Verhandlungen mit den beiden anderen Posten für mich intervenieren, ich muß sie selbst ausfindig machen und ganz allein mit ihnen verhandeln. Dann soll ich ihm ihre Namen nennen, und er wird ihnen die Wache übergeben.
Die Vorbereitungen zu diesem neuen Fluchtversuch nehmen mehr als einen Monat in Anspruch. Endlich ist alles festgelegt. Da wir uns nicht mit dem Polizisten im Hof aufhalten wollen, sägen wir die Eisengitter mit einer Metallsäge aus seiner eigenen Werkzeugkiste durch. Ich habe drei Klingen dafür. Der Kolumbier mit dem Haken, diesmal heißt er Pablo, ist eingeweiht. Er sägt seine Stange in mehreren Etappen durch. In der Ausbruchsnacht soll einer seiner Freunde, der seit einiger Zeit den Verrückten spielt, auf ein Stück Zinkblech treten und zu brüllen beginnen. Der Kolumbier weiß, daß der Posten, der nur den Ausbruch von zwei Franzosen unterstützen will, gesagt hat, daß er schießen würde, falls ein dritter die Mauer hinaufsteigt. Trotzdem will er sein Glück versuchen. Er meint, wenn einer dem andern im Dunkeln auf die Schulter steigt, könnte der Posten nicht sehen, ob es zwei oder drei sind. Clousiot und Maturette haben ausgelost, welcher von ihnen mitkommen soll. Clousiot hat das Los gezogen.
Die Neumondnacht ist da. Der Sergeant und die Polizisten haben die Hälfte der Scheine bekommen, die jeder von ihnen erhalten soll. Diesmal brauchte ich sie nicht zu zerschneiden, sie waren es bereits. Die andere Hälfte müssen sie sich im Barrio Chino bei der Frau Joseph Degas holen.
Das Licht geht aus. Wir machen uns an die Eisenstangen. In knapp zehn Minuten sind sie durchgesägt. In Hose und dunklem Hemd verlassen wir die Zelle. Der Kolumbier schließt sich uns an, er ist

bis auf eine schwarze Unterhose nackt. Ich erklettere das Gittertor des »Calabazo«, des Gefängnisses, das in die Mauern eingelassen ist, umgehe das Schutzdach und werfe den neuen Haken, der an einer drei Meter langen Schnur hängt, hinauf. In knapp drei Minuten bin ich, ohne den geringsten Lärm zu machen, auf dem Mauergang oben. Auf dem Bauche liegend, erwarte ich Clousiot. Es ist sehr finster. Ich sehe oder vermute vielmehr eine Hand, die sich mir entgegenstreckt, ergreife sie und ziehe sie herauf. Ein entsetzlicher Lärm. Clousiot ist mit dem oberen Rand seiner Hose an dem Schutzblech hängengeblieben. Ich lasse ihn aus, und es ist wieder still. In der Meinung, daß er sich inzwischen losgemacht hat, beginne ich wieder zu ziehen, reiße trotz des höllischen Lärms, den das Zinkblech macht, gewaltig an und ziehe Clousiot auf die Mauer.
Nicht die unseren, aber die anderen Posten schießen. Davon irritiert, springen wir, anstatt etwas weiter rechts, wo die Mauer fünf Meter hoch ist, an der falschen Stelle auf die Straße, die hier neun Meter unter uns liegt. Ergebnis: Clousiot bricht sich von neuem das rechte Bein. Und ich kann mich genausowenig erheben: ich habe mir beide Füße gebrochen. Später stellt sich heraus, daß es die Fersenknochen sind. Der Kolumbier hat sich ein Knie verrenkt. Von den Schüssen alarmiert, laufen unten die Wachtposten auf die Straße hinaus. Im Licht einer großen Laterne werden wir mit angelegten Gewehren umstellt. Ich heule vor Wut. Obendrein wollen mir die Polizisten nicht glauben, daß ich nicht aufstehen kann. Auf den Knien krieche ich unter den zustoßenden Bajonetten ins Gefängnis zurück. Clousiot hüpft auf einem Bein, der Kolumbier desgleichen. Ich blute entsetzlich aus einer Wunde am Kopf, die von einem Gewehrkolbenhieb herrührt.
Die Schüsse haben Don Gregorio geweckt, der in dieser Nacht zum Glück Wache hielt und in seinem Büro schlief. Ohne sein Dazwischentreten hätten uns die Gewehrkolben und Bajonette den Garaus gemacht. Und am meisten versessen auf mich ist genau der Sergeant, den ich dafür bezahlte, daß er den beiden Wächterkomplizen die Wache überläßt. Don Gregorio hält die wilden Hunde zurück. Er droht ihnen, sie vor Gericht zu stellen, wenn sie uns ernsthaft verwunden. Dieses Zauberwort hält sie in Schach.
Am nächsten Tag wird Clousiots Bein im Spital eingegipst. Das Knie des Kolumbiers wird von einem Gefangenen eingerenkt und erhält einen Velpeau-Verband. Meine Füße sind über Nacht so angeschwollen, daß sie fast so groß sind wie mein Kopf, und rot und blau angelaufen. Der Arzt verordnet Bäder in lauwarmem Salzwasser und setzt mir dreimal im Tag Blutegel an. Sie fallen, wenn sie genug Blut gesoffen haben, von selbst ab und werden dann zur Ausscheidung und Weiterverwendung in Essig gelegt. Die Wunde am Kopf ist mit sechs Nähten geschlossen worden.
Ein übereifriger Polizist hat einen Artikel über mich losgelassen. Er behauptet, ich sei der Chef der »Kirchenrevolte«, hätte einen

Posten »vergiftet« und schließlich eine »Kollektivflucht« mit Komplizen von außen veranstaltet, nachdem diese »im Verlauf eines Handgemenges beim Transformator« das Licht im ganzen Viertel abgeschaltet hätten. »Hoffen wir, daß Frankreich uns möglichst bald von diesem Gangster Nummer eins befreit«, hieß es zum Schluß.

Joseph hat mich mit Annie, seiner Frau, besucht. Der Sergeant und die drei Polizisten sind jeder für sich wegen der anderen Hälfte der Geldscheine vorstellig geworden. Frau Annie fragt mich, was sie tun soll. Ich sage ihr, sie soll zahlen, denn es war nicht die Schuld der Posten, daß es danebenging, sie haben ihr Versprechen gehalten.

Seit einer Woche werde ich auf einem eisernen Schubkarren im Hof spazierengeführt. Meine Füße liegen erhöht auf einem Stück Stoff, das zwischen zwei Hölzern ausgespannt ist, die an den Griffen des Karrens befestigt sind. Das ist die einzige Lage, in der ich weniger Schmerzen habe. Die dick geschwollenen, blutunterlaufenen Füße dürfen an nichts anstoßen, nicht einmal beim Liegen. Erst nach vierzehn Tagen läßt die Schwellung etwas nach, und ich werde zum Röntgen gebracht. Beide Fersenbeine sind gebrochen, ich werde mein Leben lang Plattfüße haben.

Heute kündigt die Zeitung für das Monatsende die Ankunft des Schiffes an, das uns mit einer französischen Polizeieskorte abholen kommt. Es heißt »Mana«, schreibt das Blatt. Wir haben den 12. Oktober. Es bleiben uns also nur noch achtzehn Tage, um die letzte Karte auszuspielen. Aber wie, mit gebrochenen Füßen?

Joseph Dega ist verzweifelt. Er berichtet mir, daß die Franzosen und alle Frauen im Barrio Chino ganz konsterniert sind, daß ich schon in wenigen Tagen den französischen Behörden ausgeliefert werden soll, wo ich doch so um meine Freiheit gekämpft habe. Mein Fall bringt die ganze Kolonie durcheinander. Es tröstet mich, zu wissen, daß alle diese Männer und Frauen moralisch auf meiner Seite stehen.

Ich habe den Plan, einen kolumbischen Polizisten zu töten, fallengelassen. Ich kann mich einfach nicht dazu entschließen, einem Menschen das Leben zu nehmen, der mir nichts getan hat. Er könnte einen Vater, eine Mutter haben, die er unterstützen muß, oder eine Frau und Kinder. Ich muß lachen bei dem Gedanken, daß ich erst einen bösen Polizisten ohne Familie finden müßte. Ich müßte ihn direkt fragen: Wirst du auch niemandem fehlen, wenn ich dich jetzt umbringe?

An diesem Morgen des 13. Oktober bin ich recht niedergeschlagen. Ich betrachte ein kleines Stück kristallisierte Pikrinsalpetersäure, das mich, nach dem Essen eingenommen, gelbsüchtig machen soll. Wenn ich dann in Spitalspflege bin, könnte ich vielleicht unter Mitwirkung von Männern, die von Joseph bezahlt sind, aus dem Spital entkommen. Am Vierzehnten bin ich gelb wie eine Zitrone.

Don Gregorio kommt mich im Hof besuchen. Ich erhebe mich, die Beine hoch in der Luft, halb auf meinem Schubkarren, der im Schatten steht. Ohne alle Umschweife nehme ich die Sache in Angriff.
»Zehntausend Pesos für Sie, wenn Sie mich in Spitalspflege geben.«
»Ich will es versuchen, Franzose. Nicht wegen der zehntausend Pesos, sondern weil es mir leid tut, mit anzusehen, wie du vergeblich um deine Freiheit kämpfst. Nur glaube ich nicht, daß sie dich im Spital behalten werden, wegen des Zeitungsartikels. Sie werden Angst haben.«
Eine Stunde später schickt mich der Arzt ins Spital. Ich werde von Krankenpflegern auf einer Bahre getragen und kehre zwei Stunden später nach einer gründlichen Untersuchung mit Urinüberprüfung auf der Bahre ins Gefängnis zurück.
Es ist der Neunzehnte, ein Donnerstag. Annie, Josephs Frau, kommt mich mit der Gattin eines Korsen besuchen. Sie bringen mir Zigaretten und ein paar Süßigkeiten und bereiten mir mit ihren herzlichen Worten eine wahre Wohltat. Ihre Geschenke und der Beweis ihrer Freundschaft lassen den bitteren Tag in einen sonnigen Nachmittag ausklingen. Ich kann gar nicht sagen, was die Solidarität dieser Halbweltleute während meines Aufenthalts im Gefängnis »80« an mir Gutes getan hat, noch wieviel Dank ich Joseph Dega schulde, der seine Freiheit und seine Existenz aufs Spiel setzte, um mir zur Flucht zu verhelfen.
Aber ein Wort von Frau Annie bringt mich auf eine Idee.
»Mein lieber Papillon«, sagt sie, »Sie haben alles getan, was menschenmöglich ist, um Ihre Freiheit wiederzuerlangen. Das Schicksal ist sehr grausam gegen Sie gewesen. Es bleibt kaum noch etwas anderes übrig, als dieses ›80‹ in die Luft zu sprengen.«
Und warum nicht? Warum sollte ich das alte Gefängnis nicht in die Luft sprengen? Ich würde den Kolumbiern nur einen Dienst erweisen. Wenn ich es sprenge, entschließen sie sich vielleicht dazu, ein neues, hygienischeres zu bauen?
Ich umarme die charmanten jungen Frauen, von denen ich mich für immer verabschiede, und sage zu Annie: »Richte Joseph aus, er soll mich am Sonntag besuchen.«
Am Sonntag, dem Zweiundzwanzigsten, ist Joseph da.
»Hör zu, tu das Unmögliche und laß mir Donnerstag eine Dynamitpatrone, einen Auslöser und ein Bickfordkabel bringen. Ich selber werde alles Nötige veranlassen, um zu einem Drehbohrer und zu drei Feuerzeugdochten zu kommen.«
»Was hast du vor?«
»Ich werde mitten am Tag die Gefängnismauer sprengen. Du kannst fünftausend Pesos für ein getarntes Taxi versprechen. Es soll täglich zwischen acht Uhr früh und sechs Uhr abends in der Straße hinter der Medellinstraße warten. Der Mann bekommt, wenn nichts geschieht, fünfhundert Pesos, und wenn etwas geschieht, fünf-

tausend. Durch die Öffnung, die durch das Dynamit in der Mauer entsteht, möchte ich auf dem Rücken eines kräftigen Kolumbiers zu dem Taxi getragen werden. Wenn das mit dem Taxi klappt, schick mir die Patrone. Klappt es nicht, dann ist es das absolute Ende für mich, dann gibt es keine Hoffnung mehr.«
»Zähle auf mich«, sagt Joseph Dega.
Um fünf Uhr sage ich, daß ich allein in der Kapelle beten will. Man bringt mich hin, und ich bitte, daß Don Gregorio zu mir kommen möge. Er kommt.
»Es sind nur noch acht Tage, *hombre*, dann wirst du mich verlassen«, sagt er.
»Und deshalb habe ich Sie auch hierher gebeten. Sie haben noch fünfzehntausend Pesos von mir. Ich möchte sie, bevor ich wegfahre, meinem Freund übergeben, damit er sie meiner Familie schickt. Behalten Sie davon dreitausend für sich, ich gebe Sie Ihnen von ganzem Herzen, weil Sie mich immer vor schlechter Behandlung bewahrt haben. Sie würden mir einen Dienst erweisen, wenn Sie sie mir noch heute in einer Papierschleife bringen würden, damit ich sie meinem Freund am Donnerstag fix und fertig einhändigen kann.«
»Selbstverständlich.«
Er kommt wieder und gibt mir, in Bündeln zu zweitausend, zwölftausend Pesos. Dreitausend behält er für sich.
Wieder auf meinem Schubkarren, rufe ich den Kolumbier, der schon beim letztenmal mit mir fort wollte, in einen einsamen Winkel. Ich teile ihm meinen Plan mit und frage ihn, ob er sich imstande fühlt, mich auf den Schultern zwanzig bis dreißig Meter weit zu einem Taxi zu schleppen. Er verpflichtet sich dazu. Von dieser Seite klappt es also. Ich handle, als ob ich mit Josephs Taxi und den verlangten Sachen bereits sicher rechnen könnte. Montag lasse ich mich sehr früh in den Waschraum führen, und Maturette, der mit Clousiot abwechselnd meinen Schubkarren schiebt, geht den Sergeanten holen, dem ich dreitausend Pesos gegeben habe und der mich beim letzten Fluchtversuch so wild geschlagen hat.
»Ich muß mit Ihnen reden, Sergeant Lopez.«
»Was wollen Sie?«
»Für zweitausend Pesos möchte ich einen sehr starken Drehbohrer mit drei Geschwindigkeiten und sechs Feuerzeugdochte. Zwei zu einem halben, zwei zu einem, zwei zu eineinhalb Zentimeter.«
»Ich habe kein Geld, um sie zu kaufen.«
»Hier sind fünfhundert Pesos.«
»Morgen, Dienstag, ist um ein Uhr Wachablöse. Bereite die zweitausend Pesos vor.«
Dienstag Punkt eins habe ich alles in dem leeren papierenen Mülleimer im Hof, der bei jeder Wachablöse ausgeleert wird. Pablo, der stämmige Kolumbier, holt die Sachen und versteckt sie.
Donnerstag, den Sechsundzwanzigsten kommt Joseph nicht. Gegen

Ende der Besuchszeit werde ich gerufen. Statt Joseph steht ein alter runzeliger Franzose da.
»In diesem Brotlaib findest du alles, was du verlangt hast.«
»Hier, die zweitausend Pesos für das Taxi. Täglich fünfhundert.«
»Der Taxichauffeur ist ein alter Peruaner, er weiß alles. Mach dir keine Sorgen. Ciao.«
»Ciao.«
In einer großen Papiertüte, damit das Brot nicht zu sehr auffällt, haben sie mir Zigaretten, Streichhölzer, geräucherte Würstchen, eine Wurst, ein Paket Butter und ein Fläschchen schwarzes Öl geschickt. Während der Posten an der Tür die Tüte durchsucht, stecke ich ihm eine Packung Zigaretten, Streichhölzer und zwei Würstchen zu.
»Gib mir ein Stück Brot«, sagt er.
Das fehlt gerade!
»Nein, das Brot kauf dir. Hier hast du fünf Pesos, denn das Brot reicht für uns sechs nicht.«
Puh! Dem bin ich glücklich entwischt! Was für eine Idee auch, dem Kerl da Würstchen anzubieten! Der Schubkarren entfernt sich rasch von dem lästigen Posten. Ich bin so perplex über seine Bitte um Brot, daß mir der Schweiß herunterläuft.
»Morgen ist Feuerwerk. Alles ist da, Pablo. Wir müssen das Loch genau unter dem vorspringenden Turm machen. Dort kann der Flic dich von oben nicht sehen.«
»Aber er hat auch noch Ohren.«
»Ist mit eingeplant. Früh um zehn liegt diese Seite des Hofes im Dunkeln. Es braucht sich nur einer von den Kupferarbeitern ein paar Meter von uns deutlich sichtbar an die Wand zu stellen, sein Kupfer zu hämmern und an die Mauer zu schlagen. Wenn es zwei sind, um so besser. Ich werde jedem von ihnen fünfhundert Pesos geben. Such dir zwei Männer.«
Er geht und wählt die Männer aus.
»Zwei Freunde von mir werden unentwegt Kupfer hämmern. Der Posten wird den Lärm des Bohrers nicht heraushören. Nur du, in deinem Schubkarren, wirst dich etwas außerhalb des Vorsprungs aufstellen und mit den Franzosen unterhalten müssen. Das wird mich vor den Blicken des Postens an der anderen Ecke schützen.«
Nach einer Stunde ist das Loch gebohrt. Dank der Hammerschläge auf das Kupfer und dank des Öls, das ein Helfer unentwegt auf den Bohrer schüttet, ahnt der Posten nichts. Die Patrone ist in dem Loch versenkt, der Auslöser zwanzig Zentimeter vom Docht weg angebracht. Wir ziehen uns zurück. Wenn alles gutgeht, wird bei der Explosion ein Loch entstehen, der Posten wird mit dem Wachthaus einstürzen, und ich werde durch das Loch auf Pablos Schultern das Taxi erreichen. Alles andere wird sich ergeben. Clousiot und Maturette, die nach uns hinauswollen, werden schneller beim Taxi sein als ich.

Knapp vor dem Zünden verständigt Pablo eine Gruppe Kolumbier.

»Wenn ihr fliehen wollt, in wenigen Minuten wird hier ein Loch in der Mauer sein.«

Das ist gut, denn die Polizisten werden gelaufen kommen und auf die letzten zielen.

Wir legen das Feuer. Eine teuflische Explosion läßt das ganze Viertel erzittern. Das Wachttürmchen mit dem Posten ist programmgemäß eingestürzt. Die Mauer hat überall breite Risse, so daß man die Straße auf der anderen Seite sieht, aber keine der Öffnungen ist breit genug, daß man durch könnte. Keine ausreichende Bresche ist entstanden, und erst in diesem Moment wird mir bewußt, daß ich verloren bin. Es ist wohl meine Bestimmung, nach Cayenne zurückzukehren.

Der Tumult, der dieser Explosion folgt, ist unbeschreiblich. Mehr als fünfzig Polizisten galoppieren im Hof herum. Don Gregorio weiß, was gespielt wurde. »*Bueno*, Franzose«, sagt er, »aber diesmal ist es das letztemal, glaube ich.«

Der Chef der Garnison rast. Er will einen Verletzten, der auf einem Schubkarren liegt, nicht prügeln lassen, und um den andern keinen Verdruß zu bereiten, erkläre ich frei heraus, daß ich alles selbst und ganz allein gemacht habe. Sechs Posten an der gespaltenen Mauer, sechs im Gefängnishof, sechs draußen auf der Straße werden permanent Wache halten, bis die Maurer den Schaden repariert haben. Der Posten, der samt seinem Häuschen von der Mauer heruntergestürzt ist, ist bis auf ein paar Hautabschürfungen glücklicherweise unverletzt.

Zurück ins Bagno

Drei Tage danach, am 30. Oktober, um elf Uhr morgens, kommen die zwölf weißuniformierten Bagnoaufseher und nehmen uns wieder in Besitz. Vor der Abfahrt gibt es eine kleine offizielle Zeremonie: jeder von uns muß identifiziert werden. Sie haben die Liste mit unseren Erkennungsmerkmalen, Photos, Fingerabdrücken und all dem Zeug mitgebracht. Dann kommt der französische Konsul und unterschreibt dem Bezirksrichter, daß er beauftragt ist, uns offiziell an Frankreich auszuliefern. Alle Anwesenden wundern sich, wie freundschaftlich wir von den Aufsehern behandelt werden. Kein Aufbrausen, kein hartes Wort. Die drei, die länger als wir da unten waren, kennen mehrere Posten und unterhalten sich mit ihnen wie alte Kumpane. Der Chef der Eskorte, Kommandant Boural, ist über meinen Zustand bekümmert, er betrachtet meine Füße und sagt, daß man an Bord für mich sorgen wird, unter den Leuten, die uns abholen, sei ein guter Krankenwärter.

Die Reise unten im Schiffsraum war vor allem schon durch die er-

stickende Hitze anstrengend, was durch die Marter, zu zweit an den Eisenstangen zu hängen, die aus dem Bagno von Toulouse stammen, noch verschärft wurde. Es gab einen einzigen Zwischenfall: das Schiff war gezwungen, in Trinidad Kohlen zu laden. Im Hafen verlangt ein englischer Marineoffizier, daß man uns die Eisen abnehme, es sei hier verboten, Menschen an Bord eines Schiffes anzuketten. Ich mache mir diesen Umstand zunutze, einen anderen Engländer, einen Inspektionsbeamten, zu ohrfeigen. Mit dieser Handlung will ich mir eine Verhaftung erzwingen, um an Land zu gelangen.
»Ich werde Sie für das schwere Delikt, das Sie begangen haben, nicht verhaften und an Land schicken«, sagt mir der Offizier. »Sie sind ohnehin schon genug bestraft, wenn Sie wieder da hinunter müssen.«
Das habe ich jetzt davon. Nein, wahrhaftig, es ist mir bestimmt, ins Bagno zurückzukehren. Ein Jammer! Diese elf Monate Flucht mit all ihren Anstrengungen sind kläglich ausgegangen. Und trotz allem, trotz dem niederschmetternden Ergebnis meiner Abenteuer, kann die Rückkehr ins Bagno samt allen noch kommenden bitteren Folgen die unvergeßlichen Momente, die ich erleben durfte, nicht auslöschen.
Wenige Kilometer von diesem Hafen, hier auf Trinidad, lebt die unvergleichliche Familie Bowen! Wir sind auch nicht sehr weit an Curaçao vorbeigefahren, wo ein großer Mann, der Bischof Irénée de Bruyne, lebt. Auch das Gebiet der Goajiros haben wir gestreift, wo ich die Liebesleidenschaft in ihrer ganz reinen, ganz ursprünglichen Form kennengelernt habe. Die ganze Klarheit, von der Kinder beseelt sein können, die ganze Unmittelbarkeit gegenüber den Erscheinungen der Welt, die unsere frühesten Jahre vor allen anderen Lebensepochen auszeichnet, in den beiden Indianerinnen habe ich sie gefunden: so viel guten Willen, so viel Reichtum des Verständnisses, so viel einfache, durch nichts getrübte Hingabe.
Und die Aussätzigen auf der Taubeninsel! Diese unglücklichen Sträflinge, die von der furchtbaren Krankheit befallen sind und dennoch die Kraft und die Seelengröße aufbrachten, uns zu helfen!
Bis zu dem belgischen Konsul mit seiner spontanen Güte, und bis zu Joseph Dega, der sich, ohne mich zu kennen, meinetwegen so exponierte! – Alle diese Wesen, diese wirklichen Menschen, die ich auf der Flucht kennenlernte, wiegen die Mühen auf, die sie mich gekostet hat. Noch in die Brüche gegangen, ist sie ein Sieg, und wenn ich durch die Bekanntschaft dieser ungewöhnlichen Menschen nur meine Seele bereicherte. Nein, ich bedaure nicht, sie unternommen zu haben, meine Flucht.
Da ist der Maroni mit seinen schlammigen Gewässern. Wir sind an der Brücke von Mana. Die tropische Sonne brennt bereits auf das Land hernieder. Es ist neun Uhr morgens. Und hier die Flußmündung. Langsam kehren wir dorthin zurück, von wo ich so schnell

entkommen bin. Meine Kameraden schweigen. Die Aufseher freuen sich auf die Ankunft, die See war unfreundlich genug während der Reise, und viele von ihnen fühlen sich jetzt erleichtert.

16. November 1934

Am Landungsplatz wahnsinnig viele Menschen. Man spürt, daß sie die furchtlosen Männer, die es wagten, so weit wegzufahren, voll Neugierde erwarten. Da es Sonntag ist, bedeutet das auch eine Zerstreuung für sie, die ja nicht viele Zerstreuungen haben.
»Der Verletzte ist Papillon«, höre ich sie sagen. »Der dort ist Clousiot, und das Maturette ...«
Im Straflager stehen sechshundert Mann in Gruppen vor ihrer Baracke angetreten. Neben jeder Gruppe der Aufseher. Der erste, den ich wiedererkenne, ist François Sierra. Er weint, ohne es vor den andern zu verbergen. Er sitzt in einem Fenster des Spitals und schaut mich an. Man spürt, daß sein Schmerz echt ist. In der Mitte des Lagers halten wir. Der Gefängniskommandant nimmt das Sprachrohr.
»Deportierte, Sie sehen, wie sinnlos es ist, zu fliehen. Sie werden in allen Ländern verhaftet und an Frankreich ausgeliefert. Niemand will etwas mit Ihnen zu tun haben. Darum ist es besser, ruhig hier zu bleiben und sich gut zu führen ... Was erwartet die Männer? Eine schwere Bestrafung. Sie werden in das Zuchthaus auf Saint-Joseph gebracht und für den Rest ihrer Strafe lebenslänglich auf den Îles du Salut interniert. Das haben sie als Entsprungene verdient. Ich hoffe, Sie haben verstanden. Aufseher, führen Sie die Männer ins Strafquartier.«
Wenige Minuten später befinden wir uns in einer Sonderzelle der streng überwachten Abteilung. Ich bitte gleich nach der Ankunft darum, daß meine Füße, die noch sehr dick geschwollen sind, behandelt werden. Clousiot sagt, daß ihm der Gipsverband Schmerzen verursacht. Wir versuchen alles ... Wenn sie uns nur ins Spital schicken wollten! François Sierra kommt mit seinem Aufseher.
»Da ist der Krankenwärter«, sagt der Posten.
»Wie geht's dir, Papi?«
»Ich bin krank, ich will ins Spital.«
»Ich werde versuchen, dich dort unterzubringen, aber nach allem, was du dort aufgeführt hast, wird das fast unmöglich sein. Für Clousiot gilt das gleiche.«
Er massiert mir die Füße, legt mir eine Salbe auf, untersucht Clousiots Gipsverband und geht wieder. Wir konnten wegen des Postens nicht offen miteinander reden, aber der Blick des Krankenwärters drückte so viel Güte aus, daß ich ganz gerührt war.
»Nein, es ist nichts zu machen«, sagt er mir am nächsten Tag wäh-

rend einer zweiten Massage. »Soll ich dich in einen Gemeinschaftssaal legen lassen? Legt man dir nachts Eisen an die Füße?«
»Ja.«
»Dann ist es besser, du gehst in den Gemeinschaftssaal. Man wird dir dort zwar auch Eisen anlegen, aber du bist wenigstens nicht allein. Und jetzt isoliert bleiben muß schrecklich für dich sein.«
»Allerdings.«
Ja, die Isolierung ist augenblicklich schwerer zu ertragen als je. Ich bin in einem geistigen Zustand, daß ich nicht einmal die Augen zu schließen brauche, um sowohl in der Vergangenheit als auch in der Gegenwart herumzuvagabundieren. Und da ich nicht gehen kann, ist die Einzelhaft um so schlimmer für mich.
So bin ich also tatsächlich wieder auf dem Weg in die Hölle angelangt! Aber es ist mir gelungen, diesen Weg einmal zu verlassen und über das Meer in die Freiheit zu fliehen, der Freude entgegen, ein Mensch sein zu dürfen, der Rache entgegen, die ich zu vollführen gedachte. Die Schuld dieses Dreigespanns: Polein, die Polizisten und der Staatsanwalt, die darf ich nicht vergessen. Den Koffer, den brauche ich gar nicht den Justizwachbeamten am Tor zu übergeben! Ich werde selbst, als Angestellter der Schlafwagengesellschaft verkleidet, kommen, mit der dazugehörigen Kappe auf dem Kopf. Der Koffer wird ein großes Etikett haben: »Divisionskommissar Benoît, 36, Quai des Orfèvres, Paris (Seine)«. Ich werde den Koffer selbst in den Rapportsaal hinauftragen, und da der Auslöser so eingestellt sein wird, daß er erst funktioniert, wenn ich wieder weg bin, kann es nicht schiefgehen. Ein Bleigewicht fällt mir vom Herzen, nachdem ich diese Lösung gefunden habe. Und was den Staatsanwalt angeht, so habe ich Zeit, ihm die Zunge herauszureißen, ich weiß zwar noch nicht, wie. Aber daß ich es tun werde, ist ausgemacht. Ich werde sie ihm zerfetzen, seine schändliche Zunge!
Augenblicklich ist das erste Ziel: die Behandlung meiner Füße. Ich muß so schnell wie möglich wieder gehen können. Ich brauche erst in drei Monaten vor Gericht zu erscheinen, und während dreier Monate kann viel geschehen. Einen Monat, um wieder gehen zu können, einen, um alles vorzubereiten, und dann gute Nacht, meine Herren! Richtung Britisch-Honduras. Diesmal aber wird mir niemand dazwischenfunken.
Gestern, drei Tage nach unserer Ankunft, hat man mich in den Gemeinschaftssaal getragen. Vierzig Mann warten hier die Entscheidungen des Kriegsgerichtes ab. Sie sind des Diebstahls angeklagt, der Plünderung, der Brandstiftung, des Mordes oder der Verführung zum Mord, des Raubmordes, der Verführung zur Flucht, der Flucht, ja sogar der Menschenfresserei. Wir sind zwanzig auf jeder Seite, und alle sind wir an die gleiche, mehr als fünfzehn Meter lange Eisenstange angekettet. Um sechs Uhr abends wird jeder auf seiner Pritsche mit dem Eisenring an seinem Fuß an

die Eisenstange angehängt. Um sechs Uhr morgens nimmt man uns den dicken Ring ab, und man darf sich tagsüber niedersetzen, darf umhergehen, Dame spielen und sich im »Gang«, einem zwei Meter breiten Weg durch den ganzen Saal, miteinander unterhalten. Tagsüber kenne ich keine Langeweile, alle möglichen Gefangenen kommen mich in kleinen Gruppen besuchen, um sich von unserer Flucht erzählen zu lassen. Sie brüllen, wenn ich ihnen erzähle, daß ich freiwillig die Goajiros, Lali und Zoraima verlassen habe.
»Was suchst du denn eigentlich, Kumpel?« fragt mich ein Pariser, der mir zuhört. »Straßenbahnen, Aufzüge, Kinos? Das elektrische Licht mit seinem Hochspannungsstrom, mit dem man den elektrischen Stuhl betätigt? Oder willst du im Bassin auf der Place Pigalle ein Bad nehmen? Was, Kumpel? Dort hast du zwei Mädchen, eines hübscher als das andere, läufst nackt herum, mitten in der Natur, mit der ganzen Nudistenbande! Hast zu essen, zu trinken, gehst auf die Jagd! Hast das Meer, die Sonne, den warmen Sand und die Perlen, die Muscheln, alles gratis, und dir fällt nichts Besseres ein, als das alles zu verlassen? Aus welcher Sehnsucht denn? Möchtest du mir das nicht sagen? Um wieder über die Straßen rennen zu müssen, damit du nicht überfahren wirst? Um wieder Miete zahlen zu müssen, Schneiderrechnungen, Gas, Strom, Telephon? Wenn du ein Auto willst, mußt du sowieso einbrechen gehen, denn selbst wenn du wie ein Irrer arbeitest, verdienst du gerade so viel, daß du nicht vor Hunger krepierst. Ich verstehe dich nicht, Mensch. Du warst im Himmel und gehst freiwillig in die Hölle zurück, wo du aus Sorge um deine Existenz sämtlichen Polizisten der Welt entwischen mußt. Man sieht, daß du noch viel zu frisches Franzosenblut in dir hast, weil du dir noch nicht die Zeit genommen hast, deine körperlichen und moralischen Fähigkeiten zu beobachten, wie sie bereits nachlassen. Ich, mit meinen zehn Jahren Bagno, ich kann dich nicht begreifen. Deswegen aber sollst du uns doch in jeder Weise willkommen sein, und da du ja todsicher die Absicht hast, die Sache wieder von vorne anzufangen, zähl auf uns, wir helfen dir. Stimmt's, Kumpels? Einverstanden?«
Sie sind alle einverstanden, und ich bedanke mich bei ihnen.
Es sind, wie ich sehe, alles gefürchtete Männer. In einer solchen Gemeinschaft ist es nur schwer zu vermeiden, daß der eine oder andere bemerkt, daß man einen Stöpsel trägt. Und wenn nachts alle an der gemeinsamen Eisenstange liegen, könnte einen so einer leicht und ungestraft töten. Es würde genügen, einen der arabischen Wärter zu bestechen, daß er den Eisenring nicht richtig verschließt. Nachts könnte sich der Nachbar dann losmachen, tun, was er zu tun vorhat, und sich ruhig wieder hinlegen, nachdem er seinen Fußring sorgfältig verschlossen hat. Da der Araber indirekt daran beteiligt war, wird er die Schnauze halten.
Schon sind es drei Wochen, daß ich hier bin. Sie sind rasch vergangen. Ich fange etwas zu gehen an, indem ich mich im Gang an der

Stange festhalte, die die beiden Reihen der Holzpritschen voneinander trennt. Es sind meine ersten Versuche. Beim Verhör letzte Woche habe ich die drei Spitalposten getroffen, die wir an der Tür niedergeschlagen und entwaffnet hatten. Sie freuen sich, daß wir wieder da sind, und hoffen, uns eines Tages in die Hände zu bekommen. Sie haben nach unserer Flucht alle drei schwere Einbußen erlitten: Aufhebung ihres sechsmonatigen Europaurlaubs, Aufhebung ihrer Kolonialzulage für ein Jahr. Unnötig, zu betonen, daß unsere Wiederbegegnung nicht eben herzlich ausfiel. Wir haben das beim Verhör auch erwähnt, damit die Bedrohung offiziell zur Kenntnis genommen wird.
Der Araber hat sich besser verhalten. Er hat die bloße Wahrheit gesagt, ohne zu übertreiben, und die von Maturette gespielte Rolle vergessen. Der Hauptmann-Untersuchungsrichter bestand darauf, zu erfahren, wer uns das Boot verschafft hat. Wir warteten ihm mit einer unwahrscheinlichen Geschichte auf, daß wir das Boot selber verfertigt hätten und ähnliches mehr.
Was den Überfall auf die Aufseher betrifft, so will er sein möglichstes tun, um für mich und Clousiot nur fünf Jahre, für Maturette drei Jahre durchzusetzen.
»Und Sie, obgenannter Papillon, können sich darauf verlassen, daß ich Ihnen die Flügel gründlich stutzen werde. Sie fliegen mir nicht mehr so bald davon!«
Ich fürchte, er hat recht.
Wir müssen noch über zwei Monate warten, bis wir vor Gericht erscheinen können. Ich wollte, ich hätte eine bis zwei von den vergifteten Pfeilspitzen in meinen Stöpsel getan. Wenn ich die bei mir hätte, würde ich hier vielleicht alles wagen können.
Ich mache täglich einige Fortschritte im Gehen. François Sierra versäumt es nie, mir morgens und abends mit Kampferöl die Füße zu massieren. Diese Massagen tun mir ungemein gut, körperlich wie auch moralisch. Es ist so gut, einen Freund zu haben im Leben!
Die lange Flucht hat uns bei allen Sträflingen unbestrittene Hochachtung eingetragen, wir genießen ein Prestige, und ich habe das bestimmte Gefühl, daß wir unter ihnen vollkommen sicher sind. Wir laufen nicht Gefahr, wegen unseres Stöpsels ermordet zu werden. Der Großteil der Gefangenen würde es nicht zulassen und die Schuldigen sicherlich töten. Alle, ohne Ausnahme, respektieren uns nicht nur, sie bewundern uns oft sogar. Daß wir es wagten, die Posten niederzuschlagen, bringt uns in den Ruf, zu allem imstande zu sein. Es ist sehr angenehm, sich so in Sicherheit zu fühlen.
Ich gehe jeden Tag etwas mehr, und da mir Sierra eine kleine Flasche von dem Öl überläßt, kann ich sehr oft Gefangene bitten, mir nicht nur die Füße, sondern auch die Beinmuskeln zu massieren, die von der langen Ruhe geschwächt sind. Sie tun es jeder gerne.

Der Araber und die Ameisen

In dem Saal befinden sich zwei schweigsame Männer, die mit keinem von uns reden. Sie stecken dauernd beisammen und unterhalten sich so leise miteinander, daß niemand etwas verstehen kann. Eines Tages biete ich einem von ihnen eine amerikanische Zigarette aus einem Paket an, das Sierra mir gebracht hat. Er bedankt sich.
»Ist François Sierra dein Freund?« fragt er dann.
»Ja, mein bester Freund.«
»Vielleicht werden wir dir, wenn alles schiefgeht, durch seine Vermittlung unsere Erbschaft zukommen lassen.«
»Was für eine Erbschaft?«
»Wir haben beschlossen, mein Freund und ich, daß wir dir, wenn wir guillotiniert werden, unseren Stöpsel vererben, damit du wieder ausbrechen kannst. Wir werden ihn dann Sierra übergeben, damit er ihn dir gibt.«
»Glaubt ihr denn, daß ihr zum Tode verurteilt werdet?«
»Es ist beinahe sicher. Wir haben wenig Chancen, darum herumzukommen.«
»Aber wenn es so sicher ist, daß ihr zum Tode verurteilt werdet, warum seid ihr dann hier in dem Gemeinschaftssaal?«
»Ich glaube, weil sie Angst haben, daß wir in der Einzelhaft Selbstmord verüben.«
»Ach so, das ist möglich. Was habt ihr denn getan?«
»Wir haben ein Schwein von einem Aufseher von fleischfressenden Ameisen auffressen lassen. Ich sage dir das, weil es dafür leider unwiderlegliche Beweise gibt. Wir sind bei der Tat erwischt worden.«
»Wo war das?«
»Im Kilometer 42, dem Todeslager in der Nähe der Bucht Sparouine.«
Sein Kamerad gesellt sich zu uns. Er ist aus Toulouse. Ich biete auch ihm eine amerikanische an. Er setzt sich neben seinen Freund mir gegenüber.
»Wir haben nie jemanden um seine Meinung gefragt«, erklärt der Mann aus Toulouse, »aber ich würde gerne wissen, was du von uns hältst?«
»Wie soll ich sagen, ob ihr recht oder unrecht tatet, als ihr den Ameisen einen lebenden Menschen zu fressen gabt, wenn's auch ein Aufseher war. Ich muß das Ganze von A bis Z kennen.«
»Ich werde es dir erzählen«, sagt der Toulouser. »Das Lager Kilometer 42 ist ein Holzlager, zweiundvierzig Kilometer von Saint-Laurent entfernt. Die Zwangsarbeiter da unten müssen einen Kubikmeter hartes Holz im Tag schneiden. Abends muß man neben dem gut aufgeschichteten Holz im Busch warten. Die Aufseher kommen in Begleitung arabischer Wärter und stellen fest, ob du dein Pensum erfüllt hast. Wenn sie okay gesagt haben, muß jeder Kubik-

meter, je nach dem Tag, an welchem er geschnitten wurde, mit roter, grüner oder gelber Farbe gekennzeichnet werden. Die geleistete Arbeit wird nur dann anerkannt, wenn alles Hartholz ist. Um das zu erreichen, läßt man die Arbeit von zwei Mann machen. Sehr oft haben wir das Pensum nicht erfüllen können. Dann wurde man abends ohne Essen in eine Zelle gesperrt und mußte in der Früh, ohne etwas zu essen, wieder an die Arbeit. Das Fehlende vom Vortag mußte aufgeholt werden, zum üblichen Pensum dazu. Man krepiert wie ein Hund.
Je länger das geht«, fährt der Toulouser fort, »um so schwächer wird man, und um so weniger fähig, die Arbeit auszuführen. Obendrein hat man uns eine Sonderwache mitgegeben, das war kein Aufseher, sondern ein Araber. Er hat sich, mit dem Ochsenziemer zwischen den Beinen, auf den Holzplatz gesetzt und nicht aufgehört, uns zu beschimpfen. Wenn er aß, schmatzte er recht, um uns neidisch zu machen, kurz, es war eine Tortur. Wir hatten jeder einen Stöpsel mit dreitausend Franc, um auszubrechen. Und eines Tages beschlossen wir, uns den Araber zu kaufen. Das hätten wir nicht tun sollen. Zum Glück hat er geglaubt, daß wir nur *einen* Stöpsel miteinander haben. Sein System war einfach: für fünfzig Franc zum Beispiel hat er uns von den Kubikmetern, die am Vortag als in Ordnung befunden worden waren, Holzstücke stehlen lassen, die der Bemalung entgangen sind, und wir machten damit unser Tagespensum voll. Fünfzig- und hundertfrancweise zapfte er uns so fast zweitausend Franc ab.
Da wir also unser Pensum wieder erfüllten, entfernte man den Araber. Und in der Annahme, daß er uns nicht anzeigen würde, weil er uns doch so viel Geld abgenommen hat, suchten wir im Busch nach bereits genehmigten Kubikmetern, um es zu machen wie bei ihm. Eines Tages schlich er uns heimlich nach, um zu sehen, ob wir Holz stahlen. Plötzlich tauchte er auf.
›Ah, ah! Du stehlen immer Holz und nicht zahlen! Wenn du mir nicht geben fünfhundert Franc, ich dich anzeigen.‹
Wir glauben, er will uns nur drohen, und weigern uns. Am nächsten Tag kommt er wieder. ›Du zahlen, oder heute nacht du bist in Zelle.‹ Wir weigern uns noch immer. Am Nachmittag kommt er in Begleitung von ein paar Posten. Das war entsetzlich, Papillon! Man hat uns nackt ausgezogen, uns zu den Kubikmetern geführt, von denen wir das Holz weggenommen hatten, und von diesen Barbaren verfolgt und von dem Ochsenziemer des Arabers geschlagen, mußten wir im Laufen unsere Kubikmeter abtragen und die Stücke, die wir geklaut hatten, wieder an Ort und Stelle bringen. Diese ›corrida‹ hat zwei Tage gedauert. Wir bekamen zu essen noch zu trinken. Oft sind wir hingefallen. Aber der Araber hat uns mit Fußtritten oder mit dem Ochsenziemer wieder aufgejagt. Schließlich blieben wir liegen. Wir konnten nicht mehr. Und weiß du, wie er uns da in die Höhe brachte? Er hat eines der

Nester vom Baum genommen, die wie Nester von wilden Wespen aussehen, aber von Feuerfliegen bewohnt werden. Er hat den Zweig mit dem Nest abgeschnitten und über uns zerbrochen. Wie verrückt vor Schmerzen sind wir nicht nur aufgestanden, sondern wie die Irren gerannt. Du weißt, wie schmerzhaft ein Wespenstich ist. Jetzt stell dir fünfzig bis sechzig solcher Stiche vor! Diese Feuerfliegen stechen nämlich viel ärger als Wespen.
Zehn Tage lang läßt man uns bei Wasser und Brot in der Zelle, ohne uns zu behandeln. Wir haben die ärgsten Stellen mit unserm Urin bestrichen, trotzdem haben die Stiche drei Tage ununterbrochen gebrannt. Ich habe mein linkes Auge verloren, auf das sich vielleicht zehn Feuerfliegen gesetzt hatten. Als wir ins Lager zurückkamen, beschlossen die andern Verurteilten, uns zu helfen. Sie haben uns jeder ein Stück Hartholz von gleicher Größe gegeben, das machte beinahe einen Kubikmeter aus und hat uns sehr geholfen, denn wir beide mußten mehr als einen Kubikmeter am Tag schneiden. Wir haben es mit Mühe geschafft, aber wir haben es geschafft. Nach und nach sind wir wieder zu Kräften gekommen. Wir haben viel gegessen. Und zufällig ist uns die Idee gekommen, uns an dem Kerl zu rächen. Auf der Suche nach Hartholz haben wir im Gebüsch ein riesiges Nest fleischfressender Ameisen entdeckt, die eben dabei waren, eine Hündin von der Größe einer Ziege zu verspeisen. Der Araber machte immer seine Runden, und eines Tages schlagen wir ihn mit dem Griff der Hacke nieder und schleppen ihn zu dem Ameisenhaufen. Wir ziehen ihn aus und binden ihn rund um den Baum, Hände und Füße mit so dicken Stricken zusammengefesselt, wie man sie zum Holzbinden verwendet. Mit der Hacke haben wir ihm an verschiedenen Stellen Wunden beigebracht. In den Mund haben wir ihm Gras gestopft, damit er nicht schreien kann. Dann warteten wir ab. Die Ameisen haben ihn erst angegriffen, als wir sie einen Stock hinauflaufen ließen, den wir in den Ameisenhaufen steckten, und dann haben wir sie von dem Stock auf ihn heruntergeschüttelt. Es hat nicht mehr lange gedauert, eine halbe Stunde später haben ihn die Ameisen zu Tausenden angegriffen. Hast du einmal fleischfressende Ameisen gesehen, Papillon?«
»Nein, noch nie. Ich habe nur große schwarze Ameisen gesehen.«
»Sie sind winzigklein und blutrot. Sie reißen mikroskopisch kleine Fleischstücke heraus und tragen sie in ihr Nest. Wenn wir schon unter den Feuerfliegen gelitten haben, stell dir vor, was er mitgemacht haben muß, lebendig von den Tausenden Ameisen abgenagt zu werden. Sein Todeskampf hat zwei volle Tage und einen Vormittag gedauert. Nach vierundzwanzig Stunden hatte er keine Augen mehr.
Ich weiß, daß wir unbarmherzig waren in unserer Rache, aber man muß bedenken, was er uns angetan hat. Ein Wunder, daß wir nicht tot waren. Selbstverständlich wurde der Kerl überall gesucht, und die übrigen arabischen Gefangenenwärter, ebenso die Aufseher ha-

ben uns verdächtigt, an seinem Verschwinden nicht unbeteiligt zu sein. In einem anderen Gebüsch haben wir täglich an einem Loch gegraben, in dem wir seine Reste verscharren wollten. Sie hätten den Araber bis heute nicht gefunden, wenn ein Posten uns nicht hätte graben gesehen. Als wir zur Arbeit gingen, folgte er uns. Das war unser Ende. Eines Morgens, unmittelbar nach der Ankunft am Arbeitsplatz, binden wir den Araber, der noch voller Ameisen, aber schon nur mehr ein Skelett war, los, und gerade als wir ihn in die Grube schleppen wollen – tragen hätten wir ihn ja nicht können, weil uns sonst die Ameisen blutiggebissen hätten –, wurden wir von drei arabischen Wärtern und zwei Aufsehern überrascht. Sie warteten gut versteckt und geduldig ab, bis wir ihn einzugraben begannen. Na, und jetzt geben wir offiziell zu, daß wir ihn getötet und dann den Ameisen vorgeworfen haben. Das Gutachten des Gerichtsarztes aber besagt, daß der Leichnam keine tödliche Wunde aufwies und wir den Araber lebendig auffressen ließen.
Unser ›Verteidigerposten‹ – in Kilometer 42 sind nämlich die Aufseher improvisierte Advokaten – sagt, wenn unsere Behauptung durchgeht, könnten wir unseren Kopf retten, wenn nicht, dann nicht. Ehrlich gesagt, wir haben wenig Hoffnung. Also haben mein Freund und ich dich zum Erben bestimmt, ohne es dir bisher zu sagen.«
»Hoffen wir, daß ich euch nicht beerben muß. Ich wünsche es euch von ganzem Herzen.«
Wir zünden uns eine Zigarette an, und sie schauen mich an, als wollten sie sagen: Na und, was sagst du jetzt?
»Hört einmal zu, Burschen. Ich sehe, daß ihr darauf wartet, mein Urteil als Mensch in eurem Fall zu hören. Zuvor eine letzte Frage, die aber keinen Einfluß auf meine Entscheidung hat: Wie denkt der Großteil in diesem Saal darüber, und warum redet ihr mit keinem?«
»Der Großteil denkt, daß wir ihn hätten töten sollen, aber nicht lebendig auffressen lassen. Und wir reden mit keinem, weil es eines Tages bei einer Revolte eine Gelegenheit zu fliehen gab, aber sie haben es nicht getan.«
»Meine Meinung, Kinder, werde ich euch sagen. Ihr habt recht gehabt, ihm hundertfach zurückzuzahlen, was er euch angetan hat. Die Sache mit dem Wespennest oder den Feuerfliegen ist nicht zu entschuldigen. Wenn ihr geköpft werdet, denkt im letzten Moment sehr intensiv an eines: Man wird uns den Kopf abhacken, das dauert dreißig Sekunden, angefangen von dem Moment des Anbindens bis zum Fallen des Beils. Sein Todeskampf hat sechzig Stunden gedauert. Ich bin also besser dran als er. Und was die Männer im Saale betrifft, so weiß ich nicht, ob ihr ganz recht habt. Vielleicht habt ihr nur geglaubt, daß die Revolte damals zu einer allgemeinen Flucht führen könnte, und die andern waren anderer Ansicht. Anderseits wieder kann man bei einer Revolte immer jemanden töten

müssen, ohne es vorher zu wollen. Aber ich glaube, daß von den allen hier ihr und die Brüder Graville die einzigen seid, die ihren Kopf riskieren würden. Kinder, jede Situation bringt zwangsläufig verschiedene Reaktionen mit sich.«
Zufrieden mit unserer Unterhaltung, zogen sich die beiden armen Teufel zurück und nahmen ihr schweigsames Leben, das sie meinethalben unterbrochen hatten, wieder auf.

Die Flucht der Menschenfresser

»Sie haben das Holzbein verschluckt!« – »Ein Ragout aus einem Holzbein!« Oder einer imitiert eine Frauenstimme: »Ein Stück Kumpel, gut gegrillt, ohne Pfeffer, Meister, ich bitte Sie!«
Es kam selten vor, daß man nicht mitten in der Nacht einen dieser Ausrufe, wenn nicht alle drei hörte.
Clousiot und ich fragten uns, wem diese Worte in der Nacht wohl galten, und weshalb?
Heute nachmittag fand ich den Schlüssel zu diesem Geheimnis. Es ist einer der Hauptakteure, der es mir enthüllt. Er heißt Marius de La Ciotat, Spezialist in Geldschränken. Als er hörte, daß ich seinen Vater Titin kannte, fürchtete er sich nicht mehr, mit mir zu reden.
Nachdem ich ihm ein Stück von meiner Flucht erzählt habe, frage ich ihn, was ganz normal ist: »Und du?«
»O ich«, sagt er, »ich sitze in einer faulen Geschichte. Ich habe Angst, wegen eines einfachen Ausbruchs fünf Jahre zu kriegen. Ich habe, was man hier die ›Flucht der Menschenfresser‹ nennt, mitgemacht. Wenn du öfters in der Nacht rufen hörst: ›Sie haben das oder das verschluckt‹, oder ›Ein Ragout, bitte sehr‹ und solche Sachen, dann gilt das den Brüdern Graville.
Wir sind zu sechst aus Kilometer 42 weg. Bei der Flucht mit dabei waren Dedé und Jean Graville, zwei Brüder von dreißig und fünfunddreißig Jahren aus Lyon, dann ein Neapolitaner aus Marseille und ich, und dann noch ein Bursch aus Angers mit einem Holzbein und ein dreiundzwanzigjähriger Junge, der ihm als Frau diente. Wir waren schon über die Maroni hinaus, aber auf See konnten wir nicht richtig in Fahrt kommen, und in wenigen Stunden wurden wir an die Küste von Holländisch-Guayana getrieben. Nichts war bei dem Schiffbruch zu retten, die Lebensmittel nicht und auch sonst nichts. Wir haben uns, zum Glück angekleidet, im Busch wiedergefunden. Ich muß sagen, daß es an der Stelle keinen Strand gab, das Meer ging bis in den Urwald hinein, der war undurchdringlich wegen der umgestürzten Bäume, die entweder abgebrochen oder vom Meer entwurzelt und ineinander verschlungen waren. Nachdem wir den ganzen Tag marschiert waren, gelangten wir auf trockenen Grund. Wir teilten uns in drei Gruppen: die Brüder Graville – ich und Guesepi –, das Holzbein und sein kleiner

Freund. Zwölf Tage nachdem wir in verschiedenen Richtungen gegangen waren, trafen wir uns, die Brüder Graville und Guesepi und ich, fast an der gleichen Stelle, an der wir uns getrennt hatten, wieder. Die Gegend war rundum von endlosem Schilfwald und Morast umgeben, weit und breit, und wir hatten alle miteinander keine Passage gefunden. Unmöglich, dir zu beschreiben, wie wir ausgesehen haben! Wir hatten seit dreizehn Tagen nichts anderes als Baumwurzeln oder junge Triebe gegessen. Halbtot vor Hunger und Müdigkeit, total am Ende, beschlossen wir, daß Guesepi und ich mit letzter Kraft ans Meerufer zurückkehren und dort möglichst hoch an einem Baum ein Hemd anbinden sollten, um uns dann dem erstbesten holländischen Küstenschiff zu übergeben, das an dieser Stelle sicherlich vorüberkommen würde. Die Graville hingegen sollten, nachdem sie sich ein paar Stunden ausgeruht hatten, sich auf die Suche nach den beiden andern machen. Das konnte nicht so schwer sein, denn wir hatten bei der Trennung vereinbart, daß jede Gruppe an den umgestürzten Bäumen eine Spur zurückläßt. Schon nach wenigen Stunden sehen sie den Burschen mit dem Holzbein allein zurückkommen.
›Wo ist dein Kleiner?‹
›Sehr weit von hier. Er konnte nicht mehr.‹
›Du bist zum Kotzen! Ihn einfach zurücklassen!‹
›Er wollte es. Er wollte, daß ich umkehre.‹
In dem Moment bemerkt Dedé, daß der Kerl an seinem einzigen Fuß einen Schuh des Jungen trägt.
›Und obendrein hast du ihn barfuß gehen lassen, um seinen Schuh anziehen zu können! Ich gratuliere! Du scheinst auch sonst in Form zu sein, nicht so verhungert wie wir, du hast gegessen, das sieht man!‹
›Ja, ich habe einen dicken verwundeten Affen gefunden.‹ – ›Da hattest du aber Glück!‹ – Und bei diesen Worten richtet sich Dedé mit dem Messer in der Hand auf. Er sieht nämlich, daß auch der Brotbeutel des andern gefüllt ist.
›Mach den Beutel auf. Was hast du da drinnen?‹
Der Bursch aus Angers macht den Beutel auf, und ein Stück Fleisch kommt zum Vorschein.
›Was ist das?‹
›Ein Stück von dem Affen.‹
›Du Schwein, du hast den Jungen tot gemacht, um ihn aufzuessen!‹
›Nein, Dedé, ich schwöre dir, er ist vor Müdigkeit gestorben, und da habe ich ein Stück von ihm gegessen, entschuldige!‹
Kaum hat er das gesagt, sitzt auch schon das Messer in seinem Bauch. Beim Durchsuchen hat Dedé noch ein Lederetui mit Streichhölzern und Reibpapier bei ihm gefunden. Und aus Wut darüber, daß der Kerl sich von uns trennte, ohne die Streichhölzer mit uns allen zu teilen – und dazu der Hunger –, kurz, sie machen ein Feuer an und verspeisen den Burschen.

Guesepi kommt mitten im Festschmaus bei ihnen an. Sie laden ihn ein. Guesepi lehnt ab. Er hat am Meer Krabben und rohe Fische gegessen. Er sieht dem Spektakel zu, ohne sich daran zu beteiligen. Die Graville legen frische Fleischstücke auf die Glut und verwenden sogar das Holzbein, um damit das Feuer zu füttern. Sie essen zwei Tage lang. Guesepi hat auch gesehen, welche Körperteile es waren: die Wade, der Schenkel und beide Hinterbacken. Ich war indessen am Meer«, fährt Marius fort, »und Guesepi ist mich holen gekommen. Wir haben kleine Fische und Krabben in einen Hut gefüllt und sie dann am Feuer der Graville gebraten. Den Kadaver habe ich nicht mehr gesehen, sie hatten ihn wohl schon weggetragen. Aber ich habe noch mehrere Fleischreste in der Nähe des Feuers und in der Asche bemerkt.
Drei Tage später gabelte uns eine Küstenwache auf und übergab uns dem Strafquartier von Saint-Laurent-du-Maroni. Guesepi konnte den Mund nicht halten. Alle in diesem Saal kennen die Geschichte, sogar die Aufseher. Ich erzähle sie dir nur, weil alle wissen sollen, was für einen miserablen Charakter die Graville haben. Daher auch die lästigen Bemerkungen in der Nacht. Die Anklage gegen uns lautet auf Flucht, mit dem erschwerenden Zusatzdelikt Menschenfresserei. Das Malheur ist, daß ich anklagen muß, wenn ich mich verteidigen will, und das ist mir nicht möglich. Guesepi natürlich und alle andern leugnen beim Untersuchungsverhör. Wir sagen, die beiden sind im Busch verschwunden. Ja, das ist meine Situation, Papillon.«
»Tut mir leid, mein Freund, aber du kannst dich wirklich nur verteidigen, indem du die andern anklagst.«
Einen Monat später wurde Guesepi nachts im Hof durch einen Messerstich umgebracht. Nicht nötig, zu fragen, wer ihm den versetzt hat.
Das ist die authentische Geschichte von den Menschenfressern, die den Kerl verspeisten, den sie auf seinem eigenen Holzbein gebraten haben und der selbst vorher den jungen Burschen verzehrt hatte, der ihn begleitete.
Diese Nacht liege ich an einer anderen Stelle an der Barre der Gerechtigkeit. Ich habe den Platz eines Mannes eingenommen, der nicht mehr da ist, und die anderen gebeten, um einen Platz weiterzurücken. Clousiot liegt neben mir.
Von dem Platz aus, an dem ich jetzt liege, kann ich, wenn ich mich aufsetze, trotz meines angeketteten linken Fußes sehen, was im Hof los ist.
Die Bewachung ist so streng, daß die Runden keinen Rhythmus mehr haben, sie folgen einander unaufhörlich, und jeden Augenblick kommen andere in entgegengesetzter Richtung.
Ich bin schon recht gut bei Fuß und habe nur noch bei Witterungswechsel Schmerzen. Natürlich bin ich dauernd auf dem Sprung, wieder etwas zu unternehmen, aber wie? Der Saal hat keine Fenster,

er hat nur ein riesiges, an einer Stelle gestütztes Gitter, das die ganze Saalbreite einnimmt und bis ans Dach reicht. Er liegt so, daß der Nordwind frei hindurchfegen kann. Trotz einer Woche genauer Beobachtung gelingt es mir nicht, eine Lücke in der Bewachung herauszufinden. Zum erstenmal bin ich fast so weit, daß ich zugebe, daß es ihnen gelingen wird, mich ins Zuchthaus von Île Saint-Joseph zu sperren.

Man erzählt mir, daß es grauenhaft ist, man nennt es die »Menschenfresserin«. In den achtzig Jahren, seitdem es besteht, soll es noch keinem gelungen sein, daraus zu entkommen.

Natürlich zwingt mich dieses halbe Eingeständnis, die Partie verloren zu haben, dazu, Betrachtungen über die Zukunft anzustellen. Ich bin achtundzwanzig, und der Aufseher-Staatsanwalt fordert fünf Jahre Zuchthaus. Weniger zu bekommen wird schwierig sein. Ich werde also dreiunddreißig sein, wenn ich herauskomme.

Ich habe noch genug Geld in meinem Stöpsel. Wenn ich also schon nicht fliehen kann, was nach allem, was ich jetzt weiß, sehr wahrscheinlich ist, muß ich mich wenigstens bei guter Gesundheit erhalten. Fünf Jahre völliger Isolierung werden schwer durchzustehen sein, ohne verrückt zu werden. Neben guter Ernährung werde ich vom ersten Tag an mein Gehirn in Zucht nehmen und mir ein gutes, abwechslungsreiches Programm ausdenken müssen. Luftschlösser sind möglichst zu vermeiden, und vor allem werde ich die Wunschträume bezüglich meiner Rache einschränken müssen. Ich schule mich jetzt schon dafür, der furchtbaren Strafe, die mich erwartet, nicht zu erliegen. Sie sollen nicht über mich triumphieren. Ich werde aus dem Zuchthaus physisch gestärkt und im vollen Besitz meiner geistigen Kräfte herauskommen.

Es tut gut, diesen Plan zu fassen und mich ernsthaft seelisch auf das einzurichten, was mich erwartet. Die Brise, die durch den Saal geht, trifft mich immer als ersten und tut mir richtig wohl.

Clousiot weiß, wann ich nicht reden mag. Er stört mein Schweigen nicht und raucht dafür um so mehr. So geht das. Man sieht sogar ein paar Sterne, und ich frage ihn: »Siehst du auch die Sterne von deinem Platz aus?«

»Ja«, sagt er und beugt sich etwas vor. »Aber ich sehe lieber nicht hin, sie erinnern mich zu sehr an unsere Flucht.«

»Scheiß dich nicht an, wir werden sie noch zu Tausenden während der nächsten Flucht sehen.«

»Wann? In fünf Jahren?«

»Das Jahr, das wir gerade durchlebt haben, Clousiot, die Abenteuer, die uns begegnet sind, die Leute, die wir kennengelernt haben, wiegen sie nicht fünf Jahre Zuchthaus auf? Hättest du den Fluchtversuch lieber nicht gemacht? Wärest du lieber von deiner Ankunft bis jetzt auf den Inseln geblieben? Was uns jetzt erwartet, wird nicht aus Zucker sein – bedauerst du noch unseren Fluchtversuch? Die Erinnerung an ihn? Antworte ehrlich, ja oder nein?«

»Du vergißt eines, Papi, was mir nicht beschert war: die sieben Monate, die du bei den Indianern verbracht hast. Wenn ich mit dir dort gewesen wäre, würde ich ähnlich denken. Aber ich war im Gefängnis.«
»Verzeih, das hab ich vergessen. Ich rede irre.«
»Nein, du redest nicht irre, und ich bin trotzdem ganz zufrieden mit unserem Ausbruch, denn ich habe auch Unvergeßliches erlebt. Nur habe ich halt mehr Angst vor dem, was mich in der ›Menschenfresserin‹ erwartet. Fünf Jahre, das ist fast nicht zu machen.«
Ich erkläre ihm, was ich beschlossen habe, und spüre, daß er sehr positiv reagiert. Es macht mir Freude, meinen Freund wieder in gehobener Stimmung zu sehen. In vierzehn Tagen müssen wir vor Gericht erscheinen. Gewissen Gerüchten zufolge scheint der Kommandant, der beim Kriegsgericht den Vorsitz führen wird, als strenger, aber sehr gerechter Mann bekannt zu sein. Die Klatschereien der Verwaltung beeindrucken ihn sehr wenig. Das ist also eher eine gute Nachricht.
Clousiot und ich, denn Maturette ist seit unserer Ankunft in einer Zelle, haben den Aufseher als Verteidiger nicht akzeptiert. Wir haben beschlossen, daß ich für alle drei reden und unsere Verteidigung selbst übernehmen soll.

Das Urteil

Rasiert, mit frisch geschorenem Kopf, in neuem rotgestreiftem Drillichanzug und neuen Schuhen warten wir frühmorgens im Hof darauf, vor Gericht zu erscheinen. Clousiot wurde vor vierzehn Tagen der Gipsverband abgenommen, er geht wieder normal, er hinkt nicht.
Das Kriegsgericht hat Montag begonnen. Es ist jetzt Samstag früh. Seit fünf Tagen werden die verschiedensten Prozesse abgewickelt. Der Prozeß in der Ameisengeschichte hat einen ganzen Tag in Anspruch genommen. Beide Männer wurden zum Tode verurteilt, ich habe sie nicht mehr gesehen. Die Brüder Graville bekommen – wegen mangelnder Beweise für ihre Menschenfresserei – nur vier Jahre. Ihr Prozeß hat mehr als einen halben Tag gedauert. Die übrigen Mörder bekommen vier bis fünf Jahre.
Im allgemeinen sind die Strafen streng, aber akzeptabel.
Die Verhandlungen beginnen täglich um sieben Uhr dreißig. Wir sind schon im Saal, als der Kommandant in Wüstenuniform, begleitet von einem alten Infanteriehauptmann und einem Leutnant, die ihm als Beisitzer dienen, eintritt.
Rechts von ihm ein Aufseher mit Goldborten, ein Hauptmann, der den Ankläger, die Verwaltung repräsentiert.
»Strafprozeß Charrière, Clousiot, Maturette.«
Wir befinden uns ungefähr vier Meter von der Richtertribüne ent-

fernt. Ich habe Zeit, den vom Wüstenleben gezeichneten Kopf des vierzig- bis fünfundvierzigjährigen Kommandanten mit den weißen Schläfen genau zu studieren. Dichte Brauen über prachtvollen schwarzen Augen, die uns pfeilgerade anblicken. Ihr Blick hat nichts Boshaftes, der Mann ist ein echter Soldat. Er mustert uns, schätzt uns sekundenlang ein. Mein Blick bleibt ein paar Sekunden an dem seinen haften, dann wende ich mich aus eigenem ab.
Der Hauptmann der Verwaltung geht scharf ins Zeug. Er übertreibt gehörig, nennt Mordversuch, was nur eine zeitweilige Betäubung der Posten war, und hat damit die Partie bereits verloren. Was den Araber betrifft, so versichert er, daß es das reine Wunder gewesen sei, daß der Mann unter so vielen Schlägen nicht tot zusammenbrach. Dann begeht er einen zweiten Fehler, indem er behauptet, daß wir drei seit Bestehen des Bagnos die Schmähung Frankreichs am weitesten in fremde Länder getragen hätten: »Bis nach Kolumbien! Zweitausendfünfhundert Kilometer, Herr Präsident! Sie sind durch Trinidad, Curaçao und Kolumbien gekommen, und gewiß haben alle diese Länder ihre äußerst lügenhaften Berichte über die französische Strafverwaltung gehört. Ich beantrage zwei Urteile ohne Strafbegrenzung, insgesamt acht Jahre. Fünf Jahre wegen Mordversuchs und drei Jahre wegen Fluchtversuchs, für Charrière wie für Clousiot. Für Maturette beantrage ich nur drei Jahre wegen Fluchtversuchs, da er, wie aus der Untersuchung hervorgeht, an dem Mordversuch nicht beteiligt war.«
Das Gericht sei an einem möglichst kurzen Bericht über die lange Odyssee interessiert, gibt der Vorsitzende zu verstehen.
Ich erzähle, das Stück auf dem Maroni vergessend, unsere Reise über das Meer bis nach Trinidad. Ich schildere die Familie Bowen und ihre Güte, zitiere das Wort des Polizeichefs von Trinidad: »Wir haben nicht über die französische Justiz zu befinden, aber wir stimmen nicht mit ihr darin überein, daß wir ihre Gefangenen nach Guayana auszuliefern hätten, und darum helfen wir Ihnen.« Erzähle von Irénée de Bruyne, dem Bischof von Curaçao, von dem Zwischenfall mit dem Beutel voll holländischer Gulden, von Kolumbien und wie es kam, daß wir dort landeten. Ich gebe kurz eine Darstellung meines Lebens unter den Indianern, und der Kommandant hört mir, ohne mich zu unterbrechen, zu. Er fragt nur nach gewissen Einzelheiten meines Aufenthalts bei den Indianern, ein Abschnitt, der ihn sehr zu interessieren scheint. Dann berichte ich von kolumbischen Gefängnissen, vor allem von der unter dem Meer gelegenen Zelle in Santa Marta.
»Danke. Ihr Bericht hat das Gericht aufgeklärt und gleichzeitig interessiert. Wir machen jetzt eine Pause von fünfzehn Minuten. Ich sehe keine Verteidiger, wo sind sie?«
»Wir haben keine. Ich bitte um die Genehmigung, die Verteidigung für meine Kameraden und mich selbst übernehmen zu dürfen.«

»Das können Sie ohne weiteres, die Bestimmungen gestatten es.«
»Danke, Herr Vorsitzender.«

Eine Viertelstunde später wird die Verhandlung fortgesetzt.
Der Präsident: »Charrière, das Gericht ermächtigt Sie, die Verteidigung für Ihre Kameraden und für sich zu übernehmen. Wir müssen Sie jedoch darauf aufmerksam machen, daß Ihnen das Gericht das Wort entziehen kann, sobald Sie es an Respekt gegenüber den Repräsentanten der Gefängnisverwaltung fehlen lassen. Sie können sich in aller Freiheit verteidigen, aber mit angemessenen Ausdrücken. Ich übergebe Ihnen das Wort.«
»Ich bitte das Gericht, von dem Delikt Mordversuch uneingeschränkt abzusehen«, beginne ich. »Es ist unwahrscheinlich, und ich werde es beweisen: Ich war im vorigen Jahr siebenundzwanzig, Clousiot dreißig. Wir waren bei vollen Kräften, eben erst aus Frankreich gekommen, ein Meter vierundsiebzig und ein Meter fünfundsiebzig groß. Wir hatten dem Araber einen Schlag versetzt und den Aufsehern je einen Schlag mit dem Fuß unseres Eisenbettes. Keiner der vier wurde ernstlich verwundet. Wir haben mit großer Vorsicht zugeschlagen, denn wir wollten sie, möglichst ohne sie zu verletzen, einfach nur zu Boden strecken. Der Aufseher-Ankläger hat zu erwähnen vergessen, oder es nicht gewußt, daß unsere Eisenfüße mit Tüchern umwickelt waren, damit eben niemand getötet wird. Das Gericht, das sich aus hohen Soldaten zusammensetzt, weiß sehr gut, was ein starker Mann ausrichten kann, wenn er einen andern mit der flachen Bajonettklinge auf den Kopf schlägt. Nun stellen Sie sich vor, was man erst mit einem eisernen Bettfuß ausrichten kann. Ich möchte noch bemerken, daß keiner der vier angegriffenen Männer in Spitalspflege kam.
Als lebenslänglich Verurteilter«, fahre ich fort, »glaube ich, daß man einen Fluchtversuch in diesem Fall weniger streng beurteilen sollte als bei einem zu einer geringeren Strafe Verurteilten. Es ist sehr schwierig, sich in jüngerem Alter damit abzufinden, nie mehr ins normale Leben zurückkehren zu dürfen. Ich bitte das Gericht für uns drei um Nachsicht.«
Der Kommandant flüstert mit den beiden Beisitzern, dann schlägt er mit seinem Hammer auf den Tisch. »Angeklagte, erheben Sie sich.«
Wir schnellen alle drei hoch und erwarten, kerzengerade stehend, unser Urteil.
Der Präsident: »Das Gericht sieht von der Anklage wegen Mordversuchs ab. Es fällt in diesem Punkt kein Strafurteil, sondern spricht die Angeklagten frei. Für das Delikt Fluchtversuch werden Sie als Schuldige zweiten Grades erkannt. Das Gericht verurteilt Sie zu zwei Jahren Zuchthaus.«
»Danke, Herr Kommandant«, sagen wir im Chor. Und ich füge hinzu: »Ich danke dem Gericht.«

Die Posten, die sich im Saal befinden und der Verhandlung beigewohnt haben, können es nicht fassen.
Als wir in das Gebäude zurückkehren, in dem sich unsere Kameraden befinden, sind alle froh über die Neuigkeit, niemand ist eifersüchtig. Im Gegenteil, sogar die, die selbst empfindlich bestraft wurden, gratulieren uns aufrichtig.
François Sierra umarmt mich. Er ist ganz närrisch vor Freude.

Sechstes Heft: »Inseln des Heils«

Ankunft auf den Inseln

Morgen werden wir nach den Îles du Salut eingeschifft. Trotz aller meiner Bemühungen soll ich jetzt in wenigen Stunden auf Lebenszeit interniert werden. Zuerst habe ich zwei Jahre Zuchthaus auf der Île Saint-Joseph zu verbüßen. Ich hoffe, den Spitznamen, den ihr die Bagnosträflinge gegeben haben – die »Menschenfresserin« –, Lügen strafen zu können.
Ich habe die Partie verloren, aber ich fühle mich nicht besiegt. Ich muß mich noch glücklich schätzen, nicht mehr als nur zwei Jahre in diesem »Gefängnis eines Gefängnisses« verbringen zu müssen. Wie ich mir versprochen habe, will ich mich nicht zu Verirrungen hinreißen lassen, wie sie die völlige Isolierung mit sich bringt. Um dem zu entgehen, weiß ich ein einfaches Mittel: ich muß mich von vornherein als frei betrachten, als gesund und wohlauf wie ein normaler Sträfling. Ich werde, wenn ich herauskomme, dreißig Jahre alt sein.
Fluchtmöglichkeiten sind rar auf den Inseln, das weiß ich. Aber es hat doch Männer gegeben, die geflohen sind, wenn man sie auch an den Fingern abzählen kann. Und ich *werde* fliehen, das ist sicher. In zwei Jahren werde ich ausbrechen, wiederhole ich Clousiot, der neben mir sitzt.
»Mein lieber Papillon, es ist nicht leicht, dich fertigzumachen, und ich wünsche dir, daß du es diesmal schaffst. Es ist jetzt ein Jahr her, daß du dir keine Gelegenheit zur Flucht entgehen läßt. Kaum ist die eine in die Brüche gegangen, denkst du schon an die nächste. Ich wundere mich, daß du es hier nicht versucht hast.«
»Hier gäbe es nur eine Möglichkeit, mein Lieber: eine Revolte entfachen. Aber ich habe nicht die nötige Zeit, alle diese schwierigen Männer in die Hand zu bekommen. Ich müßte sie provozieren, aber ich fürchte, daß mich das aufreibt. Die vierzig Männer hier sind alles alte Sträflinge. Der Weg in die Hölle hat sie abgestumpft, sie reagieren anders als wir. Die Menschenfresser zum Beispiel, oder die Burschen mit den Ameisen.«
»Aber auf den Inseln werden die gleichen Typen sein.«
»Ja, aber dort werde ich keinen brauchen, um zu fliehen. Ich werde allein oder höchstens mit einem Kameraden ausbrechen. Du lächelst? Warum?«

»Weil du es nie aufgeben wirst. Das Feuer, das in deinen Eingeweiden brennt, treibt dich nach Paris, wo du deinen drei Freunden endlich die Rechnung präsentieren willst. Das gibt dir eine solche Kraft, daß du es dir nie eingestehen wirst, daß dieser Traum absolut unrealisierbar ist.«

»Gute Nacht, Clousiot, auf morgen. Ja, wir werden diese verwünschten Îles du Salut zu sehen bekommen. Das erste, was ich dort fragen werde, ist: Warum werden diese Inseln des Untergangs eigentlich Inseln des Heils genannt?«

Ich kehre Clousiot den Rücken und halte mein Gesicht in die Nachtbrise.

Wir werden sehr früh eingeschifft. Wir sind sechsundzwanzig an Bord des kleinen, vierhundert Tonnen schweren Küstendampfers »Tanon«, der zwischen Cayenne, den Inseln und Saint-Laurent hin- und herpendelt. Je zwei und zwei werden wir mit Fesseln und einer Kette an den Füßen zusammengebunden: zwei Gruppen zu je acht Mann im Vorderschiff, jede von vier Posten mit dem Karabiner in der Hand bewacht, eine dritte Gruppe je zu zehn mit sechs Posten und den beiden Chefs der Eskorte im Hinterschiff. Alle befinden wir uns an Deck des elenden Schiffes, das bei Schlechtwetter jeden Augenblick sinken kann.

Da ich beschlossen habe, während der Reise nicht zu denken, möchte ich mich zerstreuen. Und nur um ihn zu ärgern, sage ich laut zu dem Aufseher mit der Leichenbittermiene, der mir am nächsten steht: »Mit den Ketten, die ihr uns da angelegt habt, riskiert man wenigstens nicht, sich retten zu können, falls diese verdammte Schale kentert. Bei dem Zustand, in dem die ist, kann das bei grober See leicht passieren!«

Schlecht gelaunt, wie er ist, reagiert der Posten, wie vorausgesehen:

»Und wenn ihr schon ersauft, wir haben Befehl, euch anzuketten, das ist alles, die Verantwortung tragen die, die solche Befehle erlassen, wir sind in jeder Weise gedeckt.«

»In jeder Weise. Sie haben ganz recht, Herr Aufseher, mit oder ohne Ketten. Wenn dieser Sarg unterwegs zu lecken beginnt, ertrinken wir alle miteinander.«

»Ach, wissen Sie, das Boot macht diese Fahrt schon sehr lange, und es ist noch nie etwas passiert«, erwidert der Idiot.

»Eben, weil das Boot schon zu lange fährt, ist es jetzt soweit, daß ihm jeden Moment etwas zustoßen kann.«

Ich habe erreicht, was ich wollte: das allgemeine Schweigen, das an meinen Nerven genagt hat, ist durchbrochen. Das Thema wird von den Aufsehern wie von den Sträflingen sofort aufgegriffen. »Ja, dieser Kahn ist gefährlich, und obendrein sind wir angekettet. Ohne Ketten hätte man immerhin eine Chance.«

»Ach, ist ja egal. Wir mit unserer Uniform, den Stiefeln und dem Karabiner sind um gar nichts besser dran.«

»Der Karabiner zählt nicht, im Fall eines Schiffbruchs wirft man ihn weg«, sagt ein anderer.
»Wo sind die Rettungsboote?« werfe ich ein, da ich sehe, daß die Sache zieht. »Ich sehe nur ein ganz winziges für höchstens acht Mann. Wenn der Kommandant und die Mannschaft einsteigen, ist es voll. Und die andern?«
Jetzt geht's los. In voller Lautstärke.
»Das stimmt! Nichts ist da, und das Boot in so einem Zustand! Es ist unverantwortlich, Familienväter einer solchen Gefahr auszusetzen, nur weil man diese Taugenichtse begleiten muß!«
Da ich mich in der Gruppe auf dem Hinterschiff befinde, reisen auch die beiden Chefs der Begleitung mit uns. Einer der beiden sieht mich an und fragt: »Bist du Papillon, der, der aus Kolumbien zurückkommt?«
»Ja, der bin ich.«
»Es wundert mich nicht, daß du so weit gekommen bist, du scheinst dich mit Schiffen auszukennen?«
»Ja, sehr gut«, versetze ich anmaßend.
Eiseskälte verbreitet sich. Überdies steigt der Kommandant von seiner Brücke herunter, denn während wir die Maronimündung passierten, eine äußerst gefährliche Stelle, hatte er pflichtgemäß selbst die Ruderpinne übernommen. Jetzt übergibt er sie einem andern. Dann fragt der Kommandant, ein kleiner, dicklicher Tombuktuneger mit ziemlich jungem Gesicht, wo denn die Burschen sind, die in der Nußschale nach Kolumbien fuhren.
»Der da, der und der andere dort an der Seite«, antwortet der Chef der Bewachung.
»Wer war der Kapitän?« fragt der Zwerg.
»Ich, Monsieur.«
»Mein Junge«, sagt der Kerl gönnerhaft, »als Seemann gratuliere ich dir. Du bist kein gewöhnlicher Mann. Hier!« Er greift mit der Hand in seine Rocktasche: »Nimm dieses Päckchen Blättertabak. Rauche ihn auf meine Gesundheit!«
»Danke, Herr Kommandant. Aber ich muß auch Ihnen gratulieren, daß Sie den Mut haben, ein- bis zweimal wöchentlich, glaube ich, diesen Sarg zu steuern.«
Er lacht schallend, zum Vergnügen der Leute, die ich ärgern wollte.
»Ja, du hast recht«, sagt er. »Das Boot gehört längst auf den Friedhof, aber die Gesellschaft wartet darauf, daß es untergeht, um die Versicherung einzustecken.«
»Zum Glück haben Sie für die Mannschaft und für sich ein Rettungsboot«, schließe ich aggressiv.
»Ja, zum Glück«, sagt der Kommandant prompt, ehe er auf der Treppe verschwindet.
Das Thema, das ich vom Zaun gebrochen habe, füllt unsere Reise mehr als vier Stunden aus. Jeder hat etwas dazu zu sagen, und die Diskussion dehnt sich bis auf das Vorderschiff aus.

Gegen zehn Uhr vormittags ist die See nicht hoch, aber der Wind begünstigt die Fahrt nicht gerade. Wir fahren nordwestlich, gegen die Wellen und gegen den Wind. Natürlich schaukeln wir mehr als sonst. Mehrere Aufseher und Sträflinge werden seekrank. Glücklicherweise ist der Mann, mit dem ich zusammengekettet bin, seefest, denn nichts ist so unangenehm, wie den Menschen neben sich speien zu sehen. Der Junge ist eine echte Pariser Asphaltblüte. Er ist 1927 ins Bagno gekommen. Seit sieben Jahren ist er auf den Inseln. Er ist relativ jung, achtunddreißig. »Man nennt mich Titi den Spieler, denn ich muß dir sagen, Kumpel, das Spielen ist meine ganz starke Seite. Auf den Inseln lebe ich davon. Ich spiele Belote, nächtelang, zu zwei Franc den Punkt. Das bringt etwas ein, wenn man es ansagt. Wenn du mit vier Buben zweihundert Punkte gewinnst, zahlt dir dein Partner vierhundert Eier und noch was für die restlichen Punkte dazu.«
»Da muß es ja eine Menge Geld auf den Inseln geben?«
»Und ob, Papillon! Die Inseln sind voll mit vollgestopften Stöpseln. Die einen tragen sie mit sich herum, die andern zahlen fünfzig Prozent für das Geld, das sie von den spielenden Aufsehern bekommen. Man sieht, daß du ein Neuer bist, du scheinst überhaupt nichts zu wissen?«
»Nein, ich weiß gar nichts über die Inseln. Ich weiß nur, daß es schwer ist, von dort auszubrechen.«
»Ausbrechen?« sagt Titi. »Gar nicht wert, darüber zu reden. In den sieben Jahren, die ich dort bin, hat es nur zwei Fluchtversuche gegeben. Resultat: drei Tote, zwei Verhaftete. Das ist noch keinem gelungen. Und darum gibt es auch nicht viele, die ihr Glück versuchen.«
»Wozu bist du aufs Festland gefahren?«
»Ich habe mich röntgen lassen, weil ich wissen wollte, ob ich nicht ein Geschwür habe.«
»Und du hast nicht gleich versucht, aus dem Spital auszubrechen?«
»Das fragst *du*? Deinetwegen ist doch alles verschärft worden. Dazu hatte ich das Glück, gerade in den Saal zu geraten, aus dem du entsprungen bist. Du siehst doch die Bewachung hier. Jedesmal wenn man ans Fenster ging, um Luft zu schnappen, wurde man zurückgepfiffen. Und wenn du gefragt hast, warum, hat man dir gesagt: für den Fall, daß du es machen willst wie Papillon.«
»Sag mir, Titi, wer ist der Große, der dort neben dem Chef sitzt? Ist das ein Denunziant?«
»Bist du verrückt? Der Kumpel wird von allen sehr geschätzt! Er ist nicht aus unserem Milieu, aber er hält sich wie einer von uns. Er biedert sich nicht mit den Posten an, sucht keine Begünstigung und geht der Polizei aus dem Weg. Er ist ein guter Kamerad und kann dir mitunter auch einen guten Rat geben. Nicht einmal der Pfarrer und der Doktor konnten ihn für sich gewinnen. Er stammt von Ludwig dem Fünfzehnten ab. Ja, mein Schwan, das ist ein

richtiger Graf, Graf Jean de Bérac. Trotzdem, wie der kam, hat es lange gedauert, bis er sich die Achtung der Männer erworben hat, denn er hat ein schauerliches Ding gedreht, um hierher zu kommen.«
»Was hat er denn gemacht?«
»Er hat seinen eigenen Jungen über eine Brücke in den Fluß geworfen, und weil der Junge auf eine Stelle gefallen ist, wo sehr wenig Wasser war, hat er das Herz gehabt, ihn wieder herauszufischen und an einer tieferen Stelle hineinzuwerfen.«
»Was!? Das ist ja, als ob er sein Kind gleich zweimal umgebracht hätte!«
»Ein Freund von mir, der Buchhalter ist und seinen Akt gesehen hat, sagt, daß der Mann von seiner eigenen noblen Familie terrorisiert worden ist. Seine Mutter hat die Mutter des Knaben, die eine junge Zofe in seinem Schloß war, wie eine Hündin auf die Straße gejagt. Mein Freund sagt, daß der Junge hierauf ganz von seiner hochmütigen, pedantischen Großmama beherrscht wurde, die ihn, den Grafen, wegen seiner Beziehungen zu dem Stubenmädchen so gedemütigt hat, daß er nicht mehr wußte, was er tat, als er den Buben ins Wasser schmiß. Vorher hat er noch der Alten gesagt, daß er ihn der öffentlichen Fürsorge übergeben will.«
»Wieviel hat er bekommen?«
»Nur zehn Jahre. Du glaubst jetzt wahrscheinlich, Papillon, daß der kein Mann ist wie wir. Die Gräfin, Hüterin der Familienehre, hat den Gerichtsbeamten erklärt, daß es kein schweres Delikt ist, den Sohn einer Zofe zu töten, wenn es ein Graf tut, weil er den Ruf seines Hauses retten will.«
»Und was schließt du aus dem allen?«
»Ich, als bescheidener Pariser Gassenjunge, sage dir frei und ohne Rücksicht auf seine Geschichte, daß dieser Graf Jean de Bérac ein Bauernschinder war, der so erzogen wurde, daß es in allem nur auf sein blaues Blut ankommt. Alle andern sind ihm unwichtig und nicht wert, sich mit ihnen abzugeben. Sie sind gerade keine Leibeigenen, aber Wesen, um die man sich nicht zu kümmern braucht. Seine Mutter, dieses Ungeheuer an Egoismus und Überheblichkeit, hat ihn so terrorisiert und gequält, daß er am Ende so wurde wie sie. Erst im Bagno ist dieser Herr, der früher glaubte, noch das Recht der ersten Nacht zu haben, im wahrsten Sinn des Wortes ein echter Edelmann geworden. Es scheint paradox, aber erst jetzt ist er wirklich der Graf Jean de Bérac.«
Die Îles du Salut, mir so unbekannt, werden es in wenigen Stunden nicht mehr sein. Ich weiß, daß es schwierig sein wird, von dort zu fliehen, aber nicht unmöglich. Und während ich mit Genuß den Meerwind einatme, denke ich: Wird dieser Gegenwind sich noch einmal auf einer Flucht in Rückenwind verwandeln?
Wir kommen an. Da sind sie, die Inseln! Sie bilden zusammen ein Dreieck: Royale und Saint-Joseph bilden die Grundlinie, die Teu-

felsinsel die Spitze. Die Sonne steht schon tief, sie versprüht ihr letztes Feuer, das hier nicht mehr so intensiv ist wie in den Tropen. Ich habe Muße genug, auf Einzelheiten einzugehen. Da ist zunächst die Insel Royale, deren Ebene kranzförmig einen mehr als zweihundert Meter hohen Hügel umgibt. Das Ganze sieht aus wie ein mexikanischer Hut mit abgeschnittener Spitze, den jemand über das Meer gestülpt hat. Überall ragende, tiefgrüne Kokospalmen. Zwei kleine Häuser mit rotem Dach verleihen der Insel einen ungewöhnlichen Reiz. Wenn man nicht wüßte, was sich dahinter verbirgt, könnte man sich wünschen, sein ganzes Leben dort zu verbringen. Der Leuchtturm auf dem Plateau erhellt die Nacht, damit die Schiffe bei Sturm nicht an den Felsen zerschellen.
Wir sind jetzt viel näher. Ich unterscheide fünf große, lange Gebäude. Von Titi erfahre ich, daß darin zwei riesige Säle sind, in denen vierhundert Sträflinge leben. Dann das Internierungsgebäude mit seinen Zellen und Käfigen, umgeben von einer hohen weißen Mauer. Das vierte Gebäude ist das Spital für die Gefangenen, das fünfte das Krankenhaus der Aufseher. Und überall über die Hänge verstreut kleine Häuschen mit rosa Ziegeldächern, in denen die Aufseher wohnen. Etwas weiter weg, aber sehr nahe an der Spitze der Insel, Saint-Joseph. Weniger Kokospalmen, weniger Grün, und auf der Höhe des Plateaus ein riesiger Bau, der sich deutlich vom Meer abhebt. Das ist das Zuchthaus, denke ich sofort. Titi der Spieler bestätigt es mir. Er macht mich auf die Lagergebäude weiter unten aufmerksam, nahe am Meer, in denen die normal bestraften Gefangenen leben. Die Wachttürme mit ihren Zinnen heben sich sehr genau von der Küste ab. Und auch die anderen kleinen blitzsauberen Häuschen mit ihren weiß gestrichenen Mauern und ihren roten Dächern.
Das Schiff fährt in den Südhafen der Insel Royale; die kleine Île du Diable, die Teufelsinsel, sehen wir jetzt nicht mehr. Bei ihrem Anblick fiel mir vorhin ein hoher Felsen ohne besondere Form auf, oben mit Kokospalmen bedeckt. Außerdem ein paar gelb gestrichene Häuser am Meer mit rußschwarzen Dächern. Ich erfahre erst später, daß es Häuser sind, in denen die politischen Häftlinge leben.
Wir fahren in den Hafen von Royale ein. Er liegt im Schutz einer Mole, die aus riesigen Quadersteinen erbaut wurde, eine Arbeit, die gewiß vielen Bagnosträflingen das Leben gekostet hat.
Dreimal heult die Sirene auf, dann geht die »Tanon«, ungefähr zweihundertfünfzig Meter vom Kai entfernt, vor Anker. Die Pier, aus Beton und groben Kieseln gebaut, ist sehr lang und mehr als drei Meter hoch. Weiß gestrichene Gebäude ziehen sich parallel dazu im Hintergrund hin. Schwarz auf weißem Grund steht auf ihnen zu lesen: »Wachtposten« – »Schiffsservice« – »Bäckerei« – »Hafenverwaltung«.
Sträflinge, die unser Schiff betrachten. Sie haben keinen gestreiften

Anzug, sie tragen Hosen und eine Art weißen Kittel. Titi der Spieler sagt mir, daß Sträflinge, die Geld haben, sich aus Mehlsäcken, von denen der Aufdruck entfernt wird, von Schneidern sehr gut sitzende Maßanzüge machen lassen, die sogar eine gewisse Eleganz besitzen. Fast kein Mensch trägt hier Sträflingskleidung.
Ein Boot kommt auf die »Tanon« zu. Ein Aufseher am Steuerruder, zwei mit Karabinern bewaffnete links und rechts; dahinter sechs Sträflinge mit nacktem Oberkörper und weißer Hose, die mit sehr langen Riemen im Stehen rudern. Sie haben die Strecke rasch bewältigt. Ein großes leeres Boot von der Bauart eines Rettungsbootes, das sie nachgeschleppt haben, legt bei uns an. Die Ausschiffung beginnt. Als erste steigen die Chefs der Bewachung aus. Sie nehmen hinten im Boot Platz. Dann folgen zwei ihrer Gammler mit ihren Karabinern. Sie gehen nach vorne. Von der Eisenstange losgemacht, aber immer noch mit Handschellen, steigen wir zu zweit ein, zuerst die zehn meiner Gruppe, dann eine Gruppe zu acht vom Vorderschiff. Die Ruderer reißen an. Sie müssen ein zweites Mal kommen, um die übrigen zu holen. An der Mole steigen wir aus und stellen uns vor dem Gebäude der Hafenverwaltung in Reih und Glied auf. Keiner von uns hat ein Gepäckstück. Unbekümmert um die Aufseher unterhalten sich die weißgekleideten Sträflinge aus einer klugen Entfernung von fünf bis sechs Metern mit uns. Mehrere Männer aus meinem alten Transport begrüßen mich freundschaftlich. Cesari und Essari, zwei korsische Banditen, die ich aus Saint-Martin kenne, sagen mir, daß sie im Hafen als Bootsfahrer angestellt sind. Auch Chapar, der von der Börsenaffäre in Marseille, den ich vor meiner Verhaftung in Frankreich kennenlernte, kommt auf mich zu.
»Mach dir nichts draus, Papi«, ruft er ungeniert vor dem Posten, »zähl auf deine Freunde, es wird dir im Zuchthaus an nichts fehlen. Was haben sie dir aufgebrummt?«
»Zwei Jahre.«
»Die sind bald vorüber, und dann kommst du zu uns. Du wirst sehen, wir haben es hier nicht schlecht.«
»Danke, Chapar. Was macht Dega?«
»Er ist oben Buchhalter. Wundert mich, daß er nicht da ist. Es wird ihm leid tun, dich nicht gesehen zu haben.«
Im selben Augenblick kommt Galgani. Die Wache will ihn nicht durchlassen, aber er kommt trotzdem. »Ihr werdet mich nicht daran hindern, meinen Bruder zu umarmen, bei Gott nicht!« sagt er. Er umarmt mich. »Zähle auf mich!« sagt er. Dann geht er wieder.
»Was machst du?«
»Ich bin Briefträger.«
»Und wie geht's dir?«
»Ich hab Ruhe.«
Die letzten sind an Land gestiegen und schließen sich uns an. Man nimmt uns die Fesseln ab. Titi der Spieler, der Graf Bérac und einige

Unbekannte bilden eine Gruppe. »Los, zum Lager hinauf!« fordert sie einer der Gammler auf. Sie haben alle noch ihren Kleidersack aus dem Bagno, den sie über die Schulter werfen. Dann gehen sie auf einen Weg zu, der wohl auf die Anhöhe der Insel führt. Von sechs Aufsehern begleitet, kommt der Kommandant der Inseln daher. Die Namen werden verlesen. Keiner fehlt. Unsere Eskorte ist entlassen.
»Wo ist der Buchhalter?« fragt der Kommandant.
»Da kommt er, Chef.« Ich sehe, in weißem Anzug mit zugeknöpftem Rock, Dega, begleitet von einem Aufseher. Sie tragen jeder ein dickes Buch unter dem Arm. Sie lassen die Männer hintereinander aus der Reihe treten, um sie neu einzuteilen.
»Sie, Zuchthaussträfling Soundso, mit Transportnummer X werden jetzt als Zuchthaussträfling Z eingetragen.«
»Wie viele Jahre?«
»X Jahre.«
Als die Reihe an mich kommt, umarmt mich Dega mehrere Male. Der Kommandant tritt auf uns zu. »Ist das Papillon?«
»Ja, Herr Kommandant«, sagt Dega.
»Führen Sie sich gut im Zuchthaus. Zwei Jahre gehen schnell herum.«

Das Zuchthaus

Unser Boot wartet. Von den neunzehn Zuchthäuslern wurden zehn mit dem ersten Boot befördert. Ich werde aufgerufen. »Nein, der fährt mit dem letzten Boot«, sagt Dega kalt.
Seit meiner Ankunft bin ich immer wieder verblüfft, in welchem Ton die Bagnosträflinge miteinander reden. Sie lassen es an Disziplin fehlen und scheinen sich über die Gammler glatt hinwegzusetzen. Dega ist neben mir. Er kennt bereits meine Geschichte und die meiner Flucht, die Männer, die mit mir in Saint-Laurent waren und auf die Inseln gekommen sind, haben ihm alles haarklein erzählt. Er bedauert mich nicht, er sagt nur eines, das aber ganzem Herzen: »Du würdest es verdienen, daß es dir endlich gelingt, mein Junge. Auf ein nächstes Mal!« Er sagt nicht einmal: Mut! Denn er weiß, daß ich den habe.
»Ich bin Oberbuchhalter und stehe sehr gut mit dem Kommandanten. Halt dich gut im Zuchthaus. Ich werde dir Tabak und etwas zu essen schicken, es soll dir an nichts fehlen.«
»Papillon! Einsteigen!« Ich bin an der Reihe.
»Auf Wiedersehen alle! Und danke für alle guten Worte!«
Ich steige ein. Zwanzig Minuten später landen wir auf Saint-Joseph. Ich hatte Zeit, zu beobachten, daß nur drei bewaffnete Gammler für insgesamt sechs Rudersträflinge und zehn Zuchthäusler an Bord waren. Das Boot in Besitz zu nehmen wäre lächerlich einfach gewesen ... Auf Saint-Joseph werden wir von einem Komitee emp-

fangen. Zwei Kommandanten stehen vor uns: der Kommandant der Strafinsel und der Zuchthauskommandant. Zu Fuß, von Wachen eskortiert, gehen wir den Weg zum Zuchthaus hinauf. Kein Sträfling begegnet uns. Beim Anblick der Überschrift »Strafhaus« über dem großen Eisentor wird man sich erst der Strenge dieses Hauses voll bewußt. Innerhalb der hohen quadratischen Mauer stößt man zunächst auf ein niedriges Gebäude, über dem zu lesen ist: »Verwaltung – Direktion«. Daneben gibt es noch drei andere Gebäude, A, B und C. Wir werden in die Direktion geführt. In einem kalten Saal müssen wir uns in zwei Reihen aufstellen.
»Zuchthaussträflinge«, sagt der Kommandant, »dieses Haus ist, wie Sie wissen, ein Strafhaus für im Bagno begangene Delikte. Man versucht hier nicht, Sie zu bessern. Wir wissen, daß das sinnlos ist. Man versucht Sie zu bändigen. Es gibt hier nur eine einzige Regel: Maul halten. Absolute Schweigepflicht. Wer telephoniert, riskiert eine sehr harte Strafe, wenn er erwischt wird. Wer nicht ernstlich krank ist, wird nicht zur Visite eingetragen. Eine ungerechtfertigte Visite zieht Bestrafung nach sich. Das ist alles, was ich Ihnen zu sagen habe ... Ach ja, und noch eins: es ist streng verboten zu rauchen. Aufseher, durchsuchen Sie die Leute gründlich, und dann ab in die Zellen! Charrière, Clousiot und Maturette dürfen nicht in ein und demselben Gebäude untergebracht werden. Teilen Sie das selbst ein, Herr Santori.«
Zehn Minuten später bin ich in meiner Zelle eingesperrt. Mein Name und meine Adresse: Nummer 234, Gebäude A. Clousiot ist auf B, Maturette auf C. Wir haben uns nur mit Blicken voneinander verabschiedet. Schon beim Eintreten hat man begriffen: Wenn man hier lebend herauskommen will, muß man sich den unmenschlichen Verordnungen fügen. Ich sehe sie weggehen, die Kameraden meiner langen Flucht. Sie waren stolz, so mutig und so tapfer. Haben sich nie beklagt, nie bedauert, daß sie den Ausbruch mit mir unternommen haben. Mein Herz preßt sich zusammen. Unser gemeinsamer Kampf um die Freiheit hat uns für immer zu Freunden gemacht.
Ich sehe mir die Zelle an. Niemals wäre ich je auf den Gedanken gekommen, daß ein Land wie Frankreich, die Mutter der Freiheit der ganzen Welt, auf dessen Boden die Menschen- und die Bürgerrechte geboren wurden, sogar in Französisch-Guayana, auf einer einsamen Insel im Atlantik, die nicht viel größer als ein Taschentuch ist, eine so barbarische Einrichtung haben könnte wie das Zuchthaus von Saint-Joseph. Stellen Sie sich hundertfünfzig Zellen vor, eine neben der andern, und jede Rücken an Rücken mit einer anderen Zelle liegend, und jede aus vier dicken Mauern, die nur von einer kleinen Eisentür mit einem kleinen Fenster darin durchbrochen sind. Über jedem der kleinen Fenster steht an die Tür gepinselt: »Diese Tür darf nur mit Erlaubnis der Direktion geöffnet werden«. Links eine Pritsche mit einem Keil aus Holz, gleiches System wie

in Caen: die Pritsche wird an die Wand zurückgeschlagen. Eine Decke, ein Betonblock in der Ecke als Hocker, ein Handbesen, ein Eisenbecher, ein Holzlöffel, eine senkrechte Eisenplatte, mit welcher der metallene Klosetteimer dahinter durch eine Kette verbunden ist. Die Decke, in drei Meter Höhe, besteht aus gekreuzten Eisenstangen, dick wie Eisenbahnschienen, die so dicht liegen, daß kaum irgend etwas durch kann. Darüber ist das Dach des Gebäudes, ungefähr sieben Meter hoch. Im Hintergrund der Zellen läuft überhängend ein ein Meter breiter Steg für die Posten, mit einem Eisengeländer. Zwei Aufseher patrouillieren unaufhörlich von einem Ende des Ganges bis zur Mitte, wo sie einander begegnen und wieder umkehren. Der Eindruck ist grauenhaft. Das Tageslicht fällt nur bis zu diesem Steg herein. Unten in der Zelle sieht man sogar bei vollem Tageslicht kaum etwas. Ich beginne sofort meinen Marsch, bis der Pfiff oder weiß Gott was zum Herunterlassen der Pritsche ertönt. Um keinen Lärm zu machen, gehen Gefangene wie Wärter in Filzpantoffeln. Hier, auf Nummer 234, wirst du versuchen zu leben, ohne verrückt zu werden, Charrière, genannt Papillon, denke ich unwillkürlich. Zwei Jahre, das sind siebenhundertdreißig Tage. Ich werde den Spitznamen dieses Gebäudes – die »Menschenfresserin« – Lügen strafen!
Eins, zwei, drei, vier, fünf – kehrt. Eins, zwei, drei, vier, fünf – kehrt. Der Posten geht oben an mir vorüber. Ich habe ihn nicht kommen gehört, ich habe ihn kommen gesehen. Ein Blitz! – das Licht flammt auf, aber sehr hoch oben, sechs Meter hoch, knapp unter dem Dach. Der Steg ist beleuchtet, die Zellen liegen im Dunkel. Ich marschiere, das Perpendikel ist wieder in Bewegung. Schlaft ruhig, ihr Käsegesichter, die ihr mich verurteilt habt. Ich glaube, wenn ihr wüßtet, wohin ihr mich geschickt habt, würdet ihr euch entsetzt dagegen verwahren, mit einer solchen Bestrafung irgend etwas zu tun zu haben. Es wird sehr schwierig sein, der schweifenden Phantasie zu entkommen. Fast unmöglich. Und ich glaube, es ist besser, sie auf weniger deprimierende Themen zu lenken, als sie gänzlich unterdrücken zu wollen.
Tatsächlich, es wird durch einen Pfiff angezeigt, daß man die Pritsche herunterlassen darf.
»Für die Neuen!« höre ich eine grobe Stimme sagen. »Wenn Sie wollen, können Sie jetzt die Pritsche herunterlassen und sich niederlegen.« Ich behalte nur die Worte: Wenn Sie wollen ... Ich setze also meinen Marsch fort. Im Moment wäre es eine zu große Marter, schon schlafen zu gehen. Ich muß mich erst an diesen nach oben offenen Käfig gewöhnen. Eins, zwei, drei, vier, fünf – ich verfalle sofort wieder in den Rhythmus des Perpendikels, den Kopf gesenkt, die Arme hinter dem Rücken, mit immer gleich langen Schritten, das muß sein. Wie ein hin- und herschwingendes Pendel gehe ich unaufhörlich auf und ab. Ein Schlafwandler. Wenn ich nach den fünf Schritten an der Mauer anlange, sehe ich sie nicht

einmal. Ich streife sie nur leicht bei meiner Umkehr in diesem unermüdlichen Marathonlauf, der nirgends hinführt, dessen Ende nicht abzusehen ist.
Nein, Papi, wirklich, sie ist kein Jux, diese »Menschenfresserin«. Der Schatten des Postens wandert an der Mauer hin, wie drollig! Wenn man ihn den Kopf heben sieht, ist es noch deprimierender, man kommt sich vor wie ein Leopard in einem Graben, und oben geht der Jäger, der ihn gefangen hat, und beobachtet ihn. Der Eindruck ist gräßlich, und ich brauche Monate, um mich daran zu gewöhnen.
Ein Jahr hat dreihundertfünfundsechzig Tage. Zwei Jahre, das sind siebenhundertdreißig Tage, wenn kein Schaltjahr dabei ist. Ich muß lachen bei dem Gedanken: siebenhundertdreißig oder siebenhunderteinunddreißig, das ist doch egal ... Wieso ist das egal? Nein, es ist gar nicht dasselbe. Ein Tag mehr sind vierundzwanzig Stunden mehr, und vierundzwanzig Stunden sind lang. Siebenhundertdreißig Tage sind länger als vierundzwanzig Stunden. Wieviel Stunden sind das eigentlich? Bin ich imstande, das im Kopf auszurechnen? Wie fängt man das an? Das ist unmöglich. Aber warum eigentlich? Versuchen wir's! Hundert Tage, das sind zweitausendvierhundert Stunden, mal sieben, das ist ganz leicht, macht sechzehntausendachthundert Stunden, plus dreißig Tage zu vierundzwanzig Stunden, das macht siebenhundertzwanzig Stunden, also insgesamt: sechzehntausendachthundert plus siebenhundertzwanzig – wenn ich mich nicht geirrt habe: siebzehntausendfünfhundertzwanzig Stunden. Verehrter Herr Papillon, Sie haben siebzehntausendfünfhundertzwanzig Stunden totzuschlagen in diesem eigens für wilde Tiere angefertigten Käfig mit seinen glatten Wänden. Wie viele Minuten habe ich hier zu verbringen? Das ist nicht so interessant. Oder doch? Die Stunden, gut. Aber die Minuten? Übertreiben wir nicht, es interessiert mich einfach nicht. Ich werde sie mit etwas ausfüllen müssen, diese Tage, diese Stunden, diese Minuten und Sekunden mit mir allein! Wer kann wohl rechts von mir sein? Und links? Und hinter mir? Diese drei Männer müssen sich, wenn die Zellen besetzt sind, doch auch fragen, wer in 234 ist.
Ein leichtes Geräusch, so als ob hinter mir etwas in meine Zelle gefallen wäre. Was kann es sein? Sollte mein Nachbar so geschickt sein, mir oben drüber durch das Gitter etwas zuzuwerfen? Ich versuche auszunehmen, was es ist. Es sieht aus wie ein langes, schmales Stück Pappe. In dem Moment, wo ich es aufheben will, beginnt sich das Ding, das ich im Halbdunkel mehr errate als sehe, zu bewegen. Es läuft rasch an die Mauer. Ich zucke unwillkürlich zurück. Es beginnt die Mauer hinaufzuklettern und rutscht wieder zur Erde zurück. Die Wand ist zu glatt, es kann sich nicht festhalten. Ich lasse es den Aufstieg dreimal versuchen. Als es beim viertenmal wieder herunterfällt, zertrete ich es. Es fühlt sich weich an unter der Sohle. Was kann das sein? Ich knie nieder, um es mir anzu-

sehen. Endlich erkenne ich, was es ist – ein riesiger Tausendfüßler, mehr als zwanzig Zentimeter lang und gute zwei Finger breit. Mich überkommt ein solcher Ekel, daß ich nicht imstande bin, den Kadaver aufzuheben und in den Kloeimer zu werfen. Ich stoße ihn mit dem Fuß unter die Pritsche. Ich werde ihn mir morgen bei Tageslicht genauer ansehen. Ich werde noch viel Zeit haben, mir Tausendfüßler anzusehen! Sie fallen von da oben, vom Dach herunter. Ich werde es lernen müssen, sie über meinen Körper spazieren zu lassen, ohne sie zu fangen oder zu verjagen. Ich werde auch Gelegenheit haben, zu erfahren, wieviel Leiden mich ein einziger taktischer Fehler kosten kann, den ich mache, während sie über mich hinlaufen. Ein Stich dieses widerlichen Tieres kann bis zu zwölf Stunden Fieber erzeugen und brennt höllisch, sechs Stunden lang.

Das gibt auf alle Fälle eine Zerstreuung, eine Ablenkung von meinen Gedanken. Wenn wieder einer herunterfällt, und ich wache darüber auf, werde ich ihn mit dem Besen so lange wie möglich quälen oder mich damit amüsieren, ihn sich verstecken zu lassen, und ihn dann später zu suchen.

Eins, zwei, drei, vier, fünf ... Totale Stille. Aber schnarcht denn hier niemand? Hustet hier niemand? Wahrhaftig, die Hitze ist zum Ersticken. Und dabei ist es Nacht! Wie muß es erst bei Tag sein!

Es ist mir also bestimmt, mit Tausendfüßlern zusammenzuleben. Wenn das Wasser in dem Käfig unter dem Meer in Santa Marta stieg, kamen eine Menge von ihnen. Sie waren ganz klein, aber trotzdem von derselben Familie wie diese hier. In Santa Marta hat es zwar täglich Überschwemmungen gegeben, aber man konnte reden, rufen, singen. Oder man hörte die Schreie und das Irrereden zeitweiser oder endgültig Verrückter. Wenn ich die Wahl hätte, würde ich Santa Marta wählen.

Das ist unlogisch, was du da sagst, Papillon. Da unten waren alle der Ansicht, daß ein Mann das höchstens sechs Monate aushalten kann – hier aber muß man es länger aushalten, vier bis fünf Jahre. Und sogar länger. Eines ist es, jemanden dazu zu verurteilen, ein anderes, ob er es auch aushält, wozu man ihn verurteilt hat.

Wie viele bringen sich hier wohl um? Blödsinn. Wie soll man sich hier umbringen? Das geht doch gar nicht. Oder doch? Es wäre nicht ganz leicht, aber man könnte sich zum Beispiel erhängen. Man macht sich aus seiner Hose einen Strick, befestigt daran den Besen, steigt auf die Pritsche und wirft die Schnur da oben über eine dieser Eisenstangen. Der Posten oben wird die Schnur wahrscheinlich gar nicht bemerken. Und wenn er vorbei ist, baumelst du bereits im Leeren. Und wenn er zurückkommt, ist es aus mit dir. Er wird sich übrigens nicht beeilen, herunterzukommen, die Zelle zu öffnen und dich abzunehmen. Die Zelle öffnen? Das kann er nicht. Es steht doch an der Tür: »Diese Tür darf nur mit Erlaubnis der Direktion geöffnet werden«. Dann ist also nichts zu befürchten. Wenn einer

sich umbringen will, hat er genug Zeit dazu, bevor man ihn »auf höhere Weisung« herunterholt.
Alles, was ich hier niederschreibe, ist vielleicht für Menschen, die Aktivität und Tumult lieben, nicht sehr aufregend und interessant. Wenn ich sie langweile, dürfen sie diese Seiten überspringen. Diese Eindrücke und Gedanken überfielen mich jedoch bei meinem ersten Kontakt mit der neuen Zelle, und ich glaube, daß ich die Reaktionen der ersten Stunden meiner Grablegung so genau wie möglich schildern muß.
Ich marschiere noch lange Zeit. Nachts höre ich ein Gemurmel – die Wachablöse. Der erste war ein langer Dünner, jetzt ist es ein kurzer Dicker. Er hat einen schleppenden Gang. Man hört das schlurfende Geräusch seiner Pantoffeln zwei Zellen weit, vorher und nachher. Er ist nicht hundertprozentig leise wie sein Kollege, den er abgelöst hat. Ich wandere noch immer. Wie spät mag es sein? Morgen werde ich nicht mehr ganz ohne Zeitberechnung leben. Dank der vier Male, die sich das Fensterchen in der Tür täglich öffnet, werde ich ungefähr die Zeit wissen. Und wenn ich nachts einmal die Dauer der ersten Wache weiß, werde ich ein gutfunktionierendes Zeitmaß haben: erste, zweite, dritte Wache und so weiter.
Eins, zwei, drei, vier, fünf ... Automatisch nehme ich die endlose Promenade wieder auf und enteile mit zunehmender Müdigkeit in die Vergangenheit. Ich sehe mich – wahrscheinlich als Kontrast zu der Finsternis in der Zelle – im vollen Sonnenschein auf dem Strand meines Stammes sitzen. Das Boot, mit dem Lali fischt, schaukelt zweihundert Meter vor mir auf der unvergleichlichen, opalgrünen See. Ich scharre mit den Füßen im Sand. Zoraima bringt mir einen fetten, über der Holzkohlenglut gegrillten Fisch, den sie in ein Bananenblatt gewickelt hat, um ihn warm zu halten. Ich esse ihn, mit den Händen natürlich, und sie sitzt mir mit gekreuzten Beinen gegenüber und schaut mir zu. Sie freut sich darüber, daß sich so viele große Fleischstücke von dem Fisch ablösen lassen, und liest in meinem Gesicht die Befriedigung über das köstliche Mahl. Ich bin nicht mehr in der Zelle und weiß auch nichts mehr vom Zuchthaus, von Saint-Joseph und den Inseln. Ich wälze mich im Sand und säubere mir die Hände, indem ich sie mit dem mehlfeinen Korallensand abreibe. Dann gehe ich ans Meer und spüle mir mit dem kristallklaren Wasser den Mund aus, schöpfe Wasser mit den Händen und wasche mir das Gesicht. Beim Abreiben des Halses fällt mir auf, wie lang meine Haare geworden sind. Wenn Lali wieder da ist, werde ich mir den Hals hinten ausrasieren. Die ganze Nacht verbringe ich bei meinem Stamm. Ich nehme Zoraima das Hüfttuch ab, und umschmeichelt von der Meeresbrise nehme ich sie bei hellem Sonnenschein. Sie stöhnt verliebt, wie sie es gerne tat, wenn es ihr so recht Vergnügen machte. Vielleicht trägt der Wind diese verliebte Musik bis hin zu Lali. Auf jeden Fall weiß Lali da-

von, sie ist uns zu nahe, um nicht genau zu sehen, daß wir uns paaren. Und lieben! Sie muß uns sehen, das Boot kommt bereits an die Küste zurück. Lächelnd steigt sie an Land. Während der Rückfahrt hat sie sich die Zöpfe abgenommen und mit den langen Fingern die feuchten Haare ausgekämmt, die bei dem Wind und der Sonne des herrlichen Tages rasch trocknen. Ich gehe auf sie zu. Sie schlingt den rechten Arm um meine Mitte und drängt mich über den Strand zur Hütte zurück. »Ich auch, ich auch«, gibt sie mir zu verstehen. In der Hütte angekommen, wirft sie mich auf eine zusammengelegte Hängematte auf dem Boden, und so gebettet, vergesse ich in ihr die Welt. Zoraima ist klug. Sie kommt nicht früher herein, als bis sie annimmt, daß unser Spiel beendet ist. Erst als Lali und ich, gesättigt von der Liebe, nackt nebeneinander auf der Hängematte ruhen, ist sie wieder da, setzt sich zu uns, tätschelt der Schwester die Wangen und sagt zu ihr immer wieder ein Wort, das so etwas wie »Naschkatze« bedeuten muß. Dann legt sie uns beiden mit schamhafter Zärtlichkeit jedem sein Hüfttuch um. Die ganze Nacht treibe ich mich in Goajira herum, ich habe kein Auge zugetan. Ich habe mich nicht einmal niedergelegt, um die Szenen mit geschlossenen Lidern zu genießen. Wie hypnotisiert, ohne jede Willensanstrengung, habe ich mich während meines unermüdlichen Marsches an dem schönen, köstlichen Tag berauscht, der nun schon fast sechs Monate zurückliegt ...
Das Licht geht aus, und man sieht, daß es Tag wird. Er dringt bis hierher in das Halbdunkel der Zelle und verjagt die schwebende Ungewißheit, die alles um mich eingehüllt hat. Ein Pfiff. Ich höre, wie die Pritschen an die Wand zurückgeschlagen werden, und sogar wie mein rechter Nachbar den Haken in den in der Mauer eingelassenen Ring steckt. Mein Nachbar hustet, und ich höre Wasser plätschern. Wie wäscht man sich hier eigentlich?
»Herr Aufseher, wie wäscht man sich hier?«
»Sie sind entschuldigt, Zuchthaussträfling, weil Sie es nicht wissen. Es ist verboten, mit einem Aufseher ohne Erlaubnis zu reden, das zieht sonst eine schwere Strafe nach sich. Wenn Sie sich waschen wollen, stellen Sie sich über den Abtritteimer, schütten sich mit der einen Hand den Topf Wasser über den Leib und waschen sich mit der andern. Sie haben Ihre Decke nicht benützt?«
»Nein.«
»In der liegt ein Leinenhandtuch.«
Also so ist das. Man ist nicht berechtigt, mit dem Wachtposten zu reden. Aus welchem Grund eigentlich? Und wenn man irgendwelche Schmerzen hat? Wenn man am Krepieren ist? Einen Herzanfall bekommt, eine Blinddarmentzündung oder starkes Asthma? Ist es auch in Todesgefahr verboten, um Hilfe zu rufen? Das ist die Höhe! – Aber nein, es ist völlig normal. Sonst wäre es ja zu einfach, einen Skandal zu machen, wenn man am Ende seiner Widerstandskraft ist und einem die Nerven reißen. Keine Stimme, kein Wort,

nicht einmal ein »Krepier, aber halt's Maul!« Nichts. Und ganz klar, warum. Sonst würden ja zwanzigmal am Tag zwanzig von den zweihundertfünfzig, die es hier geben mag, einen Streit vom Zaun brechen, um den Gasdruck in ihren Gehirnen loszuwerden.

Ein Psychiater kann es nicht gewesen sein, der die Idee hatte, diesen Löwenkäfig zu bauen, ein Arzt würde sich nicht so tief erniedrigen. Es war auch kein Jusdoktor, der alle diese Verordnungen erließ. Aber sowohl der Architekt wie der Funktionär, die daran zusammen gearbeitet und den Strafverlauf bis ins letzte ausgeheckt haben, sind einer wie der andere widerwärtige Ungeheuer, verbrecherische Psychologen, voll von sadistischem Haß gegen die Verurteilten.

Das Echo der Martern und der schlechten Behandlung, die dem einen oder anderen Sträfling in den zwei Etagen tief unter der Erde liegenden Kellerlöchern der Zentrale von Caen widerfahren, könnte eines Tages durchsickern und an die Öffentlichkeit gelangen; die Angst in den Gesichtern der Wärter, als sie mir dort die Fesseln und Daumenschrauben abnahmen, hat es mir bewiesen! Aber hier, in diesem Zuchthaus des Bagnos, zu dem nur die Funktionäre der Verwaltung Zutritt haben, können sie beruhigt sein, hier kann ihnen nichts passieren.

Klack, klack, klack, klack – die Fenster in den Türen werden geöffnet. Ich gehe an meines heran, riskiere ein Auge, dann stecke ich den Kopf ein wenig hinaus, schließlich den ganzen. Links und rechts von mir sind eine Menge Köpfe zu sehen. Aha, ich verstehe! Kaum werden die Fenster geöffnet, steckt jeder den Kopf hinaus. Der rechts von mir schaut mich ohne jeden Ausdruck im Blick an. Vermutlich vor lauter Onanieren verblödet. Er ist blaß und fett, kein Funken Leben spricht aus seinem armen Idiotengesicht.

»Wieviel?« fragt mich der von links rasch.

»Zwei Jahre.«

»Ich hab vier. Eines ist schon vorbei. Wie heißt du?«

»Papillon.«

»Ich heiße Georges. Jojo l'Auvergnat. Wo bist du geschnappt worden?«

»In Paris. Und du?«

Er hat keine Zeit mehr, zu antworten. Der Kaffee und das Stück Brot sind zwei Zellen weiter angekommen. Er zieht den Kopf zurück, ich auch. Ich strecke meinen Becher vor, man gießt mir Kaffee ein, dann reicht man mir das Brot. Da ich nicht schnell genug danach greife, klappt das Fenster zu, und mein Brot rollt zu Boden. Nach einer knappen Viertelstunde herrscht wieder tiefes Schweigen. Es muß hier zwei Verteilungen zugleich geben, je eine pro Gang, darum geht das so schnell. Mittags gibt es eine Suppe mit einem Stück Fleisch darin, abends einen Teller Linsen. Während der ganzen zwei Jahre gibt es nur abends Abwechslung: Linsen, rote Bohnen, Erbsenpüree, Kichererbsen, weiße Bohnen, Reis. Mittags gibt es immer dasselbe.

Alle vierzehn Tage steckt man den Kopf durch das Guckfenster, und ein Sträfling rasiert uns mit einer feinen Haarschneidemaschine den Bart.

Ich bin schon drei Tage hier. Etwas geht mir nicht aus dem Kopf. Meine Freunde haben mir auf der Île Royale versprochen, mir etwas zu essen und zu rauchen zu schicken. Ich habe noch nichts bekommen und frage mich, wie sie dieses Wunder zustande bringen wollen. Es wundert mich gar nicht, daß ich noch nichts habe. Rauchen muß sehr gefährlich sein und ist auf alle Fälle ein Luxus. Essen, ja, das wäre gesund, denn die Suppe mittags ist nichts als warmes Wasser mit zwei, drei Blättchen Grün darin und einem gekochten Fleischstück von vielleicht hundert Gramm. Auch abends ist es nicht mehr als eine Schöpfkelle voll Wasser, in dem ein paar Bohnen oder etwas Dörrgemüse schwimmen. Offengestanden habe ich den Verdacht, daß das weniger an der Verwaltung liegt als an den Zuchthäuslern, die das Essen austeilen und zubereiten. Der Gedanke kommt mir, als eines Abends ein kleiner Marseiller das Gemüse verteilt. Er greift mit dem Schöpfer bis auf den Grund des Kessels, und ich habe auf einmal mehr Gemüse als Wasser. Die andern machen es umgekehrt. Sie rühren ein wenig um und nehmen von dem, was oben schwimmt. Und Unterernährung ist äußerst gefährlich. Um Willenskraft zu besitzen, braucht man eine gewisse physische Kraft.

Im Gang wird gekehrt. Ich finde, daß vor meiner Zelle besonders lang gekehrt wird. Das Stroh kratzt einen Augenblick an meiner Tür. Ich sehe genau hin und entdecke ein Stück weißes Papier. Man hat mir etwas unter die Tür geschoben! Aber man hat es nicht tief genug hineinschieben können. Er wartet darauf, daß ich es hereinziehe, ehe er weiterkehrt. Ich ziehe das Papier herein und entfalte es. Es ist mit phosphoreszierender Tinte beschrieben. Ich warte, bis der Wärter fort ist. Dann lese ich:

»Von morgen an werden jeden Tag im Abritteimer fünf Zigaretten und eine Kokosnuß sein. Kau die Kokosnuß gut, wenn sie Dir anschlagen soll. Schlürfe das Innere aus. Rauche morgens, während man die Eimer ausleert. Niemals nach dem Frühstückskaffee, aber mittags, wenn du die Suppe gegessen hast, und abends nach dem Gemüse. Anbei ein Stück Bleistiftmine. Immer wenn Du etwas brauchst, schicke ein Stück von dem beiliegenden Papier. Wenn Du den Besen an der Tür hörst, so kratze selbst mit dem Finger. Wenn man zurückkratzt, schieb das Papier unter die Tür. Aber schiebe es nie durch, bevor man auf Dein Kratzen geantwortet hat. Steck das Papier in Dein Ohr, damit Du es nicht aus dem Stöpsel nehmen mußt, und die Mine legst Du irgendwo an den Mauerrand in Deiner Zelle. Nur Mut! Wir umarmen Dich. Ignace – Louis.«

Die Nachricht ist also von Galgani und Dega. Mir wird wohl ums Herz. So treue, ergebene Freunde zu haben, das hält warm. Es bestärkt mich in dem Glauben, lebend aus dieser Gruft herauszukommen. Mein Schritt klingt munterer, fröhlicher: eins, zwei, drei, vier, fünf – kehrt. Während ich gehe, überlege ich, wieviel Edelmut und wieviel Verlangen, Gutes zu tun, doch in diesen beiden Männern steckt. Sie riskieren gewiß sehr viel, am Ende ihre Posten als Buchhalter und Briefträger. Es ist wirklich großartig, daß sie das für mich tun, ohne ein Wort darüber zu verlieren, daß sie das teuer zu stehen kommen kann. Wie viele Menschen müssen sie bestechen, um von der Île Royale bis zu mir in den Käfig der »Menschenfresserin« zu gelangen.
Der Leser muß verstehen, daß eine trockene Kokosnuß viel Öl enthält. Wenn man sechs Nüsse schält und nichts als ihr Mark in warmem Wasser aufweicht, schwimmt am folgenden Tag an der Oberfläche ein Liter Öl. Dieses Öl, dessen wertvolle Fettstoffe uns bei unserer Verpflegung am meisten abgehen, ist auch sehr vitaminreich. Eine Kokosnuß täglich, und unsere Gesundheit ist sichergestellt. Zumindest kann man den Wassergehalt seines Blutes auf der nötigen Höhe erhalten und geht nicht an Körperschwäche zugrunde.
Es ist jetzt bereits zwei Monate her, daß ich, ohne Zwischenfall, zu essen und zu rauchen bekomme. Beim Rauchen bin ich vorsichtig wie ein Sioux. Ich inhaliere tief, dann lasse ich den Rauch in winzigen Portionen heraus und verjage ihn mit der offenen Hand wie mit einem Fächer.
Gestern ist etwas Sonderbares passiert, und ich weiß nicht, ob ich richtig oder falsch reagiert habe. Ein Aufseher hat sich oben auf dem Steg über das Geländer gebeugt und in meine Zelle geschaut. Er hat sich eine Zigarette angezündet, hat kurz daran gezogen und sie dann in meine Zelle herunterfallen lassen. Danach ist er weitergegangen. Ich habe gewartet, bis er wieder zurück war, und habe dann die Zigarette vor seinen Augen ausgetreten. Er blieb kurz stehen, und nachdem er genau gesehen hatte, was ich tat, ist er wieder gegangen. Hat er Mitleid mit mir gehabt? Oder schämte er sich für die Verwaltung, der er angehört? Oder sollte es eine Falle sein? Ich weiß es nicht, und das beschäftigt mich. Wenn man leidet, wird man überempfindlich. Es wäre mir unangenehm, wenn er vielleicht sekundenlang gut sein wollte und ich ihn mit meiner verächtlichen Geste gekränkt habe.
Es ist tatsächlich schon mehr als zwei Monate her, daß ich hier bin. Dieses Zuchthaus ist das einzige Gefängnis, in dem es für mich nichts zu lernen gibt. Es gibt hier nichts zu kombinieren ... Ich bin sehr geübt darin, mich zu verdoppeln, ich habe eine unfehlbare Taktik darin. Um wieder frei unter Sternen zu wandeln, um mühelos an den verschiedenen Stationen meiner Kindheit oder meiner Vergangenheit herumzuspazieren oder überraschend reale Luftschlösser

zu bauen, muß ich mich vorher sehr ermüden. Ich muß stundenlang ohne Unterbrechung auf und ab gehen und dabei ganz normal an irgend etwas denken. Wenn ich dann buchstäblich nicht mehr kann, strecke ich mich auf meiner Pritsche aus, lege den Kopf auf ein Stück meiner Decke und schlage mir das andere übers Gesicht. Wenn dann die Luft der Zelle bereits verdünnt an meine Lippen gelangt und ich sie mit knapper Müh und Not durch die Decke in meine Nase saugen kann, scheint in meinen Lungen eine Art Scheintod zu entstehen. Mein Kopf beginnt zu glühen. Ich ersticke vor Hitze, ringe nach Luft und beginne auf einmal zu fliegen. Ah, dieses Flüstern der Seele, was für unbeschreibliche Empfindungen weckt das in mir! Ich habe Liebesnächte durchlebt, intensiver als in der Zeit meiner Freiheit, aufwühlender und erregender als die echten, die ich wirklich erlebte. Ja diese Fähigkeit, durch das Weltall zu reisen, erlaubt mir, mich neben meine Mutter zu setzen, die seit siebzehn Jahren tot ist. Ich spiele mit ihrem Kleid, und sie streicht mir über die Locken, die sie mich mit fünf Jahren wie ein kleines Mädchen sehr lang tragen ließ. Ich streichle über die seidenweiche Hand ihrer langen schönen Finger. Sie lacht mit mir über meinen beharrlichen Wunsch, in den Fluß zu springen wie die großen Jungen, die ich eines Tages auf einem Spaziergang schwimmen sah. Die geringste Einzelheit ihrer Frisur, das zärtliche Leuchten ihrer hellen, funkelnden Augen, ihre sanften, unvergeßlichen Worte: »Mein kleiner Riri, sei vernünftig, sehr vernünftig, damit deine Mama dich sehr lieb haben kann. Später, wenn du größer bist, wirst auch du von sehr, sehr hoch in den Fluß springen. Jetzt bist du noch zu klein, mein Schatz. Aber der Tag, an dem du erwachsen sein wirst, wird sehr schnell, viel zu schnell da sein.« Und meine Hand in ihrer Hand, gehe ich mit ihr den Fluß entlang heim ... Und nun befinde ich mich wirklich im Haus meiner Eltern. Ich lege beide Hände über die Augen meiner Mama, damit sie die Noten nicht lesen kann und mir trotzdem auf dem Pianino weiter vorspielt. Ich befinde mich wirklich dort, nicht nur in der Phantasie. Ich bin bei ihr, steige auf einen Stuhl hinter dem Drehhocker, auf dem sie sitzt, und strecke weit die kleinen Hände aus, um ihr die Augen zu verdecken. Ihre flinken Finger eilen leicht über die Tasten des Pianinos und spielen die »Lustige Witwe« zu Ende.

Weder der unmenschliche Staatsanwalt noch die Polizisten mit ihrer fragwürdigen Anständigkeit, weder der elende Polein, der seine Freiheit um den Preis einer falschen Zeugenaussage verkauft hat, noch die zwölf Käsegesichter, die idiotisch genug waren, der Anklage und ihrer zweifelhaften Auslegung widerspruchslos zu folgen, auch nicht die Posten des Zuchthauses, die würdigen Helfershelfer der »Menschenfresserin«, niemand, absolut niemand, auch nicht die dicken Mauern noch die Abgeschiedenheit dieser einsamen Insel im Atlantik, nichts, absolut nichts, weder etwas Geistiges noch etwas Stoffliches kann mich an diesen köstlichen, in rosige Glück-

seligkeit getauchten Reisen hindern; kann mich daran hindern, wieder unter den Sternen zu wandeln.
Ich hatte also unrecht, als ich bei der Berechnung der Zeit, die ich mit mir allein verbringen muß, nur an die Stunden dachte. Das war ein Irrtum. Es gibt Momente, in denen man sie nach Minuten berechnen muß. Zum Beispiel wenn nach der Verteilung des Frühstücks am Morgen das Leeren der Eimer beginnt, ungefähr eine Stunde später. Erst wenn die leeren Eimer zurückgebracht werden, finde ich meine Kokosnuß vor, die fünf Zigaretten und manchmal auch einen mit Leuchttinte geschriebenen Zettel. Nicht immer, aber oft zähle ich dann auch die Minuten. Das ist ganz einfach, denn ich rechne eine Sekunde pro Schritt, und im Moment des Umkehrens, alle fünf Schritte also, zähle ich im Geist: eins. Beim zwölftenmal macht das eine Minute. Doch glauben Sie ja nicht, daß ich Angst davor habe, ob ich die Kokosnuß auch bekomme, die für mich lebenswichtig ist, oder die Zigaretten, dieses unaussprechliche Vergnügen, zehnmal in vierundzwanzig Stunden rauchen zu dürfen (denn ich mache aus jeder Zigarette zwei). Das nicht. Nein. Aber manchmal packt mich beim Frühstück ohne besonderen Grund die Angst, daß den Männern, die für mich ihre Ruhe aufs Spiel setzen, die mir so großzügig helfen, bereits etwas passiert sein könnte ... Dann warte ich und bin erst erleichtert, wenn ich die Kokosnuß vor mir sehe. Sie ist da, also ist alles gutgegangen. Für *sie*.
Träge, sehr träge gehen die Stunden hin, die Tage, die Wochen, die Monate. Ich bin fast ein Jahr hier. Vor genau elf Monaten und zwanzig Tagen habe ich mich zum letztenmal mit jemandem unterhalten, höchstens vierzig Sekunden lang. In abgehackten Worten, mehr gehaucht als gesprochen.
Ich habe mich verkühlt und huste viel. In der Meinung, daß mich das berechtigen würde, zur Visite zu gehen, trage ich »Blässe« zur Schau.
Der Doktor kommt. Zu meinem größten Erstaunen öffnet sich das Fenster in der Tür, und in der Öffnung erscheint der Kopf.
»Was haben Sie? Was fehlt Ihnen? Die Bronchien? Drehen Sie sich um. Husten Sie!«
Nein, so etwas! Ist das ein Scherz? Nein, es ist ernst. Es hat sich ein Tropenarzt gefunden, der mich aus fast einem Meter Entfernung durch das Guckfenster untersucht, sich mit dem Ohr voraus durch die Öffnung beugt, um mich abzuhorchen. »Strecken Sie den Arm her«, sagt er dann. Ich strecke wie eine Marionette meinen Arm vor und sage zu dem fremden Mann aus einem Gefühl von Respekt gegen mich selbst: »Danke, Herr Doktor, bemühen Sie sich nicht, es lohnt sich nicht, es lohnt sich nicht.« Ich habe wenigstens die Charakterstärke aufgebracht, ihm zu zeigen, daß ich von seiner Untersuchung nichts halte.
»Wie du willst«, antwortet er zynisch und geht. Zum Glück. Denn ich zerplatze fast vor Wut.

Eins, zwei, drei vier, fünf – kehrt. Eins, zwei, drei, vier, fünf – kehrt. Ich gehe, gehe unermüdlich, ohne anzuhalten, gehe heute voll Wut, meine Beine sind gestreckt, nicht locker wie sonst. Als müßte ich etwas zertreten, nach dieser Begebenheit. Was kann ich hier schon zertreten? Ich habe Beton unter den Füßen. Und doch zertrete ich etwas im Gehen. Die Schlappheit dieses Quacksalbers, der sich der Verwaltung zu Gefallen auf etwas so Schimpfliches einläßt. Ich zertrete die Gleichgültigkeit einer Menschenklasse gegen die Leiden und Schmerzen einer anderen. Ich zertrete die Ungewißheit des französischen Volkes, seinen Mangel an Interesse oder Neugierde, zu erfahren, wohin denn die Menschenladungen kommen, die alle zwei Jahre von Saint-Martin-de-Rè abgehen, und wie sie behandelt werden. Ich zertrete die Journalisten der Skandalblätter, die, nachdem sie über einen Mann wegen eines bestimmten Verbrechens skandalöse Artikel geschrieben haben, total vergessen, daß er auch einige Monate später noch lebt. Ich zertrete die katholischen Priester, die Beichten entgegennehmen und wissen, was im französischen Bagno vorgeht, und die dazu schweigen. Ich zertrete das System einer Prozeßführung, die auf Redegefechten zwischen dem Ankläger und dem Verteidiger aufgebaut ist. Ich zertrete die Organisation der Liga der Menschen- und Bürgerrechte, die nicht die Stimme erhebt, um zu sagen: »Haltet eure Guillotine trocken, schafft den Massensadismus der Verwaltungsbeamten ab!« Ich zertrete jede Vereinigung und Gemeinschaft, die die Verantwortlichen dieses Systems niemals danach fragt, wie und warum von denen, die den Weg in die Hölle antreten, alle zwei Jahre achtzig Prozent verschwinden. Ich zertrete die offiziellen Todesbescheinigungen der Ärzte: Selbstmord, Körperschwäche, Tod durch ständige Unterernährung, Skorbut, Tuberkulose, Tobsucht, Geistesschwäche und was weiß ich noch alles. Auf jeden Fall aber gehe ich nach dieser Begebenheit nicht mehr normal. Mit jedem Schritt muß ich etwas zermalmen.
Eins, zwei, drei, vier, fünf ... Die Stunden schleichen, belastet von der Müdigkeit meiner stummen Revolte.
Noch zehn Tage, und ich habe genau die Hälfte meiner Zuchthausstrafe hinter mir. Das wird eine herrliche Jahresfeier, denn abgesehen von meiner starken Grippe, erfreue ich mich bester Gesundheit. Ich bin nicht verrückt und auch nicht auf dem Wege, es zu werden. Ich bin sicher, sogar hundertprozentig sicher, lebend und völlig im Gleichgewicht Ende des kommenden Jahres dieses Zuchthaus zu verlassen.
Ich erwache von gedämpften Stimmen. Ich horche.
»Er ist ganz kalt, Herr Durand. Wieso haben Sie das nicht früher bemerkt?«
»Ich weiß nicht, Chef. Weil er sich da in dem Winkel seitlich vom Steg erhängt hat, habe ich ihn nicht bemerkt, obwohl ich öfter vorbeigegangen bin.«

»Es ist ja nicht so wichtig, aber geben Sie doch zu, daß es unlogisch ist, daß Sie ihn nicht bemerkt haben wollen.«

Mein Nachbar links hat Selbstmord begangen. So verstehe ich es wenigstens. Sie tragen ihn fort. Die Tür schließt sich. Die Verordnungen wurden strikt befolgt, denn die Tür wurde »auf höhere Weisung« geöffnet. Ich habe den Chef des Zuchthauses an der Stimme erkannt. Es war der fünfte Häftling, der innerhalb von zehn Wochen aus meiner Umgebung verschwunden ist.

Der Tag der Jahresfeier ist da. Ich habe im Eimer eine Dose Nestlemilch gefunden. Eine komplette Narrheit meiner Freunde. Sie ist verrückt teuer, und das Risiko, daß sie anlangt, sehr groß. Es ist ein Tag des Triumphes über mein Schicksal. Ich habe mir auch versprochen, nicht mehr in andere Regionen zu entschweben. Ich bin im Zuchthaus. Seit meiner Ankunft ist ein Jahr vergangen, und ich fühle mich imstande, morgen auszubrechen, wenn ich die Gelegenheit dazu hätte. Eine Feststellung, auf die ich stolz bin.

Durch den Gangkehrer erhalte ich am Nachmittag ungewohnterweise ein Wort von meinen Freunden. »Mut! Du hast nur noch ein Jahr vor Dir. Wir wissen, daß Du gesund bist. Uns geht es normal. Wir umarmen Dich. Louis – Ignace. Wenn Du kannst, laß uns durch den, der das bringt, ein paar Worte zukommen.«

Auf den kleinen weißen Zettel, der wie ein Brief zusammengelegt ist, schreibe ich: »Danke für alles. Ich bin stark und hoffe, es dank Eurer Hilfe auch in einem Jahr noch zu sein. Habt Ihr Nachrichten von Clousiot und Maturette?« Wirklich, der Feger kommt wieder und kratzt an der Tür. Schnell stecke ich das Papier durch, das sofort verschwindet. Den ganzen Tag und einen Teil der Nacht hindurch bleibe ich auf der Erde, und das wiederholt sich immer öfter, getreu meinem Versprechen. Ein Jahr noch, dann werde ich wieder auf eine der Inseln geschickt. Auf Royale oder Saint-Joseph? Ich werde mich daran berauschen, zu reden, zu rauchen und sehr rasch an die nächste Flucht zu denken.

Ich beginne die ersten der dreihundertfünfundsechzig Tage, die mir noch bleiben, voll Vertrauen zu meinem Schicksal. Für die folgenden acht Monate sollte ich recht behalten. Aber im neunten kommt es zu einer bösen Wendung. Eines Morgens wurde der Überbringer der Kokosnuß genau in dem Moment erwischt, als er den Eimer zurückschob, in den er bereits die Kokosnuß und die fünf Zigaretten gelegt hatte.

Dieser Vorfall war ein so schwerer Verstoß, daß sie minutenlang auf das Schweigeverbot vergaßen. Die Schläge, die der Unglückliche erhielt, waren deutlich zu hören. Dann das Röcheln eines schwer Getroffenen. Mein Guckfenster öffnet sich, und der blutrote Schädel eines Wärters erscheint darin.

»Du kannst dich auf etwas gefaßt machen!« brüllt er.

»Ich stehe dir zur Verfügung, du Idiot!« antworte ich, angewidert bis oben von dem, was man dem armen Burschen, nach dem Gehörten zu urteilen, angetan haben muß.

Das war um sieben Uhr früh. Erst um elf Uhr kommt eine Delegation, angeführt von dem Zweiten Kommandanten, um mich zu holen. Die Tür, die sich vor zwanzig Monaten hinter mir geschlossen hat, wird aufgesperrt. Ich stehe mit dem Becher in der Hand, hinten in der Zelle, entschlossen, mich mit so vielen Schlägen wie möglich zu verteidigen. Erstens, damit mich die Posten nicht ungestraft schlagen, zweitens, um möglichst schnell tot zu sein.

Aber nichts von alldem geschieht.

»Zuchthaussträfling, kommen Sie heraus!«

»Wenn Sie mich schlagen wollen, warten Sie, bis ich mich verteidigen kann. Ich möchte nicht hinausgehen, um von allen Seiten überfallen zu werden. Ich bleibe lieber hier und schlage den ersten, der mich anrührt, nieder.«

»Wir werden Sie nicht schlagen, Charrière.«

»Wer garantiert dafür?«

»Ich, der Zweite Kommandant des Zuchthauses.«

»Haben Sie ein Ehrenwort?«

»Beleidigen Sie mich nicht, damit erreichen Sie nichts. Ich verspreche Ihnen auf Ehre, daß Sie nicht geschlagen werden. Gehen Sie!«

Ich werfe einen Blick auf den Becher.

»Den können Sie behalten, Sie werden sich seiner nicht zu bedienen brauchen.«

»Na schön.« Ich verlasse die Zelle und gehe, von sechs Aufsehern und dem Zweiten Kommandanten begleitet, den Gang hinunter. Im Hof angekommen, muß ich den Kopf abwenden, die Augen schmerzen mich vom Licht, ich kann sie nicht offenhalten. Endlich sehe ich das kleine Gebäude, in dem wir seinerzeit empfangen wurden. Ein Dutzend Aufseher sind da. Ohne mich zu stoßen, läßt man mich in den Raum »Verwaltung« eintreten. Auf dem Boden liegt stöhnend ein Mann, dem das Blut herunterläuft. Auf der Uhr an der Wand vor mir ist es elf, und ich denke: Sie haben ihn vier Stunden lang gefoltert, den armen Kerl. Der Kommandant sitzt hinter seinem Schreibtisch, der Zweite sitzt neben ihm.

»Charrière, seit wann haben Sie zusätzlich zu essen und Zigaretten bekommen?«

»Das wissen Sie ja bereits von dem da.«

»Ich frage *Sie*.«

»Ich leide an Gedächtnisschwund. Ich weiß nicht, was einen Tag vorher war.«

»Wollen Sie sich über mich lustig machen?«

»Nein, ich wundere mich, daß es in meinem Akt nicht vermerkt ist. Ich habe durch einen Schlag auf den Kopf mein Gedächtnis verloren.«

Der Kommandant ist über die Antwort so verblüfft, daß er sagt: »Fragen Sie auf Royale an, ob so etwas über ihn vermerkt ist.«
»Aber Sie erinnern sich wohl, daß Sie Charrière heißen?« fährt er fort, während man telephoniert.
»Das ja.« Und um ihn noch mehr zu verwirren, leiere ich rasch wie ein Automat herunter: »Ich heiße Charrière, bin 1906 im Departement Ardèche geboren und wurde in Paris, Seine, zu Lebenslänglich verurteilt.«
Er macht Augen, rund wie Billardkugeln. Ich fühle, daß er unsicher wird.
»Haben Sie heute Ihren Kaffee und Ihr Brot bekommen?«
»Ja.«
»Was für ein Gemüse haben Sie gestern abend bekommen?«
»Das weiß ich nicht.«
»Warum glauben Sie, Ihr Gedächtnis verloren zu haben?«
»Was vorbei ist, weiß ich nicht. Gesichter – ja. Zum Beispiel weiß ich, daß Sie mich empfangen haben. Wann, weiß ich nicht mehr.«
»Dann wissen Sie auch nicht, wieviel Zeit Sie hier noch abzusitzen haben?«
»Bei Lebenslänglich? Bis ich sterbe, natürlich.«
»Aber nein, ich meine doch Ihre Zuchthausstrafe!«
»Ich habe eine Zuchthausstrafe? Warum?«
»Ach – also das ist die Höhe! Herrgott, du bringst mich noch ganz aus der Fassung! Du willst doch nicht behaupten, daß du dich nicht daran erinnerst, daß du für einen Fluchtversuch, oder für mehrere, zwei Jahre Zuchthaus bekommen hast!«
Jetzt bin *ich* sprachlos.
»Für einen Fluchtversuch? Ich? Herr Kommandant, ich bin ein seriöser Mann und imstande, Verantwortung auf mich zu nehmen. Kommen Sie mit mir und sehen Sie sich meine Zelle an, dann werden Sie sehen, ob ich geflohen bin.«
In diesem Moment sagt einer der Posten: »Sie werden aus Royale verlangt, Herr Kommandant.«
Er geht ans Telephon. »Es gibt nichts? Das ist sonderbar. Er behauptet, durch einen Schlag das Gedächtnis verloren zu haben ... Die Ursache? Ein Schlag auf den Kopf ... Verstehe. Er simuliert. Aus ihm herausholen ... Gut. Entschuldigen Sie, Kommandant. Ich werde der Sache nachgehen. Auf Wiedersehen! Wie? Ja, ich halte Sie auf dem laufenden.«
»Na, du Komödiant, laß einmal deinen Kopf ansehen! Ach ja, da ist eine recht lange Narbe. Wie kommt es, daß du dich daran erinnerst, seit dem Schlag das Gedächtnis verloren zu haben, hm? Sag mir das!«
»Ich kann das nicht erklären. Ich stelle fest, daß ich mich an den Schlag erinnere, daß ich Charrière heiße und noch verschiedenes andere.«
»Hm, was soll man da sagen oder machen?«

»Das ist es ja, was zur Debatte steht. Sie fragen mich, seit wann man mir zu essen und zu rauchen schickt. Ich kann Ihnen nur sagen: ich weiß nicht, ob es einmal war, oder tausendmal. Weil ich an Gedächtnisschwund leide, kann ich nichts anderes antworten. Das ist alles, Sie können machen, was Sie wollen.«
»Was ich will, ist sehr einfach. Du hast eine Zeitlang zu viel gegessen, du wirst von jetzt an ein bißchen fasten. Abendmahlzeit bis zum Ende der Strafe gestrichen!«
Am selben Tage erhalte ich beim zweiten Kehren ein Briefchen. Leider kann ich es nicht lesen, weil es nicht mit Leuchttinte geschrieben ist. Nachts zünde ich mir eine Zigarette an, die mir noch vom Vortag geblieben ist. Sie ist beim Durchsuchen nicht entdeckt worden, so gut war sie in der Pritsche versteckt. Ich halte die Glut über das Papier, und es gelingt mir, folgendes zu entziffern: »Der Abtrittreiniger hat nichts gestanden. Er hat gesagt, daß er dir nur zweimal aus eigenem Antrieb etwas zu essen gebracht hat, weil er dich aus Frankreich her kannte. Niemandem auf Royale wird etwas geschehen. Nur Mut!«
So bin ich also der Kokosnuß, der Zigaretten und der Nachrichten meiner Freunde beraubt. Und obendrein hat man mir das Abendessen gestrichen. Ich war daran gewöhnt, keinen Hunger zu leiden, und die zehn Zigarettensitzungen hatten mich tagsüber und zum Teil auch nachts aufgemöbelt.
Ich denke an den armen Teufel, den sie meinetwegen halb totgeschlagen haben. Hoffen wir, daß er nicht zu grausam bestraft wird ... Eins, zwei, drei, vier, fünf – und kehrt ... Eins, zwei, drei, vier, fünf – und kehrt. Diese Hungerei wird nicht so leicht durchzustehen sein, vielleicht solltest du daraufhin deine Taktik ändern? Zum Beispiel so lange wie möglich liegenbleiben, um nicht zuviel Energie zu verschwenden? Je weniger ich mich bewege, desto weniger Kalorien verbrauche ich. Bleib tagsüber längere Zeit sitzen! Ich werde mich an eine ganz andere Lebensweise gewöhnen müssen. Vier Monate noch, das sind hundertzwanzig Tage. Wie lange braucht man bei so einer Diät, um anämisch zu werden? Mindestens zwei Monate. Ich habe also zwei qualvolle Monate vor mir. Wenn ich sehr geschwächt bin, werde ich allen möglichen Krankheiten ein herrliches Angriffsfeld bieten. Ich beschließe, abends sechs Stunden und morgens sechs Stunden liegenzubleiben. Vom Frühstückskaffee bis nach dem Absammeln der Eimer, das sind mehr oder weniger zwei Stunden, werde ich gehen. Zu Mittag, nach der Suppe, ungefähr zwei Stunden. Insgesamt also vier Stunden Marsch. Die übrige Zeit sitzen oder liegen.
Ohne ermüdet zu sein, werde ich kaum mehr davonschweben können. Ich werde es trotzdem versuchen.
Heute beginne ich, nachdem ich lange an meine Freunde und an den Unglücklichen dachte, dem es so übel ergangen war, mich in der neuen Tagesordnung zu üben. Es gelingt mir recht gut, obwohl

mir die Stunden jetzt länger vorkommen und es in meinen Beinen, die stundenlang untätig sind, zu kribbeln beginnt.

Die neue Lebensweise dauert nun schon zehn Tage. Ich habe ständig Hunger. Ich fühle schon eine Art konstanter Mattigkeit, die immer mehr von mir Besitz ergreift. Die Kokosnuß fehlt mir entsetzlich, und auch die Zigaretten gehen mir ab. Ich lege mich sehr früh nieder und entfliehe aus der Zelle. Gestern war ich in Paris, in der »Toten Ratte«, wo ich oft mit meinen Freunden Champagner getrunken habe. Antonio war aus London da. Er stammt von den Balearen, spricht aber Französisch wie ein Pariser und Englisch wie ein waschechter Roastbeef. Am nächsten Tag war ich bei Marronier, am Boulevard de Clichy, er hat einen seiner Freunde mit fünf Revolverschüssen getötet. Freundschaft und tödlicher Haß wechseln rasch in diesem Milieu. Ja, gestern war ich in Paris und tanzte im »Petit Jardin« in der Avenue des Saint-Quen. Die Kundschaft bestand hauptsächlich aus Korsen und Marseillern, sie hatten einen guten Akkordeonspieler dort. Ich sehe während dieser imaginären Reise alle meine Freunde so lebhaft vor mir, daß ich gar nicht auf den Gedanken komme, nicht wirklich unter ihnen zu sein. Auch die Orte, an denen ich meine schönen Nächte verbringe, sind alle wirklich.

Ich komme also durch meine Strafdiät zu dem gleichen Resultat wie vorher durch die Ermüdung beim Gehen. Die Bilder der Vergangenheit tragen mich mit solcher Macht aus der Zelle, daß ich tatsächlich länger in Freiheit lebe als im Zuchthaus.

Ich muß noch etwas über einen Monat durchhalten. Es ist jetzt drei Monate her, daß ich nicht mehr zu mir nehme als ein Stück Brot und mittags die warme Wassersuppe mit dem gekochten Fleischstück darin. Von dauerndem Hunger geplagt, sehe ich mir das Fleischstück genau an, ob es nicht wieder einmal, wie so oft, nur aus Haut besteht. Ich bin viel magerer geworden und bin mir klar darüber, wieviel die Kokosnuß, die ich glücklicherweise zwanzig Monate lang bekommen habe, zur Erhaltung meiner Gesundheit und meines geistigen Gleichgewichts beigetragen hat, während dieser furchtbaren Ausschließung aus dem Leben.

Heute morgen bin ich, nachdem ich meinen Kaffee getrunken habe, sehr nervös. Ich habe mich so weit gehen lassen, die Hälfte meines Brotes zu essen, was ich sonst nie mache. Gewöhnlich schneide ich es in vier ungefähr gleiche Teile, die ich um sechs Uhr früh, zu Mittag, um sechs Uhr abends und dann in der Nacht aufesse. Warum hast du das jetzt getan? schelte ich mich. Mußt du gegen Ende der Zeit deinen Schwächen so nachgeben? – Ich habe Hunger und fühle mich kraftlos, antworte ich mir. – Sei nicht so anspruchsvoll. Woher willst du denn die Kraft nehmen, wenn du das Zeug auf einmal in dich hineinfrißt? Aber ich weiß schon: lieber ein bißchen schwach sein, nur nicht krank! Die »Menschenfresserin« hat – mit etwas Glück, woran es nicht fehlen wird – die Partie gegen dich verloren, Papillon ...

Nach meinem Zweistundenmarsch sitze ich auf dem Betonblock, der mir als Hocker dient. Noch dreißig Tage. Siebenhundertundzwanzig Stunden. Dann wird sich die Tür auftun, und man wird zu dir sagen: Zuchthausstäfling Charrière, kommen Sie heraus, Sie haben Ihre zwei Jahre Zuchthaus beendet. – Soll ich darauf etwas antworten? Etwa: Ja, ich habe meine zwei Jahre Kalvarienberg hinter mich gebracht? – Aber nein, bedenke doch, wenn es der Kommandant ist, dem du die Sache mit dem Gedächtnisschwund aufgebunden hast. Du mußt das doch kalt weiterspielen und sagen: Was, ich bin begnadigt und kann nach Frankreich zurück? Mein Lebenslänglich ist zu Ende? ... Ach, nichts. Nur ruhig ihm ins Gesicht sehen, damit er merkt, daß das Fasten, zu dem er dich verurteilt hat, eine Ungerechtigkeit war. – Was ist nur los mit dir? Ungerechtigkeit oder nicht, was macht das ihm aus? Was bedeutet das schon für so einen? Du wirst dir doch nicht weismachen wollen, daß er Gewissensbisse hat, weil er dir eine ungerechte Strafe auferlegt hat? Ich verbiete dir, zu glauben, morgen oder wann immer, daß ein Gefängniswärter ein normales Lebewesen ist. Ein Mann, der unter diese Bezeichnung fällt, kann unmöglich einer solchen Korporation angehören. Man gewöhnt sich an alles im Leben, sogar daran, seine ganze Karriere hindurch ein Schwein zu sein. Nur knapp vor seinem Tod wird ihn, sofern er etwas von Religion ahnen sollte, vielleicht die Angst vor Gott einschüchtern und ein wenig reuig stimmen. Aber auch nicht aus Gewissensbissen über die Schweinereien, die er begangen hat, sondern aus purer Angst davor, vom lieben Gott zu ewiger Höllenpein verdonnert zu werden.

Wenn du also wieder auf die Insel kommst, egal auf welche, wirst du auf keinen Fall jemals einen Kompromiß mit einem von dieser Rasse schließen. Jeder bleibe auf seiner Seite. Dort die Feigheit, die pedante seelenlose Autorität, der intuitive Sadismus mit seinen automatischen Reaktionen – und hier ich. Ich und die Männer meiner Kategorie, die sich zwar auch schwere Verfehlungen zuschulden kommen ließen, sich aber durch ihre Leiden unvergleichliche Qualitäten erworben haben: Mitgefühl, Güte, Opferbereitschaft, Seelengröße, Mut.

Ganz offen: ich bin lieber Sträfling als Gefängnisaufseher.

Nur noch zwanzig Tage. Ich fühle mich sehr schwach. Dabei fällt mir auf, daß mein Stück Brot jetzt immer besonders klein ist. Wer kann sich so weit erniedrigen, daß er es auf mein Brot abgesehen hat? Meine Suppe besteht seit einigen Tagen nur noch aus Wasser, und das Fleischstück darin ist ein Knochen mit sehr wenig Fleisch oder Haut daran. Ich habe Angst, krank zu werden. Es ist eine Plage. Ich bin so schwach, daß ich in wachem Zustand, ohne jede Bemühung, zu träumen anfange. Diese von tiefen Depressionen be-

gleitete Mattigkeit beunruhigt mich. Ich versuche dagegen anzukämpfen, und es gelingt mir unter großer Anstrengung, die vierundzwanzig Stunden täglich durchzustehen.
Es kratzt an meiner Tür. Rasch greife ich nach dem Briefchen. Es ist mit Leuchttinte geschrieben. Von Dega und Galgani. Ich lese: »Laß uns ein Wort zukommen! Sind sehr besorgt um Deinen Zustand. Noch neunzehn Tage. Mut! Louis – Ignace.«
In dem Briefchen steckt ein Zettel und ein Stück Bleistiftmine. Ich schreibe: »Ich halte durch. Bin sehr schwach. Danke. Papi.«
Der Gangfeger kratzt wieder, und ich schiebe den Zettel hinaus. Dieser Brief, ohne Zigaretten und ohne Kokosnuß, bedeutet mir mehr als alles. Dieser bewundernswerte Freundschaftsbeweis versetzt mir genau den Peitschenhieb, den ich nötig hatte. Man weiß draußen, wo ich bin, und wenn ich krank werde, werden meine Freunde bestimmt den Arzt aufsuchen und ihn soweit bringen, mich ordentlich zu behandeln. Sie haben recht: nur noch neunzehn Tage. Ich nähere mich dem Ende dieses erschöpfenden Wettlaufs gegen den Tod und den Wahnsinn. Ich werde nicht krank werden. Ich werde mich so wenig wie möglich bewegen, um nur die allernötigsten Kalorien zu verbrauchen. Ich werde die zwei Stunden Marsch am Morgen und die zwei Stunden am Nachmittag auch noch weglassen. Es ist das einzige Mittel, durchzuhalten. Ich bleibe also zwölf Nachtstunden liegen, und während der übrigen zwölf rühre ich mich nicht von meinem Steinhocker weg. Von Zeit zu Zeit stehe ich auf, mache ein paar Kniebeugen und Armbewegungen, und dann setze ich mich wieder hin. Nur noch zehn Tage.
Ich spaziere gerade durch Trinidad, umgaukelt von den klaren Melodien der javanischen Geigen mit nur einer Saite, als mich ein grauenhaftes, unmenschliches Gebrüll in die Wirklichkeit zurückreißt. Es kommt anscheinend aus der Zelle hinter mir. Jedenfalls aus nächster Nähe.
»Du Schwein, komm in mein Loch herunter! Wirst du nicht müde, mich von da oben zu bewachen? Merkst du denn nicht, daß dir die Hälfte der Vorstellung verlorengeht, weil zuwenig Licht in dem Loch ist?«
»Still, sonst werden Sie schwer bestraft«, sagt der Posten.
»Ja, ja, daß ich nicht lache, du Dummkopf! Gibt es noch eine ärgere Strafe als die Stille hier? Straf mich, soviel du willst, prügle mich, wenn du Lust hast, du Scheusal von einem Henker, so etwas Fürchterliches kannst du gar nicht erfinden wie diese Stille hier. Nein, nein, nein! Ich will nicht mehr, ich will nicht mehr hier bleiben und nicht reden dürfen! Seit drei Jahren schon will ich dir das einmal sagen: Scheißkerl, dreckiger Idiot! Ich bin vertrottelt genug gewesen, sechsunddreißig Monate zu warten, anstatt dir meinen Ekel gleich zu Anfang ins Gesicht zu schreien. Und warum habe ich gewartet? Aus Angst, bestraft zu werden! Aber jetzt weißt du's,

daß mich vor dir ekelt, vor dir und allen deinen verdammten Gefängnisaufsehern!«
Wenige Augenblicke später wird eine Tür aufgesperrt, und ich höre: »Nein, nicht so! Kehren Sie sich um, das ist viel wirkungsvoller!«
»Zieh sie mir an, wie du willst, deine verdammte Zwangsjacke!« brüllt der arme Kerl. »Auch verkehrt, wenn du magst! Zieh sie so fest zusammen, daß ich ersticke! Zieh nur an, mit den Knien, das wird mich auch nicht hindern, dir zu sagen, daß deine Mutter eine Sau war und daß du deswegen ein solcher Dreckhaufen bist!«
Man muß ihm einen Knebel in den Mund gesteckt haben, denn ich höre nichts mehr. Die Tür hat sich wieder geschlossen. Die Szene muß den jungen Aufseher sehr aufgeregt haben, denn ein paar Minuten darauf bleibt er vor meiner Zelle stehen und sagt: »Er muß verrückt geworden sein!«
»Meinen Sie? Aber was er da sagte, klang gar nicht so verrückt.«
Er ist wie aus den Wolken gefallen, der Posten, und schon im Gehen wirft er mir noch zu: »Na, Sie, Sie machen ihm das am Ende noch nach, was?«
Der Zwischenfall hat mich aus meinem Traum von der Insel mit den mutigen Menschen, den Geigen, den Brüsten der Inderinnen und dem Hafen von Port of Spain mit einem Schlag in die traurige Wirklichkeit zurückversetzt.
Noch zehn Tage. Zweihundertvierzig Stunden.
Die Taktik, sich nicht zu bewegen, trägt Früchte. Zumindest insofern, als die Tage infolge des Briefchens meiner Freunde sanft dahinfließen. Der Gedanke, in zweihundertvierzig Stunden das Zuchthaus hinter mir zu haben, gibt mir ein Gefühl von Stärke. Ich bin geschwächt, aber mein Gehirn ist intakt, meine Energie verlangt nur nach etwas mehr physischer Kraft – während sich dort, hinter mir, nur durch eine Mauer von mir getrennt, ein Mensch im ersten Stadium des Irreseins windet oder, was vielleicht noch schlimmer ist, am Rande der Tobsucht. Er wird nicht mehr lange zu leben haben, seine Auflehnung gibt denen Gelegenheit, ihn bis zur Sättigung mit »harter Behandlung« zu füttern, auf die jeder Gammler exakt gedrillt wird, damit die armen Teufel ja möglichst wissenschaftlich getötet werden ... Ich mache mir Vorwürfe, weil ich mich dadurch, daß der andere hinter der Mauer erledigt ist, auf einmal merkwürdig stärker fühle, und ich frage mich, ob vielleicht auch ich zu jenen Egoisten gehöre, die im Winter im warmen Überrock, bewaffnet mit festen Schuhen und Handschuhen, die Massen schlecht gekleideter, vor Kälte erstarrter Arbeiter mit blauen Händen frühmorgens der ersten Métro oder dem Autobus nachlaufen sehen und bei ihrem Anblick die Wärme des eigenen Pelzrockes noch mehr genießen ...
Bald ist alles zu Ende, und ich hoffe in knapp sechs Monaten in jeder Beziehung – physisch, geistig und auch was meine Energie

betrifft – so gesund zu sein, daß ich zu einer aufsehenerregenden Flucht in der Lage bin. Über die erste ist viel geredet worden, die zweite wird in eine der Steinmauern des Bagnos eingraviert werden, das steht außer Zweifel. Noch ehe sechs Monate um sind, werde ich draußen sein!

Die letzte Nacht im Zuchthaus. Seit meinem Eintritt in die Zelle Nummer 234 sind siebzehntausendfünfhundertundacht Stunden vergangen. Während dieser Zeit ist meine Tür ein einziges Mal geöffnet worden, damit ich von dem Kommandanten meine Strafe entgegennehme. Abgesehen von meinem Nachbarn, mit dem ich täglich ein paar Silben ausgetauscht habe, hat man viermal das Wort an mich gerichtet. Einmal um mir zu sagen, daß man beim Pfiff die Pritsche herunterlassen soll, das war am ersten Tag. Dann kam der Arzt: »Drehen Sie sich um, husten Sie!« Eine etwas längere aufregende Unterhaltung hatte ich mit dem Kommandanten. Und neulich waren es die paar Worte mit dem Posten über den armen Irren. Als Ablenkung war das alles in allem nicht gerade übertrieben.

Ich schlafe ruhig ein, ohne an etwas anderes zu denken als: Morgen wird sich die Tür hier endgültig öffnen. Morgen werde ich die Sonne wiedersehen, man wird mich auf die Insel Royale schicken, und ich werde Meeresluft atmen. Morgen werde ich frei sein. Ich muß lachen. Frei? Morgen wirst du offiziell deine Strafe als lebenslänglicher Zwangsarbeiter antreten. Und das nennst du frei? Ich weiß, aber dieses Leben wird mit dem, was ich bisher ertragen mußte, nicht zu vergleichen sein. In welchem Zustand werde ich Clousiot und Maturette vorfinden?

Um sechs Uhr gibt man mir den Kaffee und das Brot. Ich hätte gute Lust, zu sagen: Aber ich gehe heute, Sie täuschen sich! Rasch erinnere ich mich an meinen Gedächtnisschwund, und wer weiß, ob der Kommandant, wenn ich ihm wieder unter die Augen komme, nicht noch imstande ist, mir auf der Stelle eine Zusatzbuße von dreißig Tagen aufzubrummen. Auf jeden Fall aber muß ich, das ist Gesetz, heute, den 26. Juni 1936, die Zuchthauszelle auf Saint-Joseph verlassen. In vier Monaten werde ich dreißig Jahre alt.

Acht Uhr. Ich habe mein ganzes Brot aufgegessen. Im Lager wird es ja etwas zu essen geben. Die Tür wird aufgesperrt. Der Zweite Kommandant und zwei Aufseher stehen davor.

»Charrière, Sie haben Ihre Strafe beendet, es ist der 26. Juni 1936. Folgen Sie uns.«

Ich gehe hinaus. Im Hof angekommen, erleide ich, geblendet von der grell brennenden Sonne, eine Art Schwächeanfall. Meine Beine knicken ein, und schwarze Flecken tanzen mir vor den Augen, obwohl ich von den fünfzig Metern, die ich in der Sonne zurückzulegen habe, noch keine dreißig gegangen bin.

Im Pavillon »Verwaltung« treffe ich Maturette und Clousiot. Maturette ist ein wahres Skelett, mit hohlen Wangen und tiefliegenden

Augen. Clousiot liegt auf einer Bahre. Er ist aschfahl und gleicht bereits einem Toten. Die sehen aber gar nicht gut aus, meine beiden Kumpels, denke ich. Sollte ich in einem ähnlichen Zustand sein? Ich würde mich gern im Spiegel sehen.

»Na, wie geht's?« frage ich sie.

Sie antworten nicht.

»Wie geht's?« wiederhole ich.

»Ja«, sagt Maturette leise. Sonst nichts.

Ich möchte am liebsten sagen, daß wir jetzt, nach beendeter Strafe, das Recht haben, zu reden. Ich küsse Clousiot auf die Wange. Er sieht mich mit glänzenden Augen an und lächelt.

»Lebwohl, Papillon«, sagt er.

»Nein, das nicht!«

»Doch, mit mir ist es aus.«

Wenige Tage darauf starb er im Spital auf Royale. Er war zweiunddreißig Jahre alt und wurde mit zwanzig für den Diebstahl eines Fahrrades bestraft, den er nicht begangen hatte.

Der Kommandant kommt.

»Lassen Sie sie herein. Maturette und Sie, Clousiot, haben sich gut geführt. Ich trage das auch in Ihr Karteiblatt ein: ›Gute Führung.‹ Sie, Charrière, haben sich schwer vergangen, ich trage ein, was Sie verdient haben: ›Schlechte Führung.‹«

»Entschuldigen Sie, Herr Kommandant, wieso habe ich mich vergangen?«

»Erinnern Sie sich wirklich nicht mehr an die Entdeckung der Zigaretten und der Kokosnuß?«

»Nein, wirklich nicht.«

»Wir wollen sehen. Wie haben Sie in den vier Monaten gelebt?«

»Wie meinen Sie das? Was das Essen betrifft? Genauso wie seit meiner Ankunft immer.«

»Also das ist die Höhe! Was haben Sie gestern abend gegessen?«

»Wie gewöhnlich. Was man mir gegeben hat. Was weiß ich? Ich erinnere mich nicht daran. Bohnen vielleicht, oder Reis, oder etwas anderes.«

»Dann haben Sie also abends gegessen?«

»Ja glauben Sie, Herr Kommandant, daß ich mein Essen wegschütte?«

»Nein, das nicht. Ich gebe auf. Gut, ich lasse die ›schlechte Führung‹ weg. Legen Sie eine neue Entlassungskartei an, Herr X ... Ich schreibe also: ›Gute Führung.‹ In Ordnung?«

»Richtig. Ich habe auch wirklich nichts getan, um das nicht zu verdienen.«

Nach diesen Worten verlassen wir drei sein Büro.

Das große Tor des Zuchthauses wird geöffnet, um uns hinauszulassen. Begleitet von einem einzigen Aufseher, gehen wir langsam den Weg ins Lager hinunter. Silberfunkelnd und schaumbedeckt

breitet sich das Meer vor uns aus. Royale mit seinem Grün und den roten Dächern liegt uns gegenüber. Die Teufelsinsel dahinter ist herb und wild. Ich bitte den Aufseher um die Erlaubnis, mich ein paar Minuten hinsetzen zu dürfen. Er erlaubt es. Wir setzen uns nieder, einer rechts, der andere links von Clousiot, und reichen uns die Hände, ohne uns dessen bewußt zu sein. Die Berührung löst ein sonderbares Gefühl in uns dreien aus. Wortlos umarmen wir einander.
»Kommt, Burschen, wir müssen weiter«, sagt der Aufseher.
Und langsam, sehr langsam gehen wir weiter ins Lager hinunter. Maturette und ich gehen voraus. Wir halten uns noch immer an den Händen. Hinterdrein, von zwei Trägern getragen, die Bahre mit unserem im Sterben liegenden Freund.

Das Leben auf Royale

Kaum sind wir im Lagerhof, umgibt uns auch schon die wache Aufmerksamkeit aller Strafgefangenen. Ich finde Pierrot, den Verrückten, wieder, Jean Sartrou, Colondini, Chissilia. Wir sollen alle drei in die Krankenstation gehen, sagt uns die Wache. An die zwanzig Männer begleiten uns, während wir den Hof überqueren und in die Krankenstation eintreten. In wenigen Minuten haben Maturette und ich ein Dutzend Zigaretten- und Tabakpackungen vor uns, heißen Milchkaffee, Schokolade, aus echtem Kakao gemacht. Alle Welt will uns irgend etwas geben. Clousiot bekommt vom Sanitäter eine Kampferspritze und Adrenalin fürs Herz. Ein sehr magerer Schwarzer sagt: »Sanitäter, gib ihm meine Vitamine, er hat sie nötiger als ich.« Es ist wirklich rührend, diese Demonstration solidarischer Gutmütigkeit uns gegenüber.
Pierre, der aus Bordeaux, sagt mir: »Willst du Flachs? Bevor du nach Royale wegkommst, habe ich Zeit für eine Sammlung.«
»Nein, danke vielmals, ich habe welchen. Du weißt, daß ich nach Royale komme?«
»Ja, der Buchhalter hat's uns gesagt. Ihr alle drei. Ich glaube sogar, daß ihr drei ins Lazarett kommt.«
Der Sanitäter ist ein korsischer Bergbandit. Er heißt Essari. Ich habe ihn noch gut kennengelernt, ich werde seine ganze Geschichte erzählen, sie ist wirklich interessant. Die zwei Stunden in der Krankenstation sind schnell vergangen. Wir haben gut gegessen und gut getrunken. Erholt und zufrieden brechen wir nach Royale auf. Clousiot hat fast die ganze Zeit über die Lider geschlossen gehalten, außer wenn ich mich ihm näherte und ihm die Hand auf die Stirn legte. Dann öffnete er seine schon verschleierten Augen und sagte:
»Freund Papi, wir sind echte Freunde.«
»Mehr als das, wir sind Brüder«, antwortete ich.

Immer nur mit einer einzigen Wache, steigen wir zum Meer hinunter. In der Mitte die Tragbahre mit Clousiot, rechts und links Maturette und ich. Am Lagertor sagen uns die Sträflinge »Auf Wiedersehen« und wünschen uns Glück. Wir danken ihnen trotz ihrer Proteste. Pierrot, der Verrückte, hat mir einen Beutel um den Hals gehängt, voll mit Tabak, Zigaretten, Schokolade und Nestle-Milchkonserven. Maturette hat auch einen bekommen. Er weiß nicht, von wem. Nur der Sanitäter Fernandez und die Wache begleiten uns zum Kai. Fernandez gibt jedem von uns ein Papier für das Lazarett von Royale. Ich höre, daß es die Sanitäter-Häftlinge Essari und Fernandez sind, die, ohne den Arzt zu fragen, uns pflegen. Da ist das Boot. Sechs Ruderer, hinten zwei Wachen, mit Gewehren, und einer vorne. Einer von den Ruderern ist Chapar, vom Börsengeschäft in Marseille. Na also, auf Fahrt. Die Ruder tauchen ins Wasser, und während er rudert, sagt mir Chapar:

»Geht's, Papi? Hast du immer deinen Sprit bekommen?«

»Nein, seit vier Monaten nicht.«

»Ich weiß, es gab einen Unfall. Der Kerl hat sich gut gehalten. Er hat nur mich gekannt, aber er hat mich nicht verpfiffen.«

»Was ist aus ihm geworden?«

»Tot.«

»Nicht möglich. Wieso?«

»Es scheint, hat ein Sanitäter gesagt, man hat ihm mit einem Fußtritt die Leber zerrissen.«

Wir legen am Kai von Royale an, der wichtigsten der drei Inseln. Die Uhr an der Bäckerei zeigt drei. Die Nachmittagssonne ist stark, sie blendet mich und ist mir zu heiß. Eine Wache verlangt zwei Krankenträger. Zwei Sträflinge, kräftig, tadellos in Weiß gekleidet, jeder mit schwarzen Lederfäustlingen, heben Clousiot wie eine Feder hoch, und wir marschieren hinter ihm drein, Maturette und ich. Eine Wache, mit einigen Papieren in der Hand, geht hinter uns.

Der Weg, mehr als vier Meter breit, ist aus Kieselsteinen. Schwer, ihn hinaufzusteigen. Glücklicherweise bleiben die Krankenträger von Zeit zu Zeit stehen und warten auf uns. Da setze ich mich auf einen Baum neben den Kopf von Clousiot und lege ihm zart die Hand auf die Stirn und auf den Kopf. Er lächelt jedesmal, öffnet die Augen und sagt: »Mein alter Papi!«

Maturette nimmt seine Hand.

»Bist du's, Kleiner?« murmelt Clousiot.

Er scheint unaussprechlich glücklich zu sein, uns neben sich zu spüren. Bei einem Halt, kurz bevor wir da sind, begegnen wir einer Gruppe, die zur Arbeit geht. Es sind fast alles Sträflinge aus meinem Zug. Im Vorbeigehen sagen sie uns jeder ein gutes Wort. Als wir auf der Höhe ankommen, vor einem viereckigen weißen Gebäude, sehen wir die Gottöbersten der Insel, im Schatten sitzend. Wir nähern uns dem Kommandanten Barrot, genannt »Harter Knochen«, und anderen Gefängnischefs. Ohne aufzustehen und ohne jede Zeremonie sagt der Kommandant zu uns:

»Na, war's nicht zu hart im Bau? Und der da auf der Bahre, wer ist das?«

»Es ist Clousiot.«

Er guckt ihn an, dann sagt er: »Führt sie ins Lazarett. Wenn sie wieder herauskommen, gebt mir Bescheid. Damit sie mir vorgeführt werden, bevor man sie ins Lager bringt.«

Im Lazarett bringt man uns in einem großen, sehr hellen Saal, in ganz sauberen Betten mit Leintüchern und Kopfkissen unter. Der erste Sanitäter, den ich sehe, ist Chatal, Sanitäter im Saal des Obersten Wachkommandos von Saint-Laurent-du-Maroni. Gleich kümmert er sich um Clousiot und gibt einer Wache Anweisung, den Arzt zu holen. Der kommt gegen fünf. Nach einer langen und eingehenden Untersuchung sehe ich, wie er, anscheinend unzufrieden, den Kopf schüttelt. Nachdem er seine Verordnung geschrieben hat, wendet er sich uns zu.

»Wir sind keine guten Freunde, Papillon und ich«, sagt er zu Chatal.

»Das wundert mich, Doktor, denn er ist ein tapferer Bursche.«

»Möglich, aber er ist widerborstig.«

»Weswegen?«

»Wegen einer Visite im Bau.«

»Doktor«, sage ich ihm, »das nennen Sie eine Visite, mich durchs Guckloch abzuhorchen?«

»Es ist Vorschrift der Gefängnisverwaltung, daß die Tür zur Zelle eines Korrektionshäftlings nicht geöffnet werden darf.«

»Schön und gut, Doktor, aber ich hoffe für Sie, daß Sie der Verwaltung nur leihweise überlassen und nicht ein Teil von ihr sind.«

»Davon sprechen wir bei einer anderen Gelegenheit. Ich werde versuchen, euch hochzubringen, Sie und Ihren Freund. Was den anderen anlangt, so fürchte ich, daß es zu spät ist.«

Chatal erzählt mir, daß er eines Fluchtversuchs verdächtigt und daher auf den Inseln interniert wurde. Ferner, daß Jésus, jener, der mich während der Flucht betrogen hat, von einem Leprakranken ermordet wurde. Er kennt nicht den Namen des Leprösen, und ich frage mich, ob es nicht einer von den beiden war, die uns so großherzig geholfen haben.

Das Leben der Sträflinge auf den Îles du Salut ist völlig anders, als man es sich vorstellt. Die Mehrzahl der Männer ist höchst gefährlich, aus verschiedenen Gründen. Zuerst einmal: jeder ißt gut, denn man handelt mit allem und jedem, mit Alkohol, Zigaretten, Kaffee, Schokolade, Zucker, Fleisch, frischem Gemüse, Fischen, Krabben, Kokos und so weiter. Daher sind alle von bester Gesundheit, in einem sehr gesunden Klima. Nur die auf Zeit Verurteilten haben die Hoffnung, freizugehen, aber die lebenslänglich Verurteilten – Verlorene auf immer! –, die sind alle gefährlich. Jeder ist in den täglichen Handel verstrickt, die Sträflinge wie die Wachen. Eine schwer zu verstehende Mischung. Die Frauen der Wachen suchen sich junge Sträflinge, um sich von ihnen die Wirtschaft führen zu lassen, und oft genug werden sie ihre Liebhaber. Man nennt sie »Hausburschen«. Einige sind Gärtner, andere Köche. Es ist so eine Art von Fließbändern, die die Verbindung zwischen dem Lager und den Häusern der Wachen herstellen. Die »Hausburschen« sind bei den anderen Sträflingen nicht schlecht angesehen, denn dank ihnen kann man mit allem handeln. Dennoch werden sie nicht als Saubere angesehen. Kein Mann aus dem echten Lagerkreis würde sich zu solchen Diensten hergeben. Weder zum Gefangenenwärter noch zum Servierer in der Messe der Wachmannschaften. Im Gegenteil, es wird sehr viel für die Tätigkeiten bezahlt, bei denen man nichts mit den Aufsehern zu tun hat: Latrinenreiniger, Mistführer, Blätteraufklauber, Büffeltreiber, Sanitäter, Gärtner, Fleischer, Bäcker, Ruderer, Träger, Leuchtturmwärter. Alle diese Posten werden von den wirklich Schweren eingenommen. Ein wirklich Schwerer arbeitet niemals in den Arbeitsgruppen, die die Gebäude zu erhalten haben, die Mauern, Straßen, die Treppen ausbessern, oder in den Baumschulen für Kokospalmen, das heißt: er arbeitet nicht in praller Sonne und nicht unter Aufsicht. Es wird von sieben Uhr früh bis mittags und von zwei bis sechs gearbeitet. Das gibt einen Blick auf eine kleine Welt, in der sich so unterschiedliche Leute mischen, die gemeinsam leben, Gefangene und Aufseher; ein richtiges kleines Dorf, wo alles betratscht wird, wo alle einander beurteilen, jedermann des anderen Leben beobachtet.

Dega und Galgani sind sonntags zu mir ins Spital gekommen. Wir haben Knoblauchfisch gegessen, eine Fischsuppe, Kartoffeln, Käse und haben Kaffee und Weißwein getrunken. Dieses Mahl haben wir uns im Zimmer von Chatal bereitet, zusammen mit ihm, Dega, Galgani, Maturette, Grandet und mir. Sie haben mich gebeten, ihnen meine Flucht in allen Einzelheiten zu schildern. Dega beschloß, nichts dergleichen mehr zu unternehmen. Er erwartet von Frankreich einen Strafnachlaß von fünf Jahren. Mit den drei Jahren, die er in Frankreich abgesessen hat, und den dreien hier, hat er nur noch vier Jahre. Er findet sich damit ab. Galgani glaubt, daß sich ein korsischer Senator seiner annimmt.

Jetzt komm ich an die Reihe. Ich frage sie nach den günstigsten Stellen, wo man hier ausbrechen kann. Allgemeines Zetergeschrei. Für Dega ist es eine Frage, die ihm nicht einmal als Idee in den Kopf gekommen ist. Ebenso für Galgani. Chatal seinerseits glaubt, daß ein Garten Vorteile böte, um ein Floß zu bauen. Grandet hingegen bietet mir etwas anderes an – er ist als Schmied bei der Zwangsarbeit eingeteilt. Es ist eine Werkstatt, wo es, wie er mir versichert, alles gibt: Maler, Tischler, Schmiede, Maurer, Spengler, an die hundertzwanzig Mann. Sie ist dazu da, die Gebäude der Gefängnisverwaltung in Ordnung zu halten. Dega, der Haupt-

buchhalter ist, wird mir jeden Posten verschaffen, den ich will. Ich brauche nur zu wählen. Grandet bietet mir die Hälfte seines Postens als Spielhalter an, so daß ich an den Spielern verdienen würde und gut leben könnte, ohne das Geld aus meinem Stöpsel auszugeben. Nach alldem sehe ich, daß die Sache zwar recht interessant, aber außerordentlich gefährlich ist.
Der Sonntag verging überraschend schnell. »Was, schon fünf?« sagt Dega, der eine schöne Uhr trägt. »Wir müssen ins Lager zurück.«
Im Weggehen gibt mir Dega fünfhundert Franc fürs Pokerspiel, denn in unserem Saal steigen manchmal schöne Partien. Grandet gibt mir ein prachtvolles Schnappmesser, in das er selbst die Stahlklinge eingelassen hat. Eine fürchterliche Waffe.
»Sei immer bewaffnet, Tag und Nacht.«
»Und die Durchsuchungen?«
»Die meisten Aufseher, die das machen, sind Araber. Wenn ein Mann als ein gefährlicher angesehen wird, finden sie niemals eine Waffe bei ihm, selbst wenn sie sie spüren.«
»Wir sehen uns im Lager wieder«, sagt Grandet.
Bevor er geht, sagt mir Galgani, daß er mir schon einen Platz in seinem Winkel reserviert hat und daß wir uns gemeinsam eine »Hütte« schaffen. (Die Mitglieder einer Hütte essen zusammen, und das Geld des einen gehört allen.) Dega schläft nicht im Lager, sondern in einem Zimmer des Verwaltungsgebäudes.
Nun sind wir also drei Tage da, aber weil ich meine Nächte neben Clousiot verbringe, habe ich wenig vom Leben in diesem Spitalssaal wahrgenommen, wo wir an die sechzig Mann sind. Dann, weil es um ihn sehr schlecht steht, isoliert man Clousiot in einem Raum, wo sich schon ein Schwerkranker befindet. Chatal füttert ihn mit Morphium. Er hat Angst, daß er die Nacht nicht überleben wird.
Im Saal sind die Betten – dreißig an jeder Seite des drei Meter breiten Ganges – fast alle belegt. Zwei Petroleumlampen beleuchten das Ganze. Maturette sagt mir: »Dort drüben spielen sie Poker.« Ich gehe zu den Spielern hin. Es sind ihrer vier.
»Kann ich den fünften machen?«
»Setz dich. Geringster Einsatz im Topf – hundert Franc. Drei Töpfe fürs Mitspielen, also dreihundert Franc. Hier sind dreihundert Franc in Jetons.«
Ich gebe zweihundert davon Maturette zum Aufbewahren. Ein Pariser mit Namen Dupont sagt zu mir: »Wir spielen nach der englischen Regel, ohne Joker. Kennst du's?«
»Ja.«
»Dann gib, dir zu Ehren.«
Ich gebe. Die Schnelligkeit, mit der diese Männer spielen, ist einfach unfaßbar. Die Ansage muß äußerst rasch gehen, sobald der Spielhalter sagt: »Kein Mitsetzen mehr!«, ist es zu spät. Ich entdecke eine ganz neue Sorte von Häftlingen: die Spieler. Sie leben

vom Spiel, für das Spiel, im Spiel. Nichts interessiert sie als spielen. Sie vergessen alles: was sie waren, ihre Strafen, was sie tun könnten, um ihr Leben zu verändern, ob der Partner ein guter Kumpel ist oder keiner – einziges Interesse: spielen.

Wir haben die ganze Nacht beim Spiel verbracht. Erst beim Kaffee haben wir aufgehört. Ich habe tausenddreihundert Franc gewonnen. Als ich zu meinem Bett hingehe, kommt Paolo auf mich zu und bittet mich, ihm zwei Hunderter zu borgen, damit er ein Zweierspiel fortsetzen kann. Er braucht die zwei Hunderter, denn er hat nur hundert. »Nimm. Da hast du dreihundert. Wir gehen auf halbe«, sage ich ihm.

»Danke, Papillon, du bist wirklich der Kumpel, wie die andern es sagen. Wir werden Freunde sein.« Er reicht mir die Hand, ich drücke sie fest, und er geht ganz vergnügt weg.

Clousiot ist an diesem Morgen gestorben. Am Vorabend, einen Augenblick lang bei klarem Bewußtsein, hatte er zu Chatal gesagt, er möge ihm kein Morphium mehr geben: »Ich möchte bei Sinnen sterben, in meinem Bett sitzend, mit meinen Freunden an der Seite.«

Es ist streng verboten, die Isolierkammern zu betreten, aber Chatal hat die Sache auf sich genommen, und unser Freund konnte in unseren Armen sterben. Ich habe ihm die Augen zugedrückt. Maturette war in Schmerz aufgelöst.

»Jetzt ist er von uns gegangen, der Gefährte unseres so schönen Abenteuers. Sie haben ihn den Haifischen vorgeworfen.«

Als ich die Worte hörte: »Sie haben ihn den Haifischen vorgeworfen«, hat's mich gefröstelt. Wahrhaftig, es gibt keinen Friedhof für die Sträflinge auf den Inseln. Wenn ein Zwangsarbeiter stirbt, wirft man ihn um sechs ins Meer, bei Sonnenuntergang, zwischen Saint-Joseph und Royale, an einem Ort, wo es von Haifischen wimmelt.

Der Tod meines Freundes macht mir das Spital unerträglich. Ich lasse Dega mitteilen, daß ich es übermorgen verlassen werde. Er schickt mir eine Nachricht: »Bitte Chatal, daß er dir vierzehn Tage Erholung im Lager geben läßt, so wirst du Zeit haben, dir den Posten zu wählen, der dir gefällt.«

Maturette wird noch einige Zeit hierbleiben, vielleicht nimmt ihn Chatal als Hilfssanitäter.

Kaum verlasse ich das Spital, da führt man mich schon zum Verwaltungsgebäude und vor den Kommandanten Barrot, den »Harten Knochen«.

»Papillon«, sagt er, »bevor wir Sie ins Lager überstellen, habe ich vor, ein wenig mit Ihnen zu plaudern. Sie haben hier einen wertvollen Freund, meinen Hauptbuchhalter Louis Dega. Er behauptet, daß Sie nicht die Beurteilung verdienen, die uns von Frankreich zugekommen ist, und daß es, da Sie sich für einen unschuldig Verurteilten halten, ganz normal ist, wenn Sie sich in ständiger Revolte befinden. Offen gesagt, über diesen Punkt bin ich mit Ihnen nicht ganz einig. Was ich gerne wissen würde, wäre, in welcher Verfassung Sie sich augenblicklich befinden.«

»Herr Kommandant, könnten Sie mir, bevor ich Ihnen darauf antworte, sagen, was in meinem Akt alles steht?«

»Sehen Sie selbst.« Er reicht mir ein gelbes Karteiblatt, auf dem ich ungefähr folgendes lese:

»Henri Charrière, genannt Papillon, geboren den 16. November 1906 in ..., Ardèche, vom Schwurgericht in Paris für vorsätzlichen Mord zu lebenslanger Zwangsarbeit verurteilt. Gefährlich in jeder Hinsicht, streng zu bewachen, kein begünstigter Arbeitsposten.
Zentrale Caen: Unverbesserlicher. Fähig zur Anzettelung und Führung von Revolten. Unter ständiger Beobachtung zu halten.
Saint-Martin-de-Rè: Diszipliniertes Subjekt, übt jedoch großen Einfluß auf seine Kameraden aus. Wird, wo immer, Fluchtversuche unternehmen.
Saint-Laurent-du-Maroni: Hat einen rohen Überfall auf drei Aufseher und einen Wächter unternommen, um aus dem Spital zu flüchten. Kehrte aus Kolumbien zurück. Gute Führung während der Untersuchungshaft. Verurteilt zu zwei Jahren leichter Korrektionshaft.
Korrektionsanstalt Saint-Joseph: Gute Führung bis zur Freilassung.«

»Freund Papillon«, sagt der Direktor, als ich ihm das Karteiblatt zurückgebe, »wir sind somit nicht gerade überzeugt, Sie nur als Pensionär unter uns zu haben. Wollen wir einen Pakt schließen?«

»Warum nicht? Es hängt vom Pakt ab.«

»Sie sind ohne Zweifel ein Mann, der alles daransetzen wird, von den Inseln zu flüchten. Trotz der großen Schwierigkeiten. Vielleicht gelingt es Ihnen sogar. Was mich anlangt, so bleibe ich noch fünf Monate auf dem Direktionsposten der Inseln. Wissen Sie, was eine Flucht den Kommandanten der Inseln kostet? Ein Jahr normales Gehalt. Das heißt kompletter Verlust der Kolonialzulage; um sechs Monate verspäteter Abschied und um drei Monate weniger Zulage. Und je nach den Untersuchungsergebnissen, wenn es sich um eine Fahrlässigkeit von seiten des Kommandanten handelte, möglicherweise auch noch den Verlust eines Streifens. Sie sehen, es ist ernst. Aber wenn ich meine Arbeit ehrlich tue, so habe ich nicht das Recht, Sie in eine Zelle oder in den Bunker zu stecken, weil Sie eines Fluchtversuches fähig sind. Ich müßte mir wenigstens irgendein Vergehen ausdenken. Und das möchte ich nicht. Daher hätte ich gerne Ihr Wort, daß Sie bis zu meiner Abreise von den Inseln keinen Fluchtversuch unternehmen. Fünf Monate lang.«

»Ich gebe Ihnen mein Wort, Herr Kommandant, daß ich mich nicht davonmache, solange Sie hier sein werden, wenn es nicht sechs Monate überschreitet.«

»Ich gehe in weniger als fünf Monaten weg, das ist absolut sicher.«

»Sehr gut. Fragen Sie Dega, er wird Ihnen sagen, daß ich mein Wort halte.«

»Ich glaube Ihnen.«
»Aber als Gegenleistung bitte ich um eine andere Sache.«
»Um was?«
»Daß ich bereits während der fünf Monate, die ich hier verbringen muß, Beschäftigungen erhalte, deren Vorteil mir erst später zugute kämen, und daß ich vielleicht sogar die Insel wechseln kann.«
»Gut. Einverstanden. Aber das muß streng unter uns bleiben.«
»Jawohl, Herr Kommandant.«
Er läßt Dega kommen. Dega überzeugt ihn, daß ich nicht zu denen passe, die »gute Führung« haben, sondern daß mein Platz im Gebäude der Gefährlichen ist. Dort befinden sich alle meine Freunde. Man gibt mir meinen Beutel mit den Sträflingseffekten zurück, und der Kommandant läßt einige Hosen und weiße Hemdblusen aus der Schneiderei hinzufügen.
Und so mache ich mich denn mit zwei tadellosen weißen, ganz neuen Hosen, drei Kitteln, einem Hut aus Reisstroh, begleitet von einem Aufseher, auf den Weg zum zentralen Lager. Um von dem kleinen Verwaltungsgebäude zum Lager zu gelangen, muß man die Hochebene überqueren. Wir kommen am Spital der Aufseher vorbei, entlang der Mauer, die vier Meter breit das ganze Gefängnis umgibt. Nachdem wir fast die ganze Runde um das riesige Geviert gemacht haben, kommt man an das Haupttor. »Strafanstalt der Inseln – Sektion Royale.« Das riesige Tor ist aus Holz, weit geöffnet. Es muß bis zu sechs Meter hoch sein. Zwei Wachtposten zu je vier Wächtern, auf Stühlen sitzend, einer mit Streifen. Keine Gewehre, alle tragen Revolver. Ich sehe auch fünf oder sechs arabische Wächter. Als ich vor der Wachstube erscheine, treten alle Wachen heraus. Der Chef, ein Korse, sagt: »Da – ein Neuer, und einer von Klasse.« Die Wächter machen sich ans Durchsuchen, aber er hält sie an: »Ödet ihn nicht an, sein ganzes Zeug herauszukramen. Komm, tritt ein, Papillon. Im Spezialbau erwarten dich sicher eine Menge Freunde. Ich heiße Sofrani. Viel Glück auf den Inseln.«
»Danke, Chef«, und ich komme in einen großen Hof, von drei hohen Mauern umgeben. Ich folge dem Aufseher, der mich zu einer von ihnen führt. Über der Tür die Inschrift: »Bau A – Sondergruppe.« Sie wird weit geöffnet, und der Aufseher schreit: »Feldwache!« Da erscheint ein alter Sträfling. »Ein Neuer«, sagt der Chef und geht weg.
Ich komme in einen sehr großen rechteckigen Saal, wo hundertzwanzig Männer sind. So wie in der ersten Baracke, in Saint-Laurent, läuft eine Eisenstange an den Längsseiten entlang, nur von der Eingangstür unterbrochen, einem Eisengitter, das nur nachts geschlossen wird. Zwischen der Mauer und dieser Eisenstange sind ganz straff Tücher gespannt, die als Bett dienen und die man »Hängematten« nennt, obwohl sie keine sind. Diese »Hängematten« sind bequem und hygienisch. Über jeder sind zwei Bretter angebracht, auf die man seine Sachen legen kann: eines für die Wäsche,

das andere für die Lebensmittel, für das Geschirr und so weiter. Zwischen den Reihen der Hängematten ein Durchgang, drei Meter breit, der »Korso«. Die Männer leben hier ebenfalls in kleinen Gemeinschaften, in »Hütten«. Es gibt solche von nur zwei, aber auch solche von zehn Mann. Ich bin noch kaum eingetreten, da kommen schon von allen Seiten Sträflinge ganz in Weiß herbei: »Papi, komm hierher.« »Nein, komm zu uns.« Grandet nimmt meinen Beutel und sagt: »Er macht die Hütte mit mir.« Ich folge ihm. Er richtet mir das Tuch, das mir als Bett dienen wird, schön straff. »Da, ein Kopfkissen aus Hühnerfedern, Alter«, sagt Grandet. Ich finde einen Haufen Freunde wieder. Viele Korsen und Marseiller, manche Pariser, alles Freunde aus Frankreich oder bekannte Typen von der Santé, von der Conciergerie oder von der Überfahrt. Ich bin erstaunt, sie hier zu sehen, und frage: »Ihr seid nicht auf Arbeit, um diese Stunde?« Da lachen sie alle. »Ha, du wirst uns das bald nachmachen! In dem Bau hier arbeitet nie einer länger als eine Stunde am Tag. Dann geht's zurück in die Hütte.« Wirklich, ein warmer Empfang. Hoffen wir, daß das anhält. Aber sehr bald werde ich mir einer Sache bewußt, die ich nicht vorausgesehen habe: Trotz der wenigen im Spital verbrachten Tage muß ich erst wieder lernen, in Gemeinschaft zu leben. Ich nehme an einer Sache Teil, die ich mir so nicht vorgestellt hätte. Ein Kerl tritt ein, weiß gekleidet, trägt etwas, mit einem tadellos sauberen Tuch zugedeckt, und schreit: »Beefsteaks, wer will Beefsteaks?« Er kommt Schritt für Schritt zu uns heran, bleibt stehen, lüftet das weiße Tuch, und es erscheinen, schön aufgeschichtet wie in einem Pariser Fleischerladen, Beefsteaks, ein ganzes Tablett voll. Grandet scheint täglicher Kunde zu sein: er wird nicht gefragt, ob er Beefsteaks will, nur wie viele.
»Fünf.«
»Vom Hinteren oder von der Schulter?«
»Vom Hinteren.«
»Wieviel schulde ich dir? Gib mir die Rechnung. Denn jetzt, wo wir einer mehr sind, wird es nicht gleichbleiben.«
Der Beefsteakverkäufer zieht sein Heft heraus und beginnt zu rechnen:
»Es macht fünfunddreißig Franc, alles inbegriffen.«
»Zahl dir's vom Konto, und beginnen wir bei Null.«
Nachdem der Mann weg ist, sagt Grandet zu mir: »Wenn du hier keinen Flachs hast, krepierst du. Aber wir haben ein System, um sie jederzeit zu haben: die ›Masche‹.«
Bei den Schweren heißt »Masche« die Art, wie ein jeder es zustande bringt, sich mit Geld zu versehen. Der Lagerkoch verkauft als Beefsteaks das reine Fleisch, das für die Gefangenen bestimmt ist. Wenn er es in die Küche bekommt, schneidet er ungefähr die Hälfte weg. Je nach den Stücken bereitet er die Beefsteaks zu, das Fleisch fürs Ragout und das zum Kochen. Ein Teil wird über die Frauen an die Aufseher verkauft, ein Teil an die Strafgefangenen, die genug

Geld haben, es zu kaufen. Selbstverständlich gibt der Koch einen Teil von seinem Verdienst an den jeweiligen Aufseher der Küche ab. Der erste Bau, wo er sich mit seiner Ware zeigt, ist immer der von der Spezialgruppe, Bau A: der unsere.

Die »Masche« besteht also darin: der Koch verkauft das Fleisch und das Fett; der Bäcker verkauft Brot, das nur in seiner Einbildung existiert, und Weißbrot, das für die Aufseher bestimmt ist; der Fleischer, der das Fleisch zu liefern hat, verkauft es nebenbei; der Sanitäter verkauft Injektionen; der Buchhalter erhält Geld dafür, daß er dem oder jenem einen günstigen Posten zuschanzt, oder einfach nur dafür, daß er dich von einer Arbeitsgruppe befreit; der Gärtner verkauft frisches Gemüse und Früchte; der Sträfling, der im Laboratorium beschäftigt ist, verkauft die Ergebnisse von Analysen und geht so weit, falsche Tuberkulöse zu fabrizieren, falsche Lepröse und so weiter; Diebsspezialisten in den Aufseherhäusern verkaufen Eier, Hühner und Seife aus Marseille; die »Hausburschen« (auch Haussöhne) treiben Handel mit den Hausfrauen, wo sie arbeiten, und schaffen herbei, was man will: Butter, Kondensmilch, Milchpulver, Thunfischkonserven, Sardinen, Käse, und selbstverständlich Weine und sonstigen Alkohol (daher gibt es in meiner Hütte immer eine Flasche Ricard und englische oder amerikanische Zigaretten); diejenigen, die das Recht zum Fischen haben, verkaufen ihren Fisch und ihre Krabben.

Aber die beste »Masche«, auch die gefährlichste, ist die, Spielhalter zu sein. Die Regel besagt, daß es pro Bau von hundertzwanzig Mann nicht mehr als drei oder vier Spielhalter geben darf. Wer sich entschließt, die Spieler an sich zu reißen, stellt sich eines Nachts während der Spielpartie vor und sagt: »Ich möchte den Platz des Spielhalters einnehmen.«

Man antwortet ihm: »Nein.«

»Ihr alle sagt nein?«

»Alle.«

Also wählt man einen von den Spielhaltern, um seinen Platz zu bekommen. Der Soundso hat verstanden. Er erhebt sich, geht in die Saalmitte, und die beiden beginnen ein Messerduell. Wer gewinnt, wird Spielhalter. Die Spielhalter heben fünf Prozent von jedem gewonnenen Spiel ein.

Die Spiele sind eine Gelegenheit für andere kleine »Maschen«. Da gibt es den, der die Spieltücher festspannt, den, der ganz kleine Schemel an diejenigen Spieler vermietet, die sich nicht mit gekreuzten Beinen auf ihren Hintern setzen können, oder den Zigarettenverkäufer. Der verteilt auf dem Spieltuch mehrere leere Zigarrenschachteln, voll mit französischen, englischen, amerikanischen Zigaretten, sogar selbstgedrehte gibt es. Jede Zigarette hat ihren Preis, und der Spieler bedient sich selber, peinlich genau den vorgeschriebenen Preis in die Schachtel einzahlend. Es gibt auch den, der die Petroleumlampen vorbereitet und darüber wacht, daß sie nicht allzusehr rußen. Es sind aus Milchkonserven gemachte Lampen, deren Deckel durchbohrt ist für einen Docht, der sich mit Petroleum ansaugt und häufig gewechselt werden muß. Für die Nichtraucher gibt's Bonbons und Kuchen, die ebenfalls das Ergebnis einer besonderen »Masche« sind. Jeder Bau hat einen oder zwei Kaffeeköche. Auf seinem Platz, bedeckt mit zwei Jutesäcken, wird der Kaffee die ganze Nacht über warm gehalten. Von Zeit zu Zeit geht der Kaffeekoch durch den Saal und bietet Kaffee oder Kakao in einer Art hausgemachtem Thermostopf an. Schließlich gibt es die »Masche« der fliegenden Händler. Es ist so etwas wie eine handwerkliche »Masche«. Einige verarbeiten Stücke aus den Panzern der Schildkröten, die die Fischer erbeutet haben, zu allerhand Gebrauchsgegenständen und Schmuckstücken. Ein Schildkrötenpanzer ist aus verschiedenen Platten zusammengesetzt wie ein Mosaik, jede dieser Platten hat ein ganz beträchtliches Gewicht. Der Kunsthandwerker zerlegt den Panzer und macht aus dem so gewonnenen Rohmaterial je nach Eignung Kämme, Bürstenrücken, Zigarettenspitzen, Halsketten, Armreifen, Ohrringe. Ich habe sogar eine wirklich wunderschöne, aus hellem Schildpatt gemachte Kassette gesehen. Andere schnitzen Gegenstände aus Kokosschalen, Rinder- und Büffelhörnern, aus Ebenholz und aus einheimischen Hölzern von den Inseln, sie sehen wie Schlangen aus. Andere sind Meister der Kunsttischlerei und stellen Gegenstände ganz ohne Nagel her, nur höchst genau aus einzelnen Stücken zusammengefügt. Die besonders Begabten arbeiten in Bronze. Nicht zu vergessen die Kunstmaler.

Es kommt vor, daß sich mehrere Talente zusammentun, um einen einzigen Gegenstand herzustellen. Zum Beispiel nimmt ein Fischer einen Haifisch. Er präpariert dessen offenes Maul, poliert und schleift die Zähne glatt. Ein Kunsttischler macht ein verkleinertes Modell von einem Anker aus weichem und fein gemasertem Holz, breit genug, um darauf malen zu können. Dann wird das offene Haifischmaul an diesem Anker befestigt, auf den ein Maler die Îles du Salut, umgeben vom Meer, malt. Das häufigste Sujet dafür ist folgendes: Man sieht die Spitze der Insel Royale, die Meerrinne, und dann die Insel Saint-Joseph. Die untergehende Sonne entsendet leuchtend-feurige Strahlen aufs blaue Meer. Auf dem Wasser ein Boot mit sechs aufrecht stehenden Sträflingen, die Oberkörper nackt, die Ruder erhoben, und drei Wächter am Heck, mit Maschinenpistolen in den Händen. Am Bug heben zwei Männer einen Sarg hoch, von dem, in einen Mehlsack gehüllt, der Körper eines toten Sträflings ins Meer gleitet. Man bemerkt Haifische an der Wasseroberfläche, die mit offenem Maul die Leiche erwarten. Rechts unten neben dem Bild steht: »Begräbnis auf Royale« – und das Datum dazu.

Alle diese verschiedenen Waren werden in den Häusern der Aufseher verkauft. Die schönsten Stücke sind häufig beangabt oder werden nur auf Bestellung gemacht. Den Rest verkaufen sie auf den Schiffen, die an den Inseln vorbeikommen. Das ist die Domäne der Ruderer. Es gibt auch die Fälscher, solche, die einen alten, verwitterten Becher nehmen und darauf eingravieren: »Dieser Becher gehörte Dreyfus – Teufelsinsel – Datum.« Das gleiche geschieht mit Löffeln und Eßgeschirr.

Dieser ständige Handel bringt viel Geld auf die Inseln, und die Aufseher sind interessiert daran. Sie glauben, daß die Männer auf diese Weise leichter zu führen sind und sich mit dem neuen Leben besser abfinden.

Die Homosexualität trägt öffentlichen Charakter. Bis hinauf zum Kommandanten weiß jeder, daß ein Jemand mit einem anderen Jemand Frau und Mann sind, und wenn man den einen auf eine andere Insel schickt, wird alles darangesetzt, ihm den anderen schnell nachzuschicken, wenn nicht ohnehin schon darauf Bedacht genommen wurde, die beiden beisammen zu lassen.

Kaum drei Prozent von allen diesen Männern versuchen von den Inseln zu fliehen. Nicht einmal die, die Lebenslänglich haben. Die einzige Möglichkeit, die es gibt, ist, mit allen Mitteln zu versuchen, aus der Internierung herauszukommen und nach Saint-Laurent, Kourou oder Cayenne geschickt zu werden. Das lohnt sich aber nur für die auf Zeit Internierten. Die Lebenslänglichen können das nur durch einen Mord erreichen. Wenn man jemanden getötet hat, wird man nach Saint-Laurent vor Gericht gebracht. Aber da man, um dorthin zu kommen, ein Geständnis abgelegt haben muß, riskiert man fünf Jahre Strafhaft wegen Mordes, ohne daß man den kurzen Aufenthalt in der Disziplinarhaft von Saint-Laurent – höchstens drei Monate – für eine Flucht ausnützen könnte.

Man kann auch versuchen, aus medizinischen Gründen aus der Absperrung herauszukommen. Wenn man als Tuberkulöser anerkannt wird, wird man ins Lager der Tuberkulösen gebracht, ins sogenannte »neue Lager«, achtzig Kilometer von Saint-Laurent. Es gibt auch die Lepra oder die chronische Dysenterie. Da ist es einigermaßen leicht, zum Erwünschten zu kommen, aber es bedeutet auch eine furchtbare Gefahr: das Zusammenleben in einem Spezialpavillon, isoliert für fast zwei Jahre, mit Kranken der gewählten Art. Sich als Leprösen auszugeben und die Lepra dann tatsächlich zu erwischen, eine Prachtlunge zu haben und als Tuberkulöser herauszukommen, dazu braucht es nur eines kleinen Schrittes, der häufig genug getan wird. Was die Dysenterie anlangt, so ist es noch schwerer, der Ansteckung zu entgehen.

So bin ich also mit meinen hundertzwanzig Kameraden im Bau A. Man muß lernen, in solcher Gemeinschaft zu leben, wo man sehr schnell abgestempelt wird. Zuerst einmal muß jeder zu wissen bekommen, daß man dich nicht ohne Gefahr angreifen darf. Einmal gefürchtet, erwirbt man sich Respekt durch die Art, wie man sich den Aufsehern gegenüber verhält, wie man gewisse Tätigkeiten ablehnt, wie man niemals die Autorität der Wächter anerkennt, nie-

mals gehorcht, selbst um den Preis eines Zusammenstoßes mit einem Aufseher. Wenn man die ganze Nacht hindurch gespielt hat, geht man nicht einmal zum Appell. Der Wächter der Casa (unser Bau wird die »Casa« genannt) ruft einfach: »Ein Bettlägriger.« In den beiden anderen »Casas« gehen die Aufseher manchmal den gemeldeten »Kranken« suchen und zwingen ihn, am Appell teilzunehmen. Niemals aber im Gebäude der Starrköpfe. Denn woran ihnen vor allem liegt, dem Höchsten und dem Niedrigsten, ist Ruhe im Bau.
Mein Freund Grandet, mit dem ich in Hüttengemeinschaft lebe, ist ein Marseiller von fünfunddreißig Jahren. Sehr groß, mager wie ein Nagel, aber sehr stark. Wir sind Freunde von Frankreich her, waren zusammen in Toulon, ebenso in Marseille und Paris.
Er ist ein berühmter Geldschrankknacker, ein guter Kerl, dennoch kann er sehr gefährlich sein. Heute bin ich fast allein in dem riesigen Saal. Der Chef der »Casa« fegt den Betonboden. Ich sehe einen Mann, der dabei ist, eine Uhr zu richten, vor dem linken Auge irgendein Ding aus Holz. Das Brett über seiner Hängematte ist voll mit zwei Dutzend Uhren. Der Bursch mit den Zügen eines Mannes in den Dreißigern hat ganz weiße Haare. Ich nähere mich ihm und schaue ihm bei der Arbeit zu, dann versuche ich ein Gespräch anzuknüpfen. Er hebt nicht einmal den Kopf und bleibt stumm. Ein wenig verärgert wende ich mich ab, gehe in den Hof hinaus und setze mich vors Waschhaus. Dort finde ich Titi den Spieler mit einem vollkommen neuen Kartenspiel beschäftigt. Seine flinken Finger mischen die zweiunddreißig Karten mit unglaublicher Schnelligkeit, und ohne in diesem Spiel seiner geschickten Taschenspielerhände innezuhalten, sagt er: »Na, mein Alter, wie geht's? Fühlst du dich wohl auf Royale?«
»Ja, aber heute langweile ich mich. Ich werde ein bißchen arbeiten gehen, so komme ich heraus aus dem Lager. Eben wollte ich mich mit einem Burschen unterhalten, so ein Uhrmacher ist das, aber er hat mir nicht einmal geantwortet.«
»Du redest dich leicht, Papi. Der Bursche hustet auf jeden. Der kennt nur seine Uhr. Der Rest ist ihm Scheiße. Nach dem, was ihm zugestoßen ist, hat er ein Recht, sich einzukapseln. Stell dir vor, dieser Junge – man kann ihn so nennen, denn er ist noch nicht einmal dreißig – ist im vergangenen Jahr zum Tod verurteilt worden, weil er sozusagen die Frau eines Aufsehers vergewaltigt hat. Der reine Blödsinn. Er hat schon lange vorher mit seiner Hausfrau geschlafen, der Angetrauten eines bretonischen Oberaufsehers. Da er bei ihnen als Hausbursch arbeitete, führte sich der Uhrmacher das hübsche Kind jedesmal zu Gemüte, wenn der Bretone Dienst hatte. Nur einen Fehler leisteten sich die beiden: das Weibsstück ließ ihn nicht mehr die Wäsche waschen und bügeln, sie besorgte das selbst, und ihr Hahnrei von einem Gatten, der ihre Faulheit kannte, fand das seltsam und begann Verdacht zu schöpfen. Aber er hatte keinen Beweis für sein Pech. Also dachte er sich etwas aus,

um die zwei Hübschen in flagranti zu erwischen und beide zu töten. Er rechnete nicht mit der Reaktion des Weibsstücks. Eines Tages verließ er seinen Dienst zwei Stunden nachdem er ihn angetreten hatte und bat einen Aufseher, ihn nach Hause zu begleiten, unter dem Vorwand, er wolle ihm einen Schinken schenken, den er von irgendwem als Draufgabe erhalten habe. Leise kam er zu seiner Haustür, aber kaum öffnete er sie, da begann der Papagei zu kreischen: ›Der Herr ist da!‹, wie das Vieh es immer tat, wenn der Gammler heimkam. Sofort fängt die Frau zu schreien an: ›Zu Hilfe, er vergewaltigt mich!‹ Die beiden Aufseher betreten das Zimmer gerade in dem Augenblick, wo die Frau sich aus den Armen des Sträflings frei macht, der schnell aus dem Fenster springt, während der Gehörnte hinter ihm dreinschießt. Eine Kugel erwischt ihn in der Schulter, inzwischen zerkratzt sich das Weib schnell Brust und Wangen, zerreißt auch ihren Morgenrock. Der Uhrmacher stürzt, und in dem Augenblick, da der Bretone ihn packen will, entreißt ihm der andere Hundsfott die Waffe. Du mußt wissen, daß der andere ein Korse war und natürlich sofort kapierte, daß ihm sein Chef eine ganz blödsinnige Geschichte aufgetischt hatte. Beim Arsch, das war keine Vergewaltigung! Aber der Korse konnte dem Bretonen das wieder nicht sagen und tat so, als ob er an die Vergewaltigung glaubte. Der Uhrmacher wurde zum Tod verurteilt. Bis hierher, mein Alter, ist die Geschichte nichts Besonderes, aber was nachher kam, macht sie interessant.
Auf Royale, im Strafgebäude, befindet sich eine Guillotine, jeder Teil von ihr wird in einem anderen abgesonderten Raum aufbewahrt. Im Hof sind die fünf Steinplatten, auf denen man sie errichtet, fein und gerade geschliffen. Jede Woche stellt der Henker mit seinen Gehilfen, zwei Sträflingen, die Guillotine mitsamt dem Messer und dem übrigen Krempel auf, und dann schneiden sie ein oder zwei Baumstrünke auseinander. Auf diese Weise vergewissern sie sich, ob die Guillotine noch immer in Schuß ist.
Der Savoyarden-Uhrmacher war jedoch in einer Todeszelle mit vier anderen Verurteilten untergebracht, drei Arabern und einem Sizilianer. Alle fünf erwarteten eine Antwort auf ihr Gnadengesuch, das die sie verteidigenden Aufseher eingebracht hatten.
Eines Morgens wird die Guillotine aufgestellt und die Tür zum Savoyarden heftig aufgerissen. Die Henker werfen sich auf ihn, fesseln ihm die Beine und binden ihm die Handgelenke mit demselben Strick, an dem seine Beine hängen. Und so muß er im frühmorgendlichen Halbdunkel an die zwanzig Meter dahintrippeln. Du mußt wissen, Papillon, wenn du vor der Guillotine stehst, siehst du ein schwankendes Brett, an dem Eisenbügel befestigt sind. Dort wirst du angehängt. Man hängt ihn also an und beginnt, das Brett, über das sein Kopf hinausragt, ins Schwanken zu bringen, als plötzlich unser jetziger Kommandant erscheint, der bei jeder Exekution

anwesend sein muß. Er hält eine große Sturmlaterne in der Hand, und kaum hat er die Szene beleuchtet, merkt er, daß diese Idioten sich geirrt haben: sie sind im Begriff, dem Uhrmacher den Kopf abzuschneiden, der an eben diesem Tag überhaupt nichts in dieser Zeremonie zu suchen hat.

›Aufhören!‹ schreit Barrot. Er ist so erschrocken, daß es ihm die Rede verschlägt. Er läßt die Laterne fallen, stößt alle beiseite, die Aufseher und die Henker, und bindet eigenhändig den Savoyarden los. Schließlich kommt er zu sich und befiehlt: ›Bringt ihn in seine Zelle zurück. Sanitäter, kümmere dich um ihn. Verlassen Sie ihn nicht, geben Sie ihm Rum. Und ihr idiotischen Kretins, lauft und holt schnell den Recasseu, der wird heute exekutiert und nicht ein anderer!‹

Am nächsten Tag hat der Savoyarde ganz weiße Haare, so wie du es heute gesehen hast. Sein Advokat, ein Aufseher aus Calvi, schrieb ein neues Gnadengesuch an den Justizminister, in dem er den ganzen Vorfall schilderte. Der Uhrmacher wurde begnadigt, zu Lebenslänglich. Seither verbringt er die Zeit damit, die Uhren der Aufseher zu reparieren. Es ist seine Leidenschaft. Er beobachtet sie lange Zeit, daher die vielen aufgehängten Uhren auf dem Brett. Jetzt verstehst du bestimmt, daß er das Recht hat, ein wenig angerührt und absonderlich zu sein, der arme Tropf, ja?«

»Natürlich versteh ich's. Nach einem solchen Schock. Er tut mir leid.«

Jeden Tag lerne ich etwas hinzu über dieses neue Leben. Die »Casa A« ist wirklich eine Ansammlung von gefährlichen Männern, sowohl was ihre Vergangenheit anlangt wie auch ihr ganzes Verhalten im Alltag. Ich arbeite noch immer nicht: ich warte auf den Posten eines Müllführers, der mir nach einer Dreiviertelstunde Arbeit die Freiheit auf der Insel gibt und das Recht, fischen zu gehen.

An diesem Morgen während des Appells für den Arbeitszug der Kokospalmenpflanzer wird Jean Castelli aufgerufen. Er tritt aus der Reihe hervor und fragt: »Was heißt das? Man will mich zur Arbeit schicken, mich?«

»Ja, Sie!« sagt der Gammler von der Begleitmannschaft. »Da, hier, nehmen Sie diese Hacke!«

Eiskalt blickt ihn Castelli an: »Sag einmal, du Auvergnat du, siehst du nicht, daß man aus deinem Kaff kommen muß, um zu wissen, wie man mit diesem komischen Instrument umgeht? Ich bin ein Marseiller Korse. In Korsika wirft man die Arbeitsgeräte weit von sich, und in Marseille weiß man nicht einmal, daß sie existieren. Behalt dir deine Hacke und laß mich in Ruhe.«

Der junge Aufseher, noch nicht ganz informiert, wie ich später erfahren habe, erhebt die Hacke gegen Castelli. Wie aus einem Mund brüllen hundertzwanzig Mann: »Charognard, rühr ihn nicht an, oder du bist tot.«

»Wegtreten!« schreit Grandet, und ohne sich um die Angriffsstel-

lung zu kümmern, die alle Aufseher eingenommen haben, kehren wir alle miteinander in die Casa zurück.
Die »Casa B« marschiert vorbei zur Arbeit, »Casa C« ebenfalls. Ein Dutzend Aufseher sammelt sich, und, eine seltene Sache, sie schließen die Gittertür. Eine Stunde später sind vierzig Aufseher zur Stelle, rechts und links von der Tür, die Maschinenpistole im Arm. Dazu der stellvertretende Kommandant, der Chef der Wache, der Chefaufseher, kurz, alle sind da – bis auf den Kommandanten, der um sechs Uhr früh – *vor* dem Zwischenfall – zur Inspektion auf die Teufelsinsel wegmußte.
Der stellvertretende Kommandant sagt:
»Daceli, rufen Sie die Männer einen nach dem andern auf.«
»Grandet?«
»Hier.«
»Treten Sie vor!«
Er geht hinaus, in die Mitte der vierzig Gammler. Daceli sagt ihm:
»Gehen Sie an ihre Arbeit.«
»Ich kann nicht.«
»Sie weigern sich?«
»Nein, ich weigere mich nicht, ich bin krank.«
»Seit wann? Sie haben sich beim ersten Appell nicht krank gemeldet.«
»Am Morgen war ich nicht krank, aber jetzt bin ich's.«
Die ersten sechzig Herausgerufenen antworten alle genau dasselbe, einer nach dem andern. Nur einer ging bis zur Gehorsamsverweigerung. Zweifellos hatte er die Absicht, sich nach Saint-Laurent vor das Kriegsgericht bringen zu lassen. Als man ihn fragte: »Sie weigern sich?«, antwortete er:
»Ja, ich weigere mich dreimal.«
»Warum dreimal?«
»Weil ich auf euch scheiße. Ich weigere mich kategorisch, für solche Idioten zu arbeiten, wie ihr es seid.«
Ungeheure Spannung. Die Wachen, diese Gammler, vor allem die jungen, ertrugen es nicht, von einem Sträfling derart erniedrigt zu werden. Sie warteten nur auf eine einzige Sache: auf irgendeine Bewegung, die ihnen erlauben würde, ihre Waffen in Aktion zu setzen, die bis jetzt auf den Boden gerichtet waren.
»Alle Aufgerufenen nackt ausziehen! In Marsch setzen zu den Zelten!« Während die Sachen auf den Boden fallen, ist ab und zu auch das klirrende Geräusch eines Messers auf dem Asphalt zu hören. In dem Augenblick kommt der Arzt an.
»Halt, der Arzt ist da! Würden Sie wohl diese Männer hier untersuchen, Herr Doktor? Wer nicht als krank erkannt wird, kommt in die Strafzelle. Die anderen haben in der Casa zu bleiben.«
»Sechzig Kranke?«
»Ja, Herr Doktor, mit Ausnahme des einen, der die Arbeit verweigert.«

»Fangen wir an«, sagt der Doktor. »Grandet, was fehlt Ihnen?«
»Bauchweh von wegen einem Aufseher, Herr Doktor. Wir sind alle Männer, die zu langen Strafen verurteilt sind, die Mehrzahl zu Lebenslänglich. Auf den Inseln – keine Hoffnung auf Flucht. Daher können wir dieses Leben nur ertragen, wenn es gewisse Elastizitäten und mehr Verständnis im Reglement gibt. Aber heute morgen hat sich ein Aufseher vor uns allen erlaubt, mit dem Hackenstiel auf einen Kameraden loszugehen, den jedermann achtet. Es war keine Abwehrbewegung, der Mann hat niemanden bedroht. Er hat nur gesagt, daß er keine Hacke in die Hand nehmen will. Das also ist die wahre Ursache unserer kollektiven Epidemie. Es liegt nun an Ihnen, Herr Doktor, zu urteilen.«
Der Arzt senkt den Kopf, denkt eine Weile nach und sagt dann: »Sanitäter, schreiben Sie! ›Aufgrund einer allgemeinen Lebensmittelvergiftung hat der Obersanitäter XYZ die notwendigen Maßnahmen zu ergreifen, um mit zwanzig Gramm Natronsulfat die Verdauung von all denen zu reinigen, die sich heute krank gemeldet haben.‹ Was den Verbannten X anlangt, so bringen Sie ihn zur Beobachtung ins Spital, damit wir feststellen, ob er seine Arbeitsverweigerung auch im Vollbesitz seiner gesunden Sinne ausgesprochen hat.«
Dreht sich um und geht weg.
»Alle Mann hinein!« schreit der Zweite Kommandant. »Nehmt eure Sachen und vergeßt eure Messer nicht!« An diesem Tag blieben alle in der Casa, niemand durfte hinaus, nicht einmal der Brotträger. Gegen Mittag kam der Obersanitäter, von zwei Hauptsanitätern begleitet, anstatt mit der Suppe mit einem Holzeimer herein, voll von Natronsulfatlauge. Nur die ersten drei waren gezwungen, die Brühe zu schlucken, der vierte fiel auf den Eimer, indem er einen Epilepsieanfall täuschend nachahmte, warf ihn um, und die Brühe ergoß sich nach allen Seiten. Der Zwischenfall endete also damit, daß der Chef der Casa die Brühe aufwischen mußte.
Den Nachmittag verbrachte ich im Gespräch mit Jean Castelli. Er aß mit uns. Er macht die Hütte mit einem Touloneser, Louis Gravon, verurteilt wegen Pelzdiebstahls. Als ich mit ihm von einem Fluchtversuch spreche, bekommt er glänzende Augen. Er sagt:
»Im letzten Jahr habe ich probiert, zu flüchten, aber dann habe ich Schiß bekommen. Ich habe gleich vermutet, daß du nicht der Mann bist, der es hier lange aushält. Nur, sprichst du auf den Inseln von Flucht, so redest du chinesisch. Anderseits bemerke ich, daß du die Inselhäftlinge noch nicht richtig verstehst. Neunzig Prozent von ihnen, so wie du sie siehst, sind relativ glücklich hier. Keiner wird dich je verraten, was immer du tust. Wird einer erschlagen, gibt's niemals einen Zeugen. Stiehlst du – dasselbe. Was immer einer von den Kumpels anstellt, alle machen ihm die Mauer. Die Inselhäftlinge haben nur vor einer einzigen Sache Angst – daß eine Flucht gelingt. Denn dann ist ihre relative Ruhe mit einemmal da-

hin: ununterbrochene Durchsuchungen, kein Kartenspiel mehr, keine Musik – weil während der Durchsuchungen die Instrumente zerschlagen werden –, kein Schach- und kein Damespiel, keine Bücher mehr, nichts, überhaupt nichts! Und auch keine Pfuscharbeiten mehr. Alles, absolut alles wird ihnen entzogen. Ununterbrochene Fledderei: Zucker, Öl, Beefsteaks, Butter, alles verschwindet. Und noch jede gelungene Flucht von den Inseln war auf dem Festland zu Ende, in der Umgebung von Kourou. Aber von den Inseln weg ist sie immerhin gelungen, das wird den Aufsehern angekreidet, und sie rächen sich dafür an uns.«
Ich bin ganz Ohr. So gesehen, schmeckt mir die Sache wenig. Noch nie hatte ich die Sache von diesem Gesichtspunkt aus betrachtet.
»Kurz«, sagt Castelli, »wenn du dir eines Tages in den Kopf setzt, eine Flucht vorzubereiten, mußt du mit allem rechnen, und bevor du darüber mit einem Kumpel sprichst, und sei es dein bester Freund, überleg dir's zehnmal.«
Jean Castelli, ein berufsmäßiger Einschleichdieb, hat ungewöhnliche Willensstärke und Intelligenz. Er haßt jede Gewalttätigkeit. Sein Spitzname ist »Griechenland«. Zum Beispiel wäscht er sich nur mit Seife aus Marseille, und wenn ich mich mit Palmolive gewaschen habe, sagt er: »Ehrenwort, du riechst nach Homo! Du hast dich mit Weiberseife gewaschen!« Leider ist er schon zweiundfünfzig, aber seine eiserne Energie zu beobachten ist die reine Freude. Er sagt mir: »Du könntest mein Sohn sein, Papillon. Das Leben auf den Inseln interessiert dich nicht. Du ißt gut, das ist notwendig, um in Form zu bleiben, aber du wirst dich niemals darauf einrichten, dein ganzes Leben hier bei uns zu verbringen. Ich gratuliere dir dazu. Von allen Sträflingen gibt es kaum ein halbes Dutzend, die so denken wie du. Schon gar nicht an Flucht. Klar gibt es einen Haufen Männer, die ein Vermögen dafür bezahlen, von hier weg aufs Festland zu kommen, um von dort zu flüchten. Aber hier glaubt keiner an so was.«
Der alte Castelli gibt mir Ratschläge: Englisch lernen und bei jeder Gelegenheit mit einem Spanier spanisch reden. Er borgt mir ein Buch, aus dem kann einer das Spanische in vierundzwanzig Lektionen erlernen. Auch ein französisch-englisches Wörterbuch. Er ist sehr befreundet mit einem Marseiller, Gardès, der etwas von Fluchtversuchen versteht. Zweimal ist er schon geflüchtet, das erstemal aus einem portugiesischen Straflager, das zweitemal auf dem Festland. Er hat so seine eigenen Ansichten über einen Fluchtversuch von den Inseln. Jean Castelli auch. Gravon, der Touloneser, hat auch seine eigene Vorstellung von der Sache. Keine Meinung stimmt mit der anderen überein. Von dem Tag an fasse ich den Entschluß, alles mit mir selbst abzumachen und nicht mehr von Flucht zu sprechen. Schwer, aber so ist es eben.
Die einzige Sache, über die sich alle hier einig sind, ist: Karten spielen ist nur interessant wegen des Geldes, das man dabei gewinnen

kann, und daß es eine sehr gefährliche Sache ist; zu jeder beliebigen Minute kann man gezwungen sein, mit dem erstbesten Fausthelden einen Messerkampf auszutragen.
Gestern abend hatte ich Gelegenheit, fast dem ganzen Saal beizubringen, wie ich denke und handle. Ein kleiner Toulouser wurde von einem Mann aus Nîmes zum Messerkampf herausgefordert. Der kleine Toulouser, mit Spitznamen »Sardine«, und der grobschlächtige Kerl aus Nîmes, Mouton, und der Oberkörper nackt, das Messer in der Hand, stehen in der Mitte des Ganges. Mouton: »Entweder du zahlst mir fünfundzwanzig Franc für jede Pokerpartie, oder du spielst nicht.« Die »Sardine« antwortet: »Wir haben noch keinem jemals etwas für eine Pokerpartie bezahlt. Warum gehst du auf *mich* los und nicht auf die Spielhalter?«
»Das geht dich einen Dreck an. Entweder du zahlst, oder du spielst nicht mit, oder du schlägst dich.«
»Nein, ich schlage mich nicht.«
»Du kneifst?«
»Ja. Weil ich riskiere, einen Messerstich abzukriegen oder mich gleich umbringen zu lassen von einem Fausthelden, wie du einer bist, der noch nie eine Flucht gewagt hat. Ich, ich bin ein Mann der Flucht. Ich bin nicht hier um zu töten oder getötet zu werden.«
Wir warten alle, was jetzt geschehen wird. Grandet sagt zu mir: »Er ist tapfer, der Kleine, und wirklich ›ein Mann der Flucht‹. Schade, daß man nichts sagen kann.« Ich öffne mein Messer und lege es unter meinen Hintern. Ich sitze auf Grandets Hängematte.
»Also, du Kneifer, zahlst du oder hörst du auf zu spielen? Antworte!« Und er macht einen Schritt auf die »Sardine« zu.
Da brülle ich: »Halt dein Maul, Mouton, und laß den Burschen in Ruhe!«
»Bist du verrückt geworden, Papillon?« murmelt Grandet.
Ohne mich von meinem Platz zu rühren, das offene Messer unter meiner linken Backe, den Griff in der Hand, sage ich:
»Nein, ich bin nicht verrückt, und jetzt hört einmal alle gut zu, was ich euch sage: Bevor ich mich mit dir schlage, Mouton – was ich tun werde, wenn du es verlangst, selbst nachdem ich gesprochen habe –, möchte ich dir und allen anderen sagen, daß ich seit meiner Ankunft in dieser Casa, wo wir mehr als hundert Kerle sind, alle vom Fach, mit Scham bemerkt habe, daß die schönste Sache, die verdienstvollste, die einzig wahre, nämlich die Flucht, hier nicht geachtet wird. Aber jeder Mann, der bewiesen hat, daß er ein ›Mann der Flucht‹ ist, wie der Kleine da sagt, daß er das Zeug in sich hat, sein Leben für eine Flucht zu riskieren, hat mehr als jeder andere Anspruch darauf, geachtet zu werden. Hat einer was dagegen zu sagen?« (Stille.) »In euren Gesetzen fehlt eines, und zwar das Hauptgesetz: die Vorschrift, daß jeder die ›Männer der Flucht‹ nicht nur zu achten hat, sondern ihnen auch zu helfen, sie zu unterstützen hat. Niemand ist verpflichtet, wegzulaufen, und ich gebe zu, daß ihr

alle, fast alle, entschlossen seid, euer Leben hier zu Ende zu leben. Aber wenn ihr nicht den Mut habt, ein neues Leben zu beginnen, dann habt zumindest Achtung vor den ›Männern der Flucht‹, so wie sie es verdienen. Und sollte einer dieses Männergesetz vergessen, so möge er mit schweren Folgen rechnen. Jetzt. Mouton, wenn du dich immer noch schlagen willst – bitte. Los!« Und ich springe in die Mitte des Saales, das Messer in der Hand. Mouton wirft das seine weg und sagt:
»Du hast recht, Papillon. Und weil du recht hast, möchte ich mich nicht mit dem Messer mit dir schlagen, sondern mit den Fäusten, um dir zu zeigen, daß ich kein Kneifer bin.«
Ich gebe mein Messer Grandet. Wir haben mehr als zwanzig Minuten wie die Wölfe gekämpft. Zum Schluß, durch einen geglückten Schlag auf den Kopf, habe ich den Kampf gerecht gewonnen.
Während wir uns gemeinsam im Waschraum das Blut vom Gesicht herunterwaschen, sagt Mouton zu mir: »Tatsächlich, man wird zum Vieh auf diesen Inseln. Jetzt bin ich schon fünfzehn Jahre da und habe nicht einmal tausend Franc für den Versuch ausgegeben, von hier fortzukommen. Es ist eine Schande.« Als ich in die Hütte zurückkomme, schreien mich Grandet und Galgani an: »Bist du krank, alle Welt herauszufordern und zu beschimpfen? Es war das reine Wunder, daß niemand dazwischengesprungen ist, um sich mit dir zu stechen.«
»Nein, meine Freunde, das ist gar nicht so verwunderlich. Wenn jemand wirklich recht hat, ist jeder Mann aus unserem Kreis bereit, ihm auch recht zu geben.«
»Schon gut«, sagt Galgani, »aber du weißt, daß du hier auf einem Vulkan herumtanzt.« Den ganzen Abend über kamen Männer bei mir vorbei, um mich zu sprechen. Rein wie zufällig, und sie sprachen von irgendwas, aber beim Weggehen sagten sie: »Ich bin einverstanden mit dem, was du gesagt hast, Papi.« Nach dem Zwischenfall hatte ich bei den Männern einen Stein im Brett.
Von dem Tag an wurde ich bestimmt von meinen Kameraden als einer der Ihren angesehen, jedoch als einer, der sich den Dingen nicht unterwirft, ohne sie zu analysieren und zu besprechen. Ich bemerkte, daß es, wenn ich das Spiel hielt, weniger Streit gab, und wenn ich etwas befahl, dann gehorchten sie schnell.
Der Spielhalter, wie ich schon sagte, hebt fünf Prozent von jedem gewonnenen Spiel ein. Er sitzt auf einer Bank, den Rücken zur Mauer, um sich gegen einen jederzeit möglichen Mordanschlag zu sichern. Unter einem Tuch hat er auf seinen Knien ein offenes Messer versteckt. Um ihn herum ein Halbkreis von dreißig, vierzig, manchmal fünfzig Spielern aus allen Regionen Frankreichs, viele aus dem Ausland, die Araber eingerechnet. Das Spiel ist sehr einfach: Da sind der Bankhalter und die Mitspieler. Jedesmal wenn der Bankhalter verliert, gibt er seine Karten dem Nachbarn. Man spielt mit zweiundfünfzig Karten. Der Mitspieler teilt das Karten-

paket und behält sich versteckt eine Karte. Der Bankhalter zieht eine Karte und legt sie auf die Decke. Jetzt beginnt das eigentliche Spiel. Man setzt entweder auf den Mitspieler oder auf die Bank. Sobald die Einsätze in kleinen Häufchen deponiert sind, beginnt man eine Karte nach der anderen zu ziehen. Die Karte, die vom selben Wert der beiden auf der Decke liegenden ist, verliert. Zum Beispiel: der Mitspieler hat eine Dame versteckt und der Bankhalter eine fünf ausgelegt. Wenn also einer eine Dame vor der Fünf zieht, hat der Mitspieler verloren. Umgekehrt: wenn er eine Fünf zieht, hat die Bank verloren. Der Spielhalter muß die Höhe jedes Einsatzes kennen und sich merken, wer Mitspieler und wer Bankhalter ist, um zu wissen, wem das Geld zukommt. Das ist nicht leicht. Er muß die Schwachen gegen die Starken verteidigen und dabei immer versuchen, deren Ansehen zu mißbrauchen. Wenn der Spielhalter in einem Zweifelsfall eine Entscheidung trifft, muß diese Entscheidung ohne Debatte angenommen werden.
Eines Nachts hatte man einen Italiener namens Carlino ermordet. Er lebte mit einem Jungen, der ihm die Frau machte. Alle beide arbeiteten in einem Garten. Er dürfte gewußt haben, daß sein Leben in Gefahr war, denn wenn er schlief, wachte der Junge und umgekehrt. Unter ihrer Hängematte hatten sie leere Konservendosen aufgestellt, damit niemand darunterglieten konnte, ohne großen Lärm zu machen. Und trotzdem wurde er von unten her ermordet. Seinem Aufschrei folgte unmittelbar ein schreckliches Geschepper von leeren Büchsen, die der Mörder umgeworfen hatte.
Grandet leitete gerade eine Pokerpartie, rund um ihn her mehr als dreißig Spieler. Ich selbst stand in der Nähe des Spiels und unterhielt mich mit jemandem. Der Aufschrei und der Lärm der Konservenbüchsen stoppten das Spiel. Jeder erhob sich und fragte, was denn los sei. Carlinos junger Freund hat nichts gesehen, und Carlino atmet nicht mehr. Der Chef der Casa fragt, ob er die Aufseher rufen soll. Nein. Morgen beim Appell ist Zeit genug, es ihnen mitzuteilen. Jetzt, da er tot ist, kann man ohnehin nichts mehr für ihn tun. Grandet ergreift das Wort:
»Niemand hat etwas gehört. Auch du nicht, mein Kleiner«, sagt er zu dem Kameraden von Carlino. »Morgen früh beim Wecken bemerkst du, daß er tot ist.«
Und auf Teufel komm 'raus wird das Spiel fortgesetzt. Die Spieler, als wenn nichts gewesen wäre, fangen wieder an zu rufen: »Mitspieler! Nein, Bankhalter!« Und so weiter und so fort.
Mit Ungeduld warte ich darauf, zu sehen, was geschieht, wenn die Wächter einen Mord entdecken. Um fünf Uhr dreißig erstes Glockenzeichen. Sechs Uhr: zweites Glockenzeichen, und Kaffee. Um sechs Uhr dreißig drittes, und es geht zum Appell, wie jeden Tag. Aber heute ist es anders. Beim zweiten Glockenzeichen sagt der Chef der Casa zu dem Aufseher, der den Kaffeebringer begleitet:
»Chef, man hat einen Mann getötet!«

»Wer ist es?«
»Carlino.«
»So.«
Zehn Minuten später kommen sechs von den Aufsehern.
»Wo ist der Tote?«
»Dort.«
Sie sehen den durch die Hängematte in Carlinos Rücken eingedrungenen Dolch. Sie ziehen ihn heraus.
»Krankenträger! Bringt ihn weg.«
Zwei Männer tragen Carlino auf einer Tragbahre hinaus. Dritter Glockenschlag. Noch den blutbeschmierten Dolch in der Hand, befiehlt der Oberaufseher:
»Alle in Reihen antreten zum Appell! Heute werden keine Bettlägerigen gelten gelassen.« Alle gehen hinaus.
Beim Morgenappell sind die Kommandanten und Oberwächter immer anwesend. Der Appell beginnt. Wir werden aufgerufen. Bei Carlino angelangt, antwortet der Chef der Casa: »Heute nacht gestorben, zum Leichenhaus gebracht.«
»Gut«, sagt der Aufseher, der den Appell durchführt. Nachdem alle anderen »Hier« geantwortet haben, hebt der Lagerchef das Messer in die Luft und fragt:
»Kennt jemand dieses Messer?« Niemand antwortet.
»Hat jemand den Mörder gesehen?« Vollkommene Stille.
»Also niemand weiß etwas, wie üblich. Streckt die Hände vor, einer nach dem andern, und dann geht jeder an seine Arbeit. Immer das gleiche, Herr Kommandant. Nicht zu entdecken, wer das Ding gedreht hat.«
»Zum Akt«, sagt der Kommandant. »Verwahren Sie das Messer und hängen Sie einen Zettel daran, daß Carlino damit getötet wurde.«
Das ist alles. Ich gehe in die Casa zurück und lege mich zum Schlafen nieder, denn ich habe die ganze Nacht kein Auge zugetan. Vor dem Einschlafen sage ich mir, ein Sträfling ist wirklich ein Nichts. Selbst wenn man ihn niederträchtig umgebracht hat, hält man sich nicht damit auf, nach dem Täter zu suchen. Was ist das schon für die Verwaltung – ein Zwangsarbeiter? Ein Nichts. Weniger als ein Hund.

Ich habe beschlossen, am Montag meine Arbeit als Latrinenausräumer zu beginnen. Um halb fünf Uhr werde ich mit noch einem anderen losziehen, um die Abtritteimer vom Bau A auszuleeren, die unsrigen. Laut Vorschrift sind sie direkt ins Meer zu kippen. Aber da er von uns dafür bezahlt wird, wartet der Büffeltreiber an einer bestimmten Stelle der Hochebene auf uns, wo ein schmaler, auszementierter Kanal bis zum Meer hinunterführt. So werden also sehr schnell, in weniger als zwanzig Minuten, alle Eimer in diesen Kanal entleert, und damit das Ganze nicht steckenbleibt, werden dreitausend Liter Meerwasser hinterhergeschickt, die in einer riesi-

gen Tonne herbeigeschafft werden. Für diese Wasserreise werden dem Büffelhalter, einem sympathischen Schwarzen aus Martinique, zwanzig Franc täglich ausbezahlt. Dem Abfließen wird mit einem sehr harten Besen nachgeholfen. Da es mein erster Arbeitstag ist, hat mir das Tragen der Kübel zwischen zwei Holzbarren die Handgelenke etwas ermüdet. Aber ich werde mich bald daran gewöhnen.
Mein neuer Kamerad ist sehr umgänglich, dennoch behauptet Galgani, daß es sich bei ihm um einen außergewöhnlich gefährlichen Mann handelt. Es scheint, er hat sieben Morde auf den Inseln vollbracht. Seine Masche ist es, Menschenscheiße zu verkaufen. Tatsächlich muß jeder Gärtner einen Komposthaufen haben. Dazu gräbt er eine Grube, gibt trockene Blätter und Gras hinein, und mein Martiniquaner bringt heimlich ein oder zwei Exkrementetonnen zum bezeichneten Garten. Gewiß, einer allein kann das nicht bewerkstelligen, und so muß ich ihm dabei helfen. Aber ich weiß, daß das etwas ist, was man nicht machen sollte, denn dadurch kann das angebaute Gemüse sowohl bei den Aufsehern wie unter den Verbannten die Ruhr verbreiten. Ich beschließe, daß ich ihn eines Tages, wenn ich ihn besser kenne, davon abbringen werde, das weiterzumachen. Selbstverständlich werde ich ihm ersetzen, was er durch das Aufgeben seines Geschäftes einbüßt. Außerdem schnitzt er Rinderhörner. Wie man an die Fischerei herankommt, kann er mir nicht sagen, aber am Kai unten können mir Chapar oder andere helfen.
So bin ich also Latrinenausleerer. Nach getaner Arbeit nehme ich eine gute Dusche, zieh mir die Shorts an und gehe jeden Tag in Freiheit, oder was mir als solche erscheint, fischen. Ich habe nur eine Verpflichtung: ich muß zu Mittag im Lager sein. Dank Chapar fehlt es mir weder an Angelhaken noch an Angelruten. Wenn ich mit den roten Barben, die an ihren Flossen an einem Eisendraht aufgehängt sind, zurückkehre, kommt es nicht selten vor, daß mich die Frauen der Aufseher von ihrem Häuschen aus anrufen. Sie kennen alle meinen Namen. »Papillon, verkaufen Sie mir zwei Kilo Rötlinge!«
»Sind Sie krank?«
»Nein.«
»Haben Sie ein krankes Kind?«
»Nein.«
»Dann verkaufe ich Ihnen meinen Fisch nicht.«
Ich fange so große Mengen, daß ich meinen Freunden im Lager davon abgeben kann. Ich tausche sie gegen Weißbrot, gegen Gemüse oder Früchte aus. In meiner Hütte wird mindestens einmal am Tag Fisch gegessen. Eines Tages, als ich mit einem Dutzend fetter Langustinen und sieben oder acht Kilo Rötlingen zurückkomme, gehe ich am Haus des Kommandanten Barrot vorbei. Eine recht dicke Frau spricht mich an: »Sie haben einen guten Fang gehabt, Papil-

lon. Obwohl das Meer heute stürmisch ist und niemand Fische fängt. Zwei Wochen oder länger schon hab ich keinen mehr gegessen. Schade, daß Sie nichts verkaufen. Durch meinen Mann weiß ich, daß Sie sich weigern, den Frauen der Aufseher welche abzugeben.«
»Das ist wahr, Madame. Aber bei Ihnen ist es vielleicht etwas anderes.«
»Warum?«
»Weil Sie dick sind und Fleisch Ihnen vielleicht nicht guttut.«
»Da haben Sie recht. Man hat mir schon gesagt, daß ich nur überbrühtes Gemüse und gekochten Fisch essen sollte. Aber hier ist das ja nicht möglich.«
»Da, Madame, nehmen Sie diese Langustinen und Barben. Da.«
Und ich gebe ihr ungefähr zwei Kilo Fisch.
Von dem Tag an gab ich ihr jedesmal nach einem guten Fang einiges ab, damit sie ihre Diät einhalten konnte. Sie, die sehr gut weiß, daß alles auf der Insel verkauft wird, hat mir niemals etwas anderes gesagt als: »Danke.« Sie tat recht daran, denn sie spürte genau, daß ich, hätte sie mir Geld geboten, beleidigt gewesen wäre. Aber sie lädt mich öfters zu sich ein und bietet mir ein Gläschen Schnaps oder Wein an. Wenn sie aus Korsika Feigenplätzchen erhält, gibt sie mir davon. Niemals hat mich Madame Barrot nach meiner Vergangenheit gefragt. Ein einziges Mal nur ist ihr ein Wort ausgerutscht in bezug auf das Bagno: »Man kann zwar nicht von den Inseln flüchten, aber es ist besser, hier in dem gesunden Klima zu sein, als wie ein Vieh auf dem Festland zu verfaulen.«
Von ihr erfuhr ich auch den Ursprung des Namens der Inseln: Während einer Gelbfieberepidemie in Cayenne haben sich die Weißkutten und die Klosterschwestern vor der Seuche auf die Inseln geflüchtet. Sie kamen alle davon. Daher der Name Îles du Salut – Inseln des Heils.

Dank meiner Fischfängerei komme ich überall hin. Jetzt bin ich schon drei Monate Latrinenentleerer. Ich kenne die Insel besser als jeder andere. Ich komme in alle Gärten unter dem Vorwand, gegen meinen Fisch Gemüse und Früchte einzutauschen. Einer der Gärtner, dessen Garten am Rande des Friedhofs der Aufseher liegt, ist Matthieu Carbonieri, der auch mit mir die Hütte macht. Er arbeitet dort allein, und ich dachte mir, daß er später einmal ein Floß in seinem Garten eingraben könnte. Es sind noch zwei Monate, bis der Kommandant weggeht. Dann werde ich frei handeln können.
Ich hab mir's gerichtet: Dem Namen nach Latrinenentleerer, tue ich so, als ob ich meine Arbeit verrichte, aber in Wirklichkeit verrichtet sie der Mann aus Martinique, selbstverständlich gegen Bezahlung. Ich habe freundschaftliche Beziehungen zu zwei Schwägern angeknüpft, zwei Lebenslänglichen, Narric und Quenier. Man nennt sie die »Kinderwagenschwäger«. Von ihnen wird erzählt, daß

sie angeklagt waren, einen Kassierer, den sie ermordet hatten, in einen Betonblock verwandelt zu haben. Es hat Zeugen gegeben, die angeblich gesehen haben, wie die beiden in einem Kinderwagen einen Betonblock beförderten, den sie in die Marne oder in die Seine warfen. Die Untersuchung ergab, daß der Kassierer sich zu den beiden begeben hatte, um einen Wechsel einzutreiben, und daß er seither nicht mehr gesehen wurde.

Sie leugneten hartnäckig. Selbst hier im Bagno behaupten sie, unschuldig zu sein. Immerhin, wenn man auch niemals die Leiche gefunden hat, so doch den Kopf, eingewickelt in ein Taschentuch. Dem »Gutachten der Sachverständigen« nach fand man bei ihnen Taschentücher von gleichem Muster und gleichem Gewebe. Die Verteidiger jedoch und sie selbst wiesen nach, daß es Tausende Meter des gleichen Stoffes gegeben habe, aus dem solche Taschentücher gemacht worden waren. Jedermann besaß solche. Schließlich bekamen die beiden Schwäger doch ihr Lebenslänglich, und die Schwester des einen, Frau des anderen, zwanzig Jahre Zuchthaus.

Es gelang mir, mich mit beiden anzufreunden. Als Maurer gehen sie in den Werkstätten aus und ein. Vielleicht könnten sie mir Stück für Stück etwas herausschmuggeln, um daraus ein Floß zu bauen. Es kommt nur darauf an, sie so weit zu bringen.

Gestern habe ich den Arzt getroffen. Ich trug einen Fisch von wenigstens zwanzig Kilo, einen sehr feinen, den sie hier Merou nennen. Wir sind zusammen zur Hochebene hinaufgestiegen. Auf halber Höhe setzten wir uns auf eine kleine Mauer. Er meinte, daß man aus dem Kopf des Fisches eine delikate Suppe machen kann. Ich biete ihm den Fischkopf an und ein großes Stück Fischfleisch dazu. Er ist erstaunt über meine Geste und sagt:

»Sie sind nicht nachtragend, Papillon.«

»Wissen Sie, Herr Doktor, ich mache diese Geste nicht meinetwegen. Ich bin sie Ihnen schuldig, weil Sie fast Unmögliches für meinen Freund Clousiot getan haben.« Wir plaudern noch ein wenig, dann sagt er:

»Du möchtest gerne flüchten, was? Du bist kein richtiger Sträfling. Man hat bei dir den Eindruck, daß du was ganz anderes bist.«

»Sie haben recht, Herr Doktor, ich gehöre nicht zum Bagno, ich bin hier nur auf Besuch.« Er beginnt zu lachen. Ich fordere ihn heraus und frage:

»Doktor, glauben Sie nicht, daß ein Mensch sich grundlegend bessern kann?«

»Doch.«

»Sie würden sich also vorstellen können, daß ich wieder ein Mitglied der Gesellschaft werde, ohne für andere Menschen eine Gefahr zu bilden, und daß ich mich in einen ehrlichen Staatsbürger verwandle?«

»Ich bin dessen sicher.«

»Wenn ja, warum verhelfen Sie mir dann nicht dazu?«
»Wie?«
»Indem Sie mich als Tuberkulösen zur Entlassung bringen.«
Da vertraut er mir eine Sache an, von der ich schon sprechen gehört habe. »Das ist unmöglich«, sagt er, »und ich rate dir auch, es nie darauf anzulegen. Es ist viel zu gefährlich. Die Verwaltung entläßt krankheitshalber keinen Mann, ohne ihn mindestens auf ein Jahr in der Krankenstation unterzubringen, die für seine Krankheit zuständig ist.«
»Warum?«
»Es ist fast eine Schande, es auszusprechen, aber ich glaube, es geschieht darum, damit der in Frage kommende Mann, wenn er ein Simulant ist, weiß, daß er alle Aussicht hat, durch das Zusammenleben mit den anderen Kranken selbst angesteckt zu werden, und es auch wird. Ich kann also gar nichts für dich tun.«
Von da ab sind wir ganz gute Freunde geworden, der Kurpfuscher und ich. Bis zu dem Tag, wo es ihm beinahe gelungen wäre, meinen Freund Carbonieri töten zu lassen. Der hatte nämlich im Einvernehmen mit mir den Posten eines Kochs in der Messe der Oberaufseher angenommen. Dabei sollte er auskundschaften, ob es möglich wäre, von den Wein-, Öl- und Essigfässern drei leere zu stehlen, und auch die Mittel zu finden, sie zum Meer zu schaffen und sie miteinander zu verbinden. Selbstverständlich erst bis Barrot weg war. Es wären große Schwierigkeiten zu überwinden gewesen, denn man hätte in ein und derselben Nacht die Fässer stehlen, zum Meer bringen und mit Kabeln zusammenbinden müssen, ohne dabei gesehen zu werden. Eine Chance, daß das gelingt, konnte sich nur bei einer Sturmnacht ergeben, bei Wind und Regen. Aber gerade bei Wind und Regen würde es wieder besonders schwierig sein, das Floß aufs Wasser zu setzen.
Carbonieri ist also Koch. Der Chef der Messe gibt ihm drei Kaninchen, um sie für den nächsten Tag, einen Sonntag, vorzubereiten. Carbonieri schickt, glücklicherweise abgehäutet, ein Kaninchen seinem Bruder zum Kai hinunter, und zwei uns. Dann erschlägt er drei große Katzen und bereitet aus ihnen ein Festmahl zu.
Zum Unglück für ihn ist am nächsten Tag auch der Doktor zur Mahlzeit eingeladen, und der sagt, nachdem er das Kaninchen gekostet hat, zum Chef: »Herr Filidori, ich gratuliere Ihnen zu Ihrem Menü. Die Katze schmeckt ausgezeichnet.«
»Treiben Sie keine Witze mit mir, Doktor, es sind drei prachtvolle Kaninchen, die wir essen.«
»Nein«, sagt der Doktor, starrsinnig wie ein Muli. »Es ist Katze. Sehen Sie nicht die Rippen, die ich gerade abnage? Sie sind flach, und die von Kaninchen sind rund. Irrtum ausgeschlossen: Wir essen Katzenfleisch.«
»Verflucht nochmal!« schreit der Korse. »Ich hab eine Katze im Bauch!« Und er rennt plötzlich in die Küche hinaus, hält Matthieu

seinen Revolver unter die Nase und brüllt: »Du kannst ein noch so schöner Napoleoner sein, ich bring dich trotzdem um, weil du mir eine Katze zu fressen gegeben hast!«
Er hat die Augen eines Wahnsinnigen, und Carbonieri, dem es unbegreiflich scheint, wie man so etwas erkennen kann, sagt zu ihm:
»Wenn Sie das Katze nennen, was Sie mir gegeben haben, so ist das nicht mein Fehler.«
»Ich habe dir Kaninchen gegeben.«
»Na gut, und die hab ich zubereitet. Schauen Sie her, da sind noch die Häute und die Köpfe.
Verwirrt schaut der Korse auf die Häute und Köpfe der Kaninchen.
»Dann weiß also der Doktor nicht, was er sagt?«
»Was, der Doktor hat das gesagt?« fragt Carbonieri aufatmend.
»Der hat Sie doch hochgenommen. Sagen Sie ihm, daß das keine guten Späße sind.« Filidori, völlig beschwichtigt und überzeugt, kehrt in den Eßraum zurück und sagt zum Doktor: »Reden Sie nur, reden Sie nur, soviel Sie wollen, Sie Kurpfuscher. Der Wein ist Ihnen zu Kopf gestiegen. Mag Ihr Rippenstück noch so flach oder rund sein, ich weiß, daß ich Kaninchen gespeist habe. Eben habe ich ihre drei Felle und ihre drei Köpfe in der Küche gesehen.«
Matthieu war gut davongekommen. Aber er zog es vor, wenige Tage später als Koch der Aufsehermesse zu demissionieren.
Der Tag, an dem ich wieder handeln kann, rückt näher. Nur noch wenige Wochen, und Barrot ist weg. Gestern habe ich, sozusagen im Vorübergehen, seine dicke Frau aufgesucht, die dank der Fisch- und Gemüsediät stark abgenommen hat. Die Gute lud mich zu sich ein, um mir eine Flasche Chinarindenschnaps zu schenken. Im Vorraum befinden sich große, halb vollgepackte Schiffskoffer. Die Barrots bereiten ihre Abreise vor. Die Kommandantin, jeder nennt sie so, sagt mir:
»Ich weiß nicht, wie ich Ihnen für alle Ihre Nettigkeiten während der letzten Monate danken soll, Monsieur Papillon. Ich weiß, daß Sie mir sogar bei schlechtem Fischfang alles gegeben haben, was Sie erwischten. Ich danke Ihnen vielmals. Ich verdanke es Ihnen, daß ich mich heute ungleich besser fühle. Ich habe vierzehn Kilo abgenommen. Was könnte ich tun, um Ihnen meine Dankbarkeit zu beweisen?«
»Sie könnten etwas für Sie sehr Schwieriges tun, Madame.«
»Und das wäre?«
»Verschaffen Sie mir einen Kompaß. Er muß klein, aber trotzdem genau sein.«
»Sie verlangen wenig und viel von mir, Papillon. Und innerhalb von nur drei Wochen wird das für mich wirklich sehr schwierig sein.«
Acht Tage vor ihrer Abreise, bestürzt, daß es ihr nicht gelungen war, einen guten Kompaß aufzutreiben, nahm diese großmütige

Frau es auf sich, mit dem Küstendampfer nach Cayenne zu fahren! Vier Tage später kehrte sie mit einem prächtigen antimagnetischen Kompaß zurück.
Heute morgen sind Kommandant und Kommandantin Barrot abgereist. Gestern hat er das Kommando an einen Aufseher des gleichen Dienstgrades wie er, der Herkunft nach ein Tunesier, mit Namen Prouillet, abgegeben. Gleich eine gute Nachricht: der neue Kommandant hat Dega in seinem Posten als Oberrechnungsführer bestätigt. Das ist für alle sehr wichtig, besonders für mich. Bei seiner Ansprache an die auf dem großen Hof im Karree versammelten Sträflinge macht der neue Kommandant den Eindruck eines energischen und intelligenten Mannes. Unter anderem sagte er zu uns:
»Von heute an übernehme ich das Kommando über die Insel. Da ich festgestellt habe, daß die Verwaltungsmethoden meines Vorgängers positive Ergebnisse zeitigten, sehe ich mich in keiner Weise veranlaßt, daran etwas zu ändern. Wenn Sie mich durch Ihr Verhalten nicht dazu zwingen, erachte ich es für überflüssig, in eure bisherigen Lebensgewohnheiten einzugreifen.«
Mit wohl begreiflicher Freude sah ich den Kommandanten und seine Gattin abreisen, obwohl die erzwungene Wartezeit von zwei Monaten wahnsinnig schnell vorbeigegangen war. Diese falsche Freiheit, deren sich fast alle Sträflinge auf den Inseln erfreuen, die Spiele, der Fischfang, die Gespräche, die neuen Bekanntschaften, die Streitigkeiten und Kämpfe untereinander, lenken stark ab, man hat kaum Zeit, sich zu langweilen.
Trotzdem habe ich mich von dieser Atmosphäre nicht wirklich einfangen lassen. Immer wenn ich mir jemanden zu einem neuen Freund mache, stelle ich mir insgeheim die Frage: Könnte der ein Fluchtgefährte sein? Und würde ich richtig handeln, ihn in meine Vorbereitungen hineinzuziehen, wenn er selbst nicht flüchten will?
Ich lebe nur noch für das eine: flüchten, flüchten, ob allein oder in Begleitung, nichts als Flucht. Es ist meine fixe Idee, von der ich, wie Jean Castelli mir geraten hat, niemandem ein Wort sage. Aber sie hält mich gefangen, diese fixe Idee! Und unnachgiebig werde ich meinen Traum verwirklichen: die große Flucht!

Siebentes Heft: »Inseln des Heils«

Ein Floß in einem Grab

In fünf Monaten habe ich jeden Winkel von Royale kennengelernt. Ich bin zu dem Schluß gekommen, daß der Garten nächst dem Aufseherfriedhof, wo mein Freund Carbonieri arbeitete – jetzt ist er nicht mehr dort –, der sicherste Platz ist, um ein Floß zu bauen. Also bitte ich Carbonieri, wieder seinen Garten zu übernehmen ohne fremde Hilfe. Er ist einverstanden. Dank Dega gibt man ihm den Garten zurück.

An diesem Morgen, während ich mit einem Haufen Rötlingen am Haus des neuen Kommandanten vorbeikomme, höre ich, wie der junge Sträfling, der hier den Hausburschen macht, zu einer jungen Frau sagt: »Madame, da kommt der, der jeden Tag Madame Barrot Fisch gebracht hat.« Und ich höre, wie ihm die junge, hübsche Braune – der Typ der bronzehäutigen Algerierin – erwidert: »So, das ist also Papillon?« Und sie wendet sich an mich:

»Ich habe bei Madame Barrot delikate Langustinen gegessen, die Sie gefischt haben. Kommen Sie herein! Ein Glas Wein und ein Stück Ziegenkäse, frisch aus Frankreich, werden Ihnen schmecken.«

»Nein, danke, Madame.«

»Warum nicht? Sie haben Madame Barrot doch auch besucht, warum wollen Sie nicht jetzt zu mir kommen?«

»Weil Monsieur Barrot erlaubt hat, bei Madame Barrot einzutreten.«

»Papillon – mein Gatte kommandiert im Lager, im Haus kommandiere ich. Treten Sie ruhig ein.«

Ich spüre, daß diese hübsche Braune, die sich so freigebig zeigt, mir vielleicht nützlich – oder gefährlich werden kann. Ich trete ein.

Sie stellt einen Teller mit geräuchertem Schinken und Käse vor mich hin, setzt sich ohne Umstände am Eßzimmertisch mir gegenüber, bietet mir Wein an, dann Kaffee, zuletzt einen köstlichen Jamaikarum.

»Papillon«, beginnt sie, »Madame Barrot hat trotz ihres Abreise- und unseres Anreisetrubels Zeit gefunden, mir von Ihnen zu erzählen. Ich weiß, daß sie die einzige Frau auf den Inseln war, die von Ihnen Fisch bekommen hat. Ich hoffe, Sie werden mir die gleiche Gunst erweisen.«

»Nur weil sie krank war – aber Sie sind wohlauf, wie ich sehe.«
»Ich kann nicht lügen, Papillon. Ja, ich bin wohlauf, aber ich komme aus einem Seehafen, und ich liebe Fisch über alles. Ich bin aus Oran. Eine einzige Sache stört mich, nämlich daß Sie, wie ich weiß, Ihre Fische nicht verkaufen. Das ist wirklich ärgerlich.« Kurz und gut, wir kamen dann doch überein, daß ich ihr Fische bringen werde.
Ich war gerade dabei, eine Zigarette zu rauchen, nachdem ich ihr gute drei Kilo Rötlinge und sechs Langustinen gegeben hatte, da kommt der Kommandant. Er sieht mich und sagt« »Ich habe dir gesagt, Juliette, daß außer dem Hausburschen kein Verbannter Zutritt zu meinem Haus haben darf.«
Ich erhebe mich sofort, aber sie sagt« »Bleiben Sie sitzen. Dieser Verbannte ist nämlich der Mann, den mir Madame Barrot vor ihrer Abreise empfohlen hat. Also hast du nicht dagegen zu sein. Keiner wird hereinkommen außer ihm. Außerdem wird er mir, wann immer ich es wünsche, Fisch bringen.«
»Gut«, sagt der Kommandant. »Wie heißen Sie?« Ich will aufstehen und Antwort geben, aber Juliette legt mir einfach die Hand auf die Schulter und drückt mich auf den Sitz nieder: »Hier ist *mein* Haus«, sagt sie. »Der Kommandant ist hier nicht mehr Kommandant, sondern er ist mein Gatte – Herr Prouillet.«
»Danke, Madame. Ich heiße Papillon«, stelle ich mich ihm vor.
»Oh! Ich habe von Ihnen und von Ihrer Flucht vor drei Jahren gehört, aus dem Spital von Saint-Laurent-du-Maroni. Übrigens ist einer der Aufseher, den Sie bei Ihrem Fluchtversuch niedergeschlagen haben, mein eigener Neffe und der Ihrer Protektorin.«
Juliette beginnt zu lachen, es ist ein frisches und junges Lachen, und sagt: »Dann sind Sie es also, der Gaston niedergeschlagen hat? Das ändert nichts an unseren Beziehungen.«
Der Kommandant, noch immer stehend, sagt zu mir: »Es ist einfach unglaublich, wieviel Morde und Totschläge es jedes Jahr auf den Inseln gibt, weit mehr als auf dem Festland. Worauf führen Sie das zurück, Papillon?«
»Hier werden die Männer bissig, weil sie nicht flüchten können, Herr Kommandant. Sie leben und kleben einer am anderen, Jahre und Jahre hindurch, da ist es doch verständlich, daß sich unzerstörbare Haß- und Freundschaftsbeziehungen herausbilden. Anderseits werden auch nur weniger als fünf Prozent aller Morde aufgedeckt, und das bedeutet, daß der Totschläger oder Mörder fast sicher ist, straffrei auszugehen.«
»Diese Erklärung ist logisch. Wie lange gehen Sie schon Fische fangen. Und zu welcher Arbeit sind Sie eingeteilt, daß Sie das Recht dazu haben?«
»Ich bin Latrinenentleerer, Herr Kommandant. Um sechs Uhr früh ist meine Arbeit zu Ende, und das erlaubt mir zu fischen.«
»Für den ganzen Rest des Tages?« fragt Juliette.
»Nein, zu Mittag muß ich ins Lager zurück und darf es erst wieder

von fünfzehn bis achtzehn Uhr verlassen. Das ist sehr dumm, denn je nach Ebbe und Flut verliere ich manchmal einen ganzen Fang.«
»Du wirst ihm eine Sondererlaubnis geben, nicht wahr, mein Schatz?« sagt Juliette, sich an ihren Gatten wendend. Von sechs Uhr früh bis sechs Uhr abends, so kann er nach Belieben fischen.«
»Einverstanden«, sagt der Kommandant.
Ich verlasse das Haus und gratuliere mir zu meinem Verhalten, denn diese drei Stunden, von Mittag bis drei Uhr, sind kostbar. Es ist die Ruhezeit, in der fast alle Aufseher schlafen und die Überwachung nachlässig gehandhabt wird.
Juliette hat uns praktisch mit Beschlag belegt, mich und meine Fische. Sie geht so weit, mir den jungen Hausburschen nachzuschicken, um zu sehen, wo ich denn fische, und mir den Fang gleich abzunehmen. Oft taucht er auf und sagt: »Die Kommandantin hat mich geschickt, damit ich ihr alle Fische bringe, die du gefangen hast; sie hat heute Gäste und möchte ihnen eine Bouillabaisse servieren«, oder dies oder jenes. Kurz, sie verfügt über meine Beute und verlangt sogar, ihr diesen oder jenen bestimmten Fisch zu bringen oder nach Langustinen zu tauchen. Das bringt unser eigenes Menü in der Hütte ernstlich durcheinander. Anderseits bin ich begünstigt wie kein anderer. Auch Juliette hat so ihre kleinen Aufmerksamkeiten parat.
»Ist nicht heute um ein Uhr Flutzeit?«
»Ja, Madame.«
»Dann kommen Sie doch zu mir essen; so brauchen Sie nicht ins Lager zurück und verlieren keine Zeit.«
Nun, und so esse ich denn bei ihr, niemals in der Küche, immer im Eßzimmer. Sie sitzt mir gegenüber und reicht mir die Schüsseln und schenkt mir ein. Sie ist keineswegs so diskret wie Madame Barrot. Sie fragt häufig, wenn auch ein wenig versteckt, nach meiner Vergangenheit. Ich vermeide immer, von dem zu sprechen, was sie am meisten interessiert, nämlich mein Leben am Montmartre, und erzähle ihr von meiner Jugend und von meiner Kindheit. Währenddessen schläft der Kommandant in seinem Zimmer.
Eines Morgens, zeitig in der Früh, nach einem guten Fischfang, der mir fast sechzig Langustinen eingebracht hat, komme ich gegen zehn bei ihr vorbei. Ich finde sie in einem weißen Morgenrock vor dem Spiegel sitzend, und eine junge Frau steht hinter ihr und ist gerade dabei, ihr die Locken zu drehen. Ich sage »Guten Tag«, dann biete ich ihr ein Dutzend Langustinen an.
»Nein«, sagt sie, »gib mir alle. Wie viele sind es?«
»Sechzig.«
»Ausgezeichnet. Bitte, laß sie mir da. Wieviel brauchst du davon für deine Freunde und dich?«
»Acht Stück.«
»Da, nimm dir die acht Stück und gib den Rest dem Burschen, damit er sie aufs Eis tut.«

Ich bin sprachlos. Noch nie hat sie mich geduzt. Schon gar nicht vor einer anderen Frau, die gewiß nicht verfehlen wird, die Neuigkeit weiterzusagen. Ich will, höchst verlegen, hinausgehen, doch sie hält mich zurück: »Bleib da, setz dich, und trink ein Gläschen. Dir ist sicherlich heiß.«
Diese Frau macht mich mit ihrer alles beherrschenden Art ganz konfus, und ich setze mich tatsächlich nieder. Langsam süffle ich an meinem Glas, rauche eine Zigarette und blicke die junge Frau an, die der Kommandantin die Haare kämmt und mir von Zeit zu Zeit einen Seitenblick zuwirft. Die Kommandantin bemerkt das in ihrem Spiegel und sagt: »Er ist hübsch, mein kleiner Freund, wie Simone? Ihr seid alle auf mich eifersüchtig, ist es nicht wahr?« Und dann fangen beide zu lachen an.
Ich weiß nicht, wohin mit mir, und dummerweise sage ich: »Zum Glück ist Ihr kleiner Freund, wie Madame sich ausdrücken, nicht sehr gefährlich, und in seiner Lage kann er ja auch nicht der kleine Freund von jemandem sein.«
»Du wirst mir doch damit nicht sagen wollen, daß du nicht in mich verliebt bist?« sagt die Algerierin. »Niemand hat einen solchen Löwen wie dich zähmen können, aber ich mach mit dir, was ich will. Dafür muß es doch wohl einen vernünftigen Grund geben, nicht wahr, Simone?«
»Ich kenne den Grund nicht«, sagt diese Simone, »aber eines ist gewiß, daß Sie bei jedem anderen den Wilden spielen, außer bei der Kommandantin, Papillon. Letzte Woche haben Sie mehr als fünfzehn Kilo Fisch heimgetragen, hat mir die Frau vom Oberaufseher erzählt, und Sie haben ihr nicht einmal zwei elende Fischchen überlassen wollen, nach denen sie ganz verrückt war, weil es kein Fleisch beim Metzger gab.«
»Oh! Das hast du mir noch gar nicht erzählt, Simone!«
»Weißt du, was mir Madame Kargueret unlängst gesagt hat?« setzt Simone fort. »Sie sah Papillon mit Langustinen und einer fetten Muräne vorbeikommen: ›Verkaufen Sie mir doch diese Muräne, oder wenigstens die Hälfte, Papillon! Sie wissen, daß wir Bretonen sie besonders gut zubereiten können.‹ Und was antwortet er: ›Es sind nicht nur die Bretonen, die den Wert einer Muräne zu schätzen wissen, Madame. Viele Leute haben, von der Römerzeit bis heute, längst schon begriffen, daß sie ein Leckerbissen ist.‹ Und geht seines Weges, ohne ihr etwas zu verkaufen.«
Die beiden winden sich vor Lachen.
Ich komme wütend ins Lager zurück. Abends erzähle ich in der Hütte die ganze Geschichte.
»Ernste Sache«, sagt Carbonieri. »Dieses Weibsstück bringt dich in Gefahr. Geh so wenig wie möglich hin und nur, wenn du weißt, daß der Kommandant daheim ist.« Alle sind der gleichen Meinung. Ich beschließe, den Rat zu befolgen.
Ich habe einen Tischler aus Valence entdeckt. Es ist fast meine

Heimat. Er hat einen Flurwächter getötet. Ist ein besessener Spieler, immer verschuldet. Am Tag verdient er Geld mit Pfusch, und in der Nacht verliert er alles. Häufig muß er irgendeinen Gegenstand herstellen, um einen Gläubiger zu befriedigen. Dabei wird er beschummelt, ein Kästchen aus Rosenholz, dreihundert Franc wert, bezahlt man ihm mit hundertfünfzig oder zweihundert. Ich bin entschlossen, ihn aufzuhetzen.
Eines Tages sage ich zu ihm im Waschraum. »Heute nacht will ich dich sprechen. Ich erwarte dich auf dem Klosett. Ich werde dir ein Zeichen machen.« Wir sind also nachts allein und können ruhig miteinander reden. Ich sage ihm:
»Bourset, weißt du, daß wir Landsleute sind?«
»Nein, wieso?«
»Bist du nicht aus Valence?«
»Richtig.«
»Ich bin aus Ardèche, also sind wir es.«
»Na, und was bedeutet das schon?«
»Das bedeutet, daß ich nicht will, daß man dich ausbeutet. Wenn du jemandem Geld schuldest und der dir nur die Hälfte des Wertes für einen Gegenstand bezahlen will, den du ihm gemacht hast, dann bring das Zeug mir, ich werde dir den echten Wert dafür geben. Das ist alles.«
»Danke«, sagt Bourset.
Ich muß immer irgendwie eingreifen, um ihm zu helfen, denn es gibt immer Streit mit denen, denen er etwas schuldet. Alles geht gut bis zu dem Tag, an dem er eine Schuld an Vicioli, einen korsischen Bergbanditen, zu zahlen hätte. Er ist einer meiner guten Kameraden. Ich höre von Bourset, daß Vicioli ihn erpreßt, wenn er die siebenhundert schuldigen Franc nicht sofort zahlt, aber er hat im Augenblick nur einen fast fertigen kleinen Schreibtisch, von dem er nicht sagen kann, wann er ganz fertig sein wird, weil Bourset daran nur heimlich arbeiten konnte. Es ist nämlich nicht erlaubt, größere Möbelstücke herzustellen, weil dafür zuviel Holz aufgeht. Ich sage Bourset, daß ich sehen werde, was sich für ihn tun läßt. Und im Einvernehmen mit Vicioli lasse ich eine kleine Komödie steigen.
Vicioli soll tun, als ob er Bourset ernsthaft bedrohe und unter erpresserischen Druck setzen wolle. Und ich tauche plötzlich als Retter auf. Die Komödie gelang, und Bourset klammert sich von da ab an mich und schenkt mir bedingungsloses Vertrauen. Zum erstenmal in seinem Sträflingsleben kann er ruhig atmen. Danach beschließe ich, ihm gegenüber ein Risiko einzugehen. Eines Abends sage ich zu ihm: »Ich habe zweitausend Franc für dich, wenn du tust, was ich von dir verlange: ein Floß für zwei Mann, seetüchtig.«
»Höre, Papillon, für keinen Menschen würde ich es tun, aber für dich bin ich bereit, zwei Jahre Strafhaft zu riskieren, wenn man mich erwischt. Nur eins ist schwierig: ich kann keine großen Holzstücke aus den Werkstätten herausbringen.«

»Dafür habe ich wen.«
»Wen?«
»Die Kinderwagenleute, Naric und Quenier. Wie gedenkst du, die Sache anzupacken?«
»Zuerst muß man einen maßstabgerechten Plan machen, danach die einzelnen Stücke, mit Zapfenlöchern, damit das Ganze sich tadellos zusammenfügt. Die Schwierigkeit ist, Holz zu finden, das gut schwimmt. Auf den Inseln gibt es nur hartes, das schwimmt nicht.«
»Wann gibst du mir Antwort?«
»In drei Tagen.«
»Willst du mit mir kommen?«
»Nein.«
»Warum nicht?«
»Ich habe Angst vor den Haifischen und vor dem Ertrinken.«
»Versprichst du mir, mir bis zum Schluß zu helfen?«
»Ich schwör's dir, bei meinen Kindern. Es wird nur lange dauern.«
»Höre: Im Fall, daß was schiefgeht, bereite ich dir schon jetzt etwas vor, daß du dich verteidigen kannst. Ich werde deinen Plan des Floßes in ein Heft abzeichnen und darunter schreiben: ›Bourset, wenn du nicht ermordet werden willst, dann bau das oben gezeichnete Floß.‹ Später gebe ich dir schriftlich die Anweisungen für die Ausführung der einzelnen Stücke. Sobald eines fertig ist, hinterlegst du es an einem Ort, den ich dir bezeichnen werde. Von dort wird es weggebracht. Versuche nicht zu erfahren, von wem und wann.« (Dieser Vorschlag scheint ihn zu erleichtern). »Auf diese Weise verhindere ich, daß du gefoltert wirst, wenn sie dich erwischen, und du riskierst höchstens ungefähr sechs Monate.«
»Und wenn sie dich erwischen?«
»Dann geschieht das Gegenteil. Ich werde gestehen, daß ich der Autor aller dieser Zettel bin. Du mußt selbstverständlich die geschriebenen Anweisungen aufheben. Also – versprochen?«
»Ja.«
»Hast du keine Angst?«
»Nein. Ich habe keinen Schiß mehr, und es macht mir Freude, dir zu helfen.«
Ich habe noch mit niemandem darüber gesprochen. Vorerst warte ich die Antwort von Bourset ab. Es wurde eine lange, nicht enden wollende Woche, bis ich endlich mit ihm in der Lagerbibliothek allein sprechen konnte. Niemand ist dabei. Es ist ein Sonntagmorgen. Draußen im Hof, vor dem Waschraum, ist das Spiel voll im Gang. An die achtzig Spieler, und rundum Neugierige.
Sofort trägt Bourset Sonne in mein Herz: »Das schwierigste war, sich leichtes und trockenes Holz in genügender Menge zu sichern. Ich habe mir geholfen, indem ich mir eine Art Holzring ausdachte, in den trockene Kokosnüsse mitsamt ihrer Faserschicht hineingestopft werden. Nichts ist leichter als diese Fasern, und das Wasser

kann nicht eindringen. Wenn das Floß fertig ist, mußt du nur genügend Kokosnüsse haben, um sie hineinzulegen. Morgen mache ich das erste Stück. Das wird ungefähr drei Tage dauern. Ab Donnerstag kann es von deinen Kinderwagenleuten beim Morgengrauen abgeholt werden. Ich werde niemals ein weiteres Stück beginnen, bevor nicht das vorherige aus den Werkstätten weggeschafft ist. Hier hast du den Plan für das Floß, zeichne ihn ab und gib mir den versprochenen Brief. Hast du schon mit den Kinderwagenleuten gesprochen?«
»Nein, noch nicht. Ich wollte erst deine Antwort haben.«
»Nun gut, du hast sie, sie heißt: ja.«
»Ich weiß nicht, wie ich dir danken soll, Bourset. Nimm hier die fünfhundert!«
Draufhin schaut er mir gerade ins Gesicht und sagt: »Nein, behalt dein Geld. Wenn du auf dem Festland ankommst, wirst du es nötig haben, um die Flucht fortzusetzen. Von heute an werde ich nicht mehr spielen, bis du weg bist. Mit einigen kleinen Arbeiten verdiene ich genug, um meine Zigaretten und mein Beefsteak zu bezahlen.«
»Warum lehnst du das Geld ab?«
»Weil ich das nicht einmal für zehntausend Franc täte. Ich riskiere zu viel, selbst bei den Vorsichtsmaßnahmen, die wir getroffen haben. So etwas kann man nur gratis tun. Du hast mir geholfen, du bist der einzige, der mir die Hand gereicht hat. Ich bin glücklich, trotz aller Angst, daß ich dir helfen kann, freizukommen.«
Während ich den Plan ins Heft abzeichne, schäme ich mich angesichts von so viel naivem Edelsinn. Es ist ihm nicht einmal in den Kopf gekommen, daß alles, was ich für ihn getan habe, wohlüberlegt und im eigenen Interesse geschah. Ich muß mir selbst versichern, um in meinen eigenen Augen gerade dazustehen, daß ich um jeden Preis flüchten muß, falls notwendig, um den Preis schwieriger und nicht immer ganz schöner Machenschaften. In der Nacht spreche ich mit Naric, genannt der »gute Hitzkopf«, der es später seinem Schwager mitteilen soll. Er sagt mir ohne Zögern:
»Du kannst mit mir rechnen. Ich werde die Stücke aus der Werkstatt wegschaffen. Aber dränge nicht, denn wir können die Stücke nur zusammen mit anderen großen Stücken herausbringen, die für Bauarbeiten auf der Insel gebraucht werden. Auf jeden Fall verspreche ich dir, daß wir uns keine Gelegenheit entgehen lassen.«
Erledigt. Ich brauche nur noch mit Mathieu Carbonieri zu reden, dem Mann, den ich auf die Flucht mitnehmen will. Er ist hundertprozentig einverstanden.
»Matthieu, ich habe jemanden gefunden, der mir das Floß baut. Ich habe jemanden gefunden, der die einzelnen Stücke aus der Werkstatt schafft. Jetzt liegt's an dir, in deinem Garten einen Ort ausfindig zu machen, wo man das Floß vergraben kann.«
»Nein, das ist gefährlich, eine Planke unter dem Gemüse!« sagt er.

»In der Nacht gibt es Gammler, die Gemüse stehlen, und wenn sie draufsteigen und bemerken darunter eine Grube, sind wir geliefert. Ich werde ein Versteck in einer Stützmauer machen. Ich werde einen großen Stein herausnehmen, dadurch entsteht eine Art kleine Grotte. Da muß ich dann nur den Stein herausheben und wieder an seinen Platz setzen, nachdem ich das Holzstück dahinter versteckt habe.«
»Soll man dir die einzelnen Stücke direkt in den Garten liefern?«
»Nein, das wäre zu gefährlich. Die Kinderwagenburschen sind nicht berechtigt, in meinen Garten zu kommen; das beste wär's, wenn sie das Stück jedesmal an einen andern Ort legten, in der Nähe von meinem Garten.«
»In Ordnung.«
Alles scheint zu klappen. Bleiben nur noch die Kokosnüsse. Ich werde sehen, wie ich genügend viel zusammenbekomme, ohne Aufmerksamkeit zu erregen.
Ich lebe geradezu auf. Klar, daß ich noch mit Galgani und Grandet reden muß. Ich habe nicht das Recht, zu schweigen, denn sie könnten als Komplizen beschuldigt werden. Normalerweise müßte ich mich offiziell von ihnen trennen und allein leben. Als ich ihnen sage, daß ich mich von ihnen trennen muß, weil ich eine Flucht vorbereite, beschimpfen sie mich und sind radikal dagegen: »Mach dich so schnell wie möglich fort. Wir werden es uns schon richten. Während du wartest, bleib ruhig mit uns zusammen. Wir haben schon andere Sachen erlebt.«
Jetzt ist die Flucht schon seit mehr als einem Monat ins Rollen gekommen. Sieben Baumstücke habe ich schon gekriegt, darunter zwei große. Ich habe mir die Stützmauer angesehen, wo Matthieu das Versteck gegraben hat. Man sieht nicht, daß der Stein wegbewegt wurde, denn er hat vorsichtshalber drum herum Moos hineingestopft, ein ausgezeichnetes Versteck, nur scheint es mir zu klein, um alles darin unterzubringen. Im Augenblick freilich ist noch genug Platz.
Die Tatsache, daß ich eine Flucht vorbereite, bringt mich in Hochstimmung. Ich esse so viel wie nie zuvor, und das Fischen erhält mich fit. Darüber hinaus treibe ich alle Morgen zwei Stunden Sport in den Felsen. Vor allem arbeite ich mit den Beinmuskeln, denn das Fischen trainiert nur die Arme. Für die Beine habe ich einen Trick gefunden: Ich gehe viel weiter ins Meer hinaus, als fürs Angeln nottut, und der Wellenschlag kräftigt mir dabei die Oberschenkelmuskeln. Um sie recht elastisch zu bekommen, spanne und entspanne ich sie während jeder Bewegung. Das Ergebnis ist ausgezeichnet.
Juliette, die Kommandantin, ist nach wie vor sehr liebenswürdig zu mir, doch sie hat bemerkt, daß ich nur mehr bei ihr eintrete, wenn ihr Mann daheim ist. Sie hat es mir freimütig gesagt und, damit ich gute Laune kriege, mir erklärt, daß sie an jenem Morgen

beim Frisieren doch nur gespaßt habe. Trotzdem beobachtet mich die junge Frau, die ihr als Friseuse dient, heimlich, wenn ich vom Fischfang zurückkomme, und begegnet sie mir unterwegs, dann hat sie immer ein paar freundliche Worte für meine Gesundheit oder meine Stimmung bereit. Es steht also alles zum besten. Bourset nimmt jede Gelegenheit wahr, ein neues Stück anzufertigen. Zweieinhalb Monate sind es jetzt her, daß wir begonnen haben.

Das Versteck ist bereits voll, wie ich es kommen sah. Es fehlen immer noch zwei Stücke, die längsten, eines mit zwei, das andere mit einem Meter fünfzig. Die werden in dem Versteck keinen Platz mehr haben. Zum Friedhof hinüberschauend, bemerke ich ein frisches Grab; es ist das Grab der Frau eines Aufsehers, die vergangene Woche gestorben ist. Ein häßliches Bukett verwelkter Blumen liegt oben drauf. Der Friedhofswärter ist ein alter Sträfling, halb blind, er wird »Papa« genannt. Er verbringt den ganzen Tag im Schatten einer Kokospalme sitzend, in einer entgegengesetzten Ecke des Friedhofs, von wo aus er weder das frische Grab noch jemanden sehen kann, der sich diesem Ort nähert. Ich überlege also, ob man sich nicht dieses Grabes bedienen könnte, um das Floß zusammenzustellen und eine Art Verschalung unterzubringen, die der Tischler für die Kokosnüsse gemacht hat. Es sind ungefähr dreißig bis vierzig Nüsse weniger, als vorgesehen war. Ich selbst habe mehr als fünfzig Stück auf verschiedene Orte verteilt. Selbst im Hof von Juliette ein gutes Dutzend. Der Hausbursche glaubt, daß ich sie hier aufgestapelt habe, um eines Tages Öl daraus zu pressen.

Nachdem ich hörte, daß der Gatte der Toten aufs Festland gefahren war, faßte ich den Entschluß, die Erde bis zum Sarg hinunter zu entfernen.

Matthieu Carbonieri sitzt auf der Mauer und macht den Aufpasser. Auf dem Kopf trägt er ein weißes, an den vier Zipfeln verknotetes Taschentuch. Daneben hat er ein rotes Taschentuch, das auch an den vier Zipfeln geknotet ist. Solange die Luft rein ist, behält er das weiße auf. Kaum erscheint jemand, setzt er das rote auf.

Diese sehr riskante Arbeit kostet mich nicht mehr als einen Nachmittag und eine Nacht. Ich mußte gar nicht die Erde bis zum Sarg ausheben, aber ich mußte das Loch erweitern, damit es die Breite des Floßes hat, ein Meter zwanzig, mit etwas Spielraum. Die Stunden erschienen mir endlos, und das rote Häubchen wurde mehrmals aufgesetzt.

An diesem Morgen bin ich endlich fertig geworden. Das Loch ist mit Kokospalmengeflecht bedeckt, das einen verhältnismäßg festen Boden abgibt. Darüber Erde, und drum herum eine kleine Einfassung. Man sieht fast nichts. Ich bin mit den Nerven fertig.

Jetzt dauert die Vorbereitung der Flucht schon drei Monate. Zusammengebunden und numeriert, wurden alle Hölzer aus dem Versteck herangebracht. Sie liegen nun auf dem Sarg der armen Frau, gut versteckt unter der Erde, die das Kokosgeflecht bedeckt. In das Mauerversteck wurden drei Mehlsäcke und ein zwei Meter langes Seil für das Segel, eine Flasche voll mit Zündhölzern und Reibpapier und ein Dutzend Kondensmilchdosen hineingegeben. Das ist alles.

Bourset ist mehr und mehr aufgeregt. Man könnte meinen, er müßte statt meiner flüchten. Naric bedauert, daß er nicht gleich am Anfang ja gesagt hat, sonst hätte er das Boot für drei anstatt für zwei berechnet.

Es ist Regenzeit. Jeden Tag regnet es. Das hilft mir bei meinen Grabbesuchen. Ich bin schon fast fertig mit dem Zusammenbau des Floßes. Es fehlen nur noch die beiden Floßränder. Nach und nach habe ich die Kokosnüsse näher an den Garten meines Freundes herangeschafft, man kann sie jetzt leicht und ohne Gefahr aus dem offenen Büffelstall herausnehmen. Meine Freunde fragen mich niemals, wie weit ich bin. Von Zeit zu Zeit nur fragen sie: »Wie geht's?« – »Geht gut.« – »Dauert ein bißchen lang, was?« – »Geht nicht schneller ohne großes Risiko.« Das ist alles. Als ich die bei Juliette hinterlegten Kokosnüsse wegtrage, sieht sie mich und jagt mir eine tierische Angst ein.

»Sag mal, Papillon, du machst doch Öl aus dem Kokos? Warum nicht hier in meinem Hof? Wo hast du ein Stemmeisen, um sie zu öffnen, und ich hätte dir einen großen Topf geborgt, um das Mark hineinzutun.«

»Ich mach's lieber im Lager.«

»Komisch. Im Lager kann das für dich doch nicht sehr bequem sein.« Dann sagt sie nach einer kurzen Überlegung: »Willst du wissen, was ich glaube? Ich glaube nämlich nicht, daß du aus den Kokos Öl machst.« Ich erstarre. Sie setzt fort »Warum solltest du das auch tun, wenn du von mir soviel Olivenöl bekommen kannst, als du nur willst. Diese Kokos brauchst du für was ganz anderes, nicht wahr?« Ich trockne mir die Schweißperlen ab. Jeden Moment erwarte ich, daß sie das Wort »Flucht« ausspricht. Der Atem geht mir kurz. Ich sage: »Es ist tatsächlich ein Geheimnis, Madame, aber ich sehe schon, daß Sie so mißtrauisch und neugierig sind, daß Sie mir die Überraschung verderben, die ich Ihnen bereiten wollte. Aber ich werde Ihnen nur so viel mitteilen, als daß aus diesen Kokosnüssen eine sehr hübsche Sache gemacht werden soll, die ich Ihnen schenken wollte. Das ist die Wahrheit.«

Ich habe gewonnen, denn sie antwortet mir: »Aber Papillon, bemüh dich doch nicht so für mich, und vor allem verbiete ich dir, Geld auszugeben, um für mich irgend etwas Besonderes zu machen. Ich danke dir vielmals dafür, aber tu's wirklich nicht. Ich bitte dich.«

»Gut, wir werden sehen.« Uff! Spontan bitte ich um einen Schnaps, was ich noch nie getan habe. Sie bemerkt meine Verwirrung nicht, der liebe Gott ist mit mir.

Jeden Tag regnet es, besonders am Nachmittag und in der Nacht.

Ich habe Angst, daß das Wasser in die dünne Erdschicht eindringt und am Ende das Kokosgeflecht bloßlegt. Matthieu tut ständig neue Erde darauf und geht weg. Darunter muß schon alles überschwemmt sein. Mit Hilfe von Matthieu heben wir die Kokosmatte: das Wasser bedeckt den Sarg fast vollständig. Eine kritische Lage. Nicht weit davon befindet sich die Gruft von zwei Kindern, die seit langem drin liegen. Eines Tages nehme ich die Grabplatte ab, steige in die Gruft und zerschlage mit einer kurzen Eisenstange die Betonwand, die an das Grab, wo das Floß liegt, angrenzt. Kaum ist mir das gelungen, ergießt sich auch schon ein Wasserschwall vom Nachbargrab in die Gruft. Als mir das Wasser bis zu den Knien geht, steige ich heraus. Wir legen die Grabplatte wieder auf und verkitten sie mit weißem Kitt, den mir Naric besorgt hat. Diese Operation hat in unserem Grabversteck das Wasser um die Hälfte sinken lassen.

Am Abend sagt Carbonieri: »Der Ärger bei dieser Flucht wird kein Ende nehmen.«

»Wir haben's fast geschafft, Matthieu.«

»Fast, hoffen wir's.« Wir sitzen wirklich auf glühenden Kohlen. Am Morgen bin ich zur Pier hinuntergegangen. Ich bat Chapar, mir zwei Kilo Fisch zu kaufen, ich werde sie mittags holen. Einverstanden. Ich steige zum Garten von Carbonieri hinauf. Wie ich mich nähere, sehe ich drei weiße Mützen. Warum sind wohl drei von den Herren Aufsehern im Garten? Sind sie dabei, ihn abzusuchen? Das ist doch ganz ungewöhnlich. Niemals habe ich drei von den Gammlern auf einmal bei Carbonieri gesehen. Ich warte mehr als eine Stunde, dann halte ich es nicht mehr aus. Ich beschließe, näher zu gehen, um zu sehen, was da los ist. Ich gehe geradewegs auf den Garten zu. Die Aufseher sehen mich herankommen. Auf ungefähr zwanzig Meter Entfernung von ihnen fange ich an, der Sache nicht zu trauen. Da setzt sich Matthieu das weiße Taschentuch auf den Kopf. Ich atme auf, und habe, bis ich zu der Gruppe stoße, meine Fassung wiedergewonnen.

»Guten Tag, die Herren Aufseher. Guten Tag, Matthieu. Ich komme um die Melone, die du mir versprochen hast.«

»Bedaure, Papillon, aber man hat sie mir heute morgen gestohlen, als ich die Bohnenstangen für meine Kletterbohnen holen ging. Aber in vier oder fünf Tagen wird es wieder reife geben, es sind schon welche ein wenig gelb. Also, ihr Aufseher, wollt ihr nicht etwas Salat oder Tomaten oder Radieschen für eure Frauen?«

»Dein Garten ist gut gehalten, Carbonieri, gratuliere dir«, sagt einer von ihnen.

Sie nehmen Tomaten, Salat und Radieschen an und gehen weg. Absichtlich gehe ich ein wenig vor ihnen her, mit zwei Salatköpfen.

Ich gehe über den Friedhof. Das Grab ist halb aufgedeckt vom Regen, der die Erde weggeschwemmt hat. Schon auf zehn Schritt bemerkt man die Kokosmatten. Der liebe Gott ist wirklich mit uns, daß es noch nicht entdeckt wurde. Der Wind weht jede Nacht wie der Teufel, fegt über die Hochebene der Insel mit Wutgebrüll dahin, häufig von Regenstürzen begleitet. Hoffentlich hält das an. Ein geradezu traumhaftes Wetter für die Flucht, aber leider nicht für das Grab.

Das größte Stück Holz, das mit drei Meter Länge, ist gut in seinem Heim angekommen. Es hat sich zu den anderen Holzstücken des Floßes versammelt. Ich selbst habe es eingefügt: ohne jede Mühe ließen sich die Zapfen fugenlos einpassen. Bourset kam ins Lager gelaufen, um zu wissen, ob ich dieses wichtige Hauptstück, das recht sperrig war, erhalten habe. Er ist ganz glücklich, zu erfahren, daß alles gutgegangen ist. Er schien Zweifel darüber gehabt zu haben. Ich frage ihn: »Kommt dir was verdächtig vor? Glaubst du, daß jemand etwas weiß: Hast du was ausgeplaudert? Antworte!«
»Nein, aber nein.«
»Trotzdem scheint mir, dich beunruhigt was. Rede doch!«
»Ich hab ein unangenehmes Gefühl bekommen durch den allzu neugierigen Blick eines gewissen Bébert Celier. Ich habe den Eindruck, daß er Naric dabei gesehen hat, wie er das Holzstück unter der Hobelbank hervorzog und es in eine Kalktonne verfrachtete. Seine Augen verfolgten Naric bis zur Werkstattür. Das hat mir Angst eingejagt.«
Ich frage Grandet: »Dieser Bébert Celier ist von unserer Casa, da kann er doch kein Spitzel sein, wie?« Er antwortet: »Der Mann ist ein freigelassener Festungssträfling, du weißt, so einer von diesen harten Soldaten aus der Afrikatruppe, ein Straßenräuber, der durch alle Militärgefängnisse von Marokko und Algier gegangen ist. Ein Schläger. Gefährlicher Messerstecher. Ein Homo, der die Jungen liebt und das Spiel. Er war immer nur Soldat. Ergebnis – ein Taugenichts, höchst gefährlich. Das Gefängnis ist sein Leben. Wenn du starken Verdacht hast, halte dich daran, bring ihn heute nacht um, dann hat er keine Zeit mehr, dich zu verpfeifen, falls er dazu die Absicht hat.«
»Es gibt keinen Beweis, daß er ein Spitzel ist.«
»Richtig«, sagt Galgani, »aber es gibt auch keinen Beweis dafür, daß er ein guter Junge ist. Du weißt genau, daß diese Art von Sträflingen Fluchtversuche nicht schätzt. Ihr armseliges Dasein, so ruhig und gut organisiert, wird davon gestört. Andere Sachen verpfeift so einer nicht, aber eine Flucht, wer weiß?«
Ich berate mich mit Matthieu Carbonieri. Er ist der Meinung, daß man ihn heute nicht töten müßte. Er will es selber tun. Ich machte den Fehler, ihn davon abzuhalten. Es geht mir gegen den Strich, daß jemand auf einen bloßen Verdacht hin schon umgebracht wird. Und wenn sich Bourset alles nur eingebildet hat? Die Angst hat ihn die Dinge vielleicht falsch sehen lassen.
Ich frage Naric: »Höre, Naric, hast du etwas Auffälliges an Bébert Celier bemerkt?«

»Nein, ich nicht. Ich habe die Tonne auf der Schulter hinausgebracht, damit der Türwächter nicht hineinschauen kann. Ich wollte absichtlich vor dem Aufseher stehenbleiben, die Tonne geschultert, um so zu tun, als wartete ich auf meinen Schwager. Damit der Araber schön sieht, daß ich mich nicht beeile. Er würde dann Vertrauen haben und die Tonne nicht durchsuchen. So war's auch. Aber mein Schwager sagte mir nachher, daß er glaubt, gesehen zu haben, wie dieser Bébert Celier uns sehr aufmerksam beobachtete.«
»Deine Meinung?«
»Wegen der Wichtigkeit dieses Holzstückes, das auf den ersten Blick verrät, daß es für ein Floß geeignet ist, war mein Schwager auch beunruhigt und bekam Angst. Aber vielleicht glaubte er mehr zu sehen, als er wirklich gesehen hat.«
»Glaub ich auch. Sprechen wir nicht mehr davon. Bevor ihr das Holzstück weiterbefördert, vergewissert euch gut, wo dieser Bébert Celier steckt. Ergreift ihm gegenüber die gleichen Vorsichtsmaßnahmen wie bei einem Aufseher.«
Die ganze Nacht habe ich mit Spielen verbracht. Ein Bombenspiel. Siebentausend Franc habe ich gewonnen. Je waghalsiger ich spielte, desto mehr gewann ich. Um halb fünf Uhr früh ging ich sozusagen zur Arbeit. Meine wirkliche Arbeit macht ja der Bursche aus Martinique. Es hatte aufgehört zu regnen, die Sonne brach durch, und ich gehe im Halbdunkel zum Friedhof hin. Ich richte die Erde mit den Füßen zurecht, denn ich konnte die Schaufel nicht finden, aber mit den Schuhen geht es auch irgendwie. Um sieben Uhr, als ich zum Fischen hinuntersteige, ist schon herrlicher Sonnenschein. Ich schlage den Weg zur Südspitze von Royale ein, dorthin, wo ich das Floß aufs Meer setzen will. Hoher, harter Wellengang.
Ich weiß nicht recht, ob es nicht einigermaßen schwer sein wird, von der Insel abzustoßen, ohne von einer dieser Wogen auf die Felsen geworfen zu werden. Ich mache mich ans Fischen und habe ganz schnell mehr als fünf Kilo Felsjötlinge gefangen. Ich wasche sie in Meerwasser sauber und höre dann auf. Ich bin bedrückt und müde von der so verrückt durchspielten Nacht. Im Schatten sitzend, erhole ich mich bei dem Gedanken, daß die Spannung, in der ich nun schon seit drei Monaten lebe, bald ihr Ende erreicht haben wird, und wenn ich an den Fall Celier denke, spüre ich genau, daß ich kein Recht habe, ihn zu töten.
Ich sehe nach Matthieu. Von seiner Gartenmauer aus erblickt man das Grab gut. Auf dem Weg liegt verstreute Erde. Zu Mittag wird Carbonieri sie wegfegen. Ich gehe bei Juliette vorbei und gebe ihr die Hälfte von meinem Fisch. Sie sagt:
»Papillon, ich habe schlechtes Zeug von dir geträumt. Ich habe dich voller Blut gesehen, und dann in Ketten. Mach mir keine Dummheiten, ich würde zu sehr leiden, wenn dir etwas zustößt. Ich bin so erregt von diesem Traum, daß ich mich weder gewaschen noch gekämmt habe. Mit dem Fernglas wollte ich sehen, wo du heute

fischst. Ich hab dich nicht entdecken können. Wo hast du diesen Fisch gefangen?«

»Auf der anderen Seite der Insel, Madame. Darum haben Sie mich nicht gesehen.«

»Warum gehst du so weit weg fischen, bis dorthin, wo ich dich nicht mit dem Fernglas sehen kann? Und wenn eine Woge dich wegträgt? Keiner wird dir da helfen können, dich vor den Haifischen zu retten.«

»Ach, übertreiben Sie nicht!«

»Glaubst du? Nein, ich verbiete dir, so weit hinter der Insel zu fischen, und wenn du mir nicht folgst, werde ich dir die Erlaubnis zum Fischen entziehen lassen.«

»Aber seien Sie doch vernünftig, Madame. Um Ihnen entgegenzukommen, werde ich von nun an Ihrem Hausburschen immer sagen, wo ich fische.«

»Gut. Doch du siehst müde aus?«

»Ja, Madame. Ich gehe gleich ins Lager zurück und leg mich aufs Ohr.«

»Sehr gut, aber ich erwarte dich um vier zum Kaffee. Kommst du?«

»Ja, Madame. Auf bald!«

Das hat mir gerade noch gefehlt zu meiner Ruhe, der Traum von Juliette! Als wenn ich nicht schon genug wirkliche Probleme hätte, kommen jetzt auch noch Träume hinzu!

Bourset versichert mir, daß er sich wirklich beobachtet fühlt. Jetzt warten wir schon vierzehn Tage auf das letzte Holzstück zu ein Meter fünfzig. Naric und Quenier sagen, daß sie nichts Ungewöhnliches bemerkt haben, trotzdem besteht Bourset darauf, das Brett nicht machen zu wollen. Wenn es nicht um die fünf Zapfenlöcher gegangen wäre, die auf den Millimeter passen müssen, hätte Mattieu das Stück einfach in seinem Garten gemacht. Gerade in dieses Stück sind aber die fünf anderen Zapfen des Floßes einzupassen. Naric und Quenier, die beauftragt sind, die Kapelle instand zu setzen, können deswegen leicht mit viel Material in der Werkstatt ein- und ausgehen. Manchmal bedienen sie sich sogar eines Büffelkarrens für den Transport. Aus diesem Umstand muß man Vorteil ziehen.

Bourset hat auf unser Drängen hin doch das Holzstück fertiggestellt! Eines Tages behauptet er, daß das Stück in seiner Abwesenheit ganz bestimmt berührt worden ist. Nur ein Zapfenloch ist noch an der Außenseite zu bohren. Es wird beschlossen, daß er es tut und das Holzstück dann unter der Diele seiner Werkstatt versteckt. Er soll ein Haar darauflegen, damit man sieht, ob es berührt wurde. Er macht das Zapfenloch, und sechs Stunden später verläßt er als letzter die Werkstatt, nachdem er sich vergewissert hat, daß niemand zurückgeblieben ist als der Aufseher. Das Stück ist auf seinem Platz, mit dem Haar. Mittags bin ich im Lager und warte auf die Ankunft der Werkstattarbeiter, achtzig Leute. Naric und Quenier sind da, aber nicht Bourset. Ein Deutscher kommt auf mich zu und übergibt mir einen gut verschlossenen, zugeklebten Brief. Ich sehe, daß er nicht geöffnet wurde. Ich lese: »Das Haar ist fort, also hat man das Stück angegriffen. Ich habe den Aufseher gebeten, während der Ruhepause weiterarbeiten zu dürfen, um eine kleine Rosenholzkassette fertigzumachen, an der ich arbeite. Er gab mir die Erlaubnis. Ich werde das Holz nehmen und es auf den Platz legen, wo Naric seine Werkzeuge hat. Bereite sie darauf vor. Sie müssen die Planke unverzüglich um drei Uhr wegbringen, so sind wir vielleicht schneller dran, als der Kerl, der das Holzstück überwacht.«

Naric und Quenier sind einverstanden. Sie werden sich in die erste Reihe aller Werkstattarbeiter stellen. Bevor alle hineingehen, werden sich zwei Männer vor der Tür ein wenig prügeln. Zwei Landsleute von Carbonieri, zwei Korsen vom Montmartre, werden um diesen Dienst gebeten: es sind Massani und Santini. Sie fragen nicht, warum, und das ist gut so. Naric und Quenier sollen unterdessen schleunigst mit irgendeinem Material wieder herauskommen, als wenn sie es sehr eilig hätten, zu ihrer Arbeit zurückzukehren, und als ob der Zwischenfall sie nicht interessiere. Wir sind uns alle darin einig, daß uns noch eine Chance bleibt. Gelingt der Dreh, dann darf ich mich nur ein bis zwei Monate lang nicht rühren, denn dann haben wir die Gewißheit, daß einer oder mehrere davon wissen, daß ein Floß im Bau ist. Für wen und wo es versteckt liegt, das sollen dann *sie* herausfinden.

Endlich ist es halb drei. Die Männer machen sich fertig. Zwischen Appell und Abmarsch zur Arbeit braucht es dreißig Minuten. Sie marschieren los. Bébert Celier ist ungefähr in der Mitte der Kolonne, die aus zwanzig Viererreihen besteht.

Naric und Quenier sind in der ersten Reihe, Massani und Santini in der zwölften, Celier in der zehnten. Ich denke, das ist richtig so, denn in dem Augenblick, wenn Naric Hölzer, Stangen und das Holzstück packen wird, werden die anderen noch nicht alle eingetreten sein. Bébert wird sich fast vor der Werkstattür oder doch nur wenig weiter befinden, wenn die Schlägerei beginnt, wobei sie einander brüllend beschimpfen werden, so daß sich alle, inklusive Bébert umwenden, um zu sehen, was los ist. Vier Uhr. Alles ist gutgegangen, das Holzstück befindet sich unter einem Haufen Baumaterial in der Kirche. Sie konnten es nicht auch noch aus der Kirche herausbringen, aber es liegt gut dort.

Ich gehe Juliette besuchen, aber sie ist nicht zu Hause. Auf dem Rückweg komme ich über den Platz, wo sich die Verwaltung befindet. Ich sehe Massani und Santini im Schatten stehen und darauf warten, in die Strafzelle abgeführt zu werden. Das wußten wir im voraus. Ich gehe an ihnen vorbei und frage: »Wieviel?«
»Acht Tage«, antwortet Santini.

Ein korsischer Aufseher sagt: »Keine gute Sache, wenn sich zwei Landsleute prügeln.«
Ich kehre ins Lager zurück. Um sechs kommt strahlend Matthieu: »Es ist genauso«, sagt er mir, »als wenn ich Krebs hätte, und dann teilt mir der Arzt mit, daß er sich geirrt hat und ich habe nichts.« Carbonieri und meine Freunde triumphieren und gratulieren mir zu der Art, wie ich das Ganze organisiert habe. Naric und Quenier sind ebenfalls zufrieden. Alles geht gut. Ich schlafe die ganze Nacht, obwohl mich die Spieler abends zu einer Partie eingeladen haben. Ich schütze Kopfschmerzen vor. Tatsächlich bin ich halb tot vor Müdigkeit, aber glücklich, denn ich stehe knapp vor meinem Ziel. Das Schwerste liegt hinter mir.
Diesen Morgen hat Matthieu das Holzstück vorübergehend in dem Mauerversteck untergebracht. Der Friedhofswärter fegt gerade die Wege zwischen den Gräberreihen auf der Seite, wo das Floß versteckt liegt. Es wäre nicht klug, sich ihm jetzt zu nähern. Jeden Morgen vor Sonnenaufgang gehe ich hin, um mit einer Holzschaufel eiligst die Erde über dem Grab zu richten. Mit einem Besen reinige ich den Weg und eile dann schnellstens zur Arbeit zurück. Besen und Schaufel lasse ich in einem Winkel hinter den Kotkübeln stehen.
Jetzt sind es genau vier Monate, daß die Vorbereitungen zur Flucht im Gange sind, und vor neun Tagen haben wir endlich das letzte Stück für das Floß bekommen. Tagsüber regnet es nicht mehr so oft, nachts manchmal überhaupt nicht. Mit allen meinen hellwachen Sinnen bin ich auf die beiden Stunden X eingestellt: Zuerst aus dem Garten von Matthieu das bewußte Holzstück herausnehmen und es dem Floß einfügen, innen jede einzelne Schnur fest anbinden; das alles kann man nur bei Tag bewerkstelligen. Und dann die Flucht. Sie wird nicht sofort zu bewerkstelligen sein, denn auf dem Floß müssen noch die Kokosnüsse und die Lebensmittel gut verstaut werden. Gestern habe ich alles Jean Castelli erzählt, und wie weit ich damit bin. Er ist selbstlos glücklich, daß ich mein Ziel schon fast erreicht habe. »Der Mond steht im ersten Viertel«, sagt er mir.
»Ich weiß, aber gegen Mitternacht stört er nicht mehr. Die Ebbe tritt um sechs ein. So ist die beste Zeit, um das Ding aufs Wasser zu setzen, zwischen ein und zwei Uhr morgens.«
Carbonieri und ich haben beschlossen, die Ereignisse zu beschleunigen. Morgen früh um neun kommt das Holzstück an seine Stelle. Und in der Nacht dann die Flucht.
Den nächsten Morgen arbeiten wir Hand in Hand, vom Garten aus übersteige ich mit einer Schaufel die Mauer zum Friedhof. Während ich die Erde von dem Kokosgeflecht wegschaufle, nimmt Matthieu seinen Mauerstein heraus und kommt mit dem Holzstück zu mir. Gemeinsam heben wir die Kokosmatten auf und legen sie zur Seite. Das Floß kommt zum Vorschein, es ist in bestem Zu-

stand. Feuchte Erdbrocken dran, aber in Ordnung. Wir heben es heraus, denn um das Holzstück einfügen zu können, brauchen wir mehr Platz. Wir fügen die fünf Zapfen ein; damit sie gut sitzen, müssen wir mit einem Stein draufschlagen. In dem Augenblick, wo wir endlich fertig und schon im Begriff sind, das Floß wieder auf seinen Platz zu bringen, erscheint ein Aufseher, das Gewehr im Anschlag:

»Keine Bewegung, oder ihr seid tot!«

Wir lassen das Floß fallen und heben die Hände in die Höhe. Ich erkenne den Gammler, es ist der Oberaufseher der Werkstatt.

»Seid nicht blöd, Widerstand ist zwecklos. Ihr seid ertappt. Gebt es zu und rettet wenigstens eure Haut. Sie hängt ohnehin nur an einem Faden, denn ich habe gute Lust, euch beide niederzuknallen! Vorwärts marsch, zum Kommando!«

Wie wir, Hände hoch, durch die Friedhofstür gehen, begegnen wir einem arabischen Wächter. Der Gammler sagt zu ihm: »Danke für deinen guten Dienst, Mohammed. Komm morgen vormittag bei mir vorbei, dann kriegst du das Versprochene.«

»Danke«, sagt das Schwein. »Klar komm ich, Chef, aber der Bébert Celier muß mich doch auch bezahlen, nicht wahr?«

»Mach das mit ihm aus«, sagt der Gammler.

Da sage ich: »Also der Bébert Celier? Der hat uns verpfiffen?«

»Das hab ich dir gesagt.«

»Schon gut. Gut zu wissen.«

Wir beide stehen ruhig da, von dem angelegten Gewehr in gehörigem Abstand gehalten. Der Gammler sagt zu Mohammed: »Durchsuch sie!«

Der Araber zieht mir das Messer aus dem Gürtel und auch das von Matthieu. Ich sage zu ihm:

»Mohammed, du bist ein schlauer Hund. Wie hast du uns entdeckt?«

»Ich bin jeden Tag auf eine Kokospalme geklettert, um zu sehen, wo ihr das Floß verstaut habt.«

»Und wer hat dich das geheißen?«

»Zuerst Bébert Celier, dann der Aufseher Bruet.«

»Vorwärts«, sagt der Gammler, »genug gesprochen. Ihr könnt die Arme 'runternehmen und schneller gehen.«

Die vierhundert Meter, die wir brauchten, um beim Kommando anzukommen, schienen mir der längste Weg meines Lebens. Ich war außer mir. So viel Kampf, nur um dann hineingelegt zu werden wie zwei Idioten. Mein Gott, wie ist das Schicksal erbarmungslos! Es gab einen anständigen Auflauf bei unserer Ankunft im Kommando. Denn je näher wir herankamen, desto mehr Aufsehern begegneten wir, die sich unserem Gammler anschlossen, der uns noch immer mit seiner Muskete bedrohte. Wie wir ankommen, sind sieben oder acht solche Strolche hinter uns. Der Kommandant, von dem Araber, der uns vorausgelaufen ist, benachrichtigt, steht auf der Schwelle der Eingangstür zum Verwaltungsgebäude, mit ihm Dega und fünf Oberaufseher.

»Was geht hier vor, Herr Bruet?« fragt der Kommandant.

»Ich habe diese beiden Männer ertappt, wie sie gerade dabei waren, ein Floß zu verstecken, das schon fertig gebaut war, glaube ich.«

»Was haben Sie dazu zu sagen, Papillon?«

»Nichts. Ich werde erst bei der Untersuchung sprechen.«

»Bringt sie in die Einzelzelle.«

Man bringt mich in die Strafzelle, deren Fenster auf die Seite des Eingangs zum Kommando blickt. Die Zelle ist dunkel, aber ich höre die Leute auf der Straße reden.

Es geht alles sehr schnell. Um drei Uhr werden wir hinausgeführt, und man legt uns Handschellen an.

Im Saal eine Art Gericht: der Kommandant, der Stellvertreter, der Chefaufseher, ein Wächter als Schriftführer. Abseits, an einem kleinen Tisch, sitzt Dega, einen Bleistift in der Hand. Offenbar soll er unsere Erklärungen gleich festhalten. »Charrière und Carbonieri, hören Sie jetzt, was Herr Bruet gegen Sie vorbringt: ›Ich, Bruet Auguste, Chefaufseher, Leiter der Werkstätten auf den Îles du Salut, beschuldige die beiden Sträflinge Charrière und Carbonieri des Diebstahls und der Unterschlagung von Staatseigentum. Ich glaube auch Naric und Quenier wegen Mithilfe verantwortlich machen zu können. Ich füge hinzu, daß ich Charrière und Carbonieri in flagranti ertappt habe, als sie das Grab von Frau Privat schändeten, das ihnen als Versteck für ihr Floß diente.‹«

»Was haben Sie dazu zu sagen?« fragt der Kommandant.

»Zuerst einmal, daß Carbonieri gar nichts damit zu schaffen hat. Das Floß ist nur für einen Mann berechnet, für mich. Ich habe nur Carbonieri gezwungen, mir beim Abheben der Matten vom Grab zu helfen, eine Arbeit, die ich nicht allein bewerkstelligen konnte. Daher ist Carbonieri weder der Unterschlagung und des Diebstahls von Staatseigentum schuldig noch der Mithilfe bei einer Flucht, da die Flucht nicht vollzogen wurde. Bourset ist ein armer Teufel, der nur unter Morddrohung mitgemacht hat. Was Naric und Quenier anlangt, so sind das Männer, die ich kaum kenne. Ich stelle fest, daß sie nichts damit zu tun haben.«

»Mein Informator hat das anders berichtet«, sagt der Aufseher.

»Dieser Bébert Celier, der Ihnen das hinterbracht hat, hat sich vielleicht dieser ganzen Angelegenheit bedient, um sich an jemandem zu rächen, indem er ihn falsch beschuldigt. Wer kann schon Vertrauen in einen Spitzel setzen?«

»Kurz«, sagt der Kommandant, »Sie sind hiermit offiziell des Diebstahls und der Unterschlagung von Staatseigentum, der Grabschändung und des Fluchtversuches angeklagt. Unterschreiben Sie den Akt«

»Ich werde nur unterschreiben, wenn man dieser Erklärung hinzu-

fügt, was ich zum Fall Carbonieri, Bourset und der beiden Schwäger Naric und Quenier gesagt habe.«
»Bewilligt. Nehmt es zum Akt.«
Ich unterschreibe. Ich kann nicht schildern, was alles in mir vorgeht seit dieser Niederlage im letzten Augenblick. Ich bin wie vernichtet in dieser Zelle, esse kaum, bewege mich nicht, rauche ununterbrochen – eine Zigarette nach der andern. Glücklicherweise versorgt mich Dega mit genügend Tabak. Jeden Tag gibt es am Morgen einen Spaziergang in der Sonne, eine Stunde lang im Hof der Strafzellen.
Heute morgen kam der Kommandant, mich zu sprechen. Merkwürdig, er, der den größten Schaden davongetragen hätte, wenn die Flucht geglückt wäre, gerade er ist am wenigsten wütend auf mich.
Lächelnd sagt er zu mir, daß seine Frau gemeint hat, es wäre ganz verständlich, daß ein Mann, wenn er noch nicht ganz verdorben ist, zu flüchten versucht. Sehr geschickt tut er so, als glaube er meinen Versicherungen in bezug auf die Mittäterschaft von Carbonieri. Ich habe den Eindruck, ihn wirklich davon überzeugt zu haben, daß es für Carbonieri praktisch unmöglich gewesen ist, mir für wenige Minuten seine Mithilfe beim Herausheben der Matten zu verweigern.
Bourset hat meinen Drohbrief und meinen Floßplan vorgezeigt. Was ihn betrifft, so ist der Kommandant vollkommen überzeugt, daß es damit seine Richtigkeit hat. Ich frage ihn um seine Meinung, wieviel ich für diese Anklage bekommen kann. Er meint, nicht mehr als achtzehn Monate.
Allmählich, Schritt für Schritt, steige ich aus dem Abgrund empor, in den ich mich selbst gestürzt habe. Ich habe ein Wort von Chatal, dem Sanitäter, erhalten. Er teilt mir mit, daß sich Bébert Celier im Spital befindet, abseits von den anderen, im Krankensaal, und auf Grund einer seltenen Diagnose seine Entlassung erwartet: Leberabszeß. Da muß es eine Absprache gegeben haben zwischen der Verwaltung und dem Doktor, um ihn vor Racheakten zu schützen.
Weder ich selbst noch die Zelle werden durchsucht. Ich nütze das und lasse mir von draußen ein Messer beschaffen. Naric und Quenier sage ich, sie mögen um eine Gegenüberstellung zwischen dem Aufseher der Werkstatt, Bébert Celier, dem Tischler und mir beim Kommandanten ansuchen, der nach dieser Konfrontation eine, wie ihm scheint, gerechte Entscheidung zu treffen beabsichtigt: Überstellung in Untersuchungshaft, oder Disziplinarstrafe, oder Freilassung ins Lager zurück.
Beim Spaziergang heute sagte mir Naric, daß der Kommandant es bewilligt hat. Die Konfrontation wird morgen um zehn Uhr stattfinden. Der Chefaufseher als Leiter der Untersuchung wird an ihr teilnehmen. Die ganze Nacht über versuche ich verzweifelt, mich zur Vernunft zu bringen, denn ich habe die Absicht, Bébert

Celier zu töten. Es wäre einfach zu ungerecht, wenn dieser Mann für seinen Spitzeldienst freikommt, und später auf dem Festland gelingt ihm die Flucht zum Ausgleich für eine, die er verhindert hat. Ja, man kann dich aber zum Tode verurteilen, denn man wird es für vorsätzlichen Mord halten. Egal. Ich komme zu diesem Ergebnis, weil ich einfach völlig verzweifelt bin. Vier Monate Hoffnung, Freude, Angst, Einfallsreichtum, und jetzt kurz vor dem Ziel ein so jämmerliches Ende wegen der Zunge eines Spitzels. Komme was wolle, morgen werde ich versuchen, Celier zu töten!
Das einzige Mittel, nicht zum Tode verurteilt zu werden, ist: er muß sein Messer ziehen. Dazu muß ich ihn vorher mein offenes Messer sehen lassen. Gewiß zieht er dann sein eigenes. Das muß gleich zu Anfang oder sofort nach der Gegenüberstellung geschehen. Ich kann ihn nicht während der Gegenüberstellung töten, denn dann riskiere ich, daß ein Aufseher mir eine Kugel in den Bauch jagt.
Die ganze Nacht über kämpfe ich gegen diese Gedanken an. Ich kann sie nicht auslöschen. Im Leben gibt es wirklich unverzeihliche Dinge. Ich weiß, daß man kein Recht auf Selbstjustiz hat, aber das gilt für Leute einer anderen sozialen Schicht. Ist es nicht gerechtfertigt, daß einem der Gedanke kommt, ein so widerliches Subjekt unerbittlich und unmittelbar zu bestrafen? Ich habe ihm nichts Böses getan, diesem Kerl, den sie aus der Festungshaft entlassen haben, er kennt mich nicht einmal. Und er hat mich zu X Jahren Kerker verurteilt, ohne mir das geringste vorwerfen zu können. Mit Absicht wollte er mich begraben lassen, um selber wiederaufzuleben. Nein, nein und nochmals nein! Es ist unmöglich, ich kann nicht zulassen, daß er aus seiner schimpflichen Tat Nutzen zieht. Unmöglich. Ich fühle mich verloren. Ein Verlorener bin ich. Soll er es auch sein! Mehr noch als ich! Zahn um Zahn. Und wenn man dich zum Tod verurteilt? Es wäre blöd, für so eine niedrige Person zu sterben. Schließlich komme ich so weit, daß ich selbst ein Versprechen gebe: Zieht er sein Messer nicht – töte ich ihn nicht.
Ich habe die ganze Nacht nicht geschlafen, ein ganzes Paket schwarzen Tabak geraucht. Es verbleiben mir nur noch zwei Zigaretten bis zum Morgenkaffee um sechs. Die Spannung in mir ist so groß, daß ich den Kaffeeausträger vor dem Aufseher bitte, obwohl das verboten ist: »Kannst du mir ein paar Zigaretten oder etwas Tabak geben, wenn's dir der Chef erlaubt? Ich bin nämlich am Ende, Herr Antartaglia.«
»Gib's ihm, wenn du etwas hast. Ich bin Nichtraucher. Ich bedaure dich aufrichtig, Papillon. Ich bin Korse, ich liebe echte Männer und verabscheue jede Gaunerei.«
Ein Viertel vor zehn bin ich im Hof und warte. Naric, Quenier, Bourset, Carbonieri sind auch da. Der Gammler, der uns bewacht, ist eben dieser Antartaglia, der Kaffeeaufseher. Er spricht auf korsisch mit Carbonieri. Ich verstehe, daß er ihm sagt, es sei ein Un-

glück, was ihm da zustößt, und daß er drei Jahre Strafhaft riskiere. In diesem Augenblick öffnet sich die Tür, und auf den Hof kommen die Araber von der Kokospalme, der Araber, der Türwächter bei der Werkstatt ist, und Bébert Celier. Kaum bemerkt mich der, macht er eine Rückzugsbewegung, aber der Wächter, der sie begleitet, sagt zu ihm:
»Gehen Sie vor und stellen Sie sich abseits, hier, rechts. Antartaglia, laß sie nicht miteinander reden.« Wir stehen jetzt kaum zwei Schritt voneinander entfernt. Antartaglia sagt:
»Sprechverbot zwischen den beiden Gruppen!«
Carbonieri spricht weiter korsisch mit seinem Landsmann, der die beiden Gruppen zu bewachen hat. Der Gammler bückt sich zu seinen Schuhen hinunter und richtet sich das Schuhband. Ich mache Matthieu ein Zeichen, ein wenig vorzugehen. Er versteht sofort, blickt zu Bébert Celier und spuckt in dessen Richtung. Nachdem sich der Aufseher wieder aufgerichtet hat, spricht Carbonieri weiter auf ihn ein und nimmt so sehr seine Aufmerksamkeit gefangen, daß ich mich etwas von meinem Platz wegbewegen kann, ohne daß er es bemerkt. Ich drehe mein Messer hin und her. Nur Celier kann es sehen, und mit unglaublicher Schnelligkeit zieht er sein offenes Messer aus der Hose, sticht zu und schneidet mir den rechten Armmuskel auf. Ich bin Linkshänder und ramme ihm mit einem einzigen Stoß mein Messer bis zum Griff in die Brust. Ein tierischer Aufschrei: »Aaah...!« Er fällt wie ein Stein zu Boden. Antartaglia hat den Revolver in der Hand: »Zurück, mein Kleiner, geh zurück. Wenn du jetzt noch einmal zustößt, muß ich auf dich schießen, und das will ich nicht.«
Carbonieri nähert sich Celier und berührt dessen Kopf mit dem Fuß. Er sagt zwei Worte auf korsisch. Ich hab sie verstanden: »Er ist tot.« Der Wächter redet weiter:
»Gib mir dein Messer, Kleiner.« Ich gebe es ihm. Er steckt seinen Revolver in die Halfter zurück, geht zur Eisentür und klopft. Ein Wächter öffnet ihm, und er sagt zu ihm:
»Schick Leute mit einer Tragbahre her, es ist ein Toter aufzuklauben.«
»Wer ist tot?« fragt der Wächter.
»Bébert Celier.«
»So? Ich glaubte, es wäre Papillon.«
Wir werden wieder in unsere Zellen gebracht. Die Gegenüberstellung ist abgeblasen. Während wir durch den Gang gehen, sagt mir Carbonieri: »Mein armer Papi, diesmal hat's dich.«
»Ja, aber ich lebe, und er ist krepiert.«
Der Aufseher kommt allein zurück, öffnet leise die Zellentür und sagt mir, noch immer aufgeregt: »Klopf schnell an die Tür, sag, du bist verwundet. Er war's, der als erster zugestoßen hat, ich hab's gesehen.« Und schließt leise die Tür.
Diese korsischen Aufseher sind schon Kerle: ganz schlecht oder

ganz gut. Ich trommle an die Tür und schreie: »Ich bin verwundet! Ich will ins Spital! Man muß mich verbinden!«
Der Wächter kommt mit dem Chefaufseher der Strafzellen.
»Was hast du? Warum schlägst du solchen Lärm?«
»Ich bin verwundet, Chef.«
»Was, du bist verwundet? Ich dachte, er hat dich nicht getroffen, als er auf dich losging.«
»Mein rechter Armmuskel ist durchgeschnitten.«
»Öffnen Sie«, sagt er zum anderen Aufseher.
Die Tür öffnet sich, ich gehe hinaus. Alle sehen es – der Muskel ist glatt durch.
»Legen Sie ihm Handschellen an und führen Sie ihn ins Spital. Aber lassen Sie ihn unter keinen Umständen dort, sondern bringen Sie ihn hierher zurück, nachdem er verbunden worden ist.«
Wie ich hinauskomme, sind da ein Dutzend Aufseher mit dem Kommandanten. Der Werkstattaufseher sagt zu mir:
»Mörder!«
Bevor ich noch antworte, faucht ihn der Kommandant an:
»Schweigen Sie, Aufseher Bruet! Papillon ist angegriffen worden.«
»Nicht sehr wahrscheinlich«, sagt Bruet.
»Ich habe es selbst gesehen, und ich bin Zeuge«, sagt Antartaglia. »Und nehmen Sie zur Kenntnis, Herr Bruet, ein Korse lügt nicht.«
Im Spital ruft Chatal den Arzt. Ohne ein Wort an mich zu richten, vernäht er mich. Ohne Narkose, ohne lokale Betäubung setzt er mir acht Klammern. Ich zeige den Schmerz nicht. Zum Schluß sagt er:
»Ich konnte dir keine Lokalanästhesie geben, ich habe keine Spritze dafür.« Dann fügt er hinzu: »Das war nicht richtig, was du getan hast.«
»Ach was, er hätte auf jeden Fall nicht mehr lange gelebt, mit seinem Leberabszeß.«
Die unerwartete Antwort läßt ihn erstarren.
Die Untersuchung geht weiter. Der Fall Bourset wird ganz ausgeschieden. Man anerkennt, daß er unter Drohung stand. Bei Naric und Quenier geschieht das gleiche, aus Mangel an Beweisen. So verbleiben ich und Carbonieri. Bei Carbonieri wird Diebstahl und Unterschlagung von Staatseigentum ausgeschieden, nur die Anklage wegen Mitwisserschaft bei einem Fluchtversuch bleibt aufrecht. Er kann dafür nicht mehr als sechs Monate kriegen. Bei mir sind die Dinge komplizierter geworden. Trotz Zeugenaussagen zu meinen Gunsten will der Untersuchungsrichter nicht anerkennen, daß ich in Notwehr gehandelt habe. Dega, der meinen ganzen Akt gesehen hat, meint, daß es trotz der Wut des Untersuchungsrichters nicht möglich sein wird, mich zum Tode zu verurteilen, weil ich eine Verwundung davongetragen habe. Um mich zu erledigen, stützt sich die Anklage besonders auf eine Sache, nämlich darauf,

daß die beiden Araber erklären, sie hätten *mich* als ersten das Messer ziehen sehen.

Die Untersuchung ist zu Ende. Ich warte, daß man mich nach Saint-Laurent vors Kriegsgericht bringt. Ich rauche nur noch, bewege mich kaum. Man hat mir einen zweiten Spaziergang, nachmittags eine Stunde, zugesprochen. Niemals haben sich der Kommandant oder die Aufseher, außer der von der Werkstatt und der Untersuchungsrichter, mir gegenüber feindselig gezeigt. Alle sprechen ohne Groll mit mir, und ich kann Tabak haben, soviel ich will.

Freitag soll ich fort. Wir haben Dienstag. Am Mittwochmorgen, gegen zehn Uhr, ich bin schon fast zwei Stunden im Hof, ruft mich der Kommandant und sagt: »Komm mit.« Ohne Bewachung gehe ich mit ihm. Ich frage ihn, wohin. Er schlägt den Weg zu seinem Haus ein. Unterwegs sagt er mir:

»Meine Frau will dich vor deiner Abreise sehen. Ich wollte sie nicht aufregen, darum hab ich dich nicht von einem bewaffneten Wächter begleiten lassen. Ich hoffe, du wirst dich gut benehmen.«

»Ja, Herr Kommandant.«

Wir kommen bei ihm zu Hause an: »Juliette, hier bringe ich dir deinen Schützling, wie ich es versprochen habe. Du weißt, daß ich ihn vor Mittag zurückbringen muß. Du hast eine Stunde Zeit, mit ihm zu plaudern.« Und er zieht sich diskret zurück.

Juliette nähert sich mir, legt mir die Hand auf die Schulter und blickt mir gerade in die Augen. Ihre schwarzen Augen glänzen mehr als sonst, denn sie schwimmen in Tränen, die sie mühsam zurückdrängt.

»Du bist verrückt, mein Freund. Wenn du mir gesagt hättest, was du vorhast, ich glaube, ich wäre fähig gewesen, dir die Dinge zu erleichtern. Ich habe meinen Mann gebeten, dir soweit wie möglich zu helfen, aber er meinte, das hinge nicht von ihm ab – leider. Ich habe dich hierher kommen lassen, um erst einmal zu sehen, wie du dich fühlst. Ich gratuliere dir zu deinem Mut. Du siehst besser aus, als ich dachte. Und dann auch, um dir zu sagen, daß ich dir den Fisch bezahlen möchte, den du mir während all der Monate so großherzig gebracht hast. Hier sind tausend Franc. Nimm sie. Es ist alles, was ich dir geben kann. Es tut mir leid, daß es mir nicht möglich ist, mehr für dich zu tun.«

»Hören Sie, Madame. Ich brauche kein Geld. Ich bitte Sie, mich zu verstehen, wenn ich es nicht annehme. Meiner Meinung nach würde es unsere Freundschaft entwerten.« Und ich weise die beiden so großzügig angebotenen Fünfhundertfrancscheine zurück. »Bitte, bestehen Sie nicht darauf.«

»Wie du willst«, sagt sie. »Ein wenig leichten Schnaps?«

Und mehr als eine Stunde lang tut diese wunderbare Frau nichts anderes, als liebenswürdige Worte zu mir zu sprechen. Sie nimmt an, daß ich sicherlich nicht wegen Mordes an diesem Hundsfott ver-

urteilt werde und für den Rest vielleicht achtzehn Monate bis zwei Jahre fasse.
Beim Weggehen hält sie lange meine Hand in der ihren und sagt: »Auf Wiedersehen, viel Glück.« Und bricht in Schluchzen aus.
Der Kommandant führt mich zur Strafzelle zurück. Unterwegs sage ich ihm: »Sie haben die edelste Frau der Welt, Herr Kommandant.«
»Ich weiß es, Papillon, sie ist nicht geschaffen für das Leben hier, es ist zu grausam für sie. Aber – was soll ich tun? Noch vier Jahre, dann habe ich meinen Abschied.«
»Ich benütze die Gelegenheit, da wir alleine sind, Herr Kommandant, um Ihnen zu danken, daß Sie für mich das möglichste getan haben. Trotz der großen Unannehmlichkeiten, die ich für Sie heraufbeschworen hätte, wenn meine Flucht gelungen wäre.«
»Du hättest mir tatsächlich schwere Kopfschmerzen bereiten können. Trotzdem möchte ich dir etwas sagen: Du verdienst, daß es dir gelungen wäre.« Vor der Tür des Strafzellentraktes fügt er hinzu: »Adieu, Papillon. Möge Gott dir helfen, du wirst es nötig haben.«
»Adieu, Herr Kommandant.«
Ja! Ich werde Gottes Hilfe nötig haben, denn das Militärgericht unter dem Vorsitz eines Gendarmeriekommandanten mit vier Streifen war unerbittlich. Drei Jahre für Diebstahl und Unterschlagung von Staatseigentum, Grabschändung und Fluchtversuch, und dazu fünf Jahre für den Mord an Celier. Insgesamt acht Jahre Korrektionszelle. Wäre ich nicht verwundet gewesen – bestimmt hätten sie mich zum Tod verurteilt.
Das Gericht, so streng mir gegenüber, zeigte sich im Fall eines Polen, namens Dandosky, der zwei Männer getötet hatte, weit verständnisvoller. Es brummte ihm nur fünf Jahre auf, obwohl er zweifellos mit Vorsatz gehandelt hatte.
Dandosky war ein Bäcker, der den Sauerteig vorbereitete. Er arbeitete nur von drei bis vier Uhr früh. Da sich die Bäckerei am Kai befand, unmittelbar am Meer, verbrachte er alle seinen freien Stunden mit Fischfang. Ruhig, kaum Französisch sprechend, verkehrte er mit niemandem. Der auf Lebenszeit verurteilte Zwangsarbeiter schenkte seine ganze Zärtlichkeit einer prachtvollen schwarzen Katze mit grünen Augen, die sein Leben teilte. Sie schliefen miteinander, die Katze folgte ihm wie ein Hund zur Arbeit, war ständig bei ihm. Kurz, es war die große Liebe zwischen dem Tier und ihm. Wenn die Katze ihn zum Fischen begleitete, es aber zu heiß und für sie kein schattiger Winkel zu finden war, kehrte sie allein in die Bäckerei zurück und legte sich in die Hängematte ihres Freundes. Läutete die Glocke zu Mittag, lief sie dem Polen entgegen und sprang zu dem kleinen Fisch hoch, den er vor ihrer Nase tanzen ließ, bis sie ihn packte.
Die Bäcker leben alle zusammen in einem Saal, der zur Bäckerei gehört. Eines Tages luden zwei Sträflinge, sie hießen Corrazi und

Angelo, Dandosky zu dem Kaninchenessen ein, das Corrazi mindestens einmal in der Woche zubereitete. Dandosky setzt sich nieder und ißt mit ihnen und bietet ihnen eine Flasche Wein zum Essen an. Am Abend ist die Katze nicht da. Der Pole sucht sie überall vergebens. Eine Woche vergeht – keine Katze. Traurig, seinen kleinen Gefährten verloren zu haben, nimmt Dandosky an nichts mehr Anteil. Er war todtraurig, daß das einzige Wesen, das er liebte und das ihm wohltat, auf mysteriöse Weise verschwunden war. Als die Frau eines Aufsehers von seinem großen Schmerz erfuhr, bot sie ihm eine kleine Katze an. Dandosky warf sie hinaus und fragte die Frau gekränkt, wie sie denn annehmen könne, daß er eine andere als seine eigene Katze lieben könne. Das wäre, sagt er, eine ernste Beleidigung des Andenkens seiner lieben Entschwundenen.
Eines Tages schlägt Corrazi einen Bäckerlehrling, der gleichzeitig Brotausträger ist. Er schlief nicht zusammen mit den Bäckern, war aber Lagerhäftling. Aus Rache sucht der Lehrling Dandosky auf, findet ihn und sagt:
»Höre, das Kaninchen, zu dem dich Corrazi und Angelo neulich eingeladen haben, war deine Katze.«
»Wo ist der Beweis?« schreit der Pole und packt den Mann an der Gurgel.
»Unter dem Mangobaum hinter der Bäckerei. Dort habe ich Corrazi gesehen, wie er das Fell von deiner Katze eingegraben hat.«
Wie ein Wahnsinniger stürzt der Pole hin und findet tatsächlich das Katzenfell. Es ist halb verwest, der Kopf bereits aufgelöst. Er wäscht den Balg in Meerwasser, hängt ihn in die Sonne, damit er trocknet, dann wickelt er ihn in ein sauberes Tuch und bestattet ihn an einem trockenen Ort, tief genug hinein, wo keine Würmer mehr drankommen. So erzählt er mir das alles.
In der Nacht sitzen Corrazi und Angelo im Saal der Bäckerei beim Licht einer Petroleumlampe auf einer großen Bank beisammen und spielen Karten. Dandosky ist ein Mann von vierzig, mittelgroß, untersetzt, mit breiten Schultern, sehr stark. Er hat einen großen Stock aus Hartholz vorbereitet, so schwer, als wenn er aus Metall wäre, und von hinten kommend, ohne ein Wort, führt er einen furchtbaren Schlag auf die Köpfe der beiden. Die Schädeldecken öffneten sich wie zwei Granatäpfel, und das Hirn spritzte auf den Boden. Rasend vor Wut, begnügte sich der Pole damit nicht, sondern riß den Getöteten auch noch das Hirn heraus und schmiß es gegen die Mauer. Alles war mit Blut und Hirnmasse beschmiert.
Wenn *ich* schon nicht vom Vorsitzenden des Kriegsgerichts verstanden wurde, so doch wenigstens Dandosky, der für doppelten vorsätzlichen Mord nur zu fünf Jahren verurteilt wurde.

Die zweite Strafhaft

Mit dem Polen zusammengeschlossen komme ich auf die Inseln. Man hat sich nicht schlecht beeilt: Montag sind wir in Saint-Laurent angekommen, Donnerstag kamen wir vors Kriegsgericht, und schon Freitag früh hat man uns verladen.

Wir kehren, sechzehn Mann, davon ein Dutzend Korrektionshäftlinge, auf die Inseln zurück. Die Reise wird bei stürmischer See angetreten, häufig stürzen die Wogen, eine größer als die andere, über das Deck. In meiner Verzweiflung bin ich schon so weit, zu hoffen, daß der Kahn untergeht. Ich spreche mit niemandem, bin ganz auf mich eingestellt, das Gesicht dem schneidenden Sprühregen ausgesetzt. Ich schütze mich nicht, im Gegenteil: ich lasse freiwillig meinen Hut fortwehen, ich werde ihn nicht benötigen während der acht Jahre Strafhaft. Mit dem Gesicht gegen den Sturm atme ich bis zum Ersticken die schneidende Luft ein. Erst wünsche ich, daß wir absaufen, dann fange ich mich wieder: »Bébert Celier haben die Haifische gefressen; du bist dreißig Jahre und hast acht Jahre abzusitzen.« Aber kann man acht Jahre in der Menschenfresserin aushalten?

Meiner Erfahrung nach glaube ich, es ist unmöglich. Vier oder fünf Jahre dürften die äußerste Grenze sein. Hätte ich nicht Celier getötet, wären es nur drei, vielleicht sogar nur zwei Jahre gewesen. Aber der Mord hat alles verschlimmert, den Fluchtversuch inbegriffen. Ich hätte diesen Schweinehund nicht töten dürfen. Meine Menschenpflicht mir selbst gegenüber ist nicht, mir Recht zu verschaffen, sondern zuerst vor allem zu leben – zu leben, um zu flüchten. Wie konnte ich nur diesen Fehler begehen? Der Unterschied ist klein: eigentlich hat er mich getötet, dieser Dreckskerl. Leben, leben, leben, das hätte meine einzige Religion sein müssen – und sie muß es sein! In der Begleitmannschaft finde ich einen Aufseher wieder, den ich von der Strafhaft her kenne. Ich weiß nicht, wie er heißt, aber ich habe das wahnsinnige Bedürfnis, ihm eine Frage zu stellen:

»Chef, ich möchte Sie etwas fragen.« Erstaunt kommt er zu mir und fragt:

»Was?«

»Haben Sie Männer gekannt, die acht Jahre Korrektionszelle hinter sich gebracht haben?«

Er denkt nach und sagt dann: »Nein, aber ich habe einige gekannt mit fünf Jahren und sogar einen, dessen erinnere ich mich gut, der bei recht guter Gesundheit und ohne durchgedreht zu sein nach sechs Jahren herausgekommen ist. Ich war dabei, wie man ihn entlassen hat.«

»Danke.«

»Schon gut«, sagt der Aufseher. »Du hast acht Jahre bekommen, glaube ich?«

»Ja, Chef.«
»Das stehst du nur durch, wenn du keine Strafen faßt.«
Dieser Satz ist sehr wichtig. Ja, ich komme nur lebend heraus, wenn ich niemals bestraft werde. Die Strafen bestehen nämlich darin, für eine gewisse Zeit einen Teil oder sogar die ganze Nahrung entzogen zu bekommen, wovon man sich, selbst bei Wiederaufnahme des normalen Essens, niemals erholt. Einige solcher Strafen verhindern, daß man bis zuletzt durchhält, man krepiert schon vorher. Folglich: Ich darf weder Kokosnüsse noch Zigaretten annehmen, nicht einmal schreiben oder Briefe erhalten.
Während des Restes der Fahrt kaue ich ununterbrochen an diesem Entschluß. Nichts, absolut nichts, weder von außen noch im Gefängnis. Ich habe eine Idee: Die einzige Möglichkeit, mir helfen zu lassen, ohne Essensentzug zu riskieren, ist, daß draußen jemand die Suppenverteiler besticht, damit sie mir mittags eines der größten und besten Stücke Fleisch geben. Das ist leicht, denn der eine teilt die Suppe aus, der andere, der hinter ihm mit einem Tablett steht, legt ein Stück Fleisch in den Suppenteller. Er müßte nur ordentlich in seinem Topf herumrühren und mit der Kelle das meiste Gemüse mit herausfischen. Diese Idee stärkt mich. So könnte ich tatsächlich einigermaßen den Hunger stillen und, falls die Sache gut klappt, einigermaßen gut zu essen kriegen. Dann wird es nur von mir abhängen, von glücklichen Dingen zu träumen und in meinen Gedanken mich von meiner jetzigen Lage zu entfernen, um nicht verrückt zu werden. Wir kommen auf den Inseln an. Es ist drei Uhr nachmittags. Kaum ausgeschifft, sehe ich das helle, gelbe Kleid von Juliette an der Seite ihres Gatten. Der Kommandant kommt schnell auf mich zu, noch bevor wir Zeit gehabt haben, uns in Reih und Glied aufzustellen, und fragt mich:
»Wieviel?«
»Acht Jahre.«
Er wendet sich zu seiner Frau um und spricht mit ihr. Offensichtlich ergriffen, setzt sie sich auf einen Stein. Sie scheint ganz verloren. Ihr Mann nimmt sie am Arm, sie erhebt sich, und nachdem sie mir einen langen Blick aus ihren riesigen Augen zugeworfen hat, gehen die beiden weg, ohne sich umzuwenden.
»Papillon«, sagt Dega, »wieviel?«
»Acht Jahre Einzelhaft.« Er sagt nichts und wagt nicht, mich anzublicken. Galgani nähert sich, und bevor er noch etwas spricht, sage ich ihm:
»Schicke mir nichts, schreibe mir auch nicht. Bei einem so langen Knast kann ich keine Strafe riskieren.«
»Verstehe.«
Mit leiser Stimme füge ich schnell hinzu: »Versuche, daß man mir mittags und abends möglichst gut zu essen gibt. Wenn dir das gelingt, werden wir uns vielleicht eines Tages wiedersehen. Adieu.«

Freiwillig wende ich mich dem ersten Boot zu, das uns nach Saint-Joseph bringen soll. Jedermann blickt mir nach, wie man einem Sarg nachblickt, der in die Grube hinabgelassen wird. Niemand spricht. Auf dem kurzen Weg wiederhole ich Chapar, was ich Galgani gesagt habe. Er antwortet:
»Das muß zu machen sein. Nur Mut, Papi.«
Dann sagt er: »Und Matthieu Carbonieri?«
»Verzeih, daß ich ihn vergessen habe. Der Vorsitzende des Kriegsgerichtes hat zusätzliche Auskünfte über seinen Fall angefordert, bevor er eine Entscheidung treffen will. Ist das gut oder schlecht?«
»Das ist gut, glaube ich.«
Ich bin in der ersten Reihe der kleinen Kolonne der zwölf Mann, die die Küste hinaufsteigen, um ihre Strafhaft anzutreten. Ich gehe schnell, ich habe merkwürdigerweise Eile, allein in meiner Einzelzelle zu sein. Ich beschleunige so den Schritt, daß der Aufseher mir sagt:
»Geh langsamer, Papillon, man könnte meinen, du hast es eilig, in das Haus zurückzukehren, das du eben erst verlassen hast.« Wir kommen an.
»Halt! Ihr steht vor dem Kommandanten.«
»Bedaure, daß du zurückgekehrt bist, Papillon«, sagt er zu mir. Und dann: »Einzelhäftling dorthin, Einzelhäftling hierhin und so weiter. Seine übliche Rede: »Bau A, Zelle 127. Es ist die beste, Papillon, denn sie liegt gegenüber der Gangtür, und so hast du mehr Licht, und Luft wird dir auch nicht fehlen. Ich hoffe, daß du dich gut aufführst. Acht Jahre, das ist lang. Aber wer weiß, ob du nicht bei ausgezeichneter Führung ein oder zwei Jahre gnadenhalber geschenkt bekommst. Ich wünsche es dir, denn du bist ein mutiger Mann.«
So bin ich also in der 127. Sie liegt tatsächlich gerade gegenüber einer großen Gittertür, die auf den Gang führt. Obwohl es schon fast sechs Uhr abends ist, ist es darin noch einigermaßen hell. Diese Zelle sieht weder nach Verwesung aus, noch hat sie diesen Geruch, den meine erste Zelle gehabt hat. Das gibt mir etwas Mut: »Mein Alter, da sind die vier Mauern, die dich acht Jahre anblicken werden. Zähle nicht die Monate und nicht die Stunden, es ist unnütz. Das einzige Maß, das du dir gestatten darfst, sind sechs Monate. Sechzehnmal sechs Monate, und du bist wieder frei. Auf jeden Fall hast du einen Vorteil: Wenn du hier krepierst, so wirst du wenigstens die Genugtuung haben, falls es am Tag ist, im Licht zu sterben. Das ist sehr wichtig. Im Dunkeln zu krepieren – das ist nicht sehr heiter. Und wenn du krank bist, wird wenigstens der Arzt dir in die Fresse sehen. Du brauchst dir keine Vorwürfe zu machen, daß du ein neues Leben auf der Flucht beginnen wolltest, noch, bei meiner Seele, daß du Celier getötet hast. Stell dir vor, wie sehr du leiden würdest beim Gedanken, ihm ist die Flucht gelungen, während du hier sitzt.« Kommt Zeit, kommt Rat. Vielleicht wird es

eine Amnestie geben, einen Krieg, ein Erdbeben, einen Taifun, der diese Festung zerstört. Warum nicht? Ein anständiger Mensch kann vielleicht auch bei seiner Rückkehr nach Frankreich erreichen, daß die Franzosen sich aufregen und die Strafverwaltung zwingen, mit einem System Schluß zu machen, das die Menschen köpft ohne Guillotine. Vielleicht gibt es auch einen beherzten Arzt, der das Ganze einem Journalisten erzählt oder einem Geistlichen, was weiß ich? Egal wie immer, Celier ist längst von den Haifischen verdaut. Ich aber, ich bin hier, und wenn ich's wert bin, komme ich lebend aus diesem Steinsarg heraus.

Eins, zwei, drei, vier, fünf – kehrt; eins, zwei, drei, vier, fünf – wieder kehrt; ich fange an zu gehen und finde mit einem Schlag wieder die alte Haltung des Kopfes, der Arme, die genaue Schrittlänge, um im Gleichmaß zu bleiben. Ich beschließe, nicht mehr als zwei Stunden am Morgen und zwei Stunden am Nachmittag zu gehen, solange ich nicht weiß, daß ich mit einer bevorzugten, ausreichenden Ernährung rechnen kann. Vergeude nicht deine Energien in diesen ersten Tagen mit nervösen Anwandlungen.

Ja, es ist jammerschade, vor dem Ziel gescheitert zu sein. Klar, es war nur der erste Teil der Flucht, es hätte noch der geglückten Überwindung von hundertfünfzig Kilometern auf diesem leichten Floß bedurft, und nach der Ankunft auf dem Festland einer neuerlichen Flucht. Wenn das Floß gut aufs Wasser gebracht worden wäre, hätten die Segel aus den drei Mehlsäcken es kaum mehr als zehn Kilometer die Stunde vorwärtsgetrieben. In fünfzehn, vielleicht sogar in zwölf Stunden hätte ich den Fuß aufs Festland gesetzt. Selbstverständlich nur, wenn es tagsüber geregnet hätte, denn nur im Regen kann man riskieren, die Segel zu setzen. Ich glaube mich erinnern zu können, daß es an dem Tag, da man mich in die Einzelzelle brachte, regnete, aber ich bin nicht sicher. Ich suche die Fehler zu finden, die ich gemacht habe. Ich finde nur zwei. Der Tischler hat ein zu gut gebautes, zu sicheres Floß herstellen wollen, und darum war es nötig, für die Kokosnüsse ein Gerüst zu bauen, das praktisch einem zweiten Floß gleichkam, eines im anderen. Daher waren zu viele Einzelteile und das in zu langer Zeit herzustellen, um alles genau einzupassen.

Zweitens, und das ist schwerwiegender: Auf den ersten ernsten Verdacht hin hätte ich Celier noch in derselben Nacht töten müssen. Hätte ich das getan, wer weiß, wie weit ich heute wäre! Selbst wenn man mich auf dem Festland eingefangen oder im Augenblick, da ich das Floß aufs Wasser setzte, festgenommen hätte, so wäre ich mit drei Jahren und nicht mit acht davongekommen. Wo wäre ich heute, wenn alles gutgegangen wäre – auf den Inseln oder auf dem Festland? Überlegen wir mal. Vielleicht würde ich eben ein Gespräch mit Bowen in Trinidad haben oder in Curaçao unter dem Schutz von Bischof Irénée de Bruyne stehen, und von dort wäre ich nicht früher weggegangen, bis ich sicher war, dieses oder jenes

Land würde einen aufnehmen. Im entgegengesetzten Fall wäre es mir ein leichtes gewesen, allein zurückzukehren, geradewegs auf einem kleinen Boot nach Guajira in mein Nest.

Ich bin sehr spät eingeschlafen, habe einen normalen Schlaf gehabt. Diese erste Nacht war nicht so niederdrückend. Leben, leben, leben. Jedesmal wenn mich die Verzweiflung packt, muß ich dreimal dieses Wort wiederholen, dieses Hoffnungswort: »Solange du hoffst, lebst du!« Eine Woche ist vorbei. Seit gestern bemerke ich eine Änderung in den Essensportionen. Ein köstliches Stück gekochtes Fleisch zu Mittag und abends einen Eßnapf voll Linsen, fast ohne Wasser. Wie ein Kind sage ich mir: »In den Linsen da steckt Eisen drin, das ist gut für deine Gesundheit.«

Wenn das so weitergeht, werde ich zehn bis zwölf Stunden am Tag herummarschieren können und am Abend dann angenehm müde zu den Sternen hinaufreisen. Nein, ich streune nicht herum, ich bin auf der Erde, wahrhaftig auf der Erde, denke an all die Fälle der Sträflinge, die ich auf den Inseln kennengelernt habe. Jeder hat seine Geschichte, seine vergangene und seine jetzige. Ich denke auch an die Legenden, die man sich hier auf den Inseln erzählt. Eine davon, das verspreche ich mir, möchte ich eines Tages, wenn ich wieder auf der Insel bin, überprüfen, ob sie wahr ist: die von der Glocke.

Wie ich schon erzählt habe, werden die Sträflinge nicht begraben, sondern zwischen Saint-Joseph und Royale ins Meer geworfen, an einer Stelle, die verseucht ist von Haifischen. Der Tote wird in Mehlsäcke eingehüllt, an den Beinen einen Strick mit einem großen Stein. Ein rechteckiger Kasten – immer derselbe – steht vorn am Bug des Bootes. Am bezeichneten Ort angekommen, heben die sechs Ruderer ihre Ruder waagrecht zur Bordwand in die Höhe. Ein Mann neigt den Kasten zum Wasser hinunter, ein anderer öffnet eine Art Klappe. So gleitet der Körper ins Meer. Sicher, da gibt es keinen Zweifel, rasieren die Haifische sofort den Strick weg. Niemals hat ein Toter Zeit, tief hinunterzusinken. Er steigt an die Oberfläche, und die Haifische beginnen sich um die besten Bissen zu streiten. Die, die es gesehen haben, sagen, der Anblick, wie ein Mann aufgefressen wird, ist ungeheuer erregend, denn wenn die Haifische sehr zahlreich sind, gelingt es ihnen sogar, den eingewickelten Körper aus dem Wasser zu heben, und dann reißen sie die Mehlsäcke herunter und holen sich große Stücke von der Leiche.

Ganz genau so geschieht es, wie ich es beschreibe, aber einer Sache konnte ich dabei nie auf den Grund kommen: Die Sträflinge behaupten ohne Ausnahme, daß das, was die Haifische an den Ort zieht, der Glockenton ist, der von der Kapelle ertönt, sobald es einen Toten gibt. Wenn man am Abend gegen sechs Uhr am Ende des Hafendammes steht, gibt es Tage, wo sich kein Haifisch zeigt. Sobald aber die Glocke der kleinen Kirche läutet, ist im Nu dieser Ort von Haifischen bevölkert, die den Toten erwarten. Es kann nichts anderes sein, was die seltsame Tatsache erklärt, daß sie zu jenem Ort und genau zu jener Stunde herbeiströmen. Hoffen wir, daß ich nicht auch einmal unter ähnlichen Bedingungen den Haifischen von Royale als Tagesmenü diene. Wenn sie mich lebend auf der Flucht zerfleischen, so geschieht es wenigstens, während ich meine Freiheit suche. Aber nach einem Tod in der Zelle, krepiert an einer Krankheit – das will ich nicht. Das darf nicht geschehen.

Da ich dank der von meinen Freunden organisierten Versorgung immer satt bin, bleibe ich bei bester Gesundheit. Von sieben Uhr früh bis sechs Uhr abends gehe ich ohne Unterlaß. Daher ist die Eßschüssel am Abend, voll mit Hülsenfrüchten – Erbsen, Linsen, Bohnen – oder Reis, und gut geschmalzen, schnell ausgelöffelt. Ich esse immer mit Appetit. Das Herummarschieren tut mir gut. Es erzeugt eine gesunde Müdigkeit, und während ich gehe, gelingt es mir, meine Gedanken wegschweifen zu lassen. Gestern zum Beispiel habe ich den ganzen Tag in der Umgebung des kleinen Ortes in Ardéche verbracht, der Favras heißt. Dort habe ich nach dem Tod meiner Mutter oft einige Wochen bei meiner Tante gewohnt, der Schwester meiner Mutter, Lehrerin in diesem Nest. Gestern also bin ich leibhaftig dort in den Kastanienwäldern herumgestrichen, habe Pilze gesammelt und gehört, wie mein kleiner Freund, der Schafhirte, seinem Schäferhund Befehle zugerufen hat, die dieser tadellos ausführte, um ein entlaufenes Schaf zurückzutreiben oder eine vorwitzige Ziege anzubellen. Und die kühle Frische der eisenhaltigen Quelle ist mir in den Mund gestiegen, und ich spürte das Kitzeln der winzigen Wasserperlen an meiner Nase. Eine so authentische Wahrnehmung aus einer Zeit, die mehr als fünfzehn Jahre zurückliegt, eine solche Fähigkeit, alles mit größter Eindringlichkeit wiederzuerleben, das ist nur in einer Zelle möglich, weitab von jedem Lärm, in einsamer Stille.

Selbst die gelbe Farbe des Kleides meiner Tante sehe ich deutlich vor mir. Ich höre das Rauschen des Windes in den Kastanienbäumen, den leichten Knall, wenn eine Kastanie auf dem harten Boden aufschlägt, und den gedämpften Ton, wenn sie ins weiche Laub fällt. Ein riesiges Wildschwein ist aus den hohen Ginsterbüschen aufgetaucht und hat mir große Angst eingejagt, so daß ich weggerannt bin und in meinem Schrecken den Großteil der gesammelten Pilze verloren habe. Ja wirklich, ich habe (immer im Gehen) einen ganzen Tag mit meiner Tante und meinem kleinen Schafhirtenfreund Julien in Favras verbracht. Niemand kann mich daran hindern, mich in diesen wiederauflebenden Erinnerungen, so zarten, so zärtlichen, so klaren, so sauberen, zu ergehen und aus ihnen den Frieden zu schöpfen, der meiner gequälten Seele so not tut.

Für die menschliche Gesellschaft befinde ich mich in einem der zahllosen Kerker der Menschenfresserin. In Wahrheit habe ich denen einen ganzen Tag gestohlen, habe ihn auf den Feldern von Favras

verbracht, in den Kastanienwäldern, ja ich habe sogar aus dem Gesundbrunnen, aus der Quelle der Weisheit getrunken.
Nun sind schon sechs Monate vergangen. Ich hatte mir versprochen, nur in sechs Monaten zu rechnen, und ich habe mein Versprechen gehalten. Heute morgen habe ich die sechzehn auf fünfzehn verringert ... Es bleiben nur mehr fünfzehnmal sechs Monate.
Machen wir einen Strich: Es gab in diesen sechs Monaten keinen Zwischenfall. Immer die gleiche Nahrung, immer auch eine genügend große Portion, mit der mein Körper auskommt, ohne zu leiden. Um mich herum viele Selbstmorde und Ausbrüche von Wahnsinn. Glücklicherweise bringt man die Wahnsinnigen schnell weg. Es ist niederdrückend, sie schreien zu hören, ihr Klagen und Stöhnen, Stunden über Stunden, ja ganze Tage lang. Ich habe einen Trick gefunden, er ist an sich gut, aber schlecht für die Ohren. Ich schneide zwei kleine Stücke Seife ab und stopfe sie mir in die Ohren, um nicht die schauderhaften Schreie hören zu müssen. Unglücklicherweise entzündet das die Ohren, und nach zwei oder drei Tagen beginnen sie zu rinnen.
Zum erstenmal seit ich im Kerker bin, erniedrige ich mich zu einer Bitte an den Aufseher. Dieser Aufseher ist aus Montélimar, einem Ort in der Nähe von meinem Zuhause. Ich habe ihn schon in Royale gekannt, und jetzt bitte ich ihn, mir eine Wachskugel zu bringen, damit ich das Geschrei der Wahnsinnigen leichter ertragen kann, bevor man sie wegbringt. Am nächsten Tag hat er mir eine Wachskugel, groß wie eine Nuß, gebracht. Es ist eine unglaubliche Erleichterung, nicht mehr diese Unglücklichen schreien zu hören.
Auf die Tausendfüßler habe ich mich schon trainiert. In diesen sechs Monaten wurde ich nur ein einziges Mal gebissen. Ich halte es aus, wenn einer beim Aufwachen morgens auf meinem nackten Körper herumspaziert. Man gewöhnt sich an alles, es ist nur eine Frage der Selbstkontrolle, denn das Krabbeln, das sie mit ihren Füßen und Fühlern hervorrufen, ist unangenehm. Aber wenn man sie nicht geschickt fängt, stechen sie. Daher ist es besser, abzuwarten, bis so ein Tausendfüßler von selbst wegkriecht, und ihn dann erst zu erschlagen. Auf meiner kleinen Betonbank liegen immer zwei, drei kleine Brotstückchen. Der Brotgeruch zieht sie an, und so zwinge ich sie, dorthin zu gehen. Dann töte ich sie.
Ich muß eine fixe Idee vertreiben, die mich verfolgt. Warum habe ich nicht am selben Tag Bébert Celier getötet, an dem der erste Verdacht auftauchte? So streite ich ununterbrochen mit mir selbst: Wann hat man das Recht zu töten? Am Ende komme ich dahin: Der Zweck heiligt die Mittel. Mein Ziel war eine geglückte Flucht, und ich hatte die Chance, ein gut gebautes Floß zu haben, es an einem sicheren Platz zu verstecken. Wegzukommen – das war nur noch eine Frage von Tagen. Da ich die Gefahr kannte, die Celier für das vorletzte Holzstück, das wie durch ein Wunder rechtzeitig im Hafen gelandet war, bedeutete, hätte ich keinen Augenblick

zögern dürfen, ihn kaltzumachen. Und wenn ich mich getäuscht hätte? Wenn der Anschein seiner unheilvollen Rolle getrogen hätte? Ich hätte einen Unschuldigen getötet – wie schrecklich! Aber es ist unsinnig, dir Gewissensprobleme aufzuhalsen, du bist ein Sträfling auf Lebenszeit – schlimmer noch, verurteilt zu acht Jahren Einzelhaft innerhalb der lebenslänglichen Strafe.

Wofür hältst du dich eigentlich, du verlorenes Stück Abfall, den die Gesellschaft für einen Auswurf der Menschheit ansieht? Du möchtest wissen, ob dieser Stinkhaufen von Richtern, die dich verurteilt haben, sich auch nur ein einziges Mal gefragt hat, ob es tatsächlich und vor dem Gewissen recht war, dich so schwer zu verurteilen. Und ob der Staatsanwalt, für den ich mir noch nicht zu Ende ausgedacht habe, wie ich ihm einmal die Zunge herausreißen werde, ob der sich auch nicht einmal gefragt hat, daß er in seiner Anklagerede ein wenig zu weit gegangen ist. Selbst meine Verteidiger werden sich kaum mehr meiner erinnern. Sie werden sich höchstens in allgemeinen Redensarten ergehen über »diese unglückliche Sache mit Papillon« vor dem Militärgericht 1932. »...Wißt ihr, Kollegen, an jenem Tag, da war ich nicht recht in Form, und Gott weiß warum, der Hauptankläger Pradel hatte einen seiner besten Tage. Er hat den Fall auf unerhört elegante Weise im Sinne der Anklage entschieden. Das ist wirklich ein Gegner von hoher Klasse.«

Ich höre das alles, als stünde ich neben Herrn Raymond Hubert während eines Gesprächs unter Advokaten oder bei einer mondänen Gesellschaft oder besser noch in den Gängen des Justizpalastes. Ein einziger nur kann sich darauf berufen, eine anständige, untadelige Position eingenommen zu haben: das ist der Gerichtsvorsitzende Bévin. Dieser unparteiische Mann kann sehr wohl unter Kollegen oder bei einer mondänen Gesellschaft die Gefahr diskutieren, die einem Mann durch seine Richter erwächst. Er wird selbstverständlich in sehr gewählten Worten sagen, daß so ein Dutzend Stinkkäse von Geschworenen keineswegs auf eine solche Verantwortung vorbereitet ist und daß diese Leute viel zu leicht vom Charme der Anklage oder der Verteidigung – wer halt immer an diesem Gerichtstag die Szene beherrscht – beeindruckt werden; daß sie sich zu schnell von der einen oder von der anderen Seite, von der für den Angeklagten positiven oder negativen Seite beeinflussen lassen und, ohne recht zu wissen, wieso, hart oder milde urteilen.

Das gilt auch für meine Familie. Aber meine Familie hat ja auch einen gewissen Grund, mir leicht böse zu sein, weil ich ihr zweifellos einige Unannehmlichkeiten bereitet habe. Ein einziger, mein Papa, mein armer Vater, der hat sich sicher nicht beklagt über das Kreuz, das ihm sein Sohn auf die Schulter gelegt hat, dessen bin ich sicher. Gewiß trägt er dieses schwere Kreuz, ohne seinen Sohn anzuklagen, ohne ihm etwas vorzuwerfen, und das noch dazu, obwohl er Lehrer ist, der die Gesetze zu respektieren hat und selbst lehrt, sie zu verstehen und anzunehmen. Ich bin sicher, daß er im

Grunde seiner Seele ausruft: Ihr Lumpen, ihr habt mein Kind getötet, schlimmer noch, ihr habt es verurteilt, Stück für Stück zu sterben – mit fünfundzwanzig Jahren!« Wenn er wüßte, wo sein Kind jetzt ist und was man mit ihm macht, er wäre imstande, Anarchist zu werden.

In dieser Nacht hat die Menschenfresserin mehr denn je ihren Namen verdient. Ich habe gehört, daß sich zwei aufgehängt haben und einer sich selbst erstickt hat, indem er sich in Mund und Nase Stoffetzen stopfte. Die Zelle 127 liegt in der Nähe der Stelle, wo die Wachtposten wechseln, und manchmal höre ich einige Gesprächsfetzen. Heute morgen zum Beispiel haben sie nicht leise genug gesprochen, daß ich es nicht gehört hätte – ausschließlich von den Zwischenfällen in der Nacht.

Wiederum sind sechs Monate vorbei. Ich ziehe einen Strich und kritzle in das Holz einen schönen »Vierzehner«. Ich habe einen Nagel, den ich nur alle sechs Monate dazu verwende. So ziehe ich also den Strich, und um die Gesundheit steht's immer noch gut und auch um meinen Gemütszustand. Dank meiner Reisen zu den Sternen hinauf kommt es sehr selten vor, daß ich in längere Krisen der Verzweiflung falle. Ich überwinde sie verhältnismäßig schnell und baue mir aus allen möglichen Steinen eine Himmelsleiter, die die bösen Gedanken vertreibt. Der Tod von Celier hilft mir sehr, Sieger über solche kritischen Anfälle zu bleiben. Ich sage mir: Ich lebe, lebe, ich bin lebend, und ich muß leben, leben, leben, um eines Tages in Freiheit zu leben, er, der meine Flucht verhindert hat, ist tot, er wird niemals frei sein, wie ich es eines Tages sein werde, das ist sicher. Bestimmt. Auf jeden Fall bin ich noch nicht alt, wenn ich hier mit achtunddreißig Jahren 'rauskomme, und die nächste Flucht, die wird gelingen.

Eins, zwei, drei, vier, fünf – kehrt; eins, zwei, drei, vier, fünf – kehrt. Seit einigen Tagen sind meine Beine schwarz, und es tritt mir das Blut aus den Venen. Werde ich krank? Ich drücke den Daumen in mein Bein, und die Druckstelle bleibt sichtbar. Man könnte meinen, ich bin voll Wasser. Seit einer Woche kann ich nicht mehr zehn oder zwölf Stunden am Tag herumgehen, schon nach sechs Stunden bin ich sehr müde und muß mir die weiteren sechs Stunden schenken. Wenn ich mir die Zähne putze, kann ich sie nicht mehr mit dem Frotteehandtuch reiben, ohne Schmerzen zu haben und stark zu bluten. Gestern ist mir sogar ein einzelner Zahn ganz von selbst herausgefallen, das Zahnfleisch im Oberkiefer ist entzündet.

Mit einer richtigen Sensation sind die letzten sechs Monate zu Ende gegangen. Tatsächlich. Denn gestern hat man uns den Kopf 'rausstecken lassen, und ein Arzt ist vorbeigekommen, der jedem die Lippen hochhob. Und heute morgen, nach genau achtzehn Monaten, die ich in dieser Zelle verbrachte, wird die Tür geöffnet, und es heißt:

»Kommen Sie heraus, stellen Sie sich gegen die Mauer und warten Sie.«
Ich war der erste draußen neben der Tür, und es kamen noch siebzig Mann heraus. »Halb kehrt, links.« Ich bin der letzte der Kolonne, die sich ans andere Ende des Gebäudes begibt und auf den Hof hinausgeht.
Es ist neun Uhr. Ein junger Doktorling im Khakihemd mit kurzen Ärmeln sitzt im Freien, hinter ihm steht ein kleiner Holztisch. Neben ihm zwei Sanitätssträflinge und ein Aufsehersanitäter. Alle, auch der Arzt, sind für mich Unbekannte. Zehn Gammler, ihre Muskete im Anschlag, vervollständigen die Zeremonie. Der Kommandant und die Oberaufseher stehen dabei und schauen ohne ein Wort zu.
»Alles ausziehen!« schreit der Oberaufseher. »Die Sachen mitnehmen. Der erste. Dein Name?«
»X...«
»Mach den Mund auf, zeig die Beine. Ziehen Sie ihm die drei Zähne. Zuerst Jodalkohol, dann Methylenblau, Löffelkrautsaft, zweimal am Tag vor der Mahlzeit.«
Ich bin der letzte.
»Dein Name?«
»Charrière.«
»Na so was! Du bist der einzige mit einem anständigen Körper. Bist du erst angekommen?«
»Nein.«
»Wie lang schon hier?«
»Achtzehn Monate heute.«
»Warum bist du nicht mager wie die andern?«
»Ich weiß nicht.«
»So, ich werde es dir sagen: Weil du besser frißt als die anderen, oder du onanierst weniger. Zeig den Mund, die Beine. Zwei Zitronen täglich: eine morgens, eine abends. Saug die Zitronen und betupfe auch mit dem Saft dein Zahnfleisch. Du hast Skorbut.«
Man reinigt mir das Zahnfleisch mit Jodalkohol, dann reibt man es mit Methylenblau ein, und schließlich bekomme ich eine Zitrone. Halb kehrt, ich bin wieder der letzte der Kolonne und kehre in meine Zelle zurück.
Was eben geschehen ist, ist wahrhaftig eine Revolution. Die Kranken in den Hof hinausbringen, sie die Sonne sehen lassen, sie dem Doktor vorführen zur Untersuchung. Was geht da vor? Ist es ein Zufall? Hat sich endlich ein Arzt geweigert, sich zum stillschweigenden Komplicen dieses herrlichen Reglements zu machen? Dieser Arzt, der später mein Freund sein wird, heißt Germain Guibert. Er ist in Indochina gestorben. Seine Frau hat es mir nach Maracaibo in Venezuela geschrieben – viele Jahre später.
Alle zehn Tage so eine Untersuchung in der Sonne. Immer das gleiche Rezept: Jodalkohol, Methylenblau, zwei Zitronen. Mein Zu-

stand verschlechtert sich nicht, aber er bessert sich auch nicht. Zweimal habe ich um Löffelkrautsirup gebeten, und zweimal hat es mir der Doktor verweigert, was mich sehr zu beunruhigen beginnt, denn ich kann noch immer nicht mehr als sechs Stunden täglich gehen, und meine Beine sind weiterhin aufgeschwollen und schwarz. Eines Tages, während ich darauf warte, vorgenommen zu werden, bemerke ich, daß der kleine rachitische Baum, unter dem ich mich ein wenig vor der Sonne schütze, ein Zitronenbaum ohne Früchte ist. Ich reiße ein Blatt ab und kaue es, dann breche ich mechanisch einen ganz kleinen Zweig mit einigen Blättern ab, ohne vorgefaßte Idee. Wie mich der Arzt aufruft, stecke ich mir den Zweig in den Hintern und sage ihm: »Doktor, ich weiß nicht, ob das von Ihren Zitronen kommt, aber schauen Sie einmal, was mir da hinten wächst.« Und ich drehe mich um und zeige ihm den kleinen Zweig mit seinen Blättern im Hintern.

Die Gammler brechen zuerst in Lachen aus, dann sagt der Oberaufseher: »Dafür werden Sie bestraft, Papillon, wegen Mangel an Respekt gegenüber dem Doktor.«

»Keineswegs«, sagt der Doktor, »Sie dürfen diesen Mann nicht bestrafen, denn ich beschwere mich nicht. Willst du keine Zitronen mehr? Wolltest du das damit sagen?«

»Ja, Herr Doktor. Ich habe die Zitronen satt, sie heilen mich nicht aus. Ich möchte den Löffelkrautsaft probieren.«

»Ich habe dir keinen gegeben, weil ich davon sehr wenig habe und ihn für die Schwerkranken brauche. Ich werde dir trotzdem einen Löffel täglich verordnen und weiter die Zitronen.«

»Wissen Sie, Herr Doktor, ich habe Indianer Meeralgen essen gesehen. Es gab die gleichen in Royale. Es muß auch solche in Saint-Joseph geben.«

»Du gibst mir eine glänzende Idee. Ich werde euch jeden Tag eine gewisse Alge verabreichen lassen, die ich tatsächlich selbst am Meerufer gesehen habe. Wie essen sie die Indianer? Gekocht oder roh?«

»Roh.«

»Gut, danke. Und vor allem bestrafen Sie mir diesen Mann nicht, Herr Kommandant. Ich verlasse mich auf Sie!«

»In Ordnung.«

Ein Wunder war geschehen. Alle zehn Tage zwei Stunden in die Sonne hinausgehen dürfen zur Untersuchung, für die anderen das gleiche, Gesichter sehen, ein paar Worte murmeln. Wer hätte geträumt, daß eine so wunderbare Sache möglich sein würde? Es ist eine phantastische Wendung für uns alle: die Toten erheben sich und marschieren an die Sonne, die lebend Eingegrabenen können endlich einige Worte sprechen. Es ist eine Sauerstoffflasche, die jedem von uns neues Leben gibt.

Peng, peng, so schlagen an einem Donnerstagmorgen um neun Uhr plötzlich alle Zellentüren, peng, peng. Jeder muß sich auf die Schwelle seiner Zellentür stellen: »Einzelhäftlinge«, schreit eine

Stimme, »Inspektion des Gouverneurs.« Von fünf Offizieren der Kolonialtruppe begleitet, offensichtlich alles Ärzte, geht ein großer Mann, elegant, silbergraues Haar, langsam den Gang entlang, an jeder Zelle vorbei. Ich höre, daß man ihm die Sträflinge mit langen Strafen vorstellt und den Grund ihres Hierseins. Bevor er zu mir herankommt, muß ein Mann von der Schwelle aufgehoben werden, weil er nicht die Kraft hatte, sich so lange aufrecht zu halten. Menschenfraß. Er heißt Graville. Einer der Militärs sagt: »Aber der da ist ein lebender Leichnam!«
Der Gouverneur antwortet: »Sie sind alle in einem so bedauernswerten Zustand.«
Die Kommission kommt zu mir heran. Der Kommandant sagt: »Dieser hier hat die längste Korrektionsstrafe.«
»Wie heißen Sie?« fragt der Gouverneur.
»Charrière.«
»Ihre Strafe?«
»Acht Jahre für Diebstahl von Staatseigentum und so weiter, Mord, drei und fünf Jahre, ungerechnet die ordentliche Strafe.«
»Wieviel hast du schon hinter dir?«
»Achtzehn Monate.«
»Seine Führung?«
»Gut«, sagt der Kommandant.
»Gesundheitszustand?«
»Einigermaßen«, sagt der Arzt.
»Was haben Sie vorzubringen?«
»Daß dieses Regime unmenschlich ist und nicht würdig eines Volkes wie die Franzosen.«
»Die Gründe?«
»Totales Redeverbot, kein Spaziergang und außer in den letzten Wochen keine ärztliche Behandlung.«
»Führen Sie sich gut, und vielleicht erhalten Sie eine Begnadigung, wenn ich noch Gouverneur bin.«
»Danke.«
Von diesem Tag an gab es auf Anordnung des Gouverneurs und des Chefarztes, die von Martinique und Cayenne herübergekommen waren, jeden Tag eine Stunde Spaziergang mit einem Bad im Meer, in einer Art Schwimmbassin, wo die Badenden durch große Steinblöcke vor den Haifischen geschützt sind.
Jeden Morgen um neun Uhr gehen alle Korrektionshäftlinge vollkommen nackt, in Gruppen zu hundert, zum Bad hinunter. Die Frauen und Kinder der Aufseher müssen unterdessen im Haus bleiben, damit wir nackt hinuntersteigen können.
Nun dauert das schon einen Monat. Die Gesichter der Männer sind völlig verändert. Diese Stunde Sonne, dieses Baden im Salzwasser, man kann sagen eine Stunde täglich, hat diesen Haufen moralisch und physisch kranker Sträflinge radikal verwandelt.
Eines Tages, während wir vom Bad ins Gefängnis zurückkehren,

ich bin einer der letzten, sind verzweifelte Schreie einer Frau zu hören und zwei Revolverschüsse. Ich höre: »Zu Hilfe, mein Kind ertrinkt!« Die Schreie kommen vom Kai, der nur aus einer schrägen Betonmauer, die direkt ins Meer führt, besteht und wo die Boote anlegen. Weitere Schreie.
»Die Haifische!«
Und nochmals zwei Revolverschüsse. Während sich alle nach den Hilferufen und den Revolverschüssen hindrehen, stoße ich ohne zu überlegen einen Wächter beiseite und laufe ganz nackt zum Kai hinunter. Dort angelangt, sehe ich zwei Frauen in heller Verzweiflung schreien, drei Aufseher und einige Araber.
»Werft euch ins Wasser!« schreit eine Frau. »Es ist nicht weit! Ich kann nicht schwimmen, sonst täte ich es. Feige Bande!«
»Die Haifische!« sagt ein Gammler und schießt von neuem.
Ein kleines Mädchen in einem weiß-blauen Kleid schwimmt im Meer, es wird von einer leichten Brise sanft davongetragen, geradewegs auf den Zusammenfluß der Strömung hin, wo sich der »Friedhof der Sträflinge« befindet, aber es ist noch recht weit davon. Die Aufseher hören nicht auf zu schießen, und gewiß haben sie einige Haifische getroffen, denn um die Kleine herum wirbelt es im Meer.
»Nicht mehr schießen!« rufe ich.
Und ohne zu zögern werfe ich mich ins Wasser. Durch die Strömung komme ich sehr schnell der Kleinen näher, die wegen ihres Kleides immer noch auf dem Wasser schwimmt und mit den Füßen strampelt, um die Haifische zu verjagen.
Ich bin kaum noch dreißig oder vierzig Meter von ihr entfernt, da kommt ein Boot von Royale heran, man hat die Szene von weitem gesehen. Es trifft bei der Kleinen vor mir ein, sie wird an Bord gezogen und ist in Sicherheit. Ich weine vor Wut, ohne auch nur einen Augenblick an die Haie zu denken, und werde dann ebenfalls an Bord gezogen. Ich habe mein Leben umsonst riskiert.
Wenigstens glaubte ich das. Aber einen Monat später, gewissermaßen als Anerkennung, erreichte Doktor Germain Guibert meine Entlassung aus der Einzelhaft, krankheitshalber.

Achtes Heft: Rückkehr nach Royale

Die Büffel

Nun bin ich durch ein echtes Wunder als normaler Sträfling nach Royale zurückgekehrt. Ich habe es mit einer Verurteilung zu acht Jahren wegen dieser Flucht verlassen, und jetzt bin ich neunzehn Monate danach wieder hier.
Ich habe alle meine Freunde wiedergefunden: Dega, noch immer Rechnungsführer, Galgani, Carbonieri, der in meine Affäre verwickelt war, Grandet, Bourset, den Tischler und die Kinderwagenleute: Naric und Quenier. Chatal in der Sanitätsstation und meinen Komplicen von der ersten Flucht, Maturette, der weiter Hilfssanitäter auf Royale ist.
Die Banditen aus den korsischen Bergen sind ebenfalls alle da: Essari, Vicioli, Césari, Razzori, Fosco, Maucuer und Chapar, den sie wegen der Affäre um die Börse von Marseille eingelocht haben. Alle diese Stars aus der roten Chronik der Jahre siebenundzwanzig und fünfunddreißig sind hier.
Marsino, der Mörder von Dufrêne, ist vorige Woche nach völligem körperlichem Verfall gestorben. An jenem Tag erhielten die Haifische ein besonderes Mittagsmahl – in Gestalt eines Pariser Experten in Edelsteinen.
Barrat, genannt der Komödiant, der Tennischampionmillionär von Limoges, der seinen Chauffeur und seinen kleinen intimen, allzu intimen Freund umgebracht hat. Barrat ist Chef des Laboratoriums und Apotheker im Spital von Royale. Auf den Inseln wird das Recht auf Tuberkulose ersessen, meinte einmal ein witziger Arzt.
Kurz, meine Ankunft auf Royale schlägt ein wie eine Bombe. Es ist Samstag vormittag, als ich von neuem in Bau A einziehe. Fast alle sind da, und ausnahmslos alle feiern mich und bezeigen mir ihre Freundschaft. Selbst der Kerl mit den Uhren, der niemals seit jenem berühmten Morgen, da man ihn irrtümlich köpfen wollte, ein Wort sprach, kam auf mich zu und sagte mir guten Tag.
»Nun, meine Freunde, seid ihr alle wohlauf?«
»Ja, Papi, sei willkommen.«
»Du hast noch immer deinen alten Platz«, sagt Grandet. »Er ist

unbesetzt geblieben, seitdem du weg bist.«
»Ich danke euch allen. Was gibt's Neues?«
»Eine gute Nachricht.«
»Welche?«
»Heute nacht hat man im Saal gegenüber von denen mit guter Führung das Schwein ermordet aufgefunden, das dich von der Kokospalme ausspioniert und verpfiffen hat. Es war sicher ein Freund von dir, der nicht wollte, daß du ihn lebend antriffst, und der dir die Arbeit erspart hat.
»Sicherlich. Ich würde gern wissen, wer es war, um ihm zu danken.«
»Vielleicht wird er es dir eines Tages sagen. Heute morgen beim Appell hat man den Kerl mit einem Messer im Herzen gefunden. Niemand hat was gesehen noch was gehört.«
»Gut so. Und was macht das Spiel?«
»Geht weiter, dein Platz ist noch frei.«
»Gut. Dann kann man ja also wieder mit dem Leben eines Sträflings auf Lebenszeit beginnen. Wollen wir sehen, wie und wann diese Geschichte enden wird.«
»Wir waren wirklich alle sehr geschockt, Papi, als wir erfuhren, daß sie dir ganze acht aufgebrummt haben. Ich glaube, daß es keinen einzigen Mann auf den Inseln gibt, der dir jetzt, wo du da bist, nicht um jeden Preis helfen würde – auch um den riskantesten Preis.«
»Der Kommandant ruft Sie zu sich«, sagt ein Aufseher.
Ich gehe mit ihm. Beim Wachtposten stehen einige Gammler herum und sagen mir etwas Nettes. Ich gehe mit dem Aufseher weiter und finde den Kommandanten Prouillet.
»Geht's, Papillon?«
»Es geht, Herr Kommandant.«
»Ich freue mich, daß du begnadigt worden bist, und gratuliere dir zu deiner mutigen Tat gegenüber dem kleinen Mädchen meines Kollegen.«
»Danke.«
»Ich werde dich unterdessen zu den Büffeltreibern stecken, bis du zu deiner alten Arbeit zurückkehren kannst, mit dem Recht auf Fischen.«
»Wenn Ihnen das nicht angekreidet wird, gerne.«
»Das geht nur mich etwas an. Der Werkstattaufseher ist nicht mehr da, und ich selbst fahre in drei Wochen nach Frankreich zurück. Also gut, morgen nimmst du deine Arbeit auf.«
»Ich weiß nicht, wie ich Ihnen danken soll, Herr Kommandant.«
»Vielleicht indem du einen Monat wartest, bevor du eine neue Flucht versuchst?« sagt lachend Prouillet.
Im Saal sehe ich dieselben Männer, dieselbe Lebensweise wie vor meinem Weggang. Die Spieler, diese Sonderklasse, denken und leben nur für das Spiel. Dann die Männer, die mit ihren jungen Bur-

schen zusammen leben, zusammen essen, zusammen schlafen. Richtige Ehen, wo die Leidenschaft und Liebe unter Männern alle Gedanken bestimmen, Tag und Nacht. Eifersuchtsszenen, hemmungslose Leidenschaft, wobei die »Frau« und der »Mann« sich gegenseitig quälen und unausweichliche Morde heraufbeschwören, wenn einer von ihnen des anderen müde wird und zu einer neuen Liebe hinfliegt.

Ich bin kaum einige Stunden im Lager, da kommen schon zwei Burschen zu mir, um mich zu sprechen.

»Sag mal, Papillon, ich würde gerne wissen, ob Maturette dein Bubi ist?«

»Warum?«

»Ich habe meine Gründe.«

»Höre! Maturette hat zweitausendfünfhundert Kilometer Flucht mit mir gemacht, wo er sich wie ein Mann verhalten hat. Das ist alles, was ich dir zu sagen habe.«

»Ich möchte wissen, ob er mit dir geht.«

»Nein. Ich kenne Maturette nicht von der Sexseite. Ich betrachte ihn als meinen Freund, das übrige geht mich nichts an, außer man will ihm was Schlechtes antun.«

»Und wenn er eines Tages meine Frau würde?«

»Wenn er einverstanden ist, werde ich mich nicht einmischen. Aber wenn du ihn deswegen bedrohst, bekommst du es mit mir zu tun.«

Ob es passive oder aktive Homosexuelle sind, immer ist es das gleiche, sowohl die einen wie die anderen leben nur ihrer Leidenschaft, ohne an irgend etwas anderes zu denken.

Ich habe den Italiener getroffen, den vom Überfall auf einen Goldtransport. Er kam, mir guten Tag zu sagen. Ich frage ihn: »Du bist noch hier?«

»Ich habe alles versucht. Meine Mutter hat mir zwölftausend Franc geschickt, der Gammler hat mir sechstausend Provision abgenommen; ich habe viertausend ausgegeben, um freizukommen. Ich habe erreicht, daß ich in Cayenne ins Radio kam. Es hat alles nichts genützt. Dann habe ich mich wegen Verwundung eines Freundes anklagen lassen, du kennst ihn, es ist Razzori, der korsische Bandit.«

»Nun, und?«

»Wir haben uns abgesprochen, er hat sich eine Wunde am Bauch zugefügt, und ich bin mit ihm zusammen vors Militärgericht gekommen, er als Kläger und ich als Täter. Wir sind damit nicht durchgekommen. In zwei Wochen war die Sache erledigt. Sechs Monate Einzelhaft für mich. Du hast mich im vergangenen Jahr nicht einmal dort gesehen, nicht gewußt, daß ich da bin. Papi, ich kann nicht mehr. Ich möchte mich umbringen.«

»Besser, du krepierst im Meer auf der Flucht. Wenigstens stirbst du frei.«

»Ich bin zu allem bereit. Du hast recht. Wenn du irgendwas vorbereitest, mach mir ein Zeichen.«
»Einverstanden.«
Und so beginnt das Leben auf Royale von neuem. Ich bin Büffeltreiber. Mein Büffel heißt Brutus. Er wiegt zweitausend Kilo und ist ein Mörder. Er tötet andere Büffel. Er hat schon zwei umgebracht. »Ich gebe ihm eine letzte Chance«, sagt mir der Aufseher Angosti, der die Büffel über hat. »Wenn er noch einen Büffel tötet, wird er geschlachtet.«
An jenem Morgen habe ich die Bekanntschaft von Brutus gemacht. Der Schwarze aus Martinique, der ihn bisher führte, muß eine Woche bei mir bleiben, damit ich es lerne. Ich war gleich gut Freund mit Brutus, weil ich ihm auf die Nase pißte: seine lange Zunge liebt einen scharfen Tropfen. Dann habe ich ihm einige Maulvoll Grünes gegeben, das ich im Spitalsgarten abgerissen habe. Ich steige mit Brutus abwärts, der wie ein Ochse im Joch geschirrt ist und einen Karren zieht, der aus den Tagen der Schattenkönige stammen könnte, so altertümlich ist er gebaut, und auf dem sich ein Faß mit dreitausend Liter befindet. Meine Arbeit und die meines Kumpans Brutus besteht darin, zum Meer hinunterzugehen, die Tonne mit Wasser zu füllen und den sehr steilen Hang bis zur Hochebene wieder heraufzusteigen. Hier öffne ich den Spund, und das Wasser rinnt die Rinne hinunter, spült den Latrinendreck vom Morgen weg. Ich beginne um sechs Uhr früh, und gegen neun bin ich fertig.
Nach vier Tagen erklärt der Schwarze, daß ich jetzt schon ohne ihn auskommen kann. Es gibt nur eine lästige Sache dabei: Jeden Morgen um fünf muß ich in den Büffelpfuhl waten, um Brutus zu suchen, der sich versteckt, weil er nicht arbeiten will. Da er sehr empfindliche Nüstern hat, ist ein Eisenring durchgezogen, und es hängt ständig eine fünfzig Zentimeter lange Kette dran. Wenn ich Brutus entdecke, zieht er sich zurück, taucht im Pfuhl unter und kommt an einer anderen Stelle heraus. Manchmal brauche ich eine ganze Stunde, bevor ich ihn in diesem widerlich stinkenden, stehenden Pfuhlwasser, voll mit Getier und Schlingpflanzen, erwische. Ich allein gerate in Wut: »Du Lump! Du Dickschädel! Eigensinnig wie ein Bretone! Wirst du herauskommen, du Scheißkerl! Ja oder nein, du Arschloch?« Nur auf die Kette reagiert er empfindlich, Schimpfen macht ihm nichts aus. Wenn er aber dann endlich aus dem Pfuhl herauskommt, wird er zu meinem Kumpan.
Ich habe immer zwei Ölkanister mit Süßwasser, beginne mich abzuduschen, und wenn ich nach dem Einseifen und Abspülen fertig bin, bleibt mir meistens mehr als die Hälfte einer Kanne übrig, und dann wasche ich auch Brutus. Zuerst mit Kokosmilch, reibe ihm die empfindlichen Teile damit ein und spüle ihn hernach ab. Brutus reibt seinen Kopf an meinen Händen und stellt sich von allein vor die Karrendeichsel. Ich steche ihn niemals mit dem Büffelspieß, wie es

der Schwarze immer getan hat. Er ist mir dafür dankbar, mit mir läuft er viel schneller als mit dem Schwarzen.
Eine reizende kleine Büffeldame ist verliebt in Brutus, sie begleitet uns und läuft die ganze Zeit an unserer Seite mit. Ich verjage sie nicht, wie es der andere Büffeltreiber tat, im Gegenteil. Ich lasse es zu, daß sie Brutus küßt und uns überallhin begleitet. Zum Beispiel störe ich sie auch nicht, wenn die beiden miteinander kosen, und Brutus erweist seine Dankbarkeit darin, daß er die dreitausend Liter mit unglaublicher Schnelligkeit hinaufzieht. Es scheint, als wollte er die Zeit wieder einholen, die er mich verlieren ließ während seiner Liebespausen, wenn er Marguerite zärtlich ableckt, sie heißt nämlich Marguerite, diese reizende Büffelin.
Gestern gab es beim Appell um sechs Uhr einen kleinen Skandal wegen Marguerite. Der Schwarze aus Martinique war anscheinend gelegentlich auf eine kleine Mauer geklettert und hatte mit der Färse tagsüber die Liebe geübt. Von einem Aufseher dabei überrascht, hatte er auf dreißig Tage in die Korrektionszelle wandern müssen. »Koitus mit einem Tier«, war die offizielle Begründung. Als gestern beim Appell Marguerite ins Lager geführt wurde, kam sie an mehr als sechzig Männern vorbei, und als sie zum Schwarzen hinkam, drehte sie sich um und zeigte ihm ihren Hintern. Es brach allgemeines Lachen aus, und der Schwarzhäutige wurde grau vor Verlegenheit.
Dreimal täglich muß ich die Wasserreise machen. Am längsten dauert das Einfüllen der Tonnen unten am Meer durch zwei Leute, aber es geht trotzdem recht schnell. Um neun Uhr bin ich mit der Arbeit fertig und gehe fischen.
Ich habe mich mit Marguerite verbündet, um Brutus aus dem Pfuhl herauszubringen. Wenn ich sie hinter den Ohren kraule, gibt sie Töne ähnlich den Brunftlauten von sich. Daraufhin kommt Brutus gleich allein heraus. Da ich es nun nicht mehr nötig habe, mich vom Schmutz zu reinigen, kann ich Brutus sorgfältiger als vorher baden. Ganz sauber und ohne nach dem abscheulichen Pfuhlwasser zu stinken, in dem er die Nacht verbringen muß, gefällt er Marguerite noch mehr, und er profitiert davon.
Wenn man vom Meer heraufsteigt, ungefähr auf dem halben Hang, befindet sich eine etwas flachere Stelle, wo ich einen großen Stein zum Ausruhen habe. Brutus hat die Gewohnheit, fünf Minuten zu verschnaufen, und während er sich ausruht, verkeile ich die Karrenräder, damit sie nicht zu rollen beginnen. Aber heute morgen erwartet uns ein anderer Büffel, Danton, ebenso groß wie er, der sich hinter den Kokospalmen versteckt hielt, die nur Blätter haben, denn sie gehören zur Baumschule. Danton springt los und greift Brutus an. Der weicht zur Seite, und der Stoß geht daneben, trifft den Karren. Eines von den Hörnern hat eine Tonne durchbohrt. Danton macht ungeheure Anstrengungen, sich zu befreien. Ich spanne Brutus aus. Brutus läuft den Hang hinauf, mindestens drei-

ßig Meter weit, und stürzt sich dann von oben im Galopp herunter auf Danton. Die Angst oder die Verzweiflung bewirken, daß er sich von der Tonne frei macht, bevor mein Büffel über ihn kommt, aber Brutus kann nicht rechtzeitig bremsen und wirft den Karren um.
Nun werde ich Zeuge einer höchst seltsamen Sache. Brutus und Danton berühren sich ohne zu stoßen mit den Hörnern, reiben nur ihr riesiges Gehörn aneinander. Es sieht so aus, als ob sie miteinander sprechen würden, und doch brüllen sie nicht, sie schnaufen nur. Hierauf steigt langsam die Färse den Hang empor, von den beiden Büffeln gefolgt, die von Zeit zu Zeit stehenbleiben und wiederum ihre Hörner aneinander reiben. Wenn das zu lange dauert, gibt Marguerite einen schmachtenden Seufzer von sich und setzt langsam ihren Weg zur Hochebene fort. Die beiden Riesentiere folgen genau in ihrer Spur. Nach dreimaligem Anhalten, immer mit der gleichen Zeremonie, erreichen wir die Hochebene. Die Stelle, wo wir herauskommen, ist ein kahler Platz von ungefähr dreihundert Meter Länge vor dem Leuchtturm. Am Ende davon das Sträflingslager: rechts und links die beiden Spitalsgebäude – für die Verbannten und die Militärs.
Danton und Brutus folgen Marguerite noch immer auf zwanzig Schritt. Sie geht ruhig bis zur Mitte des Platzes und bleibt stehen. Die beiden Feinde kommen zu ihr hin. Sie stößt weiter von Zeit zu Zeit ihren schmachtenden, langgezogenen Liebesschrei aus. Die beiden Büffel berühren sich wiederum mit ihren Hörnern, aber diesmal habe ich den Eindruck, daß sie einander tatsächlich etwas sagen, denn in ihr Schnauben mischen sich Töne, die etwas bedeuten müssen.
Nach dieser Konversation geht langsam der eine nach rechts und der andere nach links. Sie stellen sich an den beiden Enden des Platzes auf, zwischen ihnen liegen also dreihundert Meter. Marguerite, immer noch in der Mitte stehend, wartet. Ich verstehe jetzt: es geht um ein richtiges Duell in gebührender Form, mit beiderseitigem Einverständnis, die Färse als Liebestrophäe. Auch Marguerite ist einverstanden damit, auch sie scheint stolz zu sein, daß zwei Liebhaber sich ihretwegen schlagen. Auf einen Schrei von Marguerite hin stürmt nun einer auf den anderen zu. Auf der Strecke, die jeder zu durchlaufen hat, hundertfünfzig Meter ungefähr – das ist wohl unnötig zu sagen –, vervielfachen sich diese je zweitausend Kilo durch die Geschwindigkeit. Der Aufeinanderprall der beiden Köpfe ist so ungeheuer, daß die beiden mehr als fünf Minuten knock-out sind. Jeder streckt die Beine von sich. Derjenige, der sich schneller erholt, ist Brutus, der jetzt im Galopp wieder seinen Platz einnimmt. Die Schlacht dauerte zwei Stunden. Die Gammler wollten Brutus töten, aber ich widersetze mich dem, und bald darauf brach sich Danton bei einem Anprall das Horn, das er sich schon an der Tonne angesprengt hatte. Er flieht, verfolgt von Brutus. Die nachfolgende

Schlacht hat bis zum Morgen gedauert. Überall, wo sie vorbeigekommen sind, in den Gärten, auf dem Friedhof, beim Waschhaus, haben sie alles zertrümmert.
Erst nachdem er sich die ganze Nacht geschlagen hatte und der Morgen anbrach, so gegen sieben Uhr, gelang es Brutus, Danton gegen die Mauer der Fleischerei zu drängen, die am Ufer liegt, und dort hat er ihm ein Horn tief in den Bauch gerammt. Um ihn fertigzumachen, rollte sich Brutus zweimal auf ihm hin und her, damit das Horn sich in den Bauch von Danton hineindreht, der schließlich inmitten einer riesigen Blutlache, die Därme heraushängend, als Besiegter stirbt.
Diese Riesenschlacht hat Brutus so geschwächt, daß ich sein Horn befreien mußte, damit er wieder aufstehen konnte. Zitternd und schwankend geht er den Weg am Meerufer entlang, und dort beginnt Marguerite an seiner Seite mitzugehen, mit ihrem hörnerlosen Kopf seinen Hals stützend. Ich habe an ihrer Hochzeitsnacht teilgenommen, denn der für die Büffel verantwortliche Aufseher beschuldigte mich, Brutus ausgespannt zu haben, und ich verlor meinen Platz als Büffeltreiber.
Ich ersuchte um eine Unterredung mit dem Kommandanten in der Sache Brutus.
»Also was ist eigentlich geschehen, Papillon? Brutus soll geschlachtet werden, er ist zu gefährlich. Nun hat er schon drei von den besten Stücken umgebracht.«
»Gerade darum bin ich zu Ihnen gekommen, um Sie zu bitten, Brutus zu retten. Dieser für die Büffel verantwortliche Aufseher versteht überhaupt nichts. Erlauben Sie mir, Ihnen zu erzählen, warum Brutus durchaus in Verteidigung gehandelt hat.«
Der Kommandant lächelt: »Ich höre.«
»... jetzt haben Sie sicher verstanden, Herr Kommandant, daß mein Büffel angegriffen wurde«, schloß ich meinen mit allen Einzelheiten erzählten Bericht. »Wenn ich Brutus nicht losgebunden hätte, wäre er von Danton getötet worden, ohne sich verteidigen zu können, denn er war ja in sein Joch an den Karren gespannt.«
»Das ist wahr«, sagt der Kommandant.
Da kommt der Aufseher an. »Guten Tag, Herr Kommandant. Ich suche Sie, Papillon. Denn heute morgen sind Sie aus dem Lager gegangen, als ob Sie zur Arbeit gingen, obwohl sie da nichts mehr zu suchen haben.«
»Ich bin hinausgegangen, Herr Angosti, um nachzuschauen, ob ich diese Schlacht beenden könnte, leider waren die beiden zu sehr in Wut.«
»Ja, das ist möglich, aber jetzt werden Sie nicht mehr den Büffel führen, das habe ich Ihnen schon gesagt. Übrigens wird man ihn Sonntag früh schlachten, dann gibt's Fleisch für die Sträflinge.«
»Das werden Sie nicht tun.«
»Nicht Sie werden mich daran hindern.«

»Nein, aber der Kommandant. Und wenn das nicht genügt, Doktor Germain Guibert, um dessen Intervention ich bitten werde, um Brutus zu retten.«
»Auf was hinauf mischen Sie sich ein?«
»Weil es mich angeht. Den Büffel habe ich geführt, und er ist mein Kumpan.«
»Ihr Kumpan? Ein Büffel? Wollen Sie mich hochnehmen?«
»Hören Sie, Herr Angosti, wollen Sie mich nicht ausreden lassen?«
»Lassen Sie ihn die Verteidigungsrede für seinen Büffel halten«, sagt der Kommandant.
»Nun gut, sprechen Sie.«
»Glauben Sie, Herr Angosti, daß Tiere miteinander sprechen können?«
»Warum nicht? Wenn sie sich etwas mitzuteilen haben.«
»Brutus und Danton sind übereingekommen, ein Duell auszufechten.«
Und ich berichte wiederum alles, von Anfang bis Ende.
»Zum Teufel noch mal«, sagt der Korse, »Sie sind ein komischer Kerl, Papillon. Machen Sie sich das mit Brutus aus, daß ihn niemand retten wird, wenn er noch einmal einen umbringt, nicht einmal der Kommandant. Ich mache Sie wieder zum Büffelführer. Sorgen Sie dafür, daß Brutus arbeitet.«
Zwei Tage später, der Karren wurde in der Werkstatt wieder instand gesetzt, nahm Brutus in Begleitung seiner Gattin Marguerite wieder den täglichen Meerwassertransport auf. Und wenn wir an der Stelle ankamen, wo er sich auszuruhen pflegte, und ich den Karren fest verankert hatte, dann sagte ich zu ihm: »Wo ist Danton, Brutus?« Dann riß das riesige Urtier mit einem einzigen Ruck den Karren los, und in freudigem Schritt, wie ein Sieger, nahm er die Höhe in einem einzigen Anlauf.

Revolte in Saint-Joseph

Die Inseln sind außerordentlich gefährlich wegen der falschen Freiheit, die man dort genießt. Ich leide, wenn ich sehen muß, wie jeder Mann sich bequem einrichtet, um ungestört zu leben. Die einen warten das Ende ihrer Strafen ab, die anderen erwarten nichts, wälzen sich nur in ihren Lastern.
Heute nacht, ich liege ausgestreckt auf meiner Hängematte, geht im Hintergrund des Saales ein solches Bombenspiel vor sich, daß zwei meiner Freunde, Carbonieri und Grandet, gezwungen waren, zu zweit das Spiel zu leiten. Einer allein hätte nicht genügt. Ich aber versuche, meine Erinnerungen aus jüngster Vergangenheit heraufzubeschwören. Sie weigern sich zu kommen, es ist, als ob das Gericht niemals stattgefunden hätte. Wie immer ich mich auch bemühe, die verschwommenen Gesichter jenes unglückseligen Tages

ans Licht zu bringen, es gelingt mir nicht, auch nur eine einzige Person klar zu sehen. Nur der Staatsanwalt zeigt sich in seiner ganzen Grausamkeit. Himmelherrgott! Ich glaube schon, endgültig gegen dich gewonnen zu haben, als ich mich in Trinidad bei Bowen sah. Welchen Fluch hast du mir nachgeschickt, du Schuft, daß mir sechs Fluchtversuche nicht die Freiheit gebracht haben? Bei der ersten Flucht, als du die Nachricht erhieltst, hast du da ruhig schlafen können? Ich hätte gerne gewußt, ob du Angst hast oder nur Wut darüber, daß dir die Beute entgangen ist, auf dem Weg zur Verwesung, die du ihr dreiundvierzig Tage später zugedacht hast. Ich hatte den Käfig gesprengt. Welches Unheil verfolgte mich, daß ich elf Monate später wiederum ins Bagno zurückkehren mußte? Vielleicht hat mich Gott dafür bestraft, daß ich das einfache und doch so schöne Leben geringschätzte, das ich so lang wie ich nur wollte hätte leben können?

Lali und Zoraima, meine beiden Lieben, die ihr keinen Beschützer habt und durch kein anderes Gesetz verbunden seid als durch das tiefe Verständnis zwischen den Wesen, die es herstellen, ja wirklich, es ist meine Schuld, daß ich hier bin, aber ich darf nur an eine einzige Sache denken: flüchten, flüchten oder sterben. Wenn du, als du erfuhrst, daß ich wieder eingefangen und ins Bagno zurückgebracht wurde, dein altes Siegerlächeln aufgesetzt und gedacht hast: »So ist es gut, er ist von neuem auf dem Weg der Verwesung, auf den ich ihn gebracht habe« – dann hast du dich getäuscht. Niemals wird meine Seele, mein Geist diesen entwürdigenden Weg gehen! Du hast nur meinen Körper: deine Wachen, dein Strafsystem, sie stellen alle Tage zweimal fest, daß ich anwesend bin, und damit begnügt ihr euch. Morgens um sechs: »Papillon?« – »Hier.« Abends um sechs: »Papillon?« – »Hier.« Alles in Ordnung. Jetzt halten wir es schon fast sechs Jahre so, er müßte eigentlich schon am Verwesen sein, und mit etwas Glück ist der Tag nahe, da die Kirchenglocke die Haifische herbeirufen wird, um mit allen Ehren das tägliche Bankett zu halten, welches ihnen dein System gratis, unter Nachlaß der Zinsen, offeriert.

Du irrst dich, deine Rechnung stimmt nicht. Meine körperliche Anwesenheit hat nichts mit meiner geistigen Anwesenheit zu tun. Soll ich dir etwas sagen? Ich gehöre nicht dem Bagno. In nichts habe ich mich den Gewohnheiten meiner Mithäftlinge angepaßt, nicht einmal an die meiner engsten Freunde. Ich bin ständig, immer und immer, ein Kandidat der Flucht.

So unterhalte ich mich mit meinem Staatsanwalt, als zwei Männer sich meiner Hängematte nähern.

»Schläfst du, Papillon?«
»Nein.«
»Wir wollen dich sprechen.«
»Sprecht. Hier hört uns niemand, wenn wir leise reden.«
»Also, wir sind dabei, eine Revolte vorzubereiten.«

»Euer Plan?«
»Alle Araber sind zu töten, alle Aufseher, alle Frauen von den Gammlern und alle ihre Kinder, die Samenträger in diesem Dreckshaufen. Darum werden ich, Arnaud und mein Freund Hautin, zusammen mit vier Männern, die mit im Bunde sind, uns über das Waffenlager des Kommandos hermachen. Ich arbeite dort, um die Waffen in Ordnung zu halten. Es gibt dreiundzwanzig Maschinengewehre, mehr als achtzig Gewehre, Maschinenpistolen und Revolver. Die Aktion steigt am ...«
»Halt, sprich nicht weiter. Da mach ich nicht mit. Ich danke euch für euer Vertrauen, aber ich bin nicht einverstanden.«
»Wir haben geglaubt, daß du damit einverstanden gewesen wärst, Chef der Revolte zu sein. Laß mich dir in allen Einzelheiten berichten, wie wir uns das gedacht haben, und du wirst sehen, daß es nicht schiefgehen kann. Schon seit fünf Monaten bereiten wir das Ding vor. Wir haben mehr als fünfzig Männer, die mitmachen.«
»Nenne mir keine Namen, ich lehne es ab, der Chef zu sein und auch nur das geringste damit zu tun zu haben.«
»Warum? Du bist uns eine Erklärung schuldig nach dem Vertrauen, das wir dir entgegengebracht haben.«
»Ich habe dich nicht gebeten, mir deine Pläne zu berichten. Weiter, ich habe in meinem Leben nur das gemacht, was ich wollte, und nicht, was man von mir wollte. Darüber hinaus bin ich gegen Massenmord. Ich kann jemanden, der mir was Ernstes zugefügt hat, umbringen, aber nicht Frauen und Kinder, die mir nichts getan haben. Aber das Gewichtigste, was ihr selbst nicht sehen wollt, das will ich euch jetzt sagen: Eure Revolte mag glücken – trotzdem werdet ihr verlieren.«
»Warum?«
»Weil die wichtigste Sache, nämlich zu flüchten, nicht möglich ist. Nehmen wir an, hundert Mann schließen sich der Revolte an, wie wollt ihr von hier wegkommen? Es gibt nur zwei Boote auf den Inseln. Hochgerechnet können die beiden zusammen vierzig Mann aufnehmen. Was werdet ihr mit den sechzig anderen machen?«
»Wir? Wir werden bei den ersten vierzig sein, die abhauen.«
»Das nimmst du so an – aber die anderen sind nicht blöder als ihr. Sie werden bewaffnet sein wie ihr, und wenn jeder von ihnen auch nur ein wenig Hirn hat, dann werden alle, von denen du sagst, daß sie ausgeschlossen bleiben, auf euch schießen, ja einer auf den anderen, um auf eines der Boote zu kommen. Am wichtigsten aber ist an der ganzen Sache, daß diese beiden Boote von keinem Land aufgenommen werden, denn die Telegramme werden früher dort ankommen als ihr, ganz gleich, welches Land ihr euch ausgesucht habt für eine mögliche Landung, um so mehr, wenn ihr eine Legion Tote hinterlassen habt. Überall wird man euch einsperren und an Frankreich ausliefern. Ihr wißt, daß ich aus Kolumbien zurück-

gekommen bin, ich weiß, was ich sage. Ich gebe euch mein Ehrenwort, daß ihr nach einer solchen Sache überall ausgeliefert werdet.«
»Gut. Also du weigerst dich?«
»Ja.«
»Es ist dein letztes Wort?«
»Mein unwiderruflicher Entschluß.«
»Da bleibt uns nur der Rückzug.«
»Augenblick mal. Ich verlange von euch, mit keinem meiner Freunde von diesem Plan zu sprechen.«
»Warum das?«
»Weil ich im vorhinein weiß, daß sie ablehnen werden. Es steht also nicht dafür.«
»Na gut.«
»Könnt ihr diesen Plan nicht aufgeben?«
»Offen gesagt, Papillon, nein!«
»Ich kann euren Traum nicht verstehen, denn wirklich, ganz im Ernst, ich sage euch, daß, selbst wenn die Revolte gelingt, ihr nicht frei sein werdet.«
»Wir wollen uns vor allem rächen, und jetzt, wo du uns erklärt hast, daß es unmöglich sein wird, von einem Land aufgenommen zu werden, nun, dann gehen wir eben in die Wildnis und bilden eine Bande im Urwald.«
»Ich gebe euch mein Wort, nicht einmal mit meinem besten Freund über die Sache zu sprechen.«
»Da sind wir sicher.«
»Gut, noch eine letzte Sache: Gebt mir acht Tage vorher Bescheid, damit ich nach Saint-Joseph komme, wenn es losgeht.«
»Du wirst rechtzeitig Bescheid haben, damit du die Insel wechseln kannst.«
»Kann ich nichts tun, um euch diese Idee auszutreiben? Wollt ihr nicht eine andere Sache mit mir ausknobeln? Zum Beispiel vier Gewehre stehlen und eines Nachts den Bootswächter überfallen, ohne jemanden zu töten, das Boot nehmen und zusammen flüchten?«
»Nein. Wir haben zu viel gelitten. Das Wichtigste für uns ist die Rache, selbst um den Preis unseres Lebens.«
»Und die Kinder? Die Frauen?«
»Das ist alles dieselbe Brut, sollen sie alle krepieren.«
»Also Schluß damit.«
»Wünschst du uns nicht mal Glück?«
»Nein. Ich kann nur sagen, verzichtet darauf, es gibt Besseres zu tun als diese Schweinerei.«
»Du gestehst uns also nicht das Recht auf Rache zu?«
»Doch, aber nicht an Unschuldigen.«
»Gute Nacht. Wir haben nichts gesagt, einverstanden, Papi?«
»Einverstanden.«
Und Hautin und Arnaud verschwinden. Eine absurde Geschichte.

Die sind wahnsinnig, so etwas anzuzetteln! Schon jetzt sind fünfzig oder sechzig Männer in die Sache hineingezogen, und zur Stunde X werden es über hundert sein. Keiner meiner Freunde hat mir einen Ton davon gesagt, diese beiden schweren Burschen haben sicher nur mit denen im Bunker gesprochen, möglich, daß nur die aus der engsten Clique mit drin sind. Das ist gefährlich, denn das sind die wirklichen Totschläger, die echten Mörder, bei den anderen ist das nicht so.

In dieser Woche holte ich sehr vorsichtig Erkundigungen über Arnaud und Hautin ein. Arnaud ist, anscheinend ungerechterweise, zu Lebenslänglich verurteilt, für eine Sache, für die er höchstens zehn Jahre verdient hätte. Die Geschworenen haben ihn nur deswegen so schwer verurteilt, weil sein Bruder ein Jahr vorher wegen Mord an einer Dirne geköpft worden war. So wurde er auf Grund der Tatsache, daß der Staatsanwalt, um eine feindliche Atmosphäre zu erzeugen, mehr von seinem Bruder als von ihm selbst sprach, zu dieser schrecklichen Strafe verurteilt. Er soll auch während seiner Haft furchtbar gefoltert worden sein, vor allem wegen der Tat seines Bruders. Hautin hat niemals die Freiheit gekannt, er ist seit seinem neunten Lebensjahr gefangen. Bevor er mit neunzehn Jahren die Besserungsanstalt verlassen sollte, brachte er am Vorabend seiner Freiheit einen Kerl um, weil er zur Marine wollte, wozu er sich schon verpflichtet hatte, um aus der Besserungsanstalt herauszukommen. Er muß etwas verrückt sein, denn offenbar hatte er die Absicht, auf diese Weise nach Venezuela zu kommen, in einer Goldmine zu arbeiten und dann dort ein Bein loszuwerden, damit er eine große Summe Schadenersatz erhält. Dieses Bein ist jetzt steif infolge einer Injektion, die er sich freiwillig, ich weiß nicht, mit was für einem Mittel, in Saint-Martin-de-Rè gegeben hat.

Heute morgen beim Appell rufen sie plötzlich Arnaud, Hautin und den Bruder von meinem Freund Matthieu Carbonieri heraus. Matthieus Bruder Jean ist Bäcker, daher unten am Kai in der Nähe der Boote.

Die drei wurden ohne Erklärung und ohne offensichtlichen Grund nach Saint-Joseph gebracht. Ich versuche was zu erfahren. Nichts sickert durch, immerhin ist Arnaud schon seit vier Jahren im Waffenlager und Jean Carbonieri seit fünf Jahren Bäcker. Es kann also nicht reiner Zufall sein. Es muß einen Fluchtversuch gegeben haben, aber welche Art Flucht und bis wohin?

Ich beschließe mit meinen drei intimsten Freunden zu sprechen: Matthieu Carbonieri, Grandet und Galgani. Keiner von ihnen weiß etwas. Hautin und Arnaud haben demnach nur mit den Schweren gesprochen, die nicht aus unserem Kreis sind.

»Warum haben sie dann mit mir gesprochen?«
»Weil alle Welt weiß, daß du um jeden Preis flüchten willst.«
»Immerhin nicht um diesen Preis.«
»Sie haben da keinen Unterschied gemacht.«

»Und dein Bruder Jean?«
»Ich werde schon noch erfahren, wie er in diese Sauerei hineingeraten ist.«
»Vielleicht hat der, der das Ganze verpfiffen hat, ihn hineingezogen, ohne daß er wirklich etwas damit zu tun hatte.«
Die Ereignisse überstürzten sich. In dieser Nacht wurde Girasolo in dem Augenblick, wo er die Klosetts betrat, ermordet. Auf dem Hemd des Büffeltreibers aus Martinique fand man Blut. Vierzehn Tage später wurde er nach einer hastigen Untersuchung und Aussage eines anderen Schwarzen, den man in die Einzelzelle gesteckt hatte, von einem Sondergericht zum Tode verurteilt.
Ein alter Schwerer, Garvel, auch der »Savoyarde« genannt, hat es mir gerade im Waschraum erzählt.
»Papi, mir liegt was im Magen, denn ich bin's, der Girasolo ermordet hat. Ich würde ja die schwarze Haut retten, aber ich habe Bammel, daß man mich köpft. Um diesen Preis, da spreche ich lieber nicht. Aber wenn mir ein Schwindel einfiele, auf den hinauf ich nur drei bis fünf Jahre bekomme, stell ich mich.«
»Wieviel Jahre Zwangsarbeit hast du?«
»Zwanzig Jahre.«
»Wieviel hast du herunter?«
»Zwölf Jahre.«
»Du mußt ein Mittel finden, daß man dir Lebenslänglich aufbrummt, so kommst du nicht in Einzelhaft.«
»Wie mach ich das?«
»Laß mich überlegen, ich sag's dir heute nacht.«
Am Abend sage ich Garvel: »Du kannst dich nicht selber anzeigen und die Tatsachen bestätigen.«
»Warum nicht?«
»Du riskierst, zum Tod verurteilt zu werden. Die einzige Art, der Einzelhaft zu entgehen, ist, Lebenslänglich zu kriegen. Stell dich selbst, Motiv: Dein Gewissen läßt nicht zu, daß ein Unschuldiger geköpft wird. Wähle einen korsischen Aufseher als Verteidiger. Ich werde dir seinen Namen sagen, nachdem ich mit ihm gesprochen habe. Man muß schnell machen. Mag sein, sie haben es eilig, ihn einen Kopf kürzer zu machen. Zwei, drei Tage kannst du warten.«
Ich habe mit dem Aufseher Collona gesprochen, er macht mir einen phantastischen Vorschlag: Ich selbst soll ihn zum Kommandanten bringen und sagen, daß Garvel mich gebeten hat, ihn zu verteidigen und zu begleiten, wenn er sein Geständnis macht, und ich ihm garantiert hätte, daß er unmöglich nach einem solchen Akt von Edelmut zum Tod verurteilt werden könne, obwohl sein Fall sehr schwer wäre und er damit rechnen müßte, Lebenslänglich zu bekommen.
Alles ist gutgegangen. Garvel rettete die schwarze Haut, die unverzüglich in Freiheit gesetzt wurde. Der Zeuge, der ihn fälschlich beschuldigte, erhielt ein Jahr Gefängnis, Robert Garvel Lebensläng-

lich. Nun sind schon zwei Monate vergangen. Garvel gab mir erst dann einen vollständigen Bericht, als alles vorüber war. Girasolo war der Mann gewesen, der, nachdem er alle Einzelheiten des Komplotts erfahren und sein Einverständnis gegeben hatte, daran teilzunehmen, Arnaud, Hautin und Jean Carbonieri verriet. Er kannte glücklicherweise keine anderen Namen.
Angesichts der Ungeheuerlichkeit der Angaben wollten die Aufseher es nicht glauben. Trotzdem schickten sie vorsichtshalber die drei verpfiffenen Sträflinge nach Saint-Joseph, ohne ihnen etwa den Grund hierfür anzugeben, noch sie zu befragen, noch sonst was.
»Welches Motiv hast du angegeben, Garvel, warum du ihn ermordet hast?«
»Weil er mir meinen Plan gestohlen hat. Daß ich gegenüber von ihm schlief, was wahr ist, und daß ich nachts meinen Plan unter der Decke, die zusammengerollt mir als Kopfkissen diente, zu verstecken pflegte. Eines Nachts wäre ich aufs Klosett gegangen, und als ich zurückkehrte, hätte mein Plan gefehlt. Rund um mich herum hätte es nur einen Mann, nämlich Girasolo, gegeben, der nicht schlief. Die Aufseher haben meiner Erklärung geglaubt und mir nicht einmal gesagt, daß er eine mögliche Revolte verpfiffen hatte.«
»Papillon, Papillon!« schreit man im Hof. »Zum Appell!«
»Hier.«
»Nehmen Sie Ihre Sachen. Sie kommen nach Saint-Joseph.«
»Verdammte Scheiße!«
In Frankreich ist der Krieg ausgebrochen. Das hat ein neues Strafsystem zur Folge. Die Oberaufseher, die verantwortlich für einen Fluchtversuch sind, werden abgesetzt. Die Sträflinge, die wegen eines Fluchtversuches eingekerkert werden, sind zum Tode zu verurteilen. Eine Flucht wird künftig als Vorhaben angesehen, sich den freien französischen Kräften anzuschließen, die das Vaterland verraten. Alles wird toleriert, außer Flucht.
Der Kommandant Prouillet ist schon mehr als zwei Monate weg, den neuen kenne ich nicht. Nichts zu machen. Ich sage meinen Freunden auf Wiedersehen. Um acht Uhr nehme ich das Schiff nach Saint-Joseph.
Der Papa von Lisette, dem kleinen Mädchen, das ich retten wollte, ist nicht mehr im Lager von Saint-Joseph. Er ist vorige Woche mit seiner Familie nach Cayenne abgereist. Der Kommandant von Saint-Joseph heißt Dutain. Er ist von Le Havre. Er empfängt mich. Ich bin übrigens allein gekommen und wurde am Kai vom Oberaufseher des Schiffes dem diensthabenden Aufseher, zusammen mit meinen Begleitpapieren, übergeben.
»Sie sind Papillon?«
»Ja, Herr Kommandant.«
»Sie sind eine seltsame Nummer«, sagt er, während er in meinen Papieren blättert.

»Wieso bin ich so seltsam?«
»Weil Sie einerseits als gefährlich in jeder Hinsicht bezeichnet werden, besonders in einer rot angestrichenen Bemerkung: Ständig in Vorbereitung von Fluchtversuchen, und andererseits ist hier eine Beifügung: Hat versucht, das Kind des Kommandanten von Saint-Joseph inmitten von Haifischen zu retten. Ich habe zwei kleine Mädchen, Papillon, wollen Sie sie sehen?«
Er ruft zwei Kinder von drei und fünf Jahren in sein Büro herein, kleine, ganz blonde Dinger, die ein junger Araber, in weißem Anzug, und eine sehr hübsche, braune Frau begleiten.
»Hier siehst du den Mann, Liebling, der versucht hat, dein Patenkind Lisette zu retten.«
»Oh! Darf ich Ihnen die Hand drücken?« sagt die junge Frau. Einem Sträfling die Hand drücken ist die größte Ehre, die man ihm erweisen kann. Niemals wird einem Zwangsarbeiter die Hand gegeben. Ich bin gerührt von dieser spontanen Geste.
»Ja, ich bin die Patin von Lisette. Wir sind mit den Granduits sehr befreundet. Was wirst du für ihn tun, Liebling?«
»Vorläufig kommt er ins Lager. Und dann sagst du mir den Posten, den du dir wünschst.«
»Danke, Herr Kommandant. Danke, Madame. Können Sie mir den Grund dafür sagen, warum man mich nach Saint-Joseph gebracht hat? Es ist fast eine Bestrafung.«
»Es gibt meiner Ansicht nach keinen Grund. Der neue Kommandant dort befürchtet nur, daß du flüchten wirst.«
»Da hat er nicht unrecht.«
»Die Disziplinarstrafen für die Diensthabenden bei einer Flucht sind erhöht worden. Vor dem Krieg konnte man womöglich einen Streifen verlieren, jetzt verliert man ihn unbedingt, abgesehen vom übrigen. Darum hat er dich hierher geschickt, denn es ist ihm lieber, daß du von Saint-Joseph abhaust, wo er keine Verantwortung trägt. In Royale hat er sie.«
»Wie lange haben Sie hierzubleiben, Herr Kommandant?«
»Achtzehn Monate.«
»So lange kann ich nicht warten, aber ich werde einen Weg finden, nach Royale zurückzukehren, um Ihnen keine Unannehmlichkeiten zu machen.«
»Danke«, sagt die Frau. »Ich bin glücklich, daß Sie so anständig sind. Und du, Papa, gib dem Diensthabenden vom Lager Anweisung, daß Papillon zu mir kommen kann, wann immer er darum ersucht.«
»Ja, Liebling. Mohammed, begleite Papillon ins Lager, und du, du wählst dir die Casa, in die du eingewiesen werden willst.«
»Oh, bei mir ist das leicht: im Bau der Gefährlichen.«
»Das ist nicht schwierig«, sagt lachend der Kommandant. Und er fertigt ein Papier aus, das er Mohammed übergibt. Ich verlasse das Haus, das am Kai liegt und dem Kommandanten zugleich als Woh-

nung und Büro dient und in dem auch Lisette gewohnt hat, und komme, begleitet von dem jungen Araber, im Lager an.
Der Chef der Wachtposten ist ein alter, sehr jähzorniger Korse und als Mörder bekannt. Er heißt Filisari.
»Also, du bist's, Papillon? Du weißt, ich bin sehr gut oder sehr böse. Versuche nicht, bei mir zu flüchten, denn wenn es dir mißlingt, schieße ich dich ab wie einen Hasen. In zwei Jahren habe ich meinen Abschied. Dreh mir also ja kein Ding!«
»Sie wissen, daß ich ein Freund aller Korsen bin. Ich kann Ihnen nicht versprechen, daß ich nicht versuchen werde zu flüchten. Aber wenn ich flüchte, werde ich es so einrichten, daß es in den Stunden geschieht, in denen Sie nicht der Diensthabende sind.«
»Das ist sehr gut so, Papillon, dann werden wir also keine Feinde sein. Die Jungen, weißt du, die können eher die unangenehmen Folgen einer Flucht aushalten, während ich, na, du kannst dir's vorstellen, in meinem Alter und kurz vor meinem Abschied. Wir sind uns also einig, ja? Geh jetzt in den Bau, in den man dich eingewiesen hat.«
So bin ich im Lager in genau dem gleichen Saal wie in Royale, für hundert bis hundertzwanzig Sträflinge. Hier finde ich Pierrot den Verrückten, Hautin, Arnaud und Jean Carbonieri. Eigentlich müßte ich die Hütte machen mit Jean, weil er der Bruder von Matthieu ist, aber Jean hat nicht die Klasse seines Bruders. Und auch wegen seiner Freundschaft mit Hautin und Arnaud paßt er mir nicht. Daher weise ich ihn ab und richte mich neben Carrier ein, dem Mann aus Bordeaux, genannt »Pierrot der Verrückte«.
Die Insel Saint-Joseph ist viel wilder als Royale, ein wenig kleiner auch, aber sie erscheint größer, weil sie länger ist. Das Lager liegt auf der halben Höhe der Insel; sie besteht aus zwei übereinanderliegenden Hochplateaus. Auf dem ersten – das Lager; auf dem zweiten, ganz auf der Höhe, liegt das schreckliche Strafgefängnis. Nebenbei gesagt, können die Einzelhäftlinge nach wie vor täglich eine Stunde im Meer baden. Hoffentlich bleibt das so.
Jeden Tag zu Mittag bringt mir der Araber, der beim Kommandanten arbeitet, drei ineinandergestellte Menageschüsseln und nimmt die vom Vortag wieder mit. Darin befindet sich das Essen, das mir die Patin von Lisette täglich schickt und das genauso zubereitet ist wie das für ihre Familie.
Sonntag bin ich sie besuchen gegangen, um ihr zu danken. Ich habe den Nachmittag mit ihr plaudernd und mit den Kindern spielend verbracht. Wenn ich diese blonden Köpfchen streichle, frage ich mich manchmal, wie schwierig ist es doch, seine Aufgabe zu erkennen. Die Gefahr, die über den Köpfen dieser Familie schwebt, falls die beiden Dummköpfe immer noch von ihrer Idee besessen sind, ist furchtbar. Nach der Anzeige von Girasolo, der die Aufseher so wenig Glauben geschenkt haben, daß sie die beiden nicht voneinander trennten, sondern nur nach Saint-Joseph geschickt ha-

ben, würde ein Wort von mir, man möge sie trennen, die Richtigkeit und Schwere dieser ersten Spitzelnachricht bestätigen. Wer weiß, wie die Wachhabenden darauf reagieren würden? Es ist besser, zu schweigen.
Arnaud und Hautin richten kaum ein Wort an mich in der Casa. Wir begegnen uns höflich, aber ohne familiär zu sein. Jean Carbonieri spricht mit mir nicht, denn er ist beleidigt, daß ich nicht mit ihm zusammen die Hütte mache. In unserer Hütte sind wir vier: Pierrot der Verrückte, Marquetti, der in Rom den zweiten Preis im Violinspiel gemacht hat und oft stundenlang spielt, was mich in Melancholie stürzt, und Marsori, ein Korse von Sète.
Ich habe niemandem etwas gesagt und bemerke auch, daß hier niemand sonst etwas von dem Vorhaben einer Revolte in Royale weiß. Haben sie immer noch die Sache im Kopf? Alle drei arbeiten in einer schweren Arbeitsgruppe. Es müssen große, behauene Steine herbeigezogen, besser herbeigeschleppt werden, die dazu dienen sollen, ein Schwimmbecken im Meer zu bauen. Ein großer Stein wird mit Ketten umgeben, daran wird eine lange Kette von fünfzehn bis zwanzig Meter befestigt, und die Sträflinge, einen Lederriemen über Brust und Schulter, an dem ein Eisenring befestigt ist, gehen rechts und links von der Kette, mit einem Haken an ein Kettenglied gehängt. So ziehen sie in einem einzigen Anlauf, genau wie Tiere, den Stein bis zu seinem Bestimmungsort. In praller Sonne ist das eine sehr mühselige und vor allem entwürdigende Arbeit.
Von der Kaiseite her ertönen Gewehrschüsse, Karabinerschüsse und Revolverschüsse. Ich habe verstanden: die Verrückten haben losgeschlagen. Was wird geschehen? Wer bleibt Sieger? Im Saal hokkend, rühre ich mich nicht. Alle Sträflinge rufen: »Das ist die Revolte!«
»Die Revolte? Welche Revolte?« Absichtlich tue ich so, als wüßte ich von nichts.
Jean Carbonieri, der an diesem Tag nicht zur Arbeit gegangen war, kommt zu mir, ist totenblaß, obwohl sein Gesicht sonnengebräunt ist. Ich höre seine flüsternde Stimme: »Die Revolte, Papi.« Kühl sage ich ihm: »Welche Revolte? Ich weiß davon nichts.«
Die Karabinerschüsse gehen weiter. Pierrot der Verrückte kommt in den Saal gelaufen.
»Die Revolte ist ausgebrochen, aber ich glaube, sie ist mißlungen. Diese Hundesöhne! Papillon, zieh dein Messer. Bevor wir krepieren, muß man wenigstens so viele wie möglich umbringen!«
»Ja«, wiederholt Carbonieri, »so viele wie möglich!«
Chissilia zieht ein Rasiermesser hervor. Alle Welt nimmt ein offenes Messer in die Hand. Ich sage ihnen: »Seid keine Idioten. Wie viele sind wir?«
»Neun.«
»Ihr sieben werft die Waffe weg. Der erste, der einen Aufseher be-

droht – den töte ich. Ich habe keine Lust, mich hier abschießen zu lassen wie einen Hasen. Gehörst du auch dazu, du?«
»Nein.«
»Und du?«
»Auch nicht.«
»Und du?«
»Ich wußte nichts davon.«
»Gut. Wir sind hier alle aus einem Kreis, niemand hat etwas von dieser Revolte gewußt. Verstanden?«
»Ja.«
»Jeder in dieser Runde muß eines wissen: Sobald er auch nur einen Ton verlauten läßt, daß er etwas von der Sache gewußt hat, wird er erschlagen. Er wird also nichts gewinnen, wenn er so blöd ist, zu plaudern. Werft eure Waffen in den Abfallkübel, sie werden gleich hier sein.«
»Und wenn es die Harten sind, die gewonnen haben?«
»Wenn es die Harten sind, sollen sie weitermachen und ihren Sieg mit einer Flucht krönen. Um diesen Preis mache ich nicht mit. Und ihr?«
»Wir auch nicht«, sagen alle zusammen, die acht anderen, auch Jean Carbonieri.
Ich sage kein Wort von dem, was ich weiß, das heißt, daß, als die Schüsse aufhörten, die Harten verloren haben. Tatsächlich konnte das vorausgesehene Massaker noch nicht zu Ende sein.
Aufseher stoßen wie die Wilden in den Hof und stoßen mit Gewehrkolben, Stöcken, mit den Füßen die Steinschlepper vor sich her. Sie bringen sie in den Nachbarbau und zertrümmern dort alles. Die Gitarren, die Mandolinen, die Schach- und Damespiele, die Lampen, die kleinen Bänke, die Ölflaschen, sie verschütten den Zucker, den Kaffee, werfen alle Sachen hinaus, zerreißen die Wäsche – und alles das in wilder, erbarmungsloser Wut. Sie rächen sich an allem, was gegen die Hausregel ist.
Man hört zwei Schüsse, offensichtlich von einem Revolver.
Im Lager gibt es acht Strafbaue, überall tun sie das gleiche und teilen schwere Schläge mit den Gewehrkolben aus. Ein Mann flüchtet ganz nackt zu den Korrektionszellen hin, buchstäblich das Fleisch in Fetzen von den Schlägen der Aufseher, die ihn in die Einzelzelle sperren.
Im Augenblick befinden sie sich im siebenten Bau. Gleich sind wir an der Reihe. Jeder von uns Neuen ist auf seinem Platz, keiner von denen, die draußen zu arbeiten hatten, ist zurückgekommen. Jeder sitzt starr auf seinem Platz. Niemand spricht. Der Mund ist mir trocken, während ich denke: »Wehe, so ein Idiot profitiert von dieser Geschichte, um mich straflos niederzuschlagen!«
»Da sind sie!« sagt Carbonieri, halbtot vor Angst.
Mehr als zwanzig drängen sie herein, alle die Gewehre oder die Revolver im Anschlag.

»Was«, schreit Filisari, »ihr seid noch nicht ausgezogen? Ihr Drecksbande, worauf wartet ihr? Ihr werdet alle erschossen. Runter mit dem Zeug, wir haben keine Lust, eure Kadaver auszuziehen!«
»Herr Filisari...«
»Halt das Maul, Papillon! Hier gibt's kein Pardon. Was ihr da angezettelt habt, ist zu ernst! Und hier im Saal der Gefährlichen, da hängt ihr sicher alle mit drin!«
Seine Augen quellen ihm aus den Kopf, blutunterlaufen, mit dem Ausdruck eines Mörders. Ich bin entschlossen, alles auf eine Karte zu setzen.
»Ich bin erstaunt, daß ein Napoleoner wie Sie fähig ist, Unschuldige zu töten. Sie wollen schießen? Nun denn, verlieren wir kein Wort mehr. Schießen Sie, aber schießen Sie schnell, zum Teufel! Ich habe dich für einen Mann gehalten, alter Filisari, für einen echten Napoleoner, ich habe mich geirrt. Um so schlimmer. Ich will dich nicht einmal sehen, wenn du schießt. Ich drehe dir den Rücken zu. Dreht ihnen alle den Rücken zu, dann können diese Wachthunde nicht sagen, daß wir auf sie losgegangen sind.«
Und wie ein Mann zeigen sie ihnen alle den Rücken. Die Aufseher sind betroffen von meiner Haltung, um so mehr, als Filisari (man erfuhr es später) schon zwei Unglückliche in den anderen Casas niedergeschossen hatte.
»Was hast du noch zu sagen, Papillon?«
Immer mit dem Rücken zu ihnen, antworte ich: »Ich glaube nicht an diese Geschichte von der Revolte. Warum eine Revolte? Um die Aufseher zu töten? Und dann zu flüchten? Wohin? Ich selbst bin ein Mann der Flucht, ich bin von sehr weit zurückgekommen, von Kolumbien, und ich frage, welches Land würde wohl geflüchteten Mördern Asyl gewähren? Wie heißt dieses Land? Seid doch keine Dummköpfe, kein Mann, der diesen Namen verdient, kann mit dieser Sache etwas zu tun haben.«
»Du vielleicht nicht, aber Carbonieri? Ich bin sicher, er steckt mit unter der Decke, denn heute morgen waren Arnaud und Hautin überrascht, daß er sich krank meldete, um nicht zur Arbeit gehen zu müssen.«
»Reine Einbildung, ich versichere es Ihnen«, und ich drehe mich um, schau ihn fest an. »Sie werden das sofort verstehen, denn Carbonieri ist mein Freund, er kennt alle Einzelheiten meiner Flucht, er kann daher keine Illusionen haben, er weiß sehr wohl, wie eine Flucht nach einer Revolte enden kann.«
In diesem Augenblick kommt der Kommandant. Er bleibt draußen stehen. Filisari geht hinaus, und der Kommandant spricht mit ihm.
»Carbonieri!«
»Hier.«
»Bringen Sie ihn in die Einzelzelle. Aufseher Soundso, begleiten Sie ihn. Tretet alle heraus, nur die Oberaufseher haben hierzubleiben.

Geht und holt die Verbannten herbei, die auf der Insel verstreut sind. Tötet niemanden, bringt sie ohne Ausnahme alle ins Lager.«
Der Kommandant kommt mit seinem Stellvertreter und Filisari, dahinter vier Aufseher, in den Saal.
»Papillon, es ist etwas sehr Ernstes vorgefallen«, sagt der Kommandant. »Als Kommandant der Strafanstalt fällt mir eine schwere Verantwortung zu. Bevor ich gewisse Maßnahmen ergreife, möchte ich rasch einige Auskünfte haben. Ich weiß, daß du in einem solchen außergewöhnlichen Fall nicht bereit gewesen wärst, mit mir unter vier Augen zu sprechen, darum bin ich hierher gekommen. Es wurde der Aufseher Duclos ermordet. Man wollte das Waffenlager ausräumen – es war daher eine Revolte. Ich habe nur wenige Minuten Zeit, ich vertraue dir, Papillon, sag deine Meinung.«
»Wenn es eine Revolte gewesen wäre, wie hätten wir dann nichts davon wissen können? Warum hätte man uns nichts davon gesagt? Wie viele Leute sind betroffen? Auf diese drei Ihnen gestellten Fragen, Herr Kommandant, werde ich Ihnen antworten, aber zuerst müssen Sie mir sagen, wie viele Männer haben, nachdem der Aufseher getötet wurde, sich einer Waffe bemächtigt, sind überhaupt in Aktion getreten?«
»Drei.«
»Wer ist es?«
»Arnaud, Hautin und Marceau.«
»Jetzt verstehe ich. Ob Sie wollen oder nicht, es war keine Revolte.«
»Du lügst, Papillon«, sagt Filisari, »diese Revolte ist in Royale geplant worden, Girasolo hatte es gemeldet, aber wir haben es nicht geglaubt. Heute sieht man, daß er die Wahrheit gesprochen hat. Du willst uns nur hochnehmen, Papillon!«
»Wenn Sie recht haben, dann bin ich ein Anführer, ich und Pierrot der Verrückte, und auch Carbonieri und Galgani und alle die anderen korsischen Banditen von Royale und die Männer aus unserem Kreis. Wenn es eine Revolte gegeben hätte, wären wir die Chefs gewesen und nicht die anderen.«
»Was erzählen Sie mir da? Da soll niemand hineinverwickelt sein? Unmöglich!«
»Und was haben die anderen getan? Gibt es irgendeinen außer diesen drei Wahnsinnigen, der mitgemacht hat? Gibt es ein einziges Anzeichen dafür, daß hier versucht wurde, den Wachtposten anzugreifen, wo sich vier bewaffnete Aufseher und der Chef, Herr Filisari, mit Gewehren befinden? Wie viele Schiffe gibt es auf Saint-Joseph? Eine einzige Schaluppe. Was ist das, eine Schaluppe für sechshundert Mann? Wir sind doch keine Dummköpfe, oder? Und dann: töten, um zu flüchten? Angenommen, daß zwanzig hätten flüchten können, sie wären wieder eingefangen und zurückgebracht worden. Ich weiß noch nicht, wie viele Ihrer Männer und Sie selbst Sträflinge getötet haben, Herr Kommandant. Aber ich

weiß, daß es Unschuldige waren. Und was haben Sie davon, die wenigen Dinge, die wir besitzen, zu zerschlagen, zu vernichten? Ihre Wut scheint gerechtfertigt zu sein, aber vergessen Sie nicht, daß an jenem Tag, da Sie uns nicht einmal das Minimum an Annehmlichkeiten lassen, daß das der Tag sein wird, an dem es sehr wohl eine Revolte gibt, die Revolte der Verzweifelten, die Revolte des kollektiven Selbstmords, das Krepieren ums Krepieren, und dann werden alle krepieren: die Aufseher und die Sträflinge. Herr Dutain – ich habe offenen Herzens zu Ihnen gesprochen, ich glaube, daß Sie das verdienen, schon deshalb, weil Sie hierher gekommen sind, um sich selbst ein Bild zu machen, bevor Sie Ihre Maßnahmen ergreifen. Lassen Sie uns in Ruhe.«
»Und die hineinverwickelt sind?« sagte von neuem Filisari.
»Die müssen Sie herausbekommen. Wir jedenfalls, wir wissen von nichts, wir können Ihnen dabei nicht helfen. Ich wiederhole, diese Geschichte war reiner Haftkoller, und wir haben nichts damit zu tun.«
»Herr Filisari, sobald die Männer wieder in der Casa der Gefährlichen sind, lassen Sie die Tür schließen bis zu einem neuen Befehl. Zwei Wächter an der Tür, keinerlei Mißhandlungen und nichts von ihren Sachen anrühren!« Und er geht mit den anderen Aufsehern weg.
Uff! Das hätten wir geschafft! Die Tür schließend, ruft mir Filisari zu: »Deine Chance, daß ich Napoleoner bin!«
In weniger als einer Stunde sind fast alle Männer, die zu unserem Bau gehören, zurückgekehrt. Es fehlen achtzehn Männer: die Aufseher stellen fest, daß sie sie während des Trubels in anderen Gebäuden eingeschlossen haben. Als sie zu uns zurückgebracht werden, erfahren wir alles, was sich abgespielt hat, denn diese Männer gehören zur Arbeitsgruppe. Ein Dieb aus Saint-Étienne erzählt mir halblaut:
»Stell dir vor, Papi, wir zogen gerade einen Stein von fast einer Tonne ungefähr vierhundert Meter. Der Weg, über den man die Steine schleppt, hat wenige steile Stellen und führt an einem Brunnen vorbei, der ungefähr fünfhundert Meter vom Haus des Kommandanten liegt. An diesem Brunnen haben wir immer haltgemacht. Er steht im Schatten von Kokospalmen auf der Hälfte des Weges, den wir zurückzulegen haben. So halten wir also wie üblich an, ein großer Eimer frischen Wassers wird aus dem Brunnen gezogen, die einen trinken, die andern feuchten ein Tuch an, um es sich auf den Kopf zu legen. Während dieser Pause von diesen zehn Minuten ruht auch der Aufseher auf dem Brunnenrand aus. Er nimmt seine Kappe ab und ist gerade dabei, sich die Stirn und den Kopf mit einem großen Taschentuch abzuwischen, da nähert sich ihm von hinten Arnaud, eine Hacke versteckt in der Hand, so daß niemand dem Gammler eine Warnung zurufen konnte. Die Hacke heben und mit der Schneide genau in die Mitte des Schädels hineinschlagen, da-

zu brauchte es kaum eine Sekunde. Mit entzweigespaltenem Kopf fiel der Aufseher ohne einen Laut um. Im Nu nimmt ihm Hautin, der daneben stand, das Gewehr ab, und Marceau schnallt ihm die Pistolenhalfter ab. Die Pistole im Anschlag, wendet sich Marceau an die ganze Gruppe und sagt: ›Wir machen eine Revolte. Der mit uns ist, hat uns zu folgen.‹ Keiner der Hilfswächter rührt sich oder schreit, nicht ein Mann von der Arbeitsgruppe macht Anstalten, ihnen zu folgen. Arnaud hat uns alle angeblickt«, setzt der aus Saint-Étienne fort, »und gesagt: ›Feige Bande, wir werden euch zeigen, was ein Mann ist!‹ Arnaud nimmt das Gewehr aus der Hand von Hautin, und beide rennen zum Haus des Kommandanten hin. Marceau bleibt da, nur etwas abseits von uns andern. Er hat die Pistole im Anschlag und befiehlt: ›Rührt euch nicht, sprecht nicht, keinen Laut! Hinlegen mit dem Gesicht nach unten, ihr Arschlöcher!‹ Von dort aus, wo ich lag, konnte ich sehen, was weiter passiert ist. Wie Arnaud so die Treppe hinaufsteigt, um ins Haus des Kommandanten einzudringen, öffnet sich eben die Tür, und der Araber, der dort arbeitet, kommt mit den beiden kleinen Mädchen heraus, eins an der Hand, das andere auf dem Arm. Beide sind erschrocken, der Araber und Arnaud, und wie der den Araber töten will, hebt der das Kind in die Höhe, und keiner gibt einen Ton von sich, weder die Gören noch die beiden Männer. Vier- oder fünfmal wird von verschiedenen Seiten das Gewehr auf den Araber angelegt, und jedesmal hält er das Kind in die Schußlinie.

Da kommt Hautin von der Seite und zieht den Araber am Bein. Der fällt hin und wirft das Kind gegen das Gewehr von Arnaud. So kommen sie alle aus dem Gleichgewicht und purzeln – Arnaud, die Göre und der Araber – durcheinander über die Treppe. Erst jetzt ertönt Geschrei, die Gören brüllen, der Araber schreit, Arnaud und Hautin rufen Schimpfworte. Der Araber erwischt auf dem Boden, weil er schneller ist als die anderen, die heruntergefallene Waffe, aber nur mit der linken Hand und am Lauf. Hautin hat wieder nach dem Bein gefaßt, und Arnaud dreht ihm den rechten Arm aus. Der Araber schmeißt das Gewehr fast zehn Meter weit weg.

In dem Augenblick, wo alle drei danach rennen, um es zu packen, geht der erste Schuß von einem Aufseher los, der die Arbeitsgruppe der Laubsammler anführt. Da erscheint der Kommandant am Fenster und gibt Schuß auf Schuß ab, aber aus Angst, die Göre zu treffen, zielt er auf die Stelle, wo das Gewehr liegt. Hautin und Arnaud flüchten auf dem Weg zum Lager hin, der am Ufer entlang führt, immer von Gewehrschüssen verfolgt. Hautin mit seinem steifen Bein läuft langsamer, und noch ehe er zum Meer kommt, wird er zur Strecke gebracht. Arnaud, der erreicht das Wasser, du weißt, an der Stelle zwischen dem Bad und dem Schwimmbad, das im Bau ist. Dort ist das Meer von Haifischen verseucht. Neben Arnaud klatschen die Schüsse ins Wasser, denn ein anderer Aufseher, der zur Unterstützung des Kommandanten herbeigelaufen ist,

schießt zusammen mit dem Aufseher von den Laubsammlern. Der hat sich hinter einem großen Stein versteckt.
›Ergib dich‹, schreien die Gammler, ›und du bleibst am Leben!‹
›Niemals‹, schreit Arnaud zurück. ›Sollen mich die Haifische fressen, dann sehe ich wenigstens eure Visagen nicht mehr!‹
Und steigt weiter ins Meer hinein, direkt auf die Haifische zu. Es muß ihn eine Kugel getroffen haben, denn einen Augenblick lang bleibt er stehen, trotzdem schießen die Gammler immer weiter. Immer weiter geht er ins Meer hinein, ohne zu schwimmen, und kaum ist seine Brust vom Wasser bedeckt, da haben ihn die Haifische auch schon angegriffen. Man hat gesehen, wie er mit der Faust gegen einen Hai schlug, der, halb aus dem Wasser heraus, sich auf ihn stürzte. Dann wurde er buchstäblich zerstückelt, denn die Haie zogen von allen Seiten an Armen und Beinen. In weniger als fünf Minuten war er verschwunden.
Die Gammler gaben mindestens noch hundert Schuß auf die Massen von Leibern ab, auf Arnaud und die Haie. Ein einziger Hai wurde dabei getötet, bauchoben kam er ans Ufer getrieben. Wie Marceau sieht, daß die Aufseher von allen Seiten auf ihn zukommen, glaubt er sein Leben retten zu können, indem er den Revolver in den Brunnen wirft. Aber die Araber gehen mit Stöcken, Fußtritten und Faustschlägen auf ihn los und stoßen ihn gegen die Gammler vor und sagen, er ist mit von der Partie gewesen. Obwohl er voll Blut war und die Hände in die Luft hob, haben ihn die Gammler mit Revolver- und Gewehrschüssen getötet, und zu guter Letzt hat ihm einer noch mit dem Gewehrkolben den Schädel eingeschlagen.
Auf Hautin hat jeder Gammler seinen Revolver bis zum letzten Schuß entladen. Sie waren dreißig, jeder zu sechs Schuß, und so haben sie ihm, lebendig oder tot, wohl hundertfünfzig Kugeln hineingejagt. Die Kerle, die von Filisari getötet wurden, das waren die Männer, von denen die Gören gesagt haben, sie hätten gesehen, daß sie mit Arnaud angekommen seien und sich dann aus dem Staub gemacht hätten. Reine Lüge, denn es hat niemand bei der Revolte mitgemacht.«
Jetzt sind es schon zwei Tage, daß alle in den miteinander verbundenen Sälen jeder Kategorie eingesperrt sind. Niemand geht zur Arbeit hinaus. An der Tür lösen sich alle zwei Stunden die Posten ab. Zwischen den einzelnen Gebäuden weitere Posten. Sprechverbot von einem Bau zum anderen. Verbot, ans Fenster zu treten. Nur vom Gang aus, der die zwei Reihen der Hängematten voneinander trennt, kann man am vorderen Ende durch die Gittertür den Hof sehen. Es sind von Royale Aufseher zur Verstärkung gekommen. Nicht ein einziger Verbannter ist draußen. Keine arabischen Hilfsaufseher. Alle Welt ist eingesperrt. Von Zeit zu Zeit sieht man, wie ein ganz nackter Mann, gefolgt von einem Aufseher, in Richtung Korrektionszellen vorbeigeht. Durch die Fenster schauen häufig die Aufseher ins Saalinnere. An der Tür zwei Wa-

chen rechts und links. Sie schieben nur zwei Stunden Wache und setzen sich niemals nieder, legen nie ihre Waffe aus der Hand. Wir haben beschlossen, in kleinen Gruppen zu fünft Poker zu spielen. Die großen allgemeinen Spiele, das hätte zuviel Lärm gemacht. Marquetti, der eine Violinsonate von Beethoven spielte, mußte aufhören.
»Hör auf mit der Musik, wir und die Gammler haben Trauer.«
Es herrscht nicht nur in der Casa, sondern im ganzen Lager allgemeine Spannung. Keinen Kaffee, keine Suppe. Ein Stück Brot am Morgen, Corned beef zu Mittag, Corned beef am Abend, eine Büchse für vier Mann. Da man bei uns nichts zerschlagen und hinausgeworfen hat, haben wir Kaffee und Lebensmittel: Butter, Öl, Mehl und so weiter. Die anderen Casas haben nichts mehr. Als bei uns aus den Klos Rauch aufsteigt, weil wir dort Feuer für den Kaffee gemacht haben, ruft ein Gammler herein, wir sollen das Feuer sofort löschen. Der alte Marseiller, ein schwerer Bursche, der Niston heißt und der den Kaffee gegen Entgelt kochte, hatte die Frechheit, dem Gammler zu erwidern: »Wenn du willst, daß man das Feuer löscht, komm rein und tu's selbst.«
Da schoß der Gammler mehrere Male durchs Fenster. Kaffee und Feuer waren schnell verschwunden.
Niston hat eine Kugel ins Bein bekommen. Jeder war so eingeschüchtert, daß alle glaubten, es werde nun eine große Schießerei auf uns beginnen, wir warfen uns schon platt auf den Boden.
Chef der Wachtposten war zu jener Stunde gerade Filisari. Er kam wie ein Wilder angerannt, von vier Aufsehern begleitet. Der Aufseher, der geschossen hatte, er ist ein Auvergnate, erklärt ihm, warum. Filisari beschimpft ihn auf korsisch, und der andere, der nichts versteht, wußte nur zu sagen: »Ich Sie nichts verstehen.«
Wir haben uns wieder auf die Hängematten gelegt. Das Bein von Niston blutet.
»Sagt nicht, daß ich verwundet bin, die sind imstande und machen mich draußen fertig.«
Filisari kommt zur Gittertür. Marquetti spricht mit ihm auf korsisch.
»Macht nur euren Kaffee. Was eben geschehen ist, wird nicht wieder vorkommen.« Und geht weg.
Niston hat das Glück gehabt, daß die Kugel nicht im Körper stekkengeblieben ist, sie ist beim Oberschenkelmuskel eingetreten und ein Stück weiter unten wieder hinaus. Man bindet ihm das Bein ab, das Bluten hört auf, und er bekommt einen Essigverband.
»Papillon, komm heraus!« Es ist acht Uhr abends, also Nacht.
Der Aufseher, der mich ruft, ist mir unbekannt, es muß ein Bretone sein.
»Warum soll ich zu dieser Stunde hinaus? Ich habe draußen nichts verloren.«
»Der Kommandant will Sie sehen.«

»Sag ihm, er soll hierher kommen. Ich gehe nicht hinaus.«
»Sie weigern sich?«
»Ja, ich weigere mich.«
Meine Freunde bilden einen Kreis um mich. Der Gammler spricht durch die geschlossene Tür. Marquetti geht zur Tür und sagt: »Wir lassen Papillon nur in Anwesenheit des Kommandanten hinaus.«
»Aber er hat doch um ihn geschickt.«
»Sag ihm, er soll selbst kommen.«
Eine Stunde später zeigen sich zwei junge Gammler an der Tür. Sie sind von dem Araber begleitet, der beim Kommandanten arbeitet. Der gleiche, der ihn gerettet und die Revolte verhindert hat.
»Ich bin's, Papillon – Mohammed. Ich komm dich holen, der Kommandant will dich sehen, er kann nicht hierher kommen.«
Marquetti sagt zu mir: »Papi, der Kerl ist mit einem Gewehr bewaffnet.«
Ich trete aus dem Kreis meiner Freunde und nähere mich der Tür. Tatsächlich – Mohammed hat ein Gewehr unter dem Arm. Wer hat so etwas je gesehen, ein Sträfling, offiziell mit einem Gewehr bewaffnet!
»Komm«, sagt der Bursche, »ich bin da, um dich zu schützen und wenn nötig zu verteidigen.« Aber ich glaub es ihm nicht recht.
»Geh, komm mit uns!«
Ich gehe hinaus, Mohammed bleibt an meiner Seite, und die beiden Aufseher marschieren hinterdrein. Wir sind auf dem Weg zum Kommando. Als ich beim Lagerausgang am Wachhaus vorbeikomme, sagt Filisari:
»Papillon, ich hoffe, du hast keine Beschwerde gegen mich vorzubringen?«
»Weder ich persönlich noch irgendwer sonst aus der Casa der Gefährlichen. Übrigens weiß ich von nichts.«
Wir steigen zum Kommando hinunter. Das Haus und der Kai sind von Karbidlampen beleuchtet, die zwar Licht verbreiten, aber doch nicht alles rundum erhellen. Unterwegs gibt mir Mohammed ein Paket Gauloises. Wie ich in den von zwei Karbidlampen hellerleuchteten Raum eintrete, sehe ich dort den Kommandanten von Royale sitzen, den Stellvertreter, den Kommandanten von Saint-Joseph, den von der Korrektionsanstalt und den Zweiten Kommandanten von Saint-Joseph. Draußen entdecke ich, bewacht von Aufsehern, vier Araber. Zwei von ihnen erkenne ich, sie gehörten der bewußten Arbeitsgruppe an.
»Da ist Papillon«, sagt der Araber.
»Guten Abend, Papillon«, sagt der Kommandant von Saint-Joseph.
»Guten Abend.«
»Setz dich hierhin, da auf diesen Stuhl.«
Ich sitze allein allen anderen gegenüber. Die Tür zur Küche ist

offen, und ich sehe, wie die Patin von Lisette mir ein freundliches Zeichen gibt.

»Papillon«, sagt der Kommandant von Royale, »Sie werden vom Kommandanten Dutain als vertrauenswürdiger Mann angesehen, weil Sie sich durch den Lebensrettungsversuch des Patenkindes seiner Frau bewährt haben. Ich selber kenne Sie nur von den offiziellen Beschreibungen her, die Sie als äußerst gefährlich in jeder Hinsicht bezeichnen. Ich will diese Anmerkungen vergessen und meinem Kollegen Dutain glauben. Sehen Sie, es wird sicherlich eine Kommission hierherkommen, um eine Befragung durchzuführen, und alle Verbannten aller Kategorien werden angeben müssen, was sie wissen. Ohne Zweifel haben Sie und einige andere großen Einfluß auf alle anderen Sträflinge, und diese, denken wir, werden Ihren Anweisungen gehorchen. Wir wollen nun Ihre Meinung über die Revolte hören und auch, ob Sie mehr oder weniger voraussehen, was Ihre Casa und dann noch die anderen im Augenblick aussagen könnten.«

»Ich selber habe nichts zu sagen, noch habe ich Einfluß darauf, was die anderen sagen werden. Falls eine Kommission kommt, um tatsächlich in der augenblicklichen Atmosphäre eine Untersuchung durchzuführen, werden Sie hier alle abgesetzt.«

»Was sagst du da, Papillon? Ich habe die Revolte verhindert, ich und meine Kollegen von Saint-Joseph.«

»Sie vielleicht. Sie können sich retten. Aber nicht die Chefs von Royale.«

»Erklären Sie das!« Die beiden Kommandanten von Royale springen auf und setzen sich wieder.

»Wenn Sie weiterhin offiziell von einer Revolte sprechen, sind Sie alle verloren. Wenn Sie meine Bedingungen annehmen wollen, rette ich Sie alle. Außer Filisari.«

»Was für Bedingungen?«

»Erstens, daß das Leben hier wiederum seinen gewohnten Gang geht, und zwar unverzüglich, von morgen früh ab. Nur wenn wir wieder unter uns reden dürfen, können wir jedem eingeben, was er der Kommission sagen muß. Richtig?«

»Ja«, sagt Dutain. »Aber warum müssen wir gerettet werden?«

»Sie hier von Royale? Sie sind nicht nur die Chefs von Royale, sondern die Chefs der drei Inseln.«

»Jawohl.«

»Nun, dann haben Sie ja auch eine Anzeige von Girasolo erhalten, der Ihnen gepfiffen hat, daß eine Revolte in Vorbereitung sei. Die Chefs: Hautin und Arnaud.«

»Und Carbonieri«, fügt der Aufseher hinzu.

»Nein, das ist nicht wahr. Carbonieri war seit Marseille ein persönlicher Feind von Girasolo, und der hat ihn grundlos in die Sache hineingebracht. Nun, die Revolte, die haben Sie nicht geglaubt. Warum? Weil man Ihnen gesagt hat, daß sich diese Revolte zum

Ziel setzt, Frauen, Kinder, die Hilfswächter und die Aufseher zu töten, eine Sache, die unglaubwürdig erscheinen mußte. Und dann: zwei Schaluppen für achthundert Mann auf Royale und eine Schaluppe für sechshundert auf Saint-Joseph, kein klardenkender Mensch hätte sich jemals an einer solchen Sache beteiligt.«
»Woher weißt du das alles?«
»Das ist meine Sache. Aber wenn Sie fortfahren, von Revolte zu reden – selbst wenn Sie mich verschwinden lassen, wird all das ausgesprochen und bewiesen werden. Daher liegt die Verantwortung bei Royale. Von dort hat man diese Männer nach Saint-Joseph gebracht, jedoch ohne sie voneinander zu trennen. Folglich wird die logische Konsequenz einer genauen Untersuchung die Tatsache sein, daß Sie wegen dieses schweren Fehlers zur Verantwortung gezogen werden, das heißt, der eine wird auf die Teufelsinsel, der andre nach Saint-Joseph geschickt, selbst wenn man zugibt, daß es schwer war, dieser verrückten Geschichte zu glauben. Wenn Sie von Revolte sprechen, das betone ich, tunken Sie sich nur selber ein. Nehmen Sie daher meine Bedingungen an: Erstens, wie ich schon gesagt habe, hat das Leben ab morgen wieder normal zu sein; zweitens, alle Männer, die unter dem Verdacht der Verschwörung in Einzelhaft gebracht wurden, müssen augenblicklich wieder heraus. Überdies sollen sie nicht einem Verhör wegen Mittäterschaft an der Revolte unterzogen werden, da die Revolte nicht existiert. Und drittens soll Filisari sofort nach Royale geschickt werden, zuerst einmal wegen seiner persönlichen Sicherheit – denn da es keine Revolte gegeben hat, wie ist dann die Ermordung der drei Männer zu rechtfertigen? Und dann, weil der Aufseher ein gemeiner Mörder ist und während des Zwischenfalls in blinder Wut gehandelt hat, jedermann töten wollte, samt uns in der Casa. Wenn Sie diese Bedingungen annehmen, werde ich es so einrichten, daß alle Welt aussagt, Arnaud, Hautin und Marceau hätten das Ganze in Szene gesetzt, um vor dem Sterben noch soviel wie möglich Schlechtes zu tun. Was sie gedacht haben, war nicht vorherzusehen, sie hatten weder Mitverschwörer noch Mitwisser. Nach alledem wird klar, daß diese Burschen entschlossen waren, in der Form Selbstmord zu begehen – und sie suchten wohl den Tod –, daß sie, bevor man sie selber tötet, so viele wie möglich kaltmachten. Ich werde mich jetzt, wenn Sie erlauben, in die Küche zurückziehen, damit Sie sich beraten können, bevor Sie mir Antwort geben.«
Ich gehe in die Küche und schließe die Tür hinter mir. Madame Dutain drückt mir die Hand und gibt mir Kaffee und einen Kognak. Die Patin von Lisette sagt leise zu mir: »Na, die von Royale haben sich schön was eingebrockt.«
»Weiß Gott, sie haben es sich leichtmachen wollen, eine Revolte auf Saint-Joseph abzuschieben, wo jeder es hätte wissen müssen, außer Ihrem Gatten.«

»Ich habe alles verstanden, Papillon, und sofort begriffen, daß Sie uns Gutes tun wollten.«
»Ja, Madame Dutain.«
Die Tür wird geöffnet. »Komm herein, Papillon«, sagt der Aufseher.
»Setzen Sie sich, Papillon«, sagt der Kommandant von Royale. »Wir sind einmütig zu der Ansicht gekommen, daß Sie sicherlich recht haben. Es hat keine Revolte gegeben ... Diese drei Sträflinge waren entschlossen, Selbstmord zu begehen, indem sie vorher so viele wie möglich umbringen. Demnach beginnt ab morgen wieder das normale Leben. Filisari wird noch heute nacht nach Royale versetzt. Sein Fall geht nur uns etwas an, und wir ersuchen Sie, sich da nicht einzumischen. Wir rechnen damit, daß Sie Ihr Wort halten werden.«
»Sie dürfen sich auf mich verlassen. Auf Wiedersehen.«
»Mohammed und die beiden Herren Aufseher, führen Sie Papillon zurück in die Casa. Lassen Sie Filisari eintreten, er fährt mit uns nach Royale.«
Unterwegs sage ich zu Mohammed, daß ich hoffe, er wird freigelassen. Er dankt mir.
Im Saal fragen sie mich: »Was wollten die Gammler von dir?«
Bei völliger Stille beginne ich Wort für Wort zu berichten, was sich abgespielt hat.
»Wenn es einen unter euch gibt, der nicht damit einverstanden ist oder glaubt, die Abmachung, die ich mit den Gammlern in eurer aller Namen getroffen habe, kritisieren zu müssen, dann soll er es sagen.«
Wie aus einem Munde stimmen sie alle zu.
»Meinst du wirklich, daß sie geglaubt haben, niemand war in die Sache verwickelt?«
»Nein. Aber wenn sie nicht selber auffliegen wollen, *müssen* sie es glauben. Und wir auch, wenn wir keine Scherereien haben wollen.«
Heute morgen um sieben hat man alle Zellen des Disziplinartraktes geöffnet. Mehr als hundertzwanzig Mann kamen heraus. Niemand ging zur Arbeit, alle Räume sind offen, und der Hof ist voll von Sträflingen, die in voller Freiheit miteinander reden, rauchen und ganz nach Belieben sich in der Sonne oder im Schatten ergehen. Niston ist ins Spital gekommen.
Jetzt, da wir alle vereinigt sind, erfahren wir die Wahrheit. Filisari hat nur einen Mann getötet, die beiden anderen wurden von zwei jungen Gammlern umgebracht, die sich bedroht fühlten. Der Anschein, daß es sich um einen Amoklauf gehandelt habe, war wirklich gegeben. So kam es, daß eine echte Revolte, die glücklicherweise schon bei ihrem Ausbruch mißlang, sich in einen Selbstmord von drei Sträflingen verwandelte, eine These, die offiziell von aller Welt angenommen wurde: von der Strafverwaltung ebenso wie

von den Sträflingen. Es blieb nur eine Legende zurück, oder eine wahre Geschichte, ich weiß es nicht genau. Vielleicht ein Zwitterding aus beiden.
Das Begräbnis der drei im Lager Getöteten, und das von Hautin und Marceau dazu, scheint sich folgendermaßen abgespielt zu haben: Da es im Lager nur einen einzigen Scheinsarg gibt, diesmal aber fünf Leichen, haben die Aufseher alle fünf zugleich und ohne Sarg im Boot verstaut und sie dann den Haien vorgeworfen. Man dachte, daß die letzten Leichen solcherart Zeit haben werden, mit ihren schweren Steinen an den Füßen unterzusinken, während unterdessen ihre Freunde von den Haifischen verschlungen werden. Man hat mir aber erzählt, daß keine Leiche im Meer verschwinden konnte und daß alle fünf bei Anbruch der Nacht in ihren weißen Leichentüchern ein Ballett getanzt haben, als wären es große Puppen, von den Flossen und Schwänzen der Haifische wie bei einem Marionettenspiel bewegt. Es war ein so grausiger Anblick, daß die Aufseher und Ruderer vor Entsetzen davonliefen.
Eine Kommission ist gekommen und fünf Tage auf Saint-Joseph und zwei Tage auf Royale geblieben. Ich wurde nicht genauer als die anderen befragt. Durch den Kommandanten Dutain erfuhr ich, daß alles gut abgegangen ist. Filisari ist seines Dienstes bis zu seiner endgültigen Pensionierung enthoben worden, er wird also nicht wiederkommen. Mohammed wurde seine Strafe gnadenhalber erlassen. Der Kommandant Dutain erhielt einen Streifen mehr.
Da es ja immer Unzufriedene gibt, hat mich gestern ein Häftling aus Bordeaux gefragt:
»Was haben eigentlich wir dabei gewonnen, daß sich's die Gammler richten konnten?«
Ich blicke den Burschen an: »Fünfzig oder sechzig Schwere unter uns haben keine fünf Jahre Einzelhaft wegen Mitverschwörung abgekriegt – findest du, daß das nichts ist?«
Der Sturm hat sich glücklicherweise gelegt. Eine Art geheimes Einverständnis zwischen Aufsehern und Sträflingen hat die Untersuchungskommission, die vielleicht sogar selbst nichts anderes wollte, als alles aufs beste beizulegen, vollkommen durcheinandergebracht.
Ich persönlich habe weder gewonnen noch verloren, außer daß mir die Kameraden dankbar sind, von einer weiteren harten Lagerordnung nun verschont zu sein. Man hat sogar das Steineschleppen aufgehoben. Diese schreckliche Arbeitsgruppe wurde aufgelöst. Jetzt sind es die Büffel, die die Steine ziehen, die Sträflinge haben sie nur anzuketten. Carbonieri ist in die Bäckerei zurückgekehrt, und ich versuche wieder nach Royale zu kommen. Hier gibt es nämlich keine Werkstatt – und ohne Werkstatt kann man kein Floß bauen.
Die Tatsache, daß Pétain an die Regierung gekommen ist, verschärft jetzt die Beziehungen zwischen der Strafverwaltung und den Sträflingen. Das ganze Personal der Verwaltung posaunt hin-

aus, daß es ganz auf der Seite von Pétain steht, und das geht so weit, daß mir ein Aufseher aus der Normandie sagt:
»Wollen Sie was wissen, Papillon? Ich war niemals Republikaner.«
Auf den Inseln hat niemand ein Radio, und keiner kennt die letzten Neuigkeiten. Was die Ernährung anlangt, so wird behauptet, daß wir in Martinique und Guadeloupe die deutschen Unterseeboote versorgen. Keiner kennt sich mehr aus. Ununterbrochen gibt es Auseinandersetzungen.
»Himmel, Arsch, Papi, soll ich dir was sagen? Jetzt müßten wir eine Revolte machen, um die Inseln für das Frankreich de Gaulles zu sichern.«
»Ja glaubst du, der lange Charlot hat die Straflager nötig? Was soll er damit anfangen?«
»Klar! Um zwei- bis dreitausend Mann zu sammeln!«
»Lepröse, Verblödete, Tuberkulöse, Ruhrkranke? Du machst vielleicht Witze! Der ist doch kein Idiot, der Bursche, sich solche Kretins aufzuhalsen!«
»Und die zweitausend, die gesund sind?«
»Das ist was anderes. Aber wenn's Männer sind, so bedeutet das noch lange nicht, daß sie zum Kämpfen taugen. Du glaubst wohl, so ein Krieg ist ein bewaffneter Raufhandel, wie? Eine Schlägerei, die dauert zehn Minuten – der Krieg, mein Lieber, dauert Jahre. Um ein guter Soldat zu sein, muß man ein guter Patriot sein. Ob es euch gefällt oder nicht, ich jedenfalls sehe hier weit und breit keinen, der fähig wäre, sein Leben für Frankreich zu geben.«
»Und warum sollte man auch, nach allem, was man uns hier antut?«
»Eben. Da siehst du ja, daß ich recht habe. Zum Glück hat dieses lange Elend von einem Charlot andere Männer als ihr's seid, um Krieg zu führen. Und trotzdem! Sich vorstellen, daß diese deutschen Hunde jetzt bei uns zu Hause sind! Sich vorstellen, daß es Franzosen gibt, die mit den Boches gemeinsame Sache machen! Die Gammler hier, die erklären ohne Ausnahme, sie sind für Pétain.«
Der Graf Bérac meint: »Es wäre eine Möglichkeit, sich freizukaufen.«
Und nun kommt es tatsächlich bald zu einer tollen Erscheinung. Niemals zuvor hat einer von uns davon gesprochen, sich freizukaufen. Und siehe da, jetzt sprechen alle davon, die Alteingesessenen wie die Zellenhäftlinge, alle diese armseligen Kreaturen sehen plötzlich einen Hoffnungsschimmer.
»Was glaubst du, Papillon, sollten wir nicht eine Revolte machen, damit uns de Gaulle in seine Truppen aufnimmt?«
»Bedaure, ich brauche niemanden, um mich loszukaufen. Die französische Justiz und das Kapitel ›Rehabilitierung‹ lassen mich kalt. Ich werde mich noch selber ›Rehabilitierter‹ taufen, meine einzige Pflicht ist die große Flucht, und bin ich einmal frei, ein normaler Mensch zu werden, der wieder in der Gesellschaft lebt, ohne eine Gefahr für sie zu sein. Ich finde, daß ein richtiger Kerl nicht anders handeln kann, seine Bewährung nicht anders beweisen kann. Ich

bin zu jeder Schandtat bereit, aber nur, wenn sie der Flucht dient. Übergebt nur die Inseln dem langen Charlot, mich interessiert das nicht und ihn bestimmt auch nicht. Anderseits, weißt du, was die Kerle hoch oben sagen werden, wenn ihr so eine Sache steigen laßt? Sie werden sagen, ihr habt die Inseln genommen, um frei zu sein, und nicht als Hilfeleistung für ein freies Frankreich. Und dann, wer von euch weiß schon, wer recht hat? De Gaulle oder Pétain? Ich jedenfalls leide nur wie ein armes Vieh darunter, daß mein Land verwüstet wird, und ich denke an meine Leute daheim, an meine Eltern, meine Geschwister und Verwandten.«
»Sind wir nicht Idioten, daß wir uns solchen Kummer um eine Gesellschaft machen, die doch gar kein Mitleid mit uns hat?«
»Immerhin ist es verständlich. Denn der französische Justizapparat mit seinen Gendarmen, Polizisten, mit diesen Aufpassern und Schnüfflern hier, das ist nicht Frankreich. Das ist eine Klasse für sich, eine Menschensorte mit einer vollkommen verzerrten Mentalität. Wie viele von diesen Leuten heute wohl bereit wären, ihre Dienste den Deutschen anzubieten? Wetten, daß die französische Polizei unsere Landsleute verhaftet und sie den Deutschen ausliefert? Ach – Schwamm drüber. Ich sage dir nur, und ich wiederhole es, ich mach nicht mit bei einer Revolte, wie immer ihr sie begründet. Außer für eine Flucht!«
Zwischen den einzelnen Cliquen gibt es ernste Auseinandersetzungen. Die einen sind für de Gaulle, die anderen für Pétain. Im Grunde kennt sich keiner aus, denn es gibt, wie schon gesagt, kein Radio, weder beim Kommando noch bei den Häftlingen. Die Nachrichten bringen uns die Schiffe, zusammen mit Mehl, Hülsenfrüchten und Reis. Für uns ist der Krieg, so weit aus der Ferne gesehen, schwer zu begreifen.
Angeblich ist in Saint-Laurent-du-Maroni ein Soldatenanwerber für das freie Frankreich angekommen. Aber bei uns weiß man nichts Genaues, nur daß überall in Frankreich die Deutschen sitzen.
Es gab einen komischen Vorfall: Ein Geistlicher kam nach Royale, und nach der Messe hielt er eine Predigt: »Wenn die Inseln angegriffen werden, wird man euch Waffen geben, um den Aufsehern bei der Verteidigung französischen Bodens zu helfen.« Das hat er tatsächlich gesagt. Er muß eine armselige Meinung von uns haben, dieser Herr Priester! Hergehen und von Gefangenen verlangen, daß sie ihre Zellen verteidigen!
Der Krieg, der zeigt sich für uns von einer ganz anderen Seite: Verdoppelung der Aufsichtsorgane, angefangen vom einfachen Wächter bis hinauf zum Kommandanten; viele Inspekteure, von denen einige mit deutschem Akzent sprechen, oder stark elsässisch; wenig Brot, wir bekommen nur noch vierhundert Gramm, und sehr wenig Fleisch.
Erhöht wurde nur eine Ration: das Strafausmaß für mißglückte Flucht – Todesurteil mit sofortigem Vollzug. Dem Anklagepassus

wegen Fluchtversuchs wurde hinzugefügt: »Versuch, sich auf die Seite der Feinde Frankreichs zu schlagen.«
Nach einigen Monaten kehre ich nach Royale zurück. Dort habe ich im Laufe der Monate einen großen Freund gewonnen, den Doktor Germain Guibert. Seine Gattin, eine ganz außergewöhnliche Frau, hat mich gebeten, ihr einen Küchengarten anzulegen, damit sie unter den derzeitigen Umständen ihre Diät einhalten kann. Ich mache ihr einen Garten mit Salat, Radieschen, grünen Bohnen, Tomaten und Auberginen. Sie ist entzückt und behandelt mich wie einen guten Freund.
Dieser Arzt hat niemals die Hand eines Aufsehers gedrückt, welchen Dienstgrades immer, mir jedoch oft, und auch anderen Sträflingen, die er kennen und schätzen gelernt hat.
Nachdem ich wiederum ein freier Mann geworden war, habe ich durch den Doktor Rosenberg den Kontakt mit diesem Arzt Germain Guibert wiederaufgenommen. Er hat mir ein Photo von sich und seiner Frau geschickt, aus Marseille. Er war nach Marokko zurückgekehrt und beglückwünschte mich zu meiner wiedergewonnenen Freiheit. Er starb in Indochina bei der Rettung eines auf dem Schlachtfeld zurückgebliebenen Verwundeten. Er war ein ganz besonderer Mann, und die Frau seiner würdig. Als ich 1967 nach Frankreich kam, hatte ich das Bedürfnis, sie aufzusuchen. Aber ich verzichtete darauf, weil sie aufgehört hatte, mir zu schreiben, nachdem ich sie um eine Empfehlung gebeten hatte, was sie mir auch erfüllte. Seither jedoch hat sie mir keine Nachricht mehr gegeben. Ich kenne die Ursache ihres Schweigens nicht, aber ich bewahre für diese beiden Menschen tiefste Dankbarkeit in meinem Herzen für die Behandlung, die sie mir während ihres Aufenthaltes auf Royale angedeihen ließen.

Neuntes Heft: Saint-Joseph

Der Tod von Carbonieri

Gestern hat mein Freund Matthieu Carbonieri einen Messerstich mitten ins Herz bekommen. Dieser Mord wird eine Serie anderer Morde auslösen. Er war im Waschraum, ganz nackt, wollte sich waschen, sein Gesicht war voll Seife. Da erhielt er diesen Messerstich. Wenn sich jemand duscht, hat er die Gewohnheit, sein Messer zu öffnen und es unter seine Sachen zu legen, um es rechtzeitig packen zu können, falls einer, den man für einen Feind hält, sich unvermittelt nähert. Daß er das nicht getan hat, kostete ihm das Leben. Der Mörder ist ein Armenier, sein Lebtag lang ein Killer.
Mit Erlaubnis des Kommandanten, und ein anderer half mir dabei, habe ich selber meinen Freund zum Kai hinuntergetragen. Er ist schwer, und während ich die Steilküste hinabsteige, muß ich dreimal ausruhen. Ich habe an seinen Beinen einen großen Stein befestigen lassen und anstatt mit einem Strick mit einem Eisendraht. So werden die Haifische ihn nicht abreißen können, und er wird ins Meer sinken, ohne von ihnen verschlungen zu werden.
Die Glocke läutet, als wir den Kai erreichen. Es ist sechs Uhr abends. Die Sonne verschwindet hinter dem Horizont. Wir steigen ins Boot. In der berüchtigten Kiste, die allen dient, schläft Matthieu auf immer unter dem geschlossenen Deckel. Für ihn ist es zu Ende.
»Vorwärts! Legt euch in die Riemen!« sagt der Wächter an der Pinne. Nach weniger als zehn Minuten sind wir in der Strömung, die durch die Meerenge zwischen Royale und Saint-Joseph entsteht. Mit einemmal wird mir die Kehle eng. Dutzende Rückenflossen kommen aus dem Meer hervor, die Haifische tummeln sich in einem immer enger werdenden Kreis von ungefähr vierhundert Meter um uns herum. Da sind sie, die Leichenfresser, sie kommen zur rechten Zeit und an den rechten Ort zum Rendezvous mit einem Sträfling.
Möge Gott geben, daß sie nicht Zeit haben, meinen Freund zu packen. Die Ruder sind aus dem Wasser, das Zeichen des Abschieds, die Kiste wird hochgehoben. Eingewickelt in die Mehlsäcke, gleitet Matthieus Körper, vom Gewicht des großen Steines gezogen, rasch ins Meer.
Entsetzlich! Kaum ist er ins Wasser gesunken, und ich glaubte, er sei verschwunden, steigt er wieder an die Oberfläche empor, von, ich weiß nicht wieviel, von sieben, zehn oder zwanzig Haien hin-

aufgehoben. Bevor sich das Boot noch entfernen kann, sind die Mehlsäcke, die ihn einhüllen, heruntergerissen, und jetzt geschieht etwas Unbeschreibliches. Matthieu taucht zwei, drei Sekunden lang senkrecht aus dem Wasser auf. Der rechte Unterarm ist ihm schon amputiert. Mit dem halben Körper außerhalb des Wassers, bewegt er sich geradewegs auf das Boot zu, und dann erst saugt ihn ein starker Wirbel auf Nimmerwiedersehen in die Tiefe. Die Haie sind unter unserem Boot hindurchgeschwommen, haben es von unten angestoßen, und ein Mann hätte beinahe das Gleichgewicht verloren und wäre ins Wasser gefallen. Alle, auch die Wärter, sind vor Entsetzen wie versteinert. Zum erstenmal wünschte ich zu sterben. Es hat wenig gefehlt, daß ich mich den Haien vorgeworfen hätte, um auf immer aus dieser Hölle zu verschwinden.

Langsam steige ich vom Kai zum Lager hinauf. Niemand begleitet mich. Ich habe die Tragbahre auf die Schulter genommen und komme zu der Stelle, wo mein Büffel Brutus von Danton angegriffen wurde. Ich halte an und setze mich. Die Nacht ist eingefallen, obwohl es erst sieben Uhr ist. Im Westen ist der Himmel noch von einem allerletzten Widerschein der untergegangenen Sonne erhellt. Der übrige Himmel ist schwarz, von Zeit zu Zeit von Strahlenbündeln des Leuchtfeuers durchstoßen. Mir ist das Herz schwer. Himmel, Arsch noch mal! Du hast doch immer ein Begräbnis sehen wollen, und noch dazu eines von deinem Kumpel? Gut. Jetzt hast du es gesehen, und du hast es richtig gesehen. Du hast die Glocke erlebt und alles übrige auch. Bist du jetzt zufrieden? – Deine krankhafte Neugier ist gesättigt. Bleibt nur noch, den Kerl zu erledigen, der deinen Freund getötet hat. Wann? In dieser Nacht schon? Nein, es ist noch zu früh. Der Kerl wird ganz besonders auf der Hut sein. Sie sind zu zehnt in seiner Hütte. Sei nicht idiotisch und übereile die Sache nicht. Sieh erst zu, auf wie viele Männer du zählen kannst. Vier plus mich macht fünf. Das genügt. Der Kerl wird liquidiert. Möglich, daß ich auf die Teufelsinsel komme. Dort brauche ich kein Floß, keine Vorbereitung, nichts. Zwei Säcke mit Kokosnüssen, und ich schmeiß mich ins Meer. Die Entfernung bis zur Küste ist verhältnismäßig kurz, Luftlinie vierzig Kilometer. Mit Wellengang, Winden und Flut und Ebbe hundertzwanzig. Das ist nichts als eine Frage der Ausdauer, der Kraft. Ich bin stark, und zwei Tage im Meer, auf meinem Sack reitend, das müßte ich schaffen.

Ich nehme die Bahre und steige zum Lager hinauf. Wie ich an der Tür ankomme, werde ich durchsucht. Eine ungewöhnliche Sache. Das kommt niemals vor. Der Aufseher nimmt mir mein Messer weg.

»Wollen Sie, daß man mich tötet? Warum werde ich entwaffnet? Wissen Sie, daß Sie mich damit in den Tod schicken? Wenn man mich umbringt, ist das Ihre Schuld.« Niemand antwortet, weder die Aufseher noch die arabischen Türwächter. Ich öffne die Tür und

trete in den Saal: »Man sieht ja hier nichts, warum brennt nur eine Lampe anstatt drei?«
»Papi, komm her!« Grandet zieht mich am Ärmel. Im Saal ist wenig Lärm. Man spürt, daß irgendeine ernste Sache geschehen wird oder schon geschehen ist.
»Ich habe meinen Schlitzer nicht mehr. Sie haben ihn mir geklaut bei der Durchsuchung.«
»Du brauchst ihn nicht heute nacht.«
»Warum?«
»Der Armenier und sein Freund sind auf den Klos.«
»Was tun sie dort?«
»Sie sind tot.«
»Wer hat sie kaltgemacht?«
»Ich.«
»Das ging aber schnell. Und die andern?«
»Vier sind von ihrer Hütte noch übrig. Paolo hat mir sein Manneswort gegeben, daß sie sich nicht rühren werden und daß sie abwarten, ob du einverstanden damit bist, daß die Geschichte hiermit erledigt ist.«
»Gib mir ein Messer.«
»Da. Hier hast du meins. Ich bleib hier in der Ecke. Geh und sprich mit ihnen.«
Ich gehe auf ihre Hütte zu. Jetzt haben sich meine Augen schon an das geringe Licht gewöhnt. Ich kann die Gruppe ausnehmen. Tatsächlich stehen die vier aufrecht vor ihren Hängematten, einer an den andern gepreßt.
»Du willst mich sprechen, Paolo?«
»Ja.«
»Allein oder vor deinen Freunden? Was willst du von mir?«
Klugerweise lasse ich einen Meter fünfzig zwischen ihnen und mir. Das offene Messer steckt unter meinem linken Ärmel, den Griff habe ich fest in der Hand.
»Ich wollte dir sagen, daß dein Freund, glaube ich, genügend gerächt worden ist. Du hast deinen besten Freund verloren, wir haben unsere zwei verloren. Ich meine, daß wir jetzt damit aufhören können. Was hältst du davon?«
»Paolo, ich nehme dein Angebot zur Kenntnis. Was man tun könnte, wäre, falls ihr einverstanden seid, daß sich die beiden Hütten verpflichten, innerhalb von acht Tagen nichts zu unternehmen. Dann werden wir weitersehen. Einverstanden?«
»Einverstanden.«
Ich ziehe mich zurück.
»Also, was haben sie dir gesagt?«
»Sie glauben, daß Matthieu durch den Tod des Armeniers und den von Sans-Souci genügend gerächt ist.«
»Nein«, sagt Galgani.
Grandet sagt nichts.

Jean Castelli und Louis Gravon sind einverstanden, einen Friedenspakt zu schließen.
»Und du, Papi?«
»Vorerst einmal – wer hat Matthieu getötet? Es war der Armenier. Gut. Ich habe ein Abkommen vorgeschlagen. Ich habe mein Wort gegeben und sie das ihre, daß während einer Woche keiner von uns etwas unternimmt.«
»Du willst Matthieu *nicht* rächen?« sagt Galgani.
»Höre, Matthieu ist schon jetzt gerächt, zwei mußten für ihn sterben. Wozu noch die andern töten?«
»Nur – wußten die etwas davon? Das müßte man herauskriegen.«
»Allen eine gute Nacht. Entschuldigt mich. Ich will schlafen, wenn ich kann.«
Ich habe das Bedürfnis, allein zu sein, wenigstens das. Und ich strecke mich auf meiner Hängematte aus. Ich spüre, daß eine Hand über mich hinstreicht und mir vorsichtig das Messer wegnimmt. Eine Stimme flüstert zärtlich: »Schlaf, wenn du kannst, Papi, schlaf ruhig, wir werden dich abwechselnd bewachen.«
Der Tod meines Freundes, so brutal, so abscheulich, geschah ohne wahres Motiv. Der Armenier hatte ihn getötet, weil er in jener Nacht von Matthieu gezwungen wurde, auf einen Sitz hundertsiebzig Franc zu bezahlen. Ein Dummkopf wie er fühlte sich so erniedrigt, weil er gezwungen war, vor dreißig oder vierzig Spielern zuzugeben, daß er kein Geld mehr hatte. So wird feig und hinterhältig ein Mann getötet, der von der Sorte eines anständigen und sauberen Abenteurertums war und in seinem Kreis Achtung genoß. Dieser Schlag hat mich schwer getroffen, und ich habe nur eine Genugtuung, daß die Mörder ihr Verbrechen nur ein paar Stunden überlebt haben. Wenig genug.
Grandet hat sich wie ein Tiger auf sie gestürzt und ihnen mit der Schnelligkeit eines Florettfechters den Hals durchgeschnitten, bevor sie noch Zeit hatten, sich vorzusehen. Ich stelle mir vor: der Ort, wo sie gefallen sind, muß in Blut schwimmen. Ich denke ganz blöd: Ich möchte gerne wissen, wer die in die Klos hineingezogen hat. Aber ich möchte nicht sprechen. Die Lider geschlossen, sehe ich in tragischem Rot und Violett die Sonne untergehen und mit ihren letzten Strahlen die Szene beleuchten, die einer Vision von Dante glich: Die Haifische streichen um meinen Freund ... Und dieser aufrechte Körper, den Unterarm schon amputiert, bewegt sich auf unser Boot zu! ... Es ist also wahr, daß die Glocke die Haifische herbeiruft und daß diese Aasfresser wissen, jetzt bekommen sie ein Menü serviert ...
Ich sehe noch Dutzende Rückenflossen vor mir, den grausigen silbernen Glanz, wie U-Boote, die sich im Kreise drehen ... Sicher waren es mehr als hundert ...
Wegen eines Messerstichs für eine Bagatelle krepieren zu müssen, mit vierzig Jahren! Armer Kerl. Ich bin total fertig. Nein. Nein.

Nein. Wenn die Haifische auch mich verdauen wollen, dann sollen sie mich lebend zerreißen, während ich um meine Freiheit kämpfe. Ohne Mehlsäcke, ohne Stein, ohne Strick. Ohne Zuschauer. Weder Sträflinge noch Wächter. Ohne Glocke. Wenn ich gefressen werden soll, gut ... sie werden nach mir schnappen, während ich – lebend! – gegen die Elemente kämpfe, um das Festland zu erreichen.
Alles in allem wird es nur eine Frage der körperlichen Widerstandskraft sein. Achtundvierzig oder sechzig Stunden? Wird ein so langer Aufenthalt im Meerwasser, die Schenkel um die Kokossäcke gekrampft, wird das nicht nach einiger Zeit meine Beine lähmen? Wenn ich die Chance habe, auf die Teufelsinsel zu kommen, werde ich meine Versuche anstellen. Zuerst einmal weg von Royale und auf die Teufelsinsel, dann werden wir weitersehen.
»Schläfst du, Papi?«
»Nein.«
»Möchtest du ein wenig Kaffee?«
»Wie du willst.« Ich setze mich auf meiner Hängematte auf und nehme die Tasse warmen Kaffee zu mir, die mir Grandet zugleich mit einer angerauchten Gauloise reicht.
»Wie spät?«
»Ein Uhr früh. Ich habe die Wache zu Mitternacht übernommen, aber als ich sah, wie du dich fortwährend bewegtest, dachte ich, daß du nicht schläfst.«
»Du hast recht. Der Tod von Matthieu hat mich schon fertiggemacht. Aber sein Begräbnis und der Haifischfraß haben mir den Rest gegeben. Es war grausig. Kannst du dir das vorstellen?«
»Sag mir nichts davon, Papi, ich ahne, wie das gewesen ist. Du hättest niemals mitdürfen.«
»Ich glaube, daß diese Geschichte mit der Glocke nur Quatsch ist. Und dann auch, daß der Eisendraht, der den großen Stein hielt, nicht durchgebissen werden kann. Niemals hätte ich geglaubt, daß die Haifische Zeit hätten, ihn im Nu zu zerreißen. Armer Matthieu! Mein ganzes Leben werde ich diese schreckliche Szene vor mir sehen. Und du? Wie hast du es eigentlich angestellt, den Armenier und Sans-Souci so schnell zu liquidieren?«
»Ich war gerade am Ende der Insel und dabei, eine Eisentür an der Bäckerei anzuschlagen, als ich erfuhr, daß man unseren Freund getötet hat. Es war Mittag. Anstatt ins Lager zurückzukehren, bin ich zu den Werkstätten gegangen, angeblich um das Schloß zu richten. An einem Rohr von einem Meter Länge brachte ich ein Messer an, auf beiden Seiten scharf. Darüber stülpte ich ein kurzes Stück ausgehöhltes Holz, so daß man das Messer gar nicht sehen konnte. Um fünf bin ich dann mit dem Rohr in der Hand ins Lager zurückgekehrt. Der Aufseher hat mich gefragt, was das wäre, und ich habe ihm geantwortet, daß das Querholz von meiner Hängematte gebrochen sei und ich es für diese Nacht durch das Rohr ersetzen müsse. Es war noch Tageslicht, als ich in den Saal kam, aber

ich ließ das Rohr im Waschraum. Vor dem Appell hab ich's dann 'reingeholt. Es begann Nacht zu werden. Umgeben von meinen Freunden hab ich schnell das Messer freigelegt. Der Armenier und Sans-Souci standen vor ihren Hängematten, Paolo ein wenig dahinter. Du weißt, Jean Castelli und Louis Gravon sind recht tapfer, aber sie sind alt und nicht mehr wendig genug, um bei einer Schlägerei durchzuhalten. Ich wollte handeln, bevor du kommst, damit du nicht in die Sache hineingezogen wirst. In deinem Fall, mit dem, was du schon hinter dir hast, könnte dir das Maximum blühen, wenn die es wollen. Jean war am Ende des Saales und hat eine der Lampen ausgelöscht. Gravon tat das gleiche am andern Ende. Der Saal war fast ohne Licht. Nur die Petroleumlampe in der Mitte brannte noch. Ich hatte eine große Taschenlampe, die mir Dega gegeben hat. Jean ist vorangegangen, ich hinter ihm. Wie ich bei ihnen ankomme, blende ich ihnen mit der Lampe ins Gesicht. Der Armenier hat seinen linken Arm vor die Augen gehoben, und so habe ich Zeit gehabt, ihm den Hals mit der Lanze zu durchbohren. Sans-Souci, ebenfalls geblendet, hat sein Messer gezogen und vor sich hin ins Leere gestochen. Ich habe ihn mit meiner Lanze so stark angerammt, daß er durch und durch gebohrt war. Paolo hat sich flach auf den Boden geworfen und unter die Hängematte gerollt. Jean hat die Lampe ausgemacht, und ich verzichtete darauf, Paolo unter den Hängematten zu verfolgen, das hat ihn gerettet.«
»Und wer hat sie in die Klos geschleppt?«
»Ich weiß nicht. Ich glaube, es waren welche aus ihrer Hütte. Um ihnen die Stöpsel aus dem Hintern zu ziehen.«
»Es muß verdammt viel Blut gegeben haben.«
»Na, was! Mit dem durchgeschnittenen Hals haben sie ordentlich Saft gelassen. Der Trick mit der Taschenlampe ist mir eingefallen, während ich die Lanze vorbereitete. In der Werkstatt wechselte ein Aufseher gerade seine Batterien aus. Das gab mir die Idee ein, und ich bin sofort zu Dega gegangen, damit er mir eine beschafft. Klar konnte es eine der üblichen Durchsuchungen geben, aber die Taschenlampe wurde von einem arabischen Türwächter herausgeschmuggelt und Dega übergeben, ebenso das Messer. Darum ist nichts aufgeflogen. Ich hab mir nichts vorzuwerfen. Sie haben unsern Freund bei eingeseiften Augen kaltgemacht. Ich hab sie, die Augen im vollen Licht, umgebracht. Wir sind quitt. Was sagst du dazu, Papi?«
»Du hast richtig gehandelt, und ich weiß nicht, wie ich dir danken soll, daß du unseren Freund so schnell gerächt und mich auch noch aus der Geschichte herausgehalten hast.«
»Sprechen wir nicht davon, ich habe meine Pflicht getan. Du hast so viel durchgemacht, und du wünschst dir so unbedingt, frei zu sein, daß ich es tun mußte.«
»Danke, Grandet. Ja, ich will mehr denn je weg von hier. Deswegen hilf mir, daß die Geschichte auch damit beendet ist. Offen gesagt,

würde es mich sehr überraschen, wenn der Armenier in seiner Hütte etwas von dem gesagt hat, was er tun wollte. Paolo hätte eine so feige Mordtat nicht zugelassen, er kennt die Folgen.«
»Das glaube ich auch. Nur Galgani meint, alle wären schuldig.«
»Wir werden sehen, was um sechs Uhr passiert. Ich werde nicht zur Arbeit hinausgehen. Ich werde den Kranken spielen, um dabeizusein.«
Fünf Uhr früh. Der Wächter der Casa kommt zu uns her:
»Hört, ihr Burschen, ich glaube, ich muß den Wachkommandanten rufen. Eben habe ich zwei Gekillte im Klosett gefunden.« Der komische Alte da, ein Sträfling von siebzig Jahren, will uns glauben machen, ausgerechnet uns, daß er von halb sieben Uhr abends an, als die beiden kaltgemacht wurden, bis jetzt nichts davon gewußt hat. Der Saal muß überall voll Blut sein, denn selbstverständlich sind die Männer in der Lache, die sich in der Mitte des Ganges befindet, herumgetrampelt und haben überall mit ihren Füßen Spuren hinterlassen.
Grandet erwidert ebenso unschuldsvoll wie der Alte gesprochen hat: »Was – es gibt zwei Nachzügler in den Klos? Seit wann?«
»Bring's 'raus! Ich schlafe seit sechs Uhr abends. Jetzt gerade, wie ich pissen gehe, bin ich auf dem glitschigen Zeug ausgerutscht und hab mir die Schnauze eingeschlagen. Da hab ich mein Feuerzeug angezündet und gesehen, daß es Blut war, und in den Klos hab ich die Kerle gefunden.«
»Na, dann ruf sie nur, wir werden ja sehen.«
»Aufseher! Aufseher!«
»Warum schreist du so laut, alter Brummer? Ist Feuer am Dach?«
»Nein, Chef, aber zwei Gekillte im Scheißhaus.«
»Na und? Was soll *ich* da machen? Soll ich sie zum Leben erwecken? Es ist fünf Uhr fünfzehn – um sechs werden wir sehen, was los ist. Laß niemanden zu den Klosetts hin.«
»Das ist unmöglich. Jetzt ist allgemeines Waschen, und alle rennen ins Klo, pissen und scheißen.«
»Ist auch wieder wahr. Warte, ich werde es dem Wachkommandanten melden.«
Und schon kommen sie an, drei Aufseher, der Oberaufseher und noch zwei andere. Wer glaubt, sie kommen herein – keine Spur. Sie bleiben an der Gittertür stehen.
»Du sagst, es sind zwei Tote im Klo?«
»Ja, Chef.«
»Seit wann?«
»Ich weiß nicht. Ich hab sie eben gefunden, als ich pissen ging.«
»Wer ist es?«
»Ich weiß nicht.«
»Ach geh, du alter Esel, ich werd es dir sagen: einer ist der Armenier. Geh nachschauen.«
»Tatsächlich. Der Armenier und Sans-Souci.«

»Gut. Warten wir den Appell ab.« Und sie gehen weg.
Sechs Uhr – erstes Glockenzeichen. Die Tür wird geöffnet, die beiden Kaffeeträger gehen von Platz zu Platz. Hinter ihnen die Brotausteiler.
Halb sieben – zweites Glockenzeichen. Im Tageslicht sieht man, daß der Gang voller blutiger Fußspuren ist von den Leuten, die während der Nacht durch die Blutlachen durchgegangen sind.
Die beiden Kommandanten kommen herbei. Es ist schon ganz hell. Acht Aufseher und der Arzt begleiten sie.
»Alles nackt ausziehen und stillgestanden vor den Hängematten! Hier ist ja ein richtiges Schlachthaus, überall Blut!«
Der Zweite Kommandant betritt als erster die Klos. Als er wieder herauskommt, ist er weiß wie Kalk: »Ihnen ist buchstäblich der Hals abgeschnitten. Selbstverständlich hat niemand was gesehen noch gehört, wie?«
Schweigen.
»Du, Alter, bist Saalwächter hier. Die Männer sind steif. Doktor, seit wann ungefähr sind sie tot?«
»Seit acht bis zehn Stunden«, sagt der Arzt.
»Und du hast sie erst um fünf entdeckt? Du hast nichts gesehen, nichts gehört?«
»Nein. Nichts. Ich bin schwerhörig. Und ich sehe fast nichts mehr. Noch dazu habe ich siebzig Jahre auf dem Buckel, vierzig davon im Bagno, da könnt ihr verstehen, daß ich viel schlafe. Um sechs Uhr schlafe ich schon, und nur weil ich pissen gehen mußte, bin ich um fünf Uhr früh aufgewacht. Es war ein glücklicher Zufall, denn gewöhnlich wache ich erst beim Glockenzeichen auf.«
»Du hast recht, es war ein glücklicher Zufall«, sagt der Kommandant ironisch. »Auch für uns. So konnte alle Welt die ganze Nacht ruhig schlafen, die Aufseher wie die Sträflinge. Bahrenträger, bringt die zwei Leichen weg und tragt sie zum Leichenschauhaus. Ich möchte, daß Sie eine Autopsie machen, Doktor. Und ihr geht einer nach dem anderen in den Hof hinaus. Nackt!«
Jeder muß sich vor den Kommandanten und den Doktor hinstellen. Die Männer werden eingehend unter die Lupe genommen, alle Körperteile untersucht. Niemand hat eine Verwundung, bei einigen findet man Blutspritzer. Sie erklären es damit, daß sie ausgerutscht sind, als sie aufs Klo gehen mußten. Grandet, Galgani und ich werden genauer untersucht als die anderen.
»Papillon, wo ist Ihr Platz?«
Sie durchsuchen mein ganzes Zeug. »Wo ist dein Messer?«
»Mein Messer wurde mir um sieben Uhr abends abgenommen, vom Aufseher an der Tür.«
»Das stimmt«, sagt der Mann, »er hat richtig Krach geschlagen deshalb und mir Vorwürfe gemacht, daß ich ihn wehrlos seinen Mördern ausliefere.«
»Grandet, gehört dieses Messer Ihnen?«

»Wenn's auf meinem Platz liegt, dann gehört es mir.«
Er prüft das Messer genauestens. Es ist sauber wie eine neue Münze, ohne jeden Fleck.
Der »Toubib« kommt aus den Klos zurück und sagt: »Das Messer, mit dem den Männern der Hals durchgeschnitten wurde, muß zwei Schneiden haben. Sie sind beide im Stehen ermordet worden. Das ist ganz unerklärlich. Ein Sträfling läßt sich nicht wie ein Karnickel den Hals abschneiden, ohne sich zu verteidigen. Es muß da irgendeinen Verwundeten geben.«
»Aber Sie sehen doch selbst, Doktor, keiner von denen da hat auch nur einen Ritzer.«
»Waren die beiden Männer gefährlich?«
»Außerordentlich. Der Armenier ist gewiß der Mörder von Carbonieri gewesen, der gestern um neun Uhr früh im Waschraum getötet wurde.«
»Klassische Angelegenheit«, sagt der Kommandant. »Auf jeden Fall bewahren Sie das Messer von Grandet auf. Jedermann an die Arbeit, außer den Kranken. Papillon, Sie haben sich krank gemeldet?«
»Ja, Herr Kommandant.«
»Sie haben wenig Zeit verloren, um Ihren Freund zu rächen. Ich bin kein Dummkopf, das wissen Sie. Leider habe ich keine Beweise, und ich weiß, daß wir keine finden werden. Zum letztenmal: Hat niemand etwas zu melden? Wenn einer von euch Licht in dieses doppelte Verbrechen bringt, so gebe ich mein Wort, daß er freigelassen und aufs Festland geschickt wird.«
Schweigen.
Die ganze Hütte von dem Armenier hat sich krank gemeldet. Als sie das bemerkten, haben sich auch Grandet, Galgani, Jean Castelli und Louis Gravon im letzten Moment in die Krankenliste eintragen lassen. Der Saal hat sich geleert. Wir bleiben fünf von meiner Hütte und vier von der Hütte des Armeniers zurück, dann der Uhrmacher, der Saalwächter, der pausenlos brummt, weil er so viel reinigen muß, und zwei oder drei andere Schwere, darunter ein Elsässer, der große Sylvain.
Dieser Mann lebt allein bei den Schweren, er hat lauter Freunde hier. Als Urheber einer ungewöhnlichen Tat, die ihm zwanzig Jahre schwere Zwangsarbeit eingetragen hat, wird dieser Mann von allen sehr geachtet. Ganz allein hat er einen Postwaggon des Schnellzugs Paris–Brüssel überfallen, die zwei Wächter niedergeschlagen und die Postsäcke auf den Bahnkörper hinausgeworfen, wo sie von seinen Komplicen aufgehoben und weggebracht wurden. Das Ganze hat ihm eine gewaltige Geldsumme eingetragen.
Sylvain, der sieht, wie in den beiden Hütten geflüstert wird, und nicht weiß, daß wir einen Waffenstillstand ausgemacht haben, erlaubt sich, das Wort zu ergreifen: »Ich hoffe, daß ihr euch nicht anschickt, einen Kampf à la Drei Musketiere auszutragen?«
»Nicht heute«, sagt Galgani. »Das heben wir uns für später auf.«

»Warum für später? Man soll nie etwas aufschieben, was man gleich tun kann«, sagt Paolo. »Aber ich selbst sehe keinen Grund, warum wir uns gegenseitig umbringen sollten. Was meinst du, Papillon?«
»Eine einzige Frage: Wußtet ihr, was der Armenier vorhatte?«
»Mein Wort, Papi, wir wußten nichts davon. Und soll ich dir noch was sagen? Wenn ich's gewußt hätte, hätte ich den Armenier daran gehindert.«
»Wenn das *so* ist, warum sollten wir dann nicht mit der ganzen Geschichte aufhören?« sagt Grandet.
»Einverstanden. Geben wir uns die Hand und sprechen wir nicht mehr von dieser traurigen Sache.«
»Einverstanden.«
»Ich bin Zeuge«, sagt Sylvain. »Ich bin froh, daß es so endet.«
»Sprechen wir nicht mehr davon.«
Abends um sechs läutet die Glocke. Das Läuten bringt mir, sosehr ich mich dagegen wehre, die schreckliche Szene wieder vor Augen, die sich vierundzwanzig Stunden vorher abgespielt hat: mein bester Freund aufrecht im Wasser auf das Boot zuschwimmend und die gierigen Haie rund um ihn. Das Bild ist so grausig, daß ich jetzt, vierundzwanzig Stunden später, keine Sekunde lang bedaure, daß den Armenier und Sans-Souci jetzt das gleiche Schicksal trifft und ihre Körper von den Haien zerfleischt werden.
Galgani sagt kein Wort. Er weiß, was mit Carbonieri geschehen ist. Er blickt ins Leere, mit den Beinen baumelnd, die rechts und links von seiner Hängematte herunterhängen. Grandet ist noch nicht zurück. Das Totengeläute ist schon seit gut zehn Minuten verstummt, da sagt Galgani, ohne mich anzublicken und immer mit den Beinen schaukelnd, leise: »Ich hoffe, daß kein Stück von diesem armenischen Schuft von einem derselben Haifische gefressen wird, die Matthieu verschlungen haben. Es wäre zu idiotisch, wenn die beiden, getrennt im Leben, sich nun im Bauch eines Haifischs wiederfinden würden.«
Es wird wirklich eine Leere da sein, nach dem Verlust dieses edlen und ehrlichen Freundes. Ich muß so schnell wie möglich wieder fort von Royale. Jeden Tag wiederhole ich es mir.

Die Flucht der Irrsinnigen

»Da jetzt Krieg ist und die Strafen für eine mißglückte Flucht verschärft wurden, ist es nicht gerade der beste Zeitpunkt, bei einem Fluchtversuch aufzufliegen, nicht wahr, Salvidia?«
Der Italiener mit dem goldenen Stöpsel redet mit mir darüber im Waschraum, nachdem wir den Anschlag nochmals gelesen haben, worin uns die neuen Verordnungen im Falle einer Flucht zur Kenntnis gebracht werden. Ich sage ihm: »Wenn man auch die Todes-

strafe riskiert, so wird uns das doch nicht hindern, davonzugehen. Was meinst du?«
»Ich hab's satt bis dorthinaus, Papillon, und ich will flüchten, ganz gleich, was passiert. Ich hab angesucht, in der Station der Geisteskranken als Pfleger beschäftigt zu werden. Ich weiß, daß sich in der Speisekammer der Station zwei Fässer zu je hundertfünfundzwanzig Liter befinden, das genügt vollauf, um ein Floß zu bauen. Im einen ist Olivenöl, im anderen Essig. Das eine fest mit dem anderen verbunden, so daß sie sich unter keinen Umständen voneinander lösen könnten, das ergäbe, scheint's mir, eine ernste Chance, bis aufs Festland zu kommen. Unter den Mauern, die das Gebäude der Geisteskranken umgeben, gibt es an der Außenseite keine Überwachung. Nur im Innern ist eine ständige Wache, ein Sanitätsgammler, dem einige Sträflinge bei der Beobachtung der Kranken helfen. Warum kommst du nicht mit mir da hinauf?«
»Als Pfleger?«
»Blödsinn, Papillon. Du weißt genau, daß man dir nie einen Posten im Asyl geben würde. So weit weg vom Lager, so schwach bewacht, dort werden sie dich auf keinen Fall hinschicken. Aber du könntest als Geisteskranker hinaufkommen.«
»Das ist ein bißchen schwierig, Salvidia ... Sobald dich der Arzt als Übergeschnappten einstuft, gibt er dir mehr oder weniger das Recht, ungestraft allerhand anzustellen. Du wirst als einer betrachtet, der für seine Handlungen nicht mehr voll verantwortlich ist. Bist du dir bewußt, welche Verantwortung der Arzt damit übernimmt, daß er jemanden für geisteskrank erklärt und eine solche Diagnose unterschreibt? Du kannst einen Sträfling töten, sogar einen Aufseher, oder die Frau eines Aufsehers, oder ein Kind. Du kannst flüchten, jede Art von Verbrechen begehen, und die Justiz hat keinerlei Handhabe gegen dich. Das Äußerste, was sie dir antun können, ist, daß sie dich nackt in eine Einzelzelle stecken und dir eine Zwangsjacke anlegen. Diese Behandlung kann nur eine gewisse Zeit dauern, dann muß sie eines Tages gemildert werden. Ergebnis: Welche Tat immer, inklusive Flucht, du brauchst nichts dafür zu bezahlen. Es wäre zu überlegen.«
»Ich vertraue dir, Papillon. Ich würde gerne mit dir flüchten. Setz alles dran, daß du zu den Geisteskranken hinaufkommst und wir uns dort treffen. Als Pfleger könnte ich dir helfen, daß du alles so gut wie möglich überstehst. Ich gebe zu, daß es für einen Gesunden schrecklich sein muß, sich mitten unter so gefährlichen Wesen zu befinden, aber ...«
»Geh ins Asyl hinauf, Romeo, ich werde die Frage gründlich durchdenken und vor allem über die ersten Symptome einer Geisteskrankheit Erkundigungen einziehen, um den Doktor zu überzeugen. Gar keine so schlechte Idee, mich vom Arzt für unzurechnungsfähig erklären zu lassen.«
Ich beginne die Sache ernsthaft zu studieren. Leider gibt es kein

diesbezügliches Buch in der Gefängnisbibliothek. Wann immer ich kann, spreche ich mit den Männern, die schon einmal mehr oder weniger lang geisteskrank gewesen sind. Nach und nach erwerbe ich mir eine recht gute Vorstellung davon: 1. Die Geisteskranken haben alle furchtbare Schmerzen im Hinterkopf. 2. Häufig kommt starkes Ohrensausen dazu. 3. Da sie sehr nervös sind, können sie nie lange in derselben Stellung schlafen, ohne von nervösen Muskelkrämpfen aufgeschreckt zu werden, die den ganzen ausgestreckten Körper schmerzhaft zusammenziehen.

Ich muß es also darauf anlegen, daß diese Symptome *entdeckt* werden, ohne daß ich selbst auf sie hinweise. Mein Wahnsinn muß gerade genug gefährlich sein, um den Arzt zu dem Entschluß zu bringen, mich ins Asyl zu stecken, darf aber nicht so heftig werden, um eine schlechte Behandlung von seiten der Aufseher zu rechtfertigen: Zwangsjacke, Schläge, Nahrungsentzug, Bromspritzen, zu kalte oder zu heiße Bäder und so weiter. Wenn ich die Komödie gut spiele, muß es mir gelingen, den Arzt an der Nase herumzuführen. Etwas ist für mich günstig: Warum nämlich sollte ich ein Simulant sein? Der Arzt wird keine logische Antwort auf diese Frage finden, und es ist daher durchaus wahrscheinlich, daß ich die Partie gewinne. Außerdem gibt es keine andere Lösung für mich. Man hat abgelehnt, mich auf die Teufelsinsel zu schicken. Seit der Ermordung meines Freundes Matthieu kann ich das Lager aber nicht mehr ertragen. Zum Teufel mit dem Zögern! Es ist beschlossen. Montag gehe ich zum Arzt. Aber nein – ich darf mich ja nicht selber krank melden, das soll besser ein anderer tun, und zwar im guten Glauben. Ich muß mich zwei- oder dreimal vor dem ganzen Saal absonderlich benehmen, dann wird der Chef der Casa es einem Aufseher berichten, und der wird mich dann für eine Untersuchung vormerken.

Nun schlafe ich schon seit drei Tagen nicht mehr, wasche mich nicht und bin auch nicht mehr rasiert. Jede Nacht onaniere ich einige Male und esse sehr wenig. Gestern fragte ich meinen Nachbarn, warum er eine Photographie von meinem Platz genommen habe (die niemals existierte). Er schwor bei allen Göttern, nichts von meinen Sachen angerührt zu haben. Er war beunruhigt und wechselte die Hängematte. Oft bleibt die Suppe ein paar Minuten im Kessel stehen, bevor sie ausgeteilt wird. Eben bin ich zu dem Kessel hingegangen und habe vor aller Augen hineingepißt. Das hätte alle empört, wenn nicht mein Gesichtsausdruck dabei so gewesen wäre, daß die Männer verstummten und nur mein Freund Grandet leise zu mir sagte: »Papi, warum hast du das getan?«

»Weil man vergessen hat, die Suppe zu salzen.« Und ohne auf die anderen zu achten, hole ich meinen Eßnapf und reichte ihn dem Chef der Casa, damit er mir einschenkt.

Schweigend schauten mir alle zu, wie ich meine Suppe löffle.

Diese beiden Vorfälle genügten, daß ich mich heute morgen beim Arzt einfinden mußte, ohne darum gebeten zu haben.

»Na, wie geht's, Toubib, ja oder nein?«
Der Doktor blickt mich verblüfft an. Ich wiederhole meine Frage und mache dabei ganz bewußt eine völlig natürliche, gelöste Miene.
»Oh – es geht«, sagt der Toubib, »und du, bist du krank?«
»Nein.«
»Warum bist du dann zur Untersuchung gekommen?«
»Wegen nichts. Man sagte mir, Sie seien krank. Es freut mich, zu sehen, daß es nicht wahr ist. Auf Wiedersehen!«
»Wart einen Augenblick, Papillon. Setz dich dahin, mir gegenüber. Schau mich an.« Und er prüft meine Augen mit einer Lampe, die einen ganz engen Lichtstrahl wirft.
»Du hast nichts von dem gesehen, was du zu entdecken glaubtest, nicht wahr, Toubib? Dein Licht ist nicht stark genug. Trotzdem glaube ich, daß du es weißt ... Sag mal, hast du sie gesehen?«
»Was? Wen?« sagt der Arzt.
»Stell dich nicht dumm, bist du ein Arzt oder ein Viehdoktor? Du wirst mir doch nicht einreden wollen, daß du keine Zeit gehabt hast, sie zu sehen, bevor sie sich versteckten. Oder du willst es mir nicht sagen. Oder du hältst mich für blöd.«
Die Augen brennen mir vor Müdigkeit. Mein Aussehen, unrasiert und nicht gewaschen, kommt mir zugute. Die Aufseher hören zu und erstarren. Ich mache keine heftige Bewegung, die ihr Eingreifen herausfordern könnte. Liebenswürdig und auf mein Spiel eingehend, um mich nicht aufzuregen, erhebt sich der Arzt und legt mir die Hand auf die Schulter. Ich bleibe sitzen.
»Weißt du, ich wollte es dir nicht sagen, Papillon, aber ich hatte Zeit, sie zu sehen.«
»Du lügst, Toubib! Du lügst mit der Kaltschnäuzigkeit eines Kolonialschweins. Denn du hast überhaupt nichts gesehen! Ich dachte, du suchst die drei schwarzen Punkte in meinem linken Aug'. Ich sehe sie nur, wenn ich ins Leere gucke oder wenn ich lese. Wenn ich einen Spiegel nehme, dann sehe ich mein Auge ganz klar und keine Spur von den drei Punkten. Sie verstecken sich sofort, wenn ich nach dem Spiegel greife, um sie anzublicken.«
»Bringt ihn ins Spital«, sagt der Arzt ruhig. »Bringt ihn sofort hin, ohne ins Lager zurückzukehren. Papillon, du sagst mir, du bist nicht krank? Das mag richtig sein, aber ich finde dich etwas müde, daher werde ich dich für ein paar Tage ins Spital legen, damit du dich ausruhst. Ist dir das recht?«
»Es ist mir egal.«
Der erste Schritt ist getan. Ich befinde mich im Spital. Die Zelle ist hell, das Bett sauber, weiß bezogen. Über der Tür eine Tafel: »Unter Beobachtung«. Allmählich verwandle ich mich in einen Geisteskranken. Es ist ein gefährliches Spiel. Gewisse Dinge suggeriere ich mir so stark, daß ich sie sogar dann mache, wenn ich es gar nicht will. Zum Beispiel verziehe ich den Mund und nehme die Unterlippe zwischen die Zähne, ein Trick, den ich vor einem kleinen

Spiegelscherben gut einstudiert habe, und ich ertappe mich dabei, daß er schon unbewußt funktioniert. Lang darfst du so nicht herumspielen, lieber Papi. Unter dem Zwang, daß du den Verlust deines geistigen Gleichgewichts vortäuschen willst, kann das verdammt gefährlich werden und tatsächlich Spuren hinterlassen, die nicht mehr verschwinden. Trotzdem muß ich das Spiel durchhalten, wenn ich mein Ziel erreichen will: ins Asyl kommen, für unzurechnungsfähig erklärt werden und dann mit meinem Kumpel flüchten. Die Flucht! Dieses magische Wort beflügelt mich, und ich sehe mich schon auf den beiden Fässern sitzen und zusammen mit dem italienischen Sanitäter das Festland erreichen. Jeden Tag kommt der Arzt bei mir vorbei. Er untersucht mich lange, und immer sprechen wir sehr höflich und freundlich miteinander. Er ist bestürzt, der Bursch, aber noch nicht ganz überzeugt. Ich muß ihm daher beibringen, daß ich Stechen im Genick habe. Das erste ernstere Symptom.
»Geht's, Papillon? Gut geschlafen?«
»Danke, Herr Doktor, es geht so einigermaßen. Danke auch für das ›Paris Match‹, das Sie mir geborgt haben. Mit dem Schlafen ist das so eine Sache, denn hinter meiner Zelle ist eine Pumpe, die, wofür weiß ich nicht, dauernd bewegt wird, denn der Pumpenschwengel macht die ganze Nacht ›pum, pum, pum‹, und das geht mir bis ins Genick. Ich möchte fast sagen, Doktor, daß ich tief in mir drin ein Echo höre: ›pum, pum, pum‹. Und so geht das die ganze Nacht. Es ist mir unerträglich. Ich wäre Ihnen daher sehr dankbar, wenn Sie mir eine andere Zelle geben würden.«
Der Toubib wendet sich zum Krankenaufseher und fragt schnell: »Geht hier irgendwo eine Pumpe?«
Der Krankenaufseher schüttelt den Kopf.
»Geben Sie ihn in eine andere Zelle. Wohin willst du?«
»So weit wie möglich weg von dieser verdammten Pumpe. Ans Ende des Ganges. Ich danke Ihnen, Herr Doktor.«
Die Tür wird geschlossen, und ich bin wieder allein. Ein kaum merkliches Geräusch läßt mich aufhorchen – man beobachtet mich durch das Guckloch. Es ist bestimmt der Arzt, denn ich habe nicht gehört, daß sich die Schritte entfernten, als sie die Zelle verließen. Daraufhin bin ich schnell zur Mauer gegangen, hinter der sich die eingebildete Pumpe versteckt, schlage mit den Fäusten darauf und schreie, aber nicht zu laut: »Hör auf, du, hör auf, du Luder, du! Kannst du nicht aufhören, die Kokosbäume zu begießen? Ekelhaft!« Und ich lege mich aufs Bett, stecke den Kopf unters Kopfkissen und beginne leise zu wimmern.
Ich habe nicht gehört, wie die kleine Kupferplatte über das Guckloch geschoben wurde, aber ich bemerkte, daß sich Schritte jetzt entfernten. Also war's der Arzt, der mich beobachtet hat.
Am Nachmittag brachte man mich in eine andere Zelle. Ich muß heute morgen einen entsprechenden Eindruck gemacht haben, denn um mich die paar Meter bis zum Ende des Ganges zu begleiten,

waren zwei Aufseher und zwei Hilfssanitäter aufmarschiert. Da sie kein Wort an mich richteten, tat ich es auch nicht. Schweigend folgte ich ihnen. Zwei Tage später das zweite Symptom: Ohrenrauschen.

»Geht's, Papillon? Hast du die Illustrierte ausgelesen, die ich dir geschickt habe?«

»Nein. Ich habe sie nicht gelesen. Ich habe den ganzen Tag und die halbe Nacht versucht, eine Fliege, oder war's eine Mücke, zum Schweigen zu bringen. Sie steckt in meinem Ohr. Ich habe mir Watte ins Ohr geschoben. Nichts hat's genützt. Das Surren hört einfach nicht auf. Immer dieses ›mmm – ss – mmm – ss‹ ... Und noch dazu kitzelt das, und das Gesumse hört nicht auf. Das geht einem schon auf die Nerven, Toubib! Was hältst du davon? Wenn es mir schon nicht gelungen ist, sie zu ersticken, vielleicht sollte man sie ertränken? Wie?«

Mein Trick mit dem Mund geht los, und ich sehe, wie der Arzt das notiert. Er nimmt meine Hand und schaut mir gerade in die Augen. Ich spüre seine Bestürzung und sein Mitleid.

»Ja, Freund Papillon, du hast recht, wir werden sie ertränken. Chatal, spülen Sie ihm die Ohren aus.«

Jeden Morgen wiederholen sich diese Szenen in mehreren Varianten. Dennoch scheint der Doktor sich noch nicht entschlossen zu haben, mich ins Asyl zu schicken.

Chatal gibt mir während einer Brominjektion den Rat:

»Im Augenblick geht alles gut. Der Doktor ist ernsthaft beunruhigt, aber es kann noch lange dauern, bis er dich zu den Geisteskranken steckt. Zeig dem Toubib, daß du gefährlich sein kannst, wenn du willst, daß er sich schneller entschließt.«

»Geht's, Papillon?« Der Toubib, von Pflegern und von Chatal begleitet, begrüßt mich freundlich beim Eintritt in die Zelle.

»Halt die Luft an, Toubib!« Ich nehme eine aggressive Haltung ein. »Du weißt sehr gut, daß es mir schlecht geht. Und ich frage mich, wer von euch mit dem Kerl unter der Decke steckt, der mich foltert!«

»Wer foltert dich? Und wann? Und wie?«

»Zuerst will ich wissen, Toubib, ob du die Werke von Doktor d'Arsonval kennst?«

»Ja, ich glaube schon ...«

»Dann weißt du, daß er einen elektrischen Apparat mit hohen Schwingungen erfunden hat, der die Luft rund um einen Kranken ionisiert, der Zwölffingerdarmgeschwüre hat. Dieser Apparat sendet elektrischen Strom aus. Nun stell dir vor, ein Feind von mir hat einen solchen Apparat im Spital von Cayenne geklaut. Jedesmal wenn ich ruhig schlafe, drückt er auf den Knopf, und der Schlag trifft mich mitten in den Bauch und in den Hintern. Mit einem Ruck wird mein Körper steif und macht einen Satz in die Höhe, so daß ich mehr als zehn Zentimeter von meinem Bett hochfliege. Willst du da behaupten, daß ich dem standhalten und schlafen kann? Heute nacht hat es kaum eine Minute aufgehört. Kaum habe ich die Augen geschlossen – peng! kommt der Strom. Mein ganzer Körper spannt sich und schnellt zurück, wie wenn man eine Spiralfeder ausläßt. Ich kann das nicht aushalten, Toubib! Laß ja alle Welt wissen, daß ich auf den ersten losgehe, dem ich draufkomme, daß er ein Komplice von dem Kerl ist. Ich habe keine Waffe, richtig, aber genug Kraft, um ihn zu erwürgen, wer immer es sei. Soll er's sich hinter die Ohren schreiben! Und du laß mich in Frieden mit deinem heuchlerischen ›Guten Tag, Papillon, wie geht's, Papillon?‹ Ich hab genug von dir!«

Der Vorfall hat seine Früchte getragen. Chatal sagte mir, daß der Arzt die Aufseher angewiesen hat, sehr gut aufzupassen. Sie sollten nur zu zweit oder zu dritt meine Zellentür öffnen und immer sehr höflich mit mir reden. »Er ist vom Verfolgungswahn befallen«, sagte er ihnen, »er muß so schnell wie möglich ins Asyl hinauf.«

»Ich glaube, ich kann es mit einem einzigen Aufseher übernehmen, Papillon ins Asyl zu führen«, hatte Chatal vorgeschlagen, um mir die Zwangsjacke zu ersparen.

»Papi, hast du gut gegessen?«

»Ja, Chatal, recht gut.«

»Willst du mit mir und Herrn Jeannus mitkommen?«

»Wohin geht's?«

»Wir tragen Medikamente ins Asyl hinauf, das ist für dich ein kleiner Spaziergang.«

»Gut, gehen wir.«

Und wir verlassen zu dritt das Spital, nehmen den Weg zum Asyl. Chatal spricht kein Wort. Nur kurz bevor wir ankommen, sagt er: »Hast du das Lager nicht recht satt, Papillon?«

»Oh, und wie! Ich hab's bis dahin! Vor allem, seitdem mein Freund Carbonieri nicht mehr ist.«

»Warum willst du nicht ein paar Tage im Asyl bleiben? Da wird dich der Bursche mit dem Apparat, der dir immer einen elektrischen Schlag versetzt, vielleicht nicht finden.«

»Gute Idee«, sage ich. »Aber glaubst du, daß sie mich hier aufnehmen werden? Wo ich doch nicht geisteskrank bin?«

»Laß mich nur machen. Ich werde ein gutes Wort für dich einlegen«, sagt der Aufseher, ganz glücklich, daß ich Chatal »in die Falle« gegangen bin.

Kurz, ich befinde mich nun zusammen mit ungefähr hundert Geisteskranken im Asyl. Das ist kein Honiglecken! In Gruppen zu dreißig und vierzig schnappt man Luft im Hof, während die Pfleger unterdessen die Zellen reinigen. Jedermann ist vollkommen nackt, Tag und Nacht, glücklicherweise ist es warm. Mir hat man die Schuhe gelassen.

Eben habe ich von einem Sanitäter eine angezündete Zigarette bekommen. In der Sonne sitzend, geht mir der Gedanke durch den

Kopf, daß ich nun schon fünf Tage hier bin und noch immer keine Gelegenheit hatte, mit Salvidia Verbindung aufzunehmen.
Ein Verrückter kommt auf mich zu. Ich kenne seine Geschichte. Er heißt Fouchet. Seine Mutter hatte ihr Haus verkauft, um ihm durch einen Aufseher fünfzehntausend Franc zu schicken, damit er flüchten könne. Der Spürhund sollte fünftausend behalten und zehntausend ihm übergeben. Aber der Kerl hat alles unterschlagen und ist nach Cayenne abgehauen. Als Fouchet über einen anderen Kanal davon erfuhr, daß seine Mutter ihm einen solchen Haufen Zaster geschickt und ganz unnütz ihre letzte Habe verloren hatte, wurde er vor Wut wahnsinnig und ist noch am selben Tag auf zwei Aufseher losgegangen. Er wurde überwältigt, so daß er keinen Schaden anrichtete. Seit jenem Tag, es ist schon drei oder vier Jahre her, ist er verrückt.
»Wer bist du?«
Ich blicke den armen Kerl, der sich da vor mir aufgepflanzt hat und mich das fragt, an. Jung ist er, um die Dreißig.
»Wer ich bin? Ein Mann wie du, nicht mehr, nicht weniger.«
»Blöde Antwort. Ich sehe doch, daß du ein Mann bist, denn du hast einen Bimmel-Bammel und zwei Glocken dran. Wärst du eine Frau, hättest du ein Loch. Ich frage dich, *wer* du bist? Das heißt, wie du dich nennst?«
»Papillon.«
»Papillon? Du und Schmetterling. Nackt und bloß? Ein Schmetterling fliegt und hat Flügel. Wo sind denn deine?«
»Ich hab sie verloren.«
»Mußt sie finden, dann kannst du flüchten. Die Aufpasserhunde haben keine Flügel. Du kannst sie hineinlegen. Gib mir deine Zigarette.«
Bevor ich noch Zeit habe, sie ihm zu reichen, reißt er sie mir schon aus den Fingern. Dann setzt er sich mir gegenüber und raucht genußvoll.
»Und du, wer bist du?« frage ich ihn.
»Ich, ich bin der Fasan. Jedesmal wenn man mir was geben muß, was mir gehört, legt man mich herein.«
»Warum?«
»Das ist so. Darum töte ich so viele wie möglich von den Spionen. Heute nacht habe ich zwei aufgehängt. Aber sag keinem was davon.«
»Warum hast du sie aufgehängt?«
»Sie wollten das Haus meiner Mutter stehlen. Stell dir vor, meine Mutter hat mir ihr Haus geschickt, und sie, weil sie es hübsch fanden, sie haben es behalten und leben darin. Diese Gammler! Es war doch richtig, daß ich sie aufgehängt habe, oder nicht?«
»Sehr richtig war das. So werden sie keinen Nutzen haben von dem Haus deiner Mutter.«
»Der große Gammler, dort drüben hinterm Gitter, siehst du ihn?

370

Der wohnt auch in dem Haus. Den werde ich auch zusammenschießen, kannst mir's glauben.« Und er erhebt sich und geht weg.
Uff! Es ist nicht lustig, mitten unter Verrückten leben zu müssen, und gefährlich obendrein. In der Nacht schreit es von allen Seiten, und bei Vollmond sind die Narren noch aufgeregter. Warum hat der Mond solchen Einfluß auf das Verhalten der Geisteskranken? Ich kann es mir nicht erklären, aber ich habe es oft genug festgestellt.
Die Aufseher machen Berichte über die Kranken, die unter Beobachtung stehen. Bei mir gehen sie schrittweise vor. Zum Beispiel vergessen sie absichtlich, mich in den Hof hinauszuführen. Sie warten ab, ob ich mich selber melde. Oder aber sie geben mir kein Mittagessen. Ich habe einen Stock mit einer Schnur dran und tue so, als fischte ich. Der Oberaufseher fragt mich: »Beißt einer an, Papillon?«
»Es kann keiner anbeißen, denn stell dir vor, immer wenn ich angle, folgt mir überallhin ein kleiner Fisch, und wenn ein großer anbeißen will, warnt ihn der kleine: ›Paß auf, beiß nicht an, Papillon angelt nach dir!‹ Deswegen erwische ich nie einen. Trotzdem angle ich weiter. Vielleicht kommt eines Tages einer, der ihm nicht glaubt...«
Ich höre, wie der Aufseher zum Pfleger sagt: »Na, den hat's!« Wenn man mich an den allgemeinen Tisch im Speisesaal setzt, kann ich niemals meinen Teller Linsen aufessen. Da ist nämlich ein Riese von mindestens einsneunzig, Arme, Beine und Oberkörper mit Haaren bedeckt wie ein Affe, und der mich zu seinem Opfer ausersehen. Erstens einmal setzt er sich immer neben mich. Die Linsen werden sehr heiß ausgeteilt, so daß man eine Weile warten muß, bis sie auskühlen, dann erst kann man sie essen. Ich nehme ein wenig auf meinen Holzlöffel und blase darauf. Es gelingt mir, einige Löffel davon zu essen. Ivanhoe – er glaubt, er ist Ivanhoe – nimmt seinen Teller, legt die Hände rundherum und schluckt das Ganze im Nu. Dann bemächtigt er sich des meinen und macht damit das gleiche. Den abgeleckten Teller stellt er dann geräuschvoll vor sich hin und blickt mich mit seinen riesigen blutunterlaufenen Augen an, als wollte er sagen: »Hast du gesehen, wie *ich* die Linsen esse?« Allmählich wird mir dieser Ivanhoe lästig, und da ich noch nicht als Geisteskranker eingestuft bin, habe ich beschlossen, an ihm einen Ausbruch zu demonstrieren. Wiederum gibt's einen Linsentag. Ivanhoe hat mich bereits aufs Korn genommen und sich neben mich gesetzt. Sein Affengesicht strahlt. Er genießt schon im voraus die Freude, sich den Bauch mit seinen und meinen Linsen vollzuschlagen. Ich ziehe einen großen, schweren Wasserkrug zu mir her, und kaum vergreift sich der Riese an meinem Teller, um die Linsen hinunterzuschlucken, stehe ich auf und zertrümmere mit aller Kraft den Wasserkrug auf seinem Kopf. Mit einem tierischen Schrei stürzt der Riese zusammen. Im gleichen Augenblick beginnen auch schon die anderen Verrückten übereinander herzufallen und schlagen sich mit ihren Tellern gegenseitig auf die Köpfe. Es entsteht ein unbeschreib-

licher Tumult. Die allgemeine Schlacht wird begleitet von den Schreien der Wahnsinnigen.
Gleich darauf befinde ich mich in meiner Zelle, wohin mich vier kräftige Pfleger schnell und ohne viel Aufhebens gebracht haben. Ich schreie wie verrückt, daß Ivanhoe mir meine Brieftasche mit dem Personalausweis gestohlen hat. – Na, jetzt haut's endlich hin! Der Arzt hat sich entschlossen, mich in die Akten als unzurechnungsfähig einzutragen. Alle Aufseher sind einverstanden, mich als friedlichen Geistesgestörten anzuerkennen, der nur gewisse gefährliche Momente hat. Ivanhoe hat einen schönen Verband um seinen Kopf bekommen. Ich habe ihm, scheint's, gute acht Zentimeter verpaßt. Glücklicherweise hat er seinen Spaziergang nicht um die gleiche Zeit wie ich.
Ich habe mit Salvidia sprechen können. Er hat bereits einen zweiten Schlüssel zur Speisekammer, wo die Fässer aufbewahrt werden. Jetzt sucht er sich genügend Eisendraht zu beschaffen, um sie zusammenzubinden. Ich sage ihm, daß ich befürchte, die Drähte würden reißen, wenn die Fässer sich auf dem Meer aneinander reiben, es wäre besser, Stricke zu nehmen, die sind elastischer. Er wird versuchen, welche zu kriegen, dann haben wir Stricke *und* Eisendrähte. Er muß auch noch drei Schlüssel machen, einen für meine Zelle, einen für die Gangtür und einen vom Haupteingang des Asyls. Runde wird selten gemacht, ein einziger Aufseher schiebt Wache, immer auf vier Stunden. Von neun Uhr abends bis ein Uhr früh und dann von eins bis fünf. Zwei von den Aufsehern, sobald die Reihe an ihnen ist, schlafen die ganze Nacht und machen keine Runde. Sie rechnen auf den Hilfspfleger, der mit ihnen die Wache teilt. Es geht also alles gut. Es ist nur eine Frage der Geduld. Längstens in einem Monat kann die Sache steigen.
Der Oberpfleger hat mir eine schlechte Zigarre angeraucht, als ich in den Hof hinauskam. Aber selbst eine so miserable erscheint mir köstlich. Ich betrachte diese nackte Männerherde, sehe sie singen, weinen, unkontrollierte Bewegungen machen, mit sich selbst reden, noch ganz naß von der Dusche, die jeder nimmt, bevor er in den Hof hinausgeht. Ihre armen Körper sind von Schlägen gezeichnet, die sie erhalten oder sich selbst beibringen, von den Striemen der Zwangsjacke, in die sie zu fest eingeschnürt wurden. Es ist wirklich ein Anblick der letzten Etappe auf dem Weg zur Verwesung. Wie viele von denen wurden wohl von den Psychiatern in Frankreich für voll verantwortlich erklärt?
Titin – so nennen ihn hier alle – war in meiner Gruppe 1933. Er hat in Marseille einen Kerl getötet, dann nahm er eine Kutsche, verfrachtete sein Opfer hinein und ließ sich zum Spital führen, wo er bei seiner Ankunft sagte: »Hier nehmen Sie den auf, pflegen Sie ihn gut, ich glaube, er ist krank.« Er wurde auf der Stelle verhaftet, und die Geschworenen hatten die Stirn, ihm nicht den geringsten Grad von Unzurechnungsfähigkeit zuzubilligen. Immerhin mußte er

doch schon beklopft gewesen sein, um so ein Ding überhaupt zu unternehmen. Der größte Idiot mußte normalerweise wissen, daß er bei einer solchen Sache eingeht. Nun ist er da, der Titin, und sitzt an meiner Seite. Er hat chronisches Abführen. Er ist ein lebender Leichnam. Er sieht mich mit seinen eisengrauen Augen an, die keinerlei Ausdruck von Intelligenz aufweisen. Er sagt mir: »Ich habe kleine Affen in meinem Bauch, Landsmann, es gibt sehr böse darunter, die beißen mich in die Gedärme, wenn sie wütend sind, und darum lasse ich soviel Blut. Andere sind von einer behaarten Rasse, mit ganz weichem Fell, und ihre Pfoten streicheln mich sanft wie eine Feder. Sie verhindern, daß die bösen mich beißen. Wenn diese zarten, kleinen Affen mich gut verteidigen, dann lasse ich kein Blut.«
»Erinnerst du dich an Marseille, Titin?«
»Und ob ich mich an Marseille erinnere. Sehr gut sogar. Der Börsenplatz, wo die großen Kanonen herumstehen ...«
»Kannst du dich an einige Namen erinnern? An den ›Silbernen Engel‹? An Gravat? Clément?«
»Nein, ich erinnere mich an keine Namen, nur an einen Dummkopf von Kutscher, der mich mit meinem kranken Freund zum Spital führte und mir gesagt hat, daß ich die Ursache seiner Krankheit war. Das ist alles.«
»Und deine Freunde?«
»Kenn ich nicht.«
Armer Titin! Ich gebe ihm meinen Zigarrenstummel und stehe auf, tiefes Mitleid im Herzen für dieses arme Wesen, das da wie ein Hund krepieren wird ... Ja, es ist wirklich gefährlich, mit Verrückten zusammenzuleben, aber was soll ich tun? Auf jeden Fall ist es die einzige Möglichkeit, glaube ich, eine Flucht steigen zu lassen, ohne Risiko, die Todesstrafe zu riskieren.
Salvidia ist fast fertig. Er hat schon zwei Schlüssel, es fehlt nur noch der von meiner Zelle. Er hat sich einen sehr guten Strick verschafft, und außerdem hat er noch einen aus Stoffetzen von unseren Hängematten gemacht, der, so sagt er mir, fünffach zusammengedreht ist. Von der Seite geht also alles gut.
Ich möchte schnell zur Aktion übergehen, denn es ist wirklich nicht leicht, dieses Komödienspiel so lange durchzustehen. Um in diesem Teil des Asyls zu bleiben, wo sich meine Zelle befindet, muß ich von Zeit zu Zeit eine Krisis inszenieren. Eine habe ich so gut gespielt, daß die Hilfspfleger mich in ein sehr heißes Bad gesteckt und mir zwei Brominjektionen verpaßt haben. Die Badewanne ist mit einem sehr festen Tuch bedeckt, so daß ich nicht heraussteigen kann. Nur mein Kopf ragt durch ein Loch heraus. Nun sitze ich schon mehr als zwei Stunden in diesem Ding, das eine Art Zwangsjacke ist, als plötzlich Ivanhoe eintritt. Ich erschrecke beim Anblick dieses Gewalttäters. Die Art, wie er mich anschaut, jagt mir die Angst ein, er könnte mich erwürgen. Ich kann mich nicht einmal verteidigen, mit meinen Händen unter dem Tuch.

Er kommt näher zu mir heran, seine großen Augen betrachten mich aufmerksam, als suchte er sich zu erinnern, wo er diesen Kopf da, der wie aus einem Halseisen hervorragt, schon einmal gesehen hat. Sein Atem, voll mit Fäulnisgeruch, streicht über mein Gesicht. Ich möchte um Hilfe schreien, aber ich habe Angst, ihn dadurch wütend zu machen. Ich schließe die Augen und warte, überzeugt, daß er mich gleich mit seinen riesigen Händen erwürgen wird. Diese wenigen Sekunden in Angst und Schrecken werde ich nicht so bald vergessen. Schließlich wendet er sich von mir ab und macht sich an die Wasserhähne des Baderaumes heran. Er schließt das kalte Wasser und öffnet das kochend heiße. Ich schreie wie wahnsinnig, denn ich bin buchstäblich nahe daran, gesotten zu werden. Ivanhoe ist hinausgegangen. Der ganze Raum dampft, ich ersticke fast und mache übermenschliche Anstrengungen, dieses unglückselige Tuch zu durchstoßen. Vergeblich! Endlich kommt man mir zu Hilfe. Die Aufseher haben den Dampf aus dem Fenster herausfahren sehen. Als man mich aus dem glühenden Sud heraushohlt, habe ich furchtbare Verbrennungen und leide wie ein Verdammter. Vor allem auf den Schenkeln und auf den Körperteilen, wo das siedende Wasser die Haut abgelöst hat. Mit Übermangan betupft, legt man mich in den kleinen Spitalsraum des Asyls. Meine Verbrennungen sind so schwer, daß der Arzt gerufen wird. Einige Morphiumspritzen helfen mir, die ersten vierundzwanzig Stunden zu überstehen. Als der Toubib mich fragt, was eigentlich vorgefallen ist, sage ich ihm, im Baderaum sei ein Vulkan ausgebrochen. Niemand begreift, wie das geschehen ist, und der Obersanitäter beschuldigt den Hilfspfleger, der das Bad gerichtet hat, daß er den Wasserzufluß schlecht geregelt habe.

Salvidia kommt zu mir, nachdem man mich mit Brandsalbe eingeschmiert hat. Er ist fertig und gibt mir zu verstehen, daß das eine ganz besondere Chance sei, daß ich mich im Spital befinde, denn falls die Flucht schon zu Beginn mißlingt, kann man in diesen Teil des Asyls zurückkehren, ohne gesehen zu werden. Er muß schnell einen Schlüssel zur Spitalstür machen. Mit einem Stück Seife nimmt er den Abdruck. Morgen ist der Schlüssel fertig. Es liegt nun an mir, den Tag zu bestimmen, an dem ich mich genügend erholt fühle, um die erste Gelegenheit zu nützen, wenn einer der Gammler sich seine Wachrunde schenkt.

Heute nacht wird das sein. Während der Wache von eins bis fünf. Salvidia hat keinen Dienst. Um Zeit zu gewinnen, wird er das Essigfaß gegen elf Uhr abends ausleeren. Das andere, das Ölfaß, werden wir gefüllt hinunterrollen, denn das Meer ist sehr stürmisch, und das Öl wird dazu beitragen, die Wogen zu besänftigen, wenn wir die Fässer aufs Wasser setzen.

Ich habe Hosen aus einem Mehlsack, an den Knien abgeschnitten, und eine wollene Joppe. Dazu ein gutes Messer im Gürtel. Ich habe auch einen wasserundurchlässigen Beutel, den ich mir um den Hals

hängen werde. Er enthält Zigaretten und ein Feuerzeug. Salvidia hat einen wasserdichten Brotbeutel mit Maniokmehl vorbereitet, das er mit Öl und Zucker versetzt hat. Es sind ungefähr drei Kilo, sagt er mir. Es ist spät. Auf dem Bett sitzend, warte ich auf meinen Kumpel. Ich habe starkes Herzklopfen: In wenigen Minuten geht die Flucht los! Wenn das Schicksal und der liebe Gott mir beistehen, werde ich endlich auf immer als Sieger den Weg der Verwesung verlassen. Seltsam, wenn ich flüchtig meine Vergangenheit streife, denke ich nur an meinen Vater und an meine Familie. Kein Bild der Geschworenen taucht auf, keine Richter, kein Staatsanwalt.
In dem Augenblick, da sich die Tür öffnet, sehe ich plötzlich Matthieu vor mir, wie ihn die Haie aufrecht emporheben.
»Papi – los!« Ich bin bereit. Rasch schließt er die Tür wieder zu und versteckt den Schlüssel in einem Gangwinkel. »Schnell, mach schnell!« Wir kommen zur Speisekammer, die Tür ist offen. Das leere Faß hinauszubringen ist eine Spielerei. Salvidia wickelt sich die Stricke um den Leib, ich die Eisendrähte. Ich nehme den Brotsack und beginne in der stockdunklen Nacht mein Faß zum Meer hinunter zu rollen. Er mit dem Ölfaß hinterdrein. Glücklicherweise ist er sehr stark, und es gelingt ihm einigermaßen leicht, es auf dem steilen Abhang zu bremsen.
»Langsam, langsam, paß auf, daß dich das Faß nicht mitreißt.«
Ich warte auf ihn, falls er sein Faß auslassen muß, das dann an das meine schlagen würde. Ich steige schrittweise hinunter, vorne ich, hinten mein Faß. Ohne jede Schwierigkeit kommen wir unten auf dem Weg an. Da ist ein kleiner Zugang zum Meer, aber an seinem Ende liegen Felsen, und die werden schwer zu überwinden sein.
»Leer dein Faß aus, mit dem vollen kommen wir nie über die Felsen.« Der Wind weht stark, die Wellen brechen sich tosend am Gestein. Das hätten wir. Es ist leer. »Gib den Korken tief hinein. Warte, schlag den Blechdeckel fest.« Bei diesem Sturm und Meeresrauschen sind die Schläge bestimmt nicht zu hören.
Eines gut mit dem andern verbunden, sind die beiden Fässer noch immer schwer über die Felsen hinwegzuschaffen. Jedes faßt zweihundertfünfundzwanzig Liter. Diese großen Dinger sind nicht leicht zu handhaben. Der Ort, den mein Kumpel am Ufer ausgesucht hat, erleichtert die Sache auch nicht gerade. »Stoß an, Herrgott noch mal! Heb etwas an! Achtung auf das Riff!« Wir werden alle beide vom Wasser hochgehoben, auch die Fässer, und hart an die Felsen zurückgeschlagen. »Achtung! Sie werden brechen! Und wir uns obendrein Arme und Beine!«
»Beruhige dich, Salvidia. Entweder gehst du voran ins Meer oder du gehst hier hinten. Hier stehst du gut. Zieh mit einem einzigen Ruck an, wenn ich rufe. Ich werde gleichzeitig anschieben, und dann kommen wir bestimmt von den Felsen los. Vorläufig müssen wir uns hier festhalten und eine günstige Woge abwarten, auch wenn wir von ihr überschwemmt werden.«

Ich schreie diese Anweisungen inmitten des Sturm- und Wogengebrülls meinem Kumpel zu und glaube, daß er sie verstanden hat: eine große Woge deckt uns vollkommen zu, die Fässer, ihn und mich. Mit all meinen Kräften stoße ich das Floß vorwärts. Er zieht offensichtlich ebenso mit allen Kräften an, denn mit einem Schlag sind wir freigekommen und von der Woge erfaßt worden. Er reitet auf den Tonnen vor mir her, und in dem Augenblick, da auch ich mich hinaufschwingen will, erfaßt uns eine riesige Woge von unten und schleudert uns wie eine Feder auf einen spitzen Felsen, der weiter herausragt als die anderen. Der Schlag ist so furchtbar, daß die Tonnen sich öffnen und die einzelnen Teile auseinanderfliegen. Als die Woge zurückflutet, trägt sie mich mehr als zwanzig Meter vom Felsen weg. Ich schwimme und lasse mich von einer anderen Welle tragen, die direkt aufs Ufer zurollt. Buchstäblich zwischen zwei Felsen komme ich wieder ans Land. Ich hatte gerade noch Zeit, mich festzuklammern, ehe ich von neuem hinausgetragen wurde. Überall angeschlagen, gelingt es mir, aufs Trockene zu gelangen, und jetzt sehe ich erst, daß ich mehr als hundert Meter von dem Ort entfernt bin, wo wir ins Meer gestiegen sind.
Bedenkenlos rufe ich in die Nacht: »Salvidia! Romeo! Wo bist du?« Keine Antwort. Am Ende meiner Kraft, lege ich mich auf den Weg, ziehe die Hosen und die Wolljoppe aus und bin ganz nackt. Nichts als meine Schuhe habe ich noch an. Großer Gott, wo ist mein Freund? Ich rufe von neuem verzweifelt hinaus: »Wo bist du?« Nur der Wind, das Meer und die Wellen antworten mir. So liege ich da, ich weiß nicht, wie lange, alleingelassen, vollkommen erschöpft, physisch und moralisch am Ende. Dann weine ich vor Wut und werfe den kleinen Beutel weg, den ich um den Hals trage, den Beutel mit den Zigaretten und dem Feuerzeug darin, diese kleine besonders brüderliche Aufmerksamkeit meines Freundes, denn er selber ist Nichtraucher. Aufrecht stehend, das Gesicht gegen den Wind, gegen die gewaltigen Wellen gerichtet, die alles überschwemmen, hebe ich meine Faust und beschimpfe Gott: »Du Lump du, du Schwein, du Schuft, du Homo, schämst du dich nicht, so über mich herzufallen! Ein guter Gott willst du sein, du? Ein Untier bist du, ja, das bist du! Ein Sadist, ein Verbrecher, das bist du! Ein perverser Schuft! Niemals mehr werde ich deinen Namen nennen. Du verdienst ihn nicht!«
Der Wind legt sich, und die eintretende Ruhe tut mir wohl, gibt mich der Realität zurück.
Ich werde zum Asyl hinaufsteigen und, wenn es geht, ins Spital zurückkehren. Mit ein wenig Glück muß es gelingen.
Ich steige die Küste mit einem einzigen Gedanken hinauf: Heimkehren und mich in mein Federbett legen. Keiner hört mich, keiner sieht mich. Ohne Zwischenfall erreiche ich den Gang des Spitals. Ich bin über die Mauer des Asyls gesprungen, denn ich wußte nicht, wo Salvidia den Schlüssel zum Haupteingang versteckt hatte.

Ohne lange zu suchen, finde ich den Schlüssel zum Spital. Ich gehe hinein und schließe zweimal die Tür hinter mir ab. Ich gehe zum Fenster und werfe den Schlüssel sehr weit hinaus, er fällt auf der anderen Seite der Mauer hinunter. Dann lege ich mich nieder. Die einzige Sache, die mich verraten könnte, sind meine völlig durchnäßten Schuhe. So stehe ich denn nochmals auf und gehe ins Klosett, um sie dort auszuwinden. Das Leintuch um meinen Körper gewickelt, erwärme ich mich nach und nach. Wind und Meerwasser haben mich eisig durchfroren. Ob mein Kumpel wirklich ertrunken ist? Vielleicht ist er viel weiter als ich davongetragen worden und hat sich am Ende der Insel ans Land retten können? Bin ich nicht etwas zu früh heraufgestiegen? Ich hätte noch ein wenig warten müssen. Ich mache mir Vorwürfe, zu schnell angenommen zu haben, daß mein Kumpel verloren war.

In der Schublade meines Nachttischchens befinden sich zwei Schlaftabletten. Ich nehme sie ohne Wasser. Mein Speichel genügt, um sie hinuntergleiten zu lassen.

Ich schlafe noch, da spüre ich, wie ich geschüttelt werde, und sehe den Hilfspfleger vor mir. Der Raum ist sonnenhell, das Fenster offen. Drei Kranke blicken von draußen herein.

»Na, was ist, Papillon? Du schläfst ja wie ein Toter. Es ist zehn Uhr vormittags. Nicht einmal deinen Kaffee hast du getrunken. Er ist ganz kalt. Schau her, trink ihn.«

Obwohl ich noch nicht ganz wach bin, nehme ich doch wahr, daß offenbar in bezug auf mich alles normal zu sein scheint.

»Warum haben Sie mich geweckt?«

»Weil deine Verbrennungen geheilt sind und wir das Bett brauchen. Du kommst in deine Zelle zurück.«

»In Ordnung, Chef.« Und ich folge ihm. Er läßt mich eine kurze Weile im Hof stehen. Ich nütze das aus, um in der Sonne meine Schuhe trocknen zu lassen. Nun sind es schon drei Tage seit der mißlungenen Flucht. Ich bin ganz unbehelligt geblieben. Ich gehe aus meiner Zelle auf den Hof hinaus, vom Hof in meine Zelle zurück. Salvidia ist nicht mehr aufgetaucht, also ist der Arme tot, sicherlich an den Felsen zerschmettert. Ich selbst bin gut davongekommen und habe mich wohl dadurch gerettet, daß ich hinten war anstatt vorne. Wer konnte das wissen? Ich muß aus dem Asyl heraus. Es wird schwieriger sein, sie glauben zu machen, daß ich geheilt bin, zumindest so weit, um ins Lager zurückkehren zu dürfen. Jetzt geht es also darum, den Arzt davon zu überzeugen, daß es mir besser geht.

»Herr Rouviot (das ist der Obersanitäter), ich habe kalt in der Nacht. Ich verspreche Ihnen, meine Wäsche nicht zu beschmutzen, warum geben Sie mir nicht Hosen und ein Hemd? Ich bitte Sie darum.«

Der Mann ist verblüfft. Er blickt mich sehr erstaunt an, dann sagt er: »Setz dich her zu mir, Papillon. Sag mal, was ist eigentlich los mit dir?«

»Ich bin überrascht, mich hier zu befinden, Chef, es ist doch das Asyl, nicht wahr? Ich befinde mich also bei den Verrückten? Sollte ich zufällig die Orientierung verloren haben? Warum bin ich hier? Bitte sagen Sie es mir, Chef. Seien Sie so freundlich.«
»Du warst krank, mein Lieber, aber ich habe den Eindruck, daß es dir besser geht. Willst du arbeiten?«
»Ja. Gern.«
»Was möchtest du tun?«
»Ist mir egal.«
Und so bin ich jetzt bekleidet und helfe die Zellen reinigen. Am Abend läßt man meine Tür bis um neun offen, und erst wenn der Nachtaufseher seine Wache antritt, werde ich wieder eingeschlossen.
Ein Hilfspfleger aus der Auvergne hat mich gestern abend zum erstenmal angesprochen. Wir standen allein in der Nähe des Wachtpostens. Der Posten selber war noch nicht gekommen. Ich kannte diesen Burschen nicht, aber er sagte, daß er mich gut kenne.
»Lohnt nicht die Mühe, daß du weiter um dich schlägst, Kumpel.«
»Was meinst du?«
»Geh ...! Glaubst du, du kannst mich blöd machen? Seit sieben Jahren bin ich Krankenwärter bei den Verrückten. Schon nach deiner ersten Woche habe ich begriffen, daß du bluffst.«
»Na und?«
»Es tut mir ehrlich leid, daß deine Flucht mit Salvidia schiefgegangen ist. Ihn hat es das Leben gekostet. Das ist ein wirklicher Schmerz für mich, denn er war ein guter Freund von mir, und ich trage ihm nicht nach, daß er mich nicht ins Vertrauen gezogen hat. Wenn du was brauchst, sag's mir, ich werde dir gern gefällig sein.«
Seine Augen haben einen so sauberen Blick, daß ich nicht an seiner Ehrlichkeit zweifle. Und wenn ich auch nichts Gutes von ihm gehört habe, so habe ich doch auch nichts Schlechtes von ihm gehört, er muß also ein guter Junge sein.
Armer Salvidia! Es muß einen rechten Wirbel gegeben haben, als man bemerkte, daß er weg war. Sie haben Teile der Fässer gefunden, die vom Meer an Land gespült wurden. Sie sind sicher, daß ihn die Haifische gefressen haben. Der Toubib macht einen Teufelskrach wegen des ausgeschütteten Olivenöls, er sagt, daß man wegen des Kriegs nicht so bald wieder eines erhalten würde.
»Was rätst du mir?«
»Ich werde dich in die Gruppe einreihen lassen, die jeden Tag das Asyl verläßt, um Lebensmittel für das Spital zu holen. Das bedeutet einen Spaziergang. Fang an, dich gut zu verhalten. Und von zehn Gesprächen zeig bei acht, daß du bei Sinnen bist. Denn man darf auch nicht zu schnell ausgeheilt sein.«
»Danke. Wie heißt du?«
»Dupont.«
»Danke, Dupont. Ich werde deine Ratschläge nicht vergessen.«

Jetzt ist es schon einen Monat her. Sechs Tage nach dem verunglückten Start hat man den Körper meines Kumpels gefunden. Er wurde an Land gespült. Durch einen unerklärlichen Zufall haben ihn die Haifische nicht gefressen. Aber andere Fische haben ihm, scheint's, alle Gedärme herausgerissen und auch einen Teil der Beine angefressen, erzählt mir Dupont. Sein Schädel war eingeschlagen. Wegen des fortgeschrittenen Stadiums der Auflösung ist keine Obduktion gemacht worden. Ich frage Dupont, ob eine Möglichkeit besteht, einen Brief zur Post zu befördern. Er muß in Galganis Hände kommen, der den Postsack verschnürt, so daß er ihn dazustecken kann.

Und so schreibe ich an Salvidias Mutter nach Italien:

»Madame, Ihr Kleiner ist ohne Eisen an den Füßen gestorben. Er ist mutig im Meer gestorben, weit von den Wachen und vom Gefängnis. Er ist frei gestorben, beim Kampf um die Erringung seiner Freiheit. Wir hatten uns gegenseitig versprochen, an unsere Familie zu schreiben, falls einem von uns beiden ein Unglück zustoßen sollte. Ich erfülle diese schmerzliche Pflicht, ergebenst Ihre Hände küssend.

Papillon,

der Freund Ihres lieben Sohnes.«

Nachdem ich diese Pflicht erfüllt hatte, beschloß ich, nicht mehr an das unheilvolle Vorkommnis zu denken. So ist das Leben nun einmal. Jetzt heißt es nur: herauskommen aus dem Asyl, um jeden Preis auf die Teufelsinsel, und von dort aus neue Flucht.

Der Aufseher hat mich zum Gärtner in seinem Garten gemacht. Seit zwei Monaten schon führe ich mich gut und habe mich so anstellig gezeigt, daß dieser Idiot mich nicht mehr auslassen will. Der Auvergnat sagt mir, daß mich der Arzt nach der letzten Untersuchung aus dem Asyl ins Lager entlassen wollte, zur »Versuchsentlassung«. Der Aufseher hat sich dem widersetzt und gesagt, sein Garten sei noch nie so sorgfältig bearbeitet worden. Daher habe ich heute morgen alle Erdbeerpflanzen ausgerissen, sie zum Unkraut geworfen und an die Stelle jeder Erdbeerpflanze ein kleines Kreuz gesetzt. So viele Erdbeerpflanzen, so viele Kreuze. Der Skandal war unbeschreiblich. Es lohnt sich nicht, ein Bild davon geben zu wollen. Dieser Esel von einem Wachhabenden erstickte fast an seiner Entrüstung. Er schluckte und schnaufte, um irgend etwas sagen zu können, aber es kam kein richtiges Wort heraus. Schließlich setzte er sich auf einen Schubkarren und weinte echte Tränen. Zugegeben, ich hatte es ein wenig zu arg getrieben, aber was sollte ich tun?

Der Toubib hat die Geschichte nicht tragisch genommen. Er bestand darauf, daß »dieser Kranke zur Versuchsentlassung« ins Lager zurückgebracht werde, um »sich wiederum an das normale Leben zu gewöhnen. Während des vielen Alleinseins im Garten wäre dem Kranken diese Zwangsidee gekommen«.

»Sag mal, Papillon, warum hast du die Erdbeeren ausgerissen und an ihre Stelle Kreuze gesetzt?«
»Ich kann es nicht erklären, Herr Doktor. Aber ich möchte mich beim Aufseher entschuldigen. Er hat seine Erdbeeren so geliebt, daß es mir wirklich sehr leid tut. Ich werde den lieben Gott bitten, ihm neue zu schenken.«
Nun bin ich wieder im Lager, treffe alle meine Freunde wieder. Nur der Platz von Carbonieri ist leer. Ich richte mir meine Hängematte neben diesem leeren Raum, als ob er noch immer da wäre.
Der Doktor ließ mir auf meine Bluse »In Sonderbehandlung« draufnähen. Niemand außer ihm darf mir Befehle geben. Er hat angeordnet, daß ich von acht bis zehn Uhr vormittags vor dem Spital die Blätter aufzulesen habe. Ich trinke Kaffee und rauche einige Zigaretten in Gesellschaft des Arztes, vor seinem Haus in einem Lehnsessel sitzend. Seine Frau hat sich zu uns gesellt, und der Toubib versucht, daß ich ihm etwas aus meiner Vergangenheit erzähle, und seine Frau hilft ihm dabei.
»Nun, Papillon, erzähl weiter ... Was geschah nachher? Was ist dir widerfahren, nachdem du die Perlenfischer verlassen hast?«
Jeden Nachmittag verbringe ich mit diesen reizenden Menschen.
»Kommen Sie mich jeden Tag besuchen, Papillon«, sagt die Frau des Doktors. »Erstens möchte ich Sie sehen, und dann möchte ich Ihre Erlebnisse hören.«
Jeden Tag verbringe ich so einige Stunden mit dem Toubib und seiner Frau, und manchmal mit seiner Frau allein. Sie sind überzeugt, daß es mein geistiges Gleichgewicht wiederherstellt, wenn ich aus meiner Vergangenheit erzähle. Ich bin entschlossen, den Toubib um meine Überstellung auf die Teufelsinsel zu bitten.
In Ordnung. Morgen darf ich wegfahren. Dieser Arzt und seine Frau wissen sehr wohl, warum ich auf die Teufelsinsel wollte. Sie waren so gut zu mir, daß ich sie nicht täuschen konnte: »Hören Sie, Doktor, ich kann dieses Bagno nicht mehr ertragen, laß mich auf die Teufelsinsel schicken – flüchten oder krepieren, nur ein Ende muß es haben!«
»Ich verstehe, Papillon. Dieses Strafsystem widert mich selber an, und diese verrottete Gefängnisverwaltung. Dann also Lebwohl und viel Glück!«

Zehntes Heft: Auf der Teufelsinsel

Die Dreyfus-Bank

Diese Insel ist die kleinste der drei Inseln des Heils. Zugleich auch die nördlichste und diejenige, die am meisten Wind und Wellen ausgesetzt ist. Hinter einem schmalen Uferrand, der rund um die Insel läuft, steigt sie steil zu einem Hochplateau empor, wo sich ein Gebäude für das Überwachungskommando und ein einziger Raum für die Sträflinge befindet, ungefähr ein Dutzend. Auf die Teufelsinsel dürfen offiziell keine gewöhnlichen Sträflinge verschickt werden, sondern nur Lebenslängliche und verbannte Politische.
Die Politischen leben jeder in einem kleinen Haus, ganz auf der Kuppe. Jeden Montag liefert man ihnen die Lebensmittel für die ganze Woche, täglich darf jeder einen Laib Brot verbrauchen. Es sind an die dreißig Mann. Chef der Sanitätsstation ist der Doktor Léger, der seine ganze Familie in Lyon und Umgebung vergiftet hat. Die Politischen verkehren nicht mit den Sträflingen, und manchmal schreiben sie nach Cayenne, um gegen diesen oder jenen Sträfling auf der Insel zu protestieren. Dann wird der weggebracht und kehrt nach Royale zurück. Ein Stahlkabel verbindet Royale mit der Teufelsinsel, denn das Meer ist häufig so stürmisch, daß die Schaluppe von Royale nicht vertroßt werden kann an der Anlegestelle, die man da in den Uferrand hineinbetoniert hat. Der Chef der Lagerwache (es gibt deren drei) heißt Santori, ein dreckiger langer Lulatsch, der oft einen Bart von acht Tagen trägt.
»Papillon, ich hoffe, daß Sie sich auf dem Teufel gut führen werden. Treten Sie mir nicht auf die Hoden, dann werde auch ich Sie in Ruhe lassen. Gehen Sie zum Lager hinauf, wir treffen uns oben.« Im Saal finde ich sechs Zwangssträflinge: zwei Chinesen, zwei Schwarze, einen aus Bordeaux und einen Burschen aus Lille. Einer der beiden Chinesen kennt mich, er war in Voruntersuchung wegen Mordes mit mir in Saint-Laurent. Er ist aus Indochina, Überlebender der Revolte im Bagno von Paolo Condor.
Berufsmäßiger Seepirat, überfiel er die Hausboote und ermordete manchmal die ganze Besatzung samt der Familie. Obwohl außerordentlich gefährlich, hat er trotzdem eine Art, in der Gemeinschaft zu leben, die Vertrauen und Sympathie erweckt.
»Geht's, Papillon?«
»Und du, Tschang?«
»Geht. Hier ganz gut. Du essen mit mir. Du schlafen hier, neben

mich. Ich machen Küche zweimal die Tag. Du fischen Fische. Hier viele Fische.«

Santori kommt: »Ah! Sie haben sich schon eingerichtet? Morgen früh werden Sie mit Tschang die Schweine füttern. Er wird Kokos heranbringen, und Sie werden sie mit einer Hacke entzweischlagen. Die Kokosmilch ist für die kleinen Ferkel, die noch keine Zähne haben. Nachmittags um vier – gleiche Arbeit. Abgesehen von diesen beiden Stunden, eine morgens, eine nachmittags, sind Sie frei und können auf der Insel machen, was Sie wollen. Wer fischt, hat täglich ein Kilo Fisch oder Langustinen dem Koch zu bringen, so ist alle Welt zufrieden. Paßt Ihnen das?«

»Ja, Herr Santori.«

»Ich weiß, daß du ein Fluchtmensch bist, aber da so was von hier aus nicht möglich ist, läßt mich das kalt. In der Nacht werdet ihr eingesperrt, aber ich weiß, daß trotzdem manche hinausgehen. Nimm dich in acht vor den Politischen. Alle haben ein Buschmesser. Wenn du dich ihren Häusern näherst, glauben sie, daß du ihnen ein Huhn oder die Eier stehlen willst. Du kannst dich also töten oder verwunden lassen, denn sie sehen dich, aber du siehst sie nicht.«

Nachdem ich mehr als zweihundert Schweinen zu fressen gegeben habe, bin ich den ganzen Tag auf der Insel herumgerannt, begleitet von Tschang, der sie gründlich kennt. Ein Greis mit einem langen weißen Bart hat unseren Weg gekreuzt, der am Meerufer entlang rund um die Insel führt. Der Mann war Journalist in Neukaledonien und hat während des Krieges von 1914 zugunsten der Deutschen gegen Frankreich geschrieben. Ich habe auch den Schuft gesehen, der die Edith Cavell, die englische oder belgische Rotkreuzschwester, erschießen ließ, die 1917 die englischen Flieger rettete. Diese widerliche Erscheinung, groß und fett, trug einen Stock in der Hand, mit dem er eine riesige Muräne erschlug, mehr als ein Meter fünfzig lang und dick wie ein Hintern. Der Arzt lebt ebenfalls in einem der kleinen Häuser, die nur für die Politischen da sind.

Dieser Doktor Léger ist ein großer Mann, schmutzig und knochig. Nur sein Gesicht ist sauber, von grauen Haaren umgeben, die ihm bis auf den Hals und über den Schultern fallen. Seine Hände sind mit blutroten Narben bedeckt, die von schlecht geheilten Wunden herrühren müssen, die er sich beim Anklammern an Klippen im Meer zugezogen hat.

»Wenn du etwas brauchst, komm nur zu mir, ich werd es dir geben. Komm nicht, wenn du krank bist. Ich mag nicht, daß man mich besucht, und noch weniger, daß man mich anspricht. Ich verkaufe Eier und manchmal ein Hühnchen oder eine Henne. Falls du heimlich ein Ferkel schlachtest, bring mir die Hinterhaxe, und du kriegst von mir ein Hühnchen und sechs Eier dafür. Weil du schon einmal da bist, nimm diese Dose mit. Es sind hundertzwanzig Chinintabletten drin. Da du wahrscheinlich hierhergekommen bist, um zu flüchten, werden sie dir, falls dir dieses Wunder gelingt, im Urwald gute Dienste leisten.«

Ich fische morgens und abends astronomische Mengen von Felsenrötlingen. Jeden Tag schicke ich drei bis vier Kilo in die Aufseherküche. Santori strahlt, niemals hat man ihm eine solche Menge verschiedener Fische und Langustinen gebracht. Es gibt Tage, da tauche ich bei Ebbe und bringe dreihundert Langustinen herauf.

Der Toubib Germain Guibert ist gestern auf die Teufelsinsel gekommen. Es war glattes Meer, und so kam er mit dem Kommandanten von Royale und Madame Guibert. Diese wunderbare Frau ist die erste Frau, die ihren Fuß auf den Teufel gesetzt hat. Dem Kommandanten zufolge hat überhaupt noch niemals ein Zivilist seinen Fuß auf die Insel gesetzt. Ich habe länger als eine Stunde mit ihr sprechen können. Sie ging mit mir bis zu der Bank, wo Dreyfus immer saß und ins Weite blickte, gegen Frankreich hin, das ihn verworfen hatte.

»Wenn dieser glatte Stein uns die Gedanken von Dreyfus sagen könnte ...«, meinte sie und streichelte ihn. »Es ist sicherlich das letztemal, daß wir uns sehen, Papillon, weil Sie mir sagen, daß Sie so bald wie möglich zu flüchten versuchen werden. Ich werde zu Gott beten, daß es Ihnen diesmal glücken möge. Und ich bitte Sie, bevor Sie weggehen, hierherzukommen und eine Minute auf dieser Bank zu verweilen und sie ebenso zu streicheln wie ich, um mir damit adieu zu sagen.«

Der Kommandant hat mir erlaubt, wann immer ich will, dem Doktor über das Kabel Langustinen und Fische zu senden. Santori ist einverstanden.

»Adieu, Toubib, adieu, Madame.« So unbefangen wie möglich grüße ich zu ihnen hinüber, bevor die Schaluppe sich von der Anlegestelle löst. Die Augen von Frau Guibert blicken mich groß an, mit einem Ausdruck, als wollte sie sagen: Vergiß uns niemals, so wie wir dich niemals vergessen werden.

Die Bank des Hauptmanns Dreyfus steht ganz auf der Höhe der nördlichen Inselspitze. Von hier aus überschaut man das Meer weit.

Ich habe heute nicht gefischt. In einem natürlichen Fischteich habe ich schon über hundert Kilo Rötlinge und in einer Eisentonne, die an einer Kette hängt, über fünfhundert Langustinen. Ich kann mich also nicht dem Fischfang widmen, ich habe schon genug für den Arzt, für Santori, für den Chinesen und mich.

Wir schreiben jetzt 1941. Seit elf Jahren bin ich im Gefängnis. Ich bin fünfunddreißig. Die schönsten Jahre meines Lebens habe ich in der Zelle verbracht oder im Kerker. Nur sieben Monate habe ich insgesamt in völliger Freiheit mit meiner indianischen Familie verbracht. Die Kinder, die ich von meinen beiden indianischen Frauen haben muß, wenn sie am Leben blieben, sind jetzt acht Jahre alt. Was für ein Jammer! Wie schnell ist die Zeit vergangen! Aber wenn

ich zurückblicke und mir diese vielen Stunden, diese vielen Minuten vergegenwärtige, dann sind sie dennoch langsam vergangen, und jede einzelne trägt das Mal des Kreuzweges, den ich unter Qualen durchschreite.
Fünfunddreißig Jahre! Wo ist Montmartre? Die Place Blanche? Die Place Pigalle? Der Ball im Petit Jardin? Der Boulevard de Clichy? Wo ist meine Nénette mit ihrem Madonnengesicht, fein geschnitten wie auf einer Kamee, die großen, schwarzen Augen in Verzweiflung auf mich gerichtet, während sie mir zuruft: »Halt aus, mein Geliebter, ich werde dich dort drüben überm Ozean finden.« Wo ist er, Raymond Hubert, mit seinem »Wir sind quitt«? Wo sind die zwölf Würmchen vom Schwurgericht? Und die Trippelmädchen? Und der Staatsanwalt? Was ist mit meinem Papa und den Familien, die meine Schwestern unter dem deutschen Joch begründet haben?
So viele Fluchten! Zählen wir mal, wie viele? Die erste, als ich aus dem Spital flüchtete, nachdem ich die Aufpasser niedergeschlagen habe.
Die zweite in Kolumbien, in Rio Hacha. Die schönste. Dort ist sie mir ganz gelungen. Warum habe ich mein Familiennest verlassen? Ein sehnsüchtiges Kribbeln durchläuft meinen Körper. Ich glaube in mir noch die wunderbaren Erlebnisse mit den beiden indianischen Schwestern zu spüren, wenn ich mit ihnen schlief.
Dann die dritte Flucht, die vierte, die fünfte und die sechste in Baranquilla. Von welchem Unsegen waren diese Fluchten verfolgt! Ein Schlag nach dem anderen! Irgendeine Kleinigkeit, die sie mißlingen ließ ...
Die siebente in Royale. Wo dieser Schuft von einem Bébert Celier mich verpfiffen hat. Sie wäre sicher geglückt. Und wenn er sein Maul gehalten hätte, wäre ich frei, zusammen mit meinem armen Freund Carbonieri.
Die achte, die letzte, die verrückte vom Asyl. Da habe ich einen Fehler gemacht, einen schweren Fehler. Nämlich, daß ich den Italiener die Stelle aussuchen ließ, wo wir zu Wasser gehen sollten. Zweihundert Meter weiter unten gegen das Schlachthaus zu, und es wäre gewiß leichter gewesen, das Floß aufs Meer zu setzen.
Diese Bank, wo Dreyfus, der unschuldig Verurteilte, den Mut gefunden hat, trotzdem weiterzuleben, soll mir zu einem dienen: mich nicht geschlagen geben, eine neue Flucht versuchen.
Ja, dieser abgeschliffene Stein, glatt und die Tiefe überragend, wo unaufhörlich die wütenden Wellen gegen die Felsen schlagen, soll für mich eine Stütze und ein Beispiel sein. Dreyfus hat sich niemals geschlagen gegeben und hat immer, bis zum Ende, für seine Ehrenrettung gekämpft. Richtig, er hat Émile Zola und sein berühmtes »J'accuse« zum Verteidiger gehabt. Trotzdem, wäre er ein schwacher Mann gewesen, angesichts solcher Ungerechtigkeit hätte er sich bestimmt in den Abgrund da gestürzt, hier von dieser Bank. Aber er ist standhaft geblieben. Ich darf nicht kleiner sein als er, und ich muß

bei einer neuerlichen Flucht meine alte Devise: Siegen oder sterben, aufgeben. Es ist das Wort »sterben«, das ich aufgeben muß, um endlich nur noch daran zu denken, daß ich siegen und frei sein werde.

In den langen Stunden, die ich auf der Dreyfus-Bank verbringe, gehen meine Gedanken spazieren, träume ich von Vergangenem und baue mir eine rosa Zukunft. Meine Augen sind von dem vielen Licht oft geblendet, von dem grellen Widerschein der Sonne auf dem Meer. Gezwungen, daraufzublicken, ohne es wirklich zu sehen, kenne ich alle möglichen und vorstellbaren Eigenarten dieses Meeres und der Wellen, die dem Wind gehorchen. Unerbittlich, ohne jemals zu ermüden, schlägt das salzige Meer an die weit vorgeschobenen Felsen der Insel, wühlt sich in sie hinein, reißt ihnen Stücke heraus, als wollte es dem Teufel sagen: Geh weg, du mußt verschwinden, du störst mich da auf meinem Weg zum Festland. Du stellst dich mir entgegen, und darum trage ich jeden Tag, jeden Tag ohne Unterlaß ein kleines Stück von dir weg.

Wenn Sturm ist, brandet das Meer freudigen Herzens heran und stürzt sich nicht nur auf die Felsen, beim Zurückfluten alles mit sich reißend, was es zertrümmern konnte, sondern es sucht wieder und wieder in allen Ecken und Winkel, Ritzen und Sprüngen sein Wasser hineinzuschicken und so nach und nach von unten her diese riesigen Felsen auszuhöhlen, die ihm zu erwidern scheinen: Hier kommst du nicht durch.

So geschieht es, daß ich eine sehr wichtige Sache entdecke. Tief unten, genau unter der Bank, auf der Dreyfus saß, kommen die Wogen geradewegs auf die Felsenriesen zu, die wie ein Eselsrücken aussehen, und brechen sich dort mit großer Heftigkeit. Ihre Wassermassen können sich nicht verteilen, denn sie werden von zwei Felsen eingeengt, die ein Hufeisen von ungefähr fünf mal sechs Meter Breite bilden. Dahinter erhebt sich die Felsmauer, so daß die Wassermasse der Woge keinen anderen Ausgang hat, als wieder zurück ins Meer zu fließen.

Das ist sehr wichtig, denn in dem Augenblick, da die Woge sich bricht und in diesen Schlund hineinstürzt, werfe ich mich mit einem Sack Kokosnüssen vom Felsen hinab und tauche dirckt in sic hinein, ohne den leisesten Schatten eines Zweifels, daß sie mich beim Zurückfluten mittragen wird.

Ich weiß, wo ich einige gute Säcke hernehmen kann, um die Kokosnüsse einzusammeln. Im Schweinestall gibt es Säcke, soviel man will.

Erste Station: ein Versuch. Wenn Vollmond ist, steigt die Flut höher an, daher sind die Wogen stärker. Ich werde den Vollmond abwarten. Ein gut genähter Jutesack, voll mit trockenen Kokosnüssen, noch in der Fasernhülle, liegt gut versteckt in einer Art Grotte, in die man nur unter Wasser eindringen kann. Ich habe diese Grotte entdeckt, als ich nach Langustinen tauchte. Sie halten sich unter der

Decke der Grotte auf, die nur dann Luft erhält, wenn es Ebbe gibt. In einem anderen Sack, der mit dem Kokossack verbunden ist, habe ich einen Stein von ungefähr fünfunddreißig bis vierzig Kilo untergebracht. Da ich mit zwei Säcken voll Kokosnüssen abhauen will und ich selber siebzig Kilo wiege, sind die Gewichtsverhältnisse beim Versuch die gleichen.
Ich bin ganz aufgeregt bei diesen Überlegungen. Diese Seite der Insel ist tabu. Nie würde jemand argwöhnen, daß einer für eine Flucht ausgerechnet diese Stelle wählen könnte, wo die Brandung besonders hoch, ja am allergefährlichsten ist. Aber es ist die einzige Stelle, wo ich ins offene Meer hinausgetragen werde, falls es mir gelingt, mich von der Küste zu lösen, und wo ich keinerlei Gefahr laufe, gegenüber, an der Insel Royale, zerschmettert zu werden.
Von hier aus muß ich flüchten. Von nirgendwo anders.
Der Sack mit den Kokosnüssen und der mit dem Stein sind schwer, kaum allein zu tragen. Ich habe sie nicht auf den Felsen schleppen können. Der Felsen ist glitschig und immer naß. Ich habe mit Tschang gesprochen, er wird mir helfen. Er hat ein ganzes Arsenal für den Fischfang mitgenommen, auch Grundnetze, damit wir, falls man uns überrascht, sagen können, wir hätten Netze ausgelegt, um Haifische zu fangen.
»Los, Tschang! Nur noch ein wenig, und wir haben es geschafft!« Der Vollmond beleuchtet die Szenerie, als wäre es Tag. Das Getöse des Wellengangs macht mich halb taub. Tschang fragt mich: »Bist du bereit, Papillon? Gib ihn der da mit!« Eine Woge von fast fünf Meter Höhe stürzt wie wild auf den Felsen zu, bricht sich unter uns, aber der Anprall ist so heftig, daß die Krone über den Felsen hinwegkracht und uns völlig durchnäßt. Das hindert uns nicht, ihr noch in der gleichen Sekunde, bevor die Gegenströmung einsetzt, den Sack zuzuwerfen. Wie ein Korb schwimmt er ins offene Meer hinaus.
»Das wär's, Tschang, so ist's gut!«
»Warten, ob Sack nicht rückkommen.«
Kaum fünf Minuten später sehe ich bestürzt, daß mein Sack tatsächlich herankommt, er tanzt auf dem Kamm einer ungeheuren Woge von mehr als sieben oder acht Meter. Wie ein Nichts trägt die Woge den Sack mit den Kokosnüssen und dem Stein auf ihrem Kamm und schickt ihn mit wahnsinniger Kraft dorthin zurück, woher er gekommen war, ein wenig weiter links, wo er an einem Felsen zerschellt. Der Sack öffnet sich, die Kokosnüsse werden herausgeschleudert, und der Stein rollt in den Strudel hinein.
Naß bis auf die Knochen, denn das Wasser hätte uns fast weggespült – glücklicherweise gegen die Uferseite hin –, zerschunden und zerschlagen und ohne noch einen weiteren Blick auf das Meer zu werfen, entfernen wir uns, Tschang und ich, so schnell wie möglich von diesem verfluchten Ort.
»Nicht gut, Papillon, nicht gut Idee – Flucht von Teufelsinsel. Besser viel Royale. Südseite besser wegkommen als von hier.«

»Ja, aber in Royale wäre eine Flucht nach längstens zwei Stunden entdeckt. Der Sack mit den Kokosnüssen hat keinen anderen Antrieb als den durch die Wogen, also kann ich von den drei Booten dort in die Zange genommen werden. Hier aber gibt es kein Boot. Und zweitens habe ich hier sicher die ganze Nacht vor mir, bevor man die Flucht bemerkt. Und dann kann man auch glauben, daß ich während des Fischfangs ertrunken bin. Auf dem Teufel gibt es kein Telephon. Wenn ich bei großem Seegang flüchte, ist keine Schaluppe der Welt imstande, bis zur Insel zu gelangen. Also muß ich von hier weg. Aber wie?«

Bleierne Sonne zu Mittag. Eine tropische Sonne, die das Hirn im Schädel zum Kochen bringt. Eine Sonne, die jede Pflanze, die zwar wachsen konnte, aber nicht groß und stark genug werden konnte, um der Glut standzuhalten, verdorren läßt. Eine Sonne, die jede nicht allzu tiefe Meerwasserlache in wenigen Stunden zum Verdunsten bringt, so daß nichts mehr zurückbleibt als eine schneeweiße Salzschicht. Eine Sonne, die die Luft tanzen macht! Ja, die Luft bewegt sich, buchstäblich bewegt sie sich vor meinen Augen, und das Flimmern des Lichtes auf dem Meer brennt in den Pupillen. Trotzdem sitze ich wieder auf der Bank von Dreyfus und lasse mich nicht davon abhalten, das Meer zu studieren. Und allmählich wird mir bewußt, daß ich ein wahrer Idiot gewesen bin.

Die Hauptwelle, zweimal so hoch wie alle andern, hat meinen Sack auf die Felsen zurückgeworfen, ihn buchstäblich pulverisiert. Und diese Hauptwelle wiederholt sich nur nach jeweils sechs kleineren. Sie ist immer die siebente.

Von Mittag bis Sonnenuntergang beobachte ich diese Erscheinung, ob das wirklich automatisch und ganz regelmäßig vor sich geht oder ob es da Launen gibt, irgendeine Unregelmäßigkeit in der Abfolge der Wogen oder in der Form der gigantischen siebenten.

Nein, nicht ein einziges Mal ist die Hauptwelle früher oder später angekommen. Nach sechs Wellen von ungefähr sechs Meter bildet sich – mehr als dreihundert Meter von der Küste entfernt – die Hauptwelle. Sie kommt aufrecht wie ein I heran. Je näher sie kommt, desto massiger und höher und steiler wird sie. Auf ihrem Kamm bildet sich im Gegensatz zu den sechs anderen sehr wenig Schaum. Sie rauscht auch anders, es ist, als ob ein Donner rolle und in der Ferne verklänge. Wenn sie sich an den beiden Felsen bricht und in den Durchgang zwischen ihnen hereinstürzt, ist ihre Wassermasse weit größer als die der anderen Wellen. Sie prallt an die Felsmauer an, drückt sich in die Höhlung hinein, wälzt sich mehrmals darin herum, und erst nach zehn bis fünfzehn Sekunden finden alle diese Strudel und Wirbel wieder zum Ausgang zurück und reißen große Steine mit sich, die mit einem solchen Getöse auf und ab rollen, daß man meinen könnte, Hunderte Steinkarren werden auf einmal entleert.

Ich habe ein Dutzend Kokosnüsse in einen gleichen Sack gegeben,

einen Stein von ungefähr zwanzig Kilo dazu, und kaum bricht sich die Hauptwelle, werfe ich den Sack hinein.
Ich kann ihn nicht mit den Augen verfolgen, es ist zu viel weißer Schaum in dem Schlund, aber eine Sekunde lang sehe ich ihn, als das Wasser wie herausgesogen ins Meer zurückflutet. Der Sack ist nicht wiedergekommen. Die sechs anderen Wellen hatten nicht genug Kraft, ihn an die Küste zurückzuwerfen, und als sich die siebente in ungefähr dreihundert Meter Entfernung bildete, war der Sack anscheinend schon über die Stelle dort draußen hinweggetragen worden, wo sie entsteht. Ich sah ihn nicht wieder.
Freudig und voller Hoffnung gehe ich ins Lager zurück. Es ist geschafft. Ich habe eine grandiose Art herausgefunden, wie das Floß ins Wasser zu bringen ist. Jetzt steckt kein unsicheres Abenteuer mehr in dem Ganzen. Ich werde trotzdem nochmals eine Probe machen, unter völlig gleichen Bedingungen, wie sie für mich gelten werden: zwei Säcke mit Kokosnüssen, den einen gut mit dem anderen verbunden, und auf beide siebzig Kilo Gewicht verteilt, bestehend aus zwei oder drei Steinen. Ich sage es Tschang, und mein Schlitzaugenkumpel ist ganz Ohr für meine Erklärungen.
»Gut, Papillon. Ich glaube, du gefunden. Ich dir helfen bei richtige Probe. Warten auf acht Meter Flut. Bald Tagundnachtgleiche.«
So nützen wir den Flutanstieg über acht Meter aus, und Tschang hilft mir dabei, in diese hübsche Welle zwei Kokosnußsäcke, die mit drei Steinen von ungefähr neunzig Kilo beschwert sind, hineinzuwerfen.
»Wie heißen kleines Mädchen, du herausgeholt in Saint-Joseph?«
»Lisette.«
»Wir nennen Welle, die dich einmal trägt weg von hier, Lisette. Einverstanden?«
»Einverstanden.«
Lisette kommt mit dem gleichen Lärm heran, den ein Schnellzug macht, wenn er in den Bahnhof einfährt. Sie hat sich ungefähr bei zweihundertfünfzig Meter Entfernung gebildet und nähert sich aufrecht wie eine Mauer, die mit jeder Sekunde größer wird. Sie bricht sich so vehement, daß Tschang und ich vom Felsen gefegt werden und die beladenen Säcke ganz von allein in den Strudel fallen. Weil uns sofort, im Bruchteil einer Sekunde, klar wurde, daß wir uns auf dem Felsen nicht halten würden, haben wir uns rückwärts geworfen, was uns zwar nicht davor schützte, von einem Schwumm Wasser überschüttet zu werden, aber davor, daß es uns in den Abgrund riß.
Es war zehn Uhr vormittags, als wir diesen Versuch unternahmen. Wir haben nichts riskiert, denn die drei Aufpasser sind am anderen Ende der Insel mit Generalinventur beschäftigt. Der Sack ist weggeschwommen. Sehr weit weg von der Küste ist er klar auszunehmen. Wurde er weiter hinausgezogen, über die Stelle hinweg, wo die Hauptwelle entsteht? Wir haben keinen optischen Anhaltspunkt,

um zu beurteilen, ob es weiter oder näher ist. Die sechs nachstoßenden Wellen haben Lisette nicht einholen können. Noch einmal bildet sich Lisette, kommt heran und flutet wieder weg. Auch sie hat die Säcke nicht zurückgebracht. Folglich befanden sie sich schon außerhalb der bewußten Stelle. Wir steigen schnell zur Dreyfus-Bank empor und versuchen, die Säcke nochmals zu erspähen. Und haben nach viermaliger Wiederkehr von Lisette die Freude, die Säcke sehr weit draußen auf den Kämmen der Wellen zu sehen, die sich nicht mehr auf die Teufelsinsel zuwälzen, sondern westwärts hinrollen. Kein Zweifel, der Versuch ist gelungen. Ich werde mich auf dem Rücken von Lisette ins große Abenteuer stürzen.
»Sie kommt, schau!« Eins, zwei, drei, vier, fünf, sechs ... und da ist Lisette wieder.
Das Meer ist immer mürrisch an der Inselspitze, wo die Dreyfus-Bank steht, aber heute ist es ganz besonders schlechter Laune, Lisette nähert sich mit ihrem charakteristischen Lärm. Sie erscheint mir heute noch riesiger, auch etwas verschoben, vor allem an ihrer Basis, und sie bringt größere Wassermassen als üblicherweise heran. Diese ungeheuerliche Masse stürzt noch schneller, in noch direkterem Anprall als sonst auf die beiden Felsen zu. Und während sie sich bricht und in den Raum zwischen den enormen Steinen eindringt, ist das Getöse wenn möglich noch betäubender als je zuvor.
»Hier willst du dich hineinwerfen, sagst du? Na, Kumpel, da hast du dir den richtigen Ort ausgesucht. Da mach ich nicht mit. Ich will flüchten, nicht Selbstmord begehen.«
Sylvain ist sehr beeindruckt von Lisette, wie ich sie ihm eben vorgestellt habe. Er ist seit drei Tagen auf der Insel, und natürlich habe ich ihm vorgeschlagen, mit mir zusammen zu flüchten, jeder auf einem eigenen Floß. So hätte ich, falls er einverstanden ist, auf dem Festland einen Kameraden, um gemeinsam mit ihm die Flucht fortzusetzen. Im Urwald allein – das ist nicht sehr lustig.
»Hab' nicht gleich Bammel im vorhinein. Ich gebe zu, daß auf den ersten Anhieb jeder zurückweicht. Aber immerhin ist es die einzige Welle, die imstande ist, dich so weit hinauszuziehen, daß die andern, die hinter ihr kommen, nicht mehr die Kraft haben, dich auf die Felsen zurückzuwerfen.«
»Beruhig dich«, sagt Tschang, »wir geprobt. Du sein sicher, einmal weg, nicht mehr zurück auf Teufel, nicht mehr nach Royale.«
Ich brauchte eine Woche, um Sylvain zu überzeugen. Ein Bursche, ganz aus Muskeln bestehend, einsneunzig groß, der ganze Körper durchgebildet wie bei einem Athleten.
»Ich gebe zu«, sagt er, »daß man genügend weit hinausgezogen wird. Und dann? Wieviel Zeit rechnest du, bis man zum Festland kommt, nur von Flut und Ebbe getragen?«
»Offen gesagt, Sylvain, das weiß ich nicht. Die Abtrift kann mehr oder weniger lang dauern, das hängt vom Wetter ab. Der Wind wird uns kaum packen, dazu liegen wir zu flach auf dem Wasser.

389

Aber wenn stürmisches Wetter ist, werden die Wellen stärker sein und uns schneller zur Küste hinstoßen. Nach sieben oder acht oder höchstens zehn Gezeitenwechseln werden wir dort anlangen. Das wird also alles in allem mit dem Abtriften seine achtundvierzig bis sechzig Stunden dauern.«
»Wie berechnest du das?«
»Nimmt man die Gerade von den Inseln bis zur Küste, so sind es nicht mehr als vierzig Kilometer. Mit der Abtrift ergibt das die Hypotenuse eines rechtwinkeligen Dreiecks. Beobachte die Wellentrift. Mehr oder weniger werden hundertzwanzig bis hundertfünfzig Kilometer, höchstens, zu bewältigen sein. Je mehr man sich der Küste nähert, desto direkter werden die Wellen darauf zulaufen und uns ans Ufer werfen. Grob geschätzt, glaubst du nicht, daß ein Strandgut auf diese Distanz von der Küste fünf Kilometer pro Stunde macht?«
Er blickt mich an und hört sehr aufmerksam zu. Dieser große Bursche ist höchst intelligent. »Ich gebe zu, du redest keinen Blödsinn, hat alles Hand und Fuß. Und wenn uns nicht die Ebben einen Zeitverlust zufügten, aber die sind es ja, die uns ins offene Meer hinausziehen, dann wären wir bestimmt in weniger als dreißig Stunden an Ort und Stelle. Wegen der Ebbezeiten glaube ich, daß du recht hast: wir werden zwischen achtundvierzig und sechzig Stunden brauchen bis zur Küste.«
»Bist du jetzt überzeugt? Machst du mit?«
»Beinahe. Aber nehmen wir an, wir gehen im Busch an Land, was machen wir dann?«
»Wir müssen uns bis in die Umgebung von Kourou durchschlagen. Dort gibt es ein recht ansehnliches Fischerdorf, Balatasammler und Goldsucher. Wir müssen uns bedachtsam nähern, denn dort ist auch ein Waldlager für Sträflinge. Und sicherlich gibt es Buschpfade, die nach Cayenne führen, und zum Chinesenlager, Inini heißt es. Da müssen wir uns dann eben einen Sträfling oder einen Neger greifen und ihn zwingen, daß er uns bis nach Inini führt. Benimmt sich der Kerl ordentlich, geben wir ihm fünfhundert Piepen, soll er's verputzen! Wenn's ein schwerer Junge ist, werden wir ihn zwingen, mit uns weiterzuflüchten.«
»Und was werden wir in Inini, in dem Sonderlager für Indochinesen, tun?«
»Dort lebt ein Bruder von Tschang.«
»Ja, ich dort hab Bruder. Er mit euch flüchten, er bestimmt finden Brot und alles. Wenn ihr zu Quiek-Quiek kommt, ihr alles habt für Flucht. Chinese nie Spitzel. Wenn ihr trefft in Busch einen von Annamiten, sagt's ihm, er wird weitersagen Quiek-Quiek.«
»Warum heißt dein Brüderchen Quiek-Quiek?« fragt Sylvain.
»Weiß nicht, Franzosen haben so getauft.« Er fügt hinzu: »Achtung, wenn ihr seid beinahe Festland, ihr findet Sumpf. Niemals in Sumpf

gehen, nicht gut. Saugt euch. Warten, bis Flut euch in Busch wirft, dort euch anhalten an Lianen und Ästen. Sonst verloren.«
»Ja, das ist richtig! Du darfst niemals auf dem Modder gehen, nicht einmal sehr, sehr nahe von der Küste, sondern man muß warten, bis man einen Zweig oder Lianen erwischt.«
»In Ordnung, Papillon. Ich bin entschlossen.«
»Wir werden die beiden Flöße ganz ähnlich bauen, fast gleich, denn wir haben beide fast das gleiche Gewicht. Und so werden wir sicherlich nicht zu weit voneinander getrennt werden. Aber man kann nie wissen. Falls wir uns aber doch verlieren sollten, wie finden wir uns wieder? Von hier aus sieht man Kourou nicht. Aber du hast bemerkt, als du in Royale warst, daß rechts von Kourou, ungefähr zwanzig Kilometer rechts, weiße Felsen liegen, die man sehr gut sehen kann, wenn Sonne darauffällt.«
»Ja.«
»Es sind die einzigen Felsen an der ganzen Küste. Rechts und links davon zieht sich unendlich der Sumpf hin. Diese Felsen sind weiß von Vogelmist. Es gibt Tausende und aber Tausende dort, und da nie ein Mensch dorthin kommt, ist es eine Stelle zum Ausruhen, bevor man in den Busch eindringt. Wir werden Eier und Kokosnüsse essen und kein Feuer machen. Wer als erster ankommt, wartet auf den andern.«
»Wie viele Tage?«
»Fünf. Es ist unmöglich, daß der andere während dieser Zeit nicht zum Rendezvous kommt. Wenn er noch lebt.«
Die beiden Flöße sind fertig. Die Säcke sind doppelt genommen worden, damit sie besser halten. Wir haben uns zehn Tage zugebilligt, um so viele Stunden wie möglich das Reiten auf dem Sack zu trainieren. Jedesmal wenn sich die Säcke zu drehen beginnen, braucht es große Anstrengung, sich darauf zu halten. Wann immer es geht, wird man sich darauf ausstrecken müssen und aufpassen, daß man nicht einschläft. Denn fällt man ins Wasser, kann man den Sack verlieren und vielleicht nicht mehr erwischen. Tschang hat mir einen kleinen wasserdichten Beutel fabriziert, den ich um den Hals binden werde. Es sind wieder Zigaretten und ein Feuerzeug drin. Jeder von uns reibt sich aus zehn Kokosnüssen Brei, der wird uns den Hunger und auch den Durst ein wenig stillen. Santori hat, scheint's, eine Art Feldflasche, um Wein hineinzutun. Er benützt sie nicht. Tschang, der öfters zu ihm geht, wird versuchen, sie zu stehlen.
Also – Sonntag abends zehn Uhr. Die Flut muß infolge des Vollmondes acht Meter Höhe haben. Lisette wird also ganz bei Kräften sein. Tschang wird Sonntag früh allein den Schweinen zu fressen geben. Ich werde den ganzen Samstag und den ganzen Sonntag durchschlafen.
Es ist ausgeschlossen, daß sich meine beiden Säcke voneinander lösen. Sie sind mit Hanfschnüren und Messingdrähten zusammengebunden und mit Segelgarn aneinandergenäht. Wir haben größere

Säcke gefunden, bei denen sich die Öffnung des einen gut in die des anderen einpaßt. Die Kokosnüsse werden nicht mehr heraus können.

Sylvain macht ununterbrochen Gymnastik, und ich lasse meine Schenkel von den kleinen Wellen massieren, stundenlang schlagen sie dagegen. Dieser unaufhörliche Anprall des Wassers an meine Schenkel und die Muskelanspannung, die nötig ist, um jeder Welle standzuhalten, haben mir Beine und Schenkel eisenhart gemacht.

In einem unbenützten Brunnen der Insel fand ich eine drei Meter lange Kette. Ich habe sie in die Schnüre hineingeknüpft, die meine Säcke zusammenhalten. Ich habe einen Bolzen durch die Ringe gesteckt. Im Fall großer Erschöpfung werde ich mich mit der Kette an die Säcke binden. Vielleicht kann ich auf diese Art sogar schlafen, ohne ins Wasser zu fallen und mein Floß zu verlieren. Falls sich die Säcke drehen, wird mich das Wasser aufwecken, und ich kann sie wieder in die richtige Lage bringen.

»Nun, Papillon – nur noch drei Tage.« Wir sitzen auf der Bank von Dreyfus und beobachten Lisette.

»Ja, nur noch drei Tage, Sylvain. Ich hab Vertrauen, daß es uns gelingt. Und du?«

»Bestimmt, Papillon. Dienstag nacht oder Mittwoch früh sind wir im Busch. Und dann sind wir fein heraus!«

Tschang wird uns die je zehn Kokosnüsse reiben. Außer den Messern nehmen wir zwei Buschmesser mit, aus dem Werkzeuglager gestohlen.

Das Lager Inini liegt im Osten von Kourou. Wenn wir am Morgen gegen die Sonne gehen, können wir die Richtung nicht verlieren.

»Montag früh Santori verrückt«, meint Tschang. »Ich ihm sagen, ich euch drei Stunden nicht gesehen.«

»Und warum willst du nicht zu ihm hinlaufen und sagen, daß uns beim Fischen eine Welle fortgetragen hat?«

»Nein, ich einfach sagen: ›Chef, Papillon und Sylvain nicht gekommen zur Arbeit heute. Ich allein fressen geben Schweinen.‹ Sonst nichts.«

Die Flucht von der Teufelsinsel

Sonntag, sieben Uhr abends. Ich bin soeben aufgewacht, nachdem ich seit Samstag früh freiwillig geschlafen habe. Der Mond geht nicht vor neun Uhr auf, draußen ist also schwarze Nacht. Wenige Sterne am Himmel. Große Regenwolken fliegen über unsere Köpfe hinweg. Wir sind aus der Baracke herausgetreten. Da oft heimlich in der Nacht gefischt wird oder man sogar auf der Insel spazierengeht, denken sich die anderen nichts dabei.

Ein kleines Bürschchen kommt mit seinem Liebhaber, einem bediensteten Araber, vorüber. Sie haben sicherlich in irgendeinem

Winkel miteinander geschlafen. Während ich ihnen zusehe, wie sie die Planke heben, um in die Baracke zurückzuschlüpfen, schießt mir der Gedanke durch den Kopf, daß es für den Bock da das höchste Glück sein muß, zwei- oder dreimal am Tag seinen Freund umarmen zu können. Daß er hier seine erotischen Bedürfnisse völlig sättigen kann, macht das Bagno für ihn zum Paradies. Bei seinem Liebchen ist's dasselbe. Er wird so seine dreiundzwanzig bis fünfundzwanzig Jahre alt sein. Sein Körper ist nicht mehr ganz der eines Epheben, es ist ihm nicht vergönnt, nur im Schatten zu leben, um sich seine milchweiße Haut zu erhalten, und so ist er eigentlich kein Adonis mehr. Dennoch gibt es im Bagno mehr so Schätzchen, als man es sich in der Freiheit erträumen könnte. Außer seinem Herzliebsten kann sich so ein Zicklein auch noch Kunden für fünfundzwanzig Franc pro schwacher Stunde suchen, nicht anders als eine Hure vom Boulevard Rochechouart. Abgesehen von dem Vergnügen, das ihm diese Kunden bereiten, zieht er ihnen auch noch das Geld aus der Tasche, um mit seinem eigentlichen »Mann« bequem leben zu können. Sie beide und ihre Kunden ergeben sich völlig ihrem Laster, und vom ersten Tag an, da sie ihren Fuß ins Lager setzten, haben sie nur einen einzigen Gedanken gehabt: Sex.
Der Staatsanwalt, der sie zu bestrafen geglaubt hat, als er sie auf den Weg zur Hölle brachte, ist dabei glatt gescheitert. Denn inmitten all dieser Fäulnis haben sie ihr Glück, ihren Himmel gefunden.
Nachdem sich die Planke hinter dem Ärschlein des kleinen Homo geschlossen hat, sind wir wieder allein, Tschang, Sylvain und ich.
»Gehen wir.« Wir erreichen die Nordspitze der Insel. Wir ziehen die beiden Flöße aus der Grotte. Folge davon: wir sind alle drei gleich naß. Der Wind pfeift mit dem charakteristischen Heulen des Sturmwindes über der entfesselten See. Sylvain und Tschang helfen mir, mein Floß auf den Felsen hinaufzuschieben. Im letzten Augenblick entschließe ich mich, meine linke Hand an den Sack anzubinden. Ich habe plötzlich Angst, ihn zu verlieren und ohne ihn weggeschwemmt zu werden. Sylvain steigt auf den gegenüberliegenden Felsen, Tschang hilft ihm dabei. Der Mond steht schon recht hoch, die Sicht ist gut.
Ich habe mir ein Tuch um den Kopf gewickelt. Sechs Wellen haben wir abzuwarten, mehr als dreißig Minuten.
Tschang ist zu mir zurückgekommen. Er umarmt und küßt mich. Während er auf dem Felsen liegt und sich in eine Höhlung hineinpreßt, wird er meine Beine halten, damit ich den Anprall von Lisette aushalten kann.
»Nur noch eine«, schreit Sylvain, »die nächste ist die richtige!«
Er steht vor seinem Floß, um es mit seinem Körper zu decken und gegen den Wassersturz zu schützen, der über ihn hinweggehen wird. Ich habe die gleiche Stellung eingenommen, jedoch mit dem Vorteil, daß Tschang in seiner Aufregung meine Knöchel eisenhart umkrampft hält.

Sie kommt, die Lisette, die uns abholt. Kommt steil auf uns zu wie ein Kirchendach. Mit dem ihr eigenen ohrenbetäubenden Brausen bricht sie sich an unseren beiden Felsen und stürzt sich gegen die Felsmauer.

Ich habe mich den Bruchteil einer Sekunde *vor* meinem Kumpel hineingeworfen, und gleich darauf liegen beide Flöße nebeneinander. Mit schwindelerregender Schnelligkeit saugt Lisette sie ins offene Meer hinaus. In weniger als fünf Minuten sind wir über dreihundert Meter weit von der Küste entfernt. Sylvain ist noch nicht auf sein Floß gestiegen. Mir selbst gelang es schon in der zweiten Minute. Mit einem weißen Tuch in der Hand schickt uns Tschang von der Dreyfus-Bank, wohin er in aller Eile hinaufgeklettert sein muß, sein letztes Lebewohl nach. Nun sind wir schon gute fünf Minuten aus dem gefährlichen Bereich heraus, wo sich die Wogen bilden, um schußgerade auf die Teufelsinsel zuzustürzen. Diejenigen, die uns nun wegtragen, sind sehr viel länger, fast ohne Schaum und so regelmäßig, daß wir eins mit ihnen werden und ohne Stöße und ohne Gefahr, daß die Flöße sich umdrehen könnten, dahintreiben. Wir gleiten in den tiefen, weiten Wellen auf und nieder und werden gegen das offene Meer hinausgetragen, denn es ist Ebbe.

Beim Hinaufklettern auf einen Wellenkamm kann ich, den Kopf zurückwendend, noch einmal das weiße Tuch von Tschang sehen. Sylvain ist nicht weit von mir, ungefähr fünfzig Meter. Mehrmals hebt er den Arm und schwingt ihn zum Zeichen der Freude.

Die Nacht war nicht schlimm, und wir konnten den veränderten Seegang genau spüren. Die Ebbe, die uns ins offene Meer hinausgezogen hat, verwandelt sich nun in Flut, die uns gegen das Festland stößt.

Die Sonne erscheint am Horizont, also ist es sechs Uhr. Wir liegen zu flach auf dem Wasser, um die Küste zu sehen, aber ich bemerke, daß wir sehr weit von den Inseln weg sind, denn man kann sie – obwohl die Sonne ihre Kuppen beleuchtet – kaum ausnehmen und nicht unterscheiden, daß es drei Inseln sind. Ich sehe nur eine einzige Masse, das ist alles. Weil ich sie nicht einzeln sehen kann, nehme ich an, daß sie mindestens dreißig Kilometer entfernt sind.

Es ist gelungen. Der Triumph ist da. Ich strahle.

Wie, wenn ich mich auf meinem Floß aufsetze? Mit dem Wind im Rücken würde ich schneller vorwärtskommen.

Nun sitze ich also aufrecht. Ich ziehe die Kette aus den Stricken heraus und lege sie mir um den Leib. Der gut eingefettete Bolzen läßt sich leicht in die Kettenglieder einschieben. Ich hebe meine Hände in die Luft, damit der Wind sie trocknet. Ich will eine Zigarette rauchen. Es klappt. Mit langen, tiefen Zügen atme ich sie ein und blase den Rauch langsam aus. Ich habe keine Angst mehr. Es ist unnütz, das Bauchweh zu beschreiben, das ich vor und während der ersten Momente gehabt habe. Nein, die Angst ist weg, verschwunden, in einem solchen Maß, daß ich, nachdem ich die Zigarette geraucht habe, beschließe, einen Mundvoll Kokosfleisch zu essen. Dann stecke ich mir die zweite Zigarette an. Sylvain ist recht weit von mir entfernt. Von Zeit zu Zeit, wenn wir uns gleichzeitig auf einem Wellenkamm befinden, können wir uns flüchtig sehen. Die Sonne brennt mit teuflischer Kraft auf meinen Schädel, das Hirn beginnt mir zu kochen. Ich feuchte meinen Turban an und lege ihn mir um den Kopf. Die Wolljoppe habe ich ausgezogen. Trotz des Windes ersticke ich beinahe in ihr.

Verdammt! Mein Floß hat sich umgedreht, und ich wäre fast ertrunken. Ich habe ordentlich Wasser schlucken müssen. Es gelang mir trotz aller Anstrengungen nicht, die Säcke wieder umzuwenden und hinaufzusteigen. Die Kette ist schuld daran. Ihretwegen bin ich nicht genug frei beweglich. Schließlich ist es mir gelungen, die Kette nur an einer Seite des Sackes hängen zu lassen, aufrecht neben den Säcken herzuschwimmen und wieder Atem zu schöpfen. Ich versuche, mich ganz von der Kette zu befreien, aber meine Finger sind jetzt vor nervöser Anspannung so ungeschickt, daß ich wütend über mich selbst werde. Uff! Endlich ist es geglückt. Ich habe scheußliche Minuten hinter mir, ich war halb wahnsinnig, weil ich glaubte, es werde mir nicht gelingen, mich von der Kette zu befreien.

Ich mache mir nicht die Mühe, das Floß umzudrehen. Ich bin zu erschöpft, traue mir diese Anstrengung nicht zu. So schwinge ich mich einfach hinauf. Was macht das schon, daß jetzt das Unterste zuoberst gekehrt ist? Ich werde mich nie mehr anbinden, nicht mit der Kette, mit nichts. Jetzt habe ich erlebt, was für ein Blödsinn von allem Anfang an das war, mich am Handgelenk anzubinden. Diese eine Erfahrung genügt mir.

Unerbittlich brennt mir die Sonne auf Arme und Beine, mein Gesicht glüht wie Feuer. Ich glaube, daß es beim Befeuchten schlimmer wird, denn das Wasser verdunstet im Nu, und dann brennt es noch mehr. Der Wind hat sich gelegt, und wenn dadurch auch die Reise bequemer wird, denn die Wellen sind nun weniger hoch, so komme ich auch weniger schnell vorwärts. Es wäre also besser, wir hätten mehr Wind und hohen Seegang als diese Ruhe.

Ich habe so starke Krämpfe im linken Bein, daß ich schreie, als ob mich jemand hören könnte. Mit dem Finger bekreuzige ich die verkrampfte Stelle, weil ich mich daran erinnere, daß meine Großmutter immer gesagt hat, das hilft. Leider nützte der Altweiberrat gar nichts. Die Sonne wird bald untergehen. Es muß ungefähr vier Uhr nachmittags sein. Seit unserem Aufbruch ist das jetzt der vierte Flutwechsel. Dieser da scheint mich stärker als die anderen gegen die Küste zu stoßen.

Nun kann ich Sylvain ununterbrochen sehen, und er mich. Nur sehr selten verschwindet er noch, denn die Wellen sind wenig tief. Er hat sein Hemd ausgezogen, sein Oberkörper ist nackt. Sylvain gibt mir Zeichen. Er ist mehr als dreihundert Meter von mir weg, aber mehr seitlich. Er scheint mit den Händen zu rudern, denn leichten

Schaum nach, der rund um ihn her ist. Man könnte meinen, daß er sein Floß bremsen möchte, damit ich näher zu ihm herankomme. Ich strecke mich auf meinen Säcken aus, tauche die Arme ins Wasser und rudere. Wenn er bremst und ich mich vorwärts stoße, kann da nicht vielleicht die Entfernung zwischen uns kleiner werden?
Ich habe mir genau den richtigen Kumpel für diese Flucht ausgesucht. Er ist hundertprozentig auf der Höhe.
Ich habe aufgehört zu rudern. Ich spüre, daß ich davon müde werde, und ich muß mich bei Kräften erhalten. Ich werde versuchen, das Floß umzudrehen, um zu essen. Der Eßbeutel hängt unten, ebenso die geklaute Feldflasche mit dem Trinkwasser. Ich habe Durst und Hunger. Meine Lippen sind schon aufgesprungen und brennen. Die beste Art, die Säcke umzudrehen, ist die, daß ich mich an sie anhänge, mich mit den Füßen quer zur Welle vorwärtsstoße und in dem Moment, da die Welle auf der Höhe angekommen ist, die Drehung vollziehe.
Nach fünf Versuchen glückt es mir, das Floß mit einem einzigen solchen Schwung umzudrehen. Ich bin ganz erschöpft von den Anstrengungen, die mich das gekostet hat, und turne mit Mühe auf meine Säcke hinauf.
Die Sonne steht schon ganz niedrig am Horizont, gleich wird sie weg sein. Sechs Uhr also. Hoffentlich ist die Nacht nicht zu bewegt, denn mir ist klargeworden, daß es das langandauernde Eintauchen ins Wasser ist, was mir die meisten Kräfte raubt.
Ich trinke aus Santoris Feldflasche einen tüchtigen Schluck, und nachher esse ich zwei Handvoll Kokosfleisch. Die Höhe des Genusses ist dann die Zigarette. Ich rauche sie mit Behagen. Bevor die Nacht einbricht, schwenkt Sylvain sein Tuch und ich das meine. Als Gutenachtgruß. Er ist noch immer gleich weit von mir entfernt. Ich sitze mit ausgestreckten Beinen auf dem Floß. Eben habe ich so gut wie möglich meine Wolljoppe ausgewrungen und ziehe sie an. Diese Joppen halten, selbst wenn sie durchnäßt sind, warm. Und sobald die Sonne hinunter ist, fällt augenblicklich die Kälte über einen her.
Wind kommt auf. Nur die Wolken am Horizont im Westen sind in rosa Licht getaucht. Alles übrige liegt jetzt im Halbdunkel, das von Minute zu Minute wächst. Im Osten, von wo der Wind herkommt, sind keine Wolken. Folglich ist im Augenblick kein Regen zu befürchten. Ich denke absolut an nichts, höchstens daran, mich gut anzuhalten, nicht unnützerweise naß zu werden und mich zu fragen, ob es nicht doch klug wäre, falls die Müdigkeit mich übermannt, mich an die Säcke anzubinden, – oder ob es nach der Erfahrung, die ich gemacht habe, zu gefährlich ist. Ich überlege, ob ich nicht in meinen Bewegungen behindert wurde, weil die Kette zu kurz war. Ich hatte ein Stück davon in den Stricken und Drähten, die die Säcke zusammenhalten, eingeflochten gelassen. Dieses Stück Kette müßte leicht herauszuziehen sein, und dann hätte ich auch angebunden

größere Bewegungsfreiheit. Ich richte also die Kette und befestige sie von neuem am Gürtel. Das beruhigt mich sehr, denn ich habe eine wahnsinnige Angst, daß ich einschlafen und den Sack verlieren könnte.
Der Wind wird stärker, die Wellen auch. Es ist jetzt völlig Nacht, der Himmel mit Millionen Sternen bestückt, das Kreuz des Südens glänzt stärker als alle anderen Bilder.
Ich sehe meinen Kumpel nicht. Diese angebrochene Nacht ist sehr wichtig für uns, denn falls wir das Glück haben, daß der Wind weiterhin mit gleicher Stärke weht, werden wir bis zum Morgen ein gutes Stück vorangekommen sein!
Je weiter die Nacht fortschreitet, desto stärker weht der Wind. Der Mond steigt langsam aus dem Meer, orangerot, und als er sich in seiner ganzen Größe frei am Himmel zeigt, sehe ich genau seine dunklen Flecken, die ihm ein Gesicht zu malen scheinen.
Es muß jetzt zehn Uhr abends sein. Die Nacht wird immer heller. Je höher sich der Mond hebt, desto intensiver wird sein Licht. Die Oberfläche der Wellen schimmert silbern, und dieser seltsame Glanz brennt mir in den Augen. Es ist unmöglich, diesen funkelnden und blitzenden Reflexen auszuweichen, die meinen von der Sonne und dem Salzwasser entzündeten Augen weh tun und sie unausgesetzt blenden. Vergeblich sage ich mir: »Nicht hinblicken!« Es gelingt einfach nicht, und ich rauche drei Zigaretten hintereinander.
Für das Floß gibt es keine Probleme. Auf dem stark gekräuselten Meer treibt es ganz simpel dahin, immer auf und ab. Ich kann meine Beine nicht lange auf dem Sack ausgestreckt lassen, denn beim Sitzen bekomme ich sehr bald schrecklich schmerzhafte Krämpfe.
Selbstverständlich bin ich ständig bis zum Oberleib naß. Die Brust aber ist fast trocken, der Wind hat meine Joppe getrocknet, und keine weitere Welle durchnäßt mich höher als bis zum Gürtel.
Aber die Augen, die Augen! Sie brennen immer mehr und mehr. Ich schließe sie.
Von Zeit zu Zeit schlafe ich ein. »Du darfst nicht einschlafen!« Leicht gesagt, aber schwer getan. Himmel, Arsch noch mal! Ich kämpfe gegen das Einnicken an, aber jedesmal wenn ich wieder ganz in die Wirklichkeit zurückfinde, fährt mir ein stechender Schmerz durchs Gehirn. Ich ziehe mein Feuerzeug heraus und mache mir ab und zu eine kleine Verbrennung, indem ich mir den glühenden Docht gegen den Unterarm oder auf meinen Hals drücke.
Ich bin von schrecklicher Angst erfaßt und suche sie unter Aufbietung aller meiner Willenskraft zu vertreiben. Werde ich einschlafen? Und falle ich ins Wasser, wird die Kälte mich aufwecken? Es war ganz richtig, mich wiederum an die Kette zu binden. Ich darf diese beiden Säcke auf keinen Fall verlieren – sie sind mein Leben! Es müßte mit dem Teufel zugehen, daß ich nicht aufwache, wenn ich ins Meer purzle.
Seit einigen Minuten bin ich wieder völlig durchnäßt. Eine auf-

rührerische Welle, die offenbar nicht den Weg der anderen nehmen wollte, ist von der rechten Seite her gegen mich angerannt. Nicht nur sie allein hat mich naß gemacht, sondern dadurch, daß sie mich querstellte, haben zwei andere, normale Wellen mich buchstäblich von Kopf bis zu den Füßen überschüttet.

Die zweite Nacht ist schon sehr fortgeschritten. Wie spät mag es sein? Dem Stand des Mondes nach, der im Westen unterzugehen beginnt, ungefähr zwei, drei Uhr morgens. Der fünfte Flutwechsel, dreißig Stunden sind wir nun schon auf dem Wasser. Daß ich bis auf die Knochen naß bin, verhilft mir zu einer wichtigen Sache: Die Kälte hat mich völlig aufgeweckt. Ich klappere vor Kälte, aber ich kann ohne Mühe die Augen offenhalten. Meine Beine sind erstarrt, und ich beschließe, sie heraufzuziehen und mich draufzusetzen auf meine Beine. Meine Zehen sind eisig, vielleicht werden sie sich unter mir erwärmen? Lange Zeit bleibe ich so im Türkensitz hocken. Die veränderte Stellung tut mir wohl. Ich versuche, Sylvain zu sehen, da das Mondlicht hell aufs Meer scheint, nur fällt es schon schräg ein und mir direkt ins Gesicht, so daß es mich schon wieder blendet. Nein, ich sehe nichts. Er hatte nichts, um sich an die Säcke anzubinden, wer weiß, ob er überhaupt noch auf ihnen reitet? Verzweifelt suche ich ihn – vergebens. Der Wind weht stark, aber regelmäßig, ohne Böen, das ist sehr wichtig. Ich gewöhne mich an seinen Rhythmus, und mein Körper ist ganz eins mit den beiden Säcken.

Beim angespannten Beobachten meiner Umgebung packt mich mehr und mehr die fixe Idee: Ich muß meinen Kumpel entdecken. Ich trockne die Finger im Wind, stecke sie in den Mund und pfeife mit allen Kräften hindurch. Ich lausche – keine Antwort. Ob Sylvain auch durch die Finger pfeifen kann? Ich weiß es nicht. Ich hätte ihn, bevor wir abhauten, fragen müssen. Immerhin hätten wir leicht zwei Pfeifchen fabrizieren können! Ich mache mir Vorwürfe, nicht daran gedacht zu haben. Dann lege ich beide Hände vor den Mund und schreie: »Hu-hu!« Nur Wind- und Wellenrauschen antworten mir.

Weil ich es nicht mehr länger aushalten kann, stehe ich auf und halte mich auf meinen Säcken stehend im Gleichgewicht, fünf Wellen hindurch. Sooft ich auf einem Kamm bin, halte ich Umschau. Und sobald ich ins Wellental hinunterkomme, gehe ich in die Hocke. Nichts zu sehen, weder rechts noch links, noch vorne. Ob er hinter mir ist? Ich wage nicht, aufrecht zu stehen und zurückzublicken. Die einzige Sache, die ich ausgenommen habe, ist – zu meiner Linken eine schwarze Linie im Mondlicht. Das muß der Busch sein! Kein Zweifel.

Bei Tagesanbruch werde ich Bäume sehen. Wie wohl das tut! »Im Sonnenlicht wirst du den Busch sehen, Papi! Ach, gebe Gott, daß du auch deinen Freund wiedersiehst!« Ich habe meine Beine von neuem ausgestreckt, nachdem ich mir die Zehen warmgerieben habe. Dann trockne ich mir sorgfältig die Hände, weil ich eine Zigarette rauchen möchte. Ich rauche zwei. Wie spät mag es sein? Der Mond steht schon tief. Ich erinnere mich nicht mehr, wieviel Zeit zwischen Monduntergang und Sonnenaufgang in der vorigen Nacht vergangen ist. Ich versuche es mir ins Gedächtnis zu rufen, indem ich die Augen schließe und die Bilder der ersten Nacht an mir vorüberziehen lasse. Vergebens. Ah – doch! Mit einem Schlag sehe ich klar vor mir, wie die Sonne sich im Osten hebt und gleichzeitig noch ein Stück des Mondes knapp auf der Horizontlinie im Westen zu sehen ist. Es muß also ungefähr fünf sein. Der Mond geht recht gemächlich seines Weges, bevor er ins Meer sinken wird. Das Kreuz des Südens ist schon seit langem hinunter, der Große und der Kleine Wagen ebenfalls. Nur der Polarstern glänzt stärker als alle anderen. Seit das Kreuz des Südens den Himmel verlassen hat, ist er der König des Firmaments.

Der Wind scheint stärker zu blasen, zumindest kommt er dicker, wenn man so sagen kann, als in der Nacht. Darum sind jetzt auch die Wellen stärker und tiefer, und auf ihren Kämmen tummeln sich die weißen Schäfchen zahlreicher als zu Beginn der Nacht.

Nun bin ich schon dreißig Stunden auf dem Wasser. Zugegeben, im Augenblick geht alles eher besser als schlechter. Aber nun steht mir der schwerste Tag bevor. Gestern, als ich von sechs Uhr früh bis sechs Uhr abends der Sonne ausgesetzt war, hat sie mich ordentlich erwischt. Heute, wenn die Sonne von neuem auf mich herunterbrennen wird, wird das kein Honiglecken sein. Meine Lippen sind schon aufgebissen, da hilft auch die Nachtkühle nicht mehr. Sie brennen stark, ebenso die Augen. Auch meine Unterarme und Hände. Wenn es geht, werde ich die Arme nicht mehr entblößen, es wird sich ja zeigen, ob ich die Wolljoppe ertragen werde. Und was mich noch so schrecklich brennt, das sind meine Hinterbacken und der Anus. Daran ist nicht die Sonne schuld, aber das Salzwasser und die Reibung auf den Säcken.

Aber wie immer es sei, verbrannt oder nicht, du bist auf der Flucht, Freundchen, und dort sein, wo ich jetzt bin, da kann man schon gut einiges aushalten, und noch mehr. Die Aussichten, lebend ans Festland zu kommen, stehen zu fünfundneunzig Prozent günstig. Und das ist doch eine Sache, wie? Oder etwa nicht, zum Arsch? Selbst wenn dir die Haut abgezogen ist und die Hälfte deines Körpers nur mehr aus rohem Fleisch besteht, ist eine solche Reise mit so einem Ergebnis nicht zu teuer bezahlt. Stell dir vor, du hast nicht einmal einen einzigen Haifisch gesehen! Sind sie alle auf Ferien? Du kannst nicht leugnen, daß du doch so irgendeine Art Glückspilz bist, wenn auch ein seltsamer. Du wirst sehen, diesmal geht alles gut. *Die* Flucht ist in Ordnung. Von all den Fluchten, die du unternommen hast, gut vorbereitet und ausgeklügelt, wird es am Ende *diese* sein, eigentlich die idiotischste von allen, die dir den Erfolg bringt: zwei Kokossäcke, und dann überlaß dich Wind und Meer ... Du kommst zum Festland. Gib zu, man muß nicht die Militärschule von Saint-

Cyr absolviert haben, um zu wissen, daß jedes Strandgut an der Küste landet.

Wenn Wind und Wellen sich den ganzen Tag über mit der gleichen Kraft halten wie bei Nacht, werde ich bestimmt am Nachmittag an Land kommen.

Das Ungeheuer der Tropen taucht hinter mir auf. Es sieht ganz danach aus, als wäre es heute entschlossen, mich zu rösten, denn es tritt mit seinen allerfeurigsten Flammen hervor. Im Nu verkocht es die Mondnacht in seinem Glutkessel. Es wartet nicht einmal ab, bis es ganz aus seinem Bett gestiegen ist, und wirft sich schon zum Herrn auf, zum unbestrittenen König seines unendlichen Erdstrichs. Sogar der Wind ist im Nu sanft geworden. In einer Stunde wird es heiß sein. Ein Gefühl des Wohlbefindens verbreitet sich durch meinen Körper. Kaum haben mich die ersten Strahlen berührt, durchläuft mich vom Gürtel bis zum Kopf süße Wärme. Ich wickle mir den Turban herunter und halte meine Wangen den Strahlen hin, wie man es tut, wenn man an einem Holzfeuer sitzt. Bevor es mich verbrennt, will das Ungeheuer mir zu spüren geben, wie sehr es das Leben ist, bevor es zum Tod wird. Das Blut fließt lebhafter durch meine Adern, und selbst meine nassen Schenkel fühlen die beschleunigte, belebende Blutzirkulation.

Ich sehe ganz klar den Busch, die Baumwipfel. Ich habe den Eindruck, daß es nicht mehr weit ist. Ich werde warten, bis die Sonne etwas höher steigt, dann werde ich mich aufrecht auf meine Säcke stellen und Sylvain zu entdecken trachten. In weniger als einer Stunde steht die Sonne schon recht hoch. Es wird verdammt heiß werden. Mein linkes Auge ist halb geschlossen und verklebt. Ich nehme eine Handvoll Wasser und reibe es. Es brennt. Ich ziehe meine Joppe aus: solange die Sonne nicht allzu stark strahlt, werde ich den Oberkörper nackt lassen.

Eine stärkere Welle – stärker als die andern – hebt mich von unten auf und trägt mich sehr hoch. In dem Augenblick, da sie ihren Gipfel erreicht hat, bemerke ich, eine halbe Sekunde lang, meinen Kumpel. Er sitzt mit nacktem Oberkörper auf seinem Floß. Er hat mich nicht gesehen. Mindestens zweihundert Meter weg ist er, ein wenig links vor mir. Der Wind ist noch immer stark, und so beschließe ich, um mich ihm, der ja vor mir treibt, zu nähern, die Joppe nur über die Arme zu ziehen, sie in die Luft zu halten und das untere Ende zwischen die Zähne zu nehmen. Dieses »Segel« wird mich sicherlich schneller vorwärts bringen.

Eine halbe Stunde segle ich so dahin. Aber die Joppe tut mir weh zwischen den Zähnen, und die Kräfte, die ich brauche, um dem Wind standzuhalten, erschöpfen sich schnell. Als ich es aufgebe, habe ich immerhin die Befriedigung, schneller vorwärts gekommen zu sein als allein durch den Wellengang.

Hurra! Eben habe ich den »Langen« gesehen, kaum hundert Meter weit. Aber was tut er denn da? Er scheint sich gar nicht darum zu

scheren, wo ich sein könnte. Wenn mich die eine oder andere Welle stark hochhebt, sehe ich ihn wieder – ein-, zwei-, dreimal. Ich habe genau gesehen, daß er seine rechte Hand an die Augen hält, er muß also das Meer absuchen. Schau nach hinten, Idiot! Sicher hat er das auch getan, aber er hat dich nicht gesehen.
Ich stelle mich auf und pfeife. Als ich aus dem Wellental heraufkomme, sehe ich Sylvain mit dem Gesicht zu mir gekehrt. Er schwingt seine Joppe in der Luft. Wir sagen uns mindestens zwanzigmal guten Tag, bevor wir uns wieder niedersetzen. Bei jedem Wellenhoch grüßen wir uns, und zufällig hat er eine Weile das Wellenhoch immer gleichzeitig mit mir. Bei den zwei letzten Wellen streckt er den Arm gegen den Busch aus, den man jetzt schon in Einzelheiten sehen kann. Zehn Kilometer werden wir wohl noch von ihm entfernt sein. Eben habe ich mein Gleichgewicht verloren und bin aufs Floß gefallen. Nun, da ich meinen Freund und das Festland so nahe gesehen habe, ergreift mich eine so ungeheure Freude, eine solche Rührung, daß ich in Tränen ausbreche wie ein Kind. Zwischen den Tränen, die mir die entzündeten Augen reinigen, sehe ich Tausende kleiner Kristalle in allen Farben, und ein blödsinniger Gedanke fährt mir durchs Hirn: Du siehst die Glasfenster einer Kirche. Gott ist heute mit dir, Papi! Inmitten der ungeheuerlichen Naturgewalten, angesichts des Windes, des unendlichen Meeres, der Tiefe der Wellen, des gewaltigen grünen Daches der Buschwildnis, fühlt man sich so unendlich klein im Vergleich zu allem, was einen umgibt, und selbst ohne ihn zu suchen, begegnet man Gott – berührt ihn mit dem Finger. Und sosehr ich ihn auch in den einsamen Nächten während der Tausenden Stunden, die ich in den finsteren Verliesen, lebend begraben ohne einen Sonnenstrahl, gelästert habe, sosehr komme ich ihm heute nahe. Während die Sonne sich hebt, die alles verschlingt, was ihr nicht zu widerstehen vermag, berühre ich tatsächlich Gott, fühle ihn in mir. Er flüstert mir sogar ins Ohr: »Du leidest und wirst noch mehr leiden, aber dieses Mal habe ich beschlossen, mit dir zu sein. Du wirst frei und Sieger sein, ich verspreche es dir.«
Niemals bin ich in der Religion unterwiesen worden, kenne nicht einmal das Abc des Christentums, bin unwissend bis zu dem Grade, daß ich den Vater von Jesus nicht kenne und nicht weiß, ob er ein Tischler oder ein Kameltreiber war und ob seine Mutter wirklich die heilige Jungfrau Maria ist. Und doch verhindert diese krasse Unwissenheit nicht, daß man Gott begegnet, wenn man ihn sucht. Und man kommt dahin, ihn im Wind, im Meer, in der Sonne, in der Wildnis, in den Sternen zu erkennen, ja auch in den Fischen, die er geschaffen haben muß, damit der Mensch sich von ihnen ernähre.
Die Sonne ist schnell hochgestiegen, es muß zehn Uhr vormittags sein. Ich bin vom Kopf bis zu den Hüften vollkommen trocken. Das nasse Tuch habe ich mir jetzt wie einen Burnus um Kopf und Schultern drapiert. Eben mußte ich mir die Wolljoppe über die Schultern

legen, denn mein Rücken und meine Arme brennen wie Feuer. Selbst die Beine, die immerhin häufig im Wasser hängen, sind rot wie gesottene Krebse

Je näher wir der Küste kommen, desto stärker wird das Meer von ihr angezogen, und die Wellen wandern gleichmäßig wie ein Perpendikel auf sie zu. Ich sehe jetzt die Einzelheiten der Buschwildnis, und das läßt mich vermuten, daß wir allein an diesem Morgen, innerhalb von vier oder fünf Stunden, dem Land unglaublich viel näher gekommen sind. Dank der bei meiner ersten Flucht gesammelten Erfahrung kann ich Entfernungen abschätzen. Wenn man die Dinge bereits gut zu unterscheiden vermag, ist man an die fünf Kilometer weit, und ich sehe tatsächlich den Größenunterschied zwischen den einzelnen Baumstämmen, ja vom Kamm einer höheren Welle aus sogar sehr klar ein Baumungetüm, das halb im Meer liegt und sein Blätterwerk badet.

Da – Delphine und Vögel! Die Delphine werden sich doch nicht damit unterhalten, mein Floß vorwärts zu stoßen? Ich habe nämlich erzählen hören, daß sie die Gewohnheit haben, Strandgut oder Menschen vor sich her gegen die Küste zu stoßen und sie dabei, übrigens in der besten Absicht, ihnen zu helfen, mit den Schnauzen unters Wasser zu drücken, so daß man ersaufen kann. Nein, sie drehen und wenden, es sind drei oder vier, die nur wittern und sehen wollen, was das wohl wäre, und verschwinden gottlob wieder, ohne mein Floß berührt zu haben.

Es ist Mittag. Die Sonne steht senkrecht über meinem Kopf. Sie hat offenbar die Absicht, mein Hirn zu Bouillon zu verkochen, dieses Luder. Meine Augen tränen ununterbrochen, und meine Lippen und meine Nase haben keine Haut mehr. Die Wellen sind kürzer und heftiger geworden, stürzen mit ohrenbetäubendem Lärm auf die Küste zu.

Ich sehe Sylvain fast ständig. Kaum daß er je verschwindet, die Wellen sind nicht hoch genug. Von Zeit zu Zeit dreht er sich um und hebt den Arm. Er hat den Oberkörper immer noch nackt und nur das Tuch auf dem Kopf.

Jetzt geht das Meer nicht mehr in Wellen auf die Küste zu, sondern in kurzen, rollenden Stößen. Es ist da eine Art Barre, an der sich die anrollende Wassermasse mit fürchterlichem Getöse bricht, um sie dann schäumend zu überspringen und in die Uferwildnis einzudringen.

Wir sind weniger als einen Kilometer von der Küste entfernt, und ich kann weiße und rosa Vögel mit ihren aristokratischen Federbüschen ausnehmen. Sie gehen im Sumpf spazieren und picken dort herum. Es sind Tausende. Kaum einer fliegt höher als zwei Meter. Sie fliegen nur schnell und kurz auf, um nicht vom Wasserschaum benetzt zu werden. Alles ringsum ist voll Schaum, und das Wasser hat eine unangenehm gelbe, widerliche Färbung. Wir sind so nahe, daß ich an den Baumstämmen die Schmutzlinie erkennen kann, die

das Wasser auf seiner maximalen Höhe hinterläßt. Das Brandungsgetöse vermag die spitzen Schreie dieser Tausenden Stelzenläufer aller Farben nicht zu übertönen. »Pieh-pieh-pieh!«
Noch zwei oder drei Meter ... Pluff! Ich bin an Land, ich stehe auf dem Morast. Das Wasser ist nicht mehr hoch genug, um mich zu tragen. Der Sonne nach zu schließen, ist es zwei Uhr nachmittags. Das sind also vierzig Reisestunden gewesen. Vorgestern, um zehn Uhr abends, nach zwei Stunden Ebbe, bin ich weg. Es ist also der siebente Flutwechsel und ganz normal, daß ich an Land gekommen bin: mit niedriger Flut. Sie wird gegen drei Uhr wieder ansteigen. Nachts werde ich im Busch sein.
Ich behalte die Kette um, damit ich nicht von den Säcken gerissen werde, denn der weit gefährlichste Moment wird dann eintreten, wenn mich beim Höhersteigen der Flut die Brandung überrollen wird und mich wegreißt, weil ich keinen Grund unter mir habe. Die Flut wird mich nicht vor zwei, drei Stunden packen.
Sylvain ist rechts von mir vorne, mehr als hundert Meter. Er blickt zu mir her und macht Handbewegungen. Ich habe den Eindruck, daß er mir irgend etwas zurufen will, aber keinen Ton herausbringt, denn sonst müßte ich ihn doch hören. Die Wellenstöße sind vorbei, und wir befinden uns auf dem Morast, ohne einen anderen Lärm zu hören als die Schreie der Stelzenvögel. Ich selbst bin jetzt an die fünfhundert Meter vom Busch entfernt, Sylvain an die hundert bis hundertfünfzig. Aber was tut er da, der lange Idiot? Er steht aufrecht und hat sein Floß ausgelassen. Ist er wahnsinnig geworden? Er darf doch nicht auftreten, sonst wird er bei jedem Schritt tiefer einsinken und vielleicht nicht mehr zu seinem Floß zurückkehren können! Ich will pfeifen, aber ich kann nicht. Es ist noch ein Rest Wasser da, ich leere die Feldflasche und versuche dann zu rufen, um ihn zu warnen.
Ich bringe keinen Ton heraus. Aus dem Morast steigen Blasen auf, es kann also nur eine dünne Schicht sein, unter dem Floß und den Füßen ist der Sumpf, und wer darin einsinkt, mit dem ist's aus.
Sylvain wendet sich zu mir um, schaut her und macht mir Zeichen, die ich nicht verstehe, und ich zeige ihm mit großen Gesten, daß ich ihm sagen möchte: Nein, nein! Rühr dich nicht von deinem Floß weg, sonst kommst du niemals an Land!
Da er sich hinter seinen Kokossäcken befindet, kann ich nicht ausnehmen, ob er sich weit oder nahe von seinem Floß befindet. Zuerst glaube ich, daß er nahe genug ist, um sich notfalls daran anzuhalten, sobald er einzusinken droht.
Plötzlich verstehe ich, daß er sich recht weit davon weg befindet und in den Morast eingesunken ist, ohne sich aus ihm befreien und zum Floß zurückkehren zu können. Ein Schrei dringt bis zu mir.
Daraufhin lege ich mich flach auf meine Säcke und greife mit meinen Händen tief in den Morast hinein, mich mit allen Kräften vorwärts schiebend. Die Säcke setzen sich in Bewegung, und es gelingt mir,

mehr als zwanzig Meter vorwärts zu gleiten. Hierauf sehe ich, als ich mich aufrichte, schräg seitwärts meinen lieben Gefährten schon bis zum Bauch im Morast stecken, mehr als zehn Meter ist er von seinem Floß entfernt.

Der Schrecken gibt mir die Stimme wieder, und ich schreie: »Sylvain, Sylvain, beweg dich nicht, leg dich auf den Sumpf! Wenn du kannst, zieh die Beine heraus!«

Der Wind hat meine Worte zu ihm hingetragen, und er hat sie auch verstanden. Er nickt stark mit dem Kopf, um mir ja zu sagen. Ich lege mich wieder flach auf mein Floß und gleite auf dem Sumpf vorwärts. Die Wut gibt mir übermenschliche Kräfte, und ich komme ihm recht schnell um etwas mehr als dreißig Meter näher. Eine gute Stunde werde ich dazu gebraucht haben, aber ich bin sehr nahe von ihm. Vielleicht sind es nur noch fünfzig oder sechzig Meter. Ich kann Sylvain schlecht ausnehmen.

Ich setze mich auf, Hände, Arme, Gesicht mit Dreck bedeckt, und versuche, mir das linke Auge zu reinigen, das vom salzigen Sumpfwasser verschmiert ist und mich brennt, so daß ich nichts sehen kann, denn zu allem Überdruß fängt nun auch das rechte an zu tränen. Endlich sehe ich ihn: er liegt nicht, er steht aufrecht, nur seine Brust ragt aus dem Sumpf. Die erste Flutwelle ist herangekommen, sie hat mich buchstäblich in die Höhe gestoßen, doch ohne mich vom Floß zu trennen, und ist weiter vorn ausgelaufen, wo ihr Schaum sich über dem Moder ausbreitet. Sie ist auch über Sylvain hinweggegangen, der noch immer die Brust aus dem Wasser hat. Blitzschnell denke ich: Je mehr Flutwellen heranrollen, desto mehr wird der Morast aufgeweicht. Ich muß zu ihm hin, koste es, was es wolle.

Mit der Energie eines Tieres, das seine Brut bedroht sieht, wie eine Mutter, die ihr Kleines aus einer furchtbaren Gefahr erretten will, schiebe ich mich auf dem tückischen Gelände vorwärts, schiebe, schiebe, um zu Sylvain zu gelangen. Er blickt ohne ein Wort zu mir her, ohne eine Geste, und seine weit geöffneten Augen heften sich an die meinen – wir verschlingen einander mit unseren Blicken. Meine Augen sind auf ihn fixiert, um nur ja seinen Blick nicht zu verlieren, daß ich überhaupt nicht mehr merke, wie meine Hände arbeiten. Aber da zwei weitere Flutwellen über mich hinweggegangen sind und mich vollkommen überrollt haben, ist auch der Morast unter mir weniger fest, und ich kann weit weniger schnell vorwärts kommen als eine Stunde zuvor. Gerade ist eine große Flutwelle vorübergegangen, die mich beinahe erstickt und vom Floß gerissen hat. Ich setze mich auf, um besser sehen zu können. Sylvain steckt jetzt bis zu den Schultern im Morast. Ich bin noch ungefähr vierzig Meter von ihm entfernt. Er blickt mich gespannt an. Ich sehe ihm an, daß er weiß, er wird sterben müssen, hier, versunken dreihundert Meter vor dem Gelobten Land, wie eine armselige Kreatur.

Ich lege mich wieder hin und versuche, mich vom Morast, der jetzt fast flüssig ist, frei zu machen. Meine und seine Augen versenken sich ineinander. Er macht mir ein Zeichen, als wollte er mir sagen: Streng dich nicht mehr an, Papi, es ist aus, und die Schuld trifft ganz allein mich... Trotzdem mache ich weiter, und ich bin kaum mehr dreißig Meter von ihm entfernt, als eine große Welle anrollt, mich mit ihrer Wassermasse ganz zudeckt und fast von den Säcken schleudert. Sie reißt mich fünf oder sechs Meter weit mit.

Als die Welle vorbei ist, blicke ich hin – Sylvain ist verschwunden. Der mit einer leichten Schaumschicht bedeckte Morast ist völlig glatt, nicht einmal die Hand meines armen Freundes ragt heraus, um mir ein letztes Lebewohl zuzuwinken. Meine Reaktion ist schrecklich unmenschlich, widerlich, der Selbsterhaltungstrieb erschlägt jede andere Empfindung: Du lebst! Aber du bist allein. Und wenn du in der Wildnis sein wirst, ohne Freund, dann wird das kein Spaß sein, die Flucht zu einem guten Ende zu bringen.

Eine Brandungswelle, die sich an meinem Rücken bricht, ruft mich wieder zur Ordnung. Sie hat mich niedergedrückt, und der Anprall war so stark, daß ich für einige Minuten den Atem verloren habe. Das Floß ist noch einige Meter vorwärts geglitten, und dann erst, während ich sehe, wie die Welle zwischen den Bäumen ausläuft, beweine ich Sylvain: Wir waren so nahe! Wenn du dich nur nicht bewegt hättest! Dreihundert Meter vom Busch entfernt! Warum? So sag mir doch, warum hast du diese Dummheit begangen? Wie konntest du annehmen, daß diese dünne Schicht Dreck stark genug wäre, um auf ihr zu Fuß die Küste zu erreichen? Hat dich die Sonne verwirrt? Die Wasserreflexe? Was weiß denn ich! Du konntest dieser Hölle nicht mehr standhalten? Sag mir, wieso konnte ein Mann wie du es nicht mehr ertragen, noch ein paar lumpige Stunden mehr in dieser Gluthitze auszuharren?

Ununterbrochen folgt Rolle auf Rolle mit Donnergetöse. Sie wälzen sich immer enger hintereinander heran und werden immer größer. Jedesmal werde ich vollkommen zugedeckt, und jedesmal gleite ich um einige Meter weiter, immer im Kontakt mit dem Moder. Gegen fünf Uhr verwandeln sich die Walzen plötzlich in Wellen, sie heben mich auf, und ich schwimme. Die Wellen machen, weil sie flachen Grund unter sich haben, fast keinen Lärm mehr. Das Donnern hört auf. Das Floß von Sylvain ist schon in den Busch getrieben worden.

Ich werde, nicht einmal unsanft, etwa zwanzig Meter vom Rand des Urwaldes abgesetzt. Aber als die Welle sich zurückzieht, liege ich von neuem auf dem Morast, und ich bin fest entschlossen, mich nicht von meinem Floß wegzurühren, bevor ich nicht eine Liane oder einen Ast zwischen den Fingern habe. Ich habe mehr als eine Stunde warten müssen, ehe ich wieder vom Boden abgehoben und in den Busch hineingetragen werde. Die Welle, die mich plötzlich brüllend vorwärts stieß, schleuderte mich buchstäblich unter die Bäume. Ich ziehe den Bolzen heraus und befreie mich von der Kette. Ich werfe sie nicht fort, vielleicht werde ich sie noch nötig haben.

Im Busch

Noch bevor die Sonne untergeht, dringe ich schnell, halb schwimmend, halb gehend, in den Busch ein, denn auch dort gibt es den Morast, der einen einsaugt. Das Wasser dringt sehr weit in den Busch vor, und als die Nacht einbricht, bin ich noch immer nicht auf dem Trockenen. Verwesungsgeruch steigt mir in die Nase, und von den starken Gasen stechen mich die Augen. Meine Beine sind mit Gräsern und Blättern bedeckt. Noch immer stoße ich meinen Sack vorwärts. Vor jedem Schritt tasten meine Füße zuerst den Boden unter dem Wasser ab, und nur, wenn ich nicht einsinke, gehe ich vorwärts.
Auf einem großen, umgebrochenen Baum verbringe ich die erste Nacht. Massen von Insekten krabbeln über meinen Körper, der zu brennen und zu jucken beginnt. Ich habe die Wolljoppe ausgezogen, nachdem ich meinen Sack auf dem Baumstumpf ausgebreitet und an seinen beiden Enden gut angebunden habe. In dem Sack steckt für mich das Leben, denn die Kokosnüsse, hat man sie einmal offen, geben mir Nahrung und somit die Möglichkeit durchzuhalten. Mein Buschmesser ist an meinem rechten Handgelenk befestigt. Erschöpft strecke ich mich auf dem Baum aus, in der von zwei Ästen gebildeten Mulde, die mit ihrem Blätterwerk eine Art großes Nest abgibt, und schlafe ein, ohne Zeit zu haben, noch an irgend etwas zu denken. Vielleicht habe ich nur zwei- oder dreimal gemurmelt: »Armer Sylvain«, bevor ich mich wie ein Sack fallen ließ. Die Schreie der Vögel waren es, die mich weckten. Die Sonne durchdringt schon den Busch, ihre Strahlen sind horizontal, es muß also sieben oder acht Uhr morgens sein. Rund um mich ist alles voll Wasser, folglich ist Flut, mag sein, das Ende des zehnten Flutwechsels.
Jetzt bin ich schon sechzig Stunden von der Teufelsinsel weg. Ich weiß nicht, ob ich mich weit vom Meer befinde. Auf jeden Fall werde ich abwarten, bis sich das Wasser zurückgezogen hat, und dann ans Ufer gehen, damit ich mich trocknen und ein wenig der Sonne aussetzen kann. Ich habe kein Trinkwasser mehr. Es sind mir noch drei Hände voll geraspeltes Kokosnußfleisch geblieben, das ich mit Genuß verspeise und zum Teil auch auf meine schmerzenden Stellen streiche. Der Brei mildert dank des Öls, das er enthält, meine Verbrennungen. Dann rauche ich zwei Zigaretten. Ich denke an Sylvain, diesmal ohne Egoismus. Habe ich nicht anfangs ohne Freund flüchten wollen? Ich hatte doch den Ehrgeiz, mich ganz allein durchzuschlagen. Es hat sich also nichts geändert, nur eine große Traurigkeit preßt mein Herz zusammen, und ich schließe die Augen, als wenn ich dann nicht mehr die Szene sehen würde, wie mein Kumpel versank. Für ihn ist es zu Ende.
Ich habe meinen Sack in dem Nest gut befestigt und öffne den Sack mit den Kokosnüssen. Es gelingt mir, zwei von ihnen aufzuschlagen, indem ich sie mit aller Kraft gegen den Baum zwischen meinen

Beinen hämmere. Man muß sie mit der Spitze aufschlagen, damit die Schale sich öffnet, mit dem Messer geht es nicht so gut. Ich esse auf einen Sitz eine ganze auf und trinke die stark zuckerhaltige Milch. Eilig zieht sich das Meer zurück, und ich kann leicht im Morast gehen und das Ufer gewinnen. Die Sonne strahlt, das Meer ist heute von einer Schönheit ohnegleichen. Lange blicke ich zu der Stelle hin, wo ich vermute, daß Sylvain verschwunden ist. Meine Sachen werden schnell trocken, mein Körper ebenso, ich habe ihn mit ein wenig Salzwasser, das ich aus einer Mulde schöpfte, gewaschen. Ich rauche eine Zigarette. Noch ein letzter Blick auf das Grab meines Freundes, dann dringe ich wieder in den Busch ein, ohne daß mir das Gehen besondere Schwierigkeiten bereiten würde. Meinen Sack auf der Schulter, komme ich langsam unter dem Laubdach voran. Nach zwei Stunden finde ich endlich ein Gebiet, das anscheinend nicht überschwemmt wird, an den Baumstämmen keine Spur, die anzeigen würde, daß die Flut bis da herein dringt. Hier werde ich kampieren und mich zunächst vierundzwanzig Stunden lang ausruhen. Ich werde die Kokosnüsse nach und nach öffnen und so wieder in den Sack zurückgeben, damit ich essen kann, wann ich will. Ich könnte ein Feuer anzünden, aber ich überlege mir, daß das unvernünftig wäre. Der Rest des Tages und die Nacht sind ohne irgendwas Besonderes vorbeigegangen. Der Lärm der Vögel weckt mich bei Sonnenaufgang. Ich nehme den letzten Kokosbrei zu mir und setze, mit einem kleinen Bündel auf der Schulter, meinen Weg gegen Osten fort.
Gegen drei Uhr nachmittags finde ich einen Pfad. Es mag ein Weg der Balatasucher sein oder der Waldaufseher oder der Leute, die die Goldsucher mit Lebensmitteln versorgen. Der Pfad ist schmal, aber er ist gut erhalten, ohne Quergezweig, er muß also häufig begangen werden. Von Zeit zu Zeit sind Abdrücke von Esels- oder Mulihufen ohne Eisenbeschläge da. In einem ausgetrockneten Schlammloch bemerke ich Fußspuren, die große Zehe ist klar im Lehm abgedrückt. Ich marschiere bis zum Einbruch der Nacht, kaue Kokosfleisch, das nährt mich und stillt zugleich den Durst. Fein gekaut, voll Öl und Speichel, reibe ich mir manchmal Nase, Lippen und Wangen mit dieser Mixtur ein. Meine Augen sind voll Eiter und verkleben sich häufig. Sobald ich kann, werde ich sie mit Süßwasser abwaschen. In meinem Kokossack hatte ich auch eine wasserdichte Büchse mit einem Stück Seife, einem Rasierapparat, einem Dutzend Rasierklingen und einem Pinsel. Sie sind unbeschädigt geblieben.
Ich halte beim Gehen das Buschmesser in der Hand, aber ich brauche es nicht, der Weg ist ohne Hindernisse. Ich entdecke sogar zu beiden Seiten frische Schnittwunden an Zweigen, sie sind also erst vor kurzem abgehauen worden. Auf diesem Pfad müssen also Leute gegangen sein. Ich darf mich nur vorsichtig vorwärts bewegen.
Der Busch ist nicht der gleiche, wie ich ihn bei meiner ersten Flucht aus Saint-Laurent-du-Maroni kennengelernt habe. Dieser hier be-

steht aus zwei Schichten und ist nicht so dicht wie in Maroni. Die erste Vegetation steigt bis zu einer Höhe von fünf bis sechs Meter hinauf, und weiter oben bildet sich das Blätterwerk in ungefähr zwanzig Meter Höhe. Das Tageslicht fällt nur von rechts auf meinen Pfad, links ist fast Nacht.

Ich komme schnell vorwärts, und manchmal überquere ich eine Lichtung, die von einem Feuer herrührt, das ein Mensch angezündet hat oder der Blitz. Ich sehe die Sonnenstrahlen einfallen, und ihr Winkel zeigt mir, daß es nicht mehr lang ist bis zum Sonnenuntergang. Der Pfad wendet sich genau nach Osten, er muß also zum Negerdorf von Kourou oder zum gleichnamigen Straflager führen.

Mit einem Schlag wird es Nacht sein. Nachts darf ich nicht marschieren. Ich werde mich seitwärts in den Busch verziehen und einen Winkel zum Schlafen finden.

Etwas mehr als dreißig Meter vom Pfad bin ich unter einem weichen Haufen von einer Art Bananenblättern gut geschützt und strecke mich auf diesem Lager aus. Ich werde ganz im Trockenen schlafen können, falls es nicht regnet. Ich rauche zwei Zigaretten.

Ich bin nicht sehr müde heute abend. Das Kokosfleisch hält mich in Form, was den Hunger anlangt. Aber der Durst, der trocknet meinen Mund aus, und es fällt mir schwer, immer noch aus irgendeinem Winkel Speichel herzukriegen. Die zweite Etappe meiner Flucht hat begonnen, und nun befinde ich mich schon die dritte Nacht ohne unangenehmen Zwischenfall auf dem Festland.

Ach! Wenn doch Sylvain bei mir wäre! Aber er ist eben nicht da, was soll ich machen, mein Freund? Hast du je im Leben jemanden gebraucht, um zu handeln, Papillon? Jemanden, der dich berät oder unterstützt? Bist du ein Kapitän, oder bist du nur ein Schiffsjunge? Sei nicht blöd. Klar, daß du über den Verlust deines Freundes Schmerz empfindest. Großen Schmerz. Aber du bist, obwohl allein im Busch, trotzdem nicht weniger stark, als wenn er noch mit dir wäre.

Jetzt sind sie schon alle sehr weit, die von Royale, von Saint-Joseph und von der Teufelsinsel, vor sechs Tagen hast du sie verlassen. In Kourou werden sie sicher benachrichtigt worden sein. Zuerst die Aufseher vom Waldlager, dann das Negerdorf. Es muß auch einen Gendarmerieposten geben. Ist es eigentlich klug, auf dieses Dorf zuzuwandern? Ich weiß nichts von seiner Umgebung. Das Lager liegt zwischen dem Dorf und dem Fluß, das ist alles, was ich von Kourou weiß.

In Royale habe ich gedacht, mir den ersten Kerl beizubiegen, der vorüberkommt, und ihn zu zwingen, mich in die Umgebung des Lagers Inini zu führen, wo sich die Chinesen, darunter Quiek-Quiek, Tschangs Bruder, befinden. Warum soll ich den Plan ändern? Wenn sie auf der Teufelsinsel angenommen haben, ich sei ertrunken, dann gibt es keine Jagd auf mich. Haben sie jedoch auf Flucht geschlossen, dann ist dieses Kourou sehr gefährlich. Da es ein Waldlager ist, muß es dort einen Haufen zweifelhafter Elemente geben, eine gehörige Anzahl von Menschenjägern darunter. Gib acht aufs Halali, Papi! Mach keinen Fehler! Laß dich nicht in die Zange nehmen! Du mußt die Burschen, wer immer es sei, früher sehen, als sie dich bemerken. Folglich: Ich darf den Pfad nicht mehr verfolgen, sondern muß, parallel zu ihm, meinen Weg im Busch fortsetzen. Du hast heute einen geradezu idiotischen Fehler begangen, so einfach auf der Piste dahinzugaloppieren, mit dem Buschmesser als einziger Waffe. Das ist nicht Unvernunft, das ist blanker Wahnsinn. Ab morgen wird im Busch marschiert.

Ich stehe frühmorgens auf, geweckt von den Rufen der Tiere und den Schreien der Vögel, die den Sonnenaufgang begrüßen, und schüttle gleichzeitig mit der Wildnis den Schlaf ab. Auch für mich ist ein neuer Tag angebrochen. Ich schlucke eine Handvoll gut durchgekauten Kokosbrei und bestreiche mir damit auch das Gesicht. Vorwärts!

Sehr nah vom Pfad, aber immer in Deckung, komme ich jetzt recht schwierig voran, denn obwohl die Lianen und die Äste nicht sehr dicht sind, muß ich sie doch unentwegt beiseite schieben, um voranzukommen. Jedenfalls habe ich gut daran getan, den Pfad zu verlassen, denn ich höre auf einmal pfeifen. Vor mir läuft der Pfad mehr als fünfzig Meter ganz gerade hin. Ich sehe den Pfeifer nicht. Ha! Da kommt er! Es ist ein Neger. Er trägt eine Last auf der Schulter und im rechten Arm ein Gewehr. Er ist mit einem Khakihemd und Shorts bekleidet, Beine und Füße sind nackt. Den Kopf gesenkt, heften sich seine Augen auf den Boden, sein Rücken krümmt sich unter der Last. Ich stehe am Rande des Pfades, hinter einem großen Baum versteckt, und warte, das geöffnete Messer in der Hand, bis der Kerl bei mir ist. In derselben Sekunde, da er an meinem Baum vorbeikommt, werfe ich mich auf ihn. Mit einem einzigen Schwung drehe ich ihm den rechten Arm nach hinten, so daß er das Gewehr ausläßt. »Bring mich nicht um! Mein Gott, hab Erbarmen!« Er steht noch immer aufrecht, mein Messer kitzelt seine Halsgrube. Ich bücke mich und hebe das Gewehr auf, es ist eine alte Knarre mit nur einem Lauf, aber sicher bis oben mit Pulver und Blei vollgestopft. Auf zwei Meter Distanz lege ich die Knarre auf ihn an und befehle: »Schmeiß deine Last 'runter. Versuche nicht fortzulaufen, sonst bring ich dich um wie nichts.«

Der arme Nigger gehorcht erschreckt, dann blickt er mich an: »Sie sind ein Flüchtling?«

»Ja.«

»Was wollen Sie von mir? Nehmen Sie alles, was ich habe, nur töten Sie mich nicht, ich flehe Sie an, ich habe fünf Kinder. Haben Sie Mitleid und lassen Sie mich am Leben.«

»Schweig! Wie heißt du?«

»Jean.«

»Wo gehst du hin?«
»Ich bringe Lebensmittel und Medikamente zu meinen zwei Brüdern, die im Busch Holz fällen.«
»Woher kommst du?«
»Von Kourou.«
»Bist du aus diesem Dorf?«
»Ich bin dort geboren.«
»Kennst du Inini?«
»Ja, ich handle manchmal mit den Chinesen aus dem Lager.«
»Siehst du das?«
»Was ist das?«
»Eine Fünfhundertfrancnote. Und jetzt kannst du wählen: Entweder du tust, was ich dir sage, und ich schenke dir diese fünfhundert Franc und gebe dir dein Gewehr zurück. Oder du weigerst dich, oder du versuchst mich zu täuschen, und ich bring dich um. Wähle!«
»Was soll ich tun? Ich werde alles tun, was Sie wollen, sogar umsonst.«
»Du hast mich ohne Gefahr in die Umgebung des Lagers von Inini zu führen. Nachdem ich die Verbindung mit einem Chinesen hergestellt habe, kannst du dich fortmachen. Verstanden?«
»Verstanden.«
»Täusch mich nicht, sonst bist du ein toter Mann.«
»Nein, ich schwöre Ihnen, daß ich Ihnen ehrlich helfen werde.«
Er hat Kondensmilch. Er nimmt sechs Büchsen heraus und gibt sie mir, dazu einen Laib Brot und Räucherspeck.
»Versteck deinen Sack im Busch, später kannst du ihn dir wiederholen. Siehst du, hier mache ich dir am Baum ein Zeichen.« Ich schlage es mit meinem Buschmesser in den Stamm. Dann trinke ich eine Büchse Milch aus. Er gibt mir auch eine ganz neue lange Hose, blau wie die Schlosseranzüge. Ich ziehe sie an, ohne dabei das Gewehr loszulassen.
»Geh voran, Jean. Gib acht, daß niemand uns bemerkt. Wenn wir überrascht werden, ist es dein Fehler und wird dein Schaden sein.«
Jean versteht es besser als ich, sich im Busch vorwärts zu bewegen, und ich habe Mühe, ihm zu folgen, so gewandt weicht er den Ästen und Lianen aus. Dieser Kerl kommt ganz leicht durchs Dickicht.
»In Kourou ist die Nachricht eingetroffen, daß zwei Sträflinge von den Inseln geflüchtet sind, müssen Sie wissen. Ich möchte Ihnen nichts vormachen: es wird sehr gefährlich sein, am Straflager von Kourou vorbeizukommen.«
»Du siehst wie ein guter und ehrlicher Kerl aus, Jean. Ich hoffe, daß du mich nicht täuschst. Was meinst du also, wie kommt man am besten nach Inini? Vergiß nicht, daß meine Sicherheit dein Leben bedeutet. Wenn ich von Aufsehern oder Menschenjägern erwischt werde, bin ich gezwungen, dich zu töten.«
»Wie darf ich Sie nennen?«

»Papillon.«
»Gut, Monsieur Papillon. Wir müssen tief in den Busch hineingehen und einen weiten Bogen um Kourou machen. Ich garantiere Ihnen, daß ich Sie sicher bis nach Inini bringe.«
»Ich vertraue mich dir an. Nimm den Weg, den du für den sichersten hältst.«
Mitten im Busch kommen wir langsamer vorwärts. Aber seitdem wir den Pfad verlassen haben, spüre ich, daß der Neger seine Angst verliert. Er schwitzt nicht mehr so stark, und seine Züge sind weniger gespannt, als ob er sich beruhigt hätte.
»Mir scheint, Jean, du hast jetzt weniger Angst«, sage ich.
»Ja, Monsieur Papillon. Am Wegrand war es sehr gefährlich für Sie, also auch für mich.«
Wir kommen schnell vorwärts. Dieser Schwarze ist sehr intelligent, niemals trennt er sich mehr als drei oder vier Meter von mir.
»Halt an, ich möchte eine Zigarette rauchen.«
»Da, nehmen Sie ein Paket Gauloises.«
»Danke, Jean. Du bist ein guter Kerl.«
»Ja, das bin ich wirklich, ein sehr guter. Wissen Sie, ich bin katholisch, und ich leide, wenn ich sehe, wie die Sträflinge von den weißen Aufsehern behandelt werden.«
»Wo hast du denn das gesehen?«
»Im Waldlager von Kourou. Da packt einen das Mitleid, wie die so langsam dahinsterben und aufgefressen werden von der schweren Holzarbeit und vom Fieber und vom Durchfall. Auf den Inseln habt ihr es besser. Zum erstenmal sehe ich einen Sträfling wie Sie bei so guter Gesundheit.«
»Ja, auf den Inseln geht's einem besser.«
Wir haben uns auf einem großen Ast niedergesetzt, wir rasten ein wenig. Ich biete ihm eine von seinen Milchbüchsen an. Er lehnt ab und möchte lieber Kokosfleisch kauen.
»Hast du eine *junge* Frau?«
»Ja, sie ist zweiunddreißig. Ich bin vierzig. Wir haben fünf Kinder, drei Mädchen und zwei Knaben.«
»Bringst du dich gut durch?«
»Mit dem Rosenholz verdient man ganz anständig, und meine Frau wäscht und bügelt die Wäsche der Aufseher, das hilft auch ein wenig. Wir sind arm, aber wir haben zu essen, und die Kinder gehen alle in die Schule, und sie haben immer Schuhe anzuziehen.«
Was für ein armer Schwarzer, der findet, daß alles gut ist, weil seine Kinder Schuhe haben. Er ist fast so groß wie ich, sein Negergesicht hat nichts Unsympathisches, im Gegenteil: sein offener Blick sagt deutlich, daß es sich um einen Mann voller Gefühl handelt, was ihm zur Ehre gereicht. Er ist arbeitsam, sauber, ein guter Familienvater, ein guter Gatte, ein guter Christ.
»Und Sie, Papillon?«
»Ich, Jean, ich versuche wieder zu leben. Seit zehn Jahren bin ich

lebend begraben und höre nicht auf zu flüchten, um eines Tages so zu werden wie du, frei, mit Frau und Kindern. Und ohne auch nur in Gedanken jemandem Böses anzutun. Du hast selbst gesagt, das Bagno verdirbt den Menschen. Ein Mann, der sich selbst achtet, muß diesem Schmutz entfliehen.«
»Ich werde Ihnen ehrlich helfen dabei. Gehen wir.«
Mit einem wunderbaren Ortssinn und ohne jemals den Weg zu verlieren führt mich Jean geradewegs in die Umgebung des Chinesenlagers, wo wir zwei Stunden nach Einbruch der Nacht ankommen. Von weitem hört man Axtschläge, aber es ist kein Licht zu sehen. Jean erklärt mir, daß man, um näher an das Lager heranzukommen, einen oder zwei Vorposten umgehen muß. Wir beschließen, haltzumachen und die Nacht im Busch zu verbringen.
Ich bin halbtot vor Müdigkeit, aber ich habe Angst, einzuschlafen. Und wenn mich der Schwarze doch täuscht? Wenn er nur Komödie spielt und mir während des Schlafes das Gewehr wegnimmt und mich tötet? Er gewinnt doppelt, wenn er mich umbringt: er befreit sich von der Gefahr, die ich für ihn bedeute, und bekommt noch die Prämie, weil er einen Flüchtling getötet hat.
Er ist wirklich sehr intelligent. Ohne ein Wort, ohne viele Umstände streckt er sich zum Schlafen aus. Ich habe noch immer die Kette mit den Bolzen dran. Ich habe gute Lust, den Burschen anzuhängen, aber dann denke ich, daß er genausogut wie ich den Bolzen herausziehen kann, und wenn er vorsichtig zu Werke geht, erledigt er mich im Schlaf wie nichts. Ich werde also versuchen, nicht zu schlafen. Ich habe ein ganzes Paket Gauloises, ich werde es ausrauchen und wach bleiben. Ich kann mich nicht diesem Mann anvertrauen, der offenbar ein anständiger Mann ist und mich natürlich für einen Banditen halten muß. Die Nacht ist vollkommen schwarz. Er liegt zwei Meter weit weg von mir, ich kann nur noch seine hellen Fußsohlen ausnehmen. Der Busch hat seine charakteristischen Nachtlaute. Ununterbrochen das Geheul des großkropfigen Affen, ein rauher und mächtiger Schrei, den man auf Kilometer hört. Das ist sehr wichtig. Denn wenn er regelmäßig ertönt, so bedeutet das, daß seine Herde ruhig fressen oder schlafen kann. Dann ist keine Gefahr im Verzug, das heißt: weder Raubtiere noch Menschen im Umkreis.
Ohne allzu große Anstrengungen kämpfe ich gegen den Schlaf an, und neben einigen Brandwunden, die ich mir mit der Zigarette zufügen muß, helfen mir dabei vor allem die Moskitos, die anscheinend entschlossen sind, mir den letzten Blutstropfen auszusaugen. Ich könnte mich dagegen schützen, indem ich mir eingespeichelten Tabak auf die Haut schmiere. Der Nikotinsaft würde die Moskitos von mir abhalten. Aber ich weiß, daß ich ohne sie wahrscheinlich einschlafen würde. Hoffentlich sind die da keine Malaria- oder Gelbfieberüberträger.
Nun bin ich also, wenigstens vorläufig einmal, vom Weg des Ver-

derbens weg. Als ich ihn betrat, war ich fünfundzwanzig, wir hatten das Jahr 1931. Jetzt haben wir 1941. Also zehn Jahre sind es nun genau. Ich stehe am Anfang des Erfolges, endlich. Der erste Teil der Flucht liegt hinter mir. Ich bin aus der Tiefe des Brunnens, in den man mich hinabgestoßen hat, heraufgestiegen und stehe nun am Brunnenrand. Jetzt muß ich alle meine Energie und alle meine Intelligenz aufbieten, um die zweite Etappe zu gewinnen.

Die Nacht geht träge vorbei, aber sie verstreicht immerhin, und ich habe nicht geschlafen. Ich habe nicht einmal das Gewehr aus der Hand gegeben. So bin ich wach geblieben, und die Verbrennungen und Moskitostiche haben mir derart geholfen, daß ich nicht ein einziges Mal die Waffe aus dem Arm gleiten ließ. Ich kann mit mir zufrieden sein, denn ich habe nicht meine Freiheit aufs Spiel gesetzt, indem ich vor der Müdigkeit kapitulierte. Der Geist war stärker als der Körper, und ich gratuliere mir in dem Augenblick, da die ersten Vogelschreie ertönen, die den nahenden Sonnenaufgang anzeigen. Diese wenigen ersten Schreie sind gewissermaßen das Vorspiel, dem alles andere schnell zu folgen pflegt.

Der Neger hat sich aufgesetzt, nachdem er seinen ganzen Leib gereckt hat, und ist jetzt dabei, sich die Füße zu massieren.

»Guten Morgen. Sie haben nicht geschlafen?«

»Nein.«

»Das war dumm, denn ich versichere Ihnen, daß Sie nichts von mir zu befürchten haben. Ich bin entschlossen, Ihnen zu helfen, damit Ihr Plan gelingt.«

»Danke, Jean. Wird es noch lange dauern, bis die Sonne durch den Busch dringt?«

»Noch über eine Stunde. Nur die Tiere spüren sehr viel früher als jedes andere Lebewesen, daß die Sonne aufgehen wird. In einer Stunde werden wir Tageslicht haben. Leihen Sie mir Ihr Messer, Papillon.«

Ohne Zögern reiche ich es ihm hin. Er nimmt es, macht zwei oder drei Schritte und schneidet ein Stück von einem Dickblattgewächs ab. Er teilt das Blatt und sagt: »Trinken Sie das Wasser, das darin ist, und bestreichen Sie sich auch damit das Gesicht.«

Ich trinke diesen merkwürdigen Saft und wasche mich damit. Der neue Tag ist angebrochen. Jean hat mir das Messer zurückgegeben. Ich zünde mir eine Zigarette an, und Jean raucht auch eine. Wir brechen auf. Gegen Mittag kommen wir nach mehrmaligem, schwierigem Durchwaten von großen Sumpfstellen, jedoch ohne jede gute oder schlechte Begegnung, im Umkreis des Lagers Inini an.

Wir haben uns auf einer richtigen Zufahrtsstraße dem Lager genähert. Eine Schmalspurbahn führt entlang dieses weiten, urbar gemachten Terrains. »Das ist eine Schienenstrecke, auf der die Wagen nur von den Chinesen geschoben werden«, sagt der Neger.

Diese Eisenkarren machen einen entsetzlichen Lärm, man hört sie

schon von weitem. Eben sehen wir, wie so ein Eisenkarren vorbeikommt, eine Bank steht darauf, auf der zwei Aufseher sitzen. Hintennach zwei Chinesen mit langen Holzstangen, die das Ding bremsen. Von den Rädern sprühen Funken. Jean erklärt mir, daß die Holzstangen eine Spitze aus Stahl haben und dazu dienen, den Karren zu stoßen oder zu bremsen.
Der Weg ist sehr belebt. Chinesen kommen vorbei, mit Lianenpacken auf den Schultern, andere tragen ein Wildschwein, wieder andere Packen aus zusammengepreßten Palmenblättern. Alle scheinen dem Lager zuzustreben. Jean sagt mir, daß es mehrere Gründe gibt, in den Busch zu gehen: etwa um eßbare Vögel zu schießen oder Lianen zu suchen, aus denen Möbel gemacht werden, oder Palmenblätter, um daraus Matten herzustellen, die die Gemüsegärten vor der Sonnenglut schützen. Dann die Jagd auf Schmetterlinge, Insekten, Schlangen und so weiter. Gewisse Chinesen haben die Erlaubnis, einige Stunden in den Busch zu gehen, nachdem sie ihre verschiedenen Pflichten, die ihnen die Verwaltung vorschreibt, erledigt haben. Aber sie müssen alle vor fünf Uhr abends wieder im Lager sein.
»Hier, Jean, hier hast du die fünfhundert Franc und dein Gewehr (das ich vorher entladen habe). Ich habe mein Messer und das Buschmesser. Du kannst gehen. Danke. Möge dir Gott mehr, als ich es kann, vergelten, daß du einem Unglücklichen geholfen hast, das Leben zurückzugewinnen. Du warst anständig zu mir. Ich danke dir nochmals. Und ich hoffe, daß du, wenn du einmal diese Geschichte deinen Kindern erzählen wirst, ihnen sagst: ›Dieser Sträfling war ein guter Junge, ich bereue nicht, ihm geholfen zu haben.‹«
»Es ist schon spät, Papillon, bis zum Einbruch der Nacht würde ich nicht weit kommen. Behalten Sie das Gewehr, ich bleibe bei Ihnen bis morgen früh. Ich würde gerne selber, wenn Sie es wollen, den Chinesen festhalten, den Sie aussuchen werden, um Quiek-Quiek zu benachrichtigen. Er wird dann weniger Angst haben, als wenn er einen Weißen auf der Flucht sieht. Lassen Sie mich auf den Weg hinausgehen. Nicht einmal ein Aufseher, sollte einer daherkommen, würde meine Anwesenheit hier verdächtig finden, ich würde ihm einfach sagen, daß ich eben die Hölzer markiert habe, die für das Holzwerk ›Symphorien‹ in Cayenne bestimmt sind. Vertraue mir.«
»Gut, dann nimm aber dein Gewehr, denn man würde es seltsam finden, dich unbewaffnet im Busch zu sehen.«
»Das stimmt, Papillon.«
Jean hat sich mitten auf den Weg gestellt. Ich soll einen leisen Pfiff ausstoßen, wenn ein Chinese auftaucht, der mir gefällt.
»Gutt Tag, Muscheh«, sagt ein alter kleiner Chinese im Dialekt. Er trägt auf der Schulter einen Bananenstrunk, sehr schmackhaft zu essen, schmeckt wie Kraut. Ich pfeife, denn dieser höfliche Alte, der Jean zuerst grüßt, gefällt mir.

»Guten Tag, Chineser. Bleib stehen, ich mit dir sprechen will.«
Er hält an. »Was will Muscheh?«
Sie reden ungefähr fünf Minuten miteinander. Ich verstehe das Gespräch nicht. Zwei Chinesen kommen vorbei. Sie tragen eine große Hirschkuh an einem Stock, sie ist bei den Läufen aufgehängt, ihr Haupt schleift auf dem Boden. Ohne den Neger zu grüßen, gehen sie weiter, aber sie sagen einige Worte auf chinesisch zu ihrem Landsmann, der ihnen kurz antwortet.
Jean führt den Alten in den Busch hinein. Sie kommen bis zu mir, und der Chinese reicht mir die Hand.
»Du Fru-Fru?« Das heißt Flüchtling.
»Ja.«
»Von wo?«
»Vom Teufel.«
»Das gut.« Er lacht und schaut mich aus seinen Schlitzaugen freundlich an. »Das gut. Wie du heißt?«
»Papillon.«
»Ich nicht kennen.«
»Ich Freund von Tschang, Bruder von Quiek-Quiek.«
»Ah! Das gut.« Er reicht mir wiederum die Hand. »Was du willst?«
»Sagen Quiek-Quiek, daß ich hier warten ihn.«
»Nicht möglich.«
»Warum?«
»Quiek-Quiek gestohlen sechzig Enten von Lagerchef. Chef wollen töten Quiek-Quiek. Quiek-Quiek Fru-Fru.«
»Seit wann?«
»Zwei Monat.«
»Weg übers Meer?«
»Weiß nicht. Ich im Lager gesprochen anderen Chinesen. Er guter Freund Quiek-Quiek. Er weiß. Du bleiben hier. Ich kommen zurück heute nacht.«
»Wieviel Uhr?«
»Weiß nicht. Aber ich zurückkommen und bringen Essen dir, Zigaretten. Du nicht Feuer machen. Ich pfeifen ›La Madelon‹. Wenn du hörst, 'rauskommen auf Straße. Verstanden?«
»Verstanden.« Und er geht weg.
»Was hältst du davon, Jean?«
»Es ist nichts verloren. Denn wenn Sie wollen, gehen wir unseren Weg zurück nach Kourou, und ich werde Ihnen eine Piroge verschaffen, Lebensmittel und ein Segel, damit Sie übers Meer können.«
»Ich muß sehr weit kommen, Jean, es ist unmöglich, das allein zu machen. Danke für dein Angebot. Im schlimmsten Fall nehme ich es vielleicht an.
Der Chinese hat uns ein großes Stück von seinem Bananenkraut gegeben. Wir essen es. Es ist frisch und köstlich, mit einem starken Nußgeschmack dabei. Jean wird wachen, ich schenke ihm Vertrauen.

Ich streiche mir Tabaksaft auf Gesicht und Hände, denn die Moskitos beginnen über uns herzufallen ...
»Papillon, man pfeift ›La Madelon‹.«
Jean hat mich geweckt.
»Wie spät ist es?«
»Nicht spät. Vielleicht neun Uhr.«
Wir treten auf die Straße hinaus. Die Nacht ist schwarz. Der Pfeifer nähert sich, ich antworte. Er kommt noch näher, ist schon ganz nahe, ich spüre, aber sehe ihn nicht. Abwechselnd pfeifend kommen wir endlich zueinander. Es sind drei. Jeder ergreift meine Hand. Bald wird der Mond aufgehen.
»Setzen wir uns an den Straßenrand«, sagt einer von ihnen in tadellosem Französisch.
Wir können uns gegenseitig im Dunkel nicht sehen. Jean ist zu uns gestoßen.
»Iß zuerst, dann sprechen wir«, sagt der Gebildete von der Bande.
Jean und ich essen eine sehr heiße Gemüsesuppe. Das durchwärmt uns, und wir beschließen, einen Rest der Suppe für später aufzuheben. Wir trinken gezuckerten heißen Tee mit Pfefferminzgeschmack, er ist köstlich.
»Du bist ein enger Freund von Tschang?«
»Ja. Er sagte mir, ich solle Quiek-Quiek aufsuchen, um gemeinsam mit ihm zu flüchten. Ich bin schon dreimal sehr weit geflüchtet, bis nach Kolumbien. Ich bin ein guter Seefahrer, und darum wollte Tschang, daß ich seinen Bruder mitnehme. Er hat Vertrauen zu mir.«
»Sehr gut. Was hat er für Tätowierungen, der Tschang?«
»Einen Drachen auf der Brust, drei Punkte auf der linken Hand. Er sagte mir, daß diese drei Punkte das Zeichen sind, daß er einer der Anführer der Revolte von Paolo Condor war. Sein bester Freund ist ein anderer Anführer der Revolte und heißt Van Hue. Er hat einen Arm amputiert.«
»Das bin ich«, sagt der Intellektuelle. »Du bist also gewiß ein Freund von Tschang und daher unser Freund. Hör gut zu: Quiek-Quiek hat noch nicht übers Meer wegkönnen, weil er kein Boot führen kann. Er ist allein, er ist im Busch, ungefähr ein Dutzend Kilometer von hier. Er macht Holzkohle. Freunde verkaufen sie und geben ihm das Geld. Wenn er genug Ersparnisse haben wird, will er versuchen, ein großes Boot zu kaufen und jemanden zu finden, der mit ihm zusammen übers Meer wegflüchtet. Wo er jetzt ist, besteht keine Gefahr für ihn. Niemand kann zu dieser Art Insel kommen, wo er sich aufhält, denn sie ist mitten im Sumpf. Jeder wird vom Sumpf verschluckt, der das Abenteuer wagt, ohne sich genau auszukennen. Ich werde dich bei Sonnenaufgang abholen, um dich zu Quiek-Quiek zu führen. Kommt mit.«
Wir gehen am Straßenrand entlang, denn der Mond ist aufgestiegen, und es ist hell genug, um fünfzig Meter weit zu sehen. Als wir an

einer Holzbrücke ankommen, sagt Van Hue zu mir: »Da drunten kannst du schlafen, ich werde dich morgen früh holen.«
Wir reichen uns die Hände, und dann gehen sie weg. Sie gehen auf der Straße, ohne sich zu verstecken. Für den Fall, daß man sie entdeckt, werden sie sich ausreden, sie hätten die am Tage ausgelegten Fallen im Busch kontrolliert. Jean sagt: »Papillon, du schläfst besser nicht hier, schlaf lieber im Busch. Ich werde hier schlafen. Wenn er kommt, ruf ich dich.«
»In Ordnung.« Ich ziehe mich in den Busch zurück, und nachdem ich einige Zigaretten geraucht habe, schlafe ich glücklich ein, den Bauch mit der guten Suppe vollgeschlagen.
Van Hue ist schon vor Sonnenaufgang beim Rendezvous. Um Zeit zu gewinnen, will er auf der Straße gehen, bis die Sonne sich hebt. Wir schreiten während der folgenden vierzig Minuten kräftig aus. Mit einem Schlag ist die Sonne da, und von weitem ist der Lärm eines Eisenkarrens zu hören, der sich auf der Schienenstrecke bewegt. Wir gehen wieder ins Dickicht.
»Leb wohl, Jean, Dank und viel Glück. Möge Gott dich segnen, dich und deine Familie!« Ich bestehe darauf, daß er die fünfhundert Franc annimmt. Er erklärt mir noch, wie ich mich seinem Dorf nähern könnte, falls der Plan mit Quiek-Quiek schiefgeht, und wie ich wieder auf den Pfad zurückkomme, wo ich ihn getroffen habe. Er muß ihn zweimal in der Woche gehen, und so könnte ich ihm dort treffen. Ich drücke die Hand dieses edlen guayanischen Schwarzen, und er springt auf die Straße.
»Vorwärts«, sagt Van Hue und dringt in den Busch ein. Er orientiert sich in Sekundenschnelle, wir marschieren los und kommen schnell weiter, denn der Busch ist nicht sehr dicht. Van Hue vermeidet es, die Zweige oder Lianen, die sich ihm entgegenstellen, mit dem Buschmesser abzuschneiden. Er schiebt sie lieber beiseite.

Quiek-Quiek

In weniger als drei Stunden erreichen wir einen sumpfigen Pfuhl. Seerosen und große grüne Blätter liegen auf ihm. Wir gehen am Rand entlang.
»Gib acht, daß du nicht ausrutschst, sonst bist du verloren«, warnt mich Van Hue, als ich einmal strauchle.
»Geh voran, ich folge dir«, sage ich. »Ich werde besser achtgeben.«
Vor uns, ungefähr hundertfünfzig Meter, eine kleine Insel. Aus der Mitte des winzigen Eilandes steigt Rauch auf. Dort müssen Köhler sein. Ich bemerke im Sumpf einen Kaiman, nur seine Augen schauen hervor. Wovon das Krokodil sich wohl ernährt in diesem Sumpf?
Nachdem wir mehr als einen Kilometer auf der Böschung dieses Sumpfteiches hinter uns gebracht haben, bleibt Van Hue stehen und beginnt einen leisen chinesischen Singsang anzustimmen. Ein Mann

nähert sich bis zum Rand der Insel. Er ist klein und nur mit Shorts bekleidet. Die beiden Gelbhäute reden miteinander. Es dauert lange, und ich fange schon an ungeduldig zu werden, als sie endlich aufhören.
»Komm«, sagt Van Hue. Ich folge ihm ein Stück auf dem Weg, den wir hergekommen sind.
»Alles geht gut, es war ein Freund von Quick-Quick. Quick-Quick ist auf die Jagd gegangen, er wird nicht spät zurücksein. Wir müssen ihn hier erwarten.«
Wir setzen uns nieder, nach kaum einer Stunde kommt Quick-Quick. Es ist ein kleiner, ausgetrockneter Kerl, ein gelber Annamite, die Zähne stark lackiert, fast schwarz glänzend, mit intelligenten, freimütigen Augen.
»Du bist ein Freund meines Bruders Tschang?«
»Ja.«
»Gut so. Du kannst gehen, Van Hue.«
»Danke«, sagt Van Hue.
»Da, nimm dieses Rebhuhn mit.«
»Nein, danke.« Van Hue drückt mir die Hand und ist fort.
Quick-Quick zieht mich hinter einem Schwein her, das vor ihm geht. Er folgt dem Schwein buchstäblich in dessen Spur.
»Gib gut acht, Papillon, der leiseste Fehltritt, und du versinkst. Wenn einer verunglückt, kann der andere ihm nicht helfen, denn dann verschwindet nicht nur der eine, sondern alle beide. Der Weg hinüber ist nie derselbe, weil sich der Sumpf ununterbrochen verändert und bewegt, aber das Schwein findet immer einen Übergang. Einmal habe ich zwei Tage warten müssen, um wieder hinüberzukommen.«
Tatsächlich, das schwarze Schwein nimmt Witterung und bewegt sich dann schnell über den Sumpf. Der Chinese spricht mit ihm in seiner Sprache. Ich bin platt. Dieses kleine Tier gehorcht ihm wie ein Hund. Quick-Quick beobachtet es, und ich sperre Mund und Augen auf. Das Schwein ist auf die andere Seite hinübergewechselt, ohne irgendwo tiefer als ein paar Zentimeter einzusinken. Mein neuer Freund geht nun seinerseits schnell los und sagt zu mir: »Setz deine Füße genau in meine Fußstapfen. Wir müssen sehr schnell machen, denn die Löcher, die das Schwein hinterläßt, schließen sich gleich wieder.«
Wir sind ohne Schwierigkeiten hinübergekommen. Der Sumpf ist mir nie höher als bis zu den Knöcheln gestiegen, und das auch nur gegen Ende unserer Überquerung. Das Schwein hatte zwei lange Umwege gemacht, was uns nötigte, auf dieser schwankenden Schicht mehr als zweihundert Meter zu machen. Ich bin in Schweiß gebadet. Ich muß sagen, ich hatte nicht nur Angst, ich war tatsächlich von panischem Schrecken erfaßt. Beim ersten Teil des Übergangs fragte ich mich, ob das Schicksal wohl beabsichtige, mich ebenso sterben zu lassen wie Sylvain. Ich sah ihn vor mir, den Armen,

in seiner letzten Minute, und hellwach, wie ich war, erkannte ich genau seinen Körper – aber sein Gesicht schien meine Züge zu tragen! Es war ein furchtbares Erlebnis, dieser Übergang, ich werde es nie vergessen.
»Gib mir die Hand.« Quiek-Quiek, dieser kleine Kerl, nichts als lauter Haut und Knochen, hilft mir auf die Böschung hinauf.
»Na also, mein Freund, hier werden uns keine Menschenjäger besuchen.«
Ich blicke mich um. »Ganz gewiß nicht.«
Wir dringen in die Insel ein. Der Geruch von Kohlengas benimmt mir den Atem. Ich huste. Es kommt von den zwei Kohlenmeilern. Von Moskitos wird man hier ganz bestimmt in Ruhe gelassen. Windgeschützt und von Rauch umhüllt steht da eine Schutzhütte, ein kleines Häuschen mit einem Blätterdach und mit Wänden, die ebenfalls aus Blättermatten bestehen. Eine Tür, und davor der kleine Indochinese, den ich schon vorher gesehen habe.
»Guten Tag, Muscheh.«
»Sprich mit ihm französisch, nicht Dialekt, er ist ein Freund meines Bruders.«
Der Chinese, eine halbe Portion Mann, prüft mich von Kopf bis Fuß. Mit seiner Inspektion zufrieden, reicht er mir die Hand und lächelt aus einem völlig zahnlosen Mund.
»Tritt ein, setz dich.«
Er ist blitzsauber, dieser Küchenraum, der einzige Raum der Hütte. In einem großen Topf über dem Feuer kocht irgend etwas. Ein einziges Bett steht da, aus Baumzweigen, mindestens einen Meter hoch.
»Hilf mir, einen Winkel herzurichten, wo er diese Nacht schlafen kann.«
»Gern, Quiek-Quiek.«
In einer knappen halben Stunde ist meine Liegestatt fertig. Die beiden Chinesen decken auf, und wir essen eine köstliche Suppe, dann gekochten Reis mit Zwiebelfleisch.
Der Freund von Quiek-Quiek ist jener Kerl, der die Holzkohle verkauft. Er wohnt nicht auf der Insel, und so bleiben wir bei Einbruch der Nacht allein, Quiek-Quiek und ich.
»Ja, ich habe alle Enten vom Lagerchef geklaut, und darum bin ich auf der Flucht.«
Wir sitzen an einem kleinen Feuer einander gegenüber, und unsere beiden Gesichter werden ab und zu von den Flammen erhellt. Wir beobachten uns gegenseitig, und während wir miteinander reden, versucht ein jeder, den anderen kennen und verstehen zu lernen.
Das Gesicht von Quiek-Quiek ist fast gar nicht mehr gelb, es ist durch die Sonne kupferbraun geworden. Seine stark geschlitzten, schwarzglänzenden Augen blicken einem gerade ins Gesicht, wenn er redet. Er raucht lange Zigarren, die er sich selbst aus schwarzen Tabakblättern gedreht hat.

Ich rauche weiter meine Zigaretten, die ich mir aus Reispapier drehe.
»Ich bin also auf die Flucht gegangen, weil der Besitzer der Enten, der Lagerchef, mich töten wollte. Das ist jetzt drei Monate her. Das Unglück wollte es, daß ich nicht nur den Gelderlös für die Enten, sondern auch den für die Kohle von zwei Meilern im Spiel verloren habe.«
»Wo spielst du denn?«
»Im Busch. Jede Nacht haben die Chinesen aus dem Lager Inini und Freigelassene, die von Cascade kommen, ihr Spiel.«
»Bist du entschlossen, übers Meer zu flüchten?«
»Nichts lieber als das. Ich habe immer, wenn ich meine Holzkohle verkaufe, daran gedacht, ein Boot zu erstehen und einen Kumpel zu finden, der mit so was umgehen kann und bereit ist, mit mir zu fliehen. In drei Wochen werde ich so weit sein, daß wir ein Boot haben und aufs Meer hinaus kommen, da du ja zu segeln verstehst.«
»Ich habe Geld, Quiek-Quiek. Wir brauchen nicht den Verkauf der Kohle abzuwarten, um ein Boot zu haben.«
»Das ist gut. Es gibt eine gute Schaluppe zu kaufen für tausendfünfhundert Franc. Ein Schwarzer, ein Holzfäller, verkauft sie.«
»Gut. Hast du sie gesehen?«
»Ja.«
»Aber ich möchte sie selbst sehen.«
»Morgen werde ich Chocolat aufsuchen, so heißt er bei mir. Erzähl mir von deiner Flucht, Papillon. Ich glaubte immer, daß es unmöglich sei, von der Teufelsinsel zu flüchten. Warum ist mein Bruder Tschang nicht mit dir gekommen?«
Ich erzähle ihm die Flucht, erzähle von der Woge Lisette bis zum Tod des armen Sylvain.
»Ich verstehe, daß Tschang nicht mit dir gehen wollte. Es war wirklich zu gewagt. Du bist ein vom Glück begünstigter Mann, sonst wärst du nicht lebend hier angekommen. Ich bin froh darüber.«
Mehr als drei Stunden haben wir so miteinander geplaudert. Wir sind zeitig schlafen gegangen, denn bei Sonnenaufgang will Quiek-Quiek seinen Chocolat aufsuchen. Nachdem wir einen großen Zweig aufs Feuer gelegt hatten, damit es die ganze Nacht anhält, gingen wir schlafen. Der Rauch schnürt mir die Kehle ab, und ich muß husten. Aber er hat auch einen großen Vorteil: keine einzige Mücke.
Ausgestreckt auf meinem Lager, mit einer guten Decke zugedeckt, wohlig warm, schließe ich die Augen. Ich kann nicht einschlafen. Ich bin zu aufgeregt. Ja, die Flucht entwickelt sich gut. Wenn das Boot etwas taugt, bin ich in spätestens acht Tagen auf dem Meer. Quiek-Quiek ist klein, dürr, aber er muß eine ungewöhnliche Kraft und ebensolchen Widerstandswillen haben. Er ist sicherlich loyal und anständig gegenüber seinen Freunden, aber gewiß äußerst grausam gegenüber seinen Feinden. Es ist schwer, in einem asiatischen

Gesicht zu lesen, es drückt nichts aus. Doch seine Augen sprechen für ihn.
Ich schlafe ein und träume von einem sonnenüberstrahlten Meer, wo mein Boot fröhlich die Wellen durchschneidet, der Freiheit entgegen.
»Willst du Kaffee oder Tee?«
»Was trinkst *du*?«
»Tee.«
»Dann gib mir Tee.«
Die Sonne ist noch kaum hervorgekommen, das Feuer hält immer noch an, Quiek-Quiek schürt es und legt Holz zu, das Wasser siedet in einem Kessel, und ein Hahn schickt sein fröhliches Kikeriki dem Morgen entgegen.
Kein Vogelgeschrei rundum, der Rauch der Kohlenmeiler vertreibt sie anscheinend. Das schwarze Schwein liegt auf dem Bett von Quiek-Quiek. Es muß ein Faulpelz sein, denn es schläft weiter. Fladen aus Reismehl backen auf dem Rost. Nachdem er mir gezukkerten Tee serviert hat, schneidet mein Kumpel einen von den Fladen auseinander, bestreicht ihn mit Margarine und reicht ihn mir. Ein wahrhaft kräftiges Frühstück. Ich esse gleich drei von den knusprig gebackenen Fladen.
»Ich muß weg, du kannst hierbleiben. Wenn jemand ruft oder pfeift, gib keine Antwort. Du bist sicher, niemand kommt hierher. Aber wenn du dich am Rand des Sumpfes zeigst, kann man dich mit einem Gewehrschuß töten.«
Das Schwein erhebt sich auf den Ruf seines Herrn hin. Es frißt und säuft, dann geht es hinaus und er hinterdrein. Es geht direkt auf den Sumpf zu. Rechts, weit weg von der Stelle, an der wir gestern auf die Insel heraufgestiegen sind, steigt es hinein. Aber nach zehn, zwölf Meter kehrt es zurück. Der Übergang gefällt ihm nicht. Erst nach drei Versuchen findet es die geeignete Stelle. Quiek-Quiek folgt ihm unmittelbar und mit blindem Vertrauen und gewinnt auf der anderen Seite des Sumpfes festen Boden.
Quiek-Quiek wird erst am Abend zurückkehren. Ich habe allein die Suppe gegessen, die er aufs Feuer gestellt hat. Nachdem ich im Hühnerhof acht frisch gelegte Eier eingesammelt habe, bereite ich mir mit Margarine ein kleines Omelett aus drei Eiern. Der Wind hat sich gedreht, und der Rauch der beiden Kohlenmeiler gegenüber der Schutzhütte wird jetzt seitlich davongetragen. Gegen den Regen geschützt, der nachmittags fiel, und wohlig ausgestreckt auf meiner hölzernen Liegestatt, wurde ich von den Kohlengasen nicht belästigt.
Vormittags habe ich einen Rundgang auf der Insel gemacht. Fast in ihrer Mitte fand ich eine recht große und offene Lichtung. Gefällte Bäume und gehacktes Holz zeigen an, daß Quiek-Quiek von hier das Holz für seine Kohlenmeiler nimmt. Ich sehe auch eine große Grube von weißer Tonerde, aus der holt er sich offenbar das not-

wendige Material, um das Holz zu bedecken, damit es darunter ohne Flamme langsam verkohlt. Die Hühner kommen auf die Lichtung, um Futter aufzupicken. Eine riesige Ratte flüchtet vor meinen Füßen, und wenige Meter weiter finde ich eine fast zwei Meter lange tote Schlange. Ohne Zweifel hat die Ratte sie soeben getötet.
Den ganzen lieben Tag, den ich allein auf der Insel verbrachte, machte ich eine Entdeckung nach der andern. Zum Beispiel fand ich eine Ameisenbärfamilie, Mutter mit drei Kindern. Ein riesiger Ameisenhaufen gleich daneben war in vollem Aufruhr. Dutzende sehr kleiner Affen springen rund um die Lichtung von Baum zu Baum. Bei meinem Auftauchen schrien die Seidenäffchen zum Gottserbarmen.
Abends kehrte Quiek-Quiek zurück.
»Ich habe weder Chocolat noch das Boot gesehen. Er ist wahrscheinlich um Lebensmittel nach Cascade gegangen, dem kleinen Dorf, wo er sein Haus hat. Hast du gut gegessen?«
»Ja.«
»Möchtest du noch etwas?«
»Nein.«
»Ich habe dir zwei Pakete Tabak mitgebracht, es ist ein richtiger Rachenputzer fürs Militär, aber es hat keinen anderen gegeben.«
»Danke, das macht nichts aus. Wenn Chocolat fortgeht, wie lange bleibt er da in seinem Dorf?«
»Zwei oder drei Tage, aber ich werde trotzdem morgen und die folgenden Tage wieder zu ihm gehen, denn ich weiß nicht, seit wann er weg ist.«
Am nächsten Tag ist strömender Regen. Quiek-Quiek läßt sich davon nicht abhalten und macht sich, vollkommen nackt, auf den Weg. Er trägt seine Sachen in ein Wachstuch eingeschlagen unter dem Arm. Ich begleite ihn nicht. »Es lohnt nicht, daß auch du naß wirst«, hat er mir gesagt. Eben hat es zu regnen aufgehört. Der Sonnenstand zeigt mir an, daß es zwischen zehn und elf Uhr sein muß. Einer von den beiden Kohlenmeilern hat sich unter dem Regensturz aufgelöst. Ich gehe hin, um das Malheur zu betrachten. Die Sintflut hat das Kohlenfeuer nicht vollkommen auszulöschen vermocht, noch immer steigt Rauch aus dem durcheinandergeratenen Haufen. Plötzlich muß ich mir die Augen reiben, bevor ich von neuem hinsehe, so überraschend trifft mich der Anblick: Aus dem Kohlenmeiler tauchen fünf Schuhe auf. Mir ist sofort klar, daß jeder dieser Schuhe, die da mit ihren Sohlen nach unten herunterhängen, zu einem Fuß und zu einem Bein gehört. Es müssen also drei Männer in dem Meiler verglosen. Unnötig, meine erste Reaktion zu beschreiben, es lief mir kalt über den Rücken. Ich bücke mich und schiebe die Holzkohle mit dem Fuß ein wenig beiseite, da taucht der sechste Fuß auf.
Dieser Quiek-Quiek ist nicht nur ein Totschläger, er verwandelt die Kerle, die er serienweise umbringt, auch noch zu Knochenkohle.

Ich bin so aufgewühlt, daß ich mich von dem Meiler entferne und zur Lichtung hingehe, um etwas Sonne abzubekommen. Ich brauche Wärme. Denn trotz der stickigen Tropenhitze ist mir plötzlich kalt, und ich habe das Bedürfnis nach einem kräftigen Sonnenstrahl.
Wenn man das liest, wird man denken, daß das unlogisch ist. Daß ich vielmehr nach einer solchen Entdeckung hätte in Schweiß ausbrechen müssen. Nein, so war es eben nicht, ich werde von Kälte geschüttelt, erstarre moralisch und physisch zu Eis. Erst viel später, erst nach mehr als einer Stunde, bricht mir der Schweiß aus und beginnt von meiner Stirn herunterzufließen. Denn je länger ich daran denke, daß ich Quiek-Quiek mitgeteilt habe, daß in meinem Stöpsel viel Geld ist, desto mehr muß es mir wie ein Wunder erscheinen, daß ich noch lebe. Ob er mich nur in Reserve hält, um mit mir einen dritten Kohlenmeiler anzulegen?
Ich erinnere mich, daß mir sein Bruder Tschang erzählt hat, Quiek-Quiek sei für Seeräuberei und Mord an Bord einer Dschunke zum Tod verurteilt worden. Als sie das Schiff überfielen, um es auszurauben, brachten sie die ganze Familie um, allerdings aus politischen Gründen. Es sind also Burschen, die auf serienweisen Mord trainiert sind. Anderseits bin ich hier ein Gefangener. Ich befinde mich in einer seltsamen Lage. Sehen wir einmal zu, was sich da tun läßt. Wenn ich Quiek-Quiek auf der Insel töte und *ihn* in den Kohlenmeiler stecke, niemand sieht es, niemand hört es. Aber das Schwein wird mir nicht gehorchen, es spricht nicht einmal Französisch, dieses abgerichtete Schätzchen von einem Schwein. Daher gibt es keine Möglichkeit, von der Insel wegzukommen. Wenn ich den Chineser am Hals packe, wird er mir gehorchen. Aber dann muß ich ihn, nachdem er mich heil von der Insel weggebracht hat, drüben auf festem Boden umbringen. Wenn ich ihn in den Sumpf werfe, wird er verschwinden. Aber es muß einen Grund dafür geben, daß er die Burschen verbrennt und nicht in den Sumpf wirft, was doch leichter wäre. Um die Gammler, um die scher ich mich nicht, aber wenn die Chinesen, seine Freunde, auf einmal entdecken, daß ich ihn umgebracht habe, werden sie sich in Menschenjäger verwandeln, und so wie die sich im Busch auskennen, wird es kein Spaß für mich sein, sie auf den Fersen zu haben.
Quiek-Quiek hat nur einen einläufigen Vorderlader. Er läßt ihn nicht aus der Hand, selbst wenn er das Essen zubereitet. Er schläft mit ihm und nimmt ihn sogar mit, wenn er abseits in den Busch geht, um sein Bedürfnis zu verrichten. Ich muß immer das Messer geöffnet bei mir tragen, aber immerhin muß ich ja auch schlafen. Na, da hab ich mir einen guten Kompagnon für die Flucht ausgesucht! Den ganzen Tag habe ich nichts gegessen, und ich bin noch zu keinem Entschluß gekommen, als ich singen höre. Es ist Quiek-Quiek, der zurückkehrt. Hinter Zweigen versteckt, sehe ich ihn herankommen. Er trägt einen Packen auf dem Kopf, und erst als er schon nahe am Sumpfrand ist, zeige ich mich. Lächelnd reicht er mir

den mit einem Mehlsack umgebenen Packen, klettert das Ufer herauf und geht schnell auf das Häuschen zu. Ich folge ihm.

»Gute Nachrichten, Papillon. Chocolat ist wiedergekommen. Er hat das Boot noch. Er meint, es kann mehr als fünfhundert Kilo tragen, ohne unterzusinken. Was du da trägst, das sind Mehlsäcke, um daraus das Segel und auch eine Fock zu machen. Es ist der erste Packen, morgen holen wir die anderen, denn du kommst mit mir, um zu sehen, ob dir das Boot paßt.«

Das alles erklärt mir Quiek-Quiek, ohne sich umzuwenden. Wir gehen hintereinander, zuerst das Schwein, dann er, dann ich. Mir fährt durch den Kopf, daß er nicht danach aussieht, mich in den Meiler zu stecken, da er doch die Absicht zu haben scheint, mir morgen das Boot zu zeigen, und überdies beginnt er schon mit den Vorbereitungen für die Flucht: er hat sogar Mehlsäcke gekauft.

»Höre, ein Kohlenmeiler ist auseinandergefallen. Offenbar vom Regen. Es ist ein solcher Sturzbach heruntergekommen, daß es mich nicht gewundert hat.«

Er geht nicht einmal zum Meiler hin, sondern geradewegs in die Hütte. Ich weiß nicht, was sagen, noch zu welchem Schluß ich kommen soll. So tun, als hätte ich nichts gesehen, wäre wenig glaubhaft. Es wäre doch sonderbar, daß ich mich den ganzen Tag über dem Kohlenmeiler genähert hätte, der keine fünfundzwanzig Meter von der Hütte entfernt liegt, auseinandergebrochen.

»Du hast das Feuer ausgehen lassen?«

»Ja. Ich habe nicht achtgegeben.«

»Aber du hast auch nicht gegessen?«

»Nein, ich hatte keinen Hunger.«

»Bist du krank?«

»Nein.«

»Warum hast du dann nicht die Suppe gelöffelt?«

»Setz dich, Quiek-Quiek, ich habe mit dir zu reden.«

»Laß mich erst das Feuer anzünden.«

»Nein, ich möchte sofort mit dir sprechen, solang es noch Tag ist.«

»Was gibt's?«

»Es gibt da den Kohlenmeiler, und als er auseinanderfiel, kamen drei Männer zum Vorschein, die du darin gebraten hast. Gib mir eine Erklärung.«

»Ach, deshalb bist du so seltsam!« Und unbewegt blickt er mir gerade ins Gesicht: »Nach dieser Entdeckung hast du keine Ruhe gehabt. Das verstehe ich, es ist ganz natürlich. Ich habe sogar Glück gehabt, daß du mir nicht gleich dein Messer in den Rücken ranntest. Hör zu, Papillon, diese drei Kerle waren Menschenjäger. Vor einer Woche nämlich, oder vor zehn Tagen, habe ich Chocolat eine gehörige Menge Holzkohle verkauft. Der Chinese, den du gesehen hast, half mir, die Säcke von der Insel wegzubringen. Das ist jedesmal eine komplizierte Geschichte: mit einem Strick, über zweihundert Meter lang, müssen die Säcke in einer Kette hintereinander über den Sumpf gleiten, ans feste Land gezogen werden. Von hier bis zu einem kleinen Wasserlauf, wo sich die Piroge von Chocolat befand, haben wir nicht wenig Spuren hinterlassen, und aus manchen, nicht mehr ganz heilen Säcken sind Kohlestücke herausgefallen. Da ist auch schon der erste Menschenjäger herumgestrichen. Die Schreie der Tiere haben mir sofort angezeigt, daß sich welche im Busch befanden. Ich sah den Kerl, ohne daß er mich bemerkte. Es war nicht schwer, ihn von der ihm gegenüberliegenden Seite im Halbkreis zu umgehen und von hinten anzufallen. Er war tot, ohne selbst gesehen zu haben, wer ihn getötet hat. Da ich beobachtet habe, daß der Sumpf die Leichen, die in ihm versinken, wieder hergibt, sie steigen nach einigen Tagen wieder an die Oberfläche, habe ich den Kerl hierhergetragen und in den Meiler getan.«

»Und die beiden anderen?«

»Das war drei Tage vor deiner Ankunft. Die Nacht war sehr schwarz und ganz ruhig, was im Busch selten vorkommt. Diese beiden da schlichen bis zum Einbruch der Nacht um den Sumpf herum. Der eine von ihnen wurde ab und zu, sobald der Rauch auf ihn zuging, von einem Hustenanfall gepackt. Durch diesen Husten hatte ich überhaupt erst ihre Anwesenheit bemerkt. Bei Tagesanbruch wagte ich an einer Stelle über den Sumpf zu gehen, die derjenigen, woher der Husten kam, gegenüberlag. Um es kurz zu machen: den ersten Menschenjäger habe ich erwürgt, er hat nicht einmal einen Schrei ausstoßen können. Und der andere, der ein Jagdgewehr trug, hat die Dummheit gehabt, aus dem Busch herauszutreten, um besser zu sehen, was sich auf der Insel tut. Ich habe ihn mit einem Schuß niedergestreckt, und weil er nicht ganz tot war, hab ich ihm noch das Messer hineingestoßen. Das sind also die drei Burschen, die du in dem Meiler entdeckt hast, Papillon, zwei Araber und ein Franzose. Mit jedem einzeln auf der Schulter über den Sumpf herüberzukommen, war ein bißchen lästig. Ich habe die Reise zweimal machen müssen, sie hatten ein hübsches Gewicht. Schließlich habe ich sie in den Meiler gestopft.«

»Ist das wirklich so vor sich gegangen?«

»Ja, Papillon, ich schwör dir's.«

»Warum hast du sie nicht in den Sumpf geworfen?«

»Ich hab dir doch schon gesagt, der Sumpf gibt die Leichen zurück. Manchmal fällt Großwild hinein, und eine Woche später steigen die Kadaver an die Oberfläche. Dann stinkt es nach Verwesung, bis die Aasgeier sie auffressen. Das dauert lang, und das Geschrei der Vögel und ihr Kreisen über der Beute lockt oft Neugierige herbei. Wirklich, Papillon, ich schwör es dir, du brauchst von mir nichts zu befürchten. Hier, nimm das Gewehr, wenn du willst, um ganz sicher zu sein.«

Ich habe wahnsinnige Lust, die Waffe anzunehmen, aber ich beherrsche mich und sage so natürlich wie möglich:

425

»Nein, Quiek, wenn ich hier bin, so deshalb, weil ich mich bei einem Freund in Sicherheit weiß. Morgen mußt du die Menschenjäger zur Gänze verbrennen, denn wer weiß, was geschieht, wenn wir von hier fort sein werden. Ich habe keine Lust, daß man mich, selbst in Abwesenheit, dreier Morde beschuldigt.«
»Ja, ich werde sie noch morgen ganz verbrennen, aber sei ruhig, niemals wird jemand seinen Fuß auf diese Insel setzen, es ist unmöglich, den Sumpf zu passieren, ohne zu versinken.«
»Und mit einem Gummiboot?«
»Daran habe ich nicht gedacht.«
»Wenn jemand die Gendarmen hierherführt und die sich in den Kopf setzen, bis zur Insel zu kommen, glaub mir, daß sie es mit einem Floß versuchen werden. Und es wird ihnen gelingen. Darum müssen wir so schnell wie möglich weg von hier.«
»Einverstanden. Morgen fache ich das Feuer in den Meilern wieder an, es brennt noch. Ich muß nur einen zweiten Rauchabzug machen.«
»Dann also gute Nacht, Quiek.«
»Gute Nacht, Papillon. Und ich wiederhole: du kannst ruhig und gut schlafen, du kannst mir vertrauen.«
Bis zum Kinn herauf zugedeckt, genieße ich die Wärme meines Lagers. Ich rauche mir eine Zigarette an. Zehn Minuten später schnarcht Quiek-Quiek. Das Schwein neben ihm schnauft behaglich. Das Feuer hat keine Flamme mehr, aber das große Holzscheit glüht auf, wenn ein Lufthauch in die Hütte weht, und das alles zusammen ergibt ein Gefühl von Ruhe und Zufriedenheit.
Ich überlasse mich diesem Wohlbehagen und schlafe mit einem Hintergedanken ein: Entweder wache ich morgen früh auf, und alles zwischen mir und Quiek-Quiek ist beim alten, oder aber der Chineser ist ein Komödiant und versteht es noch besser als Sascha Guitry, seine wahren Absichten zu verbergen und Geschichten zu erzählen. Und dann sehe ich eben die Sonne nicht mehr, denn ich weiß zuviel über ihn, und das könnte ihn stören.
Mit einem Kaffeenapf in der Hand weckt mich der Spezialist in serienweisen Morden, als wenn nichts geschehen wäre, und wünscht mir mit einem prachtvollen freundlichen Lächeln einen guten Morgen. Die Sonne ist aufgegangen.
»Da, trink Kaffee und nimm einen Fladen, er ist schon mit Margarine bestrichen.«
Nachdem ich gegessen und getrunken habe, wasche ich mich draußen an einer Tonne, die immer voll Wasser ist.
»Willst du mir helfen, Papillon?«
»Ja«, sage ich, ohne zu fragen, wobei. Wir ziehen die halbverbrannten Leichen an den Füßen heraus. Ich verliere kein Wort darüber, als ich sehe, daß die drei einen geöffneten Bauch haben: das sympathische Schlitzauge muß in ihren Gedärmen nachgeforscht haben, ob sie nicht einen Stöpsel bei sich hatten. Waren es wirklich Menschenjä-

ger? Warum nicht vielleicht Schmetterlings- oder Vogeljäger? Hat er sie getötet, um sich zu verteidigen oder um sie zu berauben? Genug davon. Denken wir nicht weiter dran. Sie werden in eine Grube des Meilers hineingelegt und gut mit Holz und Tonerde bedeckt. Zwei Rauchabzüge sind offen, und der Meiler beginnt seine Funktion zu erfüllen: er wird Holzkohle herstellen und drei Gekillte in Asche verwandeln.
»Gehen wir, Papillon.«
Das Schweinchen findet nach kurzer Zeit den Übergang. Im Gänsemarsch gehen wir hinter ihm drein und überqueren den Sumpf. Ich habe unbeschreiblich angstvolle Momente erlebt, während wir da über den Sumpf gingen. Das Einsinken von Sylvain ist ein so nachhaltiger Schrecken für mich, daß ich mich nicht mehr davon lösen kann und auch jetzt noch kaum zu atmen wage, wenn ich in die gleiche Gefahr komme. Mit Schweißperlen auf der Stirn halte ich mich knapp hinter Quiek-Quiek. Bei jedem Schritt trete ich unmittelbar in seine Fußstapfen. Wenn *er* hinüberkommt, muß auch *ich* hinüberkommen.
Mehr als zwei Stunden Marsch durch den Busch führen uns an die Stelle, wo Chocolat Holz schlägt. Wir sind niemandem begegnet und haben uns kein einziges Mal verstecken müssen.
»Guten Tag, Muscheh.«
»Guten Tag, Quiek-Quiek.«
»Wie geht's?«
»Oh, es geht.«
»Zeig meinem Freund das Boot.«
Es ist ein sehr festes Boot, eine Art Lastkahn. Es ist recht schwer, aber dafür stabil. Ich steche mit dem Messer an verschiedenen Stellen hinein, nirgends dringt es tiefer als einen halben Zentimeter. Auch der Boden ist intakt. Das Holz, das man für diesen Bootsbau verwendete, war erste Sorte.
»Wieviel wollen Sie dafür haben?«
»Zweitausendfünfhundert Franc.«
»Ich gebe Ihnen zweitausend.«
Der Handel kommt in Schwung.
»Das Boot hat keinen Kiel. Ich zahle Ihnen fünfhundert Franc mehr, aber sie müssen einen Kiel setzen, ein Steuer und einen Mast. Den Kiel aus hartem Holz, ebenso das Steuer. Den Mast drei Meter hoch, aus Weichholz und beweglich. Wann wird das fertig sein?«
»In acht Tagen.«
»Da haben Sie zwei Tausendfrancscheine und einen Fünfhunderter. Ich schneide sie entzwei und werde Ihnen die anderen Hälften bei Lieferung geben. Heben Sie die drei Hälften gut auf. Einverstanden?«
»Einverstanden.«
»Ich brauche Permanganat, eine Tonne Trinkwasser, Zigaretten, Zündhölzer und Lebensmittel für vier Mann auf einen Monat:

Mehl, Öl, Kaffee, Zucker. Das werde ich Ihnen natürlich alles extra bezahlen, und das Ganze übergeben Sie mir dann auf dem Fluß, auf dem Kourou.«
»Muscheh, ich kann Sie aber nicht bis zur Mündung begleiten.«
»Das habe ich auch nicht von Ihnen verlangt. Ich habe Ihnen gesagt, mir das Boot auf dem Fluß auszuhändigen, nicht in der Hafenbucht.«
»Da haben Sie die Mehlsäcke, einen Strick, Nadeln und Segelgarn.«
Quiek und ich kehren zu unserem Schlupfwinkel zurück. Eine gute Weile vor Einbruch der Nacht kommen wir ohne Zwischenfall in der Hütte an. Auf dem Rückmarsch trug er das Schweinchen auf seinen Schultern, denn es war müde.
Ich bin heute allein und gerade dabei, das Segel zu nähen, als ich Geschrei höre. Im Busch versteckt, nähere ich mich dem Sumpf und blicke zum anderen Ufer hinüber: Quiek-Quiek streitet, heftig gestikulierend, mit dem chinesischen Intellektuellen. Ich glaube zu verstehen, daß dieser auf die Insel herüberkommen möchte und daß Quiek-Quiek das nicht will. Beide haben ein Buschmesser in der Hand. Von den beiden regt sich der Einarmige mächtig auf. Daß er mir nur nicht Quiek-Quiek umbringt! Ich beschließe, mich ihnen zu zeigen. Ich pfeife. Sie wenden sich zu mir her.
»Was ist los, Quiek?«
»Ich will mit dir sprechen, Papillon«, schreit Van Hue. »Quiek-Quiek will mich nicht hinüberlassen!«
Nach zehn Minuten Diskussion auf chinesisch folgen sie dem Schweinchen nach und kommen beide auf die Insel. Wir trinken jeder unseren Tee, und ich warte, daß sie zu sprechen beginnen.
»Nun also«, sagt Quiek-Quiek. »Er will um jeden Preis mit uns mit. Ich erkläre ihm die ganze Zeit, daß ich in dieser Angelegenheit nichts zu reden habe, weil du das Ganze bezahlst und das Kommando führst. Er will es mir nicht glauben.«
»Papillon«, sagt der andere, »Quiek-Quiek ist verpflichtet, mich mitzunehmen.«
»Warum?«
»Wegen ihm habe ich vor zwei Jahren meinen Arm verloren. Bei einer Schlägerei, wo es ums Spiel ging, hat er ihn so zugerichtet, daß man ihn mir abschneiden mußte. Ich habe schwören müssen, daß ich ihn nicht umbringe. Aber ich habe unter einer Bedingung geschworen: Sein ganzes Leben lang muß er mich erhalten, zumindest wenn ich es von ihm fordere. Und jetzt will er weg, und ich werd ihn mein Lebtag nicht wiedersehen. Deshalb muß er dich entweder allein flüchten lassen oder mich mitnehmen.«
»Was man nicht alles erlebt! Höre: ich bin bereit, dich mitzunehmen. Das Boot ist groß genug, es könnte sogar noch mehr Leute tragen. Wenn Quiek-Quiek einverstanden ist, kannst du mitkommen.«
»Danke«, sagt der Einarmige.
»Und was sagst du, Quiek-Quiek?«

»Ich bin einverstanden, wenn du es willst.«
»Da ist noch eine wichtige Sache: Kannst du aus dem Lager heraus, ohne daß man dich als vermißt meldet und als Flüchtling sucht? Kannst du vor Einbruch der Nacht am Fluß sein?«
»Das geht sehr gut. Ich kann ab drei Uhr nachmittags aus dem Lager gehen, und in kaum zwei Stunden bin ich am Flußufer.«
»Wirst du in der Nacht die Stelle finden, Quiek-Quiek, wo wir deinen Freund an Bord nehmen können, ohne Zeit zu verlieren?«
»Ja, bestimmt.«
»Dann komm in einer Woche wieder, und du wirst den Tag unserer Abfahrt erfahren.«
Der Einarmige drückt mir die Hand und geht vergnügt weg. Ich beobachte die beiden, wie sie sich am Ufer verabschieden. Sie tauschen einen Händedruck, bevor sie sich trennen. Alles in Ordnung. Nachdem Quiek-Quiek wieder in der Hütte ist, fange ich das Gespräch an:
»Du hast einen merkwürdigen Vertrag mit deinem Feind geschlossen: ihn ein Leben lang zu ernähren, das ist sehr ungewöhnlich. Wie war das mit seinem Arm?«
»Ach, es ging ums Spiel.«
»Es wäre besser gewesen, du hättest ihn gleich getötet.«
»Nein, denn er ist ein sehr guter Freund. Vor dem Kriegsgericht, wo ich deswegen angeklagt war, hat er mich heftig verteidigt und gesagt, daß er zuerst über mich hergefallen wäre und ich nur in Notwehr gehandelt hätte. Den Vertrag habe ich freiwillig geschlossen, und ich muß ihn korrekt einhalten. Die Sache war nur die, daß ich nicht gewagt habe, es dir zu sagen, weil du ja die ganze Flucht bezahlst.«
»Gut, Quiek-Quiek, reden wir nicht mehr davon. Bist du einmal in Freiheit, so Gott will, dann tu, was du für richtig hältst.«
»Ich werde mein Wort halten.«
»Was willst du eigentlich tun, wenn du eines Tages frei bist?«
»Ein Restaurant aufmachen. Ich bin ein sehr guter Koch, und er, Van Hue, ist Spezialist für ›Tschou Me-in‹, das ist so eine Art chinesische Spaghetti.«
Dieser Zwischenfall hat mich in gute Laune versetzt. Die Geschichte ist so komisch, daß ich nicht anders konnte, als Quiek-Quiek damit aufzuziehen.
Chocolat hat sein Wort gehalten: fünf Tage später ist alles bereit. Bei strömendem Regen haben wir uns das Boot angesehen. Nichts auszusetzen. Mast, Steuer, Kiel, alles aus erstklassigem Holz, tadellos eingepaßt. In einer Art Seitenarm des Flusses erwartet uns das Boot mit Trinkwasser und Lebensmitteln. Es muß nur noch der Einarmige verständigt werden. Chocolat übernimmt es, ins Lager zu gehen und mit ihm zu sprechen. Um uns die Gefahr zu ersparen, die das Anlegen am Ufer mit sich bringt, wird er ihn direkt an Bord bringen.

Die Mündung des Flusses Kourou ist mit zwei Leuchtfeuern kenntlich gemacht. Wenn es regnet, kann man ohne Risiko in der Flußmitte fahren, natürlich ohne Segel zu setzen, damit man nicht gesehen wird. Chocolat hat uns schwarze Farbe und einen Pinsel gegeben, wir werden auf das Segel ein großes K und die Nummer 21 malen. Dieses K 21 ist das Kennzeichen eines Fischerbootes, das manchmal während der Nacht zum Fischfang ausläuft. Im Falle, daß man uns beim Auslaufen ins Meer das Segel setzen sieht, wird man uns für das andere Boot halten. Morgen abend um neunzehn Uhr, eine Stunde nach Einbruch der Nacht, steigt die Sache. Quiek-Quiek versichert, daß er den Weg wiederfinden und mich geradewegs zum Boot hinführen wird. Wir werden die Insel um fünf Uhr verlassen, um noch eine Stunde lang das Tageslicht ausnützen zu können.
Die Rückkehr zur Hütte geht in fröhlicher Stimmung vor sich. Quiek-Quiek trägt das Schweinchen auf der Schulter, und während ich hinter ihm hergehe, spricht er unaufhörlich, ohne sich umzuwenden:
»Endlich werde ich das Bagno verlassen. Dir und meinen Bruder Tschang verdanke ich es, daß ich frei sein werde. Vielleicht kann ich eines Tages, wenn die Franzosen aus Indochina weg sind, in meine Heimat zurückkehren.«
Kurz, er setzt Vertrauen in mich, und daß ich das Boot für gut befunden habe, macht ihn fröhlich wie ein Vögelchen. Ich schlafe meine letzte Nacht auf der Insel, und hoffentlich ist es auch die letzte Nacht auf dem Boden Guayanas.
Wenn ich aus dem Fluß auslaufe und das offene Meer gewinne, dann ist die Freiheit da, bestimmt. Die einzige Gefahr ist nun, daß wir kentern, sonst nichts. Denn seit dem Krieg liefert kein Land mehr Flüchtlinge aus. Wenigstens in dieser Hinsicht hat der Krieg für uns sein Gutes. Wenn's schiefgeht, wird man uns zum Tod verurteilen, richtig. Aber man muß uns erst einmal haben! Ich denke an Sylvain: er wäre jetzt bei mir, an meiner Seite, wenn er nicht so ungeheuer unvorsichtig und voreilig gewesen wäre. Vor dem Einschlafen textiere ich noch ein Telegramm: »Herr Staatsanwalt Pradel ... Endlich und unwiderruflich habe ich den Weg zur Hölle verlassen, auf den Sie mich geschickt haben. Ich habe gesiegt. Neun Jahre habe ich dazu gebraucht. Papillon.«
Die Sonne steht schon recht hoch, als Quiek-Quiek mich weckt. Tee und Fladen. Überall stehen Konservendosen herum. Ich bemerke zwei Vogelkäfige.
»Was willst du mit diesen Käfigen?«
»Da werde ich Hühner hineinstecken, damit wir sie unterwegs aufessen können.«
»Bist du verrückt, Quiek-Quiek? Wir nehmen keine Hühner mit!«
»Doch, ich will sie mitnehmen.«
»Du Narr! Wenn wir morgen wegen der Ebbe vielleicht erst am Morgen auslaufen, und die Hühner und Hähne beginnen auf dem

Fluß zu gackern und zu krähen, weißt du, wie gefährlich das sein kann?«
»Ich mag aber die Hühner nicht hierlassen.«
»Koch sie und gib sie in Fett und Öl, dann halten sie sich, und wir werden sie in den ersten Tagen aufessen.«
Endlich überzeuge ich ihn, und er geht die Hühner holen. Aber die ersten vier, die er erwischt, müssen es den andern weitergesagt haben, denn er konnte nur mehr eine Henne einfangen, die anderen haben sich alle in den Busch verzogen. Wie die Tiere die Gefahr vorausspüren, weiß ich nicht, es ist ihr Geheimnis.
Beladen wie Maulesel überqueren wir hinter dem Schwein den Sumpf. Quiek-Quiek hat mich angefleht, das Schwein mit auf die Flucht zu nehmen.
»Dein Wort, daß das Vieh nicht schreien wird?«
»Ich schwör dir, es wird nicht schreien. Es ist still, wenn ich es ihm befehle. Selbst als wir zwei- oder dreimal von einem Tiger gejagt wurden, der um uns herumschlich, hat es keinen Laut von sich gegeben, obwohl ihm die Haare auf dem ganzen Körper zu Berge standen.«
Ich lasse mich von der Zuversicht meines Freundes anstecken und erlaube also, daß er sein heißgeliebtes Schweinchen mitnimmt. Als wir die Anlegestelle erreichen, ist es Nacht. Chocolat ist schon mit dem Einarmigen da. Mit zwei Taschenlampen kontrolliere ich, ob alles in Ordnung ist. Nichts fehlt. Am Mast sind Ringe zum Setzen der Segel angebracht, die Vorsegel liegen zusammengerollt an ihrem Platz, bereit zum Hissen. Quiek-Quiek übt zwei- oder dreimal die Handgriffe, die ich ihm angebe. Er begreift rasch, was ich von ihm brauche. Ich zahle den Neger aus, der sich so anständig verhalten hat. Er ist naiv genug, seine Banknotenhälften und Klebestreifen mitzubringen und mich zu bitten, ihm die Scheine wieder zusammenzukleben. Keinen Augenblick lang denkt er daran, daß ich ihm auf diese Art das Geld wieder abnehmen könnte. Die Leute, die nie von anderen etwas Schlechtes erwarten, sind immer auch selbst gut und aufrichtig. Chocolat war ein guter und ehrlicher Mann. Nachdem er gesehen hat, wie man die Sträflinge behandelt, hatte er keinerlei Gewissensbisse, dreien von ihnen zur Flucht aus dieser Hölle zu verhelfen.
»Adieu, Chocolat. Viel Glück für dich und deine Familie!«
»Vielen Dank!«

Elftes Heft: Bagno, ade!

Die Flucht der Chinesen

Ich steige als letzter ins Boot. Von Chocolat weggestoßen, bewegt es sich gegen den Fluß hin. Wir haben keine Stange, aber zwei gute Ruder, das vorne bedient Quiek-Quiek, ich rudere mit dem hinten. In weniger als zwei Stunden erreichen wir den Fluß. Seit mehr als einer Stunde plätschert es vom Himmel. Ein in Ölfarbe getränkter Mehlsack ist mein Regenschutz, Quiek hat auch einen, der Einarmige auch.

Der Fluß hat eine schnelle Strömung, und sein Wasser ist voller Wirbel. Trotz der Strömung sind wir in weniger als einer Stunde in der Flußmitte. Mit der Ebbe kommen wir nach drei Stunden zwischen den beiden Leuchtfeuern durch. Ich weiß, daß die See nahe sein muß, denn die Türme stehen an den äußersten Enden der Mündung. Großsegel und Fock sind gesetzt, und wir verlassen den Kourou ohne irgendeinen Zwischenfall. Der Wind packt uns mit solcher Kraft von der Seite, daß ich das Segel reffen muß. Wie ein Pfeil fliegen wir durch die Hafeneinfahrt aufs Meer hinaus, und die Entfernung zwischen uns und der Küste wächst zusehends. Vierzig Kilometer vor uns zeigt uns der Leuchtturm von Royale den Kurs an.

Vor dreizehn Tagen war ich noch hinter diesem Leuchtturm auf der Teufelsinsel. Aber dieses nächtliche Auslaufen ins Meer, dieses rasche Wegkommen vom Festland – von meinen beiden chinesischen Gefährten wurde es nicht mit einem Freudenausbruch begrüßt. Diese Himmelssöhne haben eine verdammt andere Art, ihre Gefühle zum Ausdruck zu bringen. Als wir uns auf dem Meer befanden, sagte Quiek-Quiek nur mit ganz normaler Stimme: »Wir sind sehr gut herausgekommen.« Und der Einarmige fügt hinzu: »Ja, ohne Schwierigkeit. Ich habe Durst, Quiek-Quiek, gib mir etwas Tafia.«

Nachdem sie auch mir welchen gereicht hatten, nahmen sie einen guten Schluck Rum. Ich habe keinen Schiffskompaß, aber bei meiner ersten Flucht habe ich gelernt, mich nach Sonne, Mond, Sternen und dem Wind zu richten. Die Mastspitze auf den Polarstern eingestellt, halte ich aufs hohe Meer hinaus. Das Boot bewährt sich, gleitet geschmeidig mit den Wellen dahin, rollt fast nicht. Da der Wind sehr stark ist, sind wir am Morgen schon weit von der Küste und den Heilsinseln entfernt. Wenn es nicht zu gewagt gewesen wäre, hätte

ich mich gerne der Teufelsinsel genähert, um sie zu meinem Vergnügen aus der Ferne zu betrachten.
Während der folgenden sechs Tage haben wir unruhiges Wetter gehabt, jedoch keinen Regen und auch keinen Sturm. Der starke Wind hat uns recht schnell gegen Westen getrieben. Quiek-Quiek und Hue sind wunderbare Gefährten. Sie beklagen sich niemals, weder über das schwere Wetter noch über die Sonne, noch über die Nachtkälte. Nur eines: keiner von beiden will die Ruderpinne anrühren und das Boot für einige Zeit in die Hand nehmen, damit ich schlafen kann. Drei- oder viermal am Tag machen sie etwas zu essen. Sämtliche Hühner und Hähne haben wir schon hinter uns.
Gestern sagte ich im Scherz zu Quiek: »Wann werden wir das Schwein essen?«
Er stimmt ein wahres Wehgeheul an. »Das Tier ist mein Freund! Bevor man es umbringt, müßte man zuerst mich umbringen.«
Meine Kameraden kümmern sich sehr um mich. Sie rauchen nicht, damit ich so viel zu rauchen habe, wie ich will. Ständig halten sie heißen Tee bereit. Sie tun alles, ohne daß man ihnen etwas sagen müßte.
Nun sind wir schon seit sieben Tagen auf dem Wasser. Ich bin vollkommen erschöpft. Die Sonne brennt mit solcher Glut herunter, daß sogar meine Chineser wie gekochte Krebse aussehen. Ich lege mich schlafen. Ich fixiere die Pinne und setze nur ganz wenig Tuch. Das Boot treibt mit dem Wind dahin. Ich schlafe vier Stunden lang wie ein Toter. Erst von einer stärkeren Erschütterung werde ich plötzlich wach. Als ich mir das Gesicht mit Wasser benetze, bin ich angenehm überrascht – Quiek hat mich, während ich schlief, rasiert, ich habe nicht das geringste davon gemerkt. Er hat mir sogar das Gesicht sorgfältig mit Öl eingerieben. Seit gestern abend nehme ich den Kurs etwas mehr Südwest, weil ich glaube, daß ich zu sehr nach Norden abgewichen bin. Das schwere Boot hat nicht nur den Vorteil, sich gut auf dem Meer zu halten, sondern es hält auch gut den eingeschlagenen Kurs. »Da schaut – ein Luftschiff!« Zum erstenmal in meinem Leben sehe ich so etwas. Es scheint sich nicht in unsere Richtung zu bewegen, und es ist zu weit weg, als daß man seine Größe abschätzen könnte. Die Aluminiumhaut glänzt und glitzert so stark in der Sonne, daß man nicht lange hinblicken kann. Das Luftschiff hat den Kurs gewechselt, es scheint auf uns zuzukommen. Tatsächlich, es wird rasch größer, und in weniger als zwanzig Minuten steht es über uns. Quiek und der Einarmige sind derart erstaunt über diese Maschine da oben, daß sie aufgeregt miteinander chinesisch zu plappern beginnen.
»Sprecht französisch, verdammt noch mal, damit ich euch verstehe!«
»Eine englische Wurst«, sagt Quiek.
»Nein, das ist keine Wurst, das ist ein Luftschiff.«
Das riesige Ding ist jetzt tief heruntergekommen und zieht enge

Kreise über uns, man kann es in allen Einzelheiten erkennen. Sie stecken Fahnen heraus und schwenken damit Signale. Da wir sie nicht verstehen, können wir keine Antwort geben. Das Luftschiff senkt sich noch tiefer herab, so weit, daß wir die Leute in der Gondel sehen können. Dann dreht es bei und fliegt dem Festland zu. Nach kaum einer Stunde kommt ein Flugzeug angeflogen und dreht einige Runden über unseren Köpfen. Wir haben jetzt schwereren Seegang, und auch der Wind ist plötzlich stärker geworden. Aber der Horizont rundum ist völlig klar, Regen kommt also keiner.
»Schau«, sagte der Einarmige.
»Wo?«
»Siehst du den Punkt dort? In der Richtung, wo das Festland sein muß? Dieser schwarze Punkt ist ein Schiff.«
»Woher weißt du das?«
»Ich vermute es, und ich möchte fast sagen, daß es ein Motorschiff ist.«
»Warum?«
»Weil es keine Rauchfahne hat.«
Tatsächlich kann man eine Stunde später sehr genau ein graues Kriegsschiff ausnehmen, das offensichtlich direkt auf uns zuhält. Es wird rasch größer und nähert sich mit solch unglaublicher Geschwindigkeit, den Bug so genau auf uns gerichtet, daß ich fürchte, es wird zu nahe an uns vorbeirauschen. Das wäre gefährlich, denn die See geht hoch, und sein Kielwasser quer zum Wellengang könnte uns zum Kentern bringen.
Es ist ein kleines Torpedoboot, und während es einen Halbkreis beschreibt und dabei seine ganze Länge zeigt, können wir seinen Namen, »Tarpon«, lesen. Am Bug flattert eine englische Flagge, und nachdem der Jäger einen Halbkreis vollführt hat, kommt er langsam von hinten auf uns zu. Vorsichtig hält er sich auf gleicher Höhe wie wir, mit gleicher Geschwindigkeit. Ein Großteil der Besatzung, im Marineblau der englischen Flotte, ist an Deck. Von der Reling ruft uns ein weißuniformierter Offizier durch ein Megaphon zu:
»Stop, you!«
»Hol die Segel ein, Quiek«, sage ich.
In weniger als zwei Minuten sind Fock und Klüver geborgen. Ohne Segel rühren wir uns fast nicht mehr von der Stelle, nur die Wellen treiben uns querab. In dieser Lage möchte ich nicht lange verharren, denn ein Boot ohne Antrieb gehorcht dem Steuermann nicht mehr. Das ist bei hohem Wellengang besonders gefährlich. Ich mache aus meinen beiden Händen einen Trichter um meinen Mund und rufe hinüber:
»Sprechen Sie Französisch, Kapitän?«
Sofort nimmt ein anderer Offizier das Megaphon: »Ja, Kapitän, ich verstehe Französisch!«
»Was wollen Sie von uns?«
»Drehen Sie bei!«

»Nein, das ist zu gefährlich! Ich will nicht, daß mein Boot zerschellt!«
»Wir sind ein Kriegsschiff und überwachen das Meer, Sie haben zu gehorchen!«
»Ist mir scheißegal, wir drei führen keinen Krieg!«
»Seid ihr nicht Schiffbrüchige von einem torpedierten Boot?«
»Nein, wir sind Flüchtlinge aus dem französischen Bagno.«
»Bagno? Was ist denn das? Was soll das heißen – Bagno?«
»Gefängnis. Strafanstalt. *Convict. Hard labour.*«
»Ah! Ja, ja, ich verstehe, Cayenne?«
»Ja, Cayenne.«
»Wo wollt ihr hin?«
»Nach Britisch-Honduras.«
»Das ist unmöglich, ihr müßt nach Südsüdwest halten, Richtung Georgetown. Gehorcht. Das ist jetzt ein Befehl, verstanden?«
»Okay.« Ich sage Quiek, er möge wieder die Segel setzen, und wir nehmen Kurs in die angegebene Richtung.
Hinter uns hören wir einen Motor. Es ist ein Motorboot, das sich vom Kriegsschiff gelöst hat und uns schnell einholt. Ein Matrose, die Maschinenpistole umgehängt, steht aufrecht am Bug. Das Motorboot kommt backbord heran, streift uns buchstäblich, und mit einem Satz ist der Matrose in unserem Boot. Der andere, am Steuer, wendet und kehrt zum Torpedoboot zurück.
»Good afternoon«, sagt der Matrose.
Er kommt zu mir, setzt sich neben mich, legt die Hand auf die Pinne und wendet das Boot noch stärker gegen Süden. Ich überlasse ihm das Steuer und beobachte schweigend, wie er es handhabt. Er versteht sein Handwerk prächtig, das kann niemand bestreiten. Trotzdem bleibe ich auf meinem Platz, man weiß ja nie.
»Zigaretten?« Er zieht drei Pakete englische Zigaretten heraus und gibt jedem von uns eines.
»Mein Wort darauf«, sagt Quiek, »daß er die drei Zigarettenpäckchen extra für uns gefaßt hat, bevor er uns seinen Besuch machte.«
Ich muß über Quiek lachen. Dann wende ich meine Aufmerksamkeit wieder dem englischen Matrosen zu, der besser als ich mit dem Boot umzugehen versteht. Ich habe volle Muße zum Nachdenken. Diesmal ist die Flucht endgültig geglückt. Ich bin ein freier Mann, frei, frei, frei. Wärme steigt in mir auf, und ich glaube sogar, daß meine Augen in Tränen schwimmen ... Wahrhaftig, es ist so. Ich bin endgültig frei, denn seit Kriegsbeginn liefert kein Land mehr Flüchtlinge aus.
Noch bevor der Krieg zu Ende ist, werde ich die Möglichkeit haben, mir – in welchem Land immer ich mich niederlasse – Achtung zu erwerben. Das einzig Unangenehme ist, daß ich wegen des Krieges vielleicht nicht das Land wählen kann, wo ich gerne bleiben möchte. Aber das macht nichts, wo immer ich lebe, werde ich mir in kurzer Zeit die Achtung und das Vertrauen der Bevölkerung und der Be-

hörden erwerben durch mein Verhalten und durch eine untadelige Lebensweise. Ja mehr noch, durch eine beispielhafte. Das Erlebnis der Sicherheit und Freiheit und daß ich nun endlich vom Weg des Verderbens auf den eines ordentlichen Menschen gekommen bin, läßt mich an nichts anderes mehr denken. Endlich hast du gewonnen, Papillon. Du hast gesiegt. Guter Gott, ich danke dir. Vielleicht hättest du es schon früher bewerkstelligen können, aber deine Wege sind ja rätselhaft, wie ich immer höre, und ich beklage mich nicht bei dir, denn dank deiner Hilfe bin ich noch ziemlich jung, bin gesund und frei. Ich lasse im Geist alle die Jahre im Bagno und auch die beiden in Frankreich an mir vorbeiziehen, insgesamt elf, während mein Blick dem ausgestreckten Arm des Matrosen folgt, der eben sagt:
»Land!«
Um sechzehn Uhr, nachdem wir einen Leuchtturm hinter uns gelassen haben, segeln wir in einen riesigen Fluß hinein, den Demerara River. Das Motorboot taucht wieder auf, der Matrose überläßt mir die Pinne und stellt sich vorn an den Bug. Man wirft ihm eine Trosse zu, er befestigt sie an der vorderen Bank, streicht selber die Segel, und wir werden langsam, an die zwei Kilometer weit, auf diesem gelben Strom von dem Motorboot dahingezogen. Zweihundert Meter hinter uns folgt das Torpedoboot. Nach einem großen Knie des Stromes erhebt sich am Ufer eine große Stadt. »Georgetown!« schreit der englische Matrose. Es ist tatsächlich die Hauptstadt von Britisch-Guayana, an die uns das Boot mit gedrosseltem Motor heranbringt. Viele Lastkähne, Wachschiffe, Kriegsschiffe und Geschütze auf Drehscheiben flankieren das Ufer. Ein ganzes Arsenal ist hier beisammen, sowohl was die Flotteneinheiten als auch was die Bodenverteidigung anlangt. Jetzt kommt es einem erst voll zum Bewußtsein, daß wir Krieg haben, schon seit mehr als zwei Jahren. Ich habe bisher nichts von ihm gespürt. Georgetown, Hauptstadt von Britisch-Guayana und wichtiger Flußhafen, steht hundertprozentig im Krieg. So eine Stadt in Waffen macht einen merkwürdigen Eindruck. Kaum haben wir an einer Militärpier angelegt, nähert sich auch schon langsam das Torpedoboot, das uns folgte, und legt ebenfalls an. Wir drei, Quiek mit seinem Schwein, Hue mit seinem Beutel in der Hand und ich selbst ganz ohne nichts, steigen zur Pier hinauf. Die ganze Anlegestelle ist der Kriegsmarine vorbehalten, weit und breit kein einziger Zivilist, nur Matrosen und anderes Militär. Ein Offizier kommt auf mich zu, ich erkenne ihn, es ist der, der vom Torpedoboot herunter mit mir französisch gesprochen hat. Freundlich gibt er mir die Hand und sagt: »Wie steht es um Ihre Gesundheit?«
»Gut, Kapitän.«
»Ausgezeichnet. Trotzdem müssen Sie in die Sanitätsstation kommen, wo man Ihnen einige Injektionen geben wird. Auch Ihren beiden Freunden.«

Zwölftes Heft: Georgetown

Das Leben in Georgetown

Am Nachmittag sind wir, nachdem wir die verschiedensten Impfungen erhalten hatten, in die Polizeistation der Stadt gebracht worden, in eine Art gigantisches Polizeikommissariat, wo ständig Hunderte von Polizisten aus und ein gehen. Der Polizeipräsident von Georgetown, oberster Chef der für die Ruhe und Ordnung in diesem wichtigen Hafen verantwortlichen Polizei, empfängt uns sofort in seinem Amtsraum. Rund um ihn her stehen Offiziere in Khakiuniformen, sie sehen tadellos aus in ihren Shorts und mit ihren weißen Strümpfen. Der Oberst gibt uns ein Zeichen, daß wir uns setzen sollen, und sagt dann in reinstem Französisch:
»Woher sind Sie gekommen, bevor man Sie auf dem Meer aufgegriffen hat?«
»Aus dem Bagno von Französisch-Guayana.«
»Wollen Sie mir bitte genau die Orte angeben, von wo Sie geflüchtet sind.«
»Ich von der Teufelsinsel, die zwei anderen aus dem halbpolitischen Straflager Inini, in der Nähe von Kourou, Französisch-Guayana.«
»Was ist Ihre Strafe?«
»Lebenslänglich. Grund: Mord.«
»Und die Chinesen?«
»Ebenfalls Mord.«
»Welche Strafe?«
»Lebenslänglich.«
»Ihr Beruf?«
»Elektriker.«
»Und ihr Beruf?«
»Köche.«
»Sind Sie für de Gaulle oder für Pétain?«
»Wir verstehen nichts davon. Wir sind Gefangene gewesen und wollen versuchen, ehrlich und anständig in Freiheit zu leben.«
»Sie werden in eine Zelle kommen, die Tag und Nacht offen bleibt. Wir werden Sie in Freiheit setzen, sobald wir Ihre Angaben überprüft haben. Wenn Sie die Wahrheit gesagt haben, haben Sie nichts zu befürchten. Sie müssen verstehen, wir befinden uns im Krieg und sind daher verpflichtet, noch größere Vorsichtsmaßnahmen zu treffen als in normalen Zeiten.«
Acht Tage später wurden wir in Freiheit gesetzt.

Wir hatten die Woche in der Polizeistation dazu benützt, uns anständig auszustatten. Nun stehen wir also, die beiden Chinesen und ich, ordentlich gekleidet, mit Krawatte, um neun Uhr früh auf der Straße. Jeder mit einem Personalausweis ausgerüstet. Mit Photo.
Die Stadt, sie hat zweihundertfünfzigtausend Einwohner, ist auf englische Art gebaut, fast ganz aus Holz: das Erdgeschoß aus Beton, der Rest – Holz. Die Straßen und Avenuen gehen nur so über von Menschen aller Rassen: Weiße, schokoladenbraune und schwarze Neger, Hindus, Kulis, englische und amerikanische Matrosen, Skandinavier. Wir sind ein wenig verwirrt inmitten dieser hin und her flutenden Menge. Eine überströmende Freude erfüllt uns, so groß, daß sie sich auf unseren Gesichtern abmalen muß, selbst auf denen der beiden Chinesen, denn viele Leute schauen uns an und lächeln freundlich.
»Wo gehen wir hin?« fragt Quiek.
»Ich habe eine vage Adresse«, sage ich. »Ein schwarzer Polizist hat mir zwei Franzosen genannt, sie sollen in Penitence Rivers wohnen.«
Wir werden uns erkundigen. Es soll sich um einen Bezirk handeln, wo ausschließlich Hindus wohnen. Ich gehe zu einem tadellos weiß uniformierten Polizisten und sage ihm die Adresse. Bevor er uns antwortet, verlangt er unsere Personalausweise. Stolz überreiche ich sie ihm. Er sagt: »Danke sehr.« Dann macht er sich die Mühe, uns zu einem Straßenbahnzug zu führen, und spricht mit dem Schaffner. Wir fahren aus dem Zentrum der Stadt hinaus, und nach ungefähr zwanzig Minuten deutet uns der Schaffner auszusteigen. Es muß hier irgendwo herum sein. Wir fragen. »Frenchman?« Ein junger Mann winkt uns, wir sollen ihm folgen. Er führt uns zu einem kleinen, niedrigen Haus. Wir sind kaum angelangt, da stürzen drei Männer aus der Tür und begrüßen uns lebhaft:
»Was, du bist da, Papi?«
»Nicht die Möglichkeit!« sagt ein weißhaariger Mann, der Älteste von ihnen. »Tritt ein. Ich bin hier zu Hause. Gehören die Chinesen zu dir?«
»Ja.«
»Tretet ein, seid willkommen.«
Dieser alte Zwangsarbeiter heißt Guittou Auguste, einfach »Der Guittou« genannt, und ist ein echter Marseiller. Er gehörte zur selben Sträflingsgruppe wie ich und ist mit mir auf der »Martinière« 1933, also vor neun Jahren, herübergekommen. Nach einer verunglückten Flucht ist ihm die Hauptstrafe erlassen worden, und als Freigelassener ist er vor drei Jahren aus der Verbannung geflüchtet, sagt er mir. Die beiden anderen sind ein Kerl aus Arles, Petit-Louis, und ein Touloneser, Julot. Auch sie haben ihre Strafe abgesessen, aber sie hätten in Französisch-Guayana nochmals die Anzahl von Jahren bleiben müssen, zu der sie verurteilt worden waren, zehn und fünf-

zehn, und sind ebenfalls geflüchtet (diese zusätzliche Strafe heißt »Bewährungshaft«).
Das Haus hat vier Wohnräume: zwei Zimmer, eine Küche, ein Eßzimmer und noch eine Werkstatt. Sie machen Schuhe aus Balata, aus dem Rohgummi, der im Busch gesammelt wird und sich, mit heißem Wasser vermischt, sehr gut verarbeiten läßt. Der einzige Nachteil ist der, daß dieses Material in der Sonne schmilzt, weil es nicht vulkanisiert ist und nur zwischen die einzelnen Schichten der Gummimasse Stoffetzen gelegt werden.
Wir werden wunderbar aufgenommen, mit jener Großherzigkeit, die allen Menschen eigen ist, die viel gelitten haben. Guittou macht für uns drei ein Zimmer frei und fordert uns ohne Umschweife auf, bei ihm zu bleiben. Es gibt nur ein Problem – Quieks Schwein. Aber Quiek beteuert, es werde das Haus kein bißchen beschmutzen und immer ganz von selbst im Freien sein Geschäftchen verrichten.
Guittou sagt: »Gut, wir werden sehen. Behalte es vorläufig bei dir.«
Aus alten Soldatendecken machen wir uns provisorisch drei Lager auf dem Boden zurecht. Dann sitzen wir vor der Tür, rauchen alle sechs einige Zigaretten, und ich erzähle Guittou alle Abenteuer, die ich erlebt habe. Seine beiden Freunde und er selbst hören gespannt zu und erleben alles intensiv mit, weil es sie an ihre eigenen Erfahrungen erinnert. Zwei von ihnen haben Sylvain gekannt, und sie beklagen seinen schrecklichen Tod aufrichtig. Vor unseren Augen erstehen Menschen aller Art und jeder Rasse. Von Zeit zu Zeit kommt jemand, der Schuhe oder einen Besen kauft, weil Guittou und seine Freunde auch Besen herstellen, um ihren Verdienst zu vergrößern. Sie sagen uns, daß es gut dreißig Flüchtlinge in Georgetown gibt. Sie treffen einander nachts in einer Bar im Stadtzentrum, wo sie gemeinsam Rum oder Bier trinken. »Alle arbeiten für ihren Lebensunterhalt, und die meisten von ihnen sind anständige Männer geworden«, sagt Julot.
Während wir so vor dem Haus die schattige Kühle genießen, kommt ein Chinese vorbei, den Quiek anruft. Ohne uns ihr Betragen zu erklären, stehen Quiek und auch der Einarmige auf und gehen mit dem Fremden weg. Sie müssen nicht weit zu gehen haben, denn das Schwein folgt ihnen nach. Zwei Stunden später kommt Quiek mit einem Esel wieder, der vor einen kleinen Karren gespannt ist. Stolz wie ein König hält er sein Gefährt an und spricht mit dem Esel chinesisch, und das Grautier scheint ihn zu verstehen. Auf dem Karren liegen drei zusammengeklappte Eisenbetten, Matratzen und drei Koffer. Der, den er mir gibt, ist voll mit Hemden, Unterhosen, Unterleibchen, dann sind zwei Paar Schuhe drin, Krawatten und so weiter.
»Wo hast du das alles gefunden, Quiek?«
»Meine Landsleute haben es mir gegeben. Morgen gehen wir sie besuchen, willst du?«

»Natürlich will ich.«
Wir denken, Quiek wird nun mit seinem Eselskarren wieder abziehen. Keine Rede davon. Er schirrt den Esel ab und bindet ihn im Hof an.
»Sie haben mir auch den Karren und den Esel geschenkt. Damit könnte ich leicht meinen Unterhalt verdienen, haben sie gemeint. Morgen früh wird ein Landsmann von mir herkommen, um mir beizubringen, wie.«
»Die schalten aber schnell, die Chinesen.«
Guittou ist einverstanden, daß das Eselsgefährt vorübergehend im Hof untergebracht wird. Alles geht gut an diesem ersten Tag der Freiheit.
Am Abend sitzen wir alle sechs rund um den Arbeitstisch, essen eine köstliche Gemüsesuppe, die Julot zubereitet hat, und ein vortreffliches Spaghettigericht.
»Jeder wird abwechselnd Geschirr waschen und sauber machen«, sagt Guittou.
Dieses gemeinsame Essen ist das Symbol einer ersten kleinen Gemeinschaft, voll von Wärme. Das Erlebnis, bei den ersten Schritten in ein freies Dasein sogleich Hilfe zu empfangen, tröstet und stärkt uns. Wir haben ein Dach, ein Bett, Freunde, die sich bei all ihrer Armut hilfsbereit, ja nobel erweisen – was will man mehr?
»Was willst du heute abend machen, Papillon?« fragt Guittou. »Willst du vielleicht in die Stadt gehen, in diese Bar, wo sich die Flüchtlinge treffen?«
»Ich möchte heute nacht lieber hierbleiben. Geh allein hinunter, brauchst dich nicht um mich zu kümmern.«
»Ja, ich geh hinunter, ich muß dort jemanden sehen.«
»Ich bleibe mit Quiek und dem Einarmigen da.«
Petit-Louis und Guittou, in Anzug mit Krawatte, sind in die Stadt gegangen. Nur Julot ist zurückgeblieben, um einige Paar Schuhe fertigzubringen. Meine Kameraden und ich machen einen kleinen Rundgang durch die umliegenden Gassen, um das Viertel kennenzulernen. Lauter Inder. Sehr wenig Schwarze. Fast keine Weißen. Kaum chinesische Restaurants.
Penitence Rivers ist ein Stadtviertel für Leute aus Indien oder Java. Die jungen Frauen sind wunderschön, die alten tragen lange, weiße Kleider. Viele haben nackte Füße. Es ist ein armes Viertel, aber alle sind sauber gekleidet. Die Straßen sind schlecht beleuchtet, die Bars, in denen man ißt und trinkt, gesteckt voll, und überall hört man indische Musik. Ein Schwarzer, geschniegelt und gebügelt in Weiß, hält mich an:
»Sie sind Franzose?«
»Ja.«
»Es freut mich, einem Landsmann zu begegnen. Darf ich Sie auf ein Glas einladen, Monsieur?«
»Gerne, aber ich bin mit Freunden.«

»Das macht nichts. Sprechen die Freunde auch Französisch?«
»Ja.«
Nun sitzen wir also alle vier an einem Tisch, der auf den Gehsteig hinausschaut. Dieser Schwarze aus Martinique spricht ein gewählteres Französisch als wir alle. Er sagt uns, wir müßten uns vor den englischen Negern hüten, die wären, meint er, allesamt große Lügner. »Sie sind nicht so wie wir Franzosen. Wir halten Wort – sie nicht.«
Ich muß innerlich lächeln, daß dieser Timbuktuneger sagt: »wir Franzosen«. Und dann bin ich richtiggehend erschüttert. Dieser Herr ist tatsächlich ein echter Franzose. Mehr noch als ich, reinblütiger, muß ich mir sagen, denn er verteidigt seine Nationalität mit ebensoviel Wärme wie Stolz. Er ist fähig, sich für Frankreich töten zu lassen. Ich nicht. Daher ist er mehr Franzose als ich. Ich bin nur Durchschnitt.
»Es freut mich, einem Landsmann zu begegnen und in meiner Sprache reden zu können, ich spreche nämlich sehr schlecht Englisch«, sage ich.
Er: »Ich spreche Englisch fließend. Wenn ich Ihnen damit nützlich sein kann, stehe ich gerne zu Ihrer Verfügung. Sind Sie schon lange in Georgetown?«
»Erst seit acht Tagen.«
»Woher kommen Sie?«
»Aus Französisch-Guayana.«
»Nicht möglich! Sind Sie Flüchtling? Oder einer von den Bagnowächtern, die zu de Gaulle übergehen wollen?«
»Nein, ich bin Flüchtling.«
»Und Ihre Freunde?«
»Auch.«
»Monsieur Henri, ich will Ihre Vergangenheit nicht kennen. Jetzt ist der Augenblick da, wo man Frankreich helfen sollte und sich selber bewähren muß. Ich bin Anhänger de Gaulles und werde mich bald nach England einschiffen. Kommen Sie morgen in den Martina-Club, ich werde dort sein, hier die Adresse. Ich wäre glücklich, wenn Sie sich uns anschließen würden.«
»Wie ist Ihr Name bitte?«
»Homère.«
»Ich könnte mich nicht so rasch entschließen, Monsieur Homère. Ich muß zuerst Gewißheit über meine Familie haben und die Sache auch gut durchdenken, bevor ich eine so ernste Entscheidung treffe. Sehen Sie, Monsieur Homère, in aller Härte gesagt: Frankreich hat mir viel Leid zugefügt, es hat mich unmenschlich behandelt.«
Der Mann aus Martinique sucht mich mit bewunderungswürdiger Wärme und Leidenschaft, die aus vollem Herzen kommt, eines Besseren zu belehren. Es war geradezu rührend, wie viele Argumente er vorbrachte, um zugunsten unseres Vaterlandes zu sprechen, unseres mörderischen Frankreich. Wir sind sehr spät nach Hause gekommen,

und nachdem ich mich niedergelegt habe, denke ich an alles, was mir dieser große Franzose gesagt hat. Ich muß seinen Vorschlag ernsthaft überlegen. Frankreich, das sind nicht nur die Prostituierten, die Behörden, das Strafsystem, die Verwaltung auf den Inseln – es gibt auch noch das wahre Frankreich. Ich spüre es in mir. Und ich habe nicht aufgehört, es zu lieben. Wenn man sich vorstellt, daß jetzt überall in Frankreich die Boches sind! Mein Gott, wie müssen die Meinen darunter leiden! Welche Schande für alle Franzosen!
Als ich aufwache, sind der Esel, der Karren, das Schwein, Quiek-Quiek und Van Hue, der Einarmige, verschwunden.
»Na, Papillon, hast du gut geschlafen?« fragen mich Guittou und seine Freunde.
»Ja, danke.«
»Sag, möchtest du Kaffee mit Milch? Oder einen Tee? Kaffee und Butterbrot?«
»Danke.«
Ich esse und schaue ihnen bei der Arbeit zu. Julot bereitet je nach Bedarf die Gummimasse vor, weicht harte Stücke in warmem Wasser auf und formt sie dann zu einer geschmeidigen Kugel. Petit-Louis richtet die Stoffetzen her, gibt sie in die Gummimasse hinein, und Guittou macht dann Schuhe daraus.
»Produziert ihr viel?«
»Nein. Wir schaffen gerade so viel, daß wir pro Tag zwanzig Dollar verdienen. Mit fünf Dollar bezahlen wir die Miete und unser Essen. So bleiben für jeden fünf Dollar Taschengeld für Bekleidung und Körperpflege.«
»Verkauft ihr alles?«
»Nein. Manchmal muß einer von uns nach Georgetown hinuntergehen und die Schuhe und Besen auf der Straße verkaufen. Immer auf den Füßen und in praller Sonne, das ist hart.«
»Könnte ich das nicht übernehmen? Ich mag hier bei euch kein Schmarotzer sein. Ich möchte auch etwas beitragen zu unserem Essen.«
»Gut, Papi.«
Den ganzen Tag über bin ich in diesem Hinduviertel von Georgetown spazierengegangen. Allein. Ich sehe ein großes Kinoplakat und bekomme ein wahnsinniges Verlangen, zum erstenmal in meinem Leben einen Tonfilm in Farbe zu sehen. Ich werde Guittou bitten, abends mit mir hinzugehen. Viele Straßen von Penitence Rivers bin ich abgegangen. Das Benehmen dieser Leute gefällt mir riesig. Sie haben zwei Eigenschaften: sie sind sauber und sehr höflich. Dieser Tag in den Straßen des Hinduviertels von Georgetown war für mich noch eindrucksvoller als meine Ankunft in Trinidad vor neun Jahren.
Auf Trinidad, inmitten all der herrlichen Erlebnisse, die dadurch so herrlich waren, daß ich mich frei in der Menge bewegen durfte, gab es doch ständig die Frage: Eines Tages, in zwei, höchstens drei

Wochen wirst du wieder aufs Meer hinaus müssen – welches Land wird dich aufnehmen wollen? Wird es ein Volk geben, das dir Asyl gewährt? Wie wird die Zukunft aussehen? ... Hier ist es ganz anders. Ich bin endgültig frei, ich kann sogar, wenn ich will, nach England gehen und mich dort in den Truppen des freien Frankreich eingliedern. Was soll ich tun? Wenn ich mich dazu entschließe, mit de Gaulle zu gehen, wird man nicht sagen, daß ich es nur getan habe, weil ich nicht wußte, wohin? Im Kreis unbescholtener Menschen, werden sie mich da nicht wie einen Sträfling behandeln, der keine andere Zuflucht gefunden und sich ihnen eben deswegen angeschlossen hat? Es heißt, Frankreich ist in zwei Lager geteilt, Pétain und de Gaulle. Wie kann ein Marschall Frankreichs nicht wissen, wo Ehren und Interesse seines Vaterlandes liegen? Falls ich eines Tages zu den freien Streitkräften gehe, werde ich da nicht später gezwungen sein, auf Franzosen zu schießen?

Hier wird es schwer sein, sehr schwer, sich eine ordentliche Existenz zu schaffen. Guittou, Julot und Petit-Louis sind weit davon entfernt, dumme Leute zu sein, und arbeiten für lumpige fünf Dollar pro Tag. Ich muß zuerst einmal lernen, in Freiheit zu leben. Seit 1931 – und jetzt haben wir 1942 – bin ich ein Gefangener. Ich kann einfach nicht gleich am ersten Tag meiner Freiheit mit allen diesen unbekannten Dingen zurechtkommen. Ich kenne nicht einmal die ersten Probleme, die sich für einen Mann ergeben, der am Anfang eines Lebens steht. Ich habe noch nie mit eigenen Händen gearbeitet. Ein ganz wenig nur, als Elektriker. Der kleinste Lehrling versteht von der Sache mehr als ich. Eines muß ich mir selbst versprechen: ein anständiges Leben zu führen, wenigstens nach meinen eigenen höchsten Moralansprüchen.

Gegen sechzehn Uhr komme ich heim.

»Nun, Papi, tut das wohl, die ersten Atemzüge in Freiheit? Bist du nett spazierengegangen?«

»Ja, Guittou. Ich habe mir das Viertel da angesehen. Bin in der ganzen Gegend herumgestrolcht.«

»Hast du deine Chinesen getroffen?«

»Nein.«

»Sie sind im Hof. Das sind vielleicht Tausendsasas, deine Kumpel! Haben schon vierzig Dollar gemacht und wollten mir um jeden Preis zwanzig davon geben. Ich hab natürlich abgelehnt. Schau sie dir an.«

Quiek schneidet gerade Kraut für sein Schwein. Der Einarmige wäscht den Esel, der sich das fröhlich gefallen läßt.

»Geht's, Papillon?«

»Ja, geht gut, und euch?«

»Wir sind sehr zufrieden, haben vierzig Dollar gemacht.«

»Wie das?«

»Wir sind um drei Uhr früh aufs Land hinaus, einer von den Unsrigen hat uns begleitet, um uns alles zu zeigen. Er hatte zweihundert

Dollar dabei. Mit denen haben wir Tomaten, Salat, Auberginen gekauft, alle möglichen frischen Gemüse und auch Hühner, ein paar Eier und Ziegenmilch. Dann haben wir das alles zum Markt in der Nähe des Hafens gebracht und zuerst einmal etwas davon an unsere Landsleute verkauft, und dann amerikanischen Marineleuten. Sie haben unsere Preise so niedrig gefunden, daß sie uns gebeten haben, gar nicht erst auf den Markt zu gehen, sie werden uns schon vor dem Hafeneingang erwarten und dort alles abkaufen. Hier, nimm das Geld. Du bist immer noch der Chef und mußt es aufbewahren.«
»Du weißt sehr gut, Quiek, daß ich selber Geld habe und nichts von dem da brauche.«
»Nimm das Geld, oder wir arbeiten nicht mehr.«
»Höre, die Franzosen leben ungefähr von fünf Dollar. Wir werden uns jeder fünf Dollar nehmen und fünf hier im Haus abgeben für das Essen. Das übrige legen wir auf die Seite, um euren Landsleuten die zweihundert Dollar zurückzugeben, die sie euch geborgt haben.«
»Einverstanden.«
»Und morgen möchte ich mit euch kommen.«
»Nein, du sollst schlafen. Wenn du willst, triff uns morgen um sieben vor dem großen Eingang zum Hafen.«
»Gemacht.«
Jedermann ist glücklich, zuerst einmal wir, weil wir nun wissen, daß wir unser Leben bestreiten können und nicht unseren Freunden zur Last fallen müssen. Und dann auch Guittou und die beiden anderen, die sich bei all ihrer Gutmütigkeit doch sicherlich schon gefragt haben, wieviel Zeit wir wohl brauchen werden, um auf unseren eigenen Füßen zu stehen.
»Um diesen Gewaltmarsch deiner Freunde zu feiern, denn das war einer, werden wir uns zwei Liter Pastis machen, Papillon. Was hältst du davon?«
Julot geht weg und kommt mit weißem Rum aus Zuckerrohr und allerlei Zutaten zurück. Eine Stunde später trinken wir Pastis wie in Marseille. Vom Alkohol animiert, werden unsere Stimmen lauter, und wir lachen hellauf vor Lebensfreude. Indische Nachbarn, die hören, daß bei den Franzosen gefeiert wird, kommen ohne Umstände herein und lassen sich einladen. Es sind drei Männer und zwei junge Mädchen. Sie bringen mehrere Spieße mit stark gepfefferten und gewürzten Hühner- und Schweinefleischstücken. Die beiden Mädchen sind von ungewöhnlicher Schönheit: ganz in Weiß gekleidet, die Füße nackt, mit einem silbernen Reifen um den linken Knöchel. Guittou sagt zu mir:
»Paß auf, das sind richtige junge Mädchen. Laß dich nicht etwa zu Worten verleiten, weil ihre nackten Brüste unter dem durchsichtigen Gewand zu sehen sind. Bei denen ist das ganz normal.«
Mich regt das nicht auf, ich bin zu alt. Aber Julot und Petit-Louis

haben gleich am Anfang, als wir hierherkamen, die Mädchen verschreckt. Sie sind dann lange nicht mehr zu uns gekommen.
Diese beiden Hindumädchen sind wirklich wunderhübsch. Ein tätowierter dunkler Punkt auf der Stirn gibt ihnen ein exotisches Aussehen. Freundlich sprechen sie mit uns, trotz meinem wenigen Englisch kann ich doch verstehen, daß sie uns in Georgetown willkommen heißen und uns Glück wünschen.
Heute nacht sind Guittou und ich ins Stadtzentrum gegangen. Man könnte meinen, hier lebt eine andere Bevölkerung, völlig verschieden von der, wo wir wohnen. Diese Stadt brodelt von Menschen. Unzählige Bars, Restaurants, Kabaretts und Nachtlokale strahlen Licht aus und machen die Straßen taghell.
Nachdem ich in der Abendvorstellung eines Kinos gewesen bin, wo ich zum erstenmal in meinem Leben einen Tonfilm in Farbe gesehen habe, und noch ganz erfüllt bin von diesem neuen Erlebnis, folge ich Guittou, der mich in eine riesige Bar schleppt. Mehr als zwei Dutzend Franzosen haben eine Ecke des Raumes für sich beschlagnahmt. Das Getränk: Cuba libre, das ist Schnaps mit Coca-Cola.
Alle diese Männer sind Flüchtlinge, sind Schwere. Die einen sind abgehauen, nachdem man sie freigelassen hat, sie hatten ihre Strafe beendet und hätten zur »Doublage«, zu dieser Bewährung in Freiheit, antreten müssen. Halb krepiert vor Hunger, ohne Arbeit, schief angesehen sowohl von der Bevölkerung als auch von den Behörden wie von den einfachen Leuten in Guayana, zogen sie es vor, in ein Land zu flüchten, wo sie besser leben zu können glaubten. Aber auch hier ist es schwer, erzählen sie mir.
»Ich schlage Holz im Busch für zwei Dollar fünfzig im Tag. Bei John Fernandez. Jeden Monat einmal komme ich auf acht Tage nach Georgetown. Ich bin verzweifelt.«
»Und du?«
»Ich sammle Schmetterlinge. Ich fange sie im Busch, und wenn ich eine hübsche Menge verschiedener beisammen habe, arrangiere ich sie in einer Schachtel unter Glas und verkauf die Sammlung.«
Andere sind Hafenarbeiter oder Lastträger. Alle arbeiten, aber sie haben kaum genug zum Leben. »Es ist hart, aber man ist frei«, sagen sie. »Die Freiheit – das ist schon etwas!«
Heute abend kam ein Ausgewiesener, der uns sehen wollte. Faussard heißt er. Er bezahlt das Getränk für alle. Er war an Bord eines kanadischen Schiffes, das Bauxit geladen hatte und an der Mündung des Demerara torpediert wurde. Er ist »survivor«, das heißt ein Überlebender, und er hat Geld dafür bekommen, daß er die Versenkung überlebt hat. Fast die ganze Besatzung ist ertrunken. Er hat das Glück gehabt, noch in einem Rettungsboot einen Platz zu finden. Er erzählt, daß das deutsche Unterseeboot an die Oberfläche gekommen ist, und einer von den Boches hat mit ihnen gesprochen. Er hat sie gefragt, wie viele Schiffe sich im Hafen befinden, die mit Bauxit

auslaufen werden. Sie haben geantwortet, daß sie das nicht wüßten. Und der Mann, der sie ausfragte, fing daraufhin zu lachen an: »Gestern«, sagte er, »war ich in dem und dem Kino in Georgetown. Schaut her, hier hab ich noch die halbe Eintrittskarte.« Und, seine Bluse öffnend, habe er zu ihnen gesagt: »Die kommt von Georgetown.« Die es nicht glaubten, lachten auf diesen Bluff hin, aber Faussard war überzeugt, daß er die Wahrheit sprach, und hatte auch sicher recht. Der Mann von dem Unterseeboot habe ihnen nämlich sogar das Schiff bezeichnet, das sie auffischen würde. Und tatsächlich wurden sie dann auch genau von dem angekündigten Boot gerettet. Jeder erzählt so seine Geschichte. Ich sitze mit Guittou neben einem alten Pariser aus den Hallen: »Petit-Louis aus der Rue de Lombards«, stellt er sich vor. Und nach einer Weile sagt er: »Mein lieber Papillon, ich habe einen guten Trick gefunden, um ohne Arbeit leben zu können. Wenn in einer Zeitung der Name eines Franzosen in der Rubrik ›Gestorben für Gott, Kaiser und Vaterland‹ aufschien, oder so ähnlich, ich weiß nicht genau, dann machte ich mich zu einem Steinmetz auf und ließ mir ein Photo von einem einfachen Grabstein herstellen und malte den Schiffsnamen, das Datum, wann es versenkt wurde, und den Namen dieses Franzosen darauf. Nachher präsentierte ich mich damit in Villen von reichen Engländern und sagte ihnen, sie sollten eine Spende geben, damit der für England gefallene Franzose endlich ein schönes Grabdenkmal auf dem Friedhof kriegen kann. Das ging so bis vorige Woche, da ist plötzlich so ein bretonischer Hornochse, der nach einer Schiffsversenkung als tot gemeldet war, sehr gesund und lebendig auf dem Marktplatz aufgetaucht. Und ausgerechnet kommt er mit einigen lieben Damen ins Gespräch, denen ich fünf Dollar für das Grab dieses lieben Toten abgeluchst habe, daraufhin brüllt er herum, er wäre nicht tot, sondern absolut lebendig, und niemand habe je ein Marmorgrab für ihn bestellt, das könne nur ein Gauner gewesen sein. Jetzt muß ich eine andere Sache finden, denn in meinem Alter kann ich doch nicht mehr arbeiten.«

Die Cuba libres taten das ihrige dazu, daß jeder mit lauter Stimme, überzeugt, daß nur wir Französisch verstanden, die unmöglichsten Geschichten erzählte.

»Ich mache aus Balata Puppen«, sagt einer, »und Griffe für Fahrräder. Unglücklicherweise vergessen die kleinen Mädchen ihre Puppen im Garten, und dann schmelzen sie in der Sonne und verlieren die Form. Du kannst dir den Krach vorstellen, den mir die Mütter machen, wenn ich vergesse, in welcher Straße ich schon einmal eine solche Puppe verkauft habe. Seit einem Monat darf ich mich bei Tag in halb Georgetown nicht mehr blicken lassen. Mit den Fahrrädern ist es das gleiche. Wenn einer seines in der Sonne stehenläßt und will nachher damit wegfahren, bleiben ihm die Hände an meinen Griffen kleben ...«

Ich unterhalte mich glänzend bei diesen modernen Wunderge-

schichten, und gleichzeitig lassen sie mich erkennen, daß es tatsächlich nicht leicht ist, sich hier sein Brot zu verdienen. Einer dreht an der Bar das Radio an. Ein Aufruf von de Gaulle. Alle Welt hört dieser französischen Stimme zu, die aus London die Franzosen im Land, in den Kolonien, in Übersee ermutigt. Der Appell ist pathetisch; kein einziger in der Runde wagt den Mund aufzumachen, alle hören zu. Bis mit einemmal einer der Schweren, der zuviel von den Cuba libres getrunken hat, aufsteht und brüllt:
»Ihr Scheißkerle, ihr! Nein, so was! Plötzlich habe ich Englisch gelernt, ich verstehe alles, was der sagt, der Churchill!« Alle brechen in Lachen aus; niemand nimmt sich die Mühe, ihn über seinen Sprachirrtum aufzuklären.
Jawohl, ich muß die ersten Versuche unternehmen, etwas zu verdienen. An den anderen sehe ich, wie schwer das sein wird. Von 1930 bis 1942 habe ich jede Form von Selbstverantwortung eingebüßt, das Wissen darum, wie man sich verhalten muß, ohne daß es einem jemand sagt. Ein Mensch, der so lange gefangen ist, braucht sich nicht um Essen, Wohnung und Kleidung zu kümmern; er ist ein Mann, der geführt, der hin und her geschoben wird, den man daran gewöhnt, daß er nichts mehr von sich selbst aus tut und nur noch willenlos die verschiedensten Befehle ausführt, ohne sie zu prüfen. So ein Mann, der sich nun plötzlich in einer großen Stadt findet und wieder lernen muß, auf den Gehsteigen zu gehen, ohne die Leute anzustoßen, eine Straße zu überqueren, ohne niedergefahren zu werden, es selbstverständlich zu finden, daß man ihm in einem Lokal auf sein Verlangen etwas zu trinken und zu essen gibt – so ein Mann muß wieder lernen, zu leben. Es gibt zum Beispiel unerwartete Reaktionen. Im Kreis dieser Schweren, Freigelassenen, Ausgewiesenen, Geflüchteten, die in ihr Französisch englische oder spanische Brocken mischen und deren Geschichtchen ich mit geschärftem Ohr lausche, muß ich plötzlich aufs Klosett gehen. Nun, es mag schwer vorstellbar sein – aber ich habe tatsächlich den Bruchteil einer Sekunde lang den Aufseher gesucht, den ich um Erlaubnis hätte bitten müssen. Es war ein flüchtiges, aber zugleich ein sehr merkwürdiges Erlebnis, als mir bewußt wurde: Papillon, jetzt brauchst du niemanden mehr um Erlaubnis zu fragen, wenn du pissen gehen willst oder etwas anderes machen.
Auch im Kino, als die Platzanweiserin uns zu unseren Plätzen führte, durchfuhr es mich wie ein Blitz – wollte ich zu ihr sagen: »Ich bitte Sie, bemühen Sie sich nicht, ich bin nur ein armer Sträfling, der keinerlei Aufmerksamkeit verdient.« Während wir auf der Straße gingen, auf dem Weg vom Kino in die Bar, habe ich mich mehrmals umgewandt. Guittou, der diese Angewohnheit kennt, sagte: »Warum drehst du dich so oft um und schaust nach hinten? Du guckst, ob der Aufpasser dir folgt, wie? Es gibt keine Gammler hier, Papillon, Alter! Du hast sie im Bagno gelassen!«
In der Sprache der Schweren heißt das: Man muß den Sträflings-

kittel abwerfen. Aber es geht um mehr: Man muß nicht nur den Sträflingskittel abwerfen, man muß in seiner Seele und in seinem Hirn die Brandmale des Verfemten austilgen.
Eine Polizeistreife, tadellos gekleidete englische Neger, kommt in die Bar herein. Sie gehen von Tisch zu Tisch, verlangen die Personalausweise. In unserer Ecke angekommen, prüft der Chef eingehend alle Gesichter. Er findet nur eines, das er nicht kennt – das meinige.
»Ihren Personalausweis bitte, mein Herr.«
Ich gebe ihm meine Karte. Er wirft einen Blick darauf, gibt mir den Ausweis zurück und sagt:
»Entschuldigen Sie, ich habe Sie nicht gekannt. Seien Sie willkommen in Georgetown.« Und geht weiter.
Paul, der Savoyarde, fügt, nachdem der Polizist weg ist, hinzu:
»Diese Roastbeefs sind einfach großartig. Die einzigen Fremden, denen sie hundertprozentiges Vertrauen schenken, sind die geflüchteten Schweren. Kannst du einer englischen Behörde beweisen, daß du ein Bagnoflüchtling bist, bist du im nächsten Augenblick frei.«
Obwohl wir sehr spät in das Häuschen zurückgekehrt sind, bin ich doch um sieben Uhr früh am Haupteingang des Hafens. Kaum eine halbe Stunde später kommen Quiek und der Einarmige mit dem Karren voll frischem Gemüse, Eiern und einigen Hähnern an. Sie sind allein. Ich frage sie, wo ihr Landsmann ist, der ihnen den Handel beibringt.
Quiek antwortet: »Er hat es uns gestern gezeigt, das genügt. Jetzt brauchen wir niemanden mehr.«
»Hast du das von sehr weit hergebracht?«
»Ja, wir haben mehr als zweieinhalb Stunden gebraucht bis dorthin; wir sind um drei von zu Hause weg und jetzt erst da.«
Als wenn er schon seit zwanzig Jahren hier wäre, treibt Quiek heißen Tee und Fladen auf. Neben dem Karren auf dem Gehsteig sitzend, trinken und essen wir, während wir auf die Kundschaft warten.
»Glaubst du, sie werden kommen, die Amerikaner von gestern?«
»Ich hoffe. Und wenn sie nicht kommen, verkaufen wir es anderen Leuten.«
»Und wie machst du das mit den Preisen?«
»Ich sage ihnen nicht: Das kostet so viel. Ich sage zu ihnen: Wieviel bieten Sie?«
»Aber du kannst doch kein Englisch.«
»Richtig. Aber ich kann meine Finger und meine Hände gebrauchen. Damit geht's auch.«
»Übrigens, du kannst dich gut genug verständigen, um zu kaufen und zu verkaufen«, sagt Quiek und blickt mich an.
»Ja, aber ich möchte zuerst sehen, wie *du* das machst.«
Es dauert nicht lange, da rattert eine Art großer Jeep daher, den sie Command-Car nennen. Der Chauffeur, ein Unteroffizier und zwei

Matrosen steigen aus. Der Unteroffizier steigt auf den Karren und prüft alles: Salat, Auberginen und so weiter. Er begutachtet jede Sorte für sich, greift die Hennen ab.

»Wieviel das Ganze?« Und das Handeln beginnt.

Der Amerikaner spricht durch die Nase. Ich verstehe ihn nicht. Quiek zwitschert ein chinesisch-französisches Kauderwelsch hervor. Ich bemerke, daß die beiden nicht zu Rande kommen, und nehme Quiek beiseite.

»Wieviel hast du ausgegeben?«

Er sucht seine Taschen ab und findet siebzig Dollar.

»Hundertdreiundachtzig«, sagt er dann.

»Wieviel bietet er dir?«

»Ich glaube zweihundertzehn, das ist nicht genug.«

Ich gehe auf den Offizier zu. Er fragt mich, ob ich Englisch spreche.

»Ein wenig. Sprechen Sie langsam«, sage ich zu ihm.

»Okay.«

»Wieviel zahlen Sie? ... Nein, zweihundertzehn, das ist zuwenig. Zweihundertvierzig.«

Er will nicht.

Er tut so, als ob er wegginge, zögert, kommt wieder, steigt dann in seinen Jeep. Trotzdem spüre ich, daß er nur Komödie spielt. In dem Augenblick, da er wieder aussteigt, kommen gerade meine beiden schönen Nachbarinnen, die halbverschleierten Hindumädchen, an. Sie haben die Szene offensichtlich beobachtet, denn sie geben sich den Anschein, als kennten wir einander nicht. Die eine von ihnen steigt auf den Karren, prüft die Ware und wendet sich an uns:

»Wieviel das Ganze?«

»Zweihundertvierzig Dollar«, antworte ich.

Sie sagt: »Gut.«

Aber da zieht der Amerikaner urplötzlich zweihundertvierzig Dollar heraus, gibt sie Quiek und sagt zu den indischen Mädchen, er habe das Ganze leider bereits gekauft. Unsere Nachbarinnen bleiben stehen und sehen zu, wie die Amerikaner den Karren abladen und alles in ihrem Jeep verstauen. Ganz zuletzt packt ein Matrose auch noch das Schwein, in der Annahme, daß es zum Einkauf dazugehöre. Aber Quiek will sein Schwein natürlich nicht hergeben. Es beginnt ein Streit darum, und wir können uns nicht verständlich machen, daß das Schwein bei dem Handel nicht inbegriffen war.

Ich versuche, den Hindumädchen die Sachlage begreiflich zu machen, aber es ist sehr schwierig. Auch sie verstehen nicht, worum es geht. Die amerikanischen Matrosen wollen das Schwein nicht mehr auslassen – und Quiek will das Geld nicht zurückgeben. Daraus wird sich eine Schlägerei entwickeln, schätze ich. Der Einarmige hat schon eine Latte vom Karren heruntergenommen. Da fährt plötzlich ein Jeep der amerikanischen Militärpolizei vorüber. Der

Unteroffizier pfeift. Die Militärpolizei kommt heran. Ich sage zu Quiek, er muß das Geld zurückgeben, aber er will nicht hören. Die Matrosen halten das Schwein, sie wollen die Ware nicht zurückgeben. Quiek stellt sich vor ihren Jeep und hindert sie daran, wegzufahren. Eine ansehnliche Menge von Neugierigen hat sich rund um die laute Szene gruppiert. Die amerikanische Militärpolizei gibt natürlich den Amerikanern recht, obwohl auch sie nicht verstehen, worum es bei der Auseinandersetzung eigentlich geht. Anscheinend sind sie überzeugt, daß wir die Matrosen betrügen wollten. Ich weiß wirklich nicht mehr, was ich machen soll, aber da fällt mir ein, daß ich die Telephonnummer des Martina-Clubs mit dem Namen des Kerls aus Martinique habe. Ich zeige ihn dem Polizeioffizier und sage dazu: »Dolmetscher«. Er führt mich zu einem Telephon. Ich rufe an und habe das Glück, meinen gaullistischen Freund zu erreichen. Ich erkläre ihm alles genau und bitte ihn, den Offizier über die Situation zu informieren. Dann gebe ich den Telephonhörer dem Polizisten. Zwei Minuten genügen, er kapiert, nimmt persönlich das Schwein und übergibt es Quiek, der es überglücklich in die Arme schließt und dann auf seinen Karren setzt. Der Zwischenfall geht gut aus, und die Amerikaner lachen wie die Kinder. Alle Welt geht weg, zufrieden über den Ausgang, und weil es nichts mehr zu sehen gibt.
Am Abend, zu Hause, danken wir den Hindumädchen, denen die Geschichte genausoviel Vergnügen bereitet wie uns allen.

Nun sind wir schon drei Monate in Georgetown. Heute richten wir uns in der einen Hälfte des Hauses unserer indischen Nachbarn ein. Zwei helle, geräumige Zimmer, ein Eßraum, eine kleine Küche mit einem Holzkohlenherd und ein großer Hof mit einem überdeckten Winkel für den Stall. Esel und Karren stehen geschützt. Ich werde allein in einem großen Bett mit guten Matratzen schlafen, ein Gelegenheitskauf. Im Nebenzimmer haben meine beiden chinesischen Freunde auch jeder ein eigenes Bett. Wir haben einen Tisch und sechs Stühle, außerdem vier Schemel. In der Küche sind alle zum Kochen notwendigen Geräte vorhanden. Nachdem wir uns bei Guittou und seinen Freunden für ihre Gastfreundschaft bedankt haben, nehmen wir Besitz von »unserem Haus«, wie Quiek sagt. Vor dem Fenster des Eßraumes, das auf die Straße geht, steht ein bequemer Rohrsessel, ein Geschenk der Inder an uns. Auf dem Eßtisch ein Glasgefäß mit frischen Blumen, die Quiek gebracht hat. Dieses Erlebnis eines ersten Zuhause, bescheiden, aber sauber, dieses helle und nette Haus, das mich umgibt, erstes Ergebnis von drei Monaten gemeinsamer Arbeit, gibt mir Vertrauen zu mir selbst und zur Zukunft.
Morgen ist Sonntag und daher kein Markt, so daß wir den ganzen Tag frei haben. Also beschließen wir drei, Guittou und dessen Freunde sowie die Hindumädchen und deren Brüder zu einem Essen einzuladen. Ehrengast wird der Chinese sein, der Quiek und dem

Einarmigen das Eselsgefährt geschenkt und uns zweihundert Dollar geborgt hat, damit wir unseren Handel beginnen können. Auf seinem Teller wird er einen Briefumschlag mit den zweihundert Dollar und ein Dankeswort in chinesischer Schrift finden.

Nach dem Schwein, das Quiek abgöttisch liebt, bin ich es, dem seine ganze Freundschaft gilt. Ständig hat er irgendeine Aufmerksamkeit für mich bereit: ich bin am besten von uns dreien gekleidet, und oft kommt er mit einem Hemd, einer Krawatte oder einer Hose für mich nach Hause. Das alles kauft er von seinem Taschengeld. Quiek raucht nicht, trinkt kaum, sein einziges Laster ist das Spiel. Er träumt nur von einer Sache: genug Ersparnisse zu haben, um im Club der Chinesen spielen zu können.

Es bereitet uns keinerlei Schwierigkeiten, jeden Morgen unsere eingekauften Waren gut an den Mann zu bringen. Ich spreche schon genügend Englisch für den Ein- und Verkauf. Jeden Tag nehmen wir so zu dritt fünfundzwanzig bis dreißig Dollar ein. Es ist wenig, aber wir sind sehr zufrieden, daß wir so schnell eine Möglichkeit gefunden haben, unser Brot zu verdienen. Ich gehe nicht immer mit ihnen einkaufen, obwohl ich meistens bessere Preise herausschlage als sie, aber dafür bin jetzt immer ich es, der die Ware verkauft. Viele amerikanische und englische Matrosen, die an Land gehen, um für ihre Schiffe einzukaufen, kennen mich schon. Höflich feilschen wir um den Preis, ohne uns dabei sehr zu erhitzen. Unter diesen Kunden gibt es einen Teufelskerl von Kantineur aus der amerikanischen Offiziersmesse, einen Italo-Amerikaner, der mich immer italienisch anspricht. Er ist selig, daß ich ihm in seiner Muttersprache antworte und streitet um den Preis nur, weil es ihm Spaß macht. Zum Schluß kauft er immer zu dem Preis, den ich schon zu Beginn unseres Streitgesprächs genannt habe.

Am Abend, wenn wir nach Hause kommen, nehmen wir eine leichte Mahlzeit ein, und der Einarmige und Quiek legen sich früh schlafen. Ich besuche dann meistens Guittou, oder meine Nachbarinnen kommen zu mir. Sie helfen uns ein bißchen den Haushalt führen. Es ist nicht viel zu tun: Ausfegen, Wäsche waschen, Betten machen, das Haus rein halten. Die beiden Schwestern werden gut damit fertig und tun es fast umsonst: für zwei Dollar täglich. Frei zu sein und ohne Angst vor der Zukunft – wie ich das jetzt zu schätzen weiß!

Meine Hindufamilie

Das Hauptfortbewegungsmittel in dieser Stadt ist das Fahrrad. Ich habe mir also eins gekauft, um leicht überall hinzukommen. Da die Stadt flach ist und ihre Umgebung ebenso, kann man ohne Anstrengung weite Entfernungen zurücklegen. Auf dem Fahrrad ist vorn und hinten ein starker Gepäckträger angebracht. Demnach kann ich, wie viele Einwohner es machen, zwei Personen mitnehmen.

Mindestens zweimal die Woche mache ich eine Spazierfahrt von ein bis zwei Stunden mit meinen Hindufreundinnen. Sie sind verrückt vor Freude, und ich beginne zu bemerken, daß eine von ihnen, die jüngere, im Begriff ist, sich in mich zu verlieben.

Ihr Vater, den ich noch nie gesehen habe, ist gestern zu uns gekommen. Er wohnt nicht weit von uns, aber er kam niemals zu Besuch, und so kannte ich nur ihre Brüder. Der Vater ist ein hochgewachsener alter Mann mit einem sehr langen Bart, weiß wie Schnee. Seine Haare sind ebenfalls silbern und lassen eine intelligente und edle Stirn frei. Er spricht nur Hindi, seine Tochter muß übersetzen. Ehe er geht, lädt er mich ein, ihn bei sich zu Hause zu besuchen, es sei nicht weit mit dem Fahrrad, läßt er mir durch die kleine Prinzessin, wie ich seine Tochter nenne, sagen. Ich verspreche, daß ich bald kommen werde.

Nachdem er zum Tee einige Stücke Kuchen gegessen hatte, ging er wieder, nicht ohne bemerkt zu haben, wie genau er jede Einzelheit im Haus unter die Lupe nahm. Die kleine Prinzessin freut sich riesig, daß ihr Vater mit dem Haus und mit uns offensichtlich zufrieden war.

Ich bin sechsunddreißig, fühle mich gesund und jung, alle Leute halten mich für einen jungen Mann: meine Freunde versichern mir, daß ich nicht älter aussehe als dreißig. Die Kleine hingegen ist neunzehn, von der besonderen Schönheit ihrer Rasse und in der Art ihres Denkens ruhig und voll Gelassenheit. Es wäre für mich ein Geschenk des Himmels, sie lieben zu dürfen und von diesem bezaubernden Mädchen wiedergeliebt zu werden.

Wenn wir zu dritt ausfliegen, setzt sie sich immer auf den vorderen Gepäckträger. Sie weiß sehr gut, daß ich, wenn sie ganz aufrecht sitzt und ich beim Treten der Pedale meinen Oberkörper vorneigen muß, meinen Kopf sehr nahe an ihrem Gesicht habe. Wirft sie den Kopf nach hinten, kann ich die ganze Schönheit ihrer verschleierten nackten Brüste sehen, und sie sind noch schöner, als wenn sie nicht verschleiert wären. Ihre großen schwarzen Augen leuchten feurig auf, sobald ich ihr ganz nahe bin, und ihr auf der teefarbenen Haut dunkelroter Mund öffnet sich im Verlangen, geküßt zu werden. Prachtvolle Zähne, ebenmäßig und hellschimmernd wie Perlen, zieren diesen zauberhaften Mund. Sie hat so eine Art, manche Worte so auszusprechen, daß zwischen den halbgeöffneten Lippen ein winziges Stück von ihrer rosa Zungenspitze sichtbar wird, was den Heiligsten aller Heiligen, die uns die katholische Kirche beschert hat, zum Wollüstling machen würde.

Heute abend dürfen wir beide allein ins Kino gehen, da ihre Schwester Migräne hat. Eine Migräne, von der ich glaube, daß sie nur vorgeschützt ist, damit wir endlich einmal allein sein können. Sie erscheint in einem weißen Musselinkleid, das bis über ihre Knöchel hinabreicht, die, von drei silbernen Reifen umgeben, beim Gehen nackt hervorscheinen. Sie ist mit Sandalen bekleidet, deren goldene Riemen durch die große und die zweite Fußzehe laufen. Das wirkt sehr elegant. Im rechten Nasenloch trägt sie ein winzig kleines Goldplättchen. Der Kopfschleier aus Musselin ist kurz und fällt leicht auf die Schultern nieder. Ein Goldband rund um den Kopf hält ihn fest. Von dem Band hängen bis zur Mitte der Stirn drei Schnüre herab, die mit buntfarbigen Steinen geschmückt sind. Es ist ein reizender Anblick, und wenn sie das Köpfchen hin und her bewegt, kann man auch noch den tätowierten dunklen Punkt auf ihrer Stirn sehen.

Das ganze Hinduhaus und auch das meine, repräsentiert von Quiek und dem Einarmigen, blickt uns beiden mit freundlichen Gesichtern nach, als wir beim Weggehen unser Glück zur Schau tragen. Alle scheinen zu wissen, daß wir vom Kino als Verlobte heimkehren werden.

Das Mädchen bequem auf dem Kissen des Gepäckträgers, radle ich dem Zentrum zu. Es war auf einer langen freien Strecke, in einer schwach beleuchteten Avenue, wo mir dieses reizende Mädchen von selbst einen flüchtigen, leichten Kuß gab. Für mich kam das so unerwartet, daß ich beinahe vom Fahrrad gefallen wäre.

Die Hände ineinander verschlungen, sitzen wir dann im dunklen Kinosaal, und ich lasse meine Finger sprechen und empfange beglückt ihre Antwort. Unser erstes Liebesduett in diesem Kinosaal, wo ein Film vor uns ablief, den wir nicht wahrnahmen, vollzog sich völlig schweigend. Ihre langen, gepflegten, hübsch lackierten Nägel, die sanften Bewegungen ihrer Handfläche singen das Lied der Liebe weit besser, als wenn sie gesprochen hätte, und sie geben mir zu verstehen, was sie für mich empfindet: ihr Verlangen, die Meine zu werden. Sie hat den Kopf auf meine Schulter gelegt, so daß ich ihr reines Antlitz mit Küssen bedecken kann.

Diese anfangs so zage, schüchterne Liebe verwandelte sich schnell in Leidenschaft. Ich hatte ihr, bevor sie die Meine wurde, erklärt, daß ich sie nicht heiraten kann, weil ich in Frankreich eine Frau habe. Kaum einen Tag lang hat sie das bedrückt. Eines Nachts ist sie einfach bei mir geblieben. Wegen ihrer Brüder und einiger Hindunachbarn und -nachbarinnen, so sagte sie mir, möchte sie lieber mit mir zusammen bei ihrem Vater leben. Ich war einverstanden und bin also in das Haus ihres Vaters gezogen, der allein mit einer jungen Javanerin, einer entfernten Verwandten, lebte, die ihm den Haushalt führt. Es ist nicht weit von dem Haus, wo Quiek und Van Hue wohnen, ungefähr fünfhundert Meter. So können die beiden Freunde täglich bei mir vorbeikommen und abends eine gute Stunde mit uns verbringen. Sehr oft essen sie auch mit uns zusammen.

Wir betreiben noch immer unseren Gemüsehandel am Hafen. Ich gehe um halb sieben aus dem Haus, und fast immer begleitet mich mein Hindumädchen. Eine große Thermosflasche voll Tee, ein Glas Marmelade und geröstetes Brot, alles zusammen in einem Ledersack

verstaut, erwarten Quiek und den Einarmigen, damit wir zusammen das Frühstück einnehmen können. Sie bereitet es selber zu und besteht auf diesem Ritus: die erste Mahlzeit des Tages zu viert einzunehmen. In ihrem Sack hat sie alles, was dazu nötig ist. Sie breitet eine ganz kleine Decke mit Spitzenrand höchst feierlich auf dem Gehsteig aus, den sie vorher mit einer Bürste saubergefegt hat, und stellt darauf vier Unterteller und vier Porzellantassen. Und so auf dem Gehsteig sitzend, frühstücken wir mit allem Anstand.
Es ist eigentlich seltsam, so am Straßenrand Tee zu trinken, als wenn man sich in einem Raum befände, aber sie findet das ganz natürlich, und Quiek und der Einarmige auch. Sie scheren sich auch nicht im mindesten um die Leute, die an uns vorbeigehen, und finden ihr Verhalten ganz selbstverständlich. Ich möchte ihr nichts verwehren, denn sie ist so froh, uns das Frühstück auf diese Art zu servieren, uns Marmelade auf unsere Toasts zu streichen, daß ich sie gekränkt hätte, wäre ich dagegen gewesen.
Vorigen Samstag hat sich etwas ereignet, was mir den Schlüssel zu einem Geheimnis lieferte. Denn wir sind nun schon zwei Monate beisammen, und während dieser Zeit hat sie mir öfter kleine Mengen von Gold übergeben. Es sind immer Teile von zerbrochenen Schmuckstücken: die Hälfte eines Goldrings, ein einzelner Ohrring, ein Stück von einer Goldkette, das Viertel oder die Hälfte einer Medaille oder einer Goldmünze. Da ich das Gold nicht zum Lebensunterhalt brauche, obwohl sie mir sagt, daß ich es verkaufen möge, hebe ich es in einer Schachtel auf. Ich habe schon an die vierhundert Gramm beisammen. Manchmal frage ich sie, woher das alles kommt, dann hält sie mich hin, umarmt mich, lacht, gibt mir aber keine Erklärung.
An jenem Samstag nun, gegen zehn Uhr vormittags, bittet mich mein Hindumädchen, ihren Vater mit meinem Fahrrad irgendwohin, ich weiß es nicht mehr recht, zu bringen: »Papa«, sagt sie zu mir, »wird dir den Weg zeigen. Ich bleibe zu Hause, um zu bügeln.« Etwas unwillig, da ich annehme, daß der Alte irgendwo weit entfernt einen Besuch machen will, bin ich doch aus Höflichkeit bereit, ihn dorthin zu radeln.
Er sitzt, ohne ein Wort zu reden, da er ja nur seine Sprache kann, auf dem vorderen Gepäckträger, und ich schlage die Richtung ein, die er mir durch Handbewegungen angibt. Es ist tatsächlich ziemlich weit, mehr als eine Stunde trete ich schon in die Pedale. Wir kommen in ein reiches Viertel am Meer. Rundum lauter schöne Villen. Auf ein Zeichen des »Schwiegervaters« halte ich an und beobachte, was er tut. Er nimmt einen runden weißen Stein aus seiner Tunika und kniet auf der ersten Stufe der Treppe vor einem Haus nieder. Während er den Stein auf der Stufe hin und her rollt, singt er. Nach einigen Minuten tritt eine Frau in indischer Kleidung aus der Villa, nähert sich ihm und übergibt ihm etwas, ohne ein Wort.
Diese Szene wiederholt sich von Haus zu Haus, bis sechzehn Uhr.

Solang diese Geschichte auch dauert und so aufmerksam ich sie auch verfolge, ich komme nicht dahinter, was das bedeuten soll. Bei der letzten Villa kommt ein weißgekleideter Mann auf ihn zu. Er hebt den Alten auf, nimmt ihn am Arm und führt ihn bis zum Haus hin. Nach einer Viertelstunde kommt mein Alter, wieder von diesem Herrn begleitet, heraus, und der Herr küßt ihn beim Abschied auf die Stirn oder besser auf seine weißen Haare. Dann fahren wir heim, und ich radle so schnell ich kann, denn inzwischen ist es halb fünf geworden.

Glücklicherweise sind wir noch vor Einbruch der Dunkelheit daheim. Meine hübsche Indara führt zuerst ihren Vater ins Haus und springt mir dann an den Hals, bedeckt mich mit Küssen und schleppt mich zur Dusche. Frische Wäsche liegt bereit, und gewaschen, rasiert und umgezogen setze ich mich zu Tisch. Wie üblich serviert sie mir selbst. Ich möchte sie allerlei fragen, aber sie eilt hin und her, spielt die Vielbeschäftigte, um meine Fragen so lange wie möglich hinauszuschieben. Ich brenne vor Neugier. Aber ich weiß, daß man einen Hindu und auch einen Chinesen nie zwingen soll, irgend etwas zu sagen. Man muß immer eine gehörige Weile warten. Dann spricht er nämlich ganz von selber, denn er vermutet, ja er weiß, daß man von ihm eine Beichte erwartet, und falls er uns einer solchen für würdig erachtet, tut er es auch. Das gleiche hat sich mit Indara abgespielt. Nachdem wir uns hingelegt und sehr lange geliebt haben und sie nun süß entspannt ihre noch glühende Wange in meine nackte Achselhöhle legt, spricht sie auf einmal, ohne mich anzusehen: »Weißt du, Liebling, wenn Papa das Gold sammeln geht, tut er nichts Schlechtes. Im Gegenteil. Er ruft die Geister herbei, damit sie das Haus beschützen mögen, wo er seinen Stein rollt. Zum Dank dafür gibt man ihm ein Stückchen Gold. Es ist eine sehr alte Sitte in unserer Heimat, auf Java.«

So erzählt es mir meine Prinzessin. Aber eines Tages unterhält sich eine ihrer Freundinnen mit mir auf dem Markt. An jenem Morgen waren weder mein Mädchen noch die Chinesen anwesend. Da erzählt mir die hübsche Javanerin eine ganz andere Geschichte.

»Warum arbeitest du noch weiter«, fragt sie, »seitdem du mit der Tochter dieses Hexers lebst? Schämt sie sich nicht, dich so früh aufstehen zu lassen, sogar bei Regenwetter? Mit dem Gold, das ihr Vater verdient, könntest du ohne zu arbeiten leben. Sie liebt dich noch nicht richtig, sonst dürfte sie dich nicht so früh aus den Federn lassen.«

»Was macht denn ihr Vater?« frage ich sie. »Erkläre es mir, ich habe keine Ahnung.«

»Ihr Vater ist ein Hexer aus Java. Wenn er will, bringt er den Tod über dich oder deine Familie. Die einzige Möglichkeit, der Verhexung zu entgehen, die er mit seinem magischen Stein heraufbeschwört, ist die, ihm genug Gold zu geben, damit er den Stein in eine andere Richtung rollt als in jene, die den Tod herbeiruft. Dann wen-

455

det er alles Unglück ab und läßt Gesundheit und Lebensfülle auf dich und die Deinen, die in dem Hause leben, herabkommen.«
Das klingt ganz anders als das, was Indara mir erzählt hat, und ich beschließe, eine Probe zu machen, wer von den beiden recht hat.
Wenige Tage später bin ich mit meinem »Schwiegervater« am Ufer eines Baches, der Penitence Rivers durchfließt und in den Demerara mündet. Der Gesichtsausdruck der Hindufischer hat die Sache völlig geklärt, denn jeder bietet ihm einen Fisch an und sucht dann so schnell wie möglich das Weite. Da habe ich verstanden. Ich brauchte niemanden mehr zu fragen.
Mich selbst stört dieser »Schwiegervater-Hexer« in keiner Hinsicht. Er spricht zu mir nur in seiner Sprache und nimmt an, daß ich ein wenig davon verstehe. Doch was immer er sagt, ich verstehe kein Wort. Das hat sein Gutes, man kann nicht in Streit kommen. Überdies hat er für mich eine Arbeit gefunden: ich tätowiere die Stirn der ganz jungen Mädchen von dreizehn bis fünfzehn Jahren. Manchmal legt er mir ihre Brüste bloß, und ich tätowiere Blätter oder Blüten in Farbe darauf, grün, rosa, blau, die kleinen Brustwarzen hervorhebend wie einen Blütenstempel. Die besonders Mutigen, denn die Prozedur ist sehr schmerzhaft, lassen sich den dunklen Rand ihrer Brusthöfe kanariengelb tätowieren, manche sogar, allerdings selten, die Brustwarze selbst.
Vor dem Haus hat der alte Weißbärtige ein Schild angebracht, auf dem in Hindi ungefähr folgendes steht: »Tätowierungskünstler. Niedrige Preise. Erstklassige Arbeit.« Diese Arbeit wird sehr gut bezahlt und verschafft mir zweierlei Befriedigung: ich kann die schönen Brüste der Javanerinnen bewundern und gleichzeitig Geld verdienen.
Quiek hat in der Nähe des Hafens ein Restaurant gefunden, das zu kaufen ist. Ganz stolz bringt er mir diese Nachricht und schlägt vor, zuzugreifen. Der Preis ist angemessen, achthundert Dollar. Mit dem Gold des Hexers und unseren Ersparnissen könnten wir das Restaurant erwerben. Ich gehe es mir anschauen. Es liegt in einer sehr kleinen Gasse, aber auch sehr nahe am Hafen, zu jeder Stunde ist es gesteckt voll. Ein einigermaßen großer, schwarz-weiß gekachelter Raum, rechts und links acht Tische, in der Mitte ein runder Tisch, wo man die Vorspeisen und Früchte zur Schau stellen kann. Die Küche ist groß, geräumig, hell. Zwei große Herde, zwei dicke Köchinnen.

Tschou Me-in und Schmetterlinge

Wir haben das Geschäft abgeschlossen. Indara hat selber alles Gold, das wir besaßen, verkauft. Ihr Papa war übrigens sehr erstaunt, daß wir bis jetzt noch kein Stück davon angerührt haben. Er sagte: »Ich habe es euch gegeben, damit ihr etwas davon habt. Das Gold gehört euch, und ihr hättet mich nicht fragen müssen, um darüber zu verfügen. Macht damit, was ihr wollt.«

Er ist wirklich nicht so schlecht, mein guter »Schwiegervater-Hexer«. Sie allerdings ist von einer anderen Sorte, sowohl als Hausfrau wie auch als Gattin und Freundin. Bei ihr kommt es niemals zu einem Streit, denn sie antwortet auf alles, was ich sage, immer mit ja. Sie schmollt nur ein wenig, wenn ich die Brüstchen ihrer Landsmänninen tätowiere.

So bin ich nun also der Wirt vom Restaurant Victory in der Waterstreet, mitten im Hafenviertel von Georgetown. Quiek muß den Küchenchef machen, was ihm sehr gefällt, es ist sein Beruf. Der Einarmige wird den Einkauf besorgen und Tschou Me-in zubereiten, dieses chinesische Spaghettigericht. Man macht es folgendermaßen: Feinstes Mehl wird mit einer gewissen Anzahl von Dottern vermischt und gut abgerieben. Diese Masse wird ohne Wasser hart und lang bearbeitet. Der Teig ist so fest, daß man, um ihn gut durchzuwalken, ihn gleichsam stampfen muß. Zu diesem Behuf setzt sich Van Hue rittlings auf ein in der Mitte des Tisches befestigtes, fein poliertes Rollholz, das er mit seiner einen Hand hält, und springt, das eine Bein über das Rollholz gehängt, mit dem andern rund um den Tisch herum. Auf diese Art bearbeitet er mit aller Kraft den Teig, der schnell zu einer geschmeidigen Masse wird. Zum Schluß gibt man ein wenig Butter zu, was dem Geschmack die letzte Würze verleiht.

Dieses Restaurant, das bankerott gemacht hatte, erfreut sich in kurzer Zeit großer Beliebtheit. Zusammen mit einem jungen, sehr hübschen Hindumädchen namens Daya, bedient Indara die immer zahlreicher werdenden Gäste, die unser Lokal wegen der guten chinesischen Küche aufsuchen. Auch alle Schweren kommen zu uns. Die Geld haben, bezahlen, die andern essen umsonst. »Hungrige speisen bringt Glück«, sagt Quiek.

Eines freilich ist unschicklich: die Aufmachung der beiden Serviererinnen. Indara und ihre javanische Kollegin tragen alle beide ihre nackten Brüste unter den durchsichtigen Kleidern zur Schau. Außerdem haben ihre Röcke Schlitze von den Knöcheln bis zur Hüfte. Bei manchen Bewegungen entblößten sie das ganze Bein fast bis zum Hintern. Manchmal kommen die amerikanischen, englischen, schwedischen, kanadischen und norwegischen Matrosen zweimal am Tag zum Essen, um diesen Anblick zu genießen. Meine Freunde nennen mein Restaurant das »Restaurant der Voyeure«. Ich bin für alle der Wirt, der »Boß«. Wir haben keine Registrierkasse, die Bedienung liefert mir das kassierte Geld ab; ich stecke es einfach in die Tasche und gebe, wenn nötig, Wechselgeld heraus.

Das Restaurant wird um acht Uhr abends geöffnet, der Betrieb geht bis fünf oder sechs Uhr früh. Überflüssig zu sagen, daß gegen drei Uhr morgens sämtliche Huren dieses Viertels, die ein gutes Nachtgeschäft gemacht haben, mit ihrem Pächter oder einem Kunden zu uns kommen, um ein Curryhuhn mit Bohnensalat zu essen. Zu trinken gibt es Bier, vor allem englisches, Whisky und einen einheimischen Zuckerrohrrum, der sehr gut ist, besonders mit Soda oder Coca-Cola. Da unser Restaurant zum Treffpunkt aller Franzosen geworden ist, die sich auf der Flucht befinden, bin ich für die ganze Kolonie der Schweren Ratgeber, Richter, Beichtvater und Zufluchtsstätte.

Das bringt mir allerdings auch manche Unannehmlichkeiten. Ein Schmetterlingsjäger erklärt mir, wie er die Schmetterlinge im Busch zu fangen pflegt. Er schneidet einen Karton in Form eines Schmetterlings aus, darauf klebt er Flügel derjenigen Art, die er fangen möchte, und befestigt diesen Karton am Ende einer Stange. Will er jagen, geht er in den Busch, hält die Stange in der rechten Hand und macht damit Bewegungen, als wenn der falsche Schmetterling fliegen würde. Er kennt von jeder Sorte die Zeit, wann sie auskriechen. Es gibt solche, die nicht länger als achtundvierzig Stunden leben. So stellt er sich also auf eine Lichtung, und wenn die Sonne einfällt, kommen die eben ausgekrochenen Schmetterlinge herbeigeflogen, um sich so schnell wie möglich im Sonnenlicht zu paaren. Sobald sie den falschen Schmetterling sehen, stürzen sie sich darauf. Ist der falsche Schmetterling ein Männchen, dann kommt ein Männchen, das mit ihm raufen will. Mit der linken Hand, in der er ein kleines Netz hält, fängt der Jäger dann schnell den Schmetterling ein. Das Netz hat eine Verengung, was dem Schmetterlingsfänger erlaubt, die Jagd fortzusetzen, ohne daß er befürchten muß, die einmal einfangenen könnten ihm wieder entfleuchen.

Hat die Attrappe die Flügel eines Weibchens, dann kommen die Männchen, weil sie die Liebe suchen, und das Ergebnis ist das gleiche.

Die schönsten Schmetterlinge sind die Nachtfalter. Da sie aber häufig an Hindernissen anstoßen, ist es sehr schwer, welche zu finden, deren Flügel unverletzt sind. Bei fast allen ist der Staub verwischt. Für den Fang der Nachtfalter steigt der Jäger auf die äußerste Spitze eines großen Baumes, breitet ein weißes Tuch aus und beleuchtet es von unten mit einer Karbidlampe. Dann fliegen die großen Nachtfalter, deren Spannweite bis zu zwanzig Zentimeter beträgt, von weitem heran und setzen sich auf das weiße Tuch. Man muß dann nur noch sehr schnell und sehr kräftig ihren Bauch packen, ohne ihn zu zerdrücken, und verhindern, daß sie um sich schlagen, denn sonst werden ihre Flügel verletzt, und sie verlieren dadurch an Wert.

In meiner Auslage habe ich immer eine kleine Kollektion von Schmetterlingen, seltenen Insekten, kleinen Schlangen und Blutegeln. Es gibt immer mehr Käufer als Ware, daher sind die Preise hoch. Ein Amerikaner hat mir einen Schmetterling beschrieben, dessen hintere Flügel stahlblau sind, die vorderen sind hellblau. Er hat mir fünfhundert Dollar geboten, wenn ich ihm einen solchen Schmetterling auftreiben kann, der ein Zwitter sein soll.

Ich sprach darüber mit meinem Schmetterlingsjäger, und er sagte mir, daß er nur einmal einen von dieser Sorte in der Hand gehabt habe, ein sehr hübsches Exemplar, für das man ihm fünfzig Dollar bezahlte, und erst später habe er von einem seriösen Sammler erfahren, daß diese Abart an die zweitausend Dollar wert wäre.

»Er will dich für dumm verkaufen, dieser Ami«, sagt mir der Schmetterlingsjäger. »Er hält dich für einen Idioten. Selbst wenn dieses seltene Exemplar nur fünfzehnhundert Dollar wert wäre, so würde er noch genug an deiner Unwissenheit verdienen.«

»Du hast recht. Er ist ein Gauner. Und wenn *wir* ihn 'reinlegen würden?«

»Wie denn?«

»Man müßte zum Beispiel an einem Schmetterlingsweibchen zwei Flügel von einem Männchen anbringen, oder umgekehrt. Es wird nur schwierig sein, sie so anzubringen, daß er es nicht merkt.«

Nach mehreren verunglückten Versuchen gelang es uns schließlich, völlig exakt zwei Flügel eines Männchens auf einem herrlichen weiblichen Exemplar anzukleben: wir haben die Flügel in einen winzigen Einschnitt hineingeschoben und mit einer Gummilösung festgeklebt. Das Ganze hält so gut, daß sich der Schmetterling an den angeklebten Flügeln hochheben läßt. Ich stelle ihn unter Glas, mitten in eine Kollektion von beliebigen Schmetterlingen hinein, die insgesamt zwanzig Dollar kostet, so als hätte ich keine Ahnung von der Seltenheit dieses einen Exemplars. Die Sache klappte. Kaum bemerkt der Ami unseren Schmetterling, zieht er auch schon zwanzig Dollar heraus, um die Kollektion zu kaufen. Ich sage ihm, daß ich sie schon einem Schweden versprochen habe.

Während der folgenden beiden Tage nimmt der Ami die Schachtel mindestens zehnmal in die Hand. Schließlich kann er sich nicht mehr zurückhalten und ruft mich herbei.

»Ich kaufe den Schmetterling da in der Mitte um zwanzig Dollar, und du kannst das andere behalten«, sagt er.

»Was ist denn so außergewöhnlich an diesem Schmetterling?« frage ich und mache mich an eine genaue Prüfung. Plötzlich rufe ich aus: »Ja sieh mal an, das ist ja ein Zwitter!«

»Was Sie nicht sagen! Ja, richtig. Ich war nicht ganz sicher«, tut der Ami. »Durch das Glas hindurch habe ich es nicht genau gesehen. Erlauben Sie?« Und er untersucht den Schmetterling von allen Seiten. Schließlich fragt er: »Wieviel wollen Sie dafür?«

»Haben Sie mir nicht einmal gesagt, daß eine solche seltene Abart fünfhundert Dollar wert ist?«

»Ja, das habe ich auch mehreren Schmetterlingsfängern angeboten, und ich möchte jetzt nicht die Unwissenheit desjenigen ausnützen, der dieses Exemplar hier gefangen hat.«

»Also fünfhundert Dollar, oder ich verkaufe es nicht.«

»Ich kaufe es. Heben Sie es mir auf. Hier, nehmen Sie die sechzig Dollar, die ich bei mir habe, als Anzahlung. Geben Sie mir eine

Quittung, morgen bringe ich den Rest. Und nehmen Sie vor allem das Exemplar aus der Kollektion heraus!«
»Gut, ich werde ihn anderswo aufheben. Hier Ihre Quittung.«
Pünktlich um acht, als wir öffnen, ist der Abkömmling Lincolns da. Er prüft noch einmal den Schmetterling, jetzt sogar mit einer kleinen Lupe. Ich bekomme einen gehörigen Schrecken, als er ihn von unten betrachtet. Aber er ist befriedigt, zahlt, gibt den Schmetterling in eine mitgebrachte Schachtel, verlangt eine zweite Bestätigung über die vierhundertvierzig und ist weg.
Zwei Monate später schnappt mich die Polente. Im Kommissariat erklärt mir der Polizeipräsident auf französisch, daß ich auf die Betrugsanzeige eines Amerikaners hin verhaftet bin.
»Es geht um einen Schmetterling, dem Sie falsche Flügel aufgeklebt haben«, sagt mir der gottsöberste Polizist. »Sie haben ihm so das Aussehen eines Zwitters gegeben und damit einen Liebhaberpreis von fünfhundert Dollar erzielt.« Zwei Stunden später sind Quiek und Indara mit einem Advokaten da. Er spricht sehr gut Französisch. Ich erkläre ihm, daß ich rein nichts von Schmetterlingen verstehe, daß ich weder ein Fänger noch ein Sammler bin. Ich verkaufe die Kollektionen für Schmetterlingsjäger, die meine Gäste sind, aus Gefälligkeit, und der Ami hat von selbst fünfhundert Dollar geboten, ohne daß ich ihn darum gebeten habe. Und wenn es sich wirklich um ein so wertvolles Exemplar handelt, wie er angibt, so ist er der Dieb, denn dann hat er nicht den vollen Wert von ungefähr zweitausend Dollar bezahlt.
Nach zwei Tagen komme ich vor Gericht. Der Advokat ist gleichzeitig mein Dolmetsch. Er wiederholt meine Erklärung. Um zu meinen Gunsten zu sprechen, hat der Advokat einen Katalog mit den Schmetterlingspreisen mitgebracht. Die gleiche Abart ist in dem Buch abgebildet und darunter steht: »Wert fünfzehnhundert Dollar.« Der Amerikaner muß die Gerichtskosten bezahlen und darüber hinaus auch noch das Honorar für meinen Advokaten, zweihundert Dollar. Alle Schweren feiern zusammen mit den Hindus meine Freilassung bei einem guten hausgemachten Pastis. Die ganze Familie von Indara war bei Gericht erschienen, und sie sind sehr stolz, daß sich in ihrer Familie – in jeder Hinsicht bestätigt – ein Supermann befindet. Denn sie sind schlau genug, sich nichts vormachen zu lassen, und waren natürlich überzeugt, daß ich die Flügel angeklebt hatte.

Nun ist es so weit, daß wir gezwungen sind, das Restaurant zu verkaufen. Es mußte so kommen. Indara und Daya waren zu schön, und ihre Art von Strip-tease, bei der sie viel herzeigten und doch nicht zu weit gingen, brachte unsere Gäste, vor allem die ausgehungerten Matrosen, noch mehr in Wallung, als wenn sie sich ganz ausgezogen hätten.
Natürlich haben die hübschen Mädchen bemerkt, daß sie um so

mehr Trinkgeld bekamen, je mehr sie ihre kaum verschleierten nackten Brüste den Männern unter die Nase hielten. Und wenn sie sich über die Tische neigten, nahm niemand es mit der Rechnung genau, und ich brauchte nur höchst selten mit Wechselgeld herauszurücken. Sie waren sehr großzügig, diese armen Kerle, vor Liebe brennend, ohne gelöscht zu werden!
Eines Tages geschah genau das, was ich seit langem vorausgesehen hatte. Ein großer, rothaariger Teufel voller Sommersprossen begnügte sich nicht damit, einen halbentblößten schönen Hintern betrachten zu dürfen. Kaum erhascht sein Blick ein Stückchen vom Slip, greift seine brutale Hand auch schon hin und reißt ihn meiner hübschen Javanerin herunter. Da sie gerade ein Gefäß mit Wasser in der Hand hielt, hatte er es im Nu auf seinem Schädel sitzen. Ich stürze hin, und da seine Freunde glauben, daß ich ihn niederschlagen will, kann ich nicht einmal »uff« sagen und habe schon einen sehr gekonnten Faustschlag mitten im Auge. Vielleicht hat dieser Meisterboxer tatsächlich seinen Kumpel verteidigen oder den Gatten des schönen Hindumädchens in gebührendem Abstand halten wollen – was weiß ich? Auf jeden Fall hat mein Auge diesen geraden Schwinger abgekriegt. Aber er hat sich zu früh als Sieger gefühlt, denn als er sich mir in Boxerhaltung gegenüberstellt und schreit: »Boxe, boxe, Mensch!«, verpasse ich ihm einen Fußtritt in die empfindliche Gegend und renne ihm – Rezept Papillon – meinen Kopf in den Bauch, so daß er umsackt, alle viere von sich streckt und schweigsam liegen bleibt.
Allgemeine Schlägerei. Der Einarmige kommt zu meiner Hilfe aus der Küche herbeigerannt und teilt mit dem Rollholz für seine Spezialspaghetti Hiebe aus. Quiek kommt mit einer langen zweizinkigen Gabel und sticht in den Männerhaufen hinein. Ein Pariser Ganove, zeitweilig auf Urlaub von den Bals Musettes der Rue de Lappe, benützt einen Stuhl als Keule. Zweifellos gehandikapt durch den Verlust ihres Slips, zieht sich Indara vom Schlachtfeld zurück.
Ergebnis: Fünf Amis sind ernsthaft am Kopf verletzt, andere haben Einstiche von Quieks Gabel an verschiedenen Körperteilen. Überall ist Blut. Ein Negerpolizist, schwarz à la Brazzaville, hat sich vor der Tür aufgepflanzt und läßt niemand hinaus. Glücklicherweise, kann man da sagen, denn es kommt eine Militärpolizeistreife an. Mit weißen Gamaschen und Gummiknüppeln wollen sie mit Gewalt eindringen und anscheinend ihre blutverschmierten Matrosen rächen. Der schwarze Polizist stößt sie zurück, hält seinen Gummiknüppel quer vor die Tür und sagt feierlich: »Majesty Police«, was soviel wie »Polizei Seiner Majestät bedeutet.
Erst als die englische Polizei anrückt, läßt er uns hinaus, und wir müssen in die grüne Minna einsteigen, die uns zum Kommissariat bringt. Niemand von uns außer mir, der ich ein blaues Auge habe, ist verletzt, so daß man uns die berechtigte Notwehr nicht glauben will.

Acht Tage später werden wir vor Gericht gestellt. Der Richter glaubt uns, und wir werden alle freigelassen, bis auf Quiek, der wegen Körperverletzung seine drei Monate faßt. Es war zu schwer, eine plausible Erklärung für die zahlreichen Doppelstiche zu finden, die von Quieks Gabel herrührten. Da es in der Folge, in weniger als vierzehn Tagen, noch sechs solcher Schlägereien gegeben hat, spüren wir, daß wir uns nicht länger werden halten können. Die Matrosen sind entschlossen, die Geschichte nicht als beendet zu betrachten, und da sie mit immer neuen Kumpels ankommen, wissen wir nie, ob es nicht die Freunde unserer Feinde sind.
So haben wir also das Restaurant verkauft, und nicht einmal zu dem gleichen Preis, den wir dafür bezahlt hatten.
»Was tun wir jetzt, Einarmiger?«
»Wir werden uns erst einmal ausruhen, bis Quiek wieder heraus ist. Da wir den Esel, den Karren und die Kundschaft ebenfalls verkauft haben, können wir den Gemüsehandel nicht mehr aufnehmen, und da ist es das beste, sich eine Weile auf die faule Haut zu legen. Später werden wir weitersehen.«
Quiek ist aus dem Gefängnis heraus. Er sagt, daß er gut behandelt wurde.

Die Bambus-Cabane

Pascal Fosco ist von den Bauxitminen heruntergekommen. Er ist einer von den Männern, die einen bewaffneten Überfall auf die Post von Marseille unternommen hatten. Sein Komplice wurde geköpft. Pascal ist der Beste von uns allen. Er ist ein guter Mechaniker, trotzdem verdient er am Tag nicht mehr als vier Dollar und findet dabei immer noch eine Möglichkeit, ein oder zwei Zwangsarbeiter, denen es schlechtgeht, mit zu ernähren.
Diese Förderstätten für Aluminiumerde befinden sich sehr weit oben im Busch. Rund um das Lager hat sich ein kleines Dorf gebildet, dort leben die Arbeiter und die Ingenieure. Im Hafen wird ununterbrochen Aluminium verladen. Ich habe eine Idee: Warum sollten wir nicht in diesem verlorenen Buschnest ein Kabarett aufmachen? Die Leute müssen sich doch dort am Abend zu Tode langweilen.
»Du hast recht«, sagt Fosco, »von Zerstreuungen ist dort weit und breit keine Rede. Es gibt nichts.«
So befinden wir uns also, Indara, Quiek, der Einarmige und ich, wenige Tage später auf einem Boot, das uns in zwei Tagen flußaufwärts nach »Mackenzie« bringt, so heißt das Bergwerk. Das Lager der Ingenieure, der Vor- und Spezialarbeiter ist ordentlich und gepflegt, seine netten kleinen Häuser sind alle mit einer Aluminiumhaut überzogen zum Schutz gegen die Moskitos. Das Dorf hingegen ist abscheulich. Kein Haus aus Ziegeln, Stein oder Beton, nur Lehm- und Bambushütten, die Dächer mit Palmenblättern bedeckt, die

etwas besseren mit Zinkplatten. Vier schmutzige Bar-Restaurants sind gesteckt voll. Die Matrosen raufen sich um das warme Bier. Kein Lokal hat einen Kühlschrank.
Pascal hat recht gehabt, in diesem Nest kann man etwas aufziehen. Ich bin im Grunde noch immer der Fluchtmensch, das heißt, mich lockt das Abenteuer, ich kann kein normales Leben führen wie meine Kameraden. Nur arbeiten für das tägliche Brot interessiert mich nicht. Da man auf den Straßen, wenn es regnet, knietief im Lehm versinkt, wähle ich eine etwas erhöhte Stelle, nicht weit vom Zentrum des Dorfes. Ich bin sicher, daß man hier selbst bei Regen weder im Innern noch rund um den Bau, den ich da zu errichten gedenke, überschwemmt wird.
In zehn Tagen wird mit Hilfe von Schwarzen, die im Bergwerk arbeiten, ein rechteckiger Raum von zwanzig Meter Länge und acht Meter Breite errichtet. Dreißig Tische zu je vier Plätzen werden hundertzwanzig Personen bequem Platz bieten. Eine Bühne für die Vorstellungen, eine Bar in der ganzen Länge des Saales, mit einem Dutzend Barschemeln, wird das Ganze vervollständigen. Neben dem Kabarett stellen wir einen zweiten Bau auf mit acht Zimmern, wo leicht sechzehn Personen untergebracht werden können.
Als ich nach Georgetown zurückkam, um verschiedenes Material, Stühle, Tische und so weiter, einzukaufen, habe ich vier bildhübsche junge Negerinnen aufgenommen für die Bedienung der Gäste. Daya, die schon in unserem Restaurant arbeitete, hat sich entschlossen, mit uns zu kommen. Eine indische Klavierspielerin wird auf dem alten Piano herumklopfen, das ich gemietet habe. Jetzt fehlen nur noch die »Künstler«.
Nach vielen Mühen und viel Bla-Bla ist es mir gelungen, zwei Javanerinnen, eine Portugiesin, eine Chinesin und zwei Braune dazu zu bringen, die Prostitution aufzugeben und Strip-tease-Tänzerinnen zu werden. Ein alter roter Vorhang, den ich bei einem Altwarenhändler gekauft habe, wird die Bühne schließen und öffnen.
Mit einem Sondertransport, den ein chinesischer Fischer auf seiner Motorschunke durchführt, bringe ich den ganzen Schwung Leute hinauf. Eine Likörfirma hat mich auf Kredit mit allen nur möglichen Getränken versehen. Die Firma hat Vertrauen zu mir, ich werde jeden Monat mit ihr abrechnen, und damit der Getränkebestand stets gleich bleibt, wird sie mir laufend nachliefern. Mit einem alten Grammophonkasten und einem Stoß gebrauchter Platten werden wir Musik machen, sobald die Pianistin aufhört, das Klavier zu martern. Alle Arten von Kleidern, Röcken, schwarze und farbige Strümpfe, Strumpfhalter, Büstenhalter in noch recht gutem Zustand, die ich wegen ihrer schreienden Farben bei einem Hindu ausgewählt habe, der wieder diese Fetzen von einem Wandertheater erstanden hat, werden die »Garderobe« meiner künftigen Stripperinnen bilden. Quiek hat die Möbel und das Bettzeug gekauft, Indara die Gläser und alles, was sonst für die Bar noch nötig ist. Ich die

Getränke. Und ich kümmere mich auch um die künstlerische Seite des Unternehmens. Um das alles in einer Woche zu schaukeln, mußten wir tüchtig hinhauen. Aber schließlich hatten wir alles beisammen, und das ganze Boot ist gestopft voll mit Ausrüstung und Leuten. Zwei Tage später kommen wir an. Die zehn Mädchen lösen in dem gottverlassenen Buschnest eine richtige Revolution aus.

Jeder von uns packt ein Gepäckstück, und so steigen wir zur »Bambus-Cabane« hinauf. Diesen Namen haben wir nämlich unserem Nachtlokal gegeben. Meinen »Artistinnen« das Nacktausziehen beizubringen ist nicht ganz leicht. Erstens spreche ich sehr schlecht Englisch, und meine Ausführungen werden nicht gut verstanden. Zweitens haben sie sich ihr Lebtag immer nur mit Höchstgeschwindigkeit ausgezogen, um ihre Kundschaft schnell wieder loszuwerden. Jetzt müssen sie es auf einmal umgekehrt machen: je langsamer sie sich ausziehen, desto mehr ist es sexy. Und jedes Mädchen muß eine andere Taktik anwenden, und wie sie dabei vorgeht, das muß auf die Kleidung abgestimmt werden. Die »Marquise«, im rosa Mieder und Reifrock, mit langen weißen Spitzenhosen, zieht sich ganz langsam aus, versteckt hinter einem Paravent vor einem großen Spiegel, in dem das Publikum nach und nach jedes Stück Haut, das sie entblößt, bewundern kann.

Dann gibt es die »Rapide«, ein Mädchen mit einem geschmeidigen Bauch von der Bräune hellen Milchkaffees, ein prachtvolles Stück Mischblut, sicherlich war das ein Weißer mit einer sehr hellen Negerin. Ihr Teint von der Farbe goldbraun gebrannten Kaffees läßt die wohlproportionierten Formen ihres herrlichen Körpers besonders apart hervortreten. Lange schwarze Haare fallen in natürlichen Wellen auf ihre göttlich gerundeten Schultern. An ihren vollen Brüsten, hoch und herausfordernd trotz ihrer Schwere, stechen die wunderbaren Brustspitzen, kaum dunkler als die übrige Haut, hervor. Das ist also unsere »Rapide«. Alle Kleidungsstücke, die sie trägt, öffnen sich mit Reißverschlüssen. Sie tritt in Cowboyhosen auf, mit einem sehr breiten Hut auf dem Kopf und in einer weißen Bluse, deren Ärmel in Lederfransen enden. Ihr Auftritt wird von einem Militärmarsch eingeleitet, und wenn sie auf der Bühne erscheint, beginnt sie ihre Szene gleich damit, daß sie die Stiefel von den Füßen schleudert. Dann öffnet sie mit einem Ruck den Zipp an beiden Seiten der Hosenbeine, und die Hose fällt. Schließlich reißt sie sich vom Hals bis zu den Handgelenken die Bluse auf, die in zwei Stücken wegfliegt.

Auf das Publikum wirkt das immer wie ein Schlag, denn die nackten Brüste springen heraus, als wären sie über das lange Eingesperrtsein wütend gewesen. Schenkel und Brüste nackt, stellt sich die »Rapide« breitbeinig hin, stemmt die Fäuste in die Hüften, blickt dem Publikum pfeilgerade ins Gesicht, zieht den Hut und schmeißt ihn zu einem der ersten Tische vor der Bühne hin.

Die »Rapide« zeigt auch keinerlei schamhafte Regung und Bewegung, wenn sie sich ihres Slips entledigt. Sie zieht ihn im Nu hinunter und steht jetzt als Eva da. Ihr flaumiger Schoß erscheint – aber im nächsten Augenblick schon reicht ihr ein anderes Mädchen einen Fächer aus riesigen Pfauenfedern, den sie weit aufschlägt und sich dahinter verbirgt.

Am Eröffnungstag ist die »Bambus-Cabane« zum Bersten voll. Der Generalstab des Bergwerks ist mit großem Gefolge erschienen. Die Nacht endet mit Tanz, und die Sonne brennt bereits auf den Busch, als die letzten Gäste endlich gehen. Es war ein klarer Erfolg, wir konnten uns nichts Besseres erhoffen. Wir haben tüchtig Spesen, aber die hohen Preise gleichen das aus. Und dieses Kabarett mitten im Busch wird jede Nacht, davon bin ich überzeugt, mehr Gäste als Plätze haben.

Meine vier schwarzen Serviererinnen kommen mit dem Bedienen nicht nach. Sehr kurz gekleidet, das Mieder weit ausgeschnitten, ein rotes Seidenkäppi auf dem Kopf, haben auch sie großen Eindruck auf die Besucher gemacht. Indara und Daya beaufsichtigen je eine Hälfte des Lokals. An der Bar haben der Einarmige und Quiek das Kommando übernommen, und ich bin überall dort, wo es nicht klappt, oder dort, wo's brennt.

»Erfolg gesichert«, sagt Quiek, als sich die Bühnenkräfte, die Serviererinnen und die Bosse allein im leergewordenen großen Saal zusammenfinden. Wir essen gemeinsam, wie eine große Familie, der Herr und die Angestellten, müde, aber glücklich über das Ergebnis. Dann gehen alle schlafen.

»Papillon, willst du nicht aufstehen?«

»Wie spät ist es?«

»Sechs Uhr abends«, sagt Quiek. »Deine Prinzessin hat uns geholfen, seit zwei Stunden ist sie schon auf, alles ist bereitgemacht für die Nachtvorstellung.«

Indara kommt mit einer Kanne voll heißem Wasser. Rasiert, gebadet, frisch und munter, nehme ich sie um die Taille, und wir gehen in die »Bambus-Cabane«, wo ich mit tausend Fragen überschüttet werde.

»War's gut, Boß?«

»Habe ich das Ausziehen gut gemacht? Wo hapert's noch?«

»Hab ich fast richtig gesungen? Gottlob ist es ein leichtes Publikum.«

Diese ganze Gruppe ist wirklich sympathisch. Die Huren, in Artistinnen verwandelt, nehmen ihre Aufgabe sehr ernst und scheinen glücklich zu sein, daß sie ihr altes Metier an den Nagel gehängt haben. Das Geschäft könnte nicht besser gehen. Eine einzige Schwierigkeit gibt es: für so viele alleinstehende Männer sind zuwenig Frauen da. Alle Gäste möchten, wenn schon nicht für die ganze Nacht, so doch wenigstens für eine Weile eines der Mädchen an ihrem Tisch haben, vor allem eine »Künstlerin«. Das gibt Eifersucht.

465

Von Zeit zu Zeit, wenn zufällig zwei Frauen am selben Tisch sitzen, erhebt ein Teil der Gäste laut Protest.
Die kleinen Negerinnen sind ebenfalls sehr begehrt, erstens weil sie schön sind, zweitens weil es im Busch keine Frauen gibt. Manchmal geht Daya hinter die Bar, schenkt ein und spricht mit allen. Dann können sich an die zwanzig Männer zugleich ihrer Gesellschaft erfreuen.
Um diesen Eifersüchteleien und Beschwerden einen Riegel vorzuschieben, wage ich ein Experiment – ich richte ein Lotteriespiel ein.
Das geht so: Nach jeder Entkleidungs- oder Gesangnummer entscheidet ein großes, mit den Zahlen 1 bis 32 versehenes Rad, zu welchem der ebenfalls mit Nummern versehenen Tische sich das Mädchen zu begeben hat. Die Bar erhält zwei Nummern. Um an der Verlosung teilnehmen zu können, muß man ein Los zum Preis einer Flasche Whisky oder Flasche Champagner erstehen.
Diese Idee wird, glaube ich, zwei Vorteile bringen: erstens werden die Beschwerden aufhören, und zweitens wird sich der Alkoholkonsum heben. Der Gewinner hat das Vergnügen, das schöne Kind um den Preis einer Flasche eine Stunde lang an seinem Tisch zu haben. Das Getränk wird folgendermaßen serviert: Während sich das Fräulein vollkommen nackt hinter dem riesigen Fächer versteckt, den man ihr zum Schluß gereicht hat, setzt man das Rad in Gang. Sobald die Nummer herauskommt, steigt das Mädchen auf einen großen, silbrig angemalten Holzteller, auf dem bereits die Flasche steht, der Teller wird von vier handfesten Burschen aufgehoben und zum gewinnenden Tisch hingetragen. Sie selbst entkorkt dann die Flasche, trinkt, noch immer ganz nackt, einen Schluck, entschuldigt sich und kommt nach fünf Minuten, jetzt wieder bekleidet, an den Tisch zurück.
Sechs Monate lang hat das Ganze prächtig funktioniert. Aber nach der Regenzeit sind neue Gäste aufgetaucht, wilde Gold- und Diamantensucher, die im Busch die reichhaltigen Ablagerungen durchwühlen. Auf altertümliche Art nach Gold und Diamanten zu suchen ist eine außerordentlich schwere Sache. Häufig bringen sie einander um, oder sie bestehlen sich gegenseitig. Diese Leute sind auch alle bewaffnet, und wenn sie ein kleines Säckchen Gold oder eine Handvoll Diamanten beisammen haben, können sie der Versuchung nicht widerstehen, ihren Schatz blödsinnig zu vergeuden. Die Mädchen erhalten auf jede Flasche eine Menge Prozente. Also schalten sie äußerst flink und schütten, während sie den Gast umarmen, den Champagner oder Whisky in den Eiskübel, damit die Flasche schneller zu Ende ist. Aber manche bemerken das trotz des genossenen Alkohols und reagieren so brutal darauf, daß ich gezwungen war, die Stühle am Boden festzumachen. Und mit dieser neuen Kundschaft kam natürlich wieder, was kommen mußte.
Man nannte sie »Zimtblüte«. Tatsächlich hatte ihr Teint die Farbe von Zimt. Dieses Kind, das ich buchstäblich aus der Gosse von

Georgetown herausgezogen hatte, machte die Gäste mit ihrer Art von Strip-tease buchstäblich verrückt. Ihr Auftritt begann damit, daß man ein weißseidenes Sofa auf die Bühne brachte, und dort entkleidete sie sich nicht nur auf selten perverse Art, sondern sie streckte sich dann auch noch splitternackt auf das Sofa hin und begann ihren eigenen Körper zu liebkosen. Ihre langen, spitzen Finger glitten über die ganze Haut, von den Haaren bis zu den Füßen, und ließen auch nicht die kleinste Stelle unberührt. Unnötig zu beschreiben, wie aufregend dieses seltsame Liebesspiel für die im Busch verwilderten und vom Alkohol erhitzten Männer war.
Lüstern auch aufs Geldverdienen, hatte sie verlangt, daß der Preis für ihre Lotterienummer zwei Flaschen Champagner sein müsse, nicht nur eine wie bei den andern. Nachdem er einige Male vergeblich an der Lotterie um »Zimtblüte« teilgenommen hatte, fand einer dieser kräftigen und rohen Kerle mit einem dichten, schwarzen Bart kein anderes Mittel, »Zimtblüte« zu gewinnen, als vor ihrer Striptease-Szene meinem Hindumädchen dreißig Nummern abzukaufen. Es blieben nur die beiden Nummern für die Bar übrig. Mit seinen sechzig bezahlten Champagnerflaschen sah der Bärtige voll Vertrauen dem nächsten – und für heute letzten – Auftritt von »Zimtblüte« entgegen. Er war völlig sicher, daß er gewinnen würde, mit dreißig Nummern in der Tasche!
Das Mädchen hatte die ganze Nacht getrunken und war besonders erregt. Es war schon vier Uhr morgens, als sie ihren letzten Auftritt hatte. Sie war noch nie so sexy gewesen wie diesmal und zeigte sich in gewagtesten Posen.
Das Rad wird in Bewegung gesetzt, mit seinem kleinen Dorn wird es den Gewinner anzeigen.
Der Bärtige ist ganz verblödet vor Begierde, nachdem er diese aufregende Szene von dem hübschen Zimtmädchen gesehen hat. Er wartet und ist sicher, daß man ihm auf einem Silbertablett die beiden Champagnerflaschen zwischen zwei prachtvollen nackten Schenkeln sevieren wird ... Katastrophe! Der Kerl mit seinen dreißig Nummern verliert! Die Nummer 31 gewinnt, also einer an der Bar. Zuerst kann er es gar nicht verstehen und begreift seinen Verlust erst, als er sieht, daß das Mädel hochgehoben und auf die Bar gestellt wird. Daraufhin wird der Idiot irrsinnig, stößt die Tische um und ist mit drei Sätzen an der Theke. Den Revolver ziehen und drei Kugeln in das Mädchen hineinjagen, war Sache von drei Sekunden.
»Zimtblüte« ist in meinen Armen gestorben. Ich hob sie auf, nachdem ich das Vieh mit einem Totschläger der amerikanischen Polizei, den ich immer bei mir trage, niedergeschlagen hatte. Nur weil ich mit einer Serviererin, die ein Tablett hoch in ihren Händen trug, zusammengestoßen war, hatte ich mich nicht rechtzeitig dazwischenzuwerfen vermocht, so daß der Rohling gerade noch Gelegenheit fand, seine Wahnsinnstat zu begehen. Ergebnis: Die Polizei hat die

»Bambus-Cabane« geschlossen, und wir sind alle nach Georgetown zurückgekehrt.
Nun sind wir also wieder in unserem Haus. Indara, fatalistisch wie echte Hindu sind, hat ihr Wesen nicht geändert. Für sie hat dieses klägliche Ende keinerlei Bedeutung. Wir werden eben etwas anderes beginnen – das ist alles. Für die Chinesen ist es das gleiche. Nichts ändert sich in unserer harmonischen Gemeinschaft. Kein Vorwurf wird laut, daß es meine Idee gewesen war, aus Mädchenschicksalen Vorteile zu ziehen, denn schließlich hat ja diese abwegige Idee zu unserem Fehlschlag geführt. Nachdem wir peinlich genau alle unsere Schulden bezahlt haben, bleibt uns von den Ersparnissen noch so viel, daß wir eine größere Geldsumme der Mutter von Zimtblüte geben können. Wir möchten keine üble Nachrede haben.
Jeden Abend gehen wir in die Bar hinunter, wo sich die Schweren treffen, und verbringen dort angenehme Stunden. Aber Georgetown beginnt mich wegen der Kriegseinschränkungen zu langweilen. Und überdies läßt mich meine Prinzessin, die niemals eifersüchtig gewesen ist und mir immer jede Freiheit gewährte, jetzt keinen Augenblick mehr aus und bleibt neben mir, wo immer ich mich aufhalte.
Die Voraussetzungen für einen neuen Handel in Georgetown sind kaum mehr gegeben. Mich ergreift daher das Verlangen, von Britisch-Guayana weg und in ein anderes Land zu gehen. Es gibt kein Wagnis, denn wir sind im Krieg, und kein Land wird uns ausliefern. So nehme ich wenigstens an.

Flucht aus Georgetown

Guittou ist einverstanden. Auch er glaubt, daß es Länder geben muß, in denen man besser und leichter lebt als in Britisch-Guayana. Wir beginnen unsere Flucht vorzubereiten. Britisch-Guayana unerlaubt zu verlassen ist ein sehr schweres Delikt. Wir sind in Kriegszeiten, und keiner von uns hat einen Paß.
Chapar, der nach seiner Freilassung aus Cayenne geflüchtet ist, befindet sich seit drei Monaten hier. Er arbeitet für einen Dollar fünfzig pro Tag als Eismacher bei einem chinesischen Zuckerbäcker. Auch er will weg von Georgetown. Ein Schwerer aus Dijon, Deplanque, und einer aus Bordeaux sind ebenfalls Fluchtkandidaten. Quiek und der Einarmige ziehen es vor, hierzubleiben, sie fühlen sich hier wohl.
Da die Mündung des Demerara strengstens überwacht ist und ständig im Feuerbereich von Maschinengewehren, Minenwerfern und Kanonen liegt, werden wir ein in Georgetown registriertes Fischerboot kopieren und an seiner Statt ausfahren. Ich mache mir Vorwürfe, daß ich undankbar gegenüber Indara bin und ihre bedin-

gungslose Liebe nicht so erwidere, wie ich eigentlich müßte. Aber was soll ich tun? Sie hängt sich an mich, daß sie mir auf die Nerven geht. Diese unkomplizierten Wesen kennen in ihrem Begehren keine falsche Zurückhaltung, und sie erwarten nicht, daß der Geliebte sie zur Liebe auffordert. Dieses Hindumädchen reagiert genauso wie ihre indianischen Schwestern von Goajira: Wenn es sie danach verlangt, legen sie sich hin, und wenn man sie dann nicht nimmt, ist das eine sehr ernste Sache. Ein echter, tiefer Schmerz keimt dann in ihrem innersten Ich, und das stört mich. Denn weniger noch als ihre indianischen oder ihre Hinduschwestern möchte ich Indara kränken, und ich zwinge mich dazu, sie in meine Arme zu nehmen, damit sie sich freut.

Gestern habe ich eine der entzückendsten Pantomimen erlebt, eine der empfindsamsten und ausdrucksvollsten stummen Szenen, die man überhaupt erleben kann. In Britisch-Guayana gibt es noch eine Art moderner Sklaverei. Die Javaner kommen auf die Baumwollplantagen, auf die Zuckerrohr- und Kakaopflanzungen und müssen sich dort auf fünf bis zehn Jahren verpflichten. Ehegatten müssen gemeinsam täglich zur Arbeit hinaus, außer sie sind krank. Wenn aber der Arzt ihre Krankmeldung nicht anerkennt, dann müssen sie zur Strafe über ihren Vertrag hinaus einen zusätzlichen Monat arbeiten. Und für kleinere Delikte kommen noch weitere Monate hinzu. Da sie alle Spieler sind, verschulden sie sich bei der Plantagengesellschaft, und um ihre Gläubiger zu bezahlen, unterzeichnen sie die Verlängerung ihres Arbeitsvertrages auf ein oder mehrere Jahre, um eine Geldprämie zu ergattern. Praktisch kommen sie nie aus dieser Art Sklaverei heraus. Für diejenigen, die imstande sind, die Ehefrau zu spielen und gewissenhaft ihr Wort zu halten, ist nur eine Sache heilig: die Kinder. Sie tun alles, nur damit diese »free« bleiben – frei. Sie nehmen die größten Schwierigkeiten und Entbehrungen auf sich, und wirklich unterzeichnet sehr selten eines ihrer Kinder einen Arbeitsvertrag mit der Plantagenverwaltung.

Heute also habe ich der Hochzeit eines dieser Mädchen beigewohnt. Alle Anwesenden sind in lange Kleider gehüllt, die Frauen in dünnen weißen Stoff, die Männer in lange weiße Gewänder, die bis zu den Füßen reichen. Viele Orangenblüten. Nach Abschluß der religiösen Riten entrollt sich nun eine besondere Szene in dem Augenblick, in welchem der junge Gatte seine Frau wegführen will. Die Gäste stehen rechts und links von der Eingangstür des Hauses, auf der einen Seite die Frauen, auf der andern die Männer. Auf der Schwelle des Hauses, vor der offenen Tür, sitzen der Vater und die Mutter des Mädchens. Die Jungvermählten umarmen ihre Familie und gehen zwischen den beiden langen Reihen einige Meter hindurch. Plötzlich entschlüpft die Braut den Armen ihres Gatten und läuft zu ihrer Mutter zurück. Die Mutter legt eine Hand über ihre Augen, mit der anderen schickt sie die Tochter zum Gatten zurück. Der breitet die Arme aus und ruft sie zu sich, sie aber macht Gesten, mit denen

sie ausdrückt, daß sie nicht weiß, was sie tun soll. Ihre Mutter hat ihr das Leben gegeben, und um das zu veranschaulichen, weist sie auf den Bauch der Mutter, als wollte sie ihr etwas ganz Kleines herausziehen. Und dann hat ihre Mutter ihr die Brust gereicht. Auch das deutet sie mit Gesten an. Darf sie das alles vergessen, nur um dem Mann zu folgen, den sie liebt? »Vielleicht – aber sei nicht ungeduldig«, sagt sie in stummer Mimik zu ihm. »Warte noch ein wenig, laß mich meine Eltern noch ein bißchen betrachten, die so gut zu mir waren und mir alles im Leben bedeuteten bis zu dem Augenblick, da ich dir begegnet bin.«
Nun gibt er ihr mimisch zu verstehen, daß das Leben doch auch von ihr verlangt, Gattin und Mutter zu werden.
Die ganze Szene rollt unter den Gesängen der jungen Mädchen ab und der Burschen, die ihnen singend antworten. Zum Schluß, nachdem sie nochmals den Armen ihres Mannes entschlüpft ist und wieder ihre Eltern umarmt hat, läuft sie einige Schritte auf ihren Gatten zu, springt ihm in die Arme, und er trägt sie schnell zu dem blumengeschmückten Wagen hin, der sie beide erwartet.

Die Flucht wird peinlich genau vorbereitet, damit die Polizei auch nicht den leisesten Wind bekommt. Ein breites und langes Boot mit guten Segeln und einem erstklassigen Steuer steht bereit.
Im Penitence River, dem Flüßchen, das sich in den großen Demerara ergießt, verstecken wir das Boot unweit von unserem Viertel. Es ist genauso angestrichen und mit derselben Nummer versehen wie das chinesische Fischerboot, das in Georgetown angemeldet ist. Im Licht der Leuchtfeuer könnte man höchstens bemerken, daß es eine andere Besatzung hat. Wir können uns daher nicht aufrecht stehend zeigen, denn die Chinesen des kopierten Bootes sind klein und dürr, wir groß und stark.
Alles ist ohne Zwischenfall vor sich gegangen, und wir kommen famos den Demerara hinunter und hinaus aufs Meer. Trotz der Freude, daß alles gut abgelaufen ist und wir die Gefahr, entdeckt zu werden, hinter uns haben, kann ich den Erfolg nicht voll genießen – ich habe mich wie ein Dieb von meiner Hinduprinzessin fortgestohlen. Ich bin gar nicht zufrieden mit mir. Gar nicht glücklich. Sie, ihr Vater und alle ihre Leute haben mir nur Gutes erwiesen, und ich vergelte es ihnen so miserabel. Ich suche gar nicht nach Argumenten, um damit mein Verhalten zu rechtfertigen, ich finde, daß ich mich sehr unanständig benommen habe, und bin, wie gesagt, äußerst unzufrieden mit mir. Ich habe – deutlich sichtbar – sechshundert Dollar auf dem Tisch zurückgelassen. Aber mit Geld sind solche Dinge in alle Ewigkeit nicht gutzumachen ...
Wir müssen achtundvierzig Stunden genauen Nordkurs halten. Ich habe meine alte Idee wieder aufgegriffen, ich will nach Britisch-Honduras gehen. Das bedeutet mehr als zwei Tage auf hoher See.
Wir sind zu fünft auf der Flucht. Unsere Gruppe besteht aus Guittou,

Chapar, Barrière, das ist der Mann aus Bordeaux, Deplanque, das ist der Kerl aus Dijon, und aus mir, Papillon, Kapitän, verantwortlich für die Navigation.

Kaum dreißig Stunden auf dem Meer, werden wir von einem furchtbaren Sturm erfaßt, dem eine Art Taifun, ein Wirbelsturm, folgt. Blitze, Donner, Regen, riesige und ganz unregelmäßige Wellen, tosender Orkan, der über das Meer hinfegt und uns Wehrlose in einem wahnsinnigen dramatischen Ritt über die See jagt, über eine See, wie ich sie nie zuvor gesehen habe noch mir je vorzustellen vermocht hätte. Zum erstenmal erlebe ich, entgegen allen früheren Erfahrungen, daß die Sturmböen sich ununterbrochen drehen, die Richtung wechseln bis zu einem solchen Grad, daß die Passatwinde völlig unwirksam werden und der Sturm uns in entgegengesetzter Richtung dahintanzen läßt. Wenn das acht Tage angehalten hätte, wären wir unweigerlich zu den Schweren zurückgekehrt.

Dieser Sturm hat übrigens Schlagzeilen gemacht, wie ich später auf Trinidad vom französischen Konsul, Herrn Agostini, erfahren habe. Dieser Taifun in Form einer Windhose hat mehr als sechstausend Kokospalmen seiner Plantage umgebrochen, buchstäblich in Mannshöhe abgesägt. Häuser wurden weit weg durch die Lüfte getragen, fielen ins Meer oder auf die Erde zurück. Wir haben alles verloren: Lebensmittel, Gepäck, Trinkwasser. Der Mast in zwei Meter Höhe abgebrochen. Keine Segel mehr. Und was am schlimmsten ist, das Steuer zerbrochen. Wie durch ein Wunder hat Chapar ein kleines Ruder gerettet, und mit dieser Kelle schaufelnd, versuche ich nun, das Boot zu lenken. Außerdem haben wir uns alle ausgezogen, um eine Art Segel herzustellen. Alles ist dabei draufgegangen, die Jacken, die Hosen, die Hemden. Übrig bleiben fünf Mann in Slips. Dieses aus unseren Kleidern zusammengenähte Segel, zusammengenäht mit einem Draht, von dem wir eine Rolle an Bord hatten, die gottlob nicht verlorenging, erlaubt es uns, mit dem abgebrochenen Mast beinahe so etwas wie einen Kurs zu halten. Die Passatwinde behaupten wieder das Feld, und ich benütze sie, um genau südwärts zu halten, auf irgendein Festland hin, und wenn es Britisch-Guayana ist. Die Strafe, die uns dort erwartet, wäre uns jetzt geradezu ein Willkommensgruß! Meine Kameraden haben sich während und nach diesem Sturm, besser gesagt, dieser Sintflut, diesem Zyklon, sehr anständig benommen. Erst nach sechs Tagen, von denen zwei völlig windstill waren, sehen wir das Festland. Mit unserem Fetzen von einem Segel, in dem sich trotz seiner Löcher der Wind fängt, können wir das Boot nicht so exakt steuern, wie wir wollen. Auch das kleine Ruder genügt nicht, um sicher und gut eine Landung durchzuführen. Da wir alle nackt sind, haben wir am ganzen Körper einen schweren Sonnenbrand, was unsere Kräfte herabmindert. Keiner von uns hat mehr Haut auf der Nase, nur offenes Fleisch. Auch Lippen, Beine, Innen- und Außenschenkel sind völlig aufgebrannt. Wir sind von

solchem Durst gepeinigt, daß Deplanque und Chapar der Versuchung, Salzwasser zu trinken, nicht mehr widerstehen konnten. Nachher leiden sie noch mehr. Obwohl uns Durst und Hunger quälen, gibt es gerade dadurch etwas Schönes: Niemand, absolut niemand beklagt sich, und keiner gibt dem anderen irgendwelche Ratschläge. Wer Salzwasser trinken will, wer sich mit Meerwasser überschüttet und behauptet, daß das erfrischt, muß selber draufkommen, daß Salzwasser die Wunden noch mehr aufbeißt und der Sonnenbrand dann noch viel ärger brennt.
Ich bin der einzige mit einem noch offenen und gesunden Auge, alle meine Kameraden haben vereiterte Lider, die ständig zusammenkleben. Nur bei den Augen ist es gerechtfertigt, sie um den Preis noch größerer Schmerzen zu waschen, denn man *mußte* sie öffnen, blinde Seefahrer sind verloren. Eine bleierne Sonne brennt mit solcher Gewalt auf uns herunter, daß es kaum mehr länger erträglich ist. Deplanque ist bereits halb verrückt und spricht davon, sich ins Wasser zu stürzen und untergehen zu lassen.
Seit einer Stunde glaube ich, am Horizont Land auszunehmen. Selbstverständlich habe ich es – ohne ein Wort zu sagen, denn ich war meiner Sache nicht ganz sicher – sofort angepeilt. Vögel tauchen auf und fliegen um uns herum, ich habe mich also nicht getäuscht. Das Vogelgeschrei weckt meine Kameraden auf, die, von Glut und Müdigkeit überwältigt, ausgestreckt im Boot liegen und ihr Gesicht mit den Händen gegen die Sonne schützen.
Guittou spült sich den Mund aus, um einen Ton hervorzubringen, und sagt:
»Siehst du Land, Papi?«
»Ja.«
»Wann glaubst du, werden wir es erreichen?«
»In fünf bis sieben Stunden ... Hört zu, ich kann nicht mehr ... Ich kann das Ruder nicht mehr halten ... Ich bin mehr verbrannt als ihr ... Wir nehmen das Segel herunter und breiten es als Dach übers Boot, bis zum Abend verkriechen wir uns darunter, die Ebbe treibt uns von selber dem Land zu.«
»Machen wir, Papi.«
In praller Sonne, gegen dreizehn Uhr, habe ich diese Entscheidung herbeigeführt. Mit einem geradezu animalischen Gefühl der Erleichterung strecke ich mich endlich im Schatten auf dem Bootsboden aus. Meine Kameraden haben mir den besten Platz überlassen, damit ich vom Bug her doch ab und zu einen Lufthauch erhalte.
Der, der die Wache übernommen hat, muß zwar sitzen, aber auch er ist noch im Schatten des Segels. Alle, selbst der Mann, der wachen soll, verdämmern schnell ins Nichts. Wir schlafen ein.
Sirenengeheul weckt uns plötzlich auf. Ich schiebe das Segeldach weg – draußen ist Nacht. Wie spät mag es sein? Als ich meinen Platz am Steuer wieder einnehme, streicht eine frische Brise über meinen

gemarterten Körper hin, und augenblicklich ist mir kalt. Aber welche Wohltat, nicht mehr verbrannt zu werden! Wir heben das Segel ganz ab, und nachdem ich mir die Augen mit Meerwasser gereinigt habe – glücklicherweise habe ich nur eines, das brennt und tränt –, sehe ich ganz klar zu meiner Rechten und Linken Land. Wo sind wir? Auf welche von den beiden Seiten soll ich zusteuern? Nochmals hört man die Sirene jaulen. Das Signal kommt von der rechten Landseite. Was zum Teufel soll das bedeuten?

»Was glaubst du, wo wir sind, Papi?« fragt Chapar.

»Keine Ahnung. Wenn dieses Land keine Insel ist, sondern am Rand eines Golfes liegt, so könnte es die Landspitze von Britisch-Guayana sein, der Teil, der am Orinoko liegt, der die Grenze gegen Venezuela bildet. Ist aber das Land zur Rechten von dem links durch einen großen Zwischenraum getrennt, dann haben wir tatsächlich eine Insel, und es ist Trinidad. Links wäre Venezuela, das heißt, wir kämen in den Golf von Paria.« Meine Erinnerung an Seekarten, die ich gelegentlich studieren konnte, bringt mich zu dieser Alternative. Sollte also rechts Trinidad und links Venezuela sein, was werden wir wählen? Von dieser Entscheidung kann unser Schicksal abhängen. Mit diesem frischen Wind, den wir jetzt haben, könnten wir recht gut zur Küste hinsteuern. Im Augenblick treiben wir weder auf die eine noch auf die andere Küste zu. Auf Trinidad sitzen die »Roast-beefs«, eine Regierung wie in Britisch-Guayana.

»Wir werden dort bestimmt gut behandelt«, sagt Guittou.

»Ja – aber welche Entscheidung werden sie fällen? Wir haben in Kriegszeiten ohne Erlaubnis und heimlich ihr Territorium verlassen.«

»Und was ist mit Venezuela?«

»Da kann man gar nichts wissen«, sagt Deplanque. »Zur Zeit von Präsident Gomez wurden die Schweren unter unmenschlichen Bedingungen zur Straßenarbeit gezwungen. Dann hat man sie an Frankreich ausgeliefert, diese ›Cayenner‹, wie sie die Schweren dort nennen.«

»Richtig. Aber jetzt im Krieg kann das nicht mehr so sein.«

»Sie sind nicht im Krieg, habe ich in Georgetown gehört. Sie sind neutral.«

»Sicher?«

»Ganz sicher.«

»Dann ist es für uns gefährlich.«

Auf der rechten wie auf der linken Landseite sind jetzt Lichter auszunehmen. Nochmals Sirenengeheul, diesmal drei Stöße hintereinander. Von rechts steigen Lichtsignale auf. Eben ist der Mond herausgekommen. Er steht nicht hoch, aber er beleuchtet unser Fahrzeug. Direkt vor uns steigen zwei riesige schwarze Felsspitzen hoch aus dem Meer. Das muß der Grund für das Sirenengeheul sein, sie warnen uns dort drüben vor der Gefahr.

»Seht – Schwimmbojen! Ein ganzer Rosenkranz! Warum sollen

wir uns nicht an eine hängen und den Tag abwarten? Hol das Segel ein, Chapar!«
Er macht eilig die Hosen und Hemden, die ich so anspruchsvoll bezeichne, vom Mast los. Ich bremse mit meinem Schaufelchen und drehe an einer der Bojen bei, mit dem Bug voran, an dem glücklicherweise noch ein gutes Stück der Trosse an ihrem Ring hängt. Fertig. Gemacht. Wir hängen. Allerdings nicht direkt an der Schwimmboje, denn da gab es nichts zum Festmachen der Trosse, sondern an der Kette, die die eine Boje mit der anderen verbindet.
Nun liegen wir also gut an dem Rosenkreuz verankert, der zweifellos die Fahrrinne begrenzt. Ohne uns um das Gejaule zu kümmern, das unausgesetzt von der rechten Seite herkommt, strecken wir uns im Boot aus und decken uns gegen den Wind mit dem Segel zu. Trotz der Nachtkühle breitet sich in meinem Körper sanfte Wärme aus, und ich bin bestimmt der erste, der schläft wie ein Murmeltier.
Als ich erwache, ist es um uns her hell und klar. Die Sonne ist aus den Federn gefahren, das Meer stark bewegt, und seine grünblaue Farbe zeigt an, daß unter uns Korallenriffe sind.
»Was tun wir jetzt? Beschließen wir, an Land zu gehen? Ich krepiere vor Hunger und Durst!«
Das ist das erstemal, daß einer über die Fasttage klagt. Heute ist es genau unser siebenter.
»Wir sind so nahe beim Festland, daß wir gar keinen schweren Fehler begehen können.« Das sagt Chapar. Von meinem Platz aus sehe ich geradeaus in die Ferne und kann hinter den zwei riesigen Felsen, die aus dem Meer ragen, den Landeinschnitt wahrnehmen. Demnach liegt rechts Trinidad und links Venezuela. Ohne Zweifel befinden wir uns im Golf von Paria, und da das Wasser blau und nicht – von den Ausschwemmungen des Orinoko – gelblich ist, bedeutet das, daß wir uns in der Strömung befinden, die zwischen den beiden Ländern ins offene Meer hinausführt.
»Was also sollen wir tun? Wählt ihr – für mich allein ist die Entscheidung zu schwer. Rechts die britische Insel Trinidad, links Venezuela. Wohin wollt ihr gehen? Bei dem Zustand unseres Bootes und unserer eigenen körperlichen Verfassung müssen wir so schnell wie möglich an Land. Unter uns sind zwei Freigelassene: Guittou und Barrière. Wir drei, Chapar, Deplanque und ich, sind mehr gefährdet. Demnach müssen wir entscheiden. Was meint ihr?«
»Das klügste wäre, nach Trinidad zu gehen. Venezuela – das hieße ins Unbekannte.«
»Unsere Entscheidung erübrigt sich«, sagt Deplanque plötzlich, »das Kanonenboot, das dort kommt, nimmt sie uns ab.«
Und tatsächlich rast ein Kanonenboot auf uns zu, es dreht in fünfzig Meter Entfernung bei, ein Mann nimmt ein Megaphon, ich sehe eine Flagge, die nicht britisch ist, vollgesät mit Sternen, sehr schön, ich habe diese Flagge noch nie im Leben gesehen, es muß die von

Venezuela sein. Später wird sie einmal »meine Fahne« werden, die Fahne meines neuen Vaterlandes, das ergreifendste Symbol für mich wie für jeden normalen Menschen, der in einem Stück Stoff die edelsten Eigenschaften eines großen Volkes versinnbildlicht sieht – meines Volkes.
»Quienes son ustedes? – Wer seid ihr?«
»Franzosen!«
»Están locos? – Seid ihr verrückt?«
»Warum?«
»Porque son amarados a minas! – Weil ihr euch an Minen angehängt habt!«
»Deshalb kommt ihr auch nicht näher, was?«
»Ja. Macht euch los!«
»Sofort.«
Binnen drei Sekunden hat Chapar die Trosse gekappt. Einfach so mir nichts, dir nichts, hatten wir uns an die Kette schwimmender Seeminen angehängt – es sei das reine Wunder gewesen, daß wir nicht in die Luft gegangen sind, erklärt mir der Kommandant des Kanonenbootes, an dem wir kurz darauf anlegen. Ohne daß wir an Bord kommen mußten, reicht uns die Besatzung Kaffee, kräftig gezuckerte Milch, Zigaretten.
»Geht nach Venezuela, ihr werdet gut behandelt werden, seid versichert. Ich kann euch nicht an Land setzen, denn wir müssen einen schwerverletzten Mann vom Leuchtturm von Barimas holen. Vor allem versucht nicht, nach Trinidad zu kommen, denn da habt ihr die Chance neun zu zehn, auf eine Mine aufzulaufen, und seid hops ...«
Nach einem »Adios, buena suerte! – Auf Wiedersehen, und viel Glück!« fährt das Kanonenboot weg. Es hat uns zwei Liter Milch dagelassen.
Wir richten das Segel. Schon um zehn Uhr vormittags, dank Kaffee und Milch mit belebten Magenwänden und Sinnen, eine Zigarette im Mund, fahre ich unbekümmert, als verstünde sich das ganz von selbst, auf dem feinen Sand eines Strandes auf, wo sich an die fünfzig Menschen versammelt haben, um zu sehen, was da wohl für ein sonderbarer Kahn daherschwimmt, mit einem Maststumpf und einem Segel aus Hemden, Jacken und Hosen.

Dreizehntes Heft: Venezuela

Die Fischer von Irapa

Ich entdecke eine Welt – völlig neu und unbekannt für mich. Diese ersten Minuten auf dem Boden von Venezuela sind ein solches Erlebnis gewesen, daß es eines größeren Talentes bedürfte als des meinen, um zu beschreiben, um auszudrücken, auszumalen, in welcher warmen Atmosphäre sich der Empfang vollzog, den uns diese großherzige Bevölkerung bereitet hat. Die Männer, Weiße wie Schwarze – doch sind sie in der Mehrzahl alle von heller Farbe, von der Tönung weißer Haut nach mehreren Tagen Sonnenbad –, haben fast alle die Hosen bis zum Knie aufgekrempelt.
»Ihr Armen! In welchem Zustand seid ihr!« sagen die Männer.
Das Fischerdorf, wo wir landeten, heißt Irapa, eine kleine Gemeinde in dem Staat, der das Zuckerland genannt wird. Die jungen Frauen, alle hübsch, eher klein, jedoch überaus zierlich, und ebenso die älteren, reiferen Frauen wie die ganz alten verwandeln sich alle ohne Ausnahme in Krankenpflegerinnen, in barmherzige Schwestern, in Pflegemütter.
Unter der gedeckten Terrasse eines Hauses, wo sie fünf Hängematten aufgehängt und einen Tisch mit Stühlen hingestellt haben, werden wir von Kopf bis Fuß mit Kakaobutter eingerieben. Kein Zentimeter der offenen Haut wird vergessen. Wir sind halbtot vor Hunger und Müdigkeit, und die langen Fasttage haben eine gewisse Austrocknung unserer Körper herbeigeführt. Diese Küstenbewohner wissen genau, daß wir zwar schlafen, aber auch in kleinen Mengen immer wieder Essen zu uns nehmen müssen. Und so wurden wir, gut in unsere Hängematten gebettet, auch während des Schlafes von unseren Pflegerinnen gefüttert. Ich war so fertig und in dem Augenblick, da man mich in die Hängematte legte und die offenen Wunden durch die Kakaobuttereinreibungen zu schmerzen aufhörten, so sehr von allen Kräften verlassen, daß ich buchstäblich dahinschmolz und während ich schlief, aß und trank, nichts von dem wahrnahm, was rund um mich vorging.
Die ersten Löffel einer Art Tapiokabrei wurden von meinem leeren Magen nicht angenommen. Übrigens nicht nur von meinem. Wir alle haben mehrmals jede Nahrung, die uns die Frauen in den Mund schoben, wieder von uns gegeben.
Die Leute dieses Dorfes sind bitterarm. Trotzdem trägt jeder, ohne Ausnahme, etwas zu unserer Wiederbelebung bei. Nach drei Tagen

sind wir dank dieser kollektiven Fürsorge und dank unserer Jugend fast wieder auf den Beinen.

Für lange Stunden stehen wir schon auf, sitzen auf der mit Palmblättern bedeckten Terrasse, die uns luftigen Schatten spendet, und meine Kameraden und ich unterhalten uns mit den Leuten. Sie haben nicht genug, um uns alle auf einmal einzukleiden, und so bildeten sie kleine Gruppen: die eine übernahm Guittou, die andere Deplanque und so weiter. Ungefähr ein Dutzend Menschen kümmern sich um mich.

In den ersten Tagen hat man uns mit irgendwelchen gebrauchten, jedoch peinlich sauberen Sachen versorgt; jetzt kaufen sie uns, wann immer sie können, ein neues Hemd, eine Hose, einen Gürtel, ein Paar Pantoffeln. Unter den Frauen, die sich meiner annehmen, sind sehr junge Mädchen von indianischem Typ, jedoch schon mit spanischem und portugiesischem Blut gemischt. Die eine heißt Tibisay, die andere Nenita. Sie haben mir ein Hemd gekauft, eine Hose und Pantoffeln, die sie »Aspargate« nennen. Sie bestehen aus einer Ledersohle ohne Absatz, das Oberteil ist aus besticktem Stoff. Nur der Mittelfuß ist bedeckt. Die Zehen bleiben frei, und der Stoff umfaßt die Ferse.

»Wir brauchen euch nicht zu fragen, woher ihr kommt. Eure Tätowierungen sagen uns schon, daß ihr Flüchtlinge aus dem französischem Bagno seid.«

Das rührt mich ganz besonders. Sie wissen also, daß wir Männer sind, die für schwere Verbrechen grausame Strafen erhielten, aus einem Gefängnis geflüchtet, von dem sie aus Büchern oder Zeitungsartikeln erfahren haben – und doch finden diese einfachen Menschen es ganz natürlich, uns beizustehen, uns zu helfen? Jemandem Kleider zu geben, wenn man reich oder wohlhabend ist, einem Fremden, der Hunger hat, Essen zu geben, wenn es an nichts im Hause gebricht, nicht für die Familie, nicht für sich selbst, beweist zwar ein gutes Herz. Aber einen Maisfladen oder einen Ölkuchen, der aus Manioka im eigenen Herd gebacken wurde und für die ganze Familie reichen soll, in zwei Teile zu brechen, so daß für einen selbst und für die Seinen nicht genug bleibt, das einfache Mahl, das kaum hinreicht, eine kleine Gemeinschaft zu ernähren, mit einem Fremden teilen, der überdies noch ein geflüchteter Sträfling ist – das ist einfach bewundernswert. Heute morgen sind alle, Männer wie Frauen, schweigsam. Sie scheinen beunruhigt und voll Sorge zu sein. Was geht vor? Tibisay und Nenita sind bei mir. Ich konnte mich zum erstenmal seit vierzehn Tagen rasieren. Jetzt sind wir schon eine Woche im Kreis all dieser Menschen, die ihr Herz auf der Hand tragen. Da sich über meinen Verbrennungen schon eine dünne Haut gebildet hat, konnte ich es wagen, mir ein wenig den Bart zu schaben. Wegen seines wilden Wuchses hatten die Frauen bisher nur eine vage Vorstellung von meinem Alter. Nun sind sie entzückt. Und sie sagen mir ganz naiv, wie jung sie mich finden. Immerhin bin ich

schon fünfunddreißig, aber ich sehe wie achtundzwanzig oder dreißig aus. Ja, ich spüre es, alle diese gastfreundlichen Leute sorgen sich um uns.
»Was gibt's denn, Tibisay? Sag mir, was ist los?«
»Wir erwarten die Polizeibeamten von Guiria, einem Nachbardorf. Bei uns gibt es keinen Kommissar, und wir wissen nicht, wie, aber jedenfalls hat die Polizei erfahren, daß ihr hier seid. Sie wird herkommen.«
Eine große, schöne Schwarze kommt auf mich zu, begleitet von einem jungen Mann mit nacktem Oberleib, die weißen Hosen bis zu den Knien hinaufgerollt. Sein athletischer Körper ist wohlproportioniert. Die »Negrita« – das ist ein sehr gebräuchliches Kosewort für die farbigen Frauen in Venezuela, wo es keinerlei religiöse oder Rassendiskriminierung gibt – kommt mit einem Vorschlag. »Senior Enriquez«, sagt sie zu mir, »die Polizei ist auf dem Weg hierher. Ich weiß nicht, ob das etwas Gutes oder etwas Schlechtes für Sie bedeuten kann. Wollen Sie sich nicht eine Weile in den Bergen verstecken? Mein Bruder kann Sie zu einer Hütte hinbringen, wo niemand Sie suchen wird. Tibisay, Nenita und ich haben ausgemacht, daß wir Ihnen, jeden Tag eine andere, das Essen hinauftragen und Sie von allen Geschehnissen unterrichten werden.«
Ich bin so gerührt, daß ich die Hand dieser großherzigen Frau küssen will. Aber sie entzieht sie mir und küßt mich schlicht und freundlich auf die Wange.
Aus der Ferne kommen Reiter heran. Alle tragen einen langen, gebogenen Säbel, den man zum Zuckerrohrschneiden verwendet und der wie ein Degen an der linken Seite hängt, dazu einen breiten Gewehrgürtel und einen riesigen Revolver in einer Lederhalfter an der rechten Hüfte. Sie sitzen ab. Ein Mann von mongolischem Aussehen, mit indianischem Augenschnitt, kupferbrauner Haut, groß und dürr, Mitte der Vierzig, auf dem Kopf einen breiten Reisstrohhut, nähert sich uns.
»Guten Tag. Ich bin der Polizeipräfekt.«
»Guten Tag, mein Herr.«
»Warum habt ihr nicht gemeldet, daß bei euch fünf Cayenneflüchtlinge sind? Sie sollen schon acht Tage hier sein, hat man mir gesagt. Antwort!« wendet er sich an die Umstehenden.
»Weil wir abgewartet haben, bis ihre Verbrennungen geheilt und sie wieder imstande sind, zu gehen.«
»Wir sind hergekommen, um sie nach Guiria zu bringen. Ein Lastwagen wird sie abholen.«
»Kaffee?«
»Ja, danke.«
Wir sitzen in der Runde und trinken alle Kaffee. Ich studiere den Polizeipräfekten und die Polizisten. Sie sehen nicht bösartig aus. Sie machen eher den Eindruck, als ob sie höheren Befehlen gehorchten, mit denen sie nicht ganz einverstanden sind.

»Ihr seid von der Teufelsinsel geflüchtet?«
»Nein. Wir kommen aus Georgetown, aus Britisch-Guayana.«
»Warum seid ihr nicht dortgeblieben?«
»Man verdient sich dort das Leben zu schwer.«
Er lächelt und sagt dann: »Glaubt ihr, daß ihr es hier besser haben werdet als bei den Engländern?«
»Ja, denn wir sind Romanen. Wie ihr.«
Eine Gruppe von sieben, acht Männern tritt zu unserem Kreis, an ihrer Spitze ein Mann von einigen Fünfzig, weißhaarig, mehr als einsfünfundneunzig groß, die Haut von der Farbe sehr heller Schokolade. Seine großen schwarzen Augen verraten Intelligenz und eine ungewöhnliche Stärke des Gemüts. Seine Hand liegt auf dem Griff eines Säbels, der an seinem Oberschenkel herunterhängt.
»Was wollen Sie mit diesen Männern machen, Präfekt?«
»Ich werde sie ins Gefängnis von Guiria bringen.«
»Warum lassen Sie sie nicht mit uns zusammenleben, in unseren Familien? Jede Familie würde einen aufnehmen.«
»Das geht nicht, der Gouverneur hat es anders befohlen.«
»Aber sie haben auf venezolanischen Boden kein Verbrechen begangen.«
»Zugegeben. Trotzdem, es sind sehr gefährliche Männer. Denn wenn sie zu Bagnostrafen verurteilt wurden, müssen sie schon sehr schwere Verbrechen begangen haben. Außerdem sind sie ohne Identitätsausweise geflüchtet, und ihre Heimatpolizei wird sie bestimmt anfordern, wenn sie erfährt, daß sie sich in Venezuela aufhalten.«
»Wir möchten sie aber bei uns haben.«
»Das ist nicht möglich. Befehl des Gouverneurs.«
»Alles ist möglich. Was weiß der Gouverneur schon von solchen armen Elenden? Ein Mensch ist nie verloren. Was immer er verbrochen hat, an einem bestimmten Punkt seines Lebens gibt es immer eine Chance, aus ihm wieder einen guten Kerl zu machen, der der Gesellschaft nützlich ist. Sagt, ist es nicht so?«
»Ja«, rufen alle im Chor, die Männer wie die Frauen. »Lassen Sie sie bei uns, wir werden ihnen helfen, eine neues, ein anderes Leben zu beginnen. In den acht Tagen haben wir sie genügend kennengelernt, und es sind bestimmt brave Burschen.«
»Zivilisiertere Leute, als wir sind, haben sie hinter Schloß und Riegel getan, damit sie nichts mehr verbrechen können«, wendet der Präfekt ein.
»Was nennen Sie Zivilisation, Chef?« frage ich. »Sie meinen, weil wir Lifts haben, Flugzeuge und eine Untergrundbahn, daß das ein Beweis dafür ist, daß die Franzosen zivilisierter sind als diese einfachen Menschen hier, die uns aufgenommen und versorgt haben? Meiner bescheidenen Meinung nach, das möchte ich Ihnen nur sagen, gibt es hier mehr Kultur und größere Herzensbildung und ein tieferes menschliches Verständnis in jedem einzelnen von euch als bei

uns in Frankreich. Wenn diese Menschen hier, die nichts anderes um sich her haben als die Natur und ein paar Hütten und ein paar Geräte und ein wenig zu essen, keine Leckerbissen, und wenn sie auch keinen Anteil haben an den Wohltaten des Fortschritts, so haben sie sich dafür den Sinn für die christliche Barmherzigkeit in weit höherem Maße bewahrt als alle sogenannten Zivilisierten. Ich ziehe einen Analphabeten in diesem kleinen Fischerdorf jedem Absolventen der Sorbonne in Paris vor, sobald dieser nach seinem Studium eines Tages die Seele des Staatsanwaltes hat, der meine Verurteilung erwirkte. Der eine bleibt immer ein Mensch, der andere hat vergessen, daß er einer ist.«

»Ich verstehe Sie. Trotzdem bin ich nur ein ausführendes Organ, sonst nichts. Da kommt schon der Lastwagen. Bitte helfen Sie mir durch Ihr Verhalten, daß alles ohne Zwischenfall abgeht.«

Jede Gruppe der Frauen umarmt den, um den sie sich angenommen hat. Tibisay, Nenita und die »Negrita« weinen heiße Tränen, während sie mich küssen. Jeder Mann drückt uns fest die Hand und beteuert damit, wie leid es ihnen tut, daß wir ins Gefängnis müssen.

Auf Wiedersehen, ihr Menschen von Irapa, die ihr so großherzig wart und den Mut hattet, euch gegen die Behörden eures eigenen Landes zu stellen und sie dadurch zu beschämen, daß ihr ein paar unbekannte arme Teufel verteidigt. Das Brot, das ich bei euch gegessen habe und das ihr euch vom eigenen Mund weggenommen habt, um es mir zu geben, dieses Brot der Bruderschaft unter den Menschen ist für mich zum Symbol alter Zeiten geworden: »Du wirst nicht töten, du wirst denen Gutes erweisen, die leiden, selbst wenn du dich deswegen von allem entblößen mußt. Hilf allen, die unglücklicher sind als du.« Und wenn ich eines Tages frei bin, werde auch ich, wann immer ich kann, anderen helfen, wie es mich die ersten Menschen, denen ich in Venezuela begegnet bin, gelehrt haben.

Das Bagno von El Dorado

Zwei Stunden später kommen wir in einem großen Ort an, einem Hafenort, der vorgibt, eine Stadt zu sein: Guiria. Der Polizeipräfekt übergibt uns persönlich dem Gebietskommandanten. Wir werden im Kommissariat mehr oder weniger gut behandelt, aber man unterzieht uns einem Verhör, und der Polizeibeamte, so ein vernagelter Knopf, will absolut nicht zur Kenntnis nehmen, daß wir von Britisch-Guayana gekommen sind und dort frei waren. Obendrein glaubt er, daß wir uns über ihn lustig machen, als wir auf sein Befragen, wieso wir nach der kurzen Strecke von Georgetown bis in den Golf von Paria in einem derart desolaten Zustand und am Ende aller Kräfte ankamen, ihm unsere Taifunabenteuer erzählen.

»Gut und gern zwei große Bananenpflanzungen sind bei diesem Tornado draufgegangen, ein Frachtschiff mit Bauxit ist mit Mann und Maus gesunken, und ihr wollt mir weismachen, daß ihr euch in einem offenen Kahn von fünf Meter Länge gerettet habt? Wer kann so was glauben? Nicht einmal ein Mummelgreis, der auf dem Markt um Almosen bettelt! Ihr lügt! Da steckt irgendein Wurm drin, in dem, was ihr da erzählt.«
»Ziehen Sie bitte Erkundigungen in Georgetown ein.«
»Ich mache mich doch nicht lächerlich bei den Engländern!«
Dieser bockige Esel von einem Polizeibeamten, stur und anmaßend, macht, ich weiß nicht was für einen Bericht an irgendwen. Jedenfalls werden wir eines Morgens um fünf geweckt, in Fesseln gelegt, auf einen Lastwagen verfrachtet und fahren einem unbekannten Schicksal entgegen.
Der Hafen von Guiria liegt im Golf von Paria. Die Lage ist auch vorteilhaft, weil hier die Mündung eines mächtigen Stromes ist, fast so mächtig wie der Amazonas, nämlich der Orinoko. Aneinandergefesselt auf dem Lastwagen, wo sich außer uns fünfen noch zehn Polizisten befinden, rollen wir auf Ciudad Bolivar zu, die wichtige Hauptstadt des Staates Bolivien. Die Reise über die Landstraßen war sehr ermüdend. Polizisten und Gefangene, wie ein Sack Nüsse durcheinandergeschüttelt und hin und her gestoßen, fühlten wir uns auf der Plattform des Lastwagens, der schlimmer schaukelte als ein Toboggan, nach einer Reise von fünf Tagen vollständig gerädert. Nachts schliefen wir auf dem Lastwagen, und morgens ging's wieder auf einem wahrhaft verrückten Kurs dem unbekannten Ziel entgegen. Mehr als tausend Kilometer vom Meer entfernt, mitten im Urwald, der von einer Straße durchschnitten wird, die von Ciudad Bolivar bis El Dorado führt, ging die zermürbende Fahrt endlich zu Ende. Als wir im Ort El Dorado ankommen, sind Polizisten wie Gefangene in einem miserablen Zustand.
Aber was ist dieses El Dorado? Es war einmal ein Ort der Hoffnung spanischer Konquistadoren, die, als sie Indianer aus dieser Region mit Gold ankommen sahen, fest daran glaubten, daß sich hier ein Goldberg oder wenigstens überaus goldhaltige Erde befinden müsse. Tatsächlich ist El Dorado ein Dorf am Ufer eines Flusses, der voll mit Piranhas ist – Raubfischen, die einen Menschen oder ein Tier in wenigen Minuten bis auf das Skelett abnagen können – und mit Tembladores, Zitteraalen, die ihre Beute umkreisen, Mensch oder Tier, ihr einen elektrischen Schlag versetzen und das so gelähmte Lebewesen bis zur völligen Auflösung aussaugen. In der Mitte des Flusses ist eine Insel und auf dieser Insel ein richtiges Konzentrationslager, das Bagno von Venezuela.
Diese Zwangsarbeiterkolonie ist das Härteste, was ich je in meinem Leben gesehen habe, und von barbarischer Unmenschlichkeit gegenüber den Sträflingen, die andauernd geschlagen werden. Es ist ein Geviert von fünfhundert mal fünfhundert Meter, unter freiem

Himmel, von Stacheldraht umschlossen. An die vierhundert Männer müssen hier schlafen, im Freien, jeder Witterung ausgesetzt, denn es gibt nur wenige Wellblechhütten außerhalb des Lagers.
Ohne irgendwelche Erklärungen unsererseits zu beachten und ohne die getroffene Entscheidung über unser Schicksal auch nur irgendwie zu rechtfertigen, werden wir um drei Uhr nachmittags dem Bagno von El Dorado einverleibt, also unmittelbar nachdem wir, noch todmüde von der zermürbenden Fahrt in Fesseln auf dem Lastwagen, angekommen waren. Um halb vier, ohne auch nur unsere Namen zu registrieren, werden wir herausgerufen, und zwei von uns erhalten einen Spaten, die anderen drei eine Axt. Eskortiert von fünf Soldaten, jeder mit Gewehr und Ochsenziemer bewaffnet, werden wir unter Androhung von Schlägen zum Arbeitsort gebracht. Wir verstehen sehr schnell, daß es sich um eine Art Kraftdemonstration handelt, die uns die Lagerwache da vorexerzieren will. Es wäre höchst gefährlich, jetzt nicht zu gehorchen. Später wird man sehen.
Am Arbeitsort angekommen, weist man uns einen Abschnitt zu, wo wir seitlich von der Straße, die durch den Urwald gebaut wird, einen Graben ausheben sollen. Wir gehorchen schweigend, und jeder schuftet, soweit seine Kräfte reichen. Ohne den Kopf zu heben. Wir hören Beschimpfungen und brutale Schläge, denen die anderen Gefangenen pausenlos ausgesetzt sind. Keiner von uns erhält Schläge mit dem Ochsenziemer. Dieser Arbeitseinsatz gleich nach unserer Ankunft hatte offenbar den Zweck, uns zu zeigen, wie hier Gefangene behandelt werden.
Es war ein Samstag. Nach der Arbeit, verschwitzt und verdreckt, werden wir in das Gefangenenlager eingegliedert, auch wieder ohne jede Formalität.
»Die fünf Cayenner hierher!« ruft der Oberaufseher. Er ist ein Mestize von ein Meter neunzig und hat einen Ochsenziemer in der Hand. Dieser dreckige Schläger ist nur mit der Überwachung der inneren Lagerdisziplin beauftragt. Man hat uns einen Platz angewiesen, wo wir unsere Liegematten hinbreiten sollen, nahe vom Lagereingang, unter freiem Himmel. Aber dort gibt es ein Wellblechdach, so daß wir wenigstens gegen Sonne und Regen geschützt sein werden.
Die überwiegende Mehrheit der Gefangenen sind Kolumbier, der Rest Venezolaner. Kein Korrektionslager im französischen Bagno kann sich an Greueln mit der Zwangsarbeiterkolonie hier vergleichen. Ein Esel wäre unter den Mißhandlungen dieser Männer binnen kurzem verreckt. Trotzdem sind die Gefangenen in guter körperlicher Verfassung, denn die Nahrung ist ganz besonders kräftig und schmackhaft.
Wir halten Kriegsrat. Falls einer der Soldaten einen von uns schlägt, ist es das beste, wir stellen die Arbeit ein, legen uns auf den Boden und stehen, ganz gleich welche Kur sie anwenden, nicht mehr auf.

Dann wird sicherlich irgendein Chef kommen, den wir fragen können, warum und wieso wir in dieses Zwangsarbeiterlager gebracht wurden, ohne das geringste verbrochen zu haben. Die beiden Freigelassenen, Guittou und Barrière, wollen verlangen, daß man sie nach Frankreich zurückschickt. Dann beschließen wir, mit dem Oberaufseher ein Wörtchen zu reden. Das werde ich tun. Sein Spitzname ist »Negro Blanco«, weißer Neger. Guittou geht ihn holen. Dieser Henker, den Ochsenziemer in der Hand, kommt an. Wir fünf nehmen ihn in die Mitte.
»Was wollt ihr von mir?«
Ich antworte: »Paß auf, wir wollen dir etwas sagen: Wir werden niemals gegen die Lagerordnung verstoßen. Du wirst also keinen Grund haben, einen von uns zu schlagen. Aber da wir gemerkt haben, daß du manchmal auch ohne Grund zuschlägst, möchten wir dir folgendes mitteilen: An dem Tag, wo du einen von uns haust, bist du ein toter Mann. Hast du verstanden?«
»Jawohl«, sagt der Negro Blanco.
»Ein letzter Rat noch.«
»Was?« fragt er mit gedämpfter Stimme.
»Wenn du das, was ich dir eben gesagt habe, weitergibst, dann nur an einen Offizier, nicht an einen Soldaten!«
»Kapiert.« Und er geht weg.
Diese Szene trug sich am Sonntag zu, dem Tag, wo die Gefangenen nicht zur Arbeit müssen.
Einer mit Streifen kommt an. »Wie heißt du?«
»Papillon.«
»Bist du der Chef von den Cayennern?«
»Wir sind fünf, und alle sind Chefs.«
»Warum hast dann du das Wort geführt beim Oberaufseher?«
»Weil ich am besten Spanisch kann.«
Der da mit uns spricht, ist ein Hauptmann der Nationalgarde. Er sei nicht der Kommandant der Wachmannschaft, sagt er. Über ihm sind noch zwei Chefs, aber sie seien nicht da. Seit unserer Ankunft hat er das Kommando. Die beiden anderen werden Dienstag wiederkommen.
»Du hast in deinem Namen und in dem deiner Kameraden gedroht, den Oberaufseher umzubringen, wenn er einen von euch schlägt. Ist das wahr?«
»Ja, das ist wahr. Und es ist eine sehr ernst zu nehmende Drohung. Ich habe aber auch hinzugefügt, müssen Sie wissen, daß wir keinerlei Grund geben werden, der eine körperliche Mißhandlung rechtfertigt. Wissen Sie, Hauptmann, daß wir von keinem Gericht verurteilt wurden, denn wir haben in Venezuela keine Verbrechen begangen?«
»Das weiß ich nicht. Ihr seid ohne Papiere ins Lager gekommen. Es gibt nur einen Wisch vom Lagerleiter, der im Dorf ist: ›Führt diese Männer unmittelbar nach ihrer Ankunft zur Arbeit.‹«

»Nun gut, Herr Hauptmann, da Sie Offizier sind, seien Sie bitte so korrekt, bis zur Ankunft Ihres Chefs die Soldaten anzuweisen, uns anders als die übrigen Gefangenen zu behandeln. Ich versichere Ihnen nochmals, daß wir weder Sträflinge sind noch sein können, weil wir in Venezuela keinerlei Verbrechen begangen haben.«
»In Ordnung«, sagt er. »Ich werde einen Befehl geben. Ich hoffe, Sie haben mich nicht getäuscht.«
Ich habe an diesem ersten Sonntag einen ganzen Nachmittag Zeit gehabt, die Gefangenen zu beobachten. Die erste Sache, die mir in die Augen sticht, ist ihr guter körperlicher Zustand. Zweitens, Schläge sind dermaßen an der Tagesordnung und die Kerle sind bis zu einem solchen Grad an sie gewöhnt, daß sie selbst am einzigen Ruhetag, am Sonntag, wo sie ihnen durch gutes Verhalten leicht entgehen könnten, ein, möchte man sagen, geradezu masochistisches Vergnügen daran finden, mit dem Feuer zu spielen. Sie hören nicht auf, verbotene Dinge zu tun: sie würfeln, sie treiben's mit den Jungen auf der Latrine, bestehlen einen Kameraden, werfen den Frauen, die aus dem Dorf kommen und den Gefangenen Süßigkeiten oder Zigaretten bringen, schweinische Reden an den Kopf. Auch Tauschhandel gibt es: ein geflochtener Korb oder irgendein geschnitzter Gegenstand gegen etwas Kleingeld oder Zigaretten. Na, und da gibt's Gefangene, die der Frau durch den Stacheldrahtzaun hindurch das Angebotene einfach wegnehmen, ohne ihr die zugesagte Ware zu geben, fortlaufen und sich unter den anderen verlieren. Kurz, es hagelt körperliche Mißhandlungen bei jeder Gelegenheit und auch für nichts, ihre Haut ist buchstäblich gegerbt von den *latigos*, den Schlägen mit dem Ochsenziemer. In diesem Lager regiert der Schrecken ohne jeden Nutzen, weder für die Gesellschaft noch für die innere Ordnung, und er bessert diese armen Unglücklichen in keiner Weise. Und doch ist die Korrektionszelle in Saint-Joseph wegen ihres tödlichen Schweigens noch viel schrecklicher als das hier. Hier herrscht die Angst nur zeitweilig, und daß man in der Nacht sprechen darf nach der Arbeitszeit, und auch am Sonntag, und daß man eine kräftige, ausreichende Nahrung erhält, läßt den Mann seine Strafe, die in keinem Fall fünf Jahre überschreitet, sehr gut überstehen.
Wir verbringen den Sonntag mit Rauchen, Kaffeetrinken und Gesprächen untereinander. Einige Kolumbier näherten sich unserem Kreis, wir haben sie freundlich, aber bestimmt abgewiesen. Es ist notwendig, daß sie uns für Gefangene anderer Art halten, sonst sind wir geliefert.
Am nächsten Tag, Montag früh um sechs, sind wir nach einem kräftigen Frühstück mit den anderen zur Arbeit angetreten. Das geht folgendermaßen vor sich: Zwei Reihen Männer stehen einander gegenüber, fünfzig Gefangene – fünfzig Soldaten. Ein Soldat pro Gefangenen. Zwischen den beiden Reihen fünfzig Werkzeuge, Hak-

ken, Schaufeln, Äxte. Die Männer der beiden Reihen mustern sich gegenseitig. Die Gefangenenreihe angstvoll, die Soldatenreihe nervös und sadistisch.
Der Sergeant brüllt: »Derundder – Hacke!«
Der Unglückliche stürzt hin, und in dem Augenblick, wo er die Hacke ergreift, um sie auf seine Schulter zu werfen, und losspringt, um zum Arbeitsort zu laufen, schreit der Sergeant: »Nummer soundsoviel!« Entsprechend der Reihung der Soldaten: Soldat eins, zwei, drei und so weiter. Der Soldat springt ebenfalls los, läuft hinter dem armen Kerl, der ihm gehört, her und schlägt auf ihn mit dem Ochsenziemer ein. Diese schreckliche Szene wiederholt sich zweimal am Tag. Auf der Laufstrecke vom Lager bis zum Arbeitsort hat man den Eindruck, als da eine Kompanie peitschender Eseltreiber hinter ihren Vierbeinern herliefe.
Wir standen wie erstarrt und warteten, bis wir an der Reihe waren. Glücklicherweise spielte es sich anders ab.
»Die fünf Cayenner hierher! Ihr Jüngeren nehmt die Hacken, ihr beiden Alten die Schaufeln da.«
Ohne zu rennen, aber doch im Laufschritt, eskortiert von vier Soldaten und einem Feldwebel, geht's los zur Arbeitsstelle. Es wurde ein noch längerer, noch niederschmetternderer Tag als der erste. Die Männer, die besonders aufs Korn genommen wurden und bereits am Ende ihrer Kräfte waren, schrien wie verrückt und bettelten auf den Knien, daß man sie nicht mehr schlage. Am Nachmittag mußten sie eine Menge Holzhaufen, die schlecht gebrannt hatten, zu einem einzigen großen Haufen zusammentragen. Andere mußten hinter ihnen den Boden sauber machen. Bis der große, glosende Haufen in der Mitte der gerodeten Fläche beisammen war und zum Brennen gebracht wurde, waren sicherlich an die achtzig bis hundert Peitschenhiebe verabreicht worden. Mit seinem Ochsenziemer trieb jeder Soldat seinen Gefangenen an, die Überbleibsel und Holzschnitzel aufzuklauben und im Schnellauf zur Mitte der Rodung zu bringen. Dieses teuflische Rennen löste bei einigen einen richtigen Wahnsinnsanfall aus, und wenn sie von einem glosenden Holzhaufen zum andern stürzten, dann erwischten sie manchmal noch zur Seite gefallene glühende Äste. Die Hände verbrannt, grausam gepeitscht, barfuß über Glutnester oder noch brennende Zweige rasend – eine abenteuerliche Szene, die drei Stunden dauerte. Nicht einer von uns wurde eingeladen, an dieser Art »Urbarmachung« teilzunehmen. Zum Glück für die Soldaten. Denn wir hatten uns untereinander mit kurzen Sätzen verständigt, daß wir uns auf unsere fünf Soldaten inklusive Feldwebel stürzen, sie entwaffnen und mit ihren Gewehren in diesen Zirkus von verrücktgewordenen Wilden hineinpfeffern würden.
Heute, Dienstag, sind wir nicht zur Arbeit hinaus. Wir wurden in den Dienstraum der beiden Kommandanten der Nationalgarde gerufen. Die beiden Militärs sind sehr erstaunt darüber, daß wir ohne

Dokumente ins Lager eingewiesen wurden und somit der Nachweis fehlt, daß es auf Grund eines Gerichtsurteils geschah.
Es dauerte nicht lang. Diese beiden kommandierenden Majore der Wachmannschaft sind gewiß sehr streng, man könnte sogar sagen scharf, aber sie sind korrekt, denn sie haben gefordert, daß der Lagerleiter selbst herkommt, um uns Erklärungen zu geben.
So steht er also jetzt vor uns, in Begleitung seines Schwagers, Russian hieß der Kerl, und zwei Offizieren der Nationalgarde.
»Franzosen – ich bin der Leiter der Kolonie El Dorado. Sie haben mich zu sprechen gewünscht. Was wollen Sie?«
»Vorerst möchten wir wissen, welches Gericht uns in Abwesenheit zur Abbüßung einer Strafe in dieser Zwangsarbeiterkolonie verurteilt hat? Was haben wir angestellt und auf wie lange wurden wir verurteilt? Wir sind übers Meer nach Irapa auf Venezuela gekommen. Wir haben nicht das geringste Delikt begangen. Warum müssen wir hier sein? Und mit welchem Recht zwingt man uns zur Strafarbeit?«
»Zuerst einmal befinden wir uns im Krieg. Daher müssen wir genau wissen, wer Sie sind.«
»Sehr wohl. Aber das rechtfertigt nicht unsere Einbringung in Ihr Bagno.«
»Sie haben sich der französischen Justiz entzogen, Sie sind Flüchtlinge. Wir müssen daher wissen, ob Sie nicht von ihr angefordert werden.«
»Zugegeben. Aber ich bestehe darauf: warum behandelt man uns so, als wären wir zu einer Strafe verurteilt?«
»Im Augenblick sind Sie hier auf Grund eines Gesetzes, das Vagabondage und Übeltäterei unter Strafe stellt, und zwar so lange, bis wir die nötigen Auskünfte über Sie eingeholt haben.«
Diese Diskussion hätte noch lang angedauert, wenn nicht einer der Offiziere sie durch seine Meinungsäußerung abgeschnitten hätte.
»Herr Direktor«, sagte er, »wir können anständigerweise diese Männer nicht so behandeln wie die anderen Gefangenen. Ich schlage daher vor, daß wir, solange noch kein Bescheid aus Caracas da ist, der diesen Sonderfall regelt, die Männer bei etwas anderem als bei der Straßenarbeit einsetzen. Es wird sich etwas finden lassen.«
»Es sind gefährliche Männer. Sie haben gedroht, den Oberaufseher zu töten, wenn er sie schlägt. Stimmt das?«
»Wir haben das nicht nur ihm angedroht, Herr Direktor, sondern das gilt für jeden: wem immer es Spaß machen sollte, einen von uns zu schlagen, der wird umgebracht.«
»Und wenn es ein Soldat ist?«
»Egal. Wir haben durch nichts eine solche Behandlung verdient. Unsere Gesetze und unser Strafregime sind vielleicht schrecklicher und unmenschlicher als die Ihren, aber wie Tiere geschlagen zu werden, das lassen wir uns leider nicht gefallen.«

Der Direktor wendet sich triumphierend an seine Offiziere: »Da sehen Sie gleich selbst, wie gefährlich diese Männer sind!«
Der Wachkommandant, der ältere von den beiden, zögert ein, zwei Sekunden, dann sagt er zum großen Erstaunen aller: »Die geflüchteten Franzosen haben recht. Hier in Venezuela gibt es keine rechtliche Handhabe, diese fünf Männer dem Strafregime dieser Kolonie zu unterwerfen. Ich pflichte ihnen bei. Daher gibt es nur zwei Möglichkeiten, Herr Direktor: entweder Sie finden für die Leute eine andere Arbeit, als die anderen Gefangenen leisten müssen, oder sie gehen überhaupt nicht zur Arbeitsstelle. Bleiben die Männer mit allen übrigen zusammen, werden sie eines Tages doch von einem unserer Soldaten geschlagen werden.«
»Wir werden sehen. Für den Augenblick lassen wir sie im Lager. Morgen werde ich sagen, was weiter zu tun ist.« Und der Direktor geht in Begleitung seines Schwagers weg.
Ich danke den Offizieren. Sie geben uns Zigaretten und versprechen uns, bei der Verlesung des Abendrapports den Offizieren und Soldaten zur Kenntnis zu bringen, daß wir unter keinen Umständen geschlagen werden dürfen.
Jetzt sind wir schon acht Tage lang hier. Wir arbeiten nicht mehr. Gestern, Sonntag, hat sich eine schreckliche Sache zugetragen: Die Kolumbier haben darum gelost, wer den Oberaufseher Negro Blanco töten muß. Das Los fiel auf einen Mann von einigen dreißig Jahren. Er bekam einen Eisenlöffel, dessen Griff auf beiden Seiten scharf geschliffen war. Mutig hat der Mann den mit seinen Freunden geschlossenen Pakt erfüllt. Er hat den Negro Blanco dreimal ins Herz gestochen. Der Oberaufseher wurde eiligst ins Spital gebracht, der Attentäter an einen Pfahl in der Mitte des Lagers gebunden. Dann durchsuchten die Soldaten wie die Wahnsinnigen alle und alles, ob nicht sonst noch Waffen vorhanden waren. Es hagelte Schläge von allen Seiten. In ihrer wilden Wut hat einer von ihnen, da ich nicht schnell genug meine Hose auszog, mir mit seinem Ochsenziemer einen Hieb auf den Oberschenkel versetzt. Barrière packt eine Bank und hebt sie über den Kopf des Soldaten. Ein anderer Soldat durchbohrt Barrière mit einem Bajonettstich den Arm. Im selben Augenblick, da ich den Soldaten, der mich geschlagen hat, mit einem Tritt in den Bauch zu Boden gestreckt habe und sein Gewehr aufhebe, dringt mit dröhnender Stimme ein Befehl bis zu uns her:
»Halt! Rührt die Franzosen nicht an! Franzose, laß das Gewehr aus!«
Es ist Hauptmann Flores, der diesen Befehl brüllte, jener Offizier, der uns am ersten Tag empfangen hat. Sein Eingreifen kam genau in der Sekunde, da ich in den Haufen hineinschießen wollte. Ohne ihn wären vielleicht zwei oder drei draufgegangen, gewiß aber hätten wir unser Leben lassen müssen, hätten es sinnlos verloren im letzten Winkel von Venezuela, am Ende der Welt, in diesem Bagno, wo wir nichts zu suchen haben. Dank dem energischen Dazwischen-

treten des Hauptmanns ziehen sich die Soldaten von unserer Gruppe zurück und stillen ihren Blutdurst woanders. Und nun nehmen wir an dem abscheulichsten Schauspiel teil, das man sich ausdenken kann. Das Opfer, der »Ronque«, in der Mitte des Lagers an den Pfahl gebunden, wird jetzt ohne Unterlaß gleichzeitig von drei Soldaten mit Peitschenhieben traktiert. Das dauerte von siebzehn Uhr bis morgens sechs Uhr früh. Es dauert verdammt lang, einen Menschen nur durch Schläge zu töten. Die kurzen Pausen der Metzelei wurden nur eingelegt, um von ihm die Namen seiner Komplicen zu erfahren, und wer ihm das Mordinstrument, den zum Dolch verwandelten Löffel, gegeben habe. Der Mann verriet niemanden, blieb standhaft trotz der Zusicherung, daß man ihn nicht mehr schlagen werde, sobald er spreche. Viele Male verlor er das Bewußtsein. Dann überschütteten sie ihn mit Wasser, damit er wieder zu sich kam, und die Tortur ging weiter.

Der Gipfelpunkt war um vier Uhr morgens erreicht: da bemerkten sie, daß der Gemarterte keinen Laut mehr von sich gab und die Schläge keine Bewegung mehr hervorriefen. Sie hielten ein.

»Ist er tot?« fragt ein Offizier.

»Wer weiß das.«

»Bindet ihn los und stellt ihn auf alle viere.«

Von vier Männern gehalten, steht er mehr oder weniger auf allen vieren. Daraufhin schlägt ihm einer von den Henkersknechten mit dem Ochsenziemer zwischen die Schenkel, und das Peitschenende ist sicherlich weit oberhalb der Geschlechtsteile gelandet. Dieser Meisterhieb eines Folterers entlockt dem »Ronque« endlich einen Schmerzensschrei.

»Weitermachen«, sagt der Offizier. »Er ist nicht tot.«

Bis zum Tagesanbruch schlugen sie auf ihn ein. Diese des Mittelalters würdige Auspeitschung, die kein Roß überstanden hätte – diesen »Ronque« brachte sie nicht um. Nachdem sie eine Stunde ausgesetzt und ihn mehrmals mit Wasser überschüttet hatten, fand er die Kraft, sich mit Hilfe der Soldaten aufzurichten. Einen Augenblick lang stand er ganz allein gerade.

Da kommt ein Sanitäter mit einem vollen Glas in der Hand zu ihm hin.

»Trink das aus«, befiehlt der Offizier. »Das wird dich wieder auf die Beine bringen.«

Der »Ronque« zögert, dann trinkt er das Glas auf einen Zug leer. Eine Minute später bricht er zusammen. Es ist aus mit ihm. Beim letzten Atemzug stößt er noch hervor: »Ich Idiot. Sie haben mich vergiftet.«

Wozu lange beschreiben, wie sich die Gefangenen bei diesem schrecklichen Schauspiel verhielten. Keiner wagte auch nur einen Finger zu rühren, so sehr waren sie von Schrecken erfaßt. Zum zweitenmal in meinem Leben wünschte ich zu sterben. Während einiger Minuten starrte ich gebannt auf das Gewehr eines Soldaten unweit von mir, der es nachlässig in der Hand hielt. Aber der Gedanke, daß man mich vielleicht früher töten könnte, als ich Zeit gehabt hätte, in die Horde hineinzuschießen, ließ mich vor meinen andern Gedanken zurückschrecken.

Einen Monat später war der Negro Blanco wieder da und verbreitete mehr denn je Angst und Schrecken im ganzen Lager. Nichtsdestotrotz war sein Schicksal, in El Dorado zu krepieren, besiegelt.

Ein Soldat der Wache packte ihn eines Nachts, als er nahe an ihm vorüberging.

»Auf die Knie!« befiehlt der Soldat.

Negro Blanco gehorchte.

»Sprich dein Gebet, du wirst sterben.«

Er läßt ihn ein kurzes Gebet verrichten, dann streckt er ihn mit drei Kugeln aus seinem Gewehr nieder. Die Soldaten sagten, daß der Soldat ihn getötet habe, weil er nicht mehr mit ansehen konnte, wie barbarisch dieser Henker die armen Gefangenen schlug. Andere behaupteten, daß Negro Blanco diesen Soldaten bei seinen Vorgesetzten angeschwärzt habe, indem er sagte, daß er ihn schon vor seinem Militärdienst von Caracas her gekannt habe und daß er damals ein Dieb gewesen sei. Der Soldat wurde nicht weit von dem »Ronque« begraben. Er war sicherlich ein Dieb, aber auch ein Mann von ungewöhnlichem Mut und Anstand.

Alle diese Ereignisse haben lange verhindert, daß in unserer Sache eine Entscheidung gefällt wurde. Übrigens sind die anderen Gefangenen zwei Wochen nicht zur Arbeit hinausgeführt worden. Barrières Bajonettstich wurde vom Arzt des Dorfes sehr gut ausgeheilt.

Im Augenblick haben wir noch immer eine Sonderstellung. Chapar ist gestern als Koch zum Lagerleiter ins Dorf gekommen. Guittou und Barrière wurden entlassen, denn aus Frankreich sind die Auskünfte über uns alle eingetroffen. Da daraus hervorging, daß sie ihre Strafe beendet hatten, hat man sie in Freiheit gesetzt. Ich hatte einen italienischen Namen angegeben, aber die Auskünfte über mich trugen meinen wirklichen Namen mit meinen Fingerabdrücken und meiner Verurteilung auf Lebenszeit. Über Deplanque wurde gemeldet, daß er zwölf Jahre bekommen habe, und Chapar auch. Ganz stolz teilt uns der Direktor diese Neuigkeiten aus Frankreich mit. »Dennoch«, sagt er uns, »werden wir euch auf Grund der Tatsache, daß ihr in Venezuela nichts verbrochen habt, einige Zeit hierbehalten und später einmal in Freiheit setzen. Ihr müßt euch aber gut führen und arbeiten. Es ist eine Bewährungsfrist.«

In Gesprächen mit mir haben die Offiziere sich einige Male darüber beklagt, daß es so schwierig sei, aus dem Dorf frisches Gemüse zu bekommen. Die Kolonie hat wohl eine kleine Landwirtschaft, aber ohne Gemüseanbau. Es werden nur Reis, Mais und schwarze Bohnen

gepflanzt, das ist alles. Ich mache ihnen den Vorschlag, einen Gemüsegarten anzulegen, wenn sie mich mit Samen versorgen. Mein Vorschlag wird angenommen.
Erster Vorteil: Wir kommen aus dem Lager hinaus, Deplanque und ich. Und da zwei Ausgewiesene angekommen sind, die man in Ciudad Bolivar verhaftet hat, werden sie uns zugeteilt. Der eine ist ein Pariser, »Toto« gerufen, der andere ein Korse. Für uns vier werden zwei gut gebaute, mit Palmenblättern gedeckte Holzhäuschen gerichtet.
In dem einen sind Deplanque und ich, in dem andern unsere beiden Kameraden.
Toto und ich stellen hohe, geneigte Tische her, deren Füße in Konservenbüchsen mit Petroleum stehen, damit nicht die Würmer die Samen fressen. Sehr schnell haben wir kräftige Pflanzen von Tomaten, Auberginen, Melonen und grünen Bohnen gezogen. Wir beginnen, sie in Beete umzusetzen, denn die jungen Pflanzen sind jetzt kräftig genug, um den Würmern zu widerstehen. Um die jungen Tomatenstauden ziehen wir eine Art Graben, den wir öfter mit Wasser füllen werden, das wird sie feucht halten und das Eindringen von Schädlingen verhindern, die hier, in dem jungfräulichen Boden, sehr zahlreich sind.
»Schau, was ist denn das?« sagt Toto. »Schau, wie dieser Kiesel glänzt.«
»Wasch ihn, Toto.« Er wäscht ihn und reicht ihn mir dann. Es ist ein kleiner Kristall in der Größe einer Kichererbse. Nach dem Abwaschen erweist sich die Stelle, wo er abgebrochen war, noch glänzender als das übrige, denn das Muttergestein besteht aus einer Art hartkörniger Schicht.
»Kann das nicht ein Diamant sein?«
»Halt's Maul, Toto! Wenn's ein Diamant ist, hast du es nicht hinauszubrüllen. Siehst du nicht, daß wir fast eine Diamantenmine entdeckt haben? Warten wir bis zum Abend. Versteck das inzwischen.«
Am Abend gebe ich einem Unteroffizier (heute ist er Oberst) Mathematikstunden, er bereitet sich auf einen Offizierskurs vor. Dieser Mann, dessen Großmut und Rechtschaffenheit jeder Probe standhielten (er hat es mir in mehr als fünfundzwanzig Jahren Freundschaft bewiesen), heißt heute Oberst Francisco Bolagno Utrera.
»Francisco, was ist das? Ist es ein Bergkristall?«
»Nein«, sagt er, nachdem er den Stein genau untersucht hat. »Es ist ein Diamant. Versteck ihn gut und zeig ihn niemand. Wo hast du ihn gefunden?«
»Unter meinen Tomatenpflanzen.«
»Das ist seltsam. Hast du ihn nicht vielleicht mit dem Gießwasser aus dem Fluß miterwischt? Schöpfst du nicht mit dem Wasser zugleich etwas Sand mit in den Eimer?«
»Ja, das kommt wohl vor.«

»Dann stimmt's also. Du hast deinen Diamanten aus dem Fluß herausgeholt, aus dem Rio Caroni. Such dort, aber sieh zuerst nach, ob du nicht schon andere mitgebracht hast, ohne es zu wissen, man findet niemals nur einen Edelstein allein. Dort, wo man den einen gefunden hat, befinden sich unbedingt auch andere.«
Toto macht sich an die Arbeit. Noch nie in seinem Leben hat er so viel gearbeitet, so daß unsere beiden Kameraden, denen wir nichts erzählt haben, sagen: »Hör auf, dich so abzurackern, Toto, du wirst noch krepieren bei der vielen Wasserschlepperei vom Fluß. Außerdem bringst du lauter Sand mit.«
»Das mache ich, damit die Erde aufgelockert wird, Kumpel«, antwortet Toto. »Wenn sie mit Sand gemischt ist, läßt sie das Wasser besser durch.«
Obwohl er von uns allen ausgespottet wird, schleppt Toto ununterbrochen Kübel voll Wasser mit Sand herbei. Eines Tages, als er von seiner üblichen Reise zurückkehrt, fällt er mitten im Sonnenlicht direkt vor uns, die wir im Schatten sitzen, auf die Nase, und aus dem umgestürzten Wasserkübel kollert ein Diamant heraus, groß wie zwei Kichererbsen. Wieder ist das Muttergestein zerbrochen, sonst hätte man ihn gar nicht gesehen. Toto versucht vergeblich, ihn rasch und unbemerkt aufzuheben.
»Sieh da«, sagt Deplanque, »sollte das nicht ein Diamant sein? Die Soldaten haben mir gesagt, daß es im Fluß Diamanten und Gold gibt.«
»Darum schlepp ich ja soviel Wasser! Ihr seht, ich bin nicht so dumm, wie ihr glaubt!« sagt Toto, glücklich, daß er endlich erklären kann, warum er sich so abrackert. Kurz, um die Diamantengeschichte zu beenden, binnen sechs Monaten ist Toto glücklicher Besitzer von sieben bis acht Karat Diamanten. Ich habe an ein gutes Dutzend und darüber hinaus ungefähr dreißig kleine Steine, die sich in »Kommerzsteine«, so nennen die Diamantensucher sie, verwandeln lassen. Eines Tages jedoch finde ich einen von mehr als sechs Karat, der später in Caracas geschliffen wurde und daraufhin ungefähr vier Karat ergab. Ich habe ihn noch immer und trage ihn Tag und Nacht am Finger. Deplanque und Antartaglia haben es ebenfalls zu einigen Edelsteinen gebracht. Ich habe noch immer den Stöpsel vom Bagno in mir drin, jetzt habe ich meine Steine dazugepackt. Die andern haben sich aus ausgehöhltem Rinderhorn ebenfalls Stöpsel gemacht, in denen sie nun ihren kleinen Schatz unterbringen. Niemand weiß etwas von der Sache außer Unteroffizier Francisco Bolagno, dem späteren Oberst.
Die Tomaten und die anderen Pflanzen sind gewachsen. Peinlich genau bezahlen uns die Offiziere unser Gemüse, das wir ihnen tagtäglich in die Messe liefern.
Wir leben in relativer Freiheit. Wir arbeiten ohne jede Bewachung und schlafen in unseren beiden Häuschen. Niemals begeben wir uns ins Lager. Wir werden geachtet und gut behandelt. Selbstverständ-

lich bedrängen wir bei jeder nur möglichen Gelegenheit den Direktor, daß er uns doch in Freiheit setzen möge. Und jedesmal antwortet er: »Bald.« Aber nun sind wir schon acht Monate hier, und nichts rührt sich. So beginne ich also wieder von Flucht zu reden. Toto will nichts davon wissen. Die andern auch nicht. Um den Fluß auszukundschaften, habe ich mir eine Angelschnur und Angelhaken beschafft. Folglich verkaufe ich jetzt auch Fische, insbesonders die berühmten Cariben, Raubfische, die bis zu einem Kilo wiegen und deren Zähne ähnlich angeordnet sind wie bei den Haien. Und genauso gefährlich.
Heute gibt's einen großen Krach. Gaston Duranton, genannt »Der Schiefe«, ist geflüchtet und hat aus der Eisenkasse des Direktors sechzigtausend Bolivar mitgehen lassen. Dieser Schwere hat eine originelle Lebensgeschichte. In seiner Jugend war er schon in der Korrektionsanstalt auf der Insel d'Oléron und arbeitete in der Schusterwerkstatt. Eines Tages reißt ihm der Lederriemen, der unter dem Fuß des Schusters durchläuft und mit dem er den Schuh auf seinem Knie festhält. Dabei kegelt er sich das Hüftgelenk aus. Durch eine falsche Behandlung wurde die Hüfte nur zur Hälfte wieder eingerenkt, so daß er seine ganze Jugend hindurch bis ins Mannesalter hinein hüftlahm blieb.
Ihn gehen sehen tat weh: der magere, windschiefe Bursche konnte sich nur vorwärtsbewegen, indem er das ihm nicht gehorchende Bein mit einer ruckartigen Drehung nachzog. Kein Wunder, daß er die Korrektionsanstalt nach jahrelangem Aufenthalt als Dieb verließ.
Alle Welt nennt ihn den »Schiefen« oder das »Drehbein«. Fast niemand kannte seinen wirklichen Namen, Gaston Duranton. Der »Schiefe« ist er, das »Drehbein« bleibt er. Aber aus dem Bagno flüchtete er trotz seinem lahmen Bein und kam bis nach Venezuela. Das war zur Zeit des Diktators Gomez, dessen Terrorregime nur wenige Bagnosträflinge durchgestanden haben. Unter ihnen war der Arzt Bougrat, denn er rettete der ganzen Bevölkerung der Perleninsel Margarita, wo eine Gelbfieberepidemie ausgebrochen war, das Leben. Der Schiefe wurde von der »Sagrada«, der »Verfluchten«, so nannte man Gomez' Spezialpolizei, zu den Straßenarbeiten geschickt. Die Gefangenen waren an Kugeln angekettet, auf denen die Lilie von Toulon eingraviert war, und wenn Franzosen unter ihnen waren und sich über die entsetzliche Last beschwerten, wurde ihnen gesagt: »Aber diese Ketten, diese Handschellen und diese Eisenkugeln kommen doch aus deiner Heimat, seht euch nur die Lilie an!«
Kurzum, der Schiefe ist aus dem Lager geflüchtet, wo er bei Straßenarbeiten eingesetzt war, und hat einiges mitgehen lassen. Wenige Tage später wieder eingefangen, bringt man ihn in diese Art Durchzugslager zurück. Vor allen Gefangenen wird er nackt auf den Bauch gelegt und zu hundert Schlägen mit dem Ochsenziemer verurteilt.
Es kommt sehr selten vor, daß ein Mann mehr als achtzig Schläge

übersteht. Die Chance des Schiefen war seine Magerkeit, denn da er flach auf dem Bauch lag, konnten ihn die Schläge nicht an der Leber erwischen, die zerreißt, wenn man zu stark daraufschlägt. Es ist üblich, nach einer solchen Auspeitschung, wo der Hinterteil zu Hackfleisch wird, Salz auf die Wunden zu streuen und den Mann in der Sonne liegen zu lassen. Dennoch bedeckt man seinen Kopf mit einem großen Blatt, da er ja an den Schlägen sterben soll und nicht an einem Sonnenstich.

Der Schiefe überlebte die Folter, und als er sich zum erstenmal aufstellt, welche Überraschung – ist er nicht mehr schief. Die Schläge haben seine falsch zusammengeheilte Hüfte wieder eingerenkt und an den richtigen Platz gerückt. Die Soldaten und Gefangenen hielten es für ein Wunder, anders konnten sie es gar nicht begreifen. Man glaubt in diesem abergläubischen Land, daß Gott ihn für die so tapfer ertragenen Qualen habe belohnen wollen. Von dem Tag an nahm man dem Drehbein die Eisen ab. Man begünstigte ihn, und er wurde Wasserträger für die Zwangsarbeiter. Sein Körper entwickelte sich schnell, er aß viel, und so wurde ein großer, athletischer Bursche aus ihm.

Frankreich wußte, daß französische Bagnosträflinge zum Straßenbau in Venezuela verwendet werden. Da man in Paris dachte, daß diese Energien besser für Französisch-Guayana ausgenützt werden könnten, wurde der Marschall Franchet d'Esperey mit der Mission betraut, vom Diktator, der über diese unbezahlten Arbeitskräfte glücklich war, in aller Höflichkeit die Auslieferung dieser Männer an Frankreich zu erbitten.

Gomez ist einverstanden, und im Hafen von Puerto Cabello kommt ein Schiff an, um die Leute abzuholen. Und bei dieser Gelegenheit kam der Schiefe in die absurde Lage, daß alle Sträflinge und Zwangsarbeiter, die ihn von früher gekannt hatten, nicht glauben wollten, daß er plötzlich auf so seltsame Weise aufgehört hatte, der Schiefe, das Drehbein zu sein.

1943 von neuem aus dem französischen Bagno geflüchtet, strandete er also in El Dorado. Da er in Venezuela gelebt und sicherlich nicht angegeben hatte, daß er immer schon Gefangener gewesen war, wurde er sofort als Koch eingesetzt, an Stelle von Chapar, der zur Gartenarbeit überwechselte. Er war beim Direktor im Dorf, also am andern Ufer des Flusses.

Im Amtsraum des Direktors befand sich eine eiserne Kasse mit dem Geld der Kolonie. An jenem Tag also stiehlt er sechzigtausend Bolivar, was damals ungefähr dem Wert von zwanzigtausend Dollar entsprach. Und so kam es nun zu diesem Riesenkrach in unserem Garten. Der Direktor, der Schwager des Direktors und zwei Majore vom Wachkommando sind da. Der Direktor will uns wieder ins Lager stecken. Die Offiziere weigern sich. Sie verteidigen sowohl uns wie ihre Versorgung mit frischem Gemüse. Schließlich gelingt es, den Direktor davon zu überzeugen, daß wir keine Auskunft geben können, denn wenn wir etwas von der Sache gewußt hätten, wären wir doch mit dem Drehbein mitgegangen. Wir aber haben die Absicht, uns in Venezuela frei niederzulassen, nicht in Britisch-Guayana, dem einzigen Gebiet, wohin er geflohen sein konnte. Von den Aasgeiern, die ihn zerfleischten, hingeschleppt, fand man den Schiefen sechzig Kilometer vom Lager entfernt tot im Busch unweit der britischen Grenze.

Die erste Annahme und die bequemste war, daß die Indianer ihn umgebracht hätten. Ziemlich viel später wurde ein Mann in Ciudad Bolivar verhaftet, der nagelneue Fünfhunderterscheine wechselte. Die Bank, die solche Scheine dem Direktor der Kolonie El Dorado vor einiger Zeit geliefert hatte, hatte die Seriennummern notiert und erkannte, daß es sich um einen Teil der gestohlenen Banknoten handelte. Der Mann gestand und bezichtigte auch zwei andere, die jedoch nie verhaftet wurden. Soviel über Leben und Sterben meines guten Freundes Gaston Duranton, des Schiefen.

Heimlich haben einige Offiziere Gefangene zum Rio Caroni auf Gold- und Diamantensuche geschickt. Das Ergebnis: zwar keine Märchenschätze, aber doch genug, um zu weiterem Suchen zu ermuntern. Unterhalb meines Gartens arbeiten zwei Männer den ganzen Tag mit dem »Filter«, einem umgekehrten chinesischen Hut, die Spitze nach unten, die Krempe nach oben. Sie füllen ihn mit Erde und waschen sie. Da der Diamant schwerer als alles andere ist, bleibt er in der Spize des Hutes liegen. Einen Toten hat es schon gegeben. Er hat seinen »Boß« bestohlen. Dieser kleine Skandal führte zur Schließung der »Mine«.

Im Lager gibt es einen Mann mit einem vollständig tätowierten Oberkörper. Hinten auf seinem Hals steht geschrieben: »Scheiß auf den Henker.« Sein rechter Arm ist gelähmt. Sein schiefer Mund und eine große, oft heraushängende, triefende Zunge zeigen deutlich, daß er einen Gehirnschlag erlitten hat. Wo? Das weiß man nicht. Er war vor uns da. Wo kommt er her? ... Eines ist sicher, daß er ein Sträfling oder ein geflüchteter Ausgewiesener ist. Auf seiner Brust ist »Bat d'Af« eintätowiert, »Bataillon d'Afriques«. Das und das »Scheiß auf den Henker« im Nacken sagt, daß man gewiß nicht danebenrät, wenn man ihn für einen Schweren hält.

Die Aufseher und die Gefangenen haben ihm den Spitznamen »Piccolino« gegeben. Er wird gut behandelt und erhält dreimal am Tag peinlich genau seine Essensration und seine Zigaretten. Seine blauen Augen sind intensiv und lebhaft, ihr Blick nicht immer traurig. Wenn er jemanden, den er gern mag, ansieht, glänzen seine Augen vor Freude. Er versteht alles, was man ihm sagt, aber er kann weder sprechen noch schreiben: sein gelähmter rechter Arm hindert ihn daran, und an der linken Hand fehlen ihm der Daumen und zwei Finger. Dieses Wrack klebt täglich zwei Stunden am Stacheldrahtzaun und wartet, daß ich mit dem Gemüse vorbeikomme, denn es ist der Weg, den ich immer zur Offiziersmesse nehme. Daher plaudere ich jeden Morgen, wenn ich mein Gemüse abliefern gehe, mit Piccolino. An den Stacheldraht gelehnt, blickt er mich aus seinen schönen blauen Augen an, Augen voll von Leben in einem halbtoten Körper. Ich sage ihm freundliche Worte, und er gibt mir mit seinem Gesicht oder seinen Augen zu verstehen, daß er meiner Rede folgen konnte. Sein armes gelähmtes Gesicht strahlt in solchen Augenblicken, und seine glänzenden Augen haben einen Ausdruck, als wollte er mir viele Sachen erzählen. Aber was nur? Immer bringe ich ihm ein paar Leckerbissen: einen Salat aus Tomaten, aus grünen Bohnen, oder einen Gurkensalat, schon mit Essig und Öl zubereitet, oder eine kleine Melone, oder einen am Spieß gebratenen Fisch. Er hat keinen Hunger, denn im venezolanischen Bagno ist die Kost reichlich, aber meine Mitbringsel machen die tägliche Speisenfolge ein bißchen abwechslungsreicher. Auch einige Zigaretten habe ich immer für ihn. So sehr wurden mir diese kurzen Besuche bei Piccolino zur fixen Gewohnheit, daß die Soldaten und Gefangenen ihn den »Sohn von Papillon« nennen.

In Freiheit

Die Venezolaner sind so gewinnend, so bezaubernd, so ungewöhnlich in ihrer ganzen Art, daß ich entschlossen bin, ihnen zu vertrauen. Ich werde nicht auf Flucht gehen. Noch immer ihr Gefangener, finde ich mich mit dieser anormalen Lage ab in der Hoffnung, daß ich vielleicht eines Tages ihrem Volk werde angehören können. Das scheint paradox. Aber mich kann die brutale Behandlung, die sie gegenüber den Gefangenen an den Tag legen, nicht davon abschrecken, innerhalb ihrer Gesellschaft leben zu wollen. Ich habe herausgefunden, daß körperliche Mißhandlungen für sie, sowohl für die Gefangenen wir für die Soldaten, etwas durchaus Gewohntes sind. Wenn ein Soldat einen Fehler begeht, erhält auch er mehrere Schläge mit dem Ochsenziemer. Und wenige Tage später spricht derselbe Soldat mit demselben Unteroffizier oder Offizier, der ihn geschlagen hat, als wenn nichts passiert wäre.
Dieses barbarische System wurde ihnen von dem Diktator Gomez beigebracht, der sie lange Jahre regiert hat. So ist ihnen das geblieben, bis zu dem Grad, daß sogar der Polizeichef die Einwohner, die in seinem Machtbereich leben, mit dem Ochsenziemer bestraft, wenn es ihm nötig erscheint.
Eine Revolution bewirkt, daß ich mich am Vorabend meiner Freiheit befinde. Der Staatsstreich, halb zivil, halb militärisch, hat den Präsidenten der Republik, den General Angarita Medina, einen der größten Liberalen, die Venezuela je gekannt hat, gestürzt. Er war ein so guter, so demokratischer Mann, daß er dem Staatsstreich keinen Widerstand entgegensetzen wollte. Er weigerte sich, so scheint es, kategorisch, unter den Venezolanern Blutvergießen herbeizuführen,

nur um sich an der Macht zu halten. Dieser bedeutende demokratische Militär ist gewiß nicht auf dem laufenden gewesen, was in El Dorado alles vor sich ging.
Jedenfalls wurden einen Monat nach der Revolution alle Offiziere des Lagers ausgetauscht. Eine Untersuchung über den Tod des »Ronque«, und daß man ihn vielleicht vergiftet hat, wurde eingeleitet. Der Lagerleiter und sein Schwager verschwanden, an ihre Stelle trat ein Rechtsanwalt, ein früherer Diplomat.
»Jawohl, Papillon, ich werde Sie morgen in Freiheit setzen. Aber ich möchte, daß Sie diesen armen Piccolino, an dem Sie so viel Anteil genommen haben, mitnehmen. Er hat keinen Ausweis über seine Person, ich werde ihm einen machen lassen. Und hier überreiche ich Ihnen Ihren gültigen Personalausweis mit Ihren richtigen Namen. Folgende Bedingungen sind zu beachten: Sie müssen ein Jahr lang, ehe Sie sich in einer größeren Stadt niederlassen, in einem kleinen Ort leben. Sie werden dort nicht überwacht sein, aber man wird doch sehen können, wie Sie leben und wie Sie sich in dem neuen Leben behaupten. Wenn Ihnen – ich glaube am Ende des Jahres – der Polizeichef des betreffenden Ortes ein gutes Führungszeugnis ausstellt, wird er Ihrem ›confinamiento‹, Ihrer ›Internierung‹ selbst ein Ende bereiten. Ich glaube, daß Caracas dann die ideale Stadt für Sie sein wird. Auf jeden Fall sind Sie berechtigt, legal in unserem Land zu leben. Ihre Vergangenheit zählt für uns nicht. Es liegt nun an Ihnen, zu beweisen, daß Sie unseres Entgegenkommens würdig sind und von neuem ein achtenswerter Mann werden wollen. Ich hoffe, daß Sie innerhalb von fünf Jahren mein Landsmann sind durch die Einbürgerung, die Ihnen ein neues Vaterland schenkt. Möge Gott Sie begleiten! Ich danke Ihnen, daß Sie sich des armen Wracks von einem Piccolino annehmen werden. Ich kann ihn nicht in Freiheit setzen, wenn nicht jemand unterschreibt, daß er die Verantwortung für ihn übernimmt. Hoffen wir, daß ihm eine Spitalspflege Heilung bringen kann.«
Morgen früh um sieben soll ich also in Begleitung von Piccolino meine wahre Freiheit erhalten. Tiefe Wärme durchströmt mein Herz, endlich habe ich auf immer den »Weg der Verwesung«, den »Weg zur Hölle« hinter mich gebracht. Wir haben August 1944. Seit dreizehn Jahren habe ich auf diesen großen Tag gewartet.
Ich habe mich in mein Gärtnerhaus zurückgezogen und mich bei meinen Kameraden entschuldigt, daß ich allein sein möchte. Meine Gefühle überwältigen mich so, daß ich mich ihnen nicht vor Zeugen hingeben will. Ich drehe und wende meinen Personalausweis, den mir der Direktor überreicht hat, hin und her: links in der Ecke ist meine Photographie, darüber die Nummer 1 728 629, ausgestellt am 3. Juli 1944. Schön in der Mitte mein Name, darunter mein Vorname, dahinter das Geburtsdatum: 16. November 1906. Das Personaldokument ist in tadelloser Ordnung. Es ist sogar vom Leiter der obersten Polizeibehörde unterzeichnet und trägt seinen Stempel.

Status in Venezuela: »residente«. Dieses Wort »residente« ist für mich umwerfend, denn es garantiert mir, daß ich jetzt meinen ständigen Wohnsitz in Venezuela haben darf. Mein Herz schlägt mir bis zum Hals. Ich möchte mich auf die Knie werfen, beten und Gott danken. Aber du hast nie beten gelernt, du bist nicht einmal getauft, an welchen Gott willst du dich wenden, wenn du keiner bestimmten Religion angehörst? An den Gott der Katholiken? Der Protestanten? Der Juden? Der Mohammedaner? Welchen soll ich wählen, um ihm mein Gebet zu widmen, das ich mir aus irgendwelchen einzelnen Stücken zusammendenken muß, weil ich kein einziges vollständiges Gebet kenne? Aber warum *suche* ich eigentlich einen Gott? Habe ich nicht immer, sobald ich ihn in meinem Leben einmal angerufen oder auch verflucht habe, an das Jesuskind gedacht, wie es in seiner Krippe liegt, und der Esel und der Ochse stehen dabei? Hege ich vielleicht in meinem Unterbewußtsein noch einen Groll gegen die Barmherzigen Schwestern in Kolumbien? Nein. Warum sollte ich mich dann nicht an den einzigartigen, heiligmäßigen Bischof von Curaçao halten, an seine Exzellenz Irénée de Bruyne, und auch noch weiter zurückdenken, bis zu dem guten Priester in der Conciergerie?
Morgen werde ich frei sein. Völlig frei. In fünf Jahren bin ich naturalisierter Venezolaner, denn ich werde sicher nichts Schlechtes auf diesem Boden begehen, der mir Asyl gewährt und mir Vertrauen schenkt. Ich muß ein doppelt anständigeres Leben führen als jeder andere.
Wenn mich der Staatsanwalt, ein paar Huren und ein Dutzend Würmer von Geschworenen zu Unrecht für einen Mord, an dem ich unschuldig bin, zu den Schweren geschickt haben, dann konnte das ja nur geschehen, weil ich so ein Strolch war, ein Vagabund. Weil ich ein ausgepichter Abenteurer gewesen bin, war es leicht, rund um meine Person ein Netz von Lügen zu spinnen. Die Geldschränke anderer Leute zu knacken ist kein angesehener Beruf, und die Gesellschaft hat das Recht und die Pflicht, sich gegen solche Leute zu wehren. Wenn ich auf den Weg des Verderbens, der Verwesung, der Hölle gebracht werden konnte, dann nur deshalb – ich gebe es ehrlich zu –, weil ich ein ständiger Kandidat für ihn war. Daß dieses Züchtigungssystem Frankreichs und seines großen Volkes nicht würdig ist, daß eine Gesellschaft sich zwar verteidigen, aber doch nicht auf so niedrige Art Rache nehmen muß, das steht auf einem anderen Blatt. Meine Vergangenheit kann nicht mit einem Schwamm weggewischt werden, ich muß mich selbst zu einem ehrbaren Menschen machen, zuerst in meinen eigenen Augen, dann in den Augen der anderen. Danke daher dem Herrgott der Katholiken, Papi, versprich ihm irgendeine sehr wichtige Sache.
»Lieber Gott, verzeih mir, daß ich nicht beten kann, aber blick in mein Inneres, und Du wirst die Worte der unendlichen Dankbarkeit lesen, die ich nicht auszudrücken vermag. Den Passionsweg zu gehen, den die Menschen mir auferlegt haben, war nicht leicht. Und sicher-

lich habe ich alle Hindernisse nur deshalb überwinden können und bin nur deshalb heil und gesund bis zu diesem gesegneten Tag gelangt, weil Du es warst, der seine Hand über mich hielt, um mir zu helfen. Was kann ich tun zum Beweis dafür, daß ich Dir für Deine Wohltaten ehrlich dankbar bin?«
»Verzichte auf deine Rache.«
Habe ich diesen Satz wirklich gehört, oder nur geglaubt, ihn zu hören? Ich weiß es nicht. Aber er schlug mir wie eine Ohrfeige ins Gesicht, so daß ich fast behaupten möchte, daß ich ihn wirklich gehört habe, laut und deutlich.
»O nein! Das nicht! Verlang das nicht von mir! Diese Leute haben mich zu viel leiden lassen. Wie kannst Du wollen, daß ich diesen mistigen Polizisten, diesem falschen Zeugen Polain verzeihe? Ich soll darauf verzichten, diesem Untier von Staatsanwalt die Zunge herauszureißen? Das ist nicht möglich! Nein, nein und dreimal nein! Es tut mir leid, daß ich mich Dir widersetzen muß, aber auf meine Rache werde ich um keinen Preis verzichten!«
Ich gehe aus meiner Gärtnerhütte hinaus, ich habe Angst, schwach zu werden. Ich will nicht klein beigeben. Ich mache einige Schritte in meinem Garten. Toto bindet die Kletterbohnen an, damit sie sich um die Stangen winden. Alle drei kommen auf mich zu, Toto, der Pariser mit den ewigen Hoffnungen der Allerarmseligsten aus der Rue de Lappe, dann Antartaglia, der diebische Spitzbub aus Korsika, der lange Jahre die Pariser um ihre Brieftaschen erleichterte, und Deplanque, der Mörder aus Dijon, der genauso einen Schnauzbart umgebracht hat, wie er selber einer ist. Sie schauen mich an, ihre Gesichter leuchten voll Freude, daß ich nun endlich frei bin. Bald ist es auch für sie soweit, bestimmt.
»Hast du nicht aus dem Dorf eine Flasche Wein oder Rum mitgebracht, damit wir deine Abreise feiern?«
»Entschuldigt, ich war so erregt, daß ich nicht einmal daran dachte. Verzeiht mir.«
»Macht nichts«, sagt Toto, »es sei dir verziehen. Ich koche uns allen einen guten Kaffee.«
»Du bist glücklich, Papi – was? –, daß du jetzt endlich und endgültig frei bist. Und wir sind glücklich mit dir.«
»Bald kommt auch ihr an die Reihe, hoffe ich.«
»Das ist schon sicher«, sagt Toto. »Der Hauptmann hat mir gesagt, daß alle vierzehn Tage einer von uns freikommt. Was wirst du tun, wenn du frei bist?«
Ich zögere ein, zwei Sekunden, dann habe ich trotz meiner Befürchtung, lächerlich zu erscheinen, den Mut zu folgender Antwort:
»Was ich machen werde? Sehr einfach: ich werde arbeiten und immer anständig sein. In dem Land, das mir Vertrauen schenkt, würde ich mich schämen, etwas Strafbares zu tun.«
Anstatt der erwarteten ironischen Bemerkungen bekennen sie sich zu meinem Erstaunen alle drei zum selben Vorsatz.

»Auch ich habe beschlossen«, sagt jeder, »anständig zu leben. Du hast recht, Papillon, es wird hart sein, aber es lohnt die Mühe.«
Ich glaubte meinen Ohren nicht zu trauen. Toto, dieser Erzgauner aus den hintersten Gründen der Bastille, hat solche Gedanken? Kaum zu fassen! Antartaglia, der sein Lebtag vom Taschendiebstahl gelebt hat, reagiert so? Das ist wunderbar. Und daß Deplanque, dieser professionelle Zuhälter, in seine Zukunftspläne nicht einmal den *Gedanken* einbeziehet, eine Frau für sich arbeiten zu lassen, das ist für mich das erstaunlichste. Wir brechen alle miteinander in Lachen aus.
»Das ist wirklich Goldes wert«, sagen sie, »wenn du das morgen am Montmartre auf der Place Blanche erzählst, lacht dich jeder aus, kein Mensch nimmt dir das ab!«
»Männer wie wir – die schon! Die verstehen das. Und die anderen, die so etwas nicht für möglich halten, sind eben verbohrt. Die große Mehrheit der Franzosen will nicht wahrhaben, daß ein Mann mit einer solchen Vergangenheit wie wir in jeder Hinsicht wieder ein anständiger Kerl werden kann. Das ist ja der Unterschied zwischen dem venezolanischen und unserem Volk. Ich habe euch von dem Mann in Irapa erzählt, nur ein armer Fischer, und doch hat er dem Polizeipräfekten auseinandergesetzt, daß ein Mensch nie verloren ist und daß man ihm eine Chance geben muß, um ihm zu helfen, ein ehrliches Leben zu beginnen. Diese Halbanalphabeten am Golf von Paria, am Ende der Welt, verloren im Watt dieser unermeßlichen Orinokomündung, haben eine Humanitätsphilosophie sage ich euch . . . ! Bei uns – zuviel technischer Fortschritt, zuviel Lebensgenuß und nur *ein* Ideal: neue technische Erfindungen, immer leichteres, immer besseres Leben. Jede neue wissenschaftliche Entdeckung wird ausgekostet, wie man Fruchteis leckt, und sie werden daraufhin ebenso durstig – nach noch größerem Komfort, dem Ziel aller Anstrengungen. Das tötet die Seele und das Mitgefühl, das Verständnis für andere. Man findet keine Zeit mehr, sich um die andern zu kümmern, schon gar nicht um die alten Sträflinge. Und selbst die Behörden in diesem Nest sind anders als bei uns. Sie sind doch auch nur verantwortlich für die öffentliche Ruhe, sonst nichts – und trotzdem denken sie, daß es die Mühe lohnt, einen Menschen zu retten, auch wenn sie hinterher Unannehmlichkeiten haben können. Eine Sache ist das, sag ich euch!«
Ich habe einen schönen, marineblauen Anzug, mein Mathematikschüler, der heute Oberst ist, hat ihn mir geschenkt. Francisco Bolagno Utrera ist seit drei Monaten auf der Offiziersschule, bei der Aufnahmeprüfung war er unter den drei Ersten. Ich bin glücklich, daß ich mit den Stunden, die ich ihm gegeben habe, etwas zu seinem Erfolg beitragen konnte. Bevor er wegfuhr, schenkte er mir einige von seinen fast neuen Sachen, und sie stehen mir recht gut. Dank ihm, Francisco Bolagno Utrera, Mitglied der Nationalgarde, verheiratet und Familienvater, werde ich das Lager anständig gekleidet

verlassen können. Dieser hohe Offizier hat mir während sechsundzwanzig Jahren die Ehre seiner edlen Freundschaft erwiesen. Nie hat er mich im geringsten im Stich gelassen, wenn ich einmal seine Hilfe brauchte. Ich schulde ihm sehr viel.
Jawohl, ich werde alles nur mögliche tun, um ehrlich zu sein und zu bleiben. Das einzig Unangenehme ist, daß ich niemals richtig arbeiten lernte und keinen ordentlichen Beruf habe. Ich werde welche Arbeit auch immer anpacken müssen, um mir meinen Lebensunterhalt zu verdienen. Das wird nicht leicht sein, aber es wird mir gelingen. Du hast die Partie verloren, Herr Staatsanwalt.
Ich drehe und wende mich in meiner Hängematte vor Aufregung, daß es die letzte Nacht meiner Odyssee als Gefangener ist. Ich stehe auf und gehe im Garten herum, den ich in den vergangenen Monaten so gut gepflegt habe. Der Mond scheint taghell, leise fließt der Fluß seiner Mündung zu. Kein Vogelruf – sie schlafen. Der Himmel ist voller Sterne, aber der Mond ist so gleißend, daß man ihm den Rücken zuwenden muß, um sie zu sehen. Mir gegenüber die Wildnis, nur an der Stelle gelichtet, wo das Dorf El Dorado liegt. Diese tiefe Stille der Natur entspannt mich, meine Aufregung legt sich nach und nach, und der Ernst des Augenblicks gibt mir innere Ruhe.
Ich beginne, mir sehr lebhaft den Ort vorzustellen, wo ich morgen von der Schaluppe an Land gehen und meinen Fuß auf den Boden von Simon Bolivar setzen werde, des Mannes, der dieses Land vom spanischen Joch befreit und seinen Söhnen das Gefühl für Humanität und menschliches Verständnis vermacht hat und dem ich heute verdanke, daß ich ein neues Leben beginnen konnte.
Ich bin siebenunddreißig, also immer noch jung genug. Mein körperlicher Zustand ist ausgezeichnet. Ich bin nie ernstlich krank gewesen und habe mir ein geistiges Gleichgewicht erhalten, von dem ich annehme, daß es ganz normal ist. Der Weg des Verderbens hat keine schimpflichen Spuren in mir zurückgelassen. Und dies vor allem, glaube ich, weil ich ihm niemals wirklich verfallen bin.
Ich muß nicht nur in den ersten Wochen meiner Freiheit die Möglichkeiten einer neuen Existenz finden, ich muß auch den armen Piccolino pflegen und erhalten. Da habe ich eine große Verantwortung auf mich genommen. Aber wenn ich mir auch dieses schwere Bündel aufgehalst habe, so werde ich doch immer mein dem Direktor gegebenes Versprechen halten und diesen Unglücklichen nicht verlassen, bis ich ihn in einem Spital in guter Pflege weiß.
Soll ich meinen Vater benachrichtigen, daß ich frei bin? Seit Jahren weiß er nichts von mir. Wo mag er sein? Die einzigen Nachrichten, die er über mich erhielt, bekam er durch die liebenswürdigen Besuche der Gendarmerie anläßlich meiner diversen Fluchteskapaden. Nein, das eilt nicht. Ich habe nicht das Recht, die Wunden wieder aufzureißen, die vielleicht in den vergangenen Jahren fast vernarbt sind. Ich werde nach Hause erst schreiben, wenn es mir gutgeht.

Wenn ich mir schon eine kleine, einigermaßen gesicherte Existenz geschaffen habe, dann werde ich ihm schreiben können:
»Lieber Papa, Dein Söhnchen ist frei. Er ist ein anständiger Mensch geworden. Er lebt so und so, auf diese und jene Art, Du brauchst seinetwegen nicht mehr den Kopf zu senken. Und eben darum schreibe ich Dir, denn ich liebe und verehre Dich auf immer.«
Es ist Krieg, wer weiß, ob sich nicht die Boches in meinem kleinen Dorf niedergelassen haben? Das Ardèche ist kein wichtiger Teil Frankreichs, die Besetzung wird nicht alles umfassen, was sollten sie dort auch suchen, im Schatten der Kastanienbäume? Ja, nur wenn es mir gutgeht, werde ich einen Brief nach Hause schicken.
Wohin werde ich jetzt gehen? Ich werde mich in einem Dorf in der Nähe der Goldmine niederlassen, Le Callao heißt es. Dort werde ich in einer kleinen Gemeinde ein Jahr verbringen, wie man es von mir verlangt. Was werde ich tun? Man wird sehen. Stell dir nicht schon im vorhinein Probleme. Mußt du, um dir dein Brot zu verdienen, Erde umgraben, nun, so wirst du Erde umgraben, und damit basta. Ich muß erst lernen, in Freiheit zu leben. Das wird nicht leicht sein.
Das Abenteuer geht weiter.
Sieben Uhr früh. Eine schöne tropische Sonne, blauer Himmel ohne Wolken, die Vögel schreien vor Lebenslust, meine Freunde stehen versammelt an der Tür unseres Gartens, auch Piccolino, sauber in Zivil gekleidet, gut rasiert. Alles, die Natur, die Tiere und die Menschen, atmet Freude, feiert meine Entlassung. Ein Leutnant steht ebenfalls bei der Gruppe, er wird uns nach El Dorado begleiten.
»Geben wir uns einen Abschiedskuß«, sagt Toto.
»Lebt wohl, ihr Burschen alle miteinander. Aber wenn ihr an Le Callao vorbeikommt, dann besucht mich.«
»Leb wohl, Papi, Glückauf!«
Schnell erreichen wir den Anlegeplatz und besteigen die Schaluppe. Piccolino ist tapfer mitmarschiert. Er ist nur oberhalb des Beckens gelähmt, seine Beine laufen recht gut. In weniger als fünfzehn Minuten sind wir über dem Fluß drüben.
»Hier sind die Papiere von Piccolino. Viel Glück, Franzosen! Von jetzt an seid ihr frei. Adios!«
Das ist leichter gesagt als getan: die Ketten, die man dreizehn Jahre lang getragen hat, abzuwerfen. »Von jetzt an seid ihr frei.« Man dreht euch den Rücken. Das ist alles.
Aber so schnell, wie man sich einen Knopf annäht, so schnell schafft man sich kein neues Leben. Und wenn ich heute, fünfundzwanzig Jahre später, verheiratet bin, eine Tochter habe und als venezolanischer Bürger glücklich in Caracas lebe, so nur wieder nach vielen anderen Abenteuern, Erfolgen und Mißerfolgen – aber eben als freier Mann und anständiger Bürger. Ich werde vielleicht einmal auch das alles erzählen, und noch eine Menge ungewöhnlicher Geschichten dazu. Hier habe ich sie nicht mehr untergebracht.

Papillon oder Die gesprochene Literatur

Jean-François Revel

Wenn mich einer fragte, an welchen Schriftsteller der Vergangenheit mich Henri Charrière erinnert, so würde ich, ohne auch nur eine Sekunde zu zögern, antworten: an Gregor von Tours (540 bis 594). Der Vergleich hat sich mir unwiderstehlich aufgedrängt. Man lese nur etwa die folgende Szene aus der Frankengeschichte des großen gallischen Bischofs:
»Der Zwist zwischen den Einwohnern von Tours, der, wie wir weiter oben berichteten, zu Ende gegangen war, flammte plötzlich mit erneuter Wut auf. Nachdem Sichar die Eltern des Chramnesind ermordet hatte, entbrannte er zu diesem in heftiger Freundschaft, und beide liebten einander so sehr, daß sie oft gemeinsam speisten und sogar miteinander im selben Bett schliefen. Eines Tages nun bereitete Chramnesind für den Abend eine Mahlzeit vor und lud Sichar dazu ein. Als sich aber Sichar schon ganz vollgesoffen hatte mit Wein, begann er auf einmal den Chramnesind zu beschimpfen, und es heißt, er habe ihn zuletzt angeschrien: ›Du schuldest mir großen Dank dafür, lieber Bruder mein, daß ich deine Eltern getötet habe! Durch die Erbschaft, die du gemacht hast, quillt dein Haus jetzt von Gold und Silber über! Wäre aber das Ereignis, das dich so herausgeputzt hat, nicht eingetreten, so wärest du bettelarm und müßtest ein sehr dürftiges Leben führen!‹ Als das der andere hörte, erbitterte er sich über die Äußerung seines Gastes und sagte zu sich selbst: ›Wenn ich den Mord an meine Eltern nicht räche, verdiene ich nicht, daß man mich einen Mann nennt, wohl aber verdiene ich, ein feiges Weib zu heißen. Und alsogleich löschte er alle Lichter und spaltete dem Sichar den Kopf mit einer Säge. Der beendete sein Leben mit einem Krächzer, fiel um und war tot. Die Sklaven, die mit ihm gekommen waren, stoben auseinander. Chramnesind aber hängte die Leiche, nachdem er ihr alle Kleider abgezogen hatte, an den Ast einer Hecke, saß auf und ritt zum König ...«
Und nun lese man Seite 33 und 34 des »Papillon«, von »Nackt auf dem eiskalten Gang« bis »und spüre die Schläge nicht mehr«.
In beiden Texten bewegt man sich auf derselben Grundfeste des Erzählens, dort, wo der Bericht in aller Reinheit erscheint, wo Erzählen nichts anderes ist als eben Erzählen. Handlungen, Gedanken, Worte – alle vom gleichen Charakter des Unmittelbaren, Plötzlichen geprägt, ja von einer bizarren Mischung aus Grübelei und Plötzlichkeit – sind durch die Bank *Geschehnisse*, können gar nichts anderes sein. Hier zielt alles und jedes auf eine Tat ab, auf ein Ge-

tanes. Denken oder eine Handlung ausführen hat beides die gleiche Schwere, die das ganze Individuum durchdringt. Entweder steht ihm plötzlich irgendein menschliches Wesen vor dem Geist, oder etwas, das er einmal zu einem Gefährten gesagt hat, oder etwas, das er gerade tut, und in jedem Augenblick ist für ihn nur dieses vorhanden, allein und unvermischt. Deshalb gibt es ja in der Papillon-Welt auch keine Unterschiede in der Intensität der Darstellung. Jemanden anreden, ihn töten, ihn retten, das folgt alles so dicht aufeinander wie die Bilder im Kino; und wie bei Gregor, so nimmt auch auf dem Bildschirm ein jedes von ihnen stets den einen, ganz gleich großen Raum ein, ob uns nun eine Wiese voll windbewegter Blumen oder ein Erdbeben vor Augen geführt wird. Wo jeder in jedem Moment um sein Leben kämpft, dort kann man nur mitspielen, indem man alles auf eine Karte setzt, und dieses Alles-auf-eine-Karte-Setzen färbt und prägt ohne Unterlaß sämtliche äußere Erscheinungen. Ununterbrochen und zu gleicher Zeit sind diese Männer ganz Berechnung und ganz Affekt, ganz Schlauheit und zugleich Gewalt, ganz Vergessen und ganz Nichtvergessen. Bei·Gregor hat der eine vergessen, daß der andere seine Eltern umgebracht hat. Doch sobald ihm dieses Detail wieder ins Gedächtnis gerufen wird, geht er hin und tötet den Tischgenossen. Man beachte dabei die Schnelligkeit und Geistesgegenwart, mit der er die Lichter ausmacht, genauso schnell und geistesgegenwärtig, wie Papillon dem sadistischen Aufseher den Topf voll siedendem Wasser überstülpt. Ein solcher Extremismus in den Reaktionen erzeugt ein Tempo, das jede Szene vom Tal bis zum Gipfel durchspielt, sie fast auf jeder Buchseite hochjagt, bald durch die Tat oder Untat irgendeiner handelnden Person, bald durch einen Schlag des Schicksals. Denn in diesem ewigen Alles-auf-eine-Karte-Setzen gibt es kein Mittelmaß. Die Ehe zwischen Planung und Zufall ist hier ebenso innig wie die Verbindung zwischen wildem Lebenswillen und einer bestürzenden Leichtfertigkeit in der Kunst, Gefahren zu provozieren oder Rache herauszufordern.

Bei dieser Art des Erzählens braucht sich der Autor nicht zu fragen, *warum* er schreibt. Die Frage wäre sinnlos, weil die Antwort für ihn zu sehr auf der Hand liegt. Die Heftigkeit, mit der er erlebt hat, was er erzählt, läßt in seinem Geist nicht den leisesten Zweifel darüber aufkommen, daß jeder an dem, was er berichtet, brennendes Interesse nimmt (eine Überzeugung, ohne die niemand ein wahrer Erzähler sein kann), und andererseits kann er gar nichts anderes denken, als daß er, wenn er sich ganz seinem Erzählen hingibt, allen Leuten Freude macht, sich selbst eingeschlossen. In dieser überquellenden Gabe des Erzählens besteht ja der Gnadenzustand, das Urtalent, das, von allen andern sehr wohl bemerkt, seiner selbst gar nicht inne wird.

Dieser Zustand der Gnade kann heutzutage nur noch in Werken erscheinen, die nicht aus anderen Werken hervorgehen, ich will sagen: im außerliterarischen Bereich. (Und tatsächlich kann man ja auch nicht von einem *literarischen* Einfluß der Sarrazin auf Charrière reden, ihr Einfluß beschränkte sich darauf, daß er sich durch ihr Beispiel zum Schreiben entschloß.) Es gibt heutzutage keinen bewußt Schreibenden, der, determiniert durch die Kultur, in der er nun einmal drinsteckt, die ästhetischen Antinomien linearen Erzählens zu übertreffen vermöchte. Der moderne Roman ist nicht mehr Bericht und hat mit den herkömmlichen epischen Kategorien nichts mehr zu tun.

Man stellt in unseren Tagen bis zum Überdruß Untersuchungen darüber an, was Literatur ist, was Sprache ist, was Schreiben, was Sprechen ist. Die Fragestellungen sind viel radikaler als in den Poetiken von gestern. Man gibt sich nicht mehr wie einst damit zufrieden, die Berechtigung, die Legitimität des einen oder des anderen Inhalts eines Literaturwerkes abzuschätzen, die Angemessenheit dieser oder jener Form. Schon seit langem billigt man sämtliche Inhalte. Und deshalb sind sie wohl auch alle verschwunden, aus Mangel an Verboten. Verboten ist gar nichts mehr – vom Gesichtspunkt der Ästhetik, höre ich sagen. Bleibt also nur noch die Form. Es konnte nicht anders kommen. Und hier ist nun wieder alles verboten, es gibt gar nichts mehr, was noch erlaubt wäre. Doch Literatur ist weder Malerei noch Musik. Wird der Form absoluter Vorrang eingeräumt, so setzt sie erst recht die Existenz, die Annahme eines Inhaltes voraus, seine Hypothese wenigstens – als Widerpart, als Gegner, den es zu neutralisieren gilt. Seit dies so ist, hat das Schreiben das Schreiben zum Inhalt, ist das Anliegen der Literatur die Literatur. Ja man sagt, sie sollte überhaupt kein Ziel haben – was die Vorstellung erweckt, die Literatur ziele auf etwas ab, was außerhalb ihrer selbst liegt. Das Werk ist zur Tautologie geworden, aber zu einer Tautologie, die niemand formulieren kann, weil es hier nichts gibt, was sich wiederholen könnte. Stumpfsinn der Parthenogenese: die Literatur redet vom Reden und fragt sich, wie es wohl dazu komme. Nicht von ungefähr haben mehrere »Romane« der letzten Jahre den Schriftsteller im Konflikt mit der Schriftstellerei zum »Thema«, und als Schußgarn für ihr Gewebe beladen sie das Weberschiffchen mit eben dem Text, den sie da vor Auge und Geist des Lesers zu fabrizieren im Begriffe sind und der keine andere Lebensberechtigung hat, als auszusagen, daß er ist, was ihn dann auch gleich dazu berechtigt, zu sein. Eine solche Literatur hat sich jede Rückkehr zu echtem Erzählen verbaut.

Begreiflich, daß ein erzählerischer, nicht dokumentierender, ein sachlicher und zugleich dichterischer, ein aus Erinnerung oder Phantasie gebildeter Text (im vorliegenden Fall bedeuten alle diese Unterscheidungen wenig) uns heute nur sehr selten unterkommt. Ab und zu nur stößt man auf ihn, in ein paar von der Linie abweichenden Büchern, die man sich, ehe man auf sie trifft, nicht einmal vorstellen kann, die *neben* unserer Zeit erscheinen, die niemand im voraus wollen, anregen, prophezeien kann. Zweifellos genießt eben die Macht der visuellen, vom Ereignis inspirierten dichterischen Beschwörung – keinesfalls jedoch deren verfälschende Umsetzung in die Literatensprache – eine Art Freibrief, die es ihr erlaubt, sich über alle literarischen Schulen und Konjunkturen hinwegzusetzen; ohne es selber zu wissen, versteht sich. Und zweifellos hat das geschriebene Wort diese Macht der Beschwörung nie besessen, das gesprochene immer. Denn es handelt sich hier tatsächlich um Gesprochenes, ich meine, um mündlich Ausgesagtes, nicht um das, was man Schreiben nennt. Im »Papillon« ist das Schreiben, die Niederschrift, nur ein Ersatz für die freie Rede; nirgends wird das Gesprochene umgewandelt, nirgends schreitet es über sich selbst hinaus wie in der Zunftsprache der Schriftsteller. Die narrative Kraft Charrières bietet eine solche gesprochene Literatur, die »Literatur« nur dadurch wird, daß man den Bericht eben aufschreiben, daß man ihn »notieren« muß, damit er nicht verlorengehe. Aber der Grundrhythmus der Konzeption und des Ausdrucks ist ganz der des gesprochenen Wortes, der Stimme. Sie muß man beim Lesen wiederzufinden versuchen, genauso wie man eine Partitur liest, die auch nicht Selbstzweck ist, sondern nur ein Mittel, um die musikalische Substanz in ihrer Vollständigkeit wiederherzustellen und zum Erklingen zu bringen. Ich habe übrigens noch nie mit so blinder Sicherheit den Unterschied zwischen geschriebenem und gesprochenem Französisch empfunden wie bei der Lektüre des »Papillon«. Es handelt sich wahrhaftig um zwei getrennte Sprachen, und zwar nicht so sehr wegen des Argots oder des recht ungezwungenen Vokabulars, die er verwendet, sondern wegen kapitaler Abweichungen im Satzbau, wegen bestimmter Wendungen und wegen des affektiven Gehaltes der Worte. Die Versuche zur Wiedereinbringung der gesprochenen Sprache in die Literatur, etwa bei Louis-Ferdinand Céline, leiden alle zu deutlich daran, daß sie nicht die Ausstrahlung des Spontanen haben. Anderseits gelingt es gesprochenem Französisch nur äußerst selten, ein abgeschlossenes größeres Werk hervorzubringen ohne die Mithilfe irgendwelcher Kniffe. Vor dem Blatt Papier, das beschrieben werden soll, hält sich der Volksgenius plötzlich für verpflichtet, auf irgendwelche ihm gerade bekannte Brocken des literarischen Französisch zurückzugreifen, sich an sie anzulehnen, und hat schon auf beiden Feldern verloren. (Was herauskommt, nennt man boshaft »Autodidaktenroman«.) Um die furchtbare Barriere der Kultur des geschriebenen Wortes zu überwinden, sich aber dessen nicht bewußt zu werden und damit die Totalität seines erzählerischen Reichtums zu bewahren, als würde man eben, anstatt zu schreiben, reden, dazu gehört die listenreiche Unschuld, die dem Zöllner Rousseau gegeben war, und die auch Papillon besitzt, der zeitlose »Erzähler, der sich unter dem Pistazienbaum niederläßt«.

Roger Borniche

»*Realität von der ersten bis zur letzten Seite.*
Das Aufregendste, was ich seit langem gelesen habe.«
Jürgen Roland

Duell in sechs Runden
Kriminalroman
Band 8353

Elf Uhr nachts
Kriminalroman
Band 8354

**Pierrot le Fou
ist nicht zu fassen**
Kriminalroman
Band 2601

Schach und matt
Kriminalroman
Band 8355

Band 8355

Tatort Côte d'Azur
Kriminalroman
Band 2619

Der Spitzel
Kriminalroman
Band 8382

Fischer Taschenbuch Verlag

Unterhaltsame Literatur
Eine Auswahl

Shirley Ann Grau
Harter blauer Himmel
Roman. Band 8280

Thea von Harbou
Das indische Grabmal
Roman. Band 2705

Joseph Hayes
Insel auf dem Vulkan
Roman. Band 5138
Der Schatten des Anderen
Band 2015
Zwei auf der Flucht
Band 8172

Constance Heaven
Kaiser, König, Edelmann
Roman. Band 8297
Königin mit Liebhaber
Roman. Band 8296
Stürmischer Walzer
Roman. Band 8299

Mary Higgins Clark
Wo waren Sie, Dr. Highley?
Band 8057

James Hilton
Der verlorene Horizont
Ein utopisches Abenteuer irgendwo in Tibet
Roman. Band 2446

Franz Hohler
Der Granitblock im Kino und andere Geschichten
Band 7549

Victoria Holt
Herrin auf Mellyn
Roman. Band 2469
Im Schatten des Luchses
Roman. Band 2423
Königsthron und Guillotine
Das Schicksal der Marie Antoinette
Roman. Band 8221

Barry Hughart
Die Brücke der Vögel
Roman. Band 8347

Meister Li und der Stein des Himmels
Roman. Band 8380

Gary Jennings
Marco Polo
Der Besessene
Bd. I: **Von Venedig zum Dach der Welt**
Band 8201
Bd. II: **Im Lande des Kubilai Khan**
Band 8202

Jerome K. Jerome
Drei Männer auf einem Bummel
Roman. Band 8156

James Jones
Verdammt in alle Ewigkeit
Roman. Band 1124

Fischer Taschenbuch Verlag

fi 1220/1d

Unterhaltsame Literatur
Eine Auswahl

Erica Jong
Fanny
Roman. Band 8045

M. M. Kaye
Insel im Sturm
Roman. Band 8032
Die gewöhnliche Prinzessin
Roman. Band 8351
Schatten über dem Mond
Roman. Band 8149

Werner Lansburgh
»Dear Doosie«
Eine Liebesgeschichte in Briefen. Band 2428
Wiedersehen mit Doosie
Meet your lover to brush up your English
Band 8033

Doris Lerche
Du streichelst mich nie!
Psycho-horror-picture-show I. Band 8219

Doris Lerche
Kinder brauchen Liebe
Psycho-horror-picture-show II. Band 8289
Keiner versteht mich!
Psycho-horror-picture-show III. Band 8240

Die wahren Märchen der Brüder Grimm
Heinz Rölleke (Hg.)
Band 2885

Märchen und Geschichten aus der Welt der Mütter
Sigrid Früh (Hg.)
Band 2882

Märchen und Geschichten zur Weihnachtszeit
Erich Ackermann (Hg.)
Band 2874

Pat Mallet
Gelegenheit macht Liebe
Das scharfe Buch der kleinen grünen Männchen
Cartoons. Band 8337
Der große Pat Mallet
Band 8017
Die kleinen grünen Männchen
Band 1856
Die kleinen grünen Männchen bleiben am Ball
Band 8041
Die kleinen grünen Männchen sind wieder da
Band 2507
… und die kleinen grünen Männchen waren doch dabei
Band 8018

Fischer Taschenbuch Verlag

fi 1220/1e

Unterhaltsame Literatur
Eine Auswahl

Pat Mallet
… die kleinen grünen Männchen sind immer noch dabei
Band 8153
Die kleinen grünen Männchen werden aktiv
Band 8084

Daphne Du Maurier
Cornwall-Saga
Roman einer Landschaft
Band 8182

Detlev Meyer
Im Dampfbad greift nach mir ein Engel
Biographie der Bestürzung I. Band
Band 8261
David steigt aufs Riesenrad
Biographie der Bestürzung II. Band
Band 8306

Jon Michelet
In letzter Sekunde
Thriller. Band 8374

Werner Möllenkamp
Hackers Traum
Ein Computerroman
Band 8720

Hubert Monteilhet
Darwins Insel
Ein fabelhafter Roman vom Ursprung der Arten
Band 8718

Timeri N. Murari
Ein Tempel unserer Liebe
Der Tadsch-Mahal-Roman. Band 8303

Hendrik Nachtsheim
Über Leben im Rockbusiness
Von Abräumen bis Zugabe. Band 7612

Robert Stuart Nathan
Der weiße Tiger
Roman. Band 8370

Josef Nyáry
Das Haupt des Täufers
Ein Roman aus Europas dunkler Zeit
Band 8258

Nimrods letzte Jagd
Roman. Band 8073

Leonie Ossowski
Die große Flatter
Roman. Band 2474

Wilhelm Meisters Abschied
Roman. Band 7587

Chlodwig Poth
Elternalltag
Cartoons. Band 2442
Taktik des Ehekriegs
Cartoons. Band 2484

Fischer Taschenbuch Verlag

fi 1220/1f

Unterhaltsame Literatur

Eine Auswahl

**Chlodwig Poth
Wie man
das Volk vertritt**
*Szenen aus dem Leben
eines Bundestags-
abgeordneten. Band 2491*

**Alfred Probst
Amideutsch**
*Ein kritisch-polemisches
Wörterbuch der anglo-
deutschen Sprache
Band 7534*

**Micky Remann
Der Globaltrottel**
*Who is who in Katmandu
und andere Berichte aus
dem Überall
Band 7615*

**Erik Rosenthal
Der Algorithmus
des Todes**
*Ein mathematischer
Kriminalroman
Band 8714*

**Bernd Schreiber
Good Bye, Macho**
Roman. Band 7613

**Gerhard Seyfried
Freakadellen
und Bulletten**
Cartoons. Band 8360

**Thorne Smith
Meine Frau,
die Hexe**
Roman. Band 2751

**Albert Spaggiari
Die Kloaken
zum Paradies**
*»Der Coup von Nizza«
Roman. Band 8363*

**Paul Theroux
Dschungelliebe**
Roman. Band 8361

Moskito-Küste
Roman. Band 8344

**Orlando oder
Die Liebe zur
Fotografie**
Roman. Band 8371

O-Zone
Roman. Band 8346

Saint Jack
Roman. Band 8345

Dr. Slaughter
Roman. Band 8372

**Christian
Trautmann
Die Melancholie
der Kleinstädte**
Roman. Band 7611

Fischer Taschenbuch Verlag

fi 1220/1g

James A. Michener
bei
C. Bertelsmann

Colorado-Saga
Roman
896 Seiten

Die Kinder
von Torremolinos
Roman
640 Seiten

Hawaii
Roman
1068 Seiten